FLEURS DE CHINE

Wei-Wei est née en 1957 à Guangxi, au sud de la Chine. Après ses études, elle a séjourné à Paris puis près de Manchester, où elle vit désormais. Elle est l'auteur de *Fleurs de Chine*, *La Couleur du bonheur*, *Le Yangtsé sacrifié* et d'*Une fille Zhuang*.

DU MÊME AUTEUR

La Couleur du bonheur
Denoël, 1996
et « l'Aube poche », 2006

Le Yangtsé sacrifié
Denoël, 1997
et « l'Aube poche », 2004

Une fille Zhuang
Éditions de l'Aube, 2006
et « l'Aube poche », 2007

CE LIVRE A FAIT L'OBJET D'UNE ÉLIMINATION DES COLLECTIONS DES BIBLIOTHÈQUES DE LA VILLE DE VINCENNES (Val-de-Marne)

Wei-Wei

FLEURS DE CHINE

ROMAN

Éditions de l'Aube

CE LIVRE A FAIT L'OBJET D'UNE ÉLIMINATION DES COLLECTIONS DES BIBLIOTHÈQUES DE LA VILLE DE VINCENNES (Val-de-Marne)

TEXTE INTÉGRAL

ISBN 978-2-7578-0472-8
(ISBN 978-2-7526-0200-8, 1re publication)

Les Fleurs de Chine :

I – Magnolia, Enfant-Fleur du plateau de Loess
II – Ketmie, Fleur-solitude
III – Chrysanthème, Fleur-soldat de l'Armée rouge
IV – Ketmie, Fleur-liberté
V – Gardénia, Fleur-emprisonnée
VI – Armoise, Fleur-aux-deux-vies
VII – Orchidée, Fleur-grand-mère
VIII – Ketmie, Fleur-Chine-trotteuse
IX – Pivoine, Fleur-mère-désespérée
X – Ketmie, Fleur-errante
XI – Jasmin, Fleur-joueuse en Bourse
XII – Ketmie, Fleur-confidente
XIII – Azalée, Fleur-adolescente
XIV – Camélia, Fleur-beauté
XV – Lotus, Fleur-des-champs
XVI – Ketmie, Fleur-cerf-volant

Magnolia

Je cours pieds nus sur une piste entaillant les plateaux de loess.

J'ai un message important pour ma sœur.

La piste est escarpée et poussiéreuse, couverte de cette terre jaune, fine, onctueuse, et sèche comme de la farine de maïs. Ça tourne, ça monte, ça descend, ça remonte, pour déboucher enfin sur une sorte de terrasse aménagée au flanc d'une colline, également poussiéreuse et couverte de cette terre jaune, fine, onctueuse, et sèche comme de la farine de maïs.

Au milieu de la terrasse, une mule aveuglée par un bandeau noir marche en rond, faisant tourner à son allure un moulin de pierre gémissant. Nous sommes au mois de mai. Les souffles doux ont réveillé la sève des deux jujubiers qui dominent la plate-forme. Les minuscules fleurs d'un jaune tendre commencent à pointer sur leurs branches nues. À l'ombre des guirlandes d'épis de maïs pendues à l'enfourchure des arbres, des poules au plumage rayé de brun et de noir se disputent les quelques graines qui tombent du moulin. Une jeune fille de seize ans, veste et pantalon de coton bleus rapiécés aux coudes et aux genoux, tamise de la farine de blé entre un sac de toile et deux paniers d'osier, en fredonnant d'une voix profonde et vibrante :

…
Une caravane de mulets,
Trois lampes-tempête,
Tintements de clochettes
Sur la poitrine de l'animal de tête.
Mon chien noir au cou blanc
Vers le sud se met à aboyer,
À l'approche de l'homme
Qui garde les bêtes.
Fais-moi un signe de la main
Si t'es mon amant,
Continue ton chemin
Si t'es pas celui que j'attends.
…

C'est ma sœur Xiang Tao, *Pêche Parfumée*[1]. La lumière de midi danse sur sa natte noire qui lui descend le long du dos jusqu'à la taille. Derrière elle, face au sud, il y à trois *yaodongs*, maisons troglodytiques creusées dans le flanc de la colline. Portes masquées d'un rideau de coton écru, fenêtres arquées en demi-lune et tapissées de papier couleur riz, grappes de piments rouges scintillantes au soleil comme des chaînes de rubis énormes.

Êtes-vous déjà allée là-bas, Ketmie, sur les plateaux de loess ? Non ?… Tenez, voilà un album que j'ai fait. Toutes les photos ont été prises dans la région. Pourquoi ce titre, *La trilogie jaune* ? Eh bien, parce que… vous comprendrez en regardant les images…

Grande sœur ! grande sœur ! appelé-je à bout de souffle.

Qu'est-ce qu'il y a, Magnolia ? Tu cours comme une folle… dit Pêche Parfumée en tournant vers moi son visage poudré de très fines perles de sueur.

1. Nous avons respecté l'usage des majuscules adopté par l'auteur. (*N.d.É.*)

Je pose mon panier d'osier par terre et me dresse sur la pointe des pieds pour lui souffler à l'oreille :

J'ai rencontré Liuyuan à mi-chemin.

Pêche Parfumée rougit :

Il t'a rien dit ?

Si. Il m'a dit de te dire qu'il t'attendra au même endroit, à la même heure, ce soir.

T'as rien dit à personne ?

Non, rien à personne.

Tu diras rien à personne ?

Promis. Rien à personne.

Pêche Parfumée me gratifie d'un sourire soulagé, puis se remet à son travail.

Dans votre pays natal, au sud, les montagnes sont vertes, les rivières sont limpides.

Mais chez nous, sur les plateaux de loess, tout est jaune, tout. Vous pouvez y marcher en long, en large et en travers, votre regard rencontre rarement les toisons vertes des arbres.

Regardez ces collines dénudées qui se succèdent jusqu'à l'horizon.

Regardez ces ravins abrupts et profonds creusés par les eaux de ruissellement comme les rides gravées sur le visage d'un vieillard par le ciseau du temps.

Regardez ces interminables sentiers en lacets qu'on appelle *intestins de mouton*.

Regardez ces ruisseaux et ces rivières qui roulent au fond des replis des plateaux.

Tout est jaune, tout.

Après le dîner, Pêche Parfumée lave la vaisselle dans une cuvette de grès, accroupie près du fourneau.

Je berce le petit frère sur le kang, grand lit en adobes, en regardant maman repriser un pantalon de papa.

Pêche Parfumée range bols, assiettes et baguettes lavés dans le panier à vaisselle, sort avec la cuvette. Je l'entends jeter l'eau sale à la racine des jujubiers.

Pêche Parfumée rentre dans la yaodong, pose la cuvette par terre près du fourneau. Elle ajoute un peu d'huile dans la lampe, monte sur le kang. Elle pince légèrement la joue dodue du petit frère qui s'est endormi dans mes bras, prend son panier à couture, s'assied en tailleur à côté de maman, tire du panier un tigre de coton rouge qu'elle n'a pas terminé.

Pêche Parfumée coud d'abord le caractère Wang, *Roi*, en gros traits noirs au milieu du front de l'animal. Cela fini, elle entreprend de lui confectionner les yeux. Elle sort un tas de bandes d'étoffe multicolores et se met à découper des rondelles : une paire blanche, une paire bleu foncé, un peu moins grande, une autre paire orange, plus petite, et une autre paire noire, encore plus petite. Elle farfouille un moment dans le panier, rassemble ses bobines de fil, les place l'une après l'autre sur les rondelles de tissu pour en juger l'effet. Finalement, elle ne garde que les bobines de fils vert, rose, jaune, violet, et remet les autres dans le panier. Elle ourle d'abord les rondelles blanches avec du fil violet, les rondelles bleu foncé avec du fil rose, les rondelles orange avec du fil vert et les rondelles noires avec du fil jaune. Puis elle fixe les rondelles bleu foncé au milieu des rondelles blanches, ensuite les orange au centre des bleu foncé, enfin les noires sur les orange comme des pupilles…

Le visage de Pêche Parfumée éclairé par la lampe à l'huile paraît si serein et si concentré que je soupçonne qu'elle a déjà oublié le message que je lui avais porté ce midi…

Pêche Parfumée commence à fixer les yeux de couleurs contrastées sur la face rouge vif du tigre, lorsque j'entends un bruit de pas au dehors.

Maman aussi l'a entendu.

Votre père est revenu, nous dit-elle.

Elle entasse pêle-mêle ses affaires dans son panier, remet le tout dans la niche derrière le kang, prend le bébé de mes bras.

Il est temps de vous coucher, ajoute-t-elle avant de sortir. N'oubliez pas de verrouiller la porte.

Vous êtes-vous jamais demandé, Ketmie, pourquoi nous les Chinois vénérons Huangdi, *Empereur Jaune*, comme notre ancêtre commun ? Pourquoi nous les Chinois appelons le séjour des morts Huangquan, *Source Jaune* ? Pourquoi, alors que le rouge symbolise à nos yeux le bonheur et la prospérité, les robes de nos empereurs comme les toits de leurs palais ne peuvent être que jaunes ?

Allez sur les plateaux de loess. Lorsque vous aurez vu les hommes à la peau jaune naître sur la terre jaune, boire aux ruisseaux gorgés de terre jaune, arracher leur nourriture à la terre jaune, dormir dans des yaodongs creusées dans la terre jaune, faire l'amour sur le lit bâti en adobe de terre jaune, et être enterrés, morts, au sein de la terre jaune… vous saurez pourquoi.

Je tire matelas et couverture de la niche derrière le kang pendant que Pêche Parfumée range ciseaux, aiguilles, bandes de tissu, bobines de fil et tigre inachevé.

Nous descendons ensuite du kang, fermons la porte, faisons pipi à tour de rôle dans une terrine, remontons sur le kang.

Je déplie la couverture que je partage avec ma sœur.

Pêche Parfumée souffle la lampe à l'huile. Dors, dit-elle en s'allongeant près de moi.

Mais je peux pas dormir, lui dis-je avec un petit sourire de malice. Je suis pas fatiguée.

Ferme les yeux. Si t'es sage, je te raconte l'histoire de la jolie Demoiselle Rat…

Je souris dans le noir mais je ne ferme pas les paupières. Chaque fois qu'elle a un rendez-vous avec Liuyuan, ma sœur propose de me raconter cette histoire. Et chaque fois qu'elle me la raconte, je m'endors avant qu'elle ne la termine. Mais ce soir-là, ma détermination arrêtée, je resterai éveillée jusqu'à la fin.

Pêche Parfumée se tourne face à l'entrée de la yaodong.

La jolie Demoiselle Rat venait d'atteindre l'âge de se marier, commence-t-elle de sa voix profonde et vibrante. Les parents Rat voulaient choisir pour leur fille bien-aimée un mari tout-puissant qui serait capable de la protéger, elle et le clan Rat. Ils pensèrent d'abord au Soleil et allèrent lui proposer la main de leur fille. Mais je ne suis pas le plus puissant, leur répondit le Soleil modestement. Un morceau de nuage pourra me voiler. Le Nuage est plus fort que moi. Déçus, les Parents Rat allèrent voir le Nuage. Mais je ne suis pas le plus puissant non plus, s'excusa le Nuage. Un coup de vent pourra me dissiper. Le Vent est plus fort que moi. Les Parents Rat se rendirent donc chez le Vent. Mais je ne suis pas le plus puissant, leur expliqua le Vent avec patience. Un pan de mur pourra barrer ma voie. Le Mur est plus fort que moi. Sortis de chez le Vent, les Parents Rat allèrent demander au Mur d'épouser leur fille. Mais vous voyez, monsieur et madame Rat, s'impatienta le Mur, je ne suis pas le plus puissant. Vous pourrez creuser des trous et des couloirs dans mon corps, vous les Rats. Vous êtes plus forts que moi. Sur le chemin de retour, les Parents Rat se grattèrent la tête. Si nous sommes plus forts que le Mur, et le Mur plus fort que le Vent, et le Vent plus fort que le Nuage, et le Nuage plus fort que le Soleil, qui donc pourrait être encore plus fort que nous ?... De qui pourrions-nous avoir peur ?... Mais... mais... du Chat évidemment ! Oui, c'est lui que nous les Rats craignons le plus. Oui, c'est lui qui est plus fort que nous. Oui, c'est à lui que nous devrons marier notre fille. Les Parents Rat soupirèrent de soulagement. Voilà enfin, après tant de recherches et tant de déceptions, ils trouvaient le candidat idéal…

T'écoutes encore, Magnolia ? me demande Pêche Parfumée.

Oui, grande sœur, lui réponds-je dans le noir, un sourire espiègle au coin des lèvres.

Je te croyais déjà endormie… Enfin. Où en étions-nous déjà ?… Les Parents Rat avaient trouvé quelqu'un d'idéal pour leur fille ?… Alors, ils allèrent voir le Chat. Voudriez-vous épouser notre fille ? lui demandèrent-ils. Moi ?… Épouser votre fille, la jolie Demoiselle Rat ?… Le Chat n'en croyait pas sa chance. Mais bien sûr que je le veux ! Ce sera le plus grand honneur pour moi de pouvoir prendre votre fille comme épouse. Quand aura lieu la noce ?… Le dixième jour de la première lune ?… Parfait. Je vais balayer la maison. Je vais repeindre les murs. Je vais tapisser les fenêtres de nouveau papier. Je vais acheter les plus beaux meubles. Je vais coller le caractère rouge *double-bonheur* sur la porte d'entrée. Je vais préparer un grand banquet pour les invités. Je vais me… Je vais vous régaler tous.

Pêche Parfumée s'interrompt à nouveau.

T'écoutes toujours, Magnolia ?

Oui, grande sœur.

J'entends Pêche Parfumée pousser un soupir et je me sens un peu coupable.

Alors, reprend-elle, les Parents Rat rentrèrent en hâte à la maison pour porter la bonne nouvelle à leur fille. En moins de trois jours la nouvelle de la prochaine alliance entre la jolie Demoiselle Rat et le Chat fit le tour du canton. Les oiseaux en parlèrent aux poules. Les poules en parlèrent aux chiens. Les chiens en parlèrent aux ânes. Les ânes en parlèrent aux chèvres. Les chèvres en parlèrent aux lapins. Les lapins en parlèrent aux serpents… Quel beau couple feront ils ! soupirait tout le monde. Le dixième jour de la première lune après la fête du Nouvel An, des centaines de lanternes rouges furent allumées dès la tombée de la nuit le long de la route qui menait de la maison des Parents Rat à celle du Chat, leur nouveau gendre. On faisait éclater des pétards, on battait des tambours et des gongs, on jouait des flûtes et des clarinettes. On riait, on chantait, on dansait et faisait danser le palanquin rouge dans lequel était assise la nouvelle mariée…

Là, je commence à ronfler, je veux dire que je fais semblant de ronfler. La fin tragique de la jolie Demoiselle Rat, tout le monde peut la deviner. D'ailleurs, je ne veux pas que ma sœur soit en retard pour son rendez-vous à cause de moi…

Pêche Parfumée s'arrête de raconter.

Magnolia, appelle-t-elle doucement.

Je ne lui réponds pas mais ronfle de plus belle…

Tout de suite Pêche Parfumée glisse hors du kang, enfile veste, pantalon et chaussures, ouvre la porte, sort à pas de loup puis referme les battants derrière elle.

Je me dresse aussitôt sur mon séant. Je soulève la couverture, descends du kang, m'habille le plus vite que je le peux, et, de peur de faire brailler les gongs, je retire la planche qui bouche la large fente sous la porte et rampe au dehors.

Cela a commencé il y a deux millions d'années, nous disent les géologues. Les vents violents entortillés de sable du désert de Gobi descendirent vers le sud en gigantesques vagues successives. Sur leurs longs passages, des milliards et des milliards de tonnes de loess, une sorte de limon jaune, fin, onctueux, et sec comme de la farine de maïs, tombèrent sur le sol en neige d'or, tapissant quelque six cent mille kilomètres carrés d'épaisses couches superposées. D'où Huang Tu Gao Yuan, *Plateaux de Terre Jaune*.

S'il y avait eu seulement la terre jaune, bien que très fertile, il n'y aurait sans doute pas eu l'homme à la peau jaune. Or, figurez-vous, un grand cours d'eau qui prend sa source dans les Bayan Khara, sur le toit du monde, vint creuser à travers ces immenses plateaux un corridor profond en zigzags fabuleux qui s'étend sur plus de deux mille kilomètres, avant d'aller se balader sur la vaste plaine du Nord. Et le long de son extraordinaire parcours sur les plateaux, ce grand cours d'eau se nourrit d'innombrables petits torrents gorgés d'alluvions, et devient ainsi un gigantesque écoulement de boue jaune. D'où son nom, Huang He, *Fleuve Jaune.*

Nüwa, la déesse qui venait de boucher les trous de la voûte céleste avec des cailloux des cinq couleurs, trouva ce paysage terrestre un peu trop vide. Elle décida d'y faire quelque chose. Nüwa prit une poignée de terre jaune, mêla avec de l'eau du Fleuve Jaune, pressa, pétrit, façonna une statuette à sa propre image. Nüwa fit le tour de sa création, la regarda de tous côtés, sourit avec satisfaction. Tu t'appelles Humain, dit-elle. À l'effleurement de son souffle Humain prit vie et s'anima. Il tourna lentement sa tête à gauche. Il tourna lentement sa tête à droite. Il regarda autour de lui avec curiosité. Il dirigea ses yeux bien bridés sur ses mains, les ouvrit lentement, regarda bouger ses dix doigts. Il baissa ses yeux sur ses pieds, leva lentement le gauche, puis le droit. Il fit plusieurs pas et s'arrêta devant Nüwa. Il leva son regard sur la déesse, cligna des yeux et réclama : Donnez-moi une famille, s'il vous plaît ! Un peu de patience, lui dit Nüwa, le cœur comblé de joie. Elle prit un énorme bloc de terre jaune, le broya, mélangea avec de l'eau du Fleuve Jaune. Elle pressa, pétrit, puis se mit à modeler d'autres Humains… Le travail était long et épuisant. Nüwa se sentit fatiguée. La boule de terre qu'elle pétrissait échappa à ses doigts glissants, tomba dans une flaque de fange épaisse. Nüwa contempla la flaque de ses yeux pensifs. Elle se leva brusquement, alla vers un saule, en détacha un rameau. Nüwa revint avec le rameau, le roula dans la flaque de telle manière qu'il prit le plus de boue possible. Puis, levant le rameau en l'air, elle le fit tournoyer au-dessus de sa tête comme un fouet. Les gouttes de boue tombèrent en une pluie jaune, et devinrent de nouveaux Humains en touchant le sol… Nüwa baissa le bras, essoufflée. Elle avait fait du bon travail. Les Humains formaient maintenant une grande tribu. Mais… êtres vivants, ces créatures vieilliraient et mourraient un jour. Cela est triste à y bien songer. Que faire alors pour qu'elles ne disparaissent jamais de la surface de la Terre ? Que faire pour qu'elles puissent sans elle, la déesse, se reproduire à perpétuité ?… Son rameau de saule au bout du bras, Nüwa regarda le soleil couchant danser sur les vagues du fleuve… Une idée lui traversa l'esprit comme un éclair. Venez vous tous, et écoutez ; Nüwa appela les Humains qui se rassemblèrent autour d'elle. Nüwa les divisa d'abord en deux groupes, hommes et femmes. Elle leur apprit ensuite le secret de l'amour et de la procréation…

La terre jaune, le fleuve jaune, de cette rencontre, ici, naquit l'homme à la peau jaune.

Hors de la yaodong, la lune pleine. Sa clarté est telle que toute chose à son contact perd sa couleur pour se revêtir d'une douce teinte gris argenté, les jujubiers, les épis de maïs accrochés à leur enfourchure, le moulin en pierre, le sol de la terrasse, le sentier qui descend la pente de la colline, et la silhouette de ma sœur qui s'éloigne rapidement sur la piste, légère et silencieuse comme un fantôme.

Pieds nus pour ne pas faire de bruit, je suis Pêche Parfumée de loin. La piste zigzague vers le fond du ravin puis remonte, redescend, remonte à nouveau…

Un aboi de chien me fait sursauter. Je bondis de côté et me colle contre le tronc d'un plaqueminier. Pêche

Parfumée stoppe et regarde autour d'elle. Elle ne m'a pas vue. Elle reprend sa marche en accélérant le pas. Je lâche le tronc du plaqueminier et continue de la suivre. Soudain, elle quitte la piste et se dirige vers un muret de terre ébréché. Elle s'arrête, regarde autour d'elle avant de franchir la brèche. Je m'approche du muret et me dresse sur la pointe des pieds.

Derrière est aménagée une de ces petites plates-formes pour le battage de la moisson. Je vois une meule de paille, et, à l'ombre de la meule, deux silhouettes immobiles et muettes. L'une, petite et frêle, celle de ma sœur. L'autre, grande et élancée, celle de Liuyuan. Ils sont là, plantés face à face, sans parole et sans geste, mais je peux entendre leur respiration précipitée.

Qu'est-ce qu'ils foutent là ? Pourquoi ne parlent-ils pas ? J'allonge un peu plus mon cou pour mieux regarder lorsque, soudain, comme invitées par un appel impérieux, les deux silhouettes se ruent l'une sur l'autre en même temps. On dirait deux fauves affamés. Les silhouettes se saisissent, se débattent, et roulent entrelacées sur le sol, en poussant de petits gémissements…

Cette photo a été prise du haut de la colline la plus élevée du canton Wanjia. C'était un jour d'automne. De quel côté que je me tourne, le spectacle me coupe le souffle : la voûte céleste est si bleue, si profonde ; les versants escarpés et uniformément jaunes des collines se poursuivent à perte de vue, montant en vagues figées jusqu'au ciel. Entre ce bleu immaculé et vertigineux de l'infini d'en haut, et ce jaune terne et immobile de l'immensité d'en bas, qui se soulignent l'un l'autre, voilà un paysan avec sa mule sur une piste entaillant les plateaux, deux minuscules points noirs.

Les plateaux de loess sont magnifiques à force de sécheresse, de luminosité, de dureté et de ténacité, celle des hommes qui y vivent.

Mi-septembre. Le blé noir aurait dû être semé depuis des semaines. Mais durant tout l'été, saison où il doit pleuvoir des trombes, il n'a plu que de la poussière jaune. Les puits sont secs. Les ruisseaux ne coulent plus. Leur lit craquelé offre au milieu un fil de boue à peine humide qui se durcit très vite sous le martèlement silencieux et implacable du soleil. Même l'air sent la terre et la pierre brûlées. Pour chercher de l'eau, il nous faut aller jusqu'au Fleuve Jaune. Une palanche, deux seaux en bois, dix kilomètres aller et retour. On monte, on descend. On tourne à gauche, on tourne à droite. On remonte, on redescend, en pataugeant pieds nus dans la poussière chaude. On ne parle pas. On halète. Le soleil éclate dans un ciel bleu immaculé. La lumière blanche se réfléchit sur le sol. On marche les yeux plissés. Des gouttes de sueur roulent du front, tremblent aux sourcils. On les essuie d'un revers de la main. Suspendus au bout de la palanche, les seaux ballottent devant nos jambes, derrière nos jambes. La piste se déroule en lacets, brûlante, escarpée, sans fin. Quelques ombres rares, trop vite traversées. Au-dessus de nos têtes nues et des collines calcinées, la voûte céleste n'est qu'un immense couvercle uniformément bleu qui pèse d'un horizon à l'autre. On marche, on marche, et on pense que bientôt on pourra atteindre le bord du couvercle bleu… Mais non, on lève les yeux au ciel, et on s'aperçoit qu'on se trouve toujours au centre du couvercle !

Depuis combien de jours dure le calvaire ? Je ne m'en souviens plus. Mais durant ces longues marches silencieuses, il m'arrive plus d'une fois de me demander si ce vaste pays de collines arides et de ravins profonds a un bord. Et où est ce bord s'il en a un ? Et si on réussit à franchir ce bord, que pourra-t-on trouver au-delà ?

J'ai passé deux semaines dans ce hameau lors de mon dernier voyage dans le nord du Shan'anxi.

Toutes les yaodongs du hameau se situent à mi-hauteur du versant sud de cette colline. Un site choisi pour faciliter les deux principales tâches quotidiennes des villageois : soigner les champs, et porter de l'eau pour le ménage. Car la plupart de leurs champs s'étend sur le dos plat de la colline alors que la rivière coule au fond des ravins.

Voilà la yaodong que j'ai habitée. Elle appartient à la famille de Vieux Li. Environ trois mètres de haut, trois mètres de large et six mètres de long. Vous voyez cette petite grotte creusée dans la paroi gauche, près de l'entrée ?… Mes hôtes y ont gardé leur mulet. Elle fait désormais office de grenier. Qu'y a-t-il dans ces énormes jarres de grès ?… Grains de céréales, jujubes séchées, choux et navets saumurés. L'odeur de la saumure était si intense que chaque matin quand je ressortais de la grotte, mes cheveux et mes habits puaient le sel et le vinaigre. Et là, dans ces vans placés sur les couvercles des jarres ?… Ce sont des vers à soie. Ces petites bêtes semblaient avoir un estomac percé qu'il était impossible de remplir : jour et nuit elles étaient toujours en train de grignoter des feuilles de mûrier en produisant un froufrou permanent. C'était là ma berceuse la nuit… Non, il n'y a pas de meuble pour ranger la vaisselle, tout le service de table est mis dans ce panier d'osier rond : bols, assiettes, cuillères, baguettes… À quoi ça sert cet instrument de bois rustique ?… Pour fabriquer des *helemian,* une sorte de nouilles fraîches. On installe l'ustensile au-dessus d'une grande poêle, on met de la pâte dans ce creux cylindrique, on presse la pâte à l'aide de ce levier, et des nouilles sortent par les petits trous au fond du creux pour tomber dans l'eau bouillante… Oui on cultive aussi des citrouilles. Après la cueillette on les empile comme ça contre la paroi de la yaodong pour toute l'année… Voilà la cuisinière en adobe avec ses plaques de pierre noircies par la suie. La cuisinière est bâtie au chevet du kang qu'on chauffe par en dessous. Comment ?... Eh bien, quand on prépare les repas ou qu'on fait bouillir de l'eau, la fumée chaude pénètre sous le kang par un trou qui communique avec le fourneau, puis ressort au dehors par un tuyau à l'autre bout du kang... Le kang est très important chez les paysans de la région. C'est là le centre de la vie familiale. On dort dessus quand un matelas et une couverture y sont déployés. On mange là-dessus lorsque la literie est retirée et une table basse installée. Les femmes font leurs travaux d'aiguille sur le kang. Les bébés jouent sur le kang. Les gosses font leurs devoirs sur le kang. Les visiteurs sont reçus également sur le kang. Dans la plupart des yaodongs, on aménage une niche derrière le kang pour ranger couvertures, coffres de vêtements et paniers à couture.

Regardez ces images découpées dans du papier rouge et collées sur la fenêtre. Elles sont complètement différentes de celles que j'avais vues en d'autres endroits de la région. Cette image représente un monstre ayant une tête de bébé humain et un corps de grenouille. Celle-ci, tête humaine et corps du serpent. Celle-là, tête humaine et corps poisson... La face humaine est exagérément large par rapport au corps. Les sourcils et les yeux au regard candide et étonné sont si grands qu'ils mangent deux tiers du visage. Les lignes sont épaisses. Les formes réduites à leur plus simple expression. Les motifs font penser à certains dessins gravés sur des pots sept fois millénaires qu'on a déterrés près de Xi'an... Non, ce n'est pas la femme de Vieux Li qui a inventé ces motifs. Ils lui ont été transmis par sa mère qui les avait hérités elle-même de sa propre mère. Ses filles apprendront à découper les mêmes, ainsi que les filles de ses filles... Oui, je lui ai posé la question, elle m'a dit que ces images protègent le foyer contre les mauvais esprits. Je lui ai aussi demandé ce que signifie cette autre image curieuse – un bol posé à l'envers sur un autre –, elle a éclaté de rire puis s'est penchée à mon oreille : C'est ce qu'on fait entre un homme et une femme.

Voilà Elle, la femme de Vieux Li. Elle découpait des images pour moi. C'était fascinant de la regarder travailler. Une feuille de papier rouge parfois pliée en deux parfois pliée en quatre tournait rapidement entre ses doigts habiles et les lames rongeuses de ses ciseaux. Petits crissements continus. Lambeaux de papier qui s'envolaient. Au bout de quelques minutes, elle a posé les ciseaux, déplié avec une tendre précaution ce qui restait dans ses mains : deux phénix dansant sur une branche fleurie ! Elle devait connaître son étonnant répertoire par cœur, car, assise en tailleur sur son kang, elle découpait, découpait, sans réfléchir, sans hésiter, comme si elle les avait eu devant ses yeux ou dans sa tête. Une à une, des feuilles de papier rouge tournaient entre ses doigts et les ciseaux… Et un à un, comme par miracle, sont nés dans ses mains papillons, serpents, lièvres, bœufs, coqs, oiseaux, mulets, tigres, dragons, fleurs, fruits, légumes, personnages de l'opéra Qin, scènes de la vie de tous les jours…

Voilà quelques-unes de ses images les plus originales. Nées dans les ravins profonds au bord du Fleuve Jaune, transmises de mère en fille et protégées par les plateaux trop difficiles d'accès, elles n'ont pas subi d'évolution esthétique pendant des millénaires. Le manque de communication avec le monde extérieur, c'est peut-être cela le secret de longévité de ces fossiles vivants. Qu'en pensez-vous ?

Fin octobre. En émergeant des yaodongs un matin, nous voyons de gros nuages sombres s'amasser au-dessus des collines. Ils paraissent si proches que nous avons l'impression qu'ils vont nous écraser de leur pesanteur noire. La pluie ! Très vite, nous nous précipitons à l'intérieur des yaodongs pour sortir cuvettes, seaux, marmites et jarres que nous plaçons en hâte devant les portes. Puis nous attendons, serrés les uns contre les autres sur le seuil, pour voir dégringoler les trombes.

Une bourrasque. Je lève mon visage vers le ciel. Quelques gouttes d'une fraîcheur voluptueuse s'écrasent sur mon front, mon nez et ma langue tendue. Je frissonne de plaisir.

Une autre rafale de vent. Puis plus rien. La montagne de nuages sombres s'éloigne, comme poussée par une main géante mais invisible. Le soleil réapparaît et flambe, plus radieux que jamais.

Maman soupire et rentre dans sa yaodong avec le bébé.

Papa vide sa pipe, se racle la gorge et… tffou ! son crachat fait s'envoler du sol un nuage de poussière. Vos palanches, les filles ! crie-t-il de sa voix enrouée. On va au fleuve.

Nous pénétrons dans la yaodong. Je prends ma palanche. Pêche Parfumée attrape la sienne. Un seau de bois ballottant devant, un seau de bois ballottant derrière, nous dévalons la piste couverte de cette terre jaune, fine, onctueuse, et sèche comme de la farine de maïs.

À mi-chemin nous croisons la procession *Secouer le Roi Dragon*.

C'est dans les traditions du canton. On croit au Roi Dragon. Il est dieu des eaux. Il s'occupe des pluies. Il est vénéré dans son temple. On lui brûle de l'encens et on lui offre des sacrifices. Quand les sécheresses ont lieu, on dit que c'est parce qu'il n'a pas fait son travail. Par négligence. Par paresse. Ou par méchanceté. On ne le laisse donc pas tranquille. On entre dans son temple. On le descend de son autel. On le porte au dehors. On le promène à travers les collines et les champs, en le secouant, en l'insultant, en l'humiliant. Pour qu'on lui fiche la paix, pense-t-on, le Roi Dragon va faire tomber la pluie.

À entendre le vacarme du cortège qui approche, nous nous hissons rapidement sur un gros rocher pour regarder.

Front ceint de serviettes blanches, torse nu luisant de sueur et de soleil, quelques centaines d'hommes avancent sur la piste escarpée dans des nuages de poussière de loess. Ils brandissent des rameaux de saule et d'orme. Ils trépignent. Ils chantent. Ils crient. Ils traitent le Roi Dragon de tous les noms. Ils se tortillent tel un troupeau se démenant.

Liuyuan ! Je le désigne à ma sœur, il est là.

Je l'ai déjà vu, sourit Pêche Parfumée.

Mais le jeune homme, lui, ne nous a pas vues. Il agite sa branche de saule. Il hurle je ne sais quoi. Il paraît ivre de lumière et de chaleur, ivre des cris dont lui et ses compagnons remplissent le ciel, ivre de cette poussière dorée qu'ils soulèvent le long de leur passage et qui, en retombant, leur poudre cheveux, sourcils, épaules nues.

La procession est passée. Nous redescendons du rocher et la suivons. La fièvre de ces hommes nous attire, nous excite, nous soûle.

Quand l'échine scintillante du Fleuve Jaune apparaît, ils s'y ruent comme des bêtes assoiffées. Ils trempent leurs rameaux dans le courant, puis courent le plus vite possible dans les champs de proximité pour les secouer – geste symbolique sollicitant la pluie. Quelques gouttes d'eau tombent de leurs rameaux dans la poussière en fumant, sans laisser trace. L'épaisseur de la terre sèche les a tout de suite absorbées, digérées.

J'ai croisé cette famille paysanne dans l'ouest du Gansun. Nous avons fait un bout de chemin ensemble.

Wang, le père, avait cinquante ans. Voilà sa femme, leurs trois filles, et assis sur le dos de l'âne, leur fils aîné.

Ils avaient quitté leur village natal trois ans plus tôt, dans le cadre d'un projet d'émigration gouvernemental. But du projet : déplacer les populations des cantons systématiquement frappés par des sécheresses et des famines vers des endroits où il y a plus d'eau, donc plus de chance de meilleures récoltes. Les Wang étaient allés s'installer, comme les autres familles du village, dans un lieu appelé Vallée des Jujubiers. La première année, les villageois avaient défriché des versants entiers de collines pour les transformer en champs en terrasse. En attendant que les nouveaux champs leur donnent de quoi se nourrir, l'État leur fournissait des céréales et des semences. À partir de la deuxième année, beaucoup d'émigrés avaient choisi de quitter la vallée adoptive pour rentrer dans leur village d'origine. Tout incident fâcheux, grave ou futile, la mort subite d'un pépé, une cheville abîmée sur un sentier glissant, la lame d'une houe ébréchée contre un morceau de pierre, une palanche brisée ou même un bol cassé, tout avait été interprété comme le signe précurseur d'un grand malheur à venir, tout leur était devenu excuse pour retourner au village ancestral. Les Wang, eux, étaient restés. Il leur fallait une force prodigieuse, c'est vrai, pour résister à la tentation de se joindre au cortège du nouvel exode en sens inverse et prendre le chemin du retour, mais ils avaient semé dans leurs nouvelles terres le sarrasin, le maïs, le soja, le millet, et l'espoir d'une meilleure vie. Ils se réconfortaient en rêvant à ces beaux tapis dorés de céréales qui onduleraient doucement les terrasses des collines. Puis, au moment de l'épiage, une grêle lourde, brutale, avait ravagé la vallée. Quel massacre ! Partout tiges brisées et décapitées, partout odeur de sève broyée dans la boue. Les Wang avaient pleuré, mais ils n'avaient pas voulu baisser les bras, comme l'avaient fait quelques autres familles qui étaient reparties aussitôt après le désastre. Les Wang avaient pris houes, bêches, paniers, et relabouré leurs champs. Soyez plus clément, Dieu du Ciel, avaient-ils prié en plantant des patates douces et des pommes de terre. Les nouvelles pousses vertes avaient émergé et croissaient de jour en jour, ainsi que leur nouvel espoir. Leurs prières avaient dû être entendues, croyaient-ils, lorsque, juste avant la moisson, le destin avait frappé, à nouveau. Leur fils aîné était monté sur leur cabane pour réparer le toit après un orage. Le pied lui avait glissé. Il était tombé et s'était cassé la jambe gauche. Cet accident les avaient alarmés plus encore que les ravages de la grêle. Convaincus que c'était là un dernier avertissement de Dieu du Ciel, et par crainte qu'il ne leur arrive pire, ils avaient ramassé en toute hâte leur peu de biens et fui la vallée maudite…

Superstitions dites-vous ? Sans doute. Mais derrière il y a quelque chose de plus profond je crois, un sentiment mélangé d'insécurité et de culpabilité. Descendants d'une race sédentaire, ces paysans devaient avoir très peur de se retrouver, du jour au lendemain, dans un environnement étranger face à un avenir inconnu. Ils devaient se sentir déracinés et très menacés. En même temps ils devaient se reprocher d'avoir abandonné leur village d'origine, leurs parcelles nourricières qui, bien que très maigres, leur avaient fourni depuis des générations et des générations aliments, abri et dernière demeure. Alors, vous comprenez…

L'hiver s'installe sur les plateaux. Soleil vif. Froid sec. Mugissements des vents qui balaient les ravins et les collines.

Depuis le Nouvel An, papa montre un visage plus sombre qu'un ciel d'orage. On dirait qu'il a une arête de poisson coincée dans le gosier et qu'il lui est impossible de la cracher ou de l'avaler. Il n'a plus de travail aux champs. Il passe ses journées à fumer sa pipe. Son silence lourd, enveloppé dans des nuages de fumée âcre, m'inquiète. Qu'est-ce qui ne va pas avec lui ?

Le comportement de maman par ailleurs ne me paraît pas plus rassurant. Elle bouge sans arrêt et sans raison apparente, comme si elle n'avait plus sa tête. Elle court d'une yaodong à l'autre, un petit balai à dépoussiérer dans la main, mais les kangs et les quelques meubles de bois sont luisants d'une propreté impeccable. Elle sort son panier à couture mais une minute plus tard elle se pique le doigt et laisse tomber son aiguille. Son calme habituel semble l'avoir quittée et elle est incapable de se concentrer sur quoi que ce soit. Il faut que le bébé hurle pour qu'elle s'aperçoive qu'elle a oublié de lui donner à manger. Il faut que papa pose lourdement son bol sur la table pour qu'elle se rende compte qu'elle n'a pas mis de sel dans la soupe. Qu'est-ce qui ne va pas avec elle ?

Quant à Pêche Parfumée, d'habitude toujours pleine de gaieté et d'envie de chanter dans la gorge, je ne l'entends plus rire ni fredonner. Elle ne touche plus son tigre de coton inachevé. Elle ne me raconte plus l'histoire de la jolie Demoiselle Rat. Elle me sourit encore quand elle me voit, mais à plusieurs reprises je la surprends assise sur le bord du kang, son front baissé, les épaules tombantes, le regard hagard. On dirait un plant de sarrasin grillé par le gel.

Décidément, quelque chose ne va pas dans cette famille. Il y a de la catastrophe dans l'air, je le sens et j'ai peur. Mais qu'est-ce que cela peut être ?

Ces photos ?... Elles ont été prises lors de la cérémonie d'un mariage auquel j'ai assisté. C'était un jour de février.

Voilà le cortège. À la tête de la colonne les musiciens vêtus de peau de mouton retournée soufflaient dans leur *suona*, instrument à vent, en forme de cornet droit, corps en bois, embouchure et pavillon en cuivre. Derrière eux venait la nouvelle mariée, recouverte d'un drap rouge et perchée sur une mule que conduisaient ses frères.

Autrefois une nouvelle mariée devait se barbouiller le visage avec de la suie pour cacher sa beauté aux mauvais esprits qui pourraient, sinon, l'enlever sur la route. Mais aujourd'hui on ne le fait plus.

Cette paysanne ? Elle est la mère du nouveau marié. Elle portait un bol de raviolis à sa nouvelle bru. C'est une vieille coutume locale. Après que la nouvelle mariée est entrée dans la maison, la belle-mère lui offre des raviolis. Dès la première bouchée, la belle-mère lui pose une question à double sens : *Shengma* ? qui signifie à la fois : *C'est pas assez cuit* ? et *Accoucheras-tu d'enfants* ? Question à laquelle la nouvelle mariée doit donner une réponse également à double sens : *Sheng*, qui veut dire en même temps *Pas assez cuits*, et *J'en accoucherai*. Et la belle-mère, rassurée par cette merveilleuse promesse, sourit jusqu'aux oreilles.

Que faisaient là ces jeunes filles ?... Elles voulaient voir la nouvelle mariée à visage découvert mais étaient trop timides pour entrer dans la chambre. Elles se pressaient alors derrière les carreaux de la fenêtre pour regarder par les fentes. Dans deux ou trois ans, ce serait leur tour d'être regardées, nouvelles mariées elles-mêmes.

Vous voyez ça sur la table... Ce sont les cadeaux apportés par les parents, amis et voisins. On les appelle *huamo* ou *mianhua*, gâteaux vapeur en forme d'animaux et de fleurs, faits de farine de blé fermentée, colorés et décorés quand ils ont refroidi. Le cadenas exprime le vœu d'un bonheur conjugal durable. Dragon et phénix incarnent la bonne chance et la prospérité... Les mianhuas sont les cadeaux les plus populaires dans la région. Vous les voyez à toutes les occasions spéciales. Quand une femme mariée rend visite à ses parents, elle leur offre des mianhuas en forme de collier, symbole de la longue vie qui n'a pas de fin. Aux anniversaires des enfants, on leur donne des mianhuas en forme de tigre ou de lapin : que les garçons grandissent forts comme des tigres, les fillettes mignonnes et malines comme des lapins. Il y a aussi des mianhuas pour le Nouvel An, pour la fête des lanternes, pour la fête de mi-automne, pour la fête des morts, pour l'offrande au génie du foyer…

Pêche Parfumée pétrit de la pâte dans la cuvette de grès. Je joue avec le petit frère sur le kang. De temps en temps je lève les yeux pour jeter un regard furtif sur ma sœur. Elle a maigri. Elle ne mange pas bien. Elle ne dort pas bien. Ses yeux sont cernés de noir, ses joues ont perdu leur couleur rose. Je sens qu'elle a de gros soucis. Je sens qu'elle est angoissée. Je sens qu'elle a très très peur. Mais de quoi ?

J'entends des pas précipités. Le rideau de la porte est levé. Une grande silhouette se découpe sur le ciel lumineux.

Pêche Parfumée tourne la tête. Son visage blêmit.

Va, Liuyuan ! dit-elle à voix basse. Va ! Papa te tuera s'il te voit. Va !

Je viens lui parler, insiste le jeune homme.

Il ne t'écoutera pas. Va, têtu ! Va vite !

Pêche Parfumée tente de repousser son amant dehors lorsqu'une autre silhouette apparaît sur le seuil.

Il va nulle part ! rugit papa en barrant la porte. La veine sous la peau de son cou décharné durcit comme une baguette de bambou.

Liuyuan se retourne vers lui et s'agenouille.

Donne-moi Pêche Parfumée, je t'en supplie. Je m'occuperai bien d'eux, elle et l'enfant.

Sale cochon ! gronde papa en lui collant une gifle. Pisse et regarde-toi dans ton urine ! Oser déshonorer ma fille et ma famille ? Tu te souviendras de la correction !

Il saisit Liuyuan au col, le traîne hors de la yaodong et le bourre de coups de pied devant la porte. Bien que plus grand et plus costaud que papa, Liuyuan ne se bat pas avec lui. Il le laisse faire sans un mot, se protégeant seulement la tête de ses bras pliés.

Pêche Parfumée se cache le visage dans ses mains couvertes de farine et sanglote bruyamment.

Le petit frère a pris peur et se met à hurler. Tout en le réconfortant, j'appelle maman. Je sais qu'elle est dans la yaodong voisine. Mais elle ne se montre pas.

Sale cochon ! crache papa à la figure du jeune homme. Il s'arrête de le battre, à bout de souffle. Va-t'en ! Si je te revois près de chez moi, je briserai ta sale gueule !

Toujours sans un mot, Liuyuan se lève péniblement. Il essuie d'un revers de la main le ver rouge qui rampe de sa narine, jette un regard vers ma sœur toujours secouée de sanglots, s'éloigne lentement en boitillant.

Papa retourne alors dans la yaodong, jette un bout de corde au pied de Pêche Parfumée.

Pends-toi, lâche-t-il froidement.

Pêche Parfumée s'arrête d'un coup de pleurer. Elle regarde papa puis la corde. Elle n'a pas compris.

Pends-toi, répète papa avant de ressortir.

Pêche Parfumée baisse le front. De grosses larmes se précipitent à nouveau sur ses joues exsangues. Elle reste sans bouger pendant un long moment, puis se penche lentement pour ramasser la corde.

Non ! Je saute du kang. Je m'empare de la corde et l'enfouis dans la bouche du fourneau. La corde s'embrase aussitôt, on dirait un serpent de feu.

J'ai mis ces trois photos sur la même page, parce qu'elles montrent sous trois angles différents un même groupe de gamins que j'ai rencontrés là-bas.

Ici ils bossaient dans leur salle de classe, une yaodong à la paroi rugueuse, quelques tables de bois, deux trous creusés à côté du tableau noir pour la lampe à l'huile. Assis deux par deux sur les bancs sans dossier, foulard rouge autour du cou, fronts studieux penchés sur les cahiers, lèvres pincées par l'effort.

Là ils s'ébattaient dans le petit torrent terreux qui roule au pied du village. Leurs mamans lavaient du linge à quelques pas en amont. Nus comme des vers, cheveux mouillés collés au crâne, corps bruns arrosés de soleil, bras ouverts battant l'eau, joues gonflées de cris et de fous rires.

Là enfin, je les ai surpris sur le versant d'une colline derrière le village, au milieu d'un champ de pastèques parsemé de gros fruits à rayures vert foncé, près de la hutte branlante du gardien. Couchés sur le dos côte à côte, mains croisées sous la tête, paupières closes. Quels rêves faisaient-ils ?

Depuis l'incident, Pêche Parfumée ne s'est pas éloignée de la yaodong d'un seul pas. Son ventre commence à s'arrondir visiblement alors que ses joues se creusent de jour en jour. Je veux aider ma sœur. Mais je ne sais pas comment. Je souffre de la voir souffrir en silence.

Papa ne parle plus de la grossesse de sa fille. Non, ce n'est pas parce qu'il a oublié. Il n'oublie jamais rien. Il a la mémoire longue. Il n'y a qu'à voir son visage sombre pour le savoir.

Ce jour-là, maman m'envoie chez tante Wei pour emprunter je ne sais plus quoi. Rentre vite, répète-t-elle, ne t'attarde pas trop en chemin.

Ouiiii… Je sors de la yaodong. Je dégringole la pente. Mais je ne vais pas chez la vieille femme. Je cours au contraire au village voisin chercher Liuyuan.

Je le trouve en train de tondre ses huit moutons dans la grotte qui lui sert de bercail.

Mes parents ne laissent plus ma sœur sortir, lui dis-je. Ainsi les voisins ne savent-ils pas qu'elle est enceinte…

Liuyuan m'écoute sans desserrer les dents. Il achève de couper la toison du dernier animal.

Mes parents pensent à marier ma sœur à un garçon d'un village lointain après l'accouchement…

Liuyuan repousse les paquets de poils à coups de balai dans le fond de la grotte.

Mes parents ont parlé avec un cousin. Il est d'accord pour adopter le bébé…

Liuyuan attrape un gros bâton et, sans me prévenir, abat un mouton d'un seul coup entre les oreilles.

Mais… mais qu'est-ce que tu fais ?

Un radeau, répond-il en donnant le coup fatal à une autre bête.

Tu partiras, alors ?

Nous partirons, Pêche Parfumée et moi, dit-il en assommant un troisième animal de la même façon.

Vous traverserez le Fleuve Jaune ?

Oui, dit-il tout en continuant son massacre.

Et après ?

Nous marcherons vers l'endroit où le soleil se lève.

Et après ?

Nous marcherons encore.

Et après ?

Nous marcherons toujours.

Et après ?

Nous franchirons la dernière colline des plateaux.

Et après ?

Nous serons sur la plaine.

Qu'est-ce que c'est que la plaine ?

Je sais pas. Je ne l'ai jamais vue. Mais d'après ce que m'a dit le marchand des bestiaux qui passait par le village l'an dernier, la plaine est grande et plate comme… comme un kang qui s'élargit de tous côtés à perte de vue. Sans bornes. Sans ravins profonds et raides. Sans collines escarpées et poussiéreuses. Toute grande. Toute plate.

Qu'y a-t-il sur la plaine ?

Rivières, lacs, étangs, arbres, beaucoup d'arbres. Maisons, en briques et tuiles. Champs aussi. De très larges champs. Tout plats. Tout verts.

Liuyuan me parle de cette plaine qu'il n'a jamais vue, debout parmi ses moutons morts, son gros bâton au bout du bras. Son front brille de sueur. Ses pommettes rougissent d'émotion. Il y a dans ses yeux une lueur extraordinaire. Il la voit, sa plaine. Il la regarde. Et je le regarde la regarder. Mon cœur bat.

Si seulement j'avais douze ans ! songé-je.

Cette photo ? C'est un marché que j'ai croisé sur les plateaux de loess. Ces paysans vêtus de bleu se bousculent entre les marchandises déballées à même le sol, dans la poussière jaune. Il y a de tout dans ce bric-à-brac : transistors, calculatrices, réveils, soutiens-gorge, taies d'oreiller, poules, œufs, beignets de blé en torsade, lunettes de soleil, montres-bracelet, miroirs, peignes, lampes de poche, brosses, ciseaux, tissus, vêtements, chaussures, literies, bobines de laine, mules, ânes, chèvres, vélos, cyclomoteurs, cadenas, tournevis, canifs, coupe-ongles, pinces à épiler, briquets, colliers de perles en plastique, couplets de vers calligraphiés sur papier rouge, images bariolées pour le Nouvel An, ustensiles, jujubes, piments rouges, sans oublier thé, tabacs, céréales, mort-aux-rats et emplâtres pour les entorses et les rhumatismes…

Ce quadragénaire hilare que vous voyez là, est un paysan converti à la culture du tabac. Il range ses billets de banque dans la poche intérieure de sa veste ouatinée. Il a fait une bonne vente. Il a ramassé mille deux cents yuans en une seule journée.

Cette vendeuse de beignets accroupie derrière son carton n'a pas le cœur à rire. Son mari a eu un accident, son tracteur s'est renversé sur lui, il demeure couché au lit depuis, on ne sait pas s'il pourra marcher un jour. Son beau-père s'occupe des champs de la famille, sa belle-mère des enfants et du ménage, elle-même fait des beignets le soir et les vendait le jour. La réforme, me dit-elle, c'est pour les débrouillards et les veinards. Eux s'enrichissent. Les autres restent pauvres.

Deux mois plus tard je reviens voir Liuyuan.

Liuyuan a tranché la tête des moutons. Il les a dépouillés un à un par une ouverture au derrière. Il a pris le soin de ne pas abîmer leurs peaux. Il a ensuite passé au feu ces peaux entières pour les débarrasser de poils fins. Il les a lavées soigneusement dans le ruisseau puis les a accrochées aux branches d'un arbre.

Pendant que les peaux de mouton se balançaient au vent sec des plateaux, Liuyaun a taillé deux montants de six pieds de long dans du bois de plaqueminier, six traverses de la même longueur, et dix-huit traverses plus courtes. Grâce aux dix-huit trous percés à distance égale dans les montants, il a d'abord enchâssé les traverses courtes, puis fixé les traverses longues parallèlement aux montants pour renforcer la structure rectangulaire.

Quand les peaux de mouton furent sèches à point, Liuyuan les a décrochées de l'arbre. Il a versé sur les peaux du gros sel et de l'huile de sésame. Puis, de longues heures durant et de ses mains nues, il les a frictionnées, pétries, jusqu'à ce que le sel et l'huile aient pénétré en profondeur et que les peaux soient devenues souples. Il les a alors imperméabilisées avec de l'huile de tung. Il a ensuite fermé hermétiquement toutes les ouvertures à l'aide de cordelettes de chanvre, sauf le trou à la place d'une patte de devant…

Quand le radeau sera-t-il prêt ? je lui demande, debout sur le seuil de sa yaodong.

Bientôt, répond-il en me faisant un geste. Viens m'aider. Oui oui, comme ça.

Il tient un gros sac fraîchement tanné avec ses mains fortes, colle sa bouche au trou qu'il a laissé à la place d'une jambe de devant. Il souffle, souffle, souffle… jusqu'à ce que la sac soit bien gonflé. Il ferme ensuite l'ouverture avec un bout de cordelette de chanvre, range le sac contre la paroi de la yaodong. Puis, de la même façon, il gonfle un autre sac, et un autre…

Lorsque enfin les huit sacs de peau de mouton sont tous bien gonflés et solidement ficelés, Liuyuan les attache en deux rangs sous le cadre rectangulaire de bois qu'il a construit.

Je fais le tour du radeau : ça tiendra sur le fleuve, ça ?

Oui.

Vous partirez quand, alors ?

Dans dix jours.

Je le dirai à ma sœur.

Ceci est le portrait d'un vieil homme que j'ai rencontré au bord du Fleuve Jaune. Il avait soixante-dix-neuf ans. Son visage large où s'entrecroisaient mille rides profondes est inoubliable. On dirait un bout des plateaux en miniature, gravé d'innombrables ravins poussiéreux.

Je venais de débarquer dans un petit village. J'avais déposé mon bagage chez une paysanne et je descendais au fleuve. Là, je l'ai vu de dos. Il était à genoux, face au courant terreux, ses doigts crispés dans le sable. Il pleurait à grand bruit comme un enfant.

Je me suis approchée mais je n'ai pas osé le déranger. Arrêtée à quelques pas derrière lui, j'ai attendu. Quand il s'est un peu calmé, je suis allée lui prendre un bras et je l'ai aidé à se relever.

Il m'a dit qu'il était d'ici. À l'âge de treize ans, il avait quitté ses parents, ses frères et ses sœurs pour partir avec son oncle, un menuisier ambulant. Il l'avait accompagné dans ses vastes vagabondages à travers les plateaux et au-delà. Au bout d'une douzaine d'années, il avait échoué dans un petit restaurant à Tianjing, près de la mer. Il y avait travaillé comme garçon. Plus tard il avait eu une liaison avec la femme du patron et fui avec elle pour les États-Unis. Ils avaient entendu dire que les gens y sont si riches que les rues des villes sont pavées d'or. Mais ils avaient découvert le contraire. Ils avaient dû travailler comme des nègres pour survivre... Enfin. Ils s'étaient installés plus tard à San Francisco où ils avaient ouvert une petite blanchisserie. Ils avaient deux fils, une fille, huit petits-enfants et onze arrière-petits-enfants. Après la mort de sa femme l'an passé, il avait eu soudain grande envie de revoir son pays natal. Ses enfants et ses petits-enfants n'avaient pas voulu le laisser partir à cause de son grand âge. La route sera longue, disaient-ils, il te faudra prendre avion, train, autocar et on ne sait quoi... Pour ne pas les inquiéter, le vieillard leur avait dit qu'il irait à Tianjing passer quelque temps chez un ami, mais en réalité il était retourné sur les plateaux. Il n'avait pas su s'en empêcher. L'envie était trop forte. C'était comme un appel venu du tréfonds de lui-même, mystérieux, irrésistible. Seulement, revenu ici, il n'avait pu retrouver ni son hameau ni ses parents ni aucun de ses sept frères et sœurs. Soixante-six ans avaient changé tant de choses, effacé tant de traces...

Il m'a dit qu'il avait passé des jours entiers à trottiner sur les collines, à caresser les tiges adolescentes de millet, à toucher l'écorce rugueuse des rochers et des arbres, à regarder les gosses s'ébattre dans la poussière jaune, et à contempler l'écoulement boueux du fleuve qui, lui, restait le même qu'avant.

Il est reparti le lendemain, en emportant une poignée de loess qu'il avait prise au bord de l'eau et enveloppée dans son mouchoir.

Pourquoi, d'après vous Ketmie, voulait-il emporter chez lui cette poignée de terre jaune ? Qu'y a-t-il dedans ? Que représente-t-elle pour lui ? Ses racines ? Ses aïeux ?

Son enfance ? Son identité ? L'odeur de la yaodong où il est né ? L'image des plateaux où il a grandi ? Un regret ? Une histoire ? Un souvenir ? Un vœu ? Ou tout ça à la fois ?

Depuis minuit Pêche Parfumée et moi faisons des galettes dans la yaodong de Liuyuan, en attendant son retour.

Je suis debout près du fourneau. Je prends dans le sac de coton une poignée de farine, poudre la planche à couper. Je place un morceau de pâte bien pétrie au milieu de la planche, le presse avec la paume de la main. Je ramasse le rouleau de bois de mûrier. Je roule le rouleau sur la pâte, en tous sens, jusqu'à ce que la pâte devienne aussi mince qu'une feuille de papier.

Pêche Parfumée est assise sur un tabouret devant le fourneau. La lueur du feu éclaire son front lisse et ses pommettes saillantes. Sa natte noire est enroulée en un gros chignon sur sa nuque. Elle porte une veste ouatinée rouge et un pantalon bleu indigo, également ouatinée. Son costume de fête pour le Nouvel An.

Pêche Parfumée a déjà chauffé de petits cailloux dans la grande poêle. Je prends la feuille de pâte que j'étale sur la couche de cailloux brûlants. Pêche Parfumée déploie sur la feuille de pâte une autre pelletée de cailloux chauds. Quelques instants de cuisson, elle retire la feuille de pâte qu'elle laisse refroidir dans un panier d'osier. Ainsi faite, la galette peut se garder longtemps, un ou deux mois, voire plus.

Je mets un autre morceau de pâte sur la planche à couper et commence à l'étendre…

Tu es un peu essoufflée, me dit Pêche Parfumée. Repose-toi une minute.

Je ne suis pas fatiguée, je tourne la tête vers elle et lui adresse un sourire. Un calme singulier émane de son visage luisant de transpiration. Un calme fataliste. Dis, grande sœur, je me demande si c'est un garçon ou une fille.

Si c'est un garçon…

Il sera grand et costaud comme son papa.

Si c'est une fille…

Elle aura le don du chant comme toi. Sais-tu ce qui va me manquer le plus ?

Non.

Tes chansons.

Pêche Parfumée sourit. Elle prend une poignée de tiges de maïs qu'elle brise et fourre dans le ventre du fourneau. Puis elle croise ses mains autour de ses genoux et se met à chanter doucement…

Le rideau de la porte se lève tout à coup. La lueur de la lampe à l'huile vacille. Liuyuan entre avec sa mule grise. Les pieds de l'animal sont emmitouflés dans des lambeaux de vieux linge pour qu'il ne fasse pas de bruit en marchant.

On part, dit le jeune homme. J'ai caché le radeau au pied du Rocher Noir.

Pêche Parfumée se dresse.

Je pose le rouleau près de la feuille de pâte que je n'ai pas encore terminée, essuie mes mains sur le pan de ma veste.

Pêche Parfumée empile les galettes déjà faites, les enveloppe dans une serviette, range le tout à côté des tranches de viande de mouton séchées dans un sac de toile, puis ferme la bouche du sac avec une cordelette.

Je vais au kang, prends le fichu bleu et les six paires de sandales de paille que je passe à ma sœur. Elle s'enveloppe la tête du fichu bleu, attache les sandales de paille à la ceinture de Liuyuan.

Liuyuan tire de la niche derrière le kang une couverture, la plie en quatre et la met sur le dos de la mule. Viens, dit-il à Pêche Parfumée, et il l'aide à monter.

Tiens !… Je passe à Liuyuan le sac gonflé de galettes et de viande séchée. Il attache le sac sur son dos.

Je retourne au kang pour ramasser le balluchon de vêtements.

Ma sœur me tend une main.

Donne-moi ça, Magnolia.

Non, je viens avec vous. Je vous accompagnerai jusqu'au fleuve.

Reconnaissez-vous ce mur en terre jaune à demi écroulé ? Non ? Mais c'est un tronçon de la Grande Muraille ! Le plus ancien que fit élever le premier empereur des Qin, il y a plus de deux mille ans, pour empêcher la pénétration massive des peuples barbares du Nord-Ouest. Après vingt siècles de pluies et de vents, il est tombé en ruine et dans l'oubli. Par contre, les tranches de la muraille en brique et en pierre que les empereurs des Ming firent construire au XIVe siècle, près de Pékin, sont devenues un haut lieu touristique, attirant des millions de visiteurs chaque année. Nous les Chinois en sommes très fiers. Nous avons la seule construction humaine sur la Terre que les astronautes américains ont vue de la lune ! Mais si cette gigantesque muraille savait parler, elle nous dirait sa vérité : elle n'est pas ce symbole de la gloire et de la grandeur de la Chine que nous voulons tous croire, non, mais le témoin d'une politique… ou d'une psychologie ? de la fermeture, de la peur des autres, du refus du monde extérieur. Vous secouez la tête, Ketmie. Vous n'êtes pas d'accord avec moi. Vous n'êtes pas la seule ! Mais voyons, les réformes économiques et politiques dans lesquelles nous nous aventurons aujourd'hui, ne sont-elles pas, en fait, un reniement de la fermeture et de l'isolement ? Une tentative pour sortir de l'enceinte millénaire ? Un effort pour tenter de nous régénérer ? Toute civilisation doit évoluer avec le temps. Si elle n'évolue pas, elle meurt.

Dehors il fait plus clair que dans la yaodong. Les étoiles ont disparu. Un gris perle d'aurore, limpide et circonscrit, baigne le bord du ciel.

Des coqs chantent dans le village que nous laissons très vite derrière nous.

Liuyuan marche à grands pas sur la piste abrupte, guidant la mule par la bride. Perché sur son siège de couverture, le corps de Pêche Parfumée oscille à l'allure de l'animal. Je ferme le petit cortège, le balluchon au bras.

Nous avons marché longtemps. J'entends le fleuve avant de le voir. Un grondement sourd et prolongé, fait trembler l'air qu'on respire.

Liuyuan presse le pas.

Je cours derrière la mule.

La piste contourne une colline pour filer vers la plage.

Liuyuan arrête la mule sous un orme. Il aide Pêche Parfumée à descendre. Je pose le balluchon par terre.

Ne bougez pas, dit Liuyuan en installant Pêche Parfumée sur le balluchon, je vais chercher le radeau.

Il fourre la bride dans ma main, puis se dirige vers une masse rocheuse en forme de bœuf couché. Le sable et les pierres craquent sous ses pas.

Il fait plus froid au bord de l'eau que dans les collines. Bien qu'on soit déjà au milieu du printemps, le vent me pique le visage, les yeux et mes mains nues comme mille aiguilles d'acier. Je prends la couverture du dos de la mule, en enveloppe les épaules de ma sœur. Elle saisit mes mains dans les siennes.

Je sais pas si on se reverra un jour, me dit-elle. Des larmes brillent dans ses yeux.

Je force un sourire et lui dis : Mais bien sûr ! J'irai vous chercher quand je serai plus grande.

Nous chercher ? Où ? Même Liuyuan et moi ne savons pas où nous irons…

Mais je le sais, moi. Je traverserai le fleuve. Je marcherai vers l'est, de colline en colline, de village en village. Je franchirai un jour la dernière colline des plateaux. J'arriverai sur la plaine. Je vous y trouverai, Liuyuan et toi. Vous aurez des enfants, beaucoup d'enfants. Vous aurez une grande maison en briques et en tuiles. Elle sera entourée de pêchers, d'abricotiers et de poiriers. Vous aurez un champ aussi. Un champ de blé très large, tout plat, tout vert…

L'ombre d'un sourire effleure les lèvres de Pêche Parfumée, et disparaît. Elle fronce les sourcils : Que diras-tu à papa et à maman ce soir ? Ils te battront s'ils savent que…

T'inquiète pas, grande sœur. Je leur dirai que je ne t'ai pas vue sur le kang ce matin en me réveillant, que j'ai eu très très peur, que je suis sortie tout de suite pour te chercher, que j'ai parcouru le canton de long en large, que je ne t'ai pas retrouvée…

Ils ne te laisseront plus sortir après ma fuite…

Mais je suis maligne tu me connais…

Pêche Parfumée entoure mes épaules de ses bras : Oui je te connais.

Liuyuan porte le radeau aux sacs de peau de mouton jusqu'au bord du courant. Il l'attache à l'angle d'une grosse pierre avant de le laisser flotter dans l'eau terreuse. Puis il se retourne vers moi et me fait un signe de la main.

Je conduis la mule jusqu'au radeau. Liuyuan prend la bride, attache la bête au montant. Il se dirige ensuite vers Pêche Parfumée.

Viens, on y va, dit-il en la soulevant dans ses bras. Il la porte au bord de l'eau, l'installe sur le radeau, puis monte dessus.

Un instant, appelé-je. Je cours vers le balluchon oublié, l'attrape et reviens le donner à Liuyuan.

Il le passe à Pêche Parfumée, me jette un regard de gratitude puis détache le radeau, empoigne l'aviron à deux mains et se met à ramer de toutes ses forces.

Nous t'attendrons là-bas ! me crie Pêche Parfumée, alors que le radeau s'éloigne lentement de la rive avec la mule nageant derrière.

Le soleil apparaît. Le fleuve commence à s'enflammer. Ce n'est plus de l'eau boueuse qui coule. C'est du bronze fondu, lourd, épais, dont les vagues à reflets brillants et mats semblent se solidifier en roulant. Et au milieu de cet ample écoulement de lumières, le radeau avance vers le soleil, minuscule et fragile comme une feuille de saule.

Je lève la tête au vent de la gorge et me mets à chanter à pleins poumons :

Une caravane de mulets,
Trois lampes-tempête,
Tintements de clochettes
Sur la poitrine de l'animal de tête.
Mon chien noir au cou blanc
Vers le sud se met à aboyer,
À l'approche de l'homme
Qui garde les bêtes.
Fais-moi un signe de la main
Si t'es mon amant,
Continue ton chemin
Si t'es pas celui que j'attends.
…

Vous aimez cette photo ? Moi aussi.

Je me suis arrêtée deux jours dans ce village. Le matin où je repartais, j'ai aperçu cette jeune fille sur la terrasse devant les yaodongs de ses parents. Longue natte lui tombant jusqu'à la taille, boucles d'oreilles plaqué or, chemise à pois rouges, pantalon noir, sandales plastique blanches. Debout, une épaule appuyée contre le tronc d'un peuplier, elle tricotait, ou plutôt, prétendait tricoter, car, alors que ses mains répétaient mécaniquement les mêmes petites gestes, ses yeux étaient braqués ailleurs :

elle épiait de derrière l'arbre les gens qui passaient sur la route de terre en contre-bas… Son profil gracieux, attentif, un peu inquiet, avait de quoi susciter ma curiosité. Je l'ai prise en photo. Elle ne faisait pas attention à moi. Elle surveillait les allées et venues des passants sur la route en contre-bas, indifférente au reste du monde… Lequel l'a intéressée ? Lequel a accroché son regard ? Lequel a fait palpiter son cœur ? Lequel désirait-elle voir, en secret ?

Oui, je tiens la promesse que j'ai faite à ma sœur. Je pars moi aussi deux ans après son départ. Je traverse le fleuve au même endroit, à la nage, en m'accrochant à une planche, mes chaussures et mon petit ballot de vêtements attachés sur ma tête. C'est l'été. Les neiges ont fondu dans les hautes montagnes tibétaines. Le fleuve est large, mais l'eau gorgée de loess et de soleil est épaisse et tiède, comme une masse vivante qui se déplace en bloc. Une force puissante dirigée de bas en haut me soutient. Dans des régions de courant faible et mou je peux passer assez facilement. Mais au milieu le courant devient rapide, dur, serré, glacial. Je dois alors lutter de toutes mes forces, le front tourné vers l'amont, pour ne pas être emportée… Quand enfin je ressors de l'eau, je suis si épuisée que je peux à peine me tenir sur les jambes. Mes habits me collent à la peau et je tremble de froid comme une feuille dans le vent de l'automne. Je me laisse tomber sur la plage et j'y reste couchée un moment, pour reprendre souffle. Le soleil brûlant me réchauffe. Le sang coule à nouveau dans mes veines. Je me dresse lentement sur mon séant. Je détache les chaussures et le ballot de ma tête. Je remets mes chaussures. Je ramasse le ballot. Je me mets à marcher vers l'est. Je marche longtemps. Je ne croise personne. Je n'aperçois aucun village. Je commence à paniquer. Je m'éclaircis alors la gorge et me mets à chanter. Je chante à tue-tête, rien que pour entendre une voix humaine ; ça me donne l'impression que je ne suis pas toute seule. Puis, après un détour du chemin, je vois un homme et je m'arrête net. L'homme est assis sur une pierre au bord de la piste. Il me regarde avec un sourire paternel.

Pourquoi tu ne chantes plus ? Je te fais peur ? Viens. Viens t'asseoir près de moi. Je vais prendre mon déjeuner. Tu veux le partager avec moi ?

Il porte des lunettes ! C'est la première fois de ma vie que je vois quelqu'un portant des lunettes. Et son accent ! Et sa manière de parler ! Tout cela m'est totalement étranger et me paraît si bizarre, si marrant. Et il sort de son sac des petits pains ! Des petits pains blancs, de farine de blé ! J'entends mon estomac gargouiller et je sens l'eau me venir à la bouche. Mes yeux rivés sur les petits pains, j'hésite. Je ne peux pas résister. Je m'approche de lui…

J'ai tellement faim que je dévore trois petits pains en un battement de paupières. L'homme me passe son bidon d'eau. Je bois trop vite, j'avale de travers, et je tousse jusqu'aux larmes. L'homme me tape doucement dans le dos. Quand ma toux s'est calmée, il me demande d'où je viens et où je vais. Je lui dis que je viens de l'autre côté du fleuve et que je vais à la plaine. Il me dit que la plaine est très très loin. Je lui demande comment il le sait. Il me répond qu'il en vient.

Il est venu de la plaine ! C'est la première fois de ma vie que je vois quelqu'un venu de la plaine. Je le trouve soudain très proche, très sympathique, parce qu'il est venu de la plaine. Là où se trouve ma sœur.

Je lui demande alors s'il pourra m'emmener à la plaine. Il ne répond pas à ma question, mais me demande pourquoi je veux me rendre à la plaine. Pour chercher Pêche Parfumée. Il me demande alors qui est Pêche Parfumée. Ma grande sœur ! Et je lui raconte pourquoi, comment et quand elle a quitté le pays… Il m'écoute avec attention. Puis il me demande si je peux chanter quelques chansons pour lui. Mais bien sûr ! Et je lui chante toutes les chansons d'amour que ma sœur m'a apprises…

Bai est écrivain et grand amateur de chansons folkloriques du nord. Il vient régulièrement sur les plateaux de loess pour en recueillir. Il m'emmènera plus tard à Pékin. Il me présentera à sa femme et à leurs trois enfants. Je vivrai quinze ans avec eux, jusqu'à l'année où je terminerai mes études et commencerai mon travail d'apprentie photographe.

Bai n'était pas mon père. Il est devenu mon père.

Cela faisait plusieurs semaines déjà que je me baladais dans ce canton. Quand j'avais faim et que j'étais fatiguée, j'entrais dans un village. Je pouvais toujours trouver un paysan qui acceptait volontiers de m'offrir un grand bol de soupe de millet, une large galette de maïs, une petite assiette de choux salés, une couverture et un coin dans sa maison, en échange d'une photo en famille. J'emporte toujours un appareil à développement instantané dans mes voyages. Ma boîte magique. Vous ne pouvez pas imaginer comme c'est fascinant de voir le regard émerveillé de mes hôtes, de leurs gosses en particulier, au moment où leur image commence à apparaître sur le papier !

Ce matin-là, tout en errant entre le bleu immaculé du ciel et le jaune monotone des plateaux, j'avais le pressentiment que j'allais découvrir quelque chose. Ou plus exactement, que quelque chose allait se révéler à moi. J'en étais un peu anxieuse.

Vers 2 heures de l'après-midi, j'ai aperçu la silhouette élancée d'un peuplier, et adossée contre le tronc de l'arbre, une cabane isolée au bord des eaux boueuses. Qui peut bien vivre là ? J'ai dégringolé une longue pente et me suis retrouvée nez à nez, sur le seuil de la cabane, avec une paysanne dans la trentaine. Elle était la patronne de l'échoppe. Pour cinq maos, elle m'a préparé un énorme bol de nouilles arrosées de quelques gouttes d'huile de soja. Comme je dégustais mes nouilles, elle est allée s'asseoir sur un tronçon d'orme. Elle a enlevé la serviette mouillée qui couvrait une cuvette de grès. Elle y a pris un morceau d'argile jaune qu'elle a commencé à pétrir. Du coin de l'œil, je suivais du regard le mouvement de ses doigts. Elle tournait et retournait l'argile, qui prenait peu à peu la forme d'un âne. Elle a posé l'animal sur une planche nappée de plastique transparent à ses pieds, pris une autre boule d'argile, modelé un petit bonhomme qu'elle a mis sur le dos de l'âne. Remarquant à quel point je m'intéressais à son travail, elle s'est levée pour sortir un panier d'osier. Wow ! tigres, lions, chevaux, chèvres, bœufs, poules, chats, chiens, singes… Oui, toutes ces statuettes sont ses œuvres. Elle les laisse sécher à l'ombre. Puis elle les cuira et les peindra. Non, ça ne craquelle pas. C'est de la terre glaise séchée au soleil, broyée et passée au tamis, mélangée avec de l'eau et de la pâte à papier, longuement pétrie et battue au bâton de bois. Souple mouillée, très dure séchée. Une fois par mois, elle ferme son échoppe pour se rendre au marché du bourg Yichuan, à une quinzaine de kilomètres de l'autre côté du fleuve. Elle vend ses babioles là-bas, rapporte à la maison sel, savon, allumettes, tissu imprimé… Après avoir vidé mon bol, je lui ai demandé si elle pourrait m'héberger pour une nuit. Oui, elle pourrait. Seulement, je devrai me contenter d'une natte de paille à même le sol et d'une couverture de simple cotonnade, comme elle et son mari. Lui était passeur et rentrerait le soir.

Il était 4 heures. J'avais encore un bon bout de temps avant la tombée de la nuit. Je suis ressortie faire un tour dans les alentours. J'ai grimpé au sommet d'une colline. C'était le point culminant à des kilomètres à la ronde. Je pouvais embrasser tout l'horizon d'un regard circulaire. Versants de loess, jaunes, secs, dénudés, comme calcinés dans un incendie cataclysmique. Ravins sombres et profonds, semblables aux cicatrices laissées par une immense machette capricieuse et impitoyable. Soleil dardant en éventail ses flèches obliques sur le dos vaste du fleuve qui coule au fond de la gorge. Innombrables écailles d'or qui scintillent.

Dragon ! j'ai crié. Malgré moi.

Vous êtes-vous jamais demandé, Ketmie, pourquoi nous les Chinois, nous nous considérons comme descendants du dragon ? Qui est cet être à la fois terrestre et céleste, en même temps magnifique et effrayant ? Qui est ce monstre, doté du long museau du chameau, des cornes ramifiées du cerf, des yeux féroces du démon, des oreilles du bœuf, de la moustache du chat, du corps du serpent, des écailles du poisson, des pattes du tigre, des griffes du vautour ? Qui est ce prodige mystérieux, maître des étangs, lacs, rivières, fleuves, mers et océans ? Qui est cet être surnaturel, capable à la fois de pénétrer les profondeurs insondables des eaux et de s'élever à la hauteur infinie du ciel ? Qui est ce magicien prodigieux, qui peut devenir aussi petit qu'un ver à soie et assez large pour couvrir une province entière de son ombre immense ? Qui est ce tout-puissant, responsable des pluies bénéfiques, des inondations meurtrières et des sécheresses désastreuses ? Vous êtes-vous jamais posé ces questions, Ketmie ?

Moi non plus, jusqu'à ce jour où j'ai vu, du sommet d'une falaise, sur les plateaux de loess, le Fleuve Jaune, cet éternel écoulement de boue.

Certains de nos savants pensent que notre culte du dragon vient de celui du crocodile, qui aurait été très répandu parmi les tribus primitives vivant sur le bassin des cours moyen et inférieur du Fleuve Jaune. D'autres voient dans les plus anciens dessins du monstre la silhouette et le mouvement du serpent. D'autres encore attribuent sa naissance à la terreur et à l'incompréhension de nos ancêtres devant certains phénomènes naturels : éclairs, tonnerre, cyclone, typhon…

Mais en contemplant le vaste courant gorgé de loess, j'ai vu la réponse émerger de ses vagues éclaboussées de soleil, aussi évidente, aussi fulgurante qu'un éclair lumineux qui déchire le ciel de la nuit. Le dragon, dieu des eaux, n'est autre que le Fleuve Jaune, ample et magnifique avec ses forces fécondantes, rude et indomptable avec ses colères destructives !

Les deux faces de la patience légendaire des Chinois, cette résignation fataliste et cette persévérance pathétique, trouvent peut-être leur origine ici. Aussi.

Suis-je jamais retournée dans mon village ? Oui, une fois.

C'était en 1980, l'année où les communes populaires ont été dissoutes et les terres redistribuées aux paysans. Le paysage me paraissait le même, tel que je l'avais quitté, alors fillette de douze ans. J'ai retrouvé sans trop de difficulté les trois yaodongs de mes parents. Les jujubiers étaient encore là, plus gros. Le moulin de pierre était encore là, très usé. Papa n'était plus là, il repose désormais à six pieds sous terre, au milieu du champ qu'il a cultivé toute sa vie. Maman a pleuré en me voyant. Elle a vieilli. Elle vit avec un de mes petits frères – elle a donné naissance à deux autres fils après mon départ – et la femme de celui-ci. Le soir de mon retour, maman a sorti le tigre de coton rouge que Pêche Parfumée n'avait pas emporté. Elle l'a gardé toutes ces années-là. Elle m'a dit qu'elle avait eu vent du projet de Liuyuan mais qu'elle n'avait rien dit à papa. Elle m'a dit qu'elle avait su que je partirais à mon tour mais qu'elle n'avait rien fait pour m'en empêcher. Elle m'a dit qu'elle avait été folle adolescente, elle aussi, avant d'être mariée à papa, seulement elle n'avait pas osé partir avec son amant…

Voilà le tigre que Pêche Parfumée n'avait pas achevé. Maman me l'a donné. Il m'accompagne depuis dans mes voyages. C'est mon porte-bonheur. Regardez ce rouge vif, cet orange éclatant, ce bleu somptueux, ce jaune impérial, ce violet lustré, ce vert lumineux, ce blanc éblouissant, ce noir magique, ce rose tendre de rêve… Un hymne à la couleur, à la vie.

Oui je vagabonde toujours. Oui j'aime partir. Chaque départ est un changement. Chaque voyage apporte des rencontres et des découvertes. Cela me donne à la fois une satisfaction immense et un désir permanent de recommencer. Je ne sais pas m'arrêter. Je ne veux pas m'arrêter. Et je la cherche toujours, ma sœur.

Ketmie

Aujourd'hui, ton anniversaire. Tu dînes seule dans le salon, comme d'habitude, en regardant les infos. Tu éteins la télé, tu enlèves le couvert, un bol, une assiette et une paire de baguettes. Tu fais la vaisselle qui ne dure que deux minutes, ranges la cuisine. Tu retournes ensuite dans le salon pour passer un coup de chiffon sur la table basse de verre fumé brun et remettre au milieu de la table les roses écarlates que tu as achetées cet après-midi chez la petite fleuriste du coin. Puis tu passes dans la salle de bains. Tu enlèves tes vêtements que tu accroches derrière la porte. Tu ouvres l'eau, la règles à la bonne température, entres dans la baignoire. Tu restes une bonne demi-heure sous la douche chaude, avant de ressortir de la baignoire et d'enfiler une sortie de bain. Tu te sèches les cheveux avec un séchoir électrique, les peignes et les enroules en chignon. Tu ouvres la boîte à maquillage que tu n'utilises presque jamais. Un coup de crayon autour des yeux pour en rehausser l'éclat. Un peu de fard sur les joues pour y masquer les taches de son. Un peu de rouge aux lèvres pour les rendre plus touchantes. Puis tu ôtes la sortie de bain, mets la longue robe de soie bleu marine achetée il y a quinze jours pour cette occasion spéciale, tu te noues autour du cou le collier de perles que ton mari t'a offert pour le premier anniversaire de votre mariage, quatorze ans plus tôt. Devant la glace tu te tournes et retournes : la robe épouse parfaitement les formes rondes et lentes de ton corps, tandis que le lustre des perles souligne bien la douceur de ton cou et de la racine de tes épaules. Satisfaite, tu retournes dans le salon, prends un magazine de sous la table basse, t'installes dans le fauteuil en cuir rouge sombre, et ouvres le magazine.

Tu n'as pas attendu longtemps. Crissement des pneus au-dessous de la fenêtre. Claquement de portière. Bruit de pas dans l'escalier. Tintement des clefs derrière la porte. Tu glisses un doigt entre deux pages, refermes le magazine sur tes genoux, jettes un coup d'œil à la pendule fixée sur le mur du fond. Il n'est que neuf heures passées. Surprise agréable : ton mari est rentré aujourd'hui bien plus tôt qu'à l'accoutumée. Tu y vois un bon signe.

La porte s'ouvre. Il entre et referme le battant derrière lui.

Ton visage s'éclaire d'un sourire chaleureux.

Il te le rend, un peu crispé.

Il se penche pour poser son cartable de cuir noir près de la porte, contre le pied du mur. Il se relève et se débarrasse de son blouson de daim qu'il accroche au porte-manteau. Puis, en traînant un peu les pieds, il vient s'affaler sur le canapé en face de toi. Tu comprends qu'il a quelque chose à t'annoncer. Et que ce quelque chose le préoccupe tant qu'il a même oublié ton anniversaire.

Tu poses le magazine sur la table basse, à côté des roses écarlates. Tu te lèves. Tu contournes la table basse. Tu t'assois près de lui et tu appuies doucement la tête sur son épaule.

Devine où j'ai été aujourd'hui, lui dis-tu, la voix tremblante d'émotion. Chez la gynécologue. Elle dit que je peux encore avoir des enfants.

Tu attends qu'il t'entoure de ses bras en murmurant Oh chérie ! Tu veux un garçon ou une fille ?…

Mais ton mari reste aussi immobile et froid qu'une statue de marbre.

Voyons, ouvre-t-il enfin la bouche, moi… Je…

Ton corps entier se noue. Dans une attente angoissée.

Je… Je crois… Je pense que notre mariage est fini.

Tu dresses vivement la tête et tu le regardes, perplexe.

Qu'est… qu'est-ce que tu as dit ?

J'ai dit que notre mariage est fini.

Mais… comment ça, fini ?

Oui, fini. Et il est temps pour nous de parler divorce.

Tu éclates de rire. Malgré toi. Quelle comédie noire, la vie ! Alors que tu penses à donner une bouffée d'oxygène à votre mariage, lui, il se hâte d'en sortir.

Il a une maîtresse, son assistante. C'est une fille venue du Bassin Rouge, lèvres minces, poitrine opulente, de treize ans plus jeune que toi.

Elle est enceinte ?

Oui, et nous voulons nous marier avant la naissance du bébé.

Non ! Tu aurais dû me dire la vérité dès le début. Tu n'as pas osé parce que tu avais besoin de moi. Lâche ! Tu m'as menti. Tu as ruiné ma vie. Tu ne te débarrasseras pas de moi comme d'une chemise usée, non !

Ton mari est parti. En laissant sur la table basse du salon le formulaire de demande de divorce, près des roses écarlates que tu as achetées cet après-midi chez la petite fleuriste du coin. Hâtivement rempli avec sa belle écriture cursive dont la seule vue pouvait te faire palpiter le cœur quinze ans plus tôt. Et posé sa signature en bas à droite. Dans la rubrique RAISONS DU DIVORCE, il a écrit INCOMPATIBILITÉ DE CARACTÈRES, AFFECTION MORTE. Sur la feuille agrafée au formulaire, il t'a proposé vingt mille yuans et le droit de propriété d'un appartement rue de la République, en échange de ta signature dans les trois jours. De toute façon, a-t-il ajouté cruellement, il ne reste plus rien entre nous. À quoi ça sert de refuser de faire face à la réalité et de signer ce bout de papier ?

Tu pousses un hurlement d'animal blessé et tu t'effondres sur le canapé. Tu pleures longtemps. De toutes tes forces. De toute ta colère. De tout ton désespoir. Jusqu'à ce que tu épuises la réserve amère de larmes accumulées durant toutes ces nuits d'insomnie et de solitude. Tel un éclair, ce choc foudroyant t'a fait voir les très visibles traînées de moisissures qui ne cessaient de s'élargir pendant ces dernières années sur la croûte ternie de votre vie conjugale, mais que tu avais bêtement refusé de voir jusque-là. Tu comprends alors que le désastre est inévitable, que tu y as contribué toi-même, inconsciemment, pour t'être résignée à la détérioration de votre relation, et que de ce naufrage final il n'y a plus rien à sauver.

Tu vas dans la salle de bains, fais couler le robinet du lavabo, y tends ta tête. Des flots d'eau froide passent dans tes cheveux et sur tes paupières brûlantes, retombent dans le lavabo, disparaissent dans le petit trou noir en tourbillonnant. Tu fermes le robinet. Tu tires une serviette avec laquelle tu t'essuies le visage et les cheveux. Tu reposes la serviette sur le bord de la baignoire et tu te regardes dans le miroir.

Tu entres dans la quarantaine aujourd'hui. Tu as déjà passé la moitié de ta vie – si tu peux vivre jusqu'à quatre-vingts ans – et tu as encore l'autre moitié à parcourir. Il a raison, tu dois désormais faire face à la réalité, aussi cruelle soit-elle. Te relever où tu es tombée. Détourner tes yeux du passé. Incliner de tout ton poids vers un ailleurs, un autrement, un avenir qui sortira de cette rupture radicale – si tu parviens à survivre à cette rupture, bien sûr. Tu dois partir. Déchirer ce cocon gris que tissent les fils de tes gestes quotidiens, de tes misères de tous les jours, de tes pensées habituelles. Partir. Sortir de ce décor que tu connais jusqu'à l'écœurement. Changer la couleur de tes jours. Partir. Oublier. Respirer. Te ressourcer. Partir. Recommencer. Seule. À quarante ans.

Tu tournes le dos à ton visage chiffonné dans la glace, et, d'un pas décidé, tu ressors de la salle de bains, te diriges vers le buffet installé contre le mur du fond du salon, décroches le téléphone, composes un numéro.

Alors, tu as décidé de signer ? demande-t-il à l'autre bout du fil.

Je ne veux pas l'appartement, mais cinq cent mille yuans.

Silence. Le calme et la fermeté dans ta voix ont dû le déconcerter. Puis, la sienne, pâle, hésitante, te parvient comme une feuille grillée par le premier gel qu'emporte le vent du crépuscule :

Mais… Je n'ai pas assez de capital à la ban…

Tu te débrouilleras. Je veux cinq cent mille yuans, et je les veux dans les trois jours.

Tu raccroches le téléphone et te dis : ça y est, j'ai tourné la page.

Chrysanthème

Oui, je suis un ancien soldat de l'armée rouge. J'ai participé à la Longue Marche. J'ai suivi l'armée rouge depuis le sud du Jiangxi jusqu'à Yan'an. Plus tard j'ai pris part à la guerre de Résistance contre les Japonais et, après la capitulation du Japon, à la guerre de Libération contre les troupes de Tchang Kaishek. Puis, le lendemain de la proclamation de la République populaire de Chine, j'ai été envoyée avec d'autres camarades au sud du pays pour y mener la réforme agraire. Je suis ensuite venue à Vieux Banian travailler à la Fédération des femmes pour la protection des enfants. Pendant la Révolution culturelle j'ai survécu au mouvement des gardes rouges, et j'ai passé six années dans les prisons communistes, moi, un des membres les plus vieux et les plus loyaux du Parti. Enfin. À partir des années quatre-vingt, la société a changé tellement vite que je ne comprends presque plus rien. J'ai perdu les repères. Je suppose que je suis trop vieille – j'ai quatre-vingt-sept ans cette année – pour comprendre les choses nouvelles, les pensées modernes. J'appartiens à une autre époque, celle du passé. Depuis l'automne dernier, des bribes de souvenirs très lointains commencent à me revenir. Odeurs, bruits, paysages, figures et voix des gens qui m'étaient très chers et qui sont morts il y a très longtemps… Je me dis alors que ce sera bientôt mon tour, que je me trouve déjà sur la route de la Source Jaune où je devrai les rejoindre tous, mes parents, grand-maman Wang, Bambou, Aurore, Perle Bleue, et mes autres anciens compagnons de combat…

C'est un jour d'hiver, en 1927. Je vais sur mes quinze ans. Il fait encore noir quand maman me réveille. Je descends du lit. Je prends ma veste rapiécée que j'enfile rapidement. Maman ôte sa blouse et la met sur mes épaules.

Il fait froid dehors, dit-elle.

Elle sort de son panier à couture le peigne de bois édenté, me coiffe longuement. Elle me tresse une natte au bout de laquelle elle attache un bout de coton rouge. Puis elle enlève le couvercle de la marmite, prend une patate douce qu'elle fourre dans ma main.

Tu mangeras du riz là-bas, dit-elle.

Je pleure silencieusement et je les avale, larmes et patate mélangées.

Pendant tout ce temps-là, papa est accroupi dans un coin, muré dans le brouillard piquant du tabac et de son silence résigné.

Grattement à la porte. Maman ouvre les battants.

Un homme entre, vêtu de noir.

Réveillés, mes cinq jeunes frères et sœurs se bousculent nus sous la couverture loqueteuse en épiant l'étranger avec une curiosité mêlée de crainte.

Le visiteur sort sa bourse de sous le pan de son manteau, compte quatre pièces d'argent et les donne à maman.

Mais… vous avez dit cinq, balbutie-t-elle, perplexe.

Vous rêvez ? l'interrompt l'homme en m'empoignant brutalement le bras. Elle qui est si maigre et si petite ? On dirait une gosse de dix ans.

Maman s'essuie le coin des yeux avec sa manche.

Allez, ajoute l'homme d'une voix légèrement adoucie, la gamine aura une meilleure vie là-bas.

Maman va à la marmite. Elle y pêche un œuf dur et me le tend.

La route sera longue, dit-elle, et la suite de sa phrase est noyée dans un sanglot.

Les regards affamés de mes frères et sœurs sont rivés sur l'œuf dans ma main avec une intensité douloureuse. Je remets l'œuf dans la marmite. Je jette un dernier coup d'œil sur papa dont le front s'enfonce de plus en plus entre les genoux, et je sors avec l'homme.

À la première boucle de la route, je me retourne. Maman est là, debout dans l'embrasure sombre de la porte, pétrifiée.

D'un hameau à l'autre, nous marchons, marchons, jusqu'à ce que mes jambes ne puissent plus me porter. L'homme me fait entrer dans une auberge où nous passons la nuit.

Le lendemain, dès l'aube, nous nous remettons en marche. À la tombée de la nuit, nous arrivons dans un village. Il s'appelle Yinkeng, *Trou d'Argent*.

C'est ici, dit l'homme en s'arrêtant devant une grande porte à deux battants rouges laqués que garde une paire de lions en pierre grise plus grands que moi. Il monte le perron et soulève l'énorme heurtoir de bronze.

Tu mangeras du riz là-bas, m'a dit maman.

Les battants rouges laqués s'ouvrent sur le visage en noix d'une petite femme ratatinée.

Voilà grand-maman Wang, présente l'homme.

Alors, c'est toi Chrysanthème ? demande-t-elle en prenant ma main. Entre, entre vite pour te réchauffer un peu. T'as les mains glacées.

Elle m'emmène dans la cuisine, me fait asseoir sur un tabouret devant le feu, me donne un bol rempli du fond de la marmite. Je dévore la nourriture, m'essuie la bouche avec la manche.

Viens avec moi, sourit-elle.

Elle me conduit dans une chambre où se trouve un grand lit de bois et une armoire lourde.

Tu vas te changer d'abord, dit-elle en ouvrant l'armoire. Tu ne peux pas te montrer à ton beau-père comme ça, en haillons.

Il y a dans l'armoire des piles de vêtements usés. Je suis éblouie. Je n'en crois pas mes yeux.

Tout ça, à moi ?

Oui, mais dépêche-toi. Ton beau-père va rentrer d'une minute à l'autre.

Dès qu'elle est sortie de la chambre, je me jette carrément sur l'armoire. Je tire un manteau ouatiné à petites fleurs dorées sur fond rose et je l'enfile en toute hâte. Le manteau est trop large et trop long. Je flotte là-dedans. Mais c'est chaud ! C'est beau ! Je me sens comme une princesse !

La nuit même, grand-maman Wang porte dans ma chambre mon fiancé, un bébé de dix mois.

Mon beau-père est un grand quinquagénaire tout sec et tout ridé comme un sac de chanvre jeté sur un bâton de bois. Il a eu trois femmes quand il était jeune et bel homme, racontent les voisins. Sa première épouse était la plus jolie fille du canton et lui a coûté un âne et dix mous de champs fertiles. Mais au bout de trois ans de vie conjugale, et malgré des tas de trucs susceptibles d'améliorer la fécondité qu'elle avait avalés, elle n'a pas eu d'enfant. Traitée de bonne à rien par son mari, injuriée et battue quotidiennement, elle s'est suicidée en se jetant dans un puits. Mon beau-père s'est remarié peu après. Cette fois il a choisi une femme avec une poitrine généreuse et des hanches opulentes, donc prometteuse d'une fécondité exceptionnelle. Mais ce mariage aussi demeurait stérile. Un jour on a trouvé la pauvre femme pendue dans la grange. Après ce second suicide, vous pouvez imaginer, pas une famille des environs ne voulait plus marier leur fille à mon beau-père. Il a dû dépenser une fortune pour faire venir une jeune fille d'un village éloigné. Ce troisième mariage n'a pas duré longtemps. La nouvelle mariée a disparu seulement quelques mois après la noce. Il paraît qu'un étameur ambulant l'a croisée sur une piste peu passante de la montagne et on n'a plus de nouvelle d'elle depuis. Alors, pour continuer la lignée de la famille et avoir quelqu'un qui s'occupe de lui quand il sera vieux, mon beau-père a adopté le fils cadet d'un cousin lointain et lui a acheté une fiancée, moi.

À l'âge de dix-huit ans je suis fiancée à un bébé de trois ans.
La nuit je berce mon futur mari dans le lit.
À une heure du matin il fait pipi sur mon pyjama.
À deux heures du matin il souille la couverture rouge brodée.
N'en pouvant plus je lui donne une fessée,
Il pleure en m'appelant d'abord grande sœur puis maman.
Écoute, petit ! Je ne suis ni ta grande sœur ni ta maman,
Mais ta fiancée, ta future épouse !
De longues années s'écoulent ainsi,
En attendant qu'il grandisse je travaille comme une esclave.
Lorsqu'il devient jeune homme, enfin,
J'ai déjà vieilli, usée. Voilà mon destin !

Cette chanson était très populaire chez nous à l'époque. Je l'entendais chanter petite fille et je la répétais en riant, sans la comprendre. Les misères d'une telle vie, il faut les vivre pour les connaître.

Nous sommes le 23 de la douzième lune. Cela fait exactement un mois que je suis arrivée à Trou d'Argent.

Ce jour-là, grand-maman Wang s'est levée plus tôt que d'habitude. Lorsque j'entre dans la cuisine, elle l'a déjà balayée. Un autel a été dressé devant le portrait du vénérable génie du foyer qui trône dans une niche pratiquée au-dessus du fourneau à bois. Assis côte à côte avec son épouse derrière une longue table surmontée d'un énorme plat de nourriture et de deux pots d'alcool de riz, tenant à la main une tablette de jade qui est l'insigne de son pouvoir, le génie du foyer surveille tout à la maison d'un œil sévère. Quand la fin de l'année approche, croit-on depuis des siècles, le génie part à dos de cheval pour le ciel faire son rapport sur la conduite de la maisonnée à l'Empereur céleste. Cent jours seront enlevés de la durée de la vie d'un homme s'il a commis une offense mineure, et trois cents jours de moins pour une faute grave. Il vaut mieux donc, pensent les gens, offrir un repas copieux et bien arrosé au génie avant son départ, car, soûl comme une bourrique et incapable de se souvenir de quoi que ce soit, celui-ci ne pourra plus dire du mal d'eux devant l'Empereur du Ciel.

Au travail, Chrysanthème ! me dit grand-maman Wang en disposant sur l'autel agneau, poulet, gâteaux de riz colorés, maltose et eau-de-vie.

Après que j'ai allumé des bâtonnets d'encens, grand-maman Wang invite avec empressement le génie à manger et à boire autant qu'il veut. Elle se hisse ensuite sur un escabeau pour enlever la vieille image du génie noircie par la fumée de l'année passée et en coller une neuve à la place. Puis elle salue le départ du génie en brûlant sa vieille image et un cheval en papier qui doit le porter au palais céleste. Mais moi, pendant la cérémonie, je ne peux pas détourner mes yeux des plats étalés sur l'autel. Que mangeront-ils le jour du Nouvel An, mes parents, mes frères et sœurs ? Auront-ils une bouchée de riz chacun, au moins ? Si je leur apportais ce gigot d'agneau, ce poulet rôti et ces gâteaux de riz sucrés ? Mon cœur commence à battre violemment. Je jette un regard furtif sur grand-maman Wang, de peur d'avoir pensé tout haut et qu'elle m'ait entendue. Mais non, la vieille femme est absorbée tout entière dans ses prières : Bon voyage, Seigneur ! Soyez aimable de nous pardonner nos péchés. Soyez gentil de dire du bien de nous à l'Empereur du Ciel... Enfin, pourquoi pas ? me dis-je. Le génie du foyer ne va pas se fâcher quand même si je prends les restes de son repas pour ma famille affamée. Je n'ai qu'à cacher la nourriture dans un panier sous du linge sale et à sortir sous prétexte d'aller faire la lessive dans la rivière. Une fois hors du village, tout sera simple. Je retrouverai mon chemin facilement – il n'y a pas si longtemps que je l'ai parcouru – et dans deux jours, deux jours seulement, je serai réunie avec les miens. Quel bonheur ! En m'imaginant apparaître sur le seuil, les bras chargés de nourriture, j'entends déjà leurs cris de surprise et de joie.

Je ne vous dirai pas comment je me glisse hors de la porte que gardent jalousement les lions de pierre grise, comment je cours à perdre haleine pour m'éloigner le plus vite possible de la maison de mon beau-père, comment je traverse bois et vallons en dégringolant de roncier en roncier et de tronc en tronc, comment je fauche les prés de fougères et les champs de ramies en contournant les villages, de peur d'être vue. Je ne vous dirai pas non plus comment je m'égare dans la montagne et tourne en rond sans m'en rendre compte, ni comment on me retrouve au bout de cinq jours, plus morte que vive, près d'un torrent au fond d'un ravin...

Je suis réveillée par un mal fulgurant au ventre. J'ai juste le temps de reconnaître le visage de mon beau-père déformé par la rage avant de perdre conscience à nouveau. Puis un seau d'eau froide déversé sur ma figure me ramène en ce monde.

Toi, oser voler chez moi ! grince mon beau-père entre les dents tout en me logeant des coups de pied dans les côtes. Toi, oser t'enfuir !

Mais vous allez la tuer ! crie grand-maman Wang en essayant de le retenir par le bras.

Va-t'en ! tempête-t-il en repoussant brutalement la vieille servante. Je l'ai achetée avec dix pièces d'argent. Elle est à moi. Si je veux qu'elle meure aujourd'hui, elle ne pourra pas vivre jusqu'à demain.

Mais on est à la veille du Nouvel An, maître, supplie grand-maman Wang. Si elle meurt, ça portera malheur à la maison…

Leurs voix me paraissent s'affaiblir, s'éloigner, devenir un bourdonnement de moustiques. L'obscurité m'engloutit de nouveau.

Non, après cette évasion avortée, je n'ai plus rien tenté.

Crois-tu que tes parents te garderont si tu y retournes ? me répète mon beau-père, ils sont bien trop pauvres pour ne pas te revendre ailleurs !

Cet avertissement, et la peur d'être vendue encore une fois et à je ne sais qui, me lient les pieds comme une chaîne invisible et incassable. Ici, au moins, j'ai grand-maman Wang.

Je n'ai aimé qu'un seul homme dans ma vie. C'est Bambou.

Soixante-neuf ans plus tard, je me souviens toujours aussi bien de notre première rencontre. C'est un des premiers beaux jours après l'hiver. Je cueille le thé sur la colline derrière le village. J'entends un Bonjour ! et je lève la tête. Il est là, grand et mince, les dents découvertes dans un sourire généreux, avec tout le soleil du matin étincelant sur son visage de vingt ans. Veste bleue, pantalon bleu, une bande de soie rouge allant obliquement de son épaule gauche à la hanche droite, un tambour gros comme un bol attaché à la taille, peint en rouge, et au bout du bras, un petit gong de bronze orné d'un cordon également rouge.

Vous êtes…

Messager du printemps.

Mais celui que je connais…

C'est mon père. Ses vieux os ne sont plus assez solides pour lui permettre de grimper les hautes montagnes ni de traverser les courants rapides. Il m'a passé son costume, son tambour et ses chansons.

Je lui demande alors s'il va faire un tour dans notre village ; il répond que oui. Je lui dis de me suivre, il descend de la colline avec moi. Le sentier est très étroit. Je marche devant. Il marche derrière. Nous n'échangeons pas un mot tout le long du trajet mais je sens sur ma nuque son regard brûlant comme le baiser du soleil de l'été.

Dès l'entrée du village, il se met à battre son petit gong de bronze. Le vacarme joyeux attire très vite une foule de gens qui le suit jusque dans la cour de la maison de mon beau-père. Grand-maman Wang lui offre un bol d'alcool de riz sucré. Après l'avoir vidé d'un seul trait sous les regards amusés des spectateurs, il détache de sa ceinture son tambour rouge qu'il commence à battre, et, sa poitrine bombée, sa tête légèrement rejetée en arrière, son sourire éternel accroché au coin des lèvres, il attaque :

Depuis la création du ciel et de la terre par Pangu,
Depuis l'apparition des Trois Souverains et le règne des Cinq Empereurs,

Nous les messagers du printemps,
De génération en génération parcourons montagnes et rivières.

En route, envoyés de l'Empereur Jaune !
De village en village, nous annonçons le retour du beau temps.
En route, envoyés de l'Empereur Jaune !
De maison en maison, nous portons la bonne fortune à tous les foyers.

Que le ciel vous soit clément et généreux,
Que la nouvelle année vous soit heureuse et abondante,
Que vos champs se tapissent d'épis d'or,
Que votre grange déborde de graines de riz et de soja,

Que votre étang soit plein de poissons et de crevettes,
Que vos arbres aient les branches pliées sous le poids des fruits,
Que votre étable se remplisse de cochons et de buffles,
Et votre basse-cour de poules et de canards,

Que les mauvais esprits se tiennent loin de votre toit,
Et les maladies loin de votre famille,
Que vos parents vivent jusqu'à cent ans,
Que vos enfants grandissent beaux et intelligents,
...

Tout en chantant, il me cherche du regard dans l'audience et il ne chantera ce jour-là, m'avouera-t-il plus tard, que pour moi.

Nous sommes devenus amants, Bambou et moi. Mais il n'est pas question qu'il m'épouse : je suis déjà fiancée à quelqu'un d'autre – le petit bout d'homme qui vient d'avoir trois ans. Nous nous retrouvons alors dans une grotte sur la falaise aux Rochers Jaunes à chaque retour de la saison fleurie, quand Bambou passe par le village lors de ses tournées printanières.

Ce sont là des moments frémissants où une odeur forte, masculine, de sève, sueur et terre mélangés, son odeur, déferle sur moi et m'enveloppe des pieds à la tête. Ce sont là des instants d'ivresse et de béatitude où je sens un fleuve d'une déchirante douceur descendre dans mes veines, coulant de mon cœur jusqu'au bout de mes ongles. Cet amour, survenu à point, change ma vie. Il est l'eau de la source et j'ai soif. Il est l'air vif de la montagne et j'étouffe. Désormais, pleine de passion à en éclater pour mon annonciateur du printemps et prête à tout subir pour vivre cette passion jusqu'au bout, je découvre le bonheur. L'attente n'est pas facile, je l'avoue, mais en me contraignant à de longs mois de jeûne, elle rend le fruit défendu encore plus désirable et nos retrouvailles, encore plus délicieuses.

Trois ou quatre années s'écoulent comme ça, le ciel et la falaise aux Rochers Jaunes restent les seuls témoins de mon secret. Notre secret.

Un matin d'avril 1933, en poussant les battants de ma fenêtre donnant sur la cour, je suis surprise d'apercevoir un coin de ciel dégagé. Il ne pleut plus ! Les fleurs rose pâle du pêcher frissonnent dans la tiédeur de la brise. Par-dessus le mur qui cerne la cour, se penchent de larges éventails de bananier brillants de pluies passées et plus loin, des traînées de brume s'enroulent autour des bosquets de bambous comme des écharpes de mousseline.

Tu t'es levée déjà ? me salue grand-maman Wang en passant sous ma fenêtre avec un panier débordant de linge sale.

Il fera beau aujourd'hui, souris-je. Tu vas laver ça dans la rivière ? Oh, laisse, grand-maman Wang. Je vais le faire après le petit déjeuner.

Arrivée plus tard à la rivière, je pose le panier sur le bord d'une grosse pierre. Au fond d'un creux de la pierre une petite flaque d'eau reflète l'Orient rouge orangé, tel un morceau de miroir cassé. Quelque chose bouge au milieu du miroir, le faisant trembloter. Je me courbe pour regarder de plus près. Un point noir s'y meut – l'œil minuscule d'un poisson transparent, long d'un pouce. Comment se fait-il qu'il soit là ? J'ouvre les mains et les referme doucement autour de l'alevin. Celui-ci paraît inquiet et remue nerveusement dans le bol de mes paumes. J'entre dans la rivière, y plonge les mains. D'un coup de queue, l'alevin s'évanouit, comme fondu dans le flot. Je retourne à la pierre. Je retrousse les manches sur mes coudes. Je prends un drap dans le panier, le trempe dans l'eau, le retire ensuite pour l'entasser sur la pierre. Puis, à l'aide d'un bâton de bois de goyavier, je le bats avec force quelques minutes, avant de le rincer dans le courant. Soudain, je m'immobilise. Mon corps entier se raidit. J'ai entendu ses pas. Je n'ai pas besoin de me retourner pour savoir que c'est lui. Il approche. Je retiens ma respiration. Mes oreilles sont remplies de martèlement de ses pieds et des battements fous de mon cœur.

Chrysanthème, appelle-t-il doucement.

Mes nerfs tendus se relâchent d'un coup. Le courant rapide arrache le drap à mes mains et l'emporte en aval.

Il saute dans l'eau et rattrape le drap.

Je ris. Il rit aussi.

Le temps de ta tournée est passé…

Je suis venu te dire au revoir.

Comment ça… au revoir ?

Je pars pour Yudu. Je vais rejoindre l'armée rouge.

L'armée rouge ?

Oui. On dit qu'ils prennent les terres et les biens aux riches propriétaires comme ton beau-père pour les redistribuer aux paysans pauvres.

Alors ?…

Quand ils viendront ici, les gens comme tes parents et les miens auront des terres à eux.

C'est vrai ?…

Oui. Et ils auront de quoi nourrir leurs petits.

Ah bon !

Et ils n'auront plus besoin de vendre leurs filles.

Oh Dieu du Ciel !

Et ils vont abolir le système des enfants-fiancés.

Alors… les filles comme moi peuvent être li… libres ?

Oui, c'est ça.

Veulent-ils des femmes ?

Je sais pas. Mais je pourrai me renseigner pour toi.

C'est loin, Yudu ?

Pas trop. Quelques jours de marche.

Reviendras-tu me chercher ?

Oui, quand je le pourrai. C'est promis.

Cela fait déjà plusieurs mois que Bambou est parti pour Yudu. Je suis réveillée une nuit par le gémissement de la porte qu'on referme. Je me dresse vivement sur mon séant alors que quelqu'un se rue sur moi et me renverse d'un coup. Je tente de le repousser mais une main forte s'écrase sur ma bouche.

Un seul cri, m'avertit une voix familière, et tu es morte.

Mon beau-père ! Je suis terrifiée.

Il déchire ma chemisette, palpe mes seins avec sa patte glacée. Son haleine sent les dents pourries. Sa salive coule sur mes joues comme des limaces visqueuses. En me débattant, ma main rencontre la fesse dodue de mon petit fiancé dormant dans le même lit. Je la pince de toute ma force. L'enfant hurle comme une bête blessée. Surpris, mon beau-père me relâche et se sauve par la fenêtre.

Qu'est-ce qu'il y a, Chrysanthème ? appelle grand-maman Wang en tambourinant à ma porte.

Je saute du lit, ouvre la porte et m'effondre dans ses bras.

C'est lui ! C'est lui !

Qui ça ?… Ton beau-père ?

Grand-maman Wang me fait asseoir sur le bord du lit.

Je ne peux plus rester ici, lui dis-je en pleurant.

Mais où pourrais-tu aller ?

Yudu.

Yudu ?

Oui. Il y a l'armée rouge là-bas. Ils aident les gens pauvres.

Mais c'est loin, Yudu, et ce n'est pas très sûr pour une jeune fille comme toi de voyager seule…

Je peux me déguiser en homme, tu sais…

Être appelée *camarade* pour la première fois est un des moments les plus émouvants de ma vie. Je ne me suis jamais sentie aussi proche de corps et de cœur de Bambou, car, comme lui, je fais désormais partie de l'armée du peuple, de ceux qui nourrissent le même idéal, partagent le même ouvrage et se battent pour la même cause : bâtir une société plus juste où il n'y aurait plus l'exploitation de l'homme par l'homme, où tout le monde pourrait manger à sa faim et s'habiller chaudement, où tous les enfants pourraient aller à l'école, où toutes les femmes pourraient tenir leur destin dans leurs mains et seraient libres de choisir leur mari. C'est comme un immense horizon qui s'ouvre devant moi. Ma vie désormais a un sens, un but. Et j'ai vingt ans, flambante de jeunesse et d'enthousiasme. Dans l'armée tout ce qu'on me demande de faire me convient : transporter des munitions sur les sentiers montagneux avec palanche et paniers, coudre des uniformes dans l'atelier de confection, laver des bandages et des draps à l'hôpital militaire, coller sur les murs et les troncs d'arbre des affiches de propagande, visiter des familles paysannes pour inciter les jeunes à rallier nos rangs… Et j'accomplis mes tâches avec conviction, joie et ardeur.

Nous sommes douze jeune filles dans la vingt-cinquième division, surnommées *les douze Fées* par nos camarades frères. Comme moi la plupart des douze fées ont connu le cauchemar de l'enfant-fiancé avant de s'engager dans l'armée. Mais Lanzhu, *Perle Bleue*, et Liming, *Aurore*, ont eu un parcours moins commun.

La cadette du groupe, Perle Bleue, a seulement quinze ans. Elle est issue d'une famille ouvrière. Elle a vécu à Shanghai. Son monde de petite fille de neuf ans a basculé brusquement le jour où ses parents et ses trois grands frères ont été arrêtés puis fusillés lors du grand massacre des communistes par les troupes nationalistes de Tchang Kaishek en 1927. Depuis lors, sans famille sans logis, elle errait sur le pavé, sale, déguenillée, dévorée de faim et de poux, mendiant de porte en porte, se battant avec d'autres clochards pour le fond d'une boîte de conserve vide ou un os de porc pourri découvert dans des poubelles. Un ami de son père l'a repérée un matin alors qu'elle sommeillait enroulée dans de vieux journaux sous l'avant-toit d'un restaurant. Il l'a emmenée chez lui, l'a lavée, nourrie et logée. Plus tard, à l'aide de quelques relations secrètes, il a arrangé son arrivée dans la région soviétique du Jiangxi. Elle a été admise dans l'armée rouge comme une petite sœur accueillie dans une grande famille, car, orpheline, elle ne savait ni ne pouvait aller nulle part ailleurs. Perle Bleue a un visage en forme de pêche et de grands yeux clairs à l'éclat malicieux, ce qui la fait paraître plus jeune encore que ses quinze ans. Perle Bleue, si j'ai une préférée, c'est elle. À cause de ses rires. Sa voix est cristalline et quand elle rit, on dirait qu'une clochette de bronze tintinnabule le plus joyeusement du monde. La plupart du temps, Perle Bleue semble très gaie. Elle parle, chante, rigole, et fait rire des gens autour d'elle par ses mimiques géniales. Mais il y a aussi des moments où, comme soudain visitée par une image du passé, elle se tait tout à coup, et va se cacher dans un coin pour pleurer. Se sent-elle coupable d'être en vie alors que tous les siens sont morts ?

Aurore est l'aînée et le chef de notre petit groupe. Connue comme « vieille » révolutionnaire de carrière, elle a seulement vingt-trois ans. Elle est née dans une famille de hobereaux lettrés à Wenchang, province du Hainan, et a été tôt séduite par l'idéologie du communisme. Déjà membre de la Ligue de la jeunesse communiste à l'âge de quatorze ans, elle a dirigé l'équipe de la propagande à l'école normale du Hainan où elle faisait ses études. Son action et celle de ses camarades aboutiront à la création de la première association de femmes de la province. Plus tard, après le démantèlement de son organisation par la police, elle a été sous le coup d'un mandat d'arrêt et a dû émigrer. Elle s'est rendue d'abord à Hong Kong, puis à Singapour, travaillant dans différentes imprimeries procommunistes. Elle est retournée clandestinement dans le pays en 1931 et, quand l'armée rouge a entrepris de bâtir les bases d'appui au sud du Jiangxi, elle y a été envoyée par le Parti pour mobiliser les femmes. Seule personne parmi nous qui ait eu le privilège d'aller à l'école, Aurore s'oppose farouchement à l'idée traditionnelle selon laquelle la vertu d'une femme réside dans son ignorance, et s'applique à apprendre à ses camarades illettrées à lire et à écrire. L'émancipation des femmes, dit-elle souvent, doit passer par la voie de l'éducation. Pas de pinceau ? Pas d'encre ? Pas de papier ? Ce n'est pas grave. Ramassez une brindille et suivez-moi trait par trait… Dix caractères par jour, trois cents caractères par mois, et vous pourrez lire, croyez-moi, dans deux ans… Des décennies plus tard, je me rappelle toujours comment elle m'apprit à écrire mon nom : Horizontal, vertical, oblique jeté de droite à gauche… oui oui, comme ça… un autre oblique jeté de droite à gauche ici… très bien… horizontal brisé descendant verticalement et terminant avec un petit crochet… point, oblique jeté de droite à gauche, horizontal, vertical… Vous ne pouvez pas imaginer comme je suis émue d'avoir tracé sur le sol, avec un bout de brindille sèche, ces premiers mots de ma vie ! Front haut, longs yeux pensifs, nez fin et droit, lèvres pleines et menton pointu, Aurore est aussi jolie qu'intelligente. Ce n'est donc pas étonnant qu'elle ait beaucoup d'admirateurs dans l'armée. Un jour elle va laver des bandages dans la rivière. Le dîner est déjà prêt mais elle n'est toujours pas rentrée. Un peu inquiète, je sors la chercher. En m'approchant de la rivière, je l'aperçois, le front penché et le dos appuyé contre le tronc d'une ailante, debout au bord de l'eau, le panier de lessive posé à ses pieds. Elle a une lettre dans la main. Son profil absorbé se découpe en ombre chinoise sur le ciel qu'incendient les dernières lueurs du couchant. Je regarde un moment ce tableau puis m'éloigne sans bruit. Aurore est amoureuse, me dis-je.

Les bases rouges du Jiangxi sont à l'époque le plus grand souci du gouvernement nationaliste de Tchang Kaishek. De janvier 1930 à février 1933, celui-ci a lancé successivement quatre campagnes d'extermination contre elles, mais s'est cassé les dents dessus quatre fois. Pour la cinquième campagne d'extermination déclenchée en septembre 1933, Tchang Kaishek a fait appel aux conseillers militaires allemands et rassemblé presqu'un million d'hommes armés de mitrailleuses, canons, chars et avions américains. Il est déterminé cette fois à encercler tout le territoire soviétique et à anéantir l'armée rouge une fois pour toutes.

Depuis le printemps 1934, je ne vois plus Bambou. Des combats entre les troupes nationalistes et l'armée rouge font rage à la lisière de la région soviétisée. De nombreux blessés affluent chaque jour de tous les fronts à l'arrière. L'hôpital est vite débordé. Malgré leur courage nos soldats semblent commencer à perdre du terrain face aux ennemis bien mieux nourris, bien mieux armés, et cinq fois supérieurs en nombre.

Début mai, la nouvelle nous parvient que les batailles à Sanxi et à Sankeng ont été perdues, et que plus de deux mille combattants rouges sont tombés. Quelques semaines plus tard nous apprenons que la bataille à Guangchang s'est aussi terminée en désastre, avec six mille morts de notre côté. Situé à seulement une soixantaine de kilomètres dans le nord de Yudu, Guangchang est considéré comme une porte d'une énorme importance stratégique. Maintenant que cette porte a sauté, Ruijin, la capitale de la région soviétique, n'est plus loin. Le blocus de Tchang Kaishek se resserre comme un étau de fer. Ses troupes vont bientôt être là.

À partir de mi-juillet, la situation s'est encore aggravée. Le bruit commence à courir que l'armée rouge va abandonner son territoire du Jiangxi et se retirer dans d'autres provinces afin d'y développer de nouvelles bases. En même temps, les achats massifs de céréales et le recrutement hâtif en grand nombre de nouveaux soldats semblent annoncer un imminent mouvement de grande envergure. Où se trouve Bambou ? Comment va-t-il ? Je n'ai plus aucune nouvelle de lui depuis que sa division est montée au front. Je ne sais même pas s'il est blessé ou prisonnier, vivant ou mort.

Fin septembre, un ordre surprenant tombe d'en haut : notre division partira bientôt, mais sans les douze fées !

On nous distribue huit pièces d'argent chacune et on nous dit de chercher nous-mêmes où nous cacher.

Quitter l'armée rouge, moi ? Jamais ! Pour moi, rester dans l'armée rouge, c'est rester avec l'espoir d'une meilleure société pour les gens pauvres comme mes parents, pour les enfants démunis comme mes frères et sœurs, et pour les femmes opprimées comme moi-même. Rester dans l'armée rouge, c'est aussi rester avec Bambou, rester fidèle à notre amour.

Aurore nous dit de nous aligner devant la porte de notre logement :

Celles qui ne veulent pas quitter l'armée viennent avec moi voir le commandant.

Moi ! Moi ! Moi !...

Toutes les filles sont déterminées à rester.

Le commandant de la division se penche sur une carte étendue sur sa table lorsque nous faisons irruption dans le temple transformé en quartier général.

Ah, voilà mes douze fées ! Que puis-je faire pour vous ? demande-t-il en levant son regard souriant.

Nous mettons nos huit pièces d'argent sur sa table.

Le sourire disparaît aussitôt de ses yeux. Il attrape un paquet de cigarettes, en tire une, l'allume.

La décision a été prise, explique-t-il en fronçant ses sourcils charbonneux, compte tenu de la gravité de la situation actuelle et de votre propre sécurité.

Mais l'armée est notre famille, réplique une camarade, nous ne pourrons pas la quitter.

Laissez-nous rester, s'il vous plaît, supplie une autre. Nous savons soigner les malades et les blessés.

Nous pouvons faire tout ce que font les hommes, ajoute une autre encore.

Depuis le jour où nous sommes entrées dans l'armée, prononce Aurore en pesant chaque mot, notre vie et son destin ne font plus qu'un.

Nous vous suivrons partout où vous irez, promet Perle Bleue en clignant ses grands yeux limpides, même au bout du monde.

Partir avec l'armée, déclaré-je solennellement, ou mourir.

Partir avec l'armée ou mourir, scandent toutes les filles.

Le commandant nous écoute en silence. Il tire sur sa cigarette coup sur coup. Il enlève le mégot de ses lèvres et l'écrase sur le bord de la table.

Bien, dit-il, allez préparer le départ.

L'automne est une saison riante à Yudu. Soleil, ciel bleu, ondulations vertes de riz tardif, bassins d'eau tapissés de lentilles et de lotus, parfums des graines dernièrement engrangées, tiges de soja étalées et séchées sur les tuiles grises, grappes de piments rouges et d'épis de maïs jaunes accrochées aux murs et aux chambranles des portes, sojas fermentant dans de gros pots de terre cuite alignés sous l'auvent, citrouilles orange empilées dans le coin de la cour où se dandinent poules et canards. Mais sous l'apparence calme de ce bourg riverain et de ses environs, les préparatifs de la grande retraite s'accélèrent.

Quand les machines lourdes ont été démontées, quand les matériels que l'armée ne pourra pas emporter ont été enterrés, il faut évacuer les blessés de l'hôpital et les confier à des familles paysannes sympathisantes. C'est là la tâche la plus poignante pour nous. En sachant qu'une fois laissés derrière nous, ils auront peu de chance d'échapper aux ratissages ennemis, beaucoup refusent de quitter l'armée. Certains même tentent de se suicider en avalant de l'opium. Aurore et moi nous accompagnons un garçon de dix-huit ans blessé à la jambe jusqu'à la chaumine d'une vieille femme qui a accepté de le garder. Le jeune homme n'a pas desserré les dents pendant tout le trajet. Mais au moment où nous allons repartir après l'avoir installé chez sa gardienne, il fait un grand effort pour se dresser.

Donne-moi ça, s'il te plaît, me dit-il en pointant son index sur la grenade accrochée à ma ceinture. Si jamais les ennemis mettent la main sur moi, je mourrai avec eux plutôt que d'être leur prisonnier.

Je dirige un regard interrogatif sur Aurore. Elle hésite une seconde, me fait un petit signe de tête affirmatif, puis se précipite au dehors. Je décroche la grenade que je pose doucement dans la main ouverte du garçon.

Il ferme ses doigts et m'adresse un sourire de gratitude. Il est encore un enfant !

Les larmes me montent aux yeux d'un seul coup et je sors rapidement pour qu'il ne me voie pas pleurer.

Mi-octobre, les sapeurs du génie ont construit sur les vagues pressées de la rivière de Yudu cinq ponts provisoires que supportent des jonques liées ensemble par de grosses chaînes de fer rouillées. Le départ paraît imminent mais nous n'avons aucune idée du côté où nous devrons aller. Quand nous posons la question au commandant, il nous conseille d'utiliser le temps qui nous reste encore pour nous tresser une paire de sandales de plus.

Notre cabane toujours si propre et si nette est maintenant sens dessus dessous. Tout le monde semble être gagné par la fièvre qui précède la grande migration. Personne ne peut plus tenir en place. On entre, on sort, on palabre inlassablement sur les itinéraires et les destinations possibles de la retraite, on s'affaire autour des couchettes défaites, on remplit les musettes, puis on les vide, puis on les remplit à nouveau… Notre bagage ne devra pas dépasser dix livres, l'ordre est tombé, mais il nous faut porter cinq kilos de riz chacune.

J'étends ma couverture légère, étale dessus mes maigres possessions personnelles et entreprends une sélection méticuleuse. En embrassant d'un regard ces objets familiers qui m'ont longtemps rendu service, j'ai un petit pincement au cœur. Je trouve difficile de me passer d'aucun d'eux mais il est hors de question de tout garder. Après de longues minutes d'hésitation, je mets de côté la cuvette de bronze, le bout de savon noir et le petit miroir rectangulaire. Je me laverai désormais dans des ruisseaux et des rivières, pensé-je, et tout étang que je croiserai sur la route sera ma glace. Quant à la veste ouatinée, nous sommes en automne et je n'en aurai besoin que dans deux mois, mais dans deux mois, me dis-je, on sera sans doute déjà arrivé à la nouvelle terre promise et j'y trouverai à coup sûr de quoi me couvrir pour l'hiver… Finalement, sur ma couverture déployée, il ne reste plus que le strict minimum : quelques vêtements de rechange, deux paires de sandales de paille, un peigne de corne de buffle, une petite serviette, la trousse à couture renfermant aiguilles, ciseaux et bobines de fil, un gobelet en fer blanc qui me fera à la fois office de casserole et de bol, un paquet d'allumettes enveloppé dans un morceau de papier huilé.

Je ne suis jamais sortie du Jiangxi, dit soudain une de mes camarades.

Moi non plus, confie une autre.

J'espère qu'on ne quittera pas la province pour trop longtemps, ajoute une autre encore.

Où irons-nous d'après toi, Aurore ? demandé-je.

Vers l'est je suppose. La région montagneuse entre le Jiangxi et le Fujian est un bon terrain de guerre. Et puis, si on réussit à établir un gouvernement soviétique là-bas, on pourra étendre le nouveau territoire rouge vers les provinces riches de la côte…

Chrysanthème, souffle Perle Bleue en me donnant un petit coup de coude, regarde qui est là.

Je me tourne vers la porte : Bambou ! Amaigri mais entier, il est debout sur le seuil, une enveloppe brune à la main. Le choc de l'émotion est tel qu'il me coupe la parole. Est-ce vraiment lui ? Ou c'est moi qui rêve ?

Bambou donne l'enveloppe à Aurore.

Je vais me laver les cheveux dans la rivière, déclare-t-elle tout de suite en me faisant un clin d'œil. Elle prend peigne, serviette et savon, sort en chantonnant.

Qui vient avec moi coller ces affichettes ? demande Perle Bleue en brandissant un rouleau de feuilles qu'elle a tiré de sa poche.

Nous allons avec toi, sourient les autres.

Elles sortent en se bousculant. Le tintamarre de leurs rires s'éloigne comme une volée d'oiseaux.

Bambou ferme la porte. Il n'y a plus que nous deux au milieu de la pièce soudain devenue si large, si vide, si silencieuse. Lui et moi. Moi et lui. Face à face. Yeux dans les yeux. Mes pommettes s'enflamment. Ma respiration se précipite. J'entends le sang marteler dans mes artères.

Bambou avance d'un pas vers moi. Il ouvre ses bras. Je m'y abandonne, prise par un suave et déchirant vertige.

Son étreinte est un feu. Il me submerge et m'engloutit. Mon corps et mon âme s'y ouvrent, s'en imprègnent, s'y fondent…

Trois jours plus tard, le 18 octobre 1934, notre division part à la pâle lueur du crépuscule.

Alertés par le pas des troupes traversant leurs villages, des milliers de paysans affluent sur la rive nord de la rivière de Yudu, la torche au poing, pour dire au revoir à leur armée, à leurs fils, à leurs frères. Paniers de bambou sur le bras, des villageoises se faufilent entre les rangs de soldats qui attendent leur tour pour passer les ponts de bateaux, offrant à boire, distribuant fruits, œufs durs et chaussures qu'elles ont confectionnées elles-mêmes.

Ronde et brillante comme un disque d'argent, la lune grimpe lentement sur le ciel sombre, inondant la campagne de sa lumière limpide et froide. Après plusieurs colonnes suivies d'un long cortège de porteurs civils chargés de munitions, nous montons à notre tour sur le pont flottant. Les planches du tablier tremblent et craquent sous nos sandales de paille. Un vent frais souffle au ras de la nappe d'eau. Aurore marche à mon côté, le nez baissé, muette et absorbée. Derrière moi, Perle Bleue fredonne l'air d'un chant guerrier que les autres reprennent en chœur :

Quiconque ose envahir notre territoire libre et sacré,
Quiconque ose attaquer notre pouvoir rouge,
Par nos poings de fer sera brisé.
En avant, combattants révolutionnaires, en avant !
Pour défendre notre région soviétique,
Nous nous battrons jusqu'à la dernière goutte de notre sang !
...

Nous allons quitter la province, songé-je en me souvenant soudain de mes parents et de mes frères et sœurs. Cela fait sept ans déjà que je ne les ai pas vus. Et je ne sais pas si, une fois sortie du Jiangxi, j'aurai jamais la chance de les revoir. Comment vont-ils ? Le dos voûté de maman s'est-il courbé plus encore sous le poids de l'âge et de la vie ? Les rides profondes de papa, toujours remplies de sueur, de poussière et de soucis, se sont-elles multipliées à cause des nouvelles inquiétudes ? Mes frères travaillent-ils déjà dans les champs ? Et mes sœurs ? Ont-elles été vendues ailleurs comme enfants-fiancées ? Je revois alors la maison où je suis née et où j'ai grandi, ses quatre bas murs de terre qui suintent éternellement d'une odeur piquante de fumée et d'étable, sa carcasse de poutres poussiéreuses sous les écailles sombres de vieilles tuiles ébréchées, son seuil de bois aplati au milieu par le frottement continuel des pieds nus de plusieurs générations… Nous allons quitter la province. Nous nous acheminons vers une destination inconnue. Qu'est-ce qui nous attendra sur la route ? Parviendrons-nous à rompre le vaste encerclement de l'armée de Tchang Kaishek ? La division de Bambou est partie avant nous. Pour frayer un passage dans le blocus ennemis, m'a-t-il dit. J'allonge le cou et regarde par-dessus les têtes des marcheurs devant moi. Dans l'obscurité éclairée par la lune, le cortège descend de l'autre bout du pont, gravit la berge et se dirige vers le sud, sombre, sinueux, à perte de vue.

Soudain, au milieu du silence nocturne, un sanglot bruyant éclate parmi les villageois qui nous regardent traverser la rivière. Gagnée par cette explosion de chagrin, la foule se met à pleurer.

Revenez bientôt ! lance une voix tremblante.
Nous vous attendons ! crie une autre, étranglée.
T'as entendu ? demandé-je à Aurore, bouleversée.
Nous reviendrons, jure-t-elle entre les dents.
Nous reviendrons, je confirme à haute voix.
Nous reviendrons, répètent solennellement mes camarades.

Nous sommes 86 000 soldats rouges, accompagnés de plusieurs milliers de porteurs civils. En quittant le sud du Jiangxi, en octobre 1934, nous jurons d'y revenir.

Ils sont un million de paysans sur le vaste territoire soviétique du Jiangxi. Ce sont hommes, femmes, vieillards et enfants, qui, en regardant s'éloigner leurs troupes, croient qu'elles reviendront. Bientôt.

Mais aucun de nous, aucun de ces combattants et porteurs civils qui vont prendre d'assaut les fortifications ennemies, aucun de leurs commandants, y compris les officiers les plus hauts placés, y compris Mao Zedong lui-même, y compris ses rivaux politiques au sein du comité central du Parti qui l'écartent de la direction de l'armée rouge, aucun de nous ne réalise que ce départ marque le premier pas de la retraite la plus catastrophique et la plus pathétique dans l'histoire de l'armée rouge, LA LONGUE MARCHE.

Partis pour ce grand voyage qui devra durer une année – pour certains deux années –, ni moi ni mes 90 000 compagnons de route n'imaginons alors que moins de 4 000 d'entre nous seulement y survivront, que tous les autres tomberont le long des pistes étendues sur plus de 13 000 kilomètres à travers onze provinces, sous les balles sifflantes des ennemis, ou sous leurs sacs à vivres épuisés.

Pour dissimuler notre mouvement et échapper à la vigilance meurtrière des bombardiers ennemis, nous devons nous cacher dans les bois le jour et marcher la nuit, évitant les villes et les grandes routes. En un mois, nous livrons sept batailles, forçons trois lignes de blockhaus, parcourons plus de quatre cents kilomètres, d'abord avançant vers le sud puis piquant vers l'ouest, sans parvenir, pourtant, à sortir du grand siège.

Or, il faut en sortir.

En sortir ou être exterminé.

Après une halte brève au bourg de la Montagne Bleue qui nous a permis de faire un peu de provisions, nous profitons du crépuscule pour quitter le campement, et nous nous engouffrons, marche forcée, dans les Montagnes du Sud qui s'étendent de la province du Hunan à la province du Guangxi. Cent quarante kilomètres plus loin, derrière ces pans rocheux successifs, coule le fleuve Xiang. C'est le long de ce fleuve que Tchang Kaishek a bâti sa quatrième ligne de fortifications, l'Infranchissable s'en vante-t-il, que nous devrons franchir. Coûte que coûte.

Il n'y a pas de route dans les montagnes. Rien qu'un sentier sommaire, perdu parmi des épineux et des fougères, bosselé par les racines des arbres et les blocs de pierre, à peine visibles au clair de lune. Il chemine en lacets, étroit et escarpé, tantôt au fond de la vallée suivant le murmure d'un ruisseau, tantôt au flanc de la montagne sur le bord de l'à-pic, tantôt sous la trame des branches de pins au parfum de résine, tantôt à travers la forêt des bambous aux feuillages froufroutants. Quand la lune est voilée par des nuages, l'obscurité devient si épaisse et si visqueuse qu'on a l'impression d'avoir plongé dans l'encre de Chine. Torches ! l'ordre circule le long de la colonne. Aussitôt les tronçons de bambou réunis en faisceaux sont allumées, et les visages ressortent du noir, éclairés et animés par mille petites flammes dansantes. L'angoisse de l'animal traqué qui nous poursuivait sans répit semble être balayée du même coup par ces lumières magiques, car, pour la première fois depuis que nous nous enfonçons dans les Montagnes du Sud, plaisanteries et rires se font entendre à nouveau. Mais l'euphorie ne dure pas longtemps. Précédées d'une cavalcade de vent, les premières gouttes froides de la pluie commencent à tomber. Les flambeaux, arrosés, s'éteignent les uns après les autres. La nuit referme sur nous ses ailes, plus ténébreuses et plus lourdes que jamais. Entortillée de pluie et de feuilles mortes, la bourrasque nous flagelle le visage et nous suffoque. De crainte qu'une personne de notre petit groupe ne quitte la piste et ne bascule dans les ravins, Aurore sort de son sac une corde et nous dit de nous attacher l'une à l'autre. Puis nous avançons à nouveau en tâtonnant, telle une grappe d'aveugles. La veille j'ai jeté mes dernières sandales de paille crevées, et mes pieds emmaillotés dans des chiffons ficelés en bottes glissent dans la boue du sentier. Aïe ! Je reçois en pleine figure une branche d'arbuste. Aïe ! Une pierre tranchante m'écorche le genou. Aïe ! J'empoigne un buisson barbelé dont les épines pénètrent dans ma paume… J'ai faim. J'ai froid. J'ai peur. Je suis exténuée. Ma tête s'engourdit peu à peu comme si quelqu'un y injectait du plomb, et je sombre, malgré moi, dans une sorte de torpeur de somnambule, mes jambes se déplaçant d'elles-mêmes, machinalement, ainsi que deux bâtons de bois… Tout à coup je sursaute. Un cri terrifiant vient de percer ma surdité léthargique, et fait vibrer encore de ses échos épouvantables toute la noire lourdeur des ténèbres. Ce n'est pas la première fois, hélas ! durant ces marches nocturnes, qu'un soldat ou une grappe de soldats bascule dans l'abîme. Mais toute tentative de porter secours aux victimes – peut-être encore vivantes au fond du ravin – est simplement impossible. Je m'écroule dans la boue en sanglotant.

Allons-y, la voix d'Aurore me parvient tout de suite à travers l'épaisseur de la nuit. Aurore tire sur la corde. Avançons. Nous ne pouvons pas rester ici.

Je me relève en chancelant. Non, nous ne pouvons pas rester ici. Quoi qu'il arrive, nous devons avancer, avancer, avancer…

L'aube arrive, débarrassée de la pluie. Alors que le ciel humide pâlit en s'approchant de la crête sombre des montagnes, nous atteignons une sorte de plateau limité par un énorme amoncellement rocheux. Le convoi y est paralysé par un bouchon, et il paraît que la colonne se dissout sous l'effet de l'immobilité, car, épuisés, les soldats s'effondrent en tas dans la boue et ronflent tout de suite, encore reliés ensemble par la corde.

L'origine du bouchon est une énorme caisse noire coincée sur le chemin muletier qui escalade le chaos en zigzags brutaux. Une dizaine de porteurs se pressent autour de la caisse. Ils glissent des bâtons sous elle et l'entourent de cordes de paille. Puis, au rythme des cris scandés, ils conjuguent leurs efforts pour la soulever, les uns tirant, d'autres poussant. Mais le sentier est trop étroit et trop raide, la caisse trop grande et trop lourde. En dépit de leur opiniâtreté, les porteurs n'arrivent pas à la faire bouger.

Le matin approche. La vapeur légère monte des arbustes pour perler sur nos cheveux. Des troupes sont enlisées le long de la piste derrière la caisse noire qu'on ne réussit toujours pas à faire bouger. D'autres soldats arrivent encore, tous crevés de fatigue, ruisselants de boue, et trépignant d'impatience.

Pourquoi n'avance-t-on plus ? s'enquiert un jeune colonel en descendant de son cheval. Il se fraie un passage jusqu'à la caisse noire.

Qu'est-ce que c'est ? demande-t-il d'une voix impatiente.

Appareil radioscopique, répond un vieux soldat qui semble être le chef des convoyeurs.

Renversez-le dans le ravin.

Mais nous le portons jusqu'ici depuis le Jiangxi…

Renversez-le dans le ravin, immédiatement !

Non ! C'est notre tâche de l'escorter intact là où il le faudra.

Exaspéré, le colonel sort son pistolet.

Renversez-le dans le ravin ou je vous éclate la tête !

Le vieux soldat se jette en croix sur la caisse.

Le colonel braque le canon de son pistolet sur le vieux soldat mais celui-ci plante ses yeux injectés de sang dans les yeux du colonel.

Tout le monde retient son souffle.

Le colonel baisse l'arme.

Chef du troisième régiment, hurle-t-il, jetez ce cercueil dans l'abîme !

Aussitôt un colosse se rue sur le vieux soldat, le maîtrise en un tournemain et le traîne de côté. Hei !... d'autres hommes précipitent tout de suite la caisse dans le vide. Un bruit sourd s'élève du fond du gouffre en longs échos caverneux. Le vieux soldat pousse un cri et s'évanouit.

Avançons ! Vite ! crie le colonel en brandissant son pistolet.

La file immobilisée se reconstitue et s'ébranle à nouveau...

Le cinquième jour, nous nous approchons enfin du fleuve Xiang.

Nos unités d'avant-garde ont réussi à ouvrir une brèche d'une dizaine de kilomètres dans l'encerclement près du village de Jieshou, et depuis deux jours déjà ils se battent pour repousser les renforts de plus en plus nombreux des ennemis, en attendant l'arrivée du corps principal de l'armée qui se traîne sur la piste abrupte des Montagnes du Sud.

Vite ! Encore plus vite ! circule l'ordre dans les rangs.

Mais lorsque, à bout de souffle, nous atteignons le sommet d'une colline qui descend vers le courant argenté et silencieux du Xiang, nous sommes tous pétrifiés d'horreur. Devant nous, sous le soleil radieux qui brille dans le ciel d'une pureté impeccable, la longue pente labourée par obus et bombes est littéralement tapissée de corps, les uns gisant la face collée à la terre, d'autres couchés sur le dos avec les yeux grand ouverts sur le néant, d'autres encore mutilés, déchiquetés, méconnaissables. Mon cœur se serre à m'étouffer. Mes jambes se dérobent sous moi. Je m'appuie contre le tronc d'un arbre décapité pour ne pas m'affaisser. C'est alors qu'un rire funèbre se déchaîne derrière mon dos, me fait dresser les cheveux sur la tête. Je me tourne vivement. Perle Bleue ! Elle recule lentement, le regard ahuri, les joues gonflées de ce rire à vous geler la moelle. Le champ du carnage doit avoir fait surgir les souvenirs du grand massacre dont elle a été témoin enfant. D'un coup je retrouve mes esprits. Je saisis les épaules de Perle Bleue et tente de la calmer, mais avec un brusque geste elle se dégage de mon étreinte et court vers les montagnes d'où nous venons d'émerger. Aurore ouvre les bras pour lui barrer la voie mais Perle Bleue la repousse si violemment qu'elle tombe de tout son long et demeure plaquée sur le sol. Perle Bleue l'enjambe d'un bond, bouscule deux autres camarades, et fonce droit devant elle.

Tous morts ! Tous morts !… hurle Perle Bleue en galopant au milieu des rochers. Le vent lui ébouriffe les cheveux. Des morceaux de pierre roulent sous ses sandales. Je m'élance après elle. Mais plus svelte que moi elle court avec une rapidité étonnante, et la distance qui me sépare d'elle ne cesse de croître… Soudain, à une vingtaine de pas devant elle, surgit un groupe de porteurs venus en sens inverse. Perle Bleue brise son élan d'un coup de reins et oblique vers la gauche, où une avancée de terrain surplombe un à-pic.

Tous morts ! Tous morts !… hurle-t-elle en continuant de galoper vers l'à-pic.

Perle Bleue ! appelé-je en coupant par un champ d'épineux. Mes bottes en chiffons ficelés se sont défaites mais je ne sens ni les lames rocheuses qui me coupent les pieds ni les jets des églantiers qui m'accrochent les jambes. Je n'ai qu'une seule idée en tête : la rattraper. À moins de deux mètres du précipice Perle Bleue trébuche contre une souche et, déséquilibrée, tombe avec fracas. Je bondis sur elle et l'emprisonne solidement sous mon poids.

Pleu… re… si… tu… veux, lui dis-je, essoufflée.

Elle éclate en sanglots. Son corps bandé se détend d'un coup. Je relâche mon étreinte et m'effondre auprès d'elle.

Perle Bleue pleure longtemps. Jusqu'à ce qu'Aurore vienne nous chercher. Aurore s'agenouille devant Perle Bleue et entoure ses épaules de ses bras :

Allons, ma petite sœur. Tu entends des bruits d'explosions ? Là-bas nos camarades se battent encore pour intercepter les renforts ennemis. Nous ne pouvons pas nous attarder ici. Faut passer le fleuve tout de suite. Chaque minute est gagnée au prix de leur sang.

Perle Bleue s'essuie les yeux avec sa manche et se lève.

Nous contournons le champ de la boucherie par un autre sentier en titubant à chaque pas contre les matériels dont les troupes précédentes se sont débarrassées pour mieux fuir : canons, marmites, livres, cuvettes, crachoirs, machines à coudre, ballots de couverture, machines à imprimer, paquets de papier blanc… Et nous rejoignons les autres filles sur la rive du fleuve.

C'est fin novembre. Le fleuve aux basses eaux roule vers le sud sur un lit de galets parsemé de grosses pierres. Il n'y a ni pont ni bateau. Pressés par la canonnade qui fait trembler le sol et qui semble s'approcher de minute en minute, les gens dégringolent vers le courant dans le plus grand désordre, soldats et porteurs civils mêlés.

Vite ! Plus vite ! crie un commandant en brandissant le bras.

Je prends la main de Perle Bleue, enjambe le cadavre d'un mulet, contourne plusieurs paniers et sac abandonnés, entre dans le fleuve. Aussitôt je sens les aiguilles de l'eau glaciale s'enfoncer dans les blessures de mes pieds et de mes jambes, et il me faut serrer les mâchoires pour réprimer un cri de douleur. J'avance en tenant la main de Perle Bleue. Les longues lianes de l'eau montent, glissant d'abord entre nos genoux, s'enroulant ensuite autour de nos cuisses puis s'agrippant à notre ventre… Allons-y ! lance un soldat en nous dépassant. Je jette un regard autour de moi pour voir comment sont mes compagnes. Aurore marche à ma droite, trois autres filles à ma gauche, suivies à quelques pas seulement par six autres. Derrière, plus loin, les garçons d'une autre division qui vient d'arriver se précipitent vers le courant, tel un troupeau effaré.

Vite ! Plus vite ! hurle leur commandant perché sur son cheval.

Nous continuons d'avancer, Perle Bleue et moi, péniblement. L'eau atteint notre poitrine, nous monte aux épaules, nous serre le cou. Élastique et coupante, elle infiltre maintenant sa glace par tous les pores de notre peau jusqu'à la moelle qu'elle s'emploie à figer. Nous avons du mal à respirer. Nos orteils engourdis touchent à peine le lit caillouteux. Pourtant nous continuons d'avancer, en luttant des épaules et des bras contre la masse vivante du fleuve qui tâche de nous entraîner en aval, sournoisement. Nous sommes à bout de souffle lorsque l'eau se met à baisser le long de notre corps. Déjà notre poitrine émerge et nous respirons plus à l'aise. Le pire est passé, me dis-je, un peu soulagée. Mais à l'instant même un vrombissement de moteurs nous fait lever les yeux vers le ciel. Avions ! Ils sont douze, divisés en trois groupes, qui ont surgi de nulle part et qui foncent droit sur nous en grondant comme des monstres. Panique générale. Sur les plages les gens crient et courent en tous sens pour chercher un abri. Ceux qui se voient piégés dans l'eau comme nous se débattent désespérément contre sa force lourde et gluante en direction de la rive ouest salvatrice. Trois de mes compagnes sont déjà sorties de l'eau. Elles traversent la berge en courant vers un bosquet de sapins. Couchez-vous ! leur hurle quelqu'un. Mais elles courent toujours, vers l'abri des arbres à quelques pas devant elles. Une rafale de mitrailleuse les rattrape. Leurs corps sont violemment projetés en avant et rebondissent contre les cailloux. Cris de tous côtés. Crépitement de balles. Explosions de bombes. Je vois qu'un soldat est soulevé en l'air au sommet d'une énorme gerbe d'eau mais je ne le vois pas retomber. Plusieurs colonnes d'eau se sont soulevées autour de moi et, renversée, je sens la main de Perle Bleue m'échapper...

Quand je rouvre les yeux, je me retrouve aplatie auprès d'un feu du campement à la sortie du village Moulin à Huile, entre Aurore et Perle Bleue épuisées, mais vivantes. Les neuf autres filles, elles, sont tombées là-bas derrière nous, comme 50 000 autres camarades fauchés sur les champs de combat ou dans les flots du fleuve Xiang. Elles s'appellent Chunhua, *Fleur du Printemps*, Jianer, *Cocon de Soie*, Xiangchao, *Herbe Parfumée*, Qiuyue, *Lune d'Automne*, Jinju, *Kumquat*, Xiaochui, *Petite Émeraude*, Zhenzhen, *Trésor*, Shuixian, *Narcisse*, Yulian, *Lotus de Jade*. Elles avaient de dix-sept à vingt-deux ans.

Convaincu que nous marchons vers le nord de la province du Hunan pour rejoindre une autre fraction de l'armée rouge, Tchang Kaishek y a rassemblé plus de 200 000 hommes et y a fait construire hâtivement quatre nouvelles lignes de blockhaus. Mais au lieu de nous jeter dans le filet tendu par Tchang, nous nous tournons vers la province du Guizhou et nous pénétrons dans les replis profonds d'une autre chaîne de grandes montagnes. C'est décembre. Il fait un froid humide et perçant dans les montagnes. Sans veste ouatinée, nous mettons tout ce que nous avons sur le dos – trois ou quatre vestes en lambeaux superposées. Quand nous marchons, ça va encore, mais quand nous nous arrêtons pour une halte à la belle étoile, le froid devient vite insupportable. Un jour, en voyant une meule de foin, une idée me traverse l'esprit : on peut dormir là-dedans. Je le dis à mes compagnes. Génial ! crient-elles en m'embrassant. Nous faisons un trou dans la paille, nous rampons dans le trou et nous nous y blotissons en nous serrant l'une contre l'autre. Mais lorsque nous ressortons de notre abri après une nuit délicieusement chaude, notre corps est recouvert de petits boutons rouges qui nous grattent terriblement. Cela ne nous empêche pas, pour autant, de dormir dans du foin, car être mangées de poux est quand même moins insupportable que mourir glacées.

Les terres sont très avares dans ces montagnes ; les paysans n'ont pas assez pour se remplir le ventre. Nous n'arrivons pas à nous ravitailler. Nous survivons avec des herbes et la viande des chevaux et des ânes morts de maladie, de chute ou d'épuisement. Comme chaussures, nous découpons un bout de peau de bête que nous attachons à nos pieds par des ficelles. Pas possible de nous laver durant les interminables marches forcées – un peu d'eau sur le visage en traversant un ruisseau ou une rivière est le seul geste que nous puissions faire. Pas possible de nous changer non plus – toujours les mêmes habits en haillons sur notre dos, trempés de sueur et de pluie, séchés par les vents et la chaleur du corps, puis trempés à nouveau... Je ne sais pas si vous pouvez imaginer mais à force d'être si sales, à force d'être tous les jours recouvertes de boue puante, à force d'avoir les cheveux crasseux collés au crâne et à la nuque, nous ne nous sentons plus femmes.

En émergeant des hautes montagnes, l'armée rouge entre dans l'est de la province du Guizhou, où la culture de l'opium est courante. Sur l'ordre du commandant nous confisquons tout l'opium qui nous tombe sous la main et nous l'utilisons ensuite pour acheter des provisions. Les forces nationalistes de la province ne sont pas prêtes au combat et s'enfuient à la moindre attaque. Ainsi pouvons-nous prendre successivement une dizaine de gros bourgs avant de passer le fleuve Wu – un des affluents les plus importants du Yangtsé – en laissant sur l'autre rive 150 000 soldats que Tchang Kaishek a lancés à notre poursuite.

Non, je n'ai toujours pas retrouvé Bambou. Pendant la traversée chaotique du fleuve Xiang, des régiments et des divisions entières ont disparu. Mais je ne crois pas qu'il est mort. Je refuse de le croire, d'instinct.

Début 1935, l'armée rouge arrive à Zunyi et décide de s'y arrêter deux semaines pour récupérer. Situé entre le fleuve Wu et la montagne Lou, riche d'une histoire multimillénaire qui remonte jusqu'à la période des Royaumes Combattants, de ses 50 000 d'habitants et d'une vie économique très animée, Zunyi est le plus gros centre commercial du nord du Guizhou et réunit, dans ses nouvelle et vieille cités, les résidences de plusieurs hauts officiers des forces nationalistes de la région. C'est dans l'une de ces maisons somptueuses que le comité central du Parti communiste a tenu une réunion houleuse qui dura trois nuits. Tenus responsables de la perte du territoire soviétique du Jiangxi et de la traversée désastreuse du fleuve Xiang, les rivaux politiques de Mao Zedong se voient obligés de lui rendre la direction de l'armée rouge qu'ils lui avaient retirée quatre ans plus tôt. Seulement, à l'époque, on ne mesure pas encore la portée de cet événement qui va changer et le destin personnel de Mao et le destin de la Chine du XXe siècle.

Zunyi n'a pas connu l'armée rouge avant. Il faut donc, pour obtenir le soutien du peuple, déclencher une campagne de propagande. Ainsi, dès notre entrée dans la ville, nous nous mettons au travail immédiatement. Nous écrivons des slogans. Nous collons des affiches. Nous organisons des réunions de masses. Nous expliquons aux habitants que l'armée rouge se bat pour une nouvelle société plus juste et qu'elle est, par conséquent, celle qui défend le peuple. Nous saisissons les biens des familles des officiers nationalistes pour les distribuer aux gens pauvres. Nous visitons les villages des environs, forçons les riches propriétaires terriens à ouvrir leurs granges remplies de céréales aux paysans affamés. Nous parlons avec des collégiens et des ouvriers, les invitons à rejoindre notre cause. Nous recrutons des volontaires et des déserteurs. Nous apportons de l'argent et des aliments aux habitants qui hébergent nos blessés et nos malades. Nous distribuons aussi des primes de voyage aux nationalistes prisonniers qui veulent se rendre chez eux…

Non, pendant cette courte phase de repos à Zunyi, nous n'avons pas le temps de nous refaire une beauté, Perle Bleue, Aurore et moi. Pouvoir nous laver, jeter nos guenilles crasseuses et mettre des vêtements chauds et propres, c'est déjà pour nous un très très grand luxe. Imaginez, nous n'avons pas pu le faire depuis le départ du Jiangxi !

Par contre, certains changements dans mon corps commencent à m'inquiéter sérieusement. Un soir je prends Aurore à l'écart et lui confie :

Je pense que je suis enceinte.

Pas possible ! dit-elle. Elle sait comme moi que dans les conditions pareilles, ce serait inconcevable pour une femme enceinte de suivre l'armée.

Si, j'ai pas eu de règles depuis le départ.

C'est à cause de ça que tu crois que tu es enceinte ? Moi non plus j'ai pas eu de règles depuis. Ce n'est pas la grossesse, mais la malnutrition et l'extrême fatigue physique qui les ont arrêtées. T'inquiète pas, je te dis. Tout redeviendra normal quand ce sera un peu plus calme…

Je suis rassurée.

Après Zunyi, nos soldats reprennent l'initiative des combats. De février à avril, en parcourant des dizaines de kilomètres par jour, en traversant et retraversant quatre fois la Rivière aux Eaux Rouges, un affluent du Yangtsé, nous surprenons et anéantissons des régiments entiers ennemis. Puis nous nous dirigeons vers l'ouest et nous pénétrons dans la province du Yunnan. Nous tournons ensuite vers le sud, franchissons le Fleuve au Sable d'Or, le cours supérieur du Yangtsé, et nous entrons dans la province du Sichuan.

Devant nous s'étendent maintenant les vastes forêts montagnardes des Yi. Les Yi sont l'une des nombreuses minorités ethniques qui vivent dans la province. Ils n'aiment pas les Hans qu'ils considèrent comme leurs oppresseurs. Pas une armée des Hans avant nous n'a osé pénétrer sur leur territoire. Pour dissiper leur méfiance et gagner leur sympathie, nous recevons l'ordre de ne pas riposter au cas où nous serions attaqués.

C'est un beau jour de mai. Nous venons de nous engager dans leurs forêts. Nous avançons avec précaution sur une piste encaissée par des rochers déchiquetés. Il fait doux et humide. Le soleil du printemps fait éclater et danser sur les versants des montagnes les couleurs éblouissantes des rhododendrons. Magnifiques ! pensé-je, envahie soudain par une vague de nostalgie. Ça pousse aussi chez nous, les rhododendrons. Nous les appelons yingshanhong, *Rouges de montagne*. Dans nos villages, quand on s'est blessé et qu'on saigne, on cueille une poignée de ses fleurs ou de ses feuilles tendres, on en fait une purée qu'on applique sur la blessure. Ça arrête l'hémorragie et désinfecte la plaie. Les paysannes boivent aussi de la tisane de ses racines pour calmer les douleurs des règles. Depuis combien de temps déjà avons-nous quitté le Jiangxi ? Six mois. Et chaque jour, nous nous en éloignons un peu plus. Quelle est la situation là-bas, après notre départ ? La guérilla laissée par l'armée rouge tient-elle encore ? Y a-t-il eu des répressions sanglantes et massives sur la paysannerie de la province par les nationalistes, comme nous le craignons tous ? Comment va le garçon à qui j'ai donné une grenade ? S'est-il rétabli de sa blessure ? À-t-il réussi à échapper aux griffes des ennemis ? Et Bambou… C'est alors qu'un groupe d'hommes surgit à un détour du sentier devant nous. D'instinct nous empoignons nos armes. Ces hommes sont complètement à poil. Ils courent vers nous, tout en essayant de cacher leur sexe de leurs mains.

Camarades, crient-ils, donnez-nous un pantalon !

Ce sont nos soldats du génie ! À quelques kilomètres, racontent-ils, ils sont tombés dans une embuscade des Yi. Armés de piques et de couteaux, ces derniers leur ont tout enlevé, fusils, musettes, vêtements et chaussures, avant de les relâcher comme ça, sans un fil sur le corps.

Ha ! ha ! ha !… Une tempête de fous rires se déchaîne dans les colonnes.

Hé, avez-vous été déshabillés par les filles Yi ? plaisantent les uns.

Peut-être vous ont-elles invités comme ça dans leurs maisons ? taquinent les autres.

Mais arrêtez de rire et ouvrez votre sac ! crient les pauvres soldats tout nus. Sinon nous vous ferons montrer vos fesses au soleil, vous aussi !

Perle Bleue, Aurore et moi nous nous sommes retournées pour ne pas les embarrasser plus, et nous rions jusqu'aux larmes.

Après cet incident qui nous a fait rigoler toute la journée, nos chefs réussissent à entrer en contact avec les tribus locales. Des négociations sont engagées. Nous n'avons pas l'intention de rester ici, leur assurent nos chefs. Nous sommes l'armée du peuple. Notre ennemi commun est le gouvernement nationaliste et ses troupes. Puis a lieu l'échange des cadeaux : les tribus demandent des armes à feu et nos chefs leur en donnent. Puis c'est la cérémonie de l'alcool au sang de coq, selon les traditions des Yi : on va au bord d'un lac, on écoute le sorcier Yi chanter des incantations, on tranche le cou d'un coq, on laisse couler le sang de l'animal dans des bols remplis d'alcool, on se met à genoux, on lève son bol au-dessus de la tête, on prend le ciel et la terre comme témoins du serment de fraternité, et on boit, pour le sceller, l'alcool mêlé à du sang de coq. Pacte fait, notre passage n'a plus d'obstacle. Non seulement les Yi rendent à nos soldats du génie les fusils et les habits qu'ils leur ont enlevés, mais ils nous guident aussi à travers leur région.

Je ne suis pas enceinte, mais Aurore l'est. Elle me dit qu'elle peut déjà sentir le bébé bouger dans son ventre. Elle me dit aussi que le bébé semble suivre un rythme tout à fait contraire au sien, dormant pendant qu'elle marche et lui donnant des coups de pied et de poing aussitôt qu'elle s'assoit ou se couche.

Aurore n'a pas mentionné le nom du père. Perle Bleue me dit qu'il est originaire de la même région qu'Aurore, qu'il était commissaire politique de la dix-huitième division, que son unité combattante a été chargée d'intercepter les renforts ennemis pendant la traversée du fleuve Xiang, et qu'il a été tué là-bas avec tous ses soldats.

Aurore veut rester dans l'armée malgré sa grossesse. Nous ne voulons pas non plus qu'elle nous quitte, Perle Bleue et moi. À force d'avoir traversé ensemble ce que nous avons vécu, nous sommes devenues toutes les trois plus proches que des sœurs de sang. Pendant les marches interminables, Perle Bleue porte le sac d'Aurore et moi sa couverture de feutre. Au campement nous lui laissons la place près du feu et nous la forçons à prendre la meilleure part de nos maigres rations, car, lui disons-nous, elle doit manger pour deux. Plus tard, quand ça devient impossible pour Aurore de suivre l'armée à pied, nous sommes obligées d'informer le chef de la division de sa grossesse. Celui-ci, furieux de ne pas en avoir été informé plus tôt, nous engueule vertement mais fait trouver une mule pour Aurore le jour même.

Fin mai, nous arrivons au bourg Anchun, un village baigné par la rivière Dadu. La Dadu est un autre affluent du Yangtsé, encore plus difficile à franchir que les précédents.

C'est à Anchun, en 1863, que les derniers insurgés des Taiping furent encerclés et exterminés par les Qing. Ils étaient alors de 30 000 à 40 000 hommes, coincés entre la crue de la Dadu, les troupes des Qing et leurs alliés de circonstance, les Yi. À plusieurs reprises les rebelles tentèrent de se frayer un passage à travers l'encerclement. Échec à chaque fois. Puis, les munitions et les nourritures épuisées, Shi Kaida, leur chef, fit envoyer un message aux Qing : il se constituerait prisonnier à la seule condition que ses officiers et soldats soient amnistiés. Les Qing acceptèrent la proposition. Mais après que Shi eut capitulé et que ses soldats eurent déposé leurs armes, les Qing rompirent leur promesse : au lieu de laisser les Taiping partir, ils les massacrèrent tous, au bord de l'eau. La nuit, nous disent les locaux, on peut encore entendre les âmes des morts hurler.

C'est là aussi, soixante-douze ans plus tard, en 1935, que Tchang Kaishek rêve de répéter l'histoire. Ses troupes ont contourné les forêts des Yi et vont nous cerner au bord de la Dadu. Si nous voulons éviter le même sort que les Taiping, nous devrons franchir la rivière sans retard. Or, la rivière est en crue à la suite de la fonte des neiges dans les montagnes. Les eaux d'un rouge terreux descendent du nord au sud, se ruent à travers un profond corridor rocheux avec un bruit de tonnerre qui roule à ras de terre. On n'est parvenu à trouver que trois petits bacs, chacun pouvant porter de vingt à trente personnes : le passage de l'armée au moyen de ces petits bateaux prendraient des semaines, voire des mois. Improviser un pont flottant ? On l'a tenté à plusieurs reprises, en vain. L'écoulement est simplement trop large et trop rapide.

Que faire ?

Il existe, plus en amont, le pont Luding. C'est le seul pont sur mille kilomètres du cours de la rivière. Construit au XVIIIe siècle sous le règne de Kangxi, dynastie des Qing, le Luding est constitué, à quelques dizaines de mètres au-dessus des eaux furieuses et grondantes, de douze chaînes de fer colossales suspendues entre deux falaises abruptes. Neuf chaînes de fer soutiennent son tablier et, de chaque côté, deux autres servent d'appui. Gardé par le courant impétueux et un régiment ennemi, le Luding semble imprenable.

Il faut le prendre pourtant, à tout prix.

À marche forcée, notre avant-garde parcourt à pied cent soixante-dix kilomètres en moins de deux jours, mais une fois arrivée au pont, elle se retrouve devant treize chaînes de fer nues : la moitié de son tablier a été détruite.

Volez si vous le pouvez ! crient les ennemis de l'autre côté du courant, barricadés dans leurs nids de mitrailleuses derrière un pavillon à cornes.

Le temps joue contre nous. Les renforts nationalistes s'approchent d'heure en heure. Ils vont nous entourer de tous côtés. Nous n'avons pas une minute à perdre. Nous n'avons pas le choix. Même si on sait que c'est l'enfer devant nous, il nous faut aller de l'avant.

Dix clairons donnent le signal de l'assaut. Sous les balles sifflantes, vingt-deux soldats rouges se ruent vers les chaînes nues du Luding, le dos courbé, chacun ayant à la ceinture un couteau, un pistolet et douze grenades. Ils empoignent les chaînes froides et glissantes, s'y accrochent à quatre pattes, et, suspendus au-dessus du grondement sauvage des flots, avancent péniblement, maille énorme par maille énorme. Les clairons sonnent. Les mitrailleuses crépitent. Les échos mêlés de cris et du grondement de la rivière font trembler les falaises des deux côtés. Un soldat tombe dans le gouffre, tout de suite englouti. Puis un autre. Puis un autre. Mais le reste de l'équipe avance toujours, en se balançant dans le vide vertigineux, maille énorme par maille énorme… En même temps, derrière eux, d'autres combattants entrent en action. Ils courent vers le pont, chacun portant une planche qu'ils posent sur les grosses chaînes rouillées. Ainsi, sous le filet sifflant des balles, le tronçon du nouveau tablier s'allonge-t-il lentement, planche par planche… Les clairons continuent de sonner. Les mitrailleuses de balayer par rafales. Et les échos effrayants de retentir dans la gorge. Un soldat tombe dans l'abîme, immédiatement emporté par les eaux. Puis un autre. Puis un autre… Mais le reste de l'escadron d'attaque avance toujours, inexorablement, maille énorme par maille énorme… Parvenus enfin au fragment du tablier qui reste encore à l'autre bout, neuf soldats se redressent en même temps pour lancer leurs grenades vers les ennemis. Explosions. Colonnes de fumée. Hurlements.

Dans leur ultime tentative pour empêcher les assaillants de s'approcher, les ennemis versent des barils d'essence sur les dernières planches du tablier. Une rafale de mitrailleuse et hong ! s'élève un rideau de flammes orange. Trop tard ! En courant et en criant, nos soldats traversent le feu, font pleuvoir sur la position ennemie une autre averse de grenades…

Le Luding est pris. L'histoire des Taiping ne s'est pas répétée. Nous avons franchi, avant que l'armée de Tchang Kaishek n'ait le temps de refermer le filet, l'infranchissable Dadu.

Après la Dadu nous entrons dans une région où les blockhaus ennemis sont encore peu nombreux et nous pouvons souffler un peu.

Où aller maintenant ?

Devant nous, vers le nord, s'étendent les fameuses Grandes Montagnes Neigeuses.

À l'est, vers Chengdu, la capitale du Sichuan, les meilleures troupes nationalistes de la province nous attendent sur pied de guerre.

À l'ouest, il y a une route moins escarpée qui mène vers Aba. Mais elle est très longue et traverse beaucoup de villages tibétains hostiles à tous les Hans, rouges ou nationalistes.

Gravir les Grandes Montagnes Neigeuses, décide Mao Zedong, car, de l'autre côté des pics enneigés, se trouve une autre importante fraction de l'armée paysanne. Réunies, les forces rouges pourront marcher ensemble vers les provinces pauvres du nord. Dans ces provinces, les populations rurales écorchées par les riches propriétaires terriens et écrasées par les impôts excessifs des autorités locales sont comme des branches d'arbre sèches qu'une étincelle de la révolution suffira à enflammer.

Ainsi, après quelques offensives heureuses à Tianquan et à Lushan, nous nous dirigeons vers un gros village niché au pied de la Jiajin, surnommée *Montagne des Dieux* par les gens du coin. En juin, il fait chaud dans les basses terres. Soleil magnifique, campagne lumineuse et riante, fleurs, papillons, vrombissements d'abeilles. Nous sommes venus du sud. Nous n'avons jamais vu de massifs couverts de neige d'une année à l'autre. Nous n'imaginons pas que l'hiver est éternel là-haut, même en été. Nous ne savons pas que le soleil se réfléchit sur les neiges et que le reflet éblouit et aveugle. Nous ne savons pas non plus qu'à 5 000 mètres d'altitude le manque d'oxygène et le froid paralysent et tuent. Deux jours, c'est le temps que nous avons pour préparer l'escalade. Nous frappons l'une après l'autre à toutes les portes du village. Pas possible de trouver des vêtements supplémentaires, les villageois eux-mêmes ont à peine de quoi se couvrir. Pas possible de trouver un guide non plus, personne ne veut s'aventurer là-haut avec nous.

Y a-t-il quelqu'un dans le coin qui est passé de l'autre côté, grand-père ? se renseigne Aurore auprès de l'aïeul le plus âgé du village.

Le patriarche la regarde sans répondre.

Il doit être un peu sourd à son âge, remarque Perle Bleue.

Je me penche vers lui et je répète à son oreille la question d'Aurore.

Il secoue la tête.

La Montagne des Dieux, dit-il avec une crainte respectueuse dans la voix, seuls les dieux peuvent la franchir.

À cet avertissement, nous sourions.

Nous ne sommes pas dieux, grand-père, lui explique Aurore à haute voix, nous sommes soldats rouges. Nous avons traversé plusieurs provinces depuis l'automne dernier. Nous avons franchi mille montagnes et rivières pour venir jusqu'ici. Même les avions et les mitrailleuses des ennemis n'ont pas pu nous empêcher d'avancer. Et ce ne sera certainement pas cette montagne-là qui nous arrêtera…

À nouveau le vieillard secoue la tête.

Vaut mieux prendre un autre chemin, soldats rouges, insiste-t-il, si vous n'êtes qu'humains.

Au milieu de la nuit je suis tirée du sommeil par les plaintes étouffées d'Aurore. Je la trouve s'arc-boutant sur sa couchette de paille, le souffle court, le visage baigné de sueur, une serviette entre les dents, dans un effort farouche.

Mais… Ça y est ? Tu accouches ! Je plie ma couverture que je place sous sa tête. Puis en me tournant vers Perle Bleue : Réveille-toi ! Réveille-toi ! C'est Aurore. Elle accouche. Va chercher Docteur Fu, va !

Nous campons alors sur une aire de battage. Je cours à la meule qui se dresse autour du tronc d'un arbre près de l'aire, prends une brassée de paille. Je reviens poser la paille sur les cendres encore tièdes du feu éteint, craque une allumette. Une petite flamme monte. J'échafaude dessus des brindilles sèches. Mais je n'ai pas le temps d'aller chercher de l'eau que j'entends déjà un cri sourd. Je me précipite auprès d'Aurore et je vois, à la lueur jaune du feu que je viens d'allumer, un petit crâne au duvet sombre surgir dans une inondation de liquide rouge entre ses cuisses largement écartées. Sans réfléchir j'entoure le petit crâne mouillé de mes mains et je l'attire doucement. Les épaules apparaissent. Puis les jambes. Puis les pieds. Le ventre d'Aurore s'éteint d'un coup. Elle laisse sa tête retomber sur la couverture pliée en poussant un long soupir.

C'est une fille ! lui dis-je, d'une voix nouée d'émotion.

Tout doucement je dépose le petit corps visqueux sur le ventre mou de sa maman.

Le bébé vagit. Aurore le prend dans ses bras et, subitement, son visage se couvre de larmes.

L'enfant est née dans un moment on ne peut plus mauvais. L'armée va gravir les Grandes Montagnes Neigeuses. On ne pourra pas la garder. Que fera Aurore d'elle ? Je n'ose pas poser la question à Aurore. Je redoute la réponse.

Perle Bleue revient avec Docteur Fu. Il coupe le cordon ombilical du nouveau-né puis l'enveloppe dans un morceau de linge.

Aurore essuie ses larmes. Elle me dit de lui passer son sac. Elle en tire son journal intime et en détache une feuille vierge. Puis, d'une main tremblante, elle écrit sur la feuille le nom de l'enfant, Lusheng, *Née sur la route*, et la date de sa naissance – le 10 juin 1935.

Prends-ça. Aurore me tend la feuille. Je la saisis dans ma main. Aurore reprend sa fille des mains du docteur. Elle la serre longuement contre sa poitrine, lui chantant une berceuse à voix basse. L'enfant s'endort. Elle embrasse tendrement ses petites joues, puis la met dans mes bras. S'il te plaît Chrysanthème, me dit-elle en détournant les yeux, donne le bébé à qui veut le garder. Il y a dans mon sac cinq pièces d'argent pour la famille adoptive. Dis-leur qu'elle est la fille des soldats rouges. Que son papa a donné sa vie pour la cause du peuple. Que sa maman ne peut pas l'emporter avec elle pour grimper les montagnes enneigées. Qu'elle leur sera éternellement reconnaissante de l'avoir recueillie. Et qu'elle reviendra la chercher un jour, quand la révolution aura triomphé…

Des années plus tard, je retournerai dans le village chercher Lusheng pour Aurore. Je veux lui remettre le journal intime de sa mère. Je veux la connaître et savoir comment elle est. Mais la famille qui l'a reçue s'est déplacée. On ne sait pas où elle est allée. Si Lusheng est toujours vivante, elle doit être déjà mère, et même grand-mère maintenant.

Ce matin-là, le 12 juin 1935, nous nous levons dès l'aube. Sur les conseils des locaux, nous superposons sur notre dos tous les vêtements que nous avons, et nous enroulons autour de nos pieds des chiffons et des cordes de paille. Puis, après avoir avalé, en pinçant le nez, un bol de tisane de piments rouges qui nous brûle et la langue et l'estomac, nous quittons le campement. Perle Bleue, munie d'une branche qui lui sert de canne, marche devant moi. Aurore est encore très faible. Elle se tient à peine sur sa mule que je conduis par la bride.

La journée s'annonce superbe. La pente douce, le ciel bleu, les herbes vertes, les fleurs dansant sur les branches des broussailles, les pépiements joyeux des oiseaux invisibles, la brise légère qui nous effleure les joues, tout semble si paisible, si gai, que je me demande si nous marchons vraiment sur la montagne effrayante dont a parlé le patriarche du village.

Fatiguée ? je demande à Perle Bleue.

Non.

Et toi, Aurore ?

Moi ça va.

Plus haut, il n'y a plus de sentier. La piste qu'a taillée l'avant-garde file à travers un bois de tilleuls et d'érables pour s'enfoncer, au bout d'un bon moment, dans une sombre forêt de conifères. L'air s'aigrit. Le versant devient plus raide. Les sapins autour de nous se dressent silencieux et solennels, comme d'énormes flammes vert noir pétrifiées sous la poussière blanche du froid. Les buissons ont disparu. La vue se porte au loin. De temps en temps, on aperçoit un ou deux couples de faisans, gris blanc, grêlés, pattes rouges, sautillant et picorant sur une nappe lisse de neige, entre les gros troncs bruns espacés et immobiles. Je suis très impressionnée par le silence immense que souligne le craquement de la neige sous nos pas. Au fur et à mesure que nous montons, la forêt devient moins dense et la neige, plus épaisse. Nos pieds s'y enfoncent jusqu'aux chevilles. On ne voit plus de faisans. Je commence à m'essouffler. Je m'arrête une seconde. Je tourne la tête pour voir comment va Aurore. Elle a l'air absent.

Froid ?

Un peu.

Et toi, Perle Bleue ?

Moi non.

Puis, après les derniers arbres clairsemés, la montagne s'élance en pente dure devant nous. Il faut monter en zigzags, suivant l'escalier sommaire et glissant que l'avant-garde a taillé du couteau et de la baïonnette. Les pas se ralentissent. La file escaladante s'allonge. La blancheur scintillante des neiges me brûle les yeux. Le vent perçant me mord les doigts. Mes pieds s'engourdissent. Mes muscles se contractent jusqu'à me faire mal. J'ai l'impression qu'un poids écrasant pèse sur ma poitrine et m'étouffe. Ma tête me paraît plus lourde que toute la montagne. J'ouvre large ma bouche pour capter le peu d'oxygène dans l'air comme un poisson qu'on a retiré de l'eau. Chaque pas devient un combat. C'est alors que je m'aperçois, horrifiée, que les moins résistants de l'armée commencent à tomber autour de moi… Je me tourne vers Aurore.

Com… ment… ça… va ?

Te… fais… pas… de… sou… ci… pour… moi… J'ai… ma… mule.

Et… toi… Perle… Bleue ?

Je… suis… so… lide… tu… sais.

La colonne haletante continue de monter, pas à pas. Les plus faibles de l'armée, les blessés et les malades, continuent de tomber, en silence, devant moi, derrière moi, à côté de moi. C'est terrible. Ils marchent, marchent, puis, subitement, comme s'ils avaient fait un faux pas, ils s'affaissent dans la neige et ne bougent plus. Je vois un soldat de grande taille se pencher sur son jeune frère qui vient de s'écrouler et tenter de le relever. Quand il comprend que ce dernier est bien mort, comme tant d'autres, il pousse un hurlement d'animal blessé. On dirait que son cri a percé la voûte du ciel, car, aussitôt, une tempête de grêlons s'abat sur nous. Le soleil a disparu. Le vent entortillé de poussière blanche se déchaîne. La montagne semble haleter et bouger, comme un géant qui se réveille et s'étire. Un petit écoulement de neige me renverse et me jette pêle-mêle dans une crevasse avec Perle Bleue et Aurore. Nous sommes ensevelies jusqu'au cou. Les camarades suivants nous délivrent à la main. Mais la mule qui portait Aurore depuis la forêt des Yi s'est brisé une jambe et ne peut plus se relever.

Al… lons, me dit l'un de nos sauveteurs en m'aidant à me relever. Re… gar… dez… le… som… met… En… core… un… peu… on… y… se… ra.

Tiens, Perle Bleue retire sa canne de la neige et la tend à Aurore.

En nous soutenant l'une l'autre, nous nous remettons à gravir, hors de souffle, pas à pas, le long des corps haillonneux et inertes, au-dessus des corps haillonneux et inertes…

Voi… là ! nous nous sommes hissées sur le sommet.

Mais… nous ne sommes qu'au sommet de la première assise de la montagne. Devant nos yeux, d'autres parois luisantes, d'autres cimes déchiquetées, d'autres pics plus hauts, plus abrupts, qui s'élancent pour disparaître dans les nuages.

Dieu… du… Ciel ! murmuré-je en me laissant tomber sur la neige.

Perle Bleue s'effondre près de moi. Je… n'en… peux… plus, gémit-elle.

Man… geons… quel… que… cho… se, propose Aurore en s'asseyant entre Perle Bleue et moi.

Je ne bouge pas. Perle Bleue non plus. Notre sac à vivres est vide. Nous avons mangé, avant le départ, notre ration.

Aurore ouvre son sac, sort deux petits pains gelés, les brise et les divise en trois parts égales.

Est-ce grâce à ces bouchées de pain accompagnées de gorgées de neige, ou à l'instinct de survie, ou à la peur de la mort, ou à tout cela à la fois, que nous avons retrouvé la force de nous relever ? Je ne sais pas. Mais nous nous remettons sur nos pieds et nous avançons, d'abord en titubant, puis en rampant, le long des cadavres loqueteux, au-dessus des cadavres loqueteux.

Le… som… met ! Oui, cette fois-ci, c'est pour de vrai. Nous avons bien atteint la dernière cime de la Montagne des Dieux. Je me redresse avec effort et je tourne la tête pour voir le sourire de mes compagnes. C'est à ce moment que je m'aperçois, en même temps que Perle Bleue, qu'Aurore n'est pas là !

Où est-elle ? Je rebrousse le chemin en glissant, suivie de Perle Bleue. Nous croisons une douzaine de cadavres givrés avant de retrouver Aurore au fond d'un petit creux. Elle est immobile, le visage dans la neige, un bras tendu en avant. Nous la retournons. Sa figure est grise. Ses yeux sont ouverts et son regard, fixe. Nous crions son nom, nous tapons sur ses joues poudrées de givre, nous secouons ses épaules maigres, nous frottons ses mains glacées, nous la serrons contre nous pour la réchauffer, mais son corps froid se raidit peu à peu dans nos bras…

Combien de camarades sont restés à jamais sur la Montagne des Dieux ? Au flanc de l'Arc-en-ciel ? Entre les pics de la Plume des Rêves ? Sur les versants de la Longue Planche ? Devant les parois du Grand Tambour ? Personne ne saurait le dire. Si jamais quelqu'un s'y aventurait aujourd'hui, il pourrait facilement retrouver je crois nos anciennes pistes en suivant les repères des corps – les morts ne pourrissent pas là-haut, n'est-ce pas ? dans les neiges éternelles.

Début juillet, l'armée pénètre dans la Grande Prairie, au nord-ouest du Sichuan.

La Grande Prairie, c'est un immense palier de 3 000 à 4 000 mètres d'altitude sur le rebord est du plateau tibétain, couvert de forêts et de marécages. Une dizaines de rivières en partent pour aller se jeter, plus bas, les unes vers le nord dans le Fleuve Jaune, les autres vers le sud dans le Yangtsé.

La Grande Prairie, c'est aussi l'habitat des tribus des Qiang et des Tibétains. À notre approche, ils ont abandonné leurs villages pour se cacher dans les forêts des alentours. Ils ont enterré les céréales et emporté le bétail. Dans les champs, les orges sont encore verts. Nos commandants tentent de négocier. Peine perdue. Quiconque prend contact avec les Hans sera bouilli vivant, ont ordonné leurs chefs.

La famine commence presque aussitôt après notre arrivée sur cette terre hostile. Si dans certaines unités combattantes on a encore les moyens de s'offrir un gobelet de potage au blé noir et aux patates douces entre le lever et le coucher du soleil, dans les autres on doit se contenter de la soupe amère de céleris et civettes sauvages. Chercher de quoi se remplir le ventre devient alors une des principales préoccupations et activités quotidiennes de chaque soldat et de chaque officier. En ratissant les habitations désertes et les temples vides, certains camarades découvrent que les statues des dieux indigènes sont faites de terre et de farine d'orge mêlées. Elles sont immédiatement descendues de leur piédestal, brisées, cassées, broyées, et mangées jusqu'à la dernière miette. Rien d'étonnant que les locaux nous détestent et nous craignent à la fois, nous les diaboliques bouffeurs de dieux ! D'autres soldats se rappellent que leurs sandales de fortune, leur ceinture, les courroies de leurs sacs et le cuir des tambours sont en peau d'animal, donc a priori mangeables. Tout de suite ils les détachent, les lavent dans le ruisseau, les découpent en petits dés, les font bouillir dans l'eau, les mâchent longuement, puis les avalent. Les intoxications se multiplient. Dans un bataillon, les deux tiers du personnel souffrent de maux de tête, de douleurs à l'estomac et de vomissements après avoir pris des plants de tabac sauvage pour des jeunes feuilles de navet – seuls les plus gros fumeurs ne sont pas affectés, parce qu'ils supportent mieux la nicotine ! Dans un autre bataillon cent hommes dorment deux jours pour avoir consommé des champignons vénéneux – s'il n'y a pas eu de mort, figurez-vous, c'est parce qu'il y a trop peu de soupe pour tant de bouches.

Un matin, Perle Bleue et moi avons passé des heures à errer dans le village et dans ses environs sans avoir réussi à trouver quoi que ce soit à nous mettre sous la dent.

J'y renonce, lui dis-je.

Moi aussi.

Et nous revenons en traînant les pieds là où nous sommes logées. C'est une de ces petites maisons qu'on rencontre souvent dans la région, en bois à étage ; le rez-de-chaussée pour garder les animaux, la pièce de dessus pour abriter la famille. Nous grimpons l'escalier étroit. Nous entrons dans la pièce de dessus, aussi spacieuse que vide. Nous jetons un coup d'œil sur le foyer froid. Nous nous étendons sur le plancher. Nous sommes si faibles que nous n'avons même pas la force de parler. Les seuls bruits qui viennent troubler de temps en temps ce silence de sépulture sont les gargouillements bruyants de nos intestins.

Dis donc, Chrysanthème, me demande soudain Perle Bleue, si tu entres dans un restaurant, quel plat tu prends ?

Euh… j'hésite un moment comme si j'étais embarrassée par le choix devant une longue liste de délices. Porc sauté au gingembre et jeunes tiges d'ail. Et toi ?

Moi j'adore les anguilles de rizière sauce aigre-douce, avec un soupçon d'huile de sésame, mmmm…

Je n'ai pu m'empêcher de sourire. Je prendrai aussi du riz, ajouté-je hâtivement. Je pourrais en avaler huit bols d'un seul trait.

Moi je commanderai plutôt des briochettes farcies de viande de porc et champignons noirs hachés, cuites à la vapeur dans de minuscules étuves de bambou sur une mince couche d'aiguilles de pin fraîches. J'en ai mangé une fois à mon huitième anniversaire. C'est ma gourmandise, ça. Je pourrais en dévorer vingt en un battement de paupières. Pourquoi tu ris ? Tu me crois pas ?

Si si, je te crois.

Je ravale une gorgée de salive. Mes intestins gargouillent plus bruyamment que jamais.

Perle Bleue pousse un soupir et se tourne sur le côté.

Je revois alors le festin que grand-maman Wang étalait chaque année à l'approche du Nouvel An devant le portrait du génie du foyer : gigot d'agneau, poulet rôti, gâteaux de riz sucrés et colorés, maltose, eau-de-vie…

Hé ! Perle Bleue m'appelle tout à coup. Viens voir ! Qu'est-ce que c'est que ça ? Là, en bas ! On dirait des grains de blé !

Quoi ? Je me tourne sur le ventre. Je colle mon œil sur une fente du plancher. Et je vois, éparpillées sur un gros tas de bouse grouillante d'asticots, une poignée de graines de sarrasin.

Vite ! Nous nous levons d'un bond. Nous dévalons l'escalier. Nous poussons la porte de l'étable et nous pénétrons dans sa pénombre chaude et puante. Nous nous jetons sur les graines et, comme deux poules affamées, nos doigts les picorent une à une parmi les vers sur les déjections du bétail. Quand toutes les graines à la surface du fumier ont été ramassées, nous cassons des morceaux de bouse desséchés pour chercher dedans les graines que les animaux n'ont pas digérées. Nous portons ensuite à la rivière le butin précieux, quatre ou cinq livres de graines qui puent à vous donner un haut-le-cœur. Nous les lavons et relavons je ne sais combien de fois, avant de les rapporter dans notre logement. Nous allumons le feu, posons la poêle sur le foyer, versons les graines dans la poêle. Nous y ajoutons encore deux pincées de sel puis laissons les graines griller lentement à feu doux.

Bruit de pas dans l'escalier. Un visage rond de poupée apparaît dans le cadre de la porte. Un camarade que nous ne connaissons pas. C'est encore un enfant. Je lui donne quinze ans tout au plus.

Mmmm… Ça sent bon ici, dit-il en humant un grand coup. Qu'est-ce que vous préparez pour le dîner, grandes sœurs ?… Je… excusez-moi… Je passais devant la maison, j'ai senti une odeur de céréales grillées, et je suis monté…

Quel nez de chien ! J'échange un regard amusé avec Perle Bleue et dis au garçon de s'asseoir. Comment tu t'appelles ?

Li Jian. Vous ne me connaissez pas, mais moi je vous connais.

Ah bon ?

À Zunyi vous êtes venues à notre collège pour une réunion des jeunes amis de l'armée rouge. Vous étiez trois femmes soldats. Je vous ai écouté parler. Après la réunion je me suis présenté au point du recrutement de l'armée installé dans le collège mais on m'a dit que j'étais trop jeune – j'avais quatorze ans. Je suis allé à un autre point du recrutement et je leur ai dit que j'avais dix-huit ans, mais on ne me croyait pas. Alors, lorsque l'armée a quitté Zunyi, je l'ai suivie. On a essayé d'abord de me persuader de retourner chez mes parents, puis comme l'armée s'éloignait de plus en plus de Zunyi, on a été obligé de me garder. Voilà.

T'as donc franchi les Grandes Montagnes Neigeuses ?

Oui, en tenant la queue du cheval de notre commandant. Mmmm… comme ça sent bon ! Qu'est-ce que vous grillez dans la poêle ?… Graines de blé noir ?… Dites, grandes sœurs, j'ai un morceau de savon, je vous le donne contre une poignée de…

Sarrasin ? Ha, ha, ha… Garde ton savon pour toi. Tiens, voilà ta part.

Oh, merci !

Li Jian ouvre son sac à vivres, le vide promptement de la paille bourrée dedans pour faire croire que c'est plein, met les céréales et, avant de fermer le sac, il y plonge sa main, prend quelques graines qu'il fourre dans sa bouche.

À le voir mâcher avec le plus grand bonheur du monde, nous sourions Perle Bleue et moi, et prenons nous aussi une pincée de graines grillées… Cela pourrait vous faire rire, mais dans les bouches de ceux qui n'ont vécu que de céleris sauvages depuis des jours, ces graines de sarrasin recyclées sont plus savoureuses que toutes les nourritures que nous avons jamais mangées.

Pour ne pas mourir de faim l'armée rouge doit sortir le plus rapidement possible de la Grande Prairie. Mais pour sortir de la Grande Prairie il faut traverser les Grands Marécages. Comme le suggère leur nom, les Grands Marécages sont immenses. Ils ne s'étendent pas sur quelques dizaines de kilomètres carrés, mais sur plus de deux mille cinq cents. Si vous n'allez pas patauger dedans, je l'avoue, les Grands Marécages peuvent vous paraître un beau tableau. En haut, ciel infini, gorgé de lumière. En bas, tapis vert-gris, constellé de petites fleurs multicolores, qui se déroule de tous côtés jusqu'à l'horizon. Mais dès l'instant où vous y mettez les pieds, le tableau devient l'enfer. Les Grands Marécages, vous disent les locaux, sont plus difficiles à franchir que les Grandes Montagnes Neigeuses :

Les herbes alternent avec les eaux,
Les eaux alternent avec les herbes.
Pas de piste, pas de village,
Pas même d'oiseau, pas même d'animaux.
Si dix hommes par malheur y entrent,
Neuf y resteront à jamais.

Mais nous y entrons, nous les soldats rouges.

Comme guide, l'avant-garde n'a trouvé d'autre personne qu'une vieille femme tibétaine. Elle est trop âgée pour pouvoir marcher, huit soldats la portent à tour de rôle sur un brancard de fortune. Elle a traversé une fois les Grands Marécages avec son père, paraît-il, quand elle était jeune. Mais arrivée sur le bord des marais, la vieille femme devient confuse. Par ici, dit-elle en tendant sa main décharnée tantôt à gauche tantôt à droite. Non, je me suis trompée. C'est par là… Si si… Non non, je ne suis plus sûre… Je ne me rappelle plus… C'était il y a si longtemps vous savez… J'avais alors dix-huit ans… J'en ai maintenant plus de soixante… La piste ?… Il n'y a pas de piste dans les Grands Marécages… Faut aller par les endroits où les herbes sont les plus touffues…

Nous sommes en arrêt devant cet immense paysage où il n'y a d'autres repères que le ciel d'en haut et les herbes d'en bas. Nous échangeons des regards inquiets. Mais comme il nous est impossible de revenir en arrière, nous avançons. Tout droit vers le nord qu'indique la boussole.

Une fois dedans nous réalisons avec terreur que ce gigantesque tapis vert égayé de petites fleurs est en fait détrempé d'eaux stagnantes et troué d'innombrables bourbiers grands et petits, couleur sauce de soja, d'où émane une odeur nauséabonde de pourriture. Le sol ici ne doit jamais avoir été sec. Les touffes d'herbes qui le parsèment sont mouvantes, il faut suivre les plus épaisses au pas de course pour ne pas nous enfoncer. C'est une danse infernale, cette course sur les filets fragiles et spongieux que tissent les racines des herbes à la surface de la boue sans fond. Une peur permanente parce que ces filets peuvent à tout instant se dérober sous nos pieds. Je vois qu'un camarade glisse et fait un pas hors des filets. La vase lui monte d'un coup jusqu'à la cuisse. Il essaie de se pencher d'un côté puis de l'autre.

Il tâche de s'arracher à la succion de la boue. Mais à chaque effort il ne fait que de s'enfoncer davantage. Très vite la boue lui arrive au ventre. Deux camarades qui se trouvent le plus près de lui courent à son secours. Ils lui tendent le bras et saisissent chacun une de ses mains. Seulement, alors qu'ils s'arc-boutent pour le tirer, les filets de racines sur lesquelles ils se trouvent se déchirent soudain, et ils s'enfoncent, eux aussi, dans la boue. Je ne me souviens plus qui a crié : La corde ! et, en un clin d'œil, plusieurs cordes sont lancées vers les naufragés par les autres soldats à la proximité. Une fois, deux fois, trois fois… Un des naufragés réussit à attraper la corde. Il est sauvé. Mais les deux autres… on ne voit plus que des grappes de bulles qui viennent crever à la surface de la vase avec des glouglous funèbres, à côté de deux casquettes sales…

Dans les Grands Marécages, on est exposé, au soleil, au vent, à la pluie, à la grêle, à la faim, et à la mort qui vous guette à chaque pas sous les herbes trompeuses. Ici, même en août, le climat peut passer de l'été à l'hiver et de l'automne au printemps en une seule journée. Un quart d'heure plus tôt, vous êtes grillé par le soleil impitoyable du plateau ; quinze minutes plus tard, vous êtes tuméfié par des grêlons aussi gros que des œufs de pigeon ; et quelques instants plus tard vous grelottez de froid dans le vent et la pluie glacés… C'est au milieu de ce paysage de persécution universelle que nous avançons, avançons… le front tourné vers le nord. Perle Bleue traîne les pieds derrière moi. Elle souffre de dysenterie mais dans l'armée il n'y a plus de médicaments. Tout ce que je peux faire pour elle, c'est de porter sa couverture de feutre et son sac à vivres durant les marches, et de l'attendre quand elle s'arrête dix, quinze, vingt fois par jour. Avant d'entrer dans les marais elle essayait encore de garder sa dignité en s'écartant de la piste pour se soulager derrière un arbuste ou un épineux.

Maintenant elle doit abandonner cette prétention à la pudeur féminine la plus élémentaire, parce qu'elle n'a même plus la force de s'éloigner. Son visage en forme de pêche a depuis longtemps perdu ses joues pleines et sa fraîcheur rose. Il semble s'amenuiser encore, aminci, creusé, réduit à deux yeux clairs qu'agrandissent la souffrance, l'effort et la volonté de persévérer. J'ai le pressentiment cruel que je vais la perdre. Perdre Perle Bleue dans les marais. Après avoir perdu Aurore dans la neige de la Montagne des Dieux. Après avoir perdu mes neuf compagnes dans les flots du fleuve Xiang. Non et non et non !... À chaque pas je peux entendre mon cœur pleurer.

Le soir commence à tomber lorsque j'aperçois au loin devant nous, la ligne ondulante et grise de quelques monticules. Plusieurs colonnes de fumée blanche s'y élèvent vers le ciel livide. J'arrête le pas et me tourne vers Perle Bleue.

Regarde ! lui dis-je. Le campement ! Ils ont allumé des feux !

Perle Bleue me rend un sourire silencieux. Elle est à bout. Sur son petit visage barbouillé de fange les ombres marquent plus que ses traits aigus.

Viens ! Je lui prends un bras. Encore un peu, et on y sera.

Ainsi, en nous soutenant l'une l'autre, nous titubons vers ces îlots et ces feux, cet espoir d'un peu de chaleur, de repos, et de terre ferme.

Cela fait trois jours déjà depuis que nous pataugeons dans cette immensité d'eaux stagnantes et d'herbes détrempées, mais nous sommes encore très très loin d'apercevoir son rivage. Les averses fréquentes ont tout mouillé, nos vêtements, nos couvertures, nos os.

Comment faire du feu quand nous campons éparpillés sur quelques petites éminences pour passer la nuit ? Eh bien, nous assemblons les rameaux d'arbustes morts que nous pouvons trouver, un des camarades déchire son parapluie en papier huilé, un autre détache son chapeau de feuilles de bambou, un autre sort une liasse de billets de banque de la région soviétique qu'il porte sur lui comme souvenir depuis le Jiangxi, un autre encore tire deux allumettes qu'il garde au sec dans un petit tronçon de bambou… et voilà.

Que manger ? Tout, tout ce qu'on peut mettre dans la bouche sans être empoisonné, plantes sauvages, racines d'herbes, selles et ceintures en cuir. Quand les plantes qu'on connaît ne suffisent plus, il faut s'attaquer à celles qu'on ne connaît pas. Pour éviter une intoxication collective, un soldat de vingt ans se propose de les goûter d'abord. On étale devant lui une vingtaine de plantes inconnues. Le jeune soldat en prend une, la fourre dans sa bouche, et, tout en la mâchant lentement, commente : celle-ci est un peu acide mais mangeable… celle-là est très amère, insupportable… celle-ci pique la langue… celle-là ça va, elle a une saveur légèrement douce… celle-ci… oh ! non !… Il s'évanouit. Le jus vert d'une forte odeur écœurante coule du coin de ses lèvres. On force ses mâchoires serrées, on retire la plante vénéneuse, on rince sa bouche avec de l'eau, on plonge un doigt dans sa gorge pour provoquer le vomissement, mais trop tard ! Il est mort.

Dans notre division il y avait pas mal d'animaux. Ces compagnons de route fidèles ont porté sur leur dos des vivres, des munitions, des blessés, des malades. La plupart d'eux sont tombés dans les Grandes Montagnes Neigeuses. D'autres ont disparu dans la vase des bourbiers. Il n'en reste plus que six – cinq mules et un cheval, celui du commandant. Afin qu'autant de soldats possible puissent sortir des marais, le commandant donne l'ordre de les abattre. Les animaux sont réunis et emmenés à l'écart mais personne ne peut braquer son fusil sur eux. Ils sont comme des amis. Toi tu y vas ! crie le commandant à son aide. Ouvre le feu ! Tout de suite ! Sinon moi je te fais fusiller ! Nous détournons les yeux pour ne pas voir. Une rafale. Les bêtes s'écroulent. Leur viande, leur peau, leurs os et leurs boyaux sont immédiatement distribués.

Où dormir ? Il n'y a pas d'arbre, et nous n'avons pas de tente. La plupart de soldats dorment assis dos à dos autour des feux. D'autres choisissent un endroit un peu moins humide et s'allongent à même le sol, les uns contre les autres sous leurs couvertures de feutre mouillées, la tête posée sur la crosse du fusil. C'est un de ces matins blêmes où des blocs de brouillard compacts errent au ras des marais. L'armée va repartir alors que je vois cinq camarades dormir encore. Hé, je les appelle, réveillez-vous ! On part ! Ils ne bougent pas. Intriguée, je m'approche. Je soulève un coin d'une couverture et je reconnais le visage de poupée de Li Jian… Il ne respire plus. Comme les quatre autres. La faim permanente, le froid et l'extrême épuisement physique les ont emportés dans la nuit, silencieusement. Perle Bleue me jette un long regard triste lorsque je retourne auprès d'elle. Elle a compris qu'ils ne se réveilleront plus jamais. Je n'ose pas lui dire que Li Jian est parmi eux.

Le matin suivant, le cinquième depuis que nous avons pénétré dans les Grands Marécages, Perle Bleue ne peut plus se lever. Je tente de la mettre sur ses pieds, en vain. Elle retombe sur le sol. Elle est trop faible pour pouvoir tenir debout. Elle est vidée. Par la faim, la maladie, par son combat. Je m'accroupis devant elle. Elle soulève sur mon visage ses grands yeux élargis par une souffrance physique insupportable.

Je peux plus, me dit-elle d'une petite voix.

Si si, tu peux. J'empoigne ses mains décharnées. Viens sur mon dos. On s'en sortira ensemble.

Elle secoue légèrement la tête :

Laisse-moi, s'il te plaît.

Pas question.

Tu vas pas t'arrêter à cause de moi… Je t'en prie, va-t'en… Continue.

T'abandonner comme ça, en plein milieu des marais ?

Je veux pas que tu t'arrêtes. Je veux que tu vives, que tu continues… Va. Fais ça pour moi.

Comment pourrais-je la laisser comme ça ? J'ai le cœur déchiré. Mais il m'est aussi difficile de résister à son regard à la fois implorant et volontaire. C'est tout ce que je peux faire pour elle, vivre, continuer. Pour elle, pour Aurore, pour mes autres compagnes et des dizaines de milliers d'autres soldats rouges qui sont tombés depuis le Jiangxi ; il faut vivre, il faut continuer.

Je fais un grand effort pour retenir mes larmes. J'essuie de la main le visage de Perle Bleue sur lequel la boue et l'ombre de la mort se coagulent en une pâte presque compacte. Je remonte jusqu'à son menton pointu sa couverture de feutre détrempée de la respiration brumeuse des marais. Je pose son sac à vivres près de sa tête.

Prends-ça, me dit-elle, j'en ai plus besoin tu sais.

Je saisis le sac. Mes larmes tombent d'un coup. Brusquement je tourne la tête, et je m'éloigne à grands pas, vers le nord. Je n'ose pas regarder en arrière mais je sais que Perle Bleue me suit de ses grands yeux clairs. À jamais.

Le septième jour, le soleil réapparaît au début de l'après-midi. Le ciel dégagé est d'un beau bleu lumineux, parcouru de quelques nuages blancs boursouflés. Le vent tiède a séché mes vêtements et fait vaciller les petites fleurs multicolores parmi les herbes. Je m'arrête un instant pour reprendre souffle. Je plante ma perche de bois dans une touffe d'herbes et ouvre mon sac à vivres. Il est vide. Je le retourne pour mettre les dernières miettes dans ma bouche avant de le jeter. Je desserre le cordon du sac à vivres que Perle Bleue m'a donné. Il y reste encore une poignée de graines de sarrasin grillées. J'en prends une pincée. Après avoir mâché et avalé ces quelques graines je sens qu'un peu de force me revient. Je me remets en marche. Je me suis laissé distancer mais je peux encore voir, loin devant moi, les silhouettes minces de quelques soldats. Je presse le pas pour les rattraper. Mon pied gauche s'englue dans la boue. Je l'arrache brutalement. Une sandale reste dans la fange. Mais mon pied droit aussi s'englue. Je l'arrache et je perds l'autre sandale. Essoufflée et pieds nus, je réussis à grand-peine à regagner un endroit où les filets de racines d'herbes sont un peu plus épais et solides. Je relève la tête. Les silhouettes minces sont devenues des petits points noirs. Hé ho ! Attendez-moi ! Je me mets à courir. C'est alors que j'entends mes propres pas. Je les entends parce qu'il n'y a plus d'autre bruit que mes propres pas dans les marais. Je stoppe net. Silence. Seule la brise humide effleure mon visage. Seules les herbes remuent leurs longues feuilles un instant puis redeviennent immobiles. Je regarde devant moi. Les petits points noirs ont disparu. Je tourne la tête à gauche, à droite. Je regarde derrière… Rien que le ciel infini, rien que les marais vastes, et, traînant çà et là dans les herbes détrempées, les corps inertes des camarades tombés. Une peur indescriptible m'envahit. Je tremble. J'ai l'impression que je suis le seul être vivant qui reste sur la terre, dans l'univers entier. Hé ho ! Hé ! Je crie. Mes cris hystériques me remplissent les oreilles et me font dresser les cheveux sur la tête. S'il y avait seulement de l'écho ! Mais non, aussitôt sorti de ma bouche le son se perd dans cette vaste tombe vert-gris, immédiatement absorbé par l'épaisseur stagnante des eaux et la profondeur noire de la vase. Je veux pas rester ici, non ! me dis-je, je ne veux pas rester ici. Je rassemble les lambeaux de courage qui me restent encore et, les mâchoires serrées, je me remets à marcher. Je ne sais combien de temps je marche ainsi, toute seule, entre le ciel et les marais. Un morceau de tissu gris attire soudain mon regard. Je me penche pour le ramasser. Mais… c'est mon propre sac à vivres. C'est le sac à vivres vide que j'ai jeté ! Je n'ai donc pas avancé d'un pas. J'ai fait seulement un grand cercle et je suis revenue là où j'ai été. Je m'effondre en sanglots. Je ne suis jamais tombée dans un découragement aussi profond, aussi complet, aussi absolu. Depuis le Jiangxi, depuis octobre dernier, j'ai suivi le drapeau rouge de l'armée jusqu'ici, mais maintenant, je suis vraiment à bout, je ne suis plus capable d'avancer d'un centimètre de plus…

Bruits de pas. Je n'ai pas compris tout de suite. Je crois que je rêve.

Hé, camarade ! Ça va ? Une voix familière s'élève derrière moi.

Je tourne la tête, et voilà Bambou ! Je le fixe du regard. Je ne sais pas si je rêve encore ou si je suis déjà morte et si c'est son fantôme que je vois dans l'au-delà.

Mais… c'est… c'est vraiment toi, Chrysanthème ? Je te retrouve enfin…

Je ne bouge pas. Je ne comprends pas. Je reste encore sous le choc.

Viens Chrysanthème ; Bambou s'agenouille devant moi. Il entoure mes épaules du bras. Il me serre contre sa poitrine. J'entends son cœur battre violemment. Mon cœur se met à battre au même rythme. Je vis à nouveau.

Allons Chrysanthème, murmure Bambou à mon oreille, on est déjà au bord des marécages, encore un peu de courage et on en sortira pour de bon. Il saisit mes bras, m'aide à me relever.

Puis nous nous remettons à marcher, la main dans la main. Je pleure, je ris.

Pleurer parce que j'ai perdu Perle Bleue, Aurore, et tant d'autres camarades.

Rire parce que j'ai retrouvé Bambou, et la force de continuer…

Ketmie

Tu descends l'escalier quatre à quatre. Tu t'engouffres dans un taxi qui passe devant l'immeuble. Vingt minutes plus tard, tu sautes dans un train archibondé et empesté de tabac qui mène au sud-ouest du pays.

Tu as quitté le Bureau provincial de l'industrie légère où tu travaillais comme comptable depuis plus de treize ans. Quand reviendras-tu ? ont demandé tes collègues. Sais pas, as-tu répondu. Au-delà de six mois, t'a averti le chef de la comptabilité, je ne peux plus garantir que tu auras le même poste à ton retour. Ce n'est pas grave, as-tu souri.

Avec cinq cent mille yuans à la banque, tu pourras te permettre le luxe et le plaisir de trotter un petit peu, non ? Tu te donnes deux ans. Et après, on verra !

Tu descends du train le lendemain à la nuit tombante pour monter dans un car avec des paysans encombrés de palanches, paniers, sacs, cartons. Bousculades, protestations, rires, accommodements. Chacun aménage son petit trou. Coups d'avertisseur. Le véhicule s'ébranle et s'enfonce tous feux allumés dans le gris crépusculaire…

Aux premières lueurs crémeuses de l'aube, tu ressors du car, les yeux bouffis de sommeil, le sac à dos au bout du bras. Te voilà de retour dans la Montagne Noire. Tu humes une grande gorgée d'air vif, mets le sac sur ton dos, entreprends de te hisser au sommet. Il a plu. Le sentier mal tracé est glissant. Au bout d'une heure d'escalade, tu parviens, suante et soufflante, au Rocher du Vieillard qui surplombe la vallée comme un immortel surveillant son domaine. Tu tournes la tête à gauche et à droite. Tu cherches du regard… Tu le vois. Tu te fraies un passage à travers les fougères et les épineux. Tu t'arrêtes devant un vieux pin aux rares bras tordus. Dans les ronces à l'ombre éclaircie de l'arbre, un tumulus de pierres sommaire. Tu déposes ton sac à dos. Tu fais le tour du tumulus en le débarrassant d'herbes et lianes envahissantes. Tu ouvres la fermeture Éclair de ton sac. Tu en sors deux faisceaux de bâtonnets d'encens pourpres, les allumes et les plantes dans le sol. Tu tires ensuite une liasse de monnaies funéraires en papier de paille que tu brûles feuille par feuille. Cela fait, tu t'assois sur une pierre à côté. Et tu attends.

Le croissant de la lune s'attarde dans le ciel, exsangue, comme le souvenir lointain d'un grand sourire. De larges écharpes de brouillard s'accrochent aux pentes de la montagne, trouées ici et là par les cimes vertes des bambous géants. Pendant que les oiseaux et les insectes entament leur grand concert matinal, l'orient s'embrase lentement derrière l'éventail de collines qui se dressent de l'autre côté de la vallée. Puis, tout à coup, le soleil crève la dentelle déchiquetée des crêtes rocheuses et grimpe dans le ciel, épais et lourd, comme une pierre de meule enflammée. La brise se lève. Les écharpes brumeuses se déchirent en lambeaux. Apparaissent alors, au creux de la vallée, de nombreuses rizières aux contours irréguliers, toutes remplies d'eau et éclaboussées de lumière, scintillantes comme les fragments d'un immense miroir brisé. D'autres rizières, plus étroites, gravissent les versants de la montagne en petits bassins allongés et inondés d'or fondu. Au fur et à mesure que la boule de feu grimpe sur le ciel, la couleur des rizières commence à pâlir, virant du jaune orangé à l'abricot clair. Puis, quand les dernières loques de brume ont disparu, les rizières ne sont plus que multitude de petits étangs remplis d'argent liquide. Parfait tableau de contemplation, où la lumière se trouve dans un perpétuel état de changement, où la forme n'est pas arrêtée et n'a pas de bornes.

La première fois que tu as vu se dérouler le faste de ce spectacle fabuleux cela remonte à 1973, vingt-cinq ans plutôt. Tu venais de débarquer seule dans la Montagne Noire, au sortir de l'école secondaire. Après avoir dit au revoir à tes parents. Sans te douter que c'était la dernière fois que tu les voyais vivants.

Ton père était peintre. Son tableau le plus connu, *Les Chinois sont debout*, lui a valu dans les années cinquante d'être appelé « l'artiste du peuple ». Tu la connaissais bien, cette fameuse peinture à l'huile de deux mètres de haut et de quatre mètres de large. Ta mère te l'a montrée au musée des Beaux-Arts. Tu avais alors huit ou neuf ans. Il te fallait rejeter la tête en arrière pour la regarder. Ciel bleu où flottent quelques nuages blancs. Chrysanthèmes d'un jaune éblouissant. Colonne rouge. Tapis rouge. Lanternes rouges dont la frange dorée semble agiter au souffle de la brise. Un groupe d'hommes parmi lesquels tu as reconnu Mao Zedong. C'était le 1er octobre 1949, t'a expliqué ta mère, sur la place Tian An Men, à Pékin. Le président Mao y a déclaré que la République populaire de Chine était née, que désormais le peuple chinois était debout. Ton papa a assisté à la cérémonie du haut de la porte Tian An Men comme invité d'honneur. Ému jusqu'aux larmes, il a voulu éterniser cet instant historique, ce jour mémorable. Le soir même il a poussé tous les meubles du salon contre le mur de gauche et déployé une toile sur celui de droite. Il a passé des jours entiers à contempler sa toile blanche, avant de commencer le croquis. C'est un perfectionniste, ton papa. Pour peindre la colonne rouge, il n'a pas utilisé la brosse ordinaire mais choisi le pinceau chinois en poils de chèvre, d'où cet effet lisse et brillant. Et pour peindre le tapis, il a mis de la sciure de bois dans la couleur, ce qui donne une impression de texture de laine. Quant aux fleurs, il les a peintes dans le style libre et spontané du *xieyi* : pas de ligne, seulement des taches de couleur répandues à des endroits bien choisis, qui font vibrer un rythme vital intérieur. Les coloris audacieux qui rappellent ceux des images traditionnelles du Nouvel An contribuent à créer une ambiance de fête. Imprimée par dizaines de milliers, la reproduction de ce tableau était accrochée sur les murs des halls officiels, des bureaux, des salles de réunion, des salles de classe… On la voyait aussi sur des timbres-poste, dans des manuels scolaires… Encore trop jeune pour comprendre tout ce que te disait ta mère, tu avais pourtant bien senti cette émotion et cette fierté qui frémissaient dans sa voix et qui s'étaient à jamais imprégnées dans ta mémoire.

Au-delà des bambous et des rizières miroitantes, à la base d'une colline de l'autre côté de la vallée, quelques plumes de fumée blanchâtres s'élèvent lentement des toits noirs des maisons pour se fondre dans la limpidité de l'air. Un sentiment de paix te submerge, comme un parfum enveloppant. C'est là, *Dapo*, Longue Pente, où tu as passé cinq années de ta jeunesse, de 1973 à 1978. Vu du haut du Rocher du Vieillard, le village paraît ne pas avoir changé du tout, noyé dans le paysage qui demeure tel que tu le connaissais adolescente et tel qu'il existe dans tes souvenirs. Comme c'est drôle ! songes-tu. Dans les villes tout change si vite. C'est vertigineux. Tu es partie en vacances, tu reviens au bout de deux semaines, et voilà à quelques pas de chez toi le chantier bruyant et poussiéreux d'un nouveau centre commercial sur l'emplacement de l'école maternelle démolie… Tu n'es pas allée dans le parc du Lac de l'Est depuis six mois, et quand tu y retournes avec quelques copines, tu ne retrouves plus l'entrée ! – un échangeur en béton a pris la place de la pelouse et des fleurs… Tu aimais te balader dans la rue des Goyaviers, si pittoresque et si calme autrefois avec ses jolies maisons en bois couvertes de tuiles noires, ses gamins jouant autour des vieillards assis sur leurs chaises de bambou devant les portes grandes ouvertes, ses arbustes, et ses poissons rouges dans de larges pots de terre cuite qu'on vendait à cinq maos, deux yuans, cinq yuans ou dix yuans par tête selon la couleur et la taille, mais tu n'y vas plus maintenant, car, élargie, agrandie et bordée d'immeubles gris, la ruelle est devenue un énorme égout à voitures et à mobylettes, où l'air t'irrite la gorge, le nez et les yeux… Même la campagne verte qui cerne encore les villes recule à une vitesse affolante, devant la vague d'une urbanisation agressive, aveugle, grise et puante… Tu pousses un gros soupir. Mais le paysage, ici, au sein de la Montagne Noire, malgré ses métamorphoses perpétuelles à chaque heure du jour et à chaque saison de l'année, semble ne pas changer, ne devoir jamais changer. Une autre planète.

Tu ramasses le sac à dos. Tu es maintenant à mille lieues de cette fièvre de modernisation forcenée, de la turbulence du progrès. Tu te sens rafraîchie, rajeunie, détendue. Tu empruntes un autre chemin pour redescendre. Tu la retrouves sans peine, cette piste abrupte que tu as parcourue et reparcourue pendant cinq années. Tu files sous de gros bouquets de bambous qui s'étirent en faisant craquer bruyamment leurs longues colonnes vertébrales. Tu marches entre les camélias aux fleurs blanches. Tu contournes un bloc de granit égayé par un pied de rhododendron rose. Tu franchis un ruisseau chantant par un petit pont fait de trois troncs d'arbre reliés ensemble. Tu coupes par des rizières inondées. Tu traverses de petits champs piquetés de jeunes pousses de maïs. Et tu arrives sur les jardins potagers qui entourent le village.

Tu étais à Longue Pente depuis presque deux ans déjà lorsque la nouvelle du double suicide de tes parents t'es tombée sur la tête comme un coup de tonnerre. Tu as lu et relu plusieurs fois la lettre notificative de la préfecture de police, sans comprendre. Mais non, ce n'est pas vrai, te répétais-tu sans arrêt en sanglotant, ça ne peut pas être vrai, non et non et non !...

Tu n'as pas vu leurs corps car, quand tu es rentrée en toute hâte, on t'a dit qu'ils avaient déjà été incinérés. Et lorsque tu t'es précipitée au crématorium, on t'a dit qu'il y avait eu ordre de ne pas garder leurs cendres. Tu es allée au Lac de la Paix où on avait repêché les corps. Un vieil habitué du lac t'a dit qu'il avait vu un homme et une femme assis sur un banc au bord de l'eau, qu'ils étaient restés là toute la journée, et que le lendemain on les avaient découverts noyés.

Avant la tragédie, tu l'apprendrais plus tard, il fut ordonné à ton père de modifier *Les Chinois sont debout*, d'en enlever quelques personnages alors qualifiés d'anti-révolutionnaires ou partisans de la voie capitaliste. Ton père refusa. L'Histoire, protesta-t-il, ce n'est pas une pâte à modeler. On l'engueula. On le battit. On promit de l'envoyer en camp de travaux forcés. On menaça de le jeter en prison. Mais ton père, têtu comme un buffle, répéta : L'Histoire, c'est l'Histoire, et mon tableau, témoin de l'Histoire... On lui offrit alors le choix : ou il modifiait sa peinture lui-même, ou d'autres peintres le feraient à sa place. Ce fut là le coup de poignard dans le dos. Ton père baissa le front et demeura silencieux un long moment. Puis il leva les yeux sur ses interlocuteurs et dit avec un calme extraordinaire : Bien, je le ferai moi-même. Le lendemain, il se rendit au musée, accompagné de ta mère. Les gardiens ne voulurent pas la laisser entrer. Je t'attends ici, dit-elle à son mari. Ton père lui fit un léger hochement de tête, traversa le hall désert, pénétra dans le couloir de gauche, suivi d'un des gardiens. Dans la salle N° 9, ton père s'immobilisa devant sa toile. Il la contempla un long moment, comme s'il avait voulu l'imprimer dans sa mémoire. Puis, comme soudain réveillé d'un rêve, il se frotta les yeux. Il déposa son sac, l'ouvrit. Il sortit une demi-douzaine de boîtes à couleur. Il les découvrit, les lança l'une après l'autre contre le tableau. Rouge, jaune, bleu, vert, blanc, noir... Le gardien fut pétrifié de surprise et de terreur. Il devait le croire devenu fou. Et ton père, lui, sortit de la salle d'un pas solennel, rejoignit à l'entrée du musée ta mère qui l'attendait, et, côte à côte, ils s'éloignèrent sans un regard en arrière...

Dans l'appartement de tes parents que les policiers avaient fouillé de fond en comble, tu as cherché. Une lettre – quelques lignes que tes parents devaient t'avoir laissées avant de se rendre au Lac de la Paix, quelques mots qui pourraient répondre au moins partiellement aux nombreuses questions que tu te posais et qui, par conséquent, pourraient t'aider à faire ton deuil. Mais tu ne l'as pas trouvée. Tu es retournée à Longue Pente avec quelques pinceaux et un album de photos que tu avais découverts sous un fouillis de livres, vêtements et disques. Tu as enterré les pinceaux et une des photos – celle prise en 1947, l'année du mariage de tes parents –, au pied du Rocher du Vieillard, dans l'ombre du vieux pin aux rares bras tordus. Tu voulais que sur la Montagne Noire où ils reposent désormais, tes parents puissent voir la vallée et les rizières se renouveler sans cesse tout en restant les mêmes avec la fuite et le reflux des saisons : miroirs d'eau, terrasses verdoyantes, tapis dorés, paliers noirs de labours, miroirs d'eau, terrasses verdoyantes, tapis dorés…

Dès l'entrée du village, une sensation étrange te saute à la figure. Les ruelles sont complètement désertes. Les portes des maisons qui, dans tes souvenirs, n'étaient jamais fermées avant la tombée de la nuit, sont toutes closes. Au bord du petit torrent qui roule à travers le village, sur la grosse pierre plate où les villageoises ont l'habitude de laver leurs légumes et de battre leur linge, se trouvent plusieurs paniers débordants de choux verts, une cuvette d'aluminium vide à côté d'un tas de vêtements mouillés, une palanche de bambou avec deux grands seaux en bois dont l'un à moitié rempli et l'autre renversé. On dirait que leurs propriétaires les ont abandonnés dans leur panique à l'approche d'un monstre.

Tu t'arrêtes devant la porte d'une maison en briques d'argile séchées peintes à la chaux. La seule porte qui reste ouverte.

Tante Armoise ! appelles-tu. Tante Armoise !

Personne ne te répond.

Tu hésites un instant, franchis le seuil.

La maison est froide et vide. L'odeur de l'humidité et l'absence de meubles montrent qu'elle n'est plus habitée depuis un certain temps déjà.

Tu entres dans la chambre de droite, parcours les murs nus d'un long regard.

Pendant les cinq années que tu as passées à Longue Pente, tu étais logée dans cette pièce, chez tante Armoise. Elle y vivait seule depuis la mort de son mari et le mariage de ses deux filles. Tante Armoise avait un visage fascinant, barré d'une grande cicatrice qui le tranchait comme un sillon du côté droit de son front à sa joue gauche, et qui faisait penser à un mystère, un secret, une histoire cachée. Sa jambe gauche étant morte, tante Armoise sortait rarement de sa maison. Elle passait ses journées à tisser sur un vieux métier en bambou et en bois, un gobelet d'émail rempli de thé vert posé par terre à côté d'un panier débordant de navettes et de bobines de fils. Ses neveux venaient la voir à tour de rôle. Ils lui apportaient du riz, des patates douces, des légumes, des bûchettes, du sel, de l'huile de camélia, du thé, de l'essence pour la lampe, de l'eau pour le ménage… Tante Armoise parlait peu, ne souriait pas beaucoup. Mais quand elle souriait, la grande cicatrice qui sectionnait son visage semblait s'adoucir, disparaître, fondue dans la jeunesse soudaine de son sourire. Elle devait être très belle avant, songeais-tu parfois en la regardant. Les premiers mois de ton séjour à Longue Pente avaient été particulièrement durs. Toi qui ne faisais même pas la vaisselle à la maison devais maintenant apprendre à faire toutes sortes de gros travaux aux champs. Tes cheveux dégouttaient de sueur, tes épaules brûlaient et enflaient sous la palanche, tes mains se couvraient d'ampoules à force d'être frottées au manche de la bêche et de la houe, tes pieds étaient meurtris pour avoir marché tous les jours sur les sentiers montagneux. Et les sangsues ! Ces mini-vampires de rizière ultrasensibles étaient une vraie horreur. Elles survenaient dès que tu entrais dans la boue, s'accrochaient à tes jambes, buvaient ton sang, ne lâchaient prise qu'après être rassasiées. Tes bras, ton dos, ton corps entier te faisaient si mal que la nuit tu devais serrer les dents pour ne pas gémir en te tournant dans le lit, et le matin en t'habillant. Pire encore, tu ne parlais pas le dialecte du canton. Tu souffrais à la fois de ne pas comprendre ce qu'on te disait, et d'avoir du mal à faire comprendre aux autres ce que tu sentais et ce que tu pensais. Ta solitude te pesait lourdement. Tes parents te manquaient. Une nuit, tu ne pouvais pas dormir malgré la fatigue et tu pleurais. La porte de ta chambre s'est ouverte sans bruit. Une lueur jaune, tremblotante, est entrée. Tante Armoise a posé sa lampe sur la table, s'est assise sur le bord de ton lit, a essuyé de la main les larmes sur tes joues. Elle t'a parlé. Ses mots t'échappaient mais sa voix tendre te rappelait celle de ta mère, et quelque chose comme de la chaleur se levait en toi… Le lendemain, tante Armoise t'a réveillée avant l'aube. Elle a pris sa béquille et t'a fait signe de la suivre. Puis, en traînant sa jambe morte, elle t'a emmenée jusqu'au Rocher du Vieillard. Là, assise sur une souche entre la vieille femme silencieuse et le vieux pin tordu, tu as regardé le soleil émerger de derrière l'éventail des collines dans un ciel enflammé, les écharpes de brouillard se déchirer, les rizières devenir des étangs remplis d'or liquide puis d'argent fondu…

Tante Armoise est peut-être allée vivre avec une de ses filles, penses-tu en ressortant de la maison vide. Elle doit avoir quatre-vingts ans déjà.

Tu restes plantée au milieu de la ruelle toujours déserte. Tu réfléchis une minute. Tu décides d'aller frapper à la porte de oncle le Deuxième, beau-frère de tante Armoise.

Lorsque tu t'approches de sa maison, un chien se met à aboyer furieusement dans la cour, derrière la porte fermée. Tu frappes, écoutes, frappes encore. Bruit de pas. Les battants lourds s'entrebâillent en grinçant. Tes yeux rencontrent le regard aigu d'une mémé sur le qui-vive.

Salut, tante la Deuxième.

Ses yeux méfiants fouillent un bon moment ton visage. Mais… ce n'est pas toi, Ketmie ?

Mais si, c'est moi !

Un large sourire découvre ses gencives dégarnies. Entre, Ketmie, entre… Mais arrête-toi d'aboyer comme ça, Quatre-Yeux ! gourmande-t-elle en donnant un coup de pied au chien.

La bête noire aux yeux cernés d'une bande blanche s'écarte un peu, avec un grognement résigné.

Tu entres dans la cour. Quatre-Yeux s'approche avec méfiance. Tu lui caresses le front, l'échine. Ton geste amical le désarme. Il secoue la queue et baisse le museau pour flairer tes chaussures trempées de rosée et de boue.

Tante la Deuxième te prend un bras et te conduit vers la porte de la salle centrale, d'où s'échappe une odeur suave de patates douces grillées. Je ne t'ai pas reconnue tout de suite, s'excuse-t-elle, ça fait tellement longtemps que t'es pas revenue au village.

Il y a cinq ou six vieillards dans le clair-obscur de la salle, assis sur des escabeaux de bois autour du brasero. Tous braquent les yeux sur toi, manifestement dévorés de curiosité.

Tu les salues d'un sourire et d'un hochement de tête.

Ha, ha, ha, oncle le Deuxième éclate de rire. C'est bien ELLE qu'on a prise pour l'employée du bureau du contrôle de la natalité ? Ha, ha, ha…

Ha, ha, ha… les autres vieillards se tordent aussi sur leur siège.

Tu les regardes, perplexe.

C'est la faute de son petit-fils, t'explique tante la Deuxième en pointant le vieux forgeron qui s'essuie les yeux avec sa main osseuse. Le gosse t'a vue rôder sur la montagne. Il ne te connaît pas. Il n'était pas encore né quand tu as quitté le village. Il a cru que t'étais cadre du bureau du contrôle des naissances, et que tu es venue pour une inspection. Il a donné l'alarme. Alors là, tu imagines, tous les villageois de moins de quarante ans ont pris leurs jambcs à leur cou…

Il n'y a que les vieux os comme nous qui restons, ajoute oncle le Deuxième, pour accueillir les gens du planning familial. Ha, ha, ha…

Qu'a… qu'avez-vous dit ? le vieux forgeron met sa main en paravent autour de son oreille pour mimer le sourd qui essaie de capter la parole des cadres du planning familial. J'en… j'entends rien.

Oncle le Deuxième se penche vers lui.

GRAND-PA-PA, articule-t-il en feignant un air grave, ON-VA-TE-STÉ-RI-LI-SER !

Ha, ha, ha… tout le monde rit à perdre haleine.

Sacrés vieux os ! Tu ris avec eux.

Tu déposes le sac, sors des cigarettes, fais le tour du brasero pour en offrir.

Les vieillards se serrent pour que tu puisses t'asseoir près du feu.

Tu n'as pas mangé ce matin ?

Oncle le Deuxième saisit une branche, farfouille dans les braises. Une patate douce couverte de cendre roule à son pied. Il la ramasse, souffle dessus en la tournant et retournant rapidement dans ses paumes, puis te la tend.

Tu la prends et l'épluches.

Mmmm… un délice.

En te voyant engloutir la patate grillée en un clin d'œil, oncle le Deuxième sourit et fait sortir de sous les cendres trois autres qu'il pousse à ton pied du bout de sa branche.

Tante la Deuxième entre poser un tabouret près de toi, et un bol de soupe de riz sur le tabouret. Je vais au bois de pins chercher les jeunes, dit-elle. Tu ne vas pas repartir tout de suite, Ketmie, hein ?

Gardénia

L'été 1968, au plus chaud de la Révolution culturelle, je suis jetée en prison. Mon crime ? Avoir brisé une statuette du président Mao.

Une amie m'avait invitée à son mariage. J'ai acheté deux thermos rouges que j'ai apportés chez elle le jour de la fête. Il y avait pas mal de monde. Son petit appartement de deux pièces paraissait plus exigu encore que d'habitude. Dans le salon qui faisait aussi office de salle à manger, la table ronde était littéralement couverte par les cadeaux, petits livres rouges des paroles recueillies du président Mao, œuvres choisies du président Mao, images en écusson du président Mao, statuettes en plâtre du président Mao, draps, moustiquaires, dessus de couverture, taies d'oreiller… En empilant les draps et les dessus de couverture pour faire de la place pour mes deux thermos j'ai renversé une statuette en plâtre. Par malheur celle-ci est tombée la tête première sur le sol en briques et a éclaté en mille morceaux. C'était tellement embarrassant. J'ai ramassé à la hâte les débris de la catastrophe. C'est pas grave, m'a consolée mon amie. Mais le lendemain quelqu'un m'a mouchardée. L'un ou l'une des invités sans doute, pour se montrer plus loyal que les autres au Grand Timonier. Je fus arrêtée et écrouée. Contre-révolutionnaire, moi !

Un vieux bâtiment gris. Salle centrale circulaire fermée en haut par un filet de fer barbelé, d'où partent quatre couloirs sombres et interminables. Cellules puantes de deux mètres sur trois. Sol en ciment taché d'urine et d'humidité. Murs hérissés de longs poils blancs de moisissures. Quelques planches crasseuses à la place du lit. Pot de chambre en bois. Portes de fer rouillées percées d'un petit trou pas plus grand qu'un abricot. Fenêtres étroites fermées par des barres de fer et par des vitres peintes en blanc pour que les prisonnières ne voient rien à l'extérieur.

Je n'aurais jamais imaginé une telle horreur, non.

Dans la cellule n° 13 sont enfermées cinq prisonnières, y compris moi.

Une vieille dame toute sèche. Son visage long, jaune, où s'entrecroisent milles rides fines et noires, fait penser à une pomme de terre flétrie. Elle doit être là depuis plus de quinze ans déjà, accusée d'être agent secret du gouvernement de Taïwan et écrouée au début des années cinquante. Elle ne dit jamais rien, pas un mot, le mutisme est sa carapace. Allongée du matin au soir contre le mur sous la fenêtre, enroulée dans sa couverture usée jusqu'à la corde et noircie par le moisi, elle ressemble moins à un être vivant qu'à une momie préhistorique.

Une femme d'une quarantaine d'années, maigre et grande, mine rébarbative, regard sombre où on devine une haine farouche de l'autre, un besoin de détruire. Elle a été condamnée à douze ans d'enfermement pour avoir jeté une bouteille de vitriol à la figure de sa voisine. Elle la soupçonnait d'avoir une liaison avec son mari.

Une étudiante en chimie, portant des lunettes à monture en plastique, teint pâle, d'aspect chétif. Son seul crime est d'être la fille d'un écrivain connu qu'on qualifie alors d'anti-Parti.

Une jeune fille de seize ou dix-sept ans, couverte des pieds à la tête d'une saleté à peine imaginable, puant l'urine, la crotte et l'abcès crevé, qui passe son temps à crier Je veux maman ! Où est-elle ? Appelez ma grande sœur ! Dites-lui de m'apporter des cacahouètes grillées ! J'en veux trois livres ! J'en veux cinq livres ! Oui je l'aime ! Oui il m'aime ! Oui nous nous aimons ! Peuh ! Ça n'est pas votre affaire ! Mêlez-vous de ce qui vous regarde ! Je veux manger des cacahouètes ! Où est maman ?...

La pauvre ! Je ne sais pas pourquoi elle est là. Personne ne sait pourquoi elle est là. Les autres et moi, nous connaissons les griefs qui nous sont faits, au moins.

Les premiers mois sont extrêmement durs. Chaque jour j'attends d'être emmenée à la salle d'interrogatoire. Je supplie même la gardienne de m'y conduire. Je veux qu'on m'interroge. Je veux m'expliquer. Je veux leur dire que je travaille depuis plus de quatorze ans déjà à la bibliothèque municipale de Vieux Banian, depuis que j'ai quitté l'école, que je suis toujours diligente et consciencieuse, que je suis tous les jours la première à entrer dans la bibliothèque et la dernière à en repartir, que j'ai même décroché trois fois le titre du travailleur modèle. Je veux leur dire aussi que je n'ai pas renversé exprès la statuette du président Mao, que ce n'est qu'un malheureux accident, que je le regrette sincèrement. Et je crois, en toute naïveté, qu'ils me relâcheront dès qu'ils se seront rendu compte que je ne suis pas contre-révolutionnaire, que ce n'est qu'une erreur. Mais heure après heure, jour après jour, semaine après semaine, j'attends en vain. Personne ne paraît s'intéresser à mon dossier. Personne ne vient m'interroger. Je ne sais pas combien de temps je devrai rester ici. Je ne sais pas quand je pourrai rejoindre ma famille.

Cette incertitude prolongée, cette attente éternelle, a fini par me plonger dans le plus grand désespoir. J'ai le sentiment d'être condamnée, sans même avoir été jugée, à l'emprisonnement à vie.

L'intimité n'existe pas en prison. Cinq personnes entassées dans une cage de deux mètres sur trois, quoi que vous fassiez, les autres vous regardent. Vous vous lavez sous leurs yeux. Vous vous soulagez sous leurs yeux. Vous vous habillez, et déshabillez, sous leurs yeux.

Pire encore, tous vos propos, conversations chuchotées avec une autre prisonnière, même les paroles que vous grommelez dans votre sommeil, peuvent être enregistrés par une oreille perfide et rapportés à la gardienne comme preuves de vos pensées « perverses », de votre refus à la « rééducation », ou de votre tentative de « complot » contre le régime. La délation, encouragée, est pour les autorités de la prison un des moyens les plus efficaces pour surveiller et contrôler les détenues.

Je serais devenue folle si l'étudiante en chimie n'avait pas été là. Elle sympathise avec moi dès mon arrivée. Son instinct doit avoir flairé en moi quelque chose d'un être humain encore normal. Elle est entrée plus tôt que moi et a changé de cellule trois ou quatre fois déjà. Le bâtiment où nous nous trouvons est « le Petit Gris », m'explique-t-elle, la prison des femmes ; et celui qui se situe derrière, « le Grand Gris », est la prison des hommes. Les prisonnières du Petit Gris sont divisées en gros en deux catégories : celles qui ont les privilèges d'une cellule solitaire et de trois repas par jour ; et celles qui doivent se contenter comme nous d'une cellule, d'un lit et d'un pot de chambre partagés, et de deux repas seulement par jour. À 9 heures du matin, deux petits pains de farine de maïs, accompagnés d'un petit bol de choux ou de navets. À 4 heures de l'après-midi, encore deux petits pains de farine de maïs, accompagnés d'un petit bol de choux ou de navets. Ce menu ne change qu'une fois par semaine : on nous donne alors un bol de riz avec quelques tranches de peau de porc dans les légumes.

L'étudiante en chimie me raconte son histoire. Je lui raconte la mienne. Elle m'affirme que nous ne sommes pas les seules victimes de fausses accusations dans le Petit Gris, car, parmi nos compagnes d'infortune, se comptent beaucoup de noms connus : Ma Youxing, compositrice ; Huang Fu, peintre ; Cheng Zhibai, traductrice ; Lu Yong, comédienne ; Wang Yini, directrice de la maternité de la Paix ; Liu Shiliang, professeur d'histoire de l'École normale supérieure ; Hong Juhua, présidente de la Fédération provinciale des femmes et ancien soldat rouge… Comment pourrais-tu les imaginer toutes contre-révolutionnaires, hein ? !

Non non, ça ne me soulage ni ne me réconforte de savoir qu'il y a d'autres femmes innocentes en prison – des célébrités, des intellectuelles, des hauts fonctionnaires, des petites gens comme moi, mais ça fait certainement me sentir moins seule dans mon malheur.

Nous nous racontons aussi notre enfance. Ces bribes de souvenirs du bon vieux temps sont pour nous des bouffées d'oxygène dans la cellule obscure et étouffante.

Je lui décris la petite maison flottante de mes grands-parents. Je suis allée vivre avec eux après la mort de papa et le remariage de maman. C'est une barque en bois à quatre cabines : une pour la cuisine, une autre pour les articles de pêche, une autre pour les poissons et les crevettes, une autre encore nous servant de chambre.

Elle me raconte les quatre années qu'elle a passées avec ses parents et son petit frère au cœur de la Montagne aux Hirondelles, dans le nord de la Chine. Ses yeux s'illuminent derrière les verres épais de ses lunettes lorsqu'elle évoque leur chaumière séculaire, leur petite cour entourée d'un muret de terre jaune et ombragée par un plaqueminier, le puits sans fond devant leur porte d'entrée où des voisins venaient puiser de l'eau, les parties de cache-cache avec son frère et des gosses de paysans dans le bois de peupliers au clair de lune, le tintement cristallin des clochettes de troupeau dans la brume matinale, les petites fleurs blanches des pruniers au printemps, l'air embaumé des récoltes en été, les jujubes rouge sombre en automne, les plaquemines orange luisant au soleil d'hiver comme de minuscules lanternes, la procession coloriée et bruyante de la noce qui longeait la piste sinueuse et escarpée, la magie du théâtre des ombres chinoises avec ses lampes au carbure, sa scène improvisée d'un drap fixé à deux bambous, ses silhouettes suggestives de juges, généraux, danseurs, mandarins, courtisanes, chevaux, démons, et sa bande son bruyante non moins évocatrice…

Je lui parle de mon grand-père, le conteur le plus fabuleux que j'aie jamais connu de ma vie. Des années après sa mort je me souviens toujours de sa voix très expressive et de la mobilité extraordinaire de son visage… Dès les premiers mots, vous étiez saisis. Vous viviez des aventures fantastiques avec ses héros. Vous franchissiez les montagnes et traversiez les rivières avec eux, vous aviez faim avec eux, vous aviez soif avec eux, vous trembliez de froid avec eux, vous souffriez de chaleur avec eux, vous pleuriez avec eux, vous riiez avec eux, vous deveniez noirs de rage avec eux, vous aviez peur avec eux, vous marchiez dans le désert grillé de soleil avec eux, vous pataugiez dans la boue sous une pluie torrentielle avec eux, vous ramiez sur le bateau de guerre au milieu d'un grand fleuve impétueux avec eux, vous faisiez cabrer et tournoyer le cheval avec eux, vous fonciez sur les ennemis et leur coupiez la tête avec eux… Selon grand-père, notre aïeul, arrière-arrière-grand-père de mon arrière-arrière-grand-père, fut un officier de la fameuse armée navale dirigée par le général Yue Fei, dynastie des Song.

Alors que l'armée se préparait à défendre le pays contre les envahisseurs du nord-est, Yue Fei fut dénigré puis assassiné par un ministre de l'empereur jaloux de ses exploits militaires. La nouvelle parvint à l'armée navale, les hommes de Yue Fei ne purent pas contenir leur indignation et leur dégoût. Ils refusèrent d'aller se battre avec les ennemis. Nous n'allons pas mourir pour un idiot d'empereur et son ministre sordide, déclarèrent-ils, et ils se dispersèrent, chacun allant de son côté. Mais comme notre aïeul n'avait ni terre ni maison, il ne put que vivre sur son bateau. Il descendit plus tard au sud du pays, épousa la fille d'un pêcheur, eut des enfants et, sans terre et sans maison comme lui, ses enfants et les enfants de ses enfants vivaient et vivent toujours sur des bateaux. La première chose que grand-père m'a apprise dès mon embarquement sur son bateau, c'était à nager. Il a amarré la barque dans une anse près d'un vieux goyavier où l'eau était calme, attaché deux tronçons de bambou sur mon dos et floc flac ! il m'a jetée dans la rivière. Puis il a allumé sa pipe et me regarda me débattre et m'ébattre…

Elle me parle de ses parents. Elle dit que parfois dans la nuit elle sent encore les dents pointues du peigne de bois que sa mère faisait parcourir dans ses cheveux, elle entend encore le crissement de la plume que son père faisait courir sur les feuilles de papier… Les nouvelles qu'il a écrites durant cette période d'exil volontaire s'imprègnent des odeurs du village où ils vivaient et des champs qui l'entouraient : *La femme qui vend des piments rouges, Autour du puits, Dans le bois de peupliers, Sixième belle-sœur, Après la moisson, Père et fils…*

Je lui promets que je les lirai, ces nouvelles de son père, quand je serai sortie de prison. Un sourire triste effleure ses lèvres. Elle se penche à mon oreille : Tu ne les trouveras pas, on les a appelées « herbes vénéneuses » et on les a toutes brûlées.

Quelqu'un nous a dénoncées. La gardienne entre dans la cellule, nous invective violemment, puis somme l'étudiante de chimie de plier tout de suite le rien de son bagage pour aller pourrir dans le quartier d'isolement.

Pas d'adieu. Un dernier regard échangé, elle sort, je perds la seule personne avec qui je peux parler.

Qui nous a fait ce sale coup ? La momie ? La jeune malade mentale ? Ou la quadragénaire qui a toujours l'air d'un fauve aux aguets ?

Les jours interminables deviennent maintenant plus longs encore. Visites de famille interdites. Lettres interdites. Téléphone, n'en parlons pas.

Deux fois par jour, le matin avant le premier repas et l'après-midi avant le second repas, une des prisonnières de chaque cellule doit aller vider et laver le pot de chambre dans les toilettes communes qui se situent au milieu du couloir. Je me porte toujours volontaire pour cette corvée, car ça me permet de quitter ma cage pour un petit quart d'heure.

Sur les vitres de la fenêtre des toilettes, la peinture blanche est craquelée par endroit. À travers la fente la plus large je peux entrevoir un fil de ciel bleu, blanc ou gris selon le temps qu'il fait, une touffe de feuilles vertes au bout d'une branche de saule, et, quand j'ai de la chance, un moineau perché sur la branche. Comme c'est beau un moineau libre !

Je pense tout le temps à mon mari. Je ne sais pas où il est, comment il va. Il a été arrêté en même temps que moi. Est-il enfermé dans le Grand Gris ? Ou a-t-il été envoyé dans un de ces camps de travaux forcés ? Il a une santé fragile. Il souffre d'un ulcère à l'estomac et de bronchite chronique. Pourra-t-il survivre à tout ça ?

Je pense tout le temps à mes filles. L'aînée vient d'avoir onze ans, la cadette, huit. Elles ont couru derrière la jeep qui nous emmenait en pleurant et en hurlant Maman ! Papa ! Je leur ai crié : Soyez fortes ! Prenez soin de vous-mêmes !… Un garde rouge, un gosse à peine plus âgé que ma fille aînée, m'a collé une claque : Tais-toi, sale gueule ! Depuis mon arrestation je n'ai plus aucune nouvelle de mes filles. Je leur ai laissé douze yuans en liquide dans une enveloppe et trois cent soixante-quatre yuans sur mon compte en banque. Je ne sais pas comment elles vivent, combien de temps ces trois cent soixante-seize yuans pourront durer, si elles mangent à leur faim, si elles ne sont pas malades, si elles n'ont pas peur la nuit, si elles ne sont pas brutalisées par d'autres enfants au brassard rouge… Mes filles, mes filles.

Je pense tout le temps à mon grand-père. Après la mort de ma grand-mère, j'ai voulu le faire venir vivre avec nous mais il préfère rester sur sa barque. Il se sent plus à l'aise à bord. Il ne pourrait pas dormir, dit-il, sans le bercement des vagues et le bruit des eaux. D'ailleurs, qui s'occuperait de sa barque et de ses faucons, hein ? Il allait sur ses quatre-vingts ans quand j'ai été arrêtée. Pourra-t-il attendre jusqu'au jour où je sortirai de prison ? Pourrai-je jamais le revoir ?

Les nuits du Petit Gris ne sont jamais noires comme celles du dehors. Elles sont jaunâtres. Un jaune terne, froid, humide, lourd et visqueux. Un jaune qui tombe de l'ampoule nue fixée au plafond, telle une bruine incessante. Un jaune qui vous colle à la peau comme de la vase puante. Un jaune qui fait fondre tout dans sa sale couleur, les murs, la porte, la fenêtre, le sol, et les corps inertes des prisonnières endormies.

Dans les nuits du Petit Gris, même les rats sont jaunâtres, même mes cauchemars sont jaunâtres.

Un jour une fourmi noire surgit de nulle part entre mes pieds. Je mets mon index devant elle. Elle stoppe puis tourne de côté pour éviter l'obstacle. Je barre son chemin de nouveau. Cette fois-ci elle hésite une millième de seconde puis se met à grimper sur mon doigt. À regarder cette minuscule créature courir sur ma paume et sur mon avant-bras en sondant de ses antennes mobiles chaque pli, chaque creux, chaque bouton de ma peau, à sentir les démangeaisons légères que donnent ses petites pattes pressées, je suis saisie d'une vive émotion. C'est comme si je retrouvais une amie d'enfance que je n'ai pas vue depuis des années. Une amie compréhensive qui vient jusqu'au fond de ma cage et de ma solitude pour me tenir compagnie…

Une main grossière la balaie d'un coup sur le sol. Nonnnn !… Un pied sale l'écrase. Je lève la tête et vois deux yeux sournois souriant d'un sourire cruel. Je me rue d'un bond sur la meurtrière comme une tigresse sur le chasseur qui a tué son petit, lui griffe le visage de mes ongles indignées. Elle saisit mes poignets, me repousse brutalement. Je lui donne des coups de pied. Elle me jette par terre, attrape un gobelet en fer émaillé et tambourine sur mon crâne. Alarmées par mes cris, deux gardiennes s'engouffrent dans la cellule. Elles maîtrisent l'agresseuse, lui passent les menottes. Puis elles me ramassent et me jettent sur ma couverture. Si vous vous battez à nouveau, nous préviennent-elles avant de ressortir, vous n'aurez rien à manger pendant trois jours !

Le sang me coule du front. Je prends un coin de ma couverture et l'appuie sur ma blessure. C'est la première fois de ma vie que je me suis battue avec quelqu'un. Et j'ai eu l'intention de tuer, pour une fourmi.

La bagarre semble avoir suscité chez la jeune malade quelques échos effrayants, car elle a cessé de réclamer sa mère sa grande sœur, ses cacahouètes, et se recroqueville contre le pot de chambre en cachant sa tête sous ses bras pliés : C'est pas moi ! C'est pas moi !… pleurniche-t-elle.

Quant à la momie, elle suit tout de son œil terne et indifférent. Elle doit avoir vu tant de violence durant son séjour ici que ce n'est certainement pas cette bagarre qui peut l'exciter ou étonner.

Le lendemain de l'incident, on m'ordonne de prendre ma couverture et de sortir de la cellule.

On va m'interroger ? demandé-je à la gardienne avec espoir.

On te change de cellule, répond-elle d'un ton sec.

Quand serai-je interrogée ?

Sais pas.

Je baisse la tête, abattue. Quand aurai-je l'occasion de m'expliquer ? Quand pourrai-je leur dire que je ne suis pas contre-révolutionnaire ? Quand pourrai-je quitter cet enfer ? Pourrai-je jamais le quitter vivante ?

Je veux manger des cacahouètes ! Hé ! Appelez ma grande sœur ! Où es-tu maman ? Des cacahouètes ! J'en veux trois livres ! J'en veux cinq livres !... Les cris suraigus de la jeune fille me poursuivent dans le couloir sombre mais je suis contente de pouvoir m'en éloigner un peu.

La gardienne s'arrête devant la porte n° 64. Elle enfonce une grosse clef dans la serrure rouillée, tourne la clef, pousse la porte, et s'écarte : Entre !

Je fais deux pas en avant. Je me retrouve presque nez à nez avec deux autres détenues.

La porte se rabat lourdement derrière mon dos. Le bruit sourd fait trembler les murs de la cellule.

L'une des deux prisonnières est assise sur une couverture froissée et sale, le regard fixe et hagard, un sourire bête figé sur son visage violet et bouffi, une paire de menottes d'acier autour de ses poignets gonflés et barbouillés de sang caillé. Encore une folle. Oh non !

Celle qui est debout devant la fenêtre a sans doute déjà passé le cap de la cinquantaine. Taille moyenne, cheveux courts peignés en arrière, yeux vifs légèrement enfoncés dans les orbites. Elle m'observe. Attentive. Retenue.

Je pose ma couverture sur le bord du lit commun : Je m'appelle Zhizi, *Gardénia*.

Moi Juhua, *Chrysanthème*, dit-elle.

Je devais avoir neuf ou dix ans. Je ne m'en souviens plus exactement. J'allais souvent au parc du Pose-Pinceau le dimanche après-midi. Il y avait dans le coin ouest du parc un petit zoo où l'on gardait oiseaux, serpents, tigres, ours et singes. J'aimais regarder les singes jouer sur leurs rocailles, mais trouvais plus fascinants les tigres avec leur manteau rayé et leur air féroce. Je les imaginais brisant soudain les barres de fer de leur cage, courir librement dans les allées, faire fuir et hurler de terreur les gardiens et les visiteurs, puis disparaître dans le bois de sapins.

Je n'entrais pas dans le parc par la porte d'entrée – je n'avais pas d'argent pour acheter le ticket – mais grimpais sur un gros manguier dont un bras passait au-dessus du mur d'enceinte. Un jour, en escaladant le manguier, mon regard a été attiré par quelque chose de curieux qui ballottait suspendu à la veine centrale et saillante d'une feuille. Une nymphe rare. Couleur émeraude, forme losangique, ornée de deux petits points d'or. J'ai oublié les singes et les tigres. J'ai cueilli la feuille. J'ai coincé le pétiole de la feuille entre mes dents et je suis redescendue de l'arbre. Rentrée à la barque de mes grands-parents, j'ai pris un bout de fil rouge dans le panier à couture de grand-mère. J'ai attaché avec le bout de fil rouge la feuille avec la nymphe émeraude à un rameau du vieux goyavier. Cette nuit-là j'ai fait un rêve étrange où tout était embelli d'une jolie couleur verte. Quelques jours plus tard j'ai remarqué que ma nymphe commençait à changer de couleur. Elle virait d'abord au brun clair, puis au brun foncé, puis au noir. Je croyais qu'elle était morte et j'étais très triste. Puis, un après-midi, lorsque je suis revenue de l'école, j'ai vu quelque chose sortir lentement de la chrysalide noire et ouvrir ses ailes… Devinez quoi… un gros papillon d'un bleu foncé somptueux !

Zhang Qinglian est le nom de la prisonnière aux menottes. Elle a fait jeune des études de météorologie à Pékin. C'est là qu'elle est tombée amoureuse d'un de ses camarades de classe, un beau garçon originaire de Vieux Banian. Après son diplôme le garçon est rentré dans sa ville natale. Il travaillait à l'observatoire situé au sommet du mont Pose-Pinceau. Zhang est venue avec lui. Ils se sont mariés peu après et ont eu trois enfants. Brillant et travailleur, le mari de Zhang a été promu plus tard au poste de directeur du bureau de météorologie municipal. Puis l'orage de la Révolution culturelle s'est levé, et le mari de Zhang a été accusé d'être un « partisan de la voie capitaliste ». Lors d'une des assemblées tenues dans un stade bondé de gardes rouges, Zhang a été traînée sur le tréteau et sommée de dénoncer les paroles et les actes « contre-révolutionnaires » de son mari. Mais à la stupéfaction générale, Zhang a crié au micro : Il est un homme bon ! Il n'a rien fait de mal ! Il aime son travail ! Il est loyal au Parti et à la patrie ! Il n'est pas partisan de la voie capitaliste !… Les gardes rouges étaient furieux. Ils l'ont battue. Ils lui ont rasé la moitié du crâne. Ils lui ont barbouillé le visage d'encre noire. Ils l'ont forcée à s'agenouiller sur des fragments de verre cassé. Ils ont accroché à son cou un panneau qui portait son nom barré d'une croix en X, et l'ont obligée à marcher ainsi dans la rue en battant le gong et en criant Je suis la femme puante du contre-révolutionnaire ! Puis son mari s'est donné la mort en sautant par une fenêtre du troisième étage de l'observatoire où il était enfermé, ses enfants ont été envoyés à la campagne perdue du Yunnan et elle, en prison ici. Elle a tenté de se suicider. Elle n'a pas réussi. Elle est devenue folle après.

Zhang ne se peigne plus depuis. Elle ne se lave pas non plus. C'est Chrysanthème qui lui peigne les cheveux et lui lave le visage chaque matin. De temps en temps, en été, Chrysanthème rapporte un peu d'eau des toilettes communes et lui essuie le corps.

Zhang se coupe entièrement du monde extérieur. Elle n'adresse jamais la parole aux autres ni ne répond à leurs questions mais se parle sans arrêt à elle-même. Ses monologues ressemblent à de longs chapelets à grains de jargons météorologiques qu'elle égrène du matin au soir sans interruption : vent violent… ciel dégagé… baromètre… cumulus… dégradation orageuse… soleil généreux… vent du sud-est… temps mitigé… forte chaleur… pluviomètre… hygromètre… température minimale… température maximale… averse… haute pression… ondée… bancs de brouillard… typhon… pluie diluvienne… ciel couvert… anticyclone… gelée blanche… tonnerre… bousculades nuageuses… temps lourd… temps maussade et humide… petites poussées ensoleillées… forte baisse de température… tempête… vent du nord… temps variable… brume… courtes éclaircies… éclipse… thermomètre… actinomètre… ciel agité… dépression… vague de froid… risque d'inondation… trente-neuf degrés à l'ombre… grêle… sécheresse sans précédent… Parfois, au milieu d'une tirade, elle devient soudain très excitée. Elle se hisse alors sur le lit, le regard enflammé, les pommettes toutes rouges. Lève-toi, vent violent ! apostrophe-t-elle en brandissant avec force ses menottes tel un moine taoïste son couteau de cérémonie. Éclate, foudre ! Éclate, orage ! Viens les détruire ! Les détruire tous ! Tous !… Parfois, dans le silence de la nuit, elle se dresse brusquement sur son séant et hurle en pointant son doigt vers la fenêtre : Ils viennent ! Regardez ! Ils viennent ! Les diables viennent prendre l'âme ! Aux diables ! Aux diables !… À ses cris je sursaute. Je tremble de tous mes membres malgré moi.

Il y a une peur immense dans sa voix enrouée, et sa peur alimente la mienne.

Un après-midi Zhang n'a mangé que la moitié de sa ration. Elle écrase l'autre petit pain, le mélange avec quelques gouttes d'eau, et modèle des têtes humaines qu'elle aligne sur sa couverture. Il y en a quatre. Son mari et ses enfants ? Elle déchire ensuite du papier hygiénique en lambeaux, et, avec un amour et une patience infinis, elle rassemble les lambeaux en vestes, en pantalons, en robes. Ces occupations l'absorbent complètement. Rien d'autre n'existe plus pour elle. Un calme étonnant règne sur son visage violet et bouffi. On dirait une artiste au travail dans son studio. Je la regarde, fascinée. Peut-être son silence inhabituel a-t-il intrigué la gardienne ? Celle-ci vient regarder par le petit trou de la porte. Hé ! qu'est-ce que tu fous, 1 052 ? rugit-elle en ouvrant la porte à la hâte. Elle se précipite dans la cellule, bouscule brutalement Zhang, rafle ses petits modèles en farine de maïs et ses petits vêtements en papier hygiénique. Puis, pour punir la prisonnière de cette évasion éphémère, elle lui attache les mains dans le dos pendant trois jours.

Alors, ces trois jours durant, quand c'est l'heure du repas, Zhang ne peut faire que comme un chien, en fourrant sa figure dans le bol. Il nous faut donc lui donner à manger et à boire. Lorsqu'elle a besoin de se soulager, nous devons aussi l'aider à baisser et à remonter son pantalon.

Tous les matins, après que la gardienne a emporté les bols et les baguettes, et après s'être assurée qu'il n'y a pas d'œil collé au petit trou de la porte, Chrysanthème se met à marcher. De la porte à la fenêtre, de la fenêtre à la porte, de la porte à la fenêtre, de la fenêtre à la porte… jusqu'à ce qu'elle commence à s'essouffler. Elle va alors s'asseoir sur le bord du lit en me disant :

À ton tour maintenant. Je me lève, et je fais comme elle, quatre pas de la porte à la fenêtre, quatre pas de la fenêtre à la porte… mille cinq cents aller-retour.

Avons-nous une récréation ? Si vous pouvez appeler ça récréation ! De mai à novembre, deux fois par semaine seulement, vingt minutes chaque fois – ça fait au total dix heures par an –, la gardienne nous emmène séparément à un de ces « points de la récréation » individuels. Un tout petit terrain nu et carré, environ trois mètres sur trois, fermé d'une clôture tressée de roseaux de quatre mètres de haut. Le reste du temps, nous traînons au fond de notre cage, comme des larves dans une tombe.

Afin de ne pas y pourrir, au sens littéral du mot, Chrysanthème s'impose ces marches quotidiennes. Cela lui sert de fortifiant. Je me joins à elle aussitôt que je suis entrée dans cette cellule. Bouger, ça fait sentir qu'on est encore en vie.

Un jour – c'est le Nouvel An chinois de 1969 je crois – je suis tellement démoralisée que je n'ai plus envie de bouger. Imaginez un peu, ça fait plus de huit mois déjà que je suis en prison, mais je n'ai toujours pas été interrogée. Complètement coupée du monde extérieur, sans nouvelle des miens, convaincue que je suis oubliée et que je passerai le reste de ma vie au Petit Gris, je ne vois pas la plus frêle lueur d'espoir. De quel côté que je me tourne, l'horizon est noir comme l'encre. Il n'y a pas d'issue. Il n'y a pas raison de continuer. Tout effort pour se maintenir en forme paraît si absurde et si ridicule ! À quoi ça sert ? La mort, qui m'a tant angoissée à cause de la disparition précoce de papa, ne me fait plus peur. Je la désire même parce que ça fait moins mal que de survivre. Du moins on ne souffre plus quand on est mort. Blottie dans ma couverture, je suis d'un œil apitoyé Chrysanthème qui s'obstine comme d'habitude dans ses marches quotidiennes… de la porte à la fenêtre, de la fenêtre à la porte… À ton tour, Gardénia, dit-elle en venant s'asseoir près de moi, à bout de souffle. Je fais non de la tête. Mais qu'est-ce que tu as ? Allons, lève-toi ! Je tire la couverture sur mon visage. Lève-toi je te dis ! tempête alors une Chrysanthème soudain rouge de colère. Elle enlève d'un coup ma couverture, plante ses yeux vifs dans les miens : Écoute, Gardénia. Tu veux sortir vivante, oui ou non ? Tu veux revoir ton mari, oui ou non ? Tu veux revoir tes filles, oui ou non ? Tu veux revoir ton grand-père, oui ou non ? Ils t'attendent dehors, tous. Tu vas pas les laisser tomber comme ça, hein ? Maintenant, debout, toi ! Et marche ! Un deux trois quatre, un deux trois quatre…

Après, je demande à Chrysanthème :

Tu ne t'es jamais laissé aller ?

Si.

Quand ?

Vers la fin de la Longue Marche. Sur les Grandes Montagnes Neigeuses et dans les Grands Marécages. Mais mes camarades m'ont sauvée.

Raconte-moi.

C'était il y a plus de trente ans déjà. J'étais si jeune. J'avais vingt et un ans…

Ce jour-là, et les jours suivants, tandis que Zhang Qinglian poursuit ses interminables monologues météorologiques, Chrysanthème me raconte les combats pour survivre qu'ils ont menés, elle et ses camarades. Comment ils ont parcouru en douze mois plus de 13 000 kilomètres à travers onze provinces, à pied. Comment ils ont forcé, sous les bombardements des avions ennemis, dix lignes de blockhaus. Comment ils ont traversé vingt-quatre grands cours d'eau, dont le Yangtsé. Comment ils ont franchi, vêtus de coton, dix-huit grandes montagnes dont cinq sont couvertes de neiges éternelles. Comment ils se sont enfoncés, avec leur sac à vivres vides, dans les Grands Marécages du Sichuan. Et comment, en plein milieu des marais, seule, perdue, épuisée, terrifiée, au désespoir, elle a soudain entendu la voix familière de Bambou : Hé, camarade !…

T'avais pas vu Bambou depuis le départ du Jiangxi ?

Non.

Il t'a raconté ce qui lui était arrivé ?

Oui. Bambou était un des rares rescapés de sa division qui était en mission d'interception lors de la traversée du fleuve Xiang. Ces garçons ont échappé au ratissage ennemi et réussi à rejoindre l'arrière-garde de l'armée. Mais dans la province du Guizhou, sur la route vers le fleuve Wu, Bambou est tombé malade. Il avait une très forte fièvre et il délirait. Quand sa température a enfin baissé et qu'il a repris ses esprits, il s'est vu étendu sur une poignée de roseaux au fond d'une grotte humide.

Viens voir, il s'est réveillé ! a crié une vieille villageoise en penchant sur lui son sourire ridé.

Où suis-je ? a demandé Bambou en tâchant de se dresser. Où est l'armée rouge ?

Recouche-toi, lui a dit le vieux paysan qui entrait en hâte dans la grotte à l'appel de sa femme. Tu n'as pas bonne mine. Tu as besoin de repos. L'armée rouge a quitté la région il y a trois jours déjà. Tu étais trop malade. Tes camarades ne pouvaient te garder. Ils t'ont laissé chez nous.

Mais…

Nous avons une fille. Elle est partie en mariage dans un village lointain. Nous n'avons pas d'autre enfant, et nous sommes déjà vieux. Dieu du Ciel a eu pitié de nous et t'a envoyé. Tu es désormais notre fils.

Mais…

Faut pas sortir maintenant. Les nationalistes battent la campagne. Ils recherchent les soldats rouges blessés.

Mais…

T'inquiète pas, tu es en sécurité. Ils ne viendront pas jusqu'ici. Nous redescendrons au village quand ce sera un peu plus calme.

Dix jours plus tard, les troupes nationalistes se sont retirées. Bambou rétabli, le vieux couple l'a emmené chez eux.

Nous avons pensé à te trouver une femme, ta maman et moi, lui a dit le vieil homme après le dîner. J'ai parlé avec l'entremetteuse du mariage cet après-midi. Elle va demain matin voir les parents d'une jeune fille du village voisin. S'ils sont d'accord, elle va amener la jeune fille à la maison pour te rencontrer…

Mais…

Je connais cette jeune fille, a ajouté hâtivement la vieille femme. C'est une bonne.

Mais je… a balbutié Bambou, qui ne savait plus quoi dire. Je… Je ne pourrai jamais vous remercier assez pour m'avoir sauvé la vie…

N'en parlons plus, l'a coupé le vieil homme. Tous les parents auraient fait de même pour leur enfant.

Je ne veux pas vous décevoir mais je… Je suis un soldat rouge et je veux rejoindre l'armée.

Les vieillards ont échangé un long regard. Puis, en se retournant vers Bambou, le vieil homme lui a dit :

Il est tard maintenant, mon enfant. Va dormir. On en reparlera demain.

Le lendemain, après le petit déjeuner, la vieille femme a fourré dans les mains de Bambou cinq galettes de farine de maïs enveloppées dans un chiffon, une couverture roulée et ficelée.

Bambou la regardait sans comprendre.

Prends ça aussi, a dit le vieil homme en posant sur le ballot de couverture cinq pièces d'argent qu'il avait sorties de sous la natte du lit. Tes camarades nous les ont données. Nous avons pensé à les utiliser pour te prendre une femme mais… Prends-les. Tu en auras besoin sur la route. J'ai entendu dire que l'armée rouge allait vers le Yunnan. Mais si jamais tu arrives pas à la retrouver, reviens ici. T'es toujours notre fils tu sais.

Ému jusqu'aux larmes, Bambou s'est jeté à genoux devant ses sauveurs et a frappé le sol du front trois fois : Tout ce que vous avez fait pour moi, si je ne peux pas vous le rendre dans cette vie, je le ferai dans une vie future.

Après avoir dit adieu au vieux couple, Bambou s'est orienté d'abord vers l'ouest. Puis il a remarqué que les troupes nationalistes se précipitaient vers l'est ; il se dit alors que l'armée rouge devait se trouver de ce côté-là et il a suivi les nationalistes à distance. Mais quelques jours plus tard les nationalistes ont rebroussé chemin brusquement : Bambou a réalisé que l'armée rouge avait opéré une diversion et que les ennemis étaient tombés dans le piège. Il a donc marché à nouveau vers l'ouest. Dans la province du Yunnan, Bambou a rencontré un autre camarade laissé en arrière lui aussi à cause de sa jambe cassée et appris que l'armée rouge avait déjà franchi le Fleuve au Sable d'Or. Aussitôt Bambou a obliqué vers le nord. Il a profité du chaos et traversé le fleuve sans trop de difficultés. Mais arrivé au sud de la province du Sichuan, Bambou n'avait plus un sou en poche. Il a mendié. Puis il s'est fait porteur pour les troupes nationalistes. Un jour Bambou a ramassé un tract de propagande. Il y avait dessus un slogan en gros caractères : « Arriver à la rivière Dadu, en finir avec les Rouges ! » La Dadu, se disait Bambou, l'armée rouge doit être là en ce moment. La nuit même il s'est enfui avec le sac de sel qu'il portait. Dans cette région montagneuse le sel était une denrée rare et très chère. Bambou l'utilisait comme monnaie. Une poignée de sel contre un repas, une autre poignée contre un lit, une autre poignée encore contre une veste ou un pantalon ou une paire de chaussures, il courait de hameau en hameau, de bourg en bourg, vers la Dadu. Seulement, lorsqu'il y est enfin parvenu, l'armée rouge n'était plus là. Des jours durant il a marché le long de la rive, tâchant de retrouver la trace des combats. Certains locaux lui disaient que l'armée rouge s'était retirée à nouveau vers le Yunnan, d'autres affirmaient qu'elle avait déjà franchi la Dadu. Bambou a trouvé un tronc d'arbre, choisi un endroit où le courant était plus large mais moins rapide, traversé la rivière à la nage. Mais après il s'est perdu. Où était allée l'armée rouge ? Il n'a pu trouver aucun indice. Il s'est dirigé vers l'est, mais partout se massaient les troupes ennemies. Il s'est tourné alors vers l'ouest, mais au-delà de plusieurs montagnes courait le cours supérieur de la Dadu. Il s'est demandé alors s'il ne s'était pas trompé et s'il ne devrait pas rebrousser chemin. Ce jour-là, Bambou est monté sur le sommet d'une colline qui se dressait au bord de la Dadu. Il se préparait alors à la retraverser quand soudain il a entendu des coups de feu au loin. Le combat ! L'armée rouge ! Il a dégringolé la colline, et, guidé par le vacarme mêlé d'explosions d'obus, il a fini par retrouver, en dehors du bourg Tianqun, une unité combattante de l'arrière-garde…

Quand êtes-vous arrivés aux bases rouges du Sha'anxi, sur le Plateau de Loess ?

Octobre 1935, exactement un an après avoir quitté la région soviétique du Jiangxi. Nous étions partis 90 000 combattants et porteurs civils. Nous sommes arrivés 7 000 soldats dont la moitié seulement depuis le Jiangxi. Il y avait plusieurs milliers de femmes dans l'armée, presque toutes sont mortes. Les bébés nés sur la route, abandonnés. Y compris celui du président Mao.

Chrysanthème se tait. Je lui tends son gobelet. Elle boit une grande gorgée d'eau.

Comment pouviez-vous ne pas déserter, je ne comprends pas, lui demandé-je, malgré tous ces dangers, toutes ces souffrances et tous ces morts ? Qu'est-ce qui vous donnait cette détermination, cette volonté, cette force ?

Le rêve, me répond-elle après une longue minute de réflexion. Oui, c'cst ça, le rêve. Le rêve d'une société plus juste. D'un lendemain meilleur. Où tout le monde aurait de quoi se nourrir et se vêtir. Où tous les gosses pourraient aller à l'école. Où toutes les femmes seraient maîtresses de leur destin. Pour ce rêve beaucoup de mes camarades sont tombés. Bambou, moi, et d'autres camarades ont survécu, aussi pour ce rêve. La jeunesse a besoin de rêver. Et le rêve fait briller la jeunesse.

Après la Longue Marche, Bambou et toi…

Nous nous sommes mariés à Yan'an, en 1937.

Avez-vous des enfants ?

Non, j'ai eu une ménopause précoce. Mais nous avons adopté deux orphelines. Nous avons appelé l'aînée Aurore et la cadette, Perle Bleue.

Un après-midi Chrysanthème découvre dans son bol un morceau de gras de porc aussi gros que mon pouce. Pour nous qui ne voyons plus de viande depuis que nous sommes en prison, quel événement !

Peut-être y a-t-il la même surprise dans mon bol, me dis-je, mon cœur soudain gonflé d'espoir. Je farfouille un bon moment dans mes légumes. Non, rien que des tranches de navets blancs. Trop cuits, pas de goût, comme toujours. Je soupire de déception et ravale en secret une gorgée de salive.

Quand Chrysanthème finit son repas, le morceau de gras est encore là, couché au fond de son bol vide. Elle va le manger en dernier, pensé-je, pour mieux le savourer. À sa place je l'aurais déjà englouti, je n'aurais pas eu sa patience…

Chrysanthème dépose son bol, prend le couvercle de son gobelet, pince le gras du bout de ses baguettes et le met, non pas dans sa bouche, mais dans le couvercle ! Je la regarde faire sans comprendre.

Voilà notre crème de beauté, déclare-t-elle en posant le couvercle sur le rebord de la fenêtre.

Crème… de beauté ?

Oui, sourit Chrysanthème en désignant mes mains gercées par le froid, si on la frotte avec le gras une fois par jour, on n'aura plus la peau comme ça…

Notre crème de beauté solide durera deux mois. Le reste de l'hiver.

C'était au milieu de mon premier semestre à l'école secondaire. Après un cours de maths.

Hé, Gardénia, m'a interpellé Bing, un camarade avec qui je n'avais jamais parlé. Est-ce vrai que tu vis sur un bateau ?

Oui. Et alors ?

Est-il grand ?

Non.

Puis-je venir le voir ?

Je demanderai à grand-père.

Le lendemain, après l'école, j'ai dit au garçon de venir avec moi. Il m'a suivie jusqu'au bord de la rivière. Je lui ai montré le vieux goyavier.

Il a été planté par mon arrière-grand-père. Il est trop vieux pour porter des fruits. Grand-père a promis de me faire une toupie avec cette branche morte. Son bois est très dur. La toupie pourra durer éternellement. Voilà, regarde, le bateau de grand-père. Hé ho ! grand-père ! Il va à la pêche chaque matin après que je suis partie à l'école, mais il revient toujours à temps pour me prendre ici, près du vieux goyavier.

J'ai dévalé la berge abrupte. J'ai passé en courant une longue planche qui dansait sous mes pieds au-dessus de l'eau argentée de soleil. À bord, je me suis retournée. Bing hésitait à l'autre bout de la passerelle, il avait l'air d'un chaton craintif. C'était très marrant de voir un grand garçon costaud comme lui avoir l'air d'un petit chat peureux. J'ai ri. Je suis redescendue du bateau. J'ai repassé la passerelle. Je lui ai pris la main. Je l'ai guidé pas à pas jusqu'au bateau et je l'ai aidé à y monter.

Qu'est-ce que tu nous feras pour ce soir, grand-mère ? Crevettes frites ! Mmmm… Viens par ici, Bing, que je te montre quelque chose.

J'ai pénétré dans la cabine à articles de pêche. Je me suis accroupie devant un panier où couve une poule noire. Bing s'est mis à genoux près de moi. La poule hérissait ses plumes de colère.

Oh, ça va ma vieille, on va pas te faire mal tu le sais bien, je caressais d'une main le dos de l'animal et plongeais l'autre main sous son ventre chaud. Voilà, j'ai montré à Bing un gros œuf blanc parsemé de petits points noirs. C'est l'œuf de faucon pour la pêche. Le bébé sortira dans quinze jours. Tu reviendras le voir ?

Oui.

Deux semaines plus tard, Bing est retourné avec moi sur la barque. Le rideau de la cabine-chambre était fermé.

Nous attendons ici, ai-je soufflé au garçon, grand-père est dedans depuis avant-hier, il couve. Oui oui, il porte l'œuf de faucon sur sa poitrine. Pourquoi ça ? Bah, quand le bébé sortira, la poule pourrait s'apercevoir que ce n'est pas son poussin et le tuer…

Grand-mère nous a apporté une petite assiette de graines de pastèque. Nous les croquions une à une en regardant le soleil couchant embraser les vagues.

Sorti ! Il est sorti ! s'est écrié grand-père derrière le rideau. L'émotion dans sa voix me faisait penser au chant triomphant de la poule après la ponte. J'ai soulevé un coin du rideau et je suis entrée dans la cabine, suivie de Bing. Grand-père était en train de sécher avec du vieux linge le petit corps rose couvert de duvet noir encore mouillé. Grand-mère est entrée poser sur le bord du lit un petit bol de poisson cru haché. Grand-père a pris une pincée de hachis qu'il a fourré dans le bec ouvert. Le fauconneau a tout avalé avec une voracité incroyable.

Ha, ha, il va pousser fort, celui-là, déclarait grand-père, ça sera un bon pêcheur.

Bing m'a dit qu'il lui fallait rentrer. Son père le battrait s'il rentrait trop tard. Je l'ai raccompagné jusque sous le vieux goyavier. Là, il s'est tourné brusquement vers moi :

Papa travaille pour une compagnie de construction de chemin de fer. La compagnie va se déplacer dans une autre province. Les ouvriers de la compagnie, et leurs familles aussi.

Quand tu partiras, alors ?

Ce week-end. J'aimerais rester mais j'ai pas le choix. Je…

Il a baissé les yeux. Il hésitait. Il rougissait. Puis il les a relevés pour les planter dans les miens :

Tu ne m'oublieras pas ?

Bien sûr que non !

Pendant un ou deux ans après le départ de Bing, je pensais souvent à lui, avec une sorte de tristesse mélancolique. Puis je l'ai oublié. J'ai quitté l'école. J'ai trouvé un boulot à la bibliothèque municipale. J'ai rencontré un homme qui deviendrait mon mari. J'ai deux filles. Des années plus tard, ici, dans l'obscurité puante de la prison, je me souviens de lui. Et de cette mélancolie à la fois déchirante et douce de mon adolescence. Comment est-il maintenant ? Où habite-t-il ? Que fait-il ? Est-il marié ? A-t-il des enfants ? Pense-t-il encore à moi, de temps en temps ?

Un jour Chrysanthème reçoit un ballot. Ce sont des vêtements d'homme roulés dans un vieux drap. Pantalons troués aux genoux, chemises jaunies au col, vestes dévorées de taches de sueur aux abords auréolés de blancs, pull-over en laine aux poignets défaits, chaussettes de coton qui ne font pas paires… De longues minutes durant,

Chrysanthème les contemple en silence, de grosses larmes coulent sur ses joues. C'est la première et la seule fois que je la vois pleurer. Je veux lui dire quelques paroles de réconfort, mais quels mots pourraient la consoler ?

Chrysanthème ne s'attendait pas à cela. Ses cheveux sont devenus tout blancs en moins d'une semaine. Mais après avoir replié et enveloppé dans le vieux drap ces vêtements, et après avoir essuyé ses larmes, Chrysanthème reprend ses marches quotidiennes, de la fenêtre à la porte, de la porte à la fenêtre… Il faut que j'en sorte vivante, me dit-elle. Je dois ça à Aurore. Je dois ça à Perle Bleue. Je dois ça à Bambou. On l'accuse d'être le leader de la clique anti-Parti. Mais c'est faux. Bambou n'a jamais été un conspirateur. Il n'a jamais conspiré contre le Parti. Sa vie, il l'a consacrée à la révolution chinoise, il l'a consacrée à l'édification de la Chine nouvelle. Il faut le réhabiliter. J'écrirai au comité central du Parti dès que je serai dehors. J'écrirai au président Mao lui-même. Jamais je ne renoncerai…

La maladie de Zhang Qinglian s'aggrave visiblement depuis quelques temps. Elle ne fait plus de monologue. Assise du matin au soir comme une statue sur sa couverture sale et froissée, elle fixe le mur en face d'elle avec un regard plein de haine. Son immobilité totale et son silence obstiné ne présagent rien de bon. C'est le calme avant l'orage.

J'en suis très inquiète. Chrysanthème aussi. Nous décidons d'appeler la gardienne. J'entends le pas dans le couloir, m'approche rapidement de la porte et crie par le petit trou :

Rapport !

Le pas s'arrête derrière la porte. Un œil vigilant se colle au petit trou.

Qu'est-ce qu'il y a ? demande la gardienne, impatiente.

Zhang Qinglian est très malade, lui dis-je en m'écartant pour qu'elle puisse la voir.

Elle a besoin de soins médicaux, ajoute Chrysanthème. Il faut qu'on l'envoie à l'hôpital.

Une clef tourne dans la serrure. La porte lourde s'ouvre en grinçant.

La gardienne entre dans la cellule. Elle jette sur la malade immobile un coup d'œil plein de dégoût, puis pèse de son regard méprisant sur Chrysanthème : Hôpital, soins médicaux, vous avez pensé à tout, dit-elle d'une voix sarcastique. Puis, changeant brusquement de ton, elle profère : Je vous rappelle que vous êtes sous la dictature du prolétariat ! La dictature du prolétariat est impitoyable aux ennemis du peuple !

Sur ce mémento foudroyant elle se tourne et ressort.

S'il vous plaît… Je tente encore de lui expliquer la situation mais elle me ferme la porte au nez.

Cette nuit-là, Zhang Qinglian refuse de se coucher. Chrysanthème et moi nous tenons à l'autre bout du lit commun, l'observons et attendons. Baignée dans la lumière d'un jaune crasseux que verse l'ampoule nue, sa silhouette immobile et ramassée évoque l'image d'un volcan calme au-dehors mais bouillant au-dedans.

La nuit s'est passée sans incident. Zhang demeure toujours assise sur sa couverture sale et froissée, avec une immobilité minérale. Les premières lueurs livides de l'aube commencent à s'infiltrer dans la cellule à travers les vitres opaques de la fenêtre. Je suis épuisée. Je me blottis contre Chrysanthème et sombre peu à peu dans le sommeil. C'est alors qu'un grand coup de poing sur les planches du lit me fait bondir. Zhang a explosé. Elle tambourine sur le lit, crie, crache, hurle. Elle se lève. Elle tourne en rond dans la cellule comme une lionne enragée. Elle donne des coups de pied furieux aux murs et à la porte. Tout ce qui lui tombe sous la main, cuvettes, gobelets, chaussures, oreillers, elle les envoie au plafond et à la fenêtre. Chrysanthème tente de la calmer en lui parlant, en vain. Zhang continue de hurler, de trépigner, de cracher, de brandir ses menottes d'un air menaçant. Puis, tout à coup, elle empoigne le pot de chambre qu'elle soulève vers le lit... Nonnn ! Je me rue sur elle, lui serre un bras, presque simultanément Chrysanthème attrape son autre bras. Nous essayons d'empêcher Zhang de déverser les saletés sur les couvertures mais dans la mêlée le pot de chambre est renversé sur le sol, et nous roulons toutes les trois dans une mare d'urine et de crottes...

Deux gardiennes qui doivent avoir savouré de derrière la porte le spectacle dès le début se décident enfin à intervenir. Lorsqu'elles ouvrent la porte et pénètrent dans la cellule, j'ai déjà un œil au beurre noir, Chrysanthème une cheville tordue et le nez qui saigne, Zhang elle-même une large plaie au front.

Nous sommes séparées. Zhang est enfermée dans une cellule solitaire où elle mourra quelques semaines plus tard. Quant à Chrysanthème, je ne la reverrai qu'en 1972, quand la surveillance commencera à se relâcher un petit peu et que les prisonnières seront réunies deux fois par semaine pour les « études politiques ».

Je passe l'hiver 1970 et le printemps 1971 dans la cellule n° 208. C'est là que ma voie croise, par hasard ou prédestination ? celle d'une religieuse franciscaine. Petite taille. Frisant la cinquantaine. Traits chinois sauf ses grands yeux enfoncés, bleu-gris, surprenants.

Elle souffre d'hémiplégie et de constipation. Elle parle d'une voix très douce, ne se plaint jamais, sourit toujours. Même quand la gardienne la bouscule parce qu'elle a des difficultés pour se déplacer, même quand la gardienne l'injurie parce qu'elle reste dans les toilettes plus longtemps que les autres, elle ne se montre ni offensée ni en colère. Elle répond aux grossièretés et aux insultes par son paisible et éternel sourire. Cela m'intrigue et m'impressionne. Lorsqu'on croit en Dieu, m'explique-t-elle, on est hors d'atteinte. Lorsqu'on a la foi, on peut souffrir mais on n'est pas malheureux.

Née d'un père chinois, jeune diplomate siégeant à Paris dans les années vingt, et d'une mère française issue d'une famille catholique pratiquante, elle a deux noms : Jiarong, son nom chinois, et Andrée, son nom français. Elle me dit qu'elle s'est sentie très tôt vouée à Dieu. Elle est allée à Rome à l'âge de seize ans, et plus tard y est devenue religieuse. Elle est ensuite rentrée en France pour des études de langues. Elle parle, outre français et italien, anglais, espagnol, portugais et chinois. Elle joue du piano, aime la musique classique occidentale, adore la poésie chinoise de l'époque des Tang. Elle a beaucoup voyagé aussi, en Europe, en Amérique latine et en Asie. Puis elle est venue s'installer dans le pays de son père pour y diffuser l'enseignement de Dieu et elle y est restée depuis. De 1966 à 1967, au début de la Révolution culturelle, presque tous les prêtres et les religieuses étrangers ont été chassés de Chine. Mais comme Jiarong a une moitié de sang chinois dans ses veines, les gardes rouges l'ont empêchée de partir. Accusée d'être une espionne, elle a été sauvagement battue puis enfermée au Petit Gris.

À chaque fête catholique, Jiarong reçoit un petit paquet de sa mère. Sans doute doit-elle ce privilège de contacts avec l'extérieur à l'autre moitié de son sang, français. Il n'y a ni nourriture ni livre dans ses paquets – ceux-ci sont interdits – mais des choses comme papier à lettres, serviettes, savon, brosse à dents, pâte dentifrice, aiguilles, bobines de fil… Une fois elle reçoit cinq yuans pour son anniversaire. Regarde, Gardénia, sourit-elle d'un grand sourire d'enfant, je n'ai demandé que deux yuans, maman m'en a envoyé cinq !

Puisque Jiarong a un bras paralysé, je raccommode souvent du linge pour elle. Dans ces moments-là, elle me propose toujours une escapade imaginaire avec elle : Je veux me dégourdir un peu les jambes sur le mont du Pose-Pinceau, pas toi ? ou Qu'en dis-tu si on allait faire une balade dans le jardin du Luxembourg, à Paris ? ou Mes amis en Argentine me manquent, je vais aller les voir, tu m'accompagnes ? ou Aujourd'hui j'ai envie de déambuler dans les ruelles de Rome, tu viens aussi ? Allons-y alors. Son visage s'épanouit. Elle s'adosse contre le mur, et, tout en se promenant par l'imagination dans ces lieux qu'elle connaît si bien, elle me décrit les choses qu'elle voit, les personnes qu'elle rencontre, les bruits qu'elle entend, les odeurs qui pénètrent dans ses narines… sans oublier, bien sûr, d'assaisonner son récit de petites anecdotes à me faire mourir de rire…

Jiarong prie deux fois par jour, le matin et le soir. À chaque fois elle me demande de lui passer un de ces petits livres rouges du président Mao rangés sur le rebord de la fenêtre. Elle ouvre au hasard le petit livre rouge, le place sur ses cuisses, avant d'entamer ses prières. Je trouve ce rituel un peu bizarre, mais par discrétion je me garde de lui poser la question. Quelqu'un dans la cellule doit avoir dénoncé Jiarong, car, un soir, la gardienne survient au moment où elle dit ses prières. Que fais-tu là ? gronde la gardienne. Son paisible et éternel sourire au coin des lèvres, Jiarong lui explique qu'elle tâche d'apprendre par cœur les paroles du président Mao. La gardienne ne la croit pas, bien sûr, mais ne peut rien contre elle : elle a le petit livre sacré ouvert sur ses cuisses ! Je ris dans le creux de ma main, vous pouvez imaginer, en regardant la gardienne ressortir noire de rage : coup raté !

Dans la prison les cellules ne sont pas chauffées l'hiver. Les nuits sont glaciales. J'ai beau superposer sur moi le peu de vêtements que je possède, j'ai beau m'envelopper de ma mince couverture ouatinée, je me réveille toujours avant l'aube, transie d'un froid humide.

La veille de Noël, Jiarong reçoit comme d'habitude un paquet de sa mère. Elle lit et relit plusieurs fois le nom et l'adresse de l'expéditrice, regarde longuement le cachet du bureau de la poste, avant de défaire soigneusement le paquet.

Viens Gardénia, appelle Jiarong en se tournant vers moi, ça c'est pour toi. Elle met sur ma couverture une paire de mi-bas en grosse laine tricotés à la main.

Non non, je ne peux pas les accepter, tu n'as pas plus de vêtements que moi. Je ramasse rapidement les bas que je refourre dans sa main.

Si si, tu ne peux pas les refuser, insiste-t-elle en remettant les bas sur ma couverture. C'est un cadeau, ça, pour ton anniversaire. Tu auras trente-trois ans demain ?

Oui, mais…

Oh, ne t'inquiète pas pour moi Gardénia, j'ai mes vieilles chaussettes. Elles sont un peu usées mais toujours aussi chaudes. Ma couverture, de surcroît, est plus épaisse que la tienne…

Sous son regard souriant et insistant, j'enlève mes chaussures de toile puis mes chaussettes de nylon, enfile les bas en grosse laine. Comme c'est chaud ! J'ai soudain envie de pleurer.

Un soir Jiarong demande à voir la gardienne. Quand celle-ci se montre enfin derrière le petit trou creusé sur la porte, Jiarong lui annonce d'une voix calme :

Je vais mourir.

Mourir, toi, qui peux avaler deux gros pains à chaque repas ? raille la gardienne. Seul le diable te croirait !

Après que la gardienne est repartie, Jiarong se tourne vers moi, son paisible et éternel sourire à la bouche :

Adieu, Gardénia. Je vais partir. Je vais rentrer chez moi. Si jamais tu rencontres ma mère, dis-lui que je pars en paix, veux-tu ?

Le lendemain matin, Jiarong ne s'est pas réveillée. Elle est partie dans la nuit. Elle doit se trouver déjà là-haut, auprès de son Dieu. Elle a accompli, silencieuse et sereine, le dernier, et sans doute le plus difficile voyage de sa vie d'ici-bas. Elle m'a laissé son regard bleu-gris et son sourire, paisible et éternel.

Quelques jours après la mort de Jiarong, une femme d'une trentaine d'années est amenée dans notre cellule.

2193, tu dors là, lui dit la gardienne en pointant du doigt l'endroit où a dormi la religieuse.

La nouvelle arrivante ne peut être plus différente de celle qui l'a précédée. Son visage est fermé. Son regard froid et méfiant semble être un avertissement aux autres : tenez-vous loin de moi ! Par politesse je lui demande si elle veut boire un peu d'eau, mais elle me répond d'un ton sec qu'elle n'a rien à foutre avec moi, qu'elle n'a envie de parler avec personne, et qu'on la laisse tranquille.

Le lendemain dans les toilettes communes je rencontre une détenue de la cellule voisine. Elle me dit que ma nouvelle compagne d'infortune s'appelle Lusheng, qu'elle est accusée d'être une contre-révolutionnaire, qu'elle est écrouée au Petit Gris depuis 1967, et que son mari l'a quittée.

Sauf son mutisme hostile et sa méfiance extrême à l'égard des autres prisonnières, Lusheng a une curieuse manie : elle se lave les mains tout le temps. Chaque matin elle se rend aux toilettes communes remplir sa cuvette d'eau qu'elle rapporte à la cellule. Toutes les demi-heures elle va s'accroupir devant la cuvette. Elle trempe ses mains dans l'eau, les frotte frénétiquement, les retire de l'eau, les tourne et retourne pour un examen minutieux, puis les retrempe dans l'eau, les frotte à nouveau… On dirait qu'elle s'acharne à enlever de ses mains quelques taches indélébiles.

Un matin en sortant des toilettes je vois Lusheng marcher à cinq ou six mètres devant moi, portant sa cuvette remplie d'eau. Un de ses pieds glisse, elle perd l'équilibre et tombe en avant. Sa cuvette fait un pan ! assourdissant sur le sol cimenté et se renverse. Lusheng essaie de se relever mais n'y parvient pas. Je me précipite vers elle. Laisse-la ! crie la gardienne derrière moi. Je fais semblant de n'avoir rien entendu. Je m'accroupis près de Lusheng, la relève et la fais asseoir contre le mur. Ses cheveux et ses vêtements sont mouillés. Le sang lui rampe du coin de la bouche comme un gros ver de terre. Sa pommette gauche est rouge et enfle rapidement. Ah, ah, qu'est-ce que c'est ? bredouille-t-elle, confuse. Je ramasse la cuvette vide. J'aide Lusheng à se remettre sur pied et la reconduis à la cellule. Lusheng reprend ses esprits une ou deux heures plus tard, mais ne peut se souvenir de rien de ce qui s'est passé.

Pour avoir ignoré l'ordre de la gardienne et porté secours à Lusheng, je suis jetée dans une cellule du quartier d'isolement.

Deux mètres de long, un mètre de large, sans fenêtre, sans lumière.

C'est l'été. Chaleur lourde et visqueuse. Air figé et pourri. Odeur de moisi suffocante. Ténèbres. Silence de tombe. Solitude qui s'éternise. C'est atroce. J'ai l'impression que je suis enterrée vivante. Chaque seconde s'étend à l'infini. Pour capter le peu de fraîcheur du sol, je demeure couchée par terre jour et nuit. Pour passer les minutes interminables, je gratte le mur avec mes ongles. L'enfer, s'il existait, ne pourrait pas être pire que cela.

Un jour il me semble avoir entendu un petit bruit dans la cellule voisine. Mes oreilles se dressent. Est-ce là quelqu'un ? Ou est-ce moi qui ai été le jouet d'une hallucination ? Je me mets sur mon séant et écoute très attentivement. Rien. Rien que le silence mortel. J'hésite un instant, puis lève la main et frappe trois fois sur le mur. Aussitôt on me répond de même. Quelqu'un ! Ma voisine ! Elle m'a entendue ! Elle m'a répondu !… Je frappe à nouveau. Elle me répond tout de suite. Ce n'est donc pas un rêve ! Ce n'est donc pas une hallucination ! Elle est là, vraiment, de l'autre côté du mur ! Je ne suis plus seule ! J'ai une compagne !… Mon émotion est telle que mes yeux se remplissent d'un coup de larmes.

Dès lors, trois coups sur le mur le matin comme Bonjour, trois coups sur le mur le soir comme Bonne nuit, une brèche s'ouvre dans ma solitude noire. Je peux respirer à nouveau. J'ai ressuscité. Je recommence à marcher, comme je le faisais avec Chrysanthème, de la porte au mur du fond, du mur du fond à la porte, de la porte au mur du fond, du mur du fond à la porte… Parfois, j'entends un grincement de porte et deux petits coups sur le mur. C'est ma voisine invisible qui me dit Je m'en vais, à tout à l'heure. Quelque temps plus tard, un autre grincement de porte et deux petits coups sur le mur. Ma voisine me dit cette fois : Me voilà à nouveau, l'interrogatoire est terminé. Je donne alors sur le mur quatre tapes bien fortes : Très contente de te retrouver !

Je croquais des graines de pastèque à l'arrière de la barque. La rivière claquait avec douceur ses flancs de bois, rendant le silence de la nuit plus silencieux encore. Le ciel était d'un beau bleu sombre, incrusté d'innombrables cailloux scintillants.

Qu'est-ce que tu fous là ? Grand-père a surgi de l'ombre, un verre à la main.

Je regarde les étoiles.

Bon, grand-père s'est assis en face de moi, un sourire dans les plissements de ses yeux. Sais-tu quel jour nous sommes ?… Non non, sur le calendrier lunaire…

Je secoue la tête.

Nous sommes le septième jour de la septième lune, dit-il.

Et alors ?

Grand-père a avalé une petite gorgée de son alcool de riz.

Tu vois cette traînée blanchâtre qui traverse le ciel, là ? C'est le Fleuve d'Argent. Et cette étoile qui brille au bord du fleuve, là, c'est Zhinü. Et l'autre étoile qui clignote de l'autre côté, là, c'est Niulang.

Et alors ?

Grand-père a siroté son eau-de-vie en faisant claquer ses lèvres de plaisir.

Zhinü était la plus jeune et la plus jolie fille de l'Empereur du Ciel. Elle habitait avec ses six sœurs aînées dans le palais somptueux de son père. Toutes ces belles couleurs sur le ciel qu'on voyait chaque jour au lever et au coucher du soleil, figure-toi, étaient du brocart que Zhinü tissait pour ses parents.

Grand-père a coulé un regard rapide sur mon visage. Satisfait de me voir attentive, il continuait :

Qui fut Niulang ? Frère de Zhinü ? Non. Ministre de son père ? Non. Gardien du palais céleste ? Non plus. Niulang ne vivait pas au ciel mais sur la terre, dans une chaumière qu'il avait bâtie lui-même au pied d'une colline. Niulang n'avait pas de parents, il était un orphelin. Niulang n'avait pas d'argent, il était un pauvre paysan. Niulang n'avait pas de frère ni de sœur, mais il avait un ami, un bœuf jaune déjà trop vieux pour labourer les champs.

Et alors ?

Grand-père a versé la dernière goutte d'alcool dans sa gorge.

Un jour, Zhinü se sentit fatiguée de travailler du matin au soir sur son métier. Si on descendait faire une balade sur la terre ? proposa-t-elle à ses sœurs. Pourquoi pas ? répondirent-elles, ça nous changera les idées. Et en rigolant et en se bousculant, les princesses célestes sortirent du palais. Elles se faufilèrent entre de gros morceaux de nuages blancs, survolèrent montagnes, forêts, champs, villages et villes, puis atterrirent sur la berge d'une petite rivière transparente. Le long de la rive, des bambous courbaient leurs longues tiges vers l'eau, des bananiers agitaient leurs larges éventails verdoyants, des oiseaux chantaient et sautillaient dans les arbrisseaux en fleurs. Comme c'est beau ici ! s'exclama Zhinü. Puis, se tournant vers ses sœurs, elle leur dit : J'ai envie de me baigner, pas vous ? Mais si ! lui répondirent-elles, ça va nous rafraîchir un peu. Les sept sœurs enlevèrent leurs robes, les jetèrent sur la plage, avancèrent dans la rivière. Bousculades, cris, grands éclats de rire. L'eau montait à leurs cuisses, à leur taille, à leur poitrine…

Et après ?

Grand-père a posé son verre vide près de ses pieds. Son visage couvert de rides s'animait d'un long sourire énigmatique.

Les princesses célestes n'étaient pas seules, tu imagines. Caché derrière un arbuste, un jeune homme les regardait à travers les branches. Ses yeux brillaient. Sa gorge était en feu. Ses narines et ses lèvres étaient brûlées par son propre souffle. Devine qui était ce jeune homme… Niulang bien sûr ! La nuit précédente, son vieil ami le bœuf jaune l'avait déjà prévenu de l'arrivée des princesses. La plus jeune et la plus jolie d'entre elles s'appelle Zhinü, lui disait le vieux bœuf, elle sera ta femme. Après ça, tu t'en doutes bien, Niulang ne put plus s'endormir. Au comble de l'excitation, il était venu attendre au bord de la rivière où les princesses devaient venir se baigner…

Et après ?

Grand-père a allumé sa pipe.

Dès l'apparition des princesses, le cœur du jeune homme se mit à battre à l'étouffer. Et quand elles commencèrent à se déshabiller, son émotion fut si vive qu'il crut qu'il allait s'évanouir. Puis, se rappelant la recommandation du vieux bœuf, il aspira une grosse bouffée d'air vif et sortit sans bruit de sa cachette. Il rampa vers la plage, lentement, comme un fauve vers sa proie. Pendant tout ce temps, les baigneuses, insouciantes, se poursuivaient dans l'eau cristalline, comme des poissons joyeux. Niulang arriva à la plage, s'approcha du tas de vêtements, happa une robe, retourna se cacher dans les broussailles. Le soleil déclinait. Il fut temps de rentrer. Les princesses émergèrent des flots, remirent leur robe et s'envolèrent vers le ciel les unes après les autres. Sauf Zhinü. Elle n'avait pas retrouvé sa robe. Elle n'osait pas retourner nue au palais de ses parents. Elle défit sa coiffure, laissa tomber ses longs cheveux noirs autour de son corps. Puis elle se dirigea vers une azalée et commença à cueillir des fleurs afin de se tisser un châle. À cet instant, pouf ! quelque chose tomba à ses pieds. Sa robe ! Sans réfléchir, elle la ramassa et l'enfila. Mais lorsqu'elle releva sa tête, son regard croisa celui de Niulang. Il y avait dans les yeux du jeune homme une tendresse si émouvante, un appel si irrésistible qu'elle se mit à trembler. Le jeune homme lui tendit une main. Elle la saisit.

Et après ?

Grand-père a tiré un bon coup sur sa pipe et a laissé la fumée blanche ressortir par ses narines, délicieusement.

Le jeune homme conduisit la princesse à sa chaumière. Ils devinrent mari et femme. Bientôt ils eurent des jumeaux, un garçon et une fille. Niulang travaillait aux champs, Zhinü s'occupait des enfants et de la maison, tous les quatre vivaient une vie simple et tranquille. Puis, un jour, Zhinü était en train de préparer le dîner lorsqu'elle entendit un terrible coup de tonnerre. Elle frémit. Elle fut saisie d'un sombre pressentiment. Elle se tourna vers la porte et vit sur le seuil… sa mère, l'Impératrice du Ciel ! Rentre avec moi, tout de suite, ordonna celle-ci. Zhinü se jeta à ses pieds. Je t'en supplie, maman, je ne veux pas retourner au ciel. J'aime Niulang, j'ai deux enfants, je suis heureuse ici… Mais l'Impératrice du Ciel ne l'écouta pas. Elle donna l'ordre à ses soldats de reconduire immédiatement la pécheresse au palais céleste. Effrayés, les enfants se mirent à pleurer et à hurler Maman ! Maman ! Niulang était en train de semer le soja. Il entendit le terrible coup de tonnerre. Il entendit les cris de ses petits. Il rentra à la maison en courant, mais trop tard ! il n'arriva que pour voir les silhouettes de Zhinü et de son escorte s'éloigner vers le ciel. Vite, Niulang, appela le vieux bœuf, mets ma peau sur tes épaules et tu pourras rattraper ta femme. Niulang regarda le vieux bœuf : celui-ci était déjà mort. Niulang mit les enfants dans deux paniers de bambou qu'il attacha à sa palanche, prit la peau du vieux bœuf qu'il jeta sur ses épaules. Il sentit aussitôt qu'un vent fort les soulevait de la terre et les portait vers le zénith. Plus vite, encore plus vite. Plus haut, encore plus haut… La distance entre Niulang et sa femme se réduisait rapidement. Niulang était sur le point de la rattraper lorsque l'Impératrice du Ciel tourna la tête et le vit. Elle s'arrêta, et, avec un sourire à vous glacer le sang, elle détacha de son chignon une épingle d'argent, traça une ligne derrière elle. Aussitôt apparut devant Niulang un grand fleuve d'étoiles. Les hautes vagues s'y poursuivaient en grondant comme un troupeaux de dragons enragés. Impossible de le traverser, même à l'aide de la peau magique du vieux bœuf.

Et après ?

Grand-père s'est penché légèrement par-dessus le bord pour vider sa pipe dans la rivière.

À partir de ce jour-là, Zhinü d'un côté et Niulang de l'autre, ils ne pouvaient plus que se regarder par-dessus les flots des étoiles, à travers le rideau de leurs larmes. Leur tristesse fut immense. Elle toucha la terre. Après de longues discussions, les pies décidèrent de faire quelque chose pour aider les amoureux.

Comment ?

Grand-père a rebourré et rallumé sa pipe.

Elles se rassemblèrent le septième jour de la septième lune, toutes les pies de la terre, et volèrent ensemble vers le ciel…

Il me semblait que la voix de grand-père s'éloignait doucement comme si, elle aussi, elle quittait la terre pour s'envoler vers là-haut. En fouillant du regard le firmament sombre et infini, j'ai cru y apercevoir en effet un grand fleuve houleux où de vastes remous d'étoiles se bousculent en tourbillonnant. Lentement, très lentement, au-dessus des grandes vagues aux reflets argentés, un gigantesque arc-en-ciel noir et blanc se forme par des millions d'oiseaux qui se tiennent la queue par le bec les uns des autres, sous le regard ému de Zhinü et de Niulang. Ils attendent. Avec angoisse et espoir. Mètre par mètre, le pont des ailes s'allonge, jacassant et vibrant. Il s'allonge, s'allonge… Il touche les deux rives ! Les amoureux montent sur le pont en même temps, et ils courent l'un vers l'autre, bras ouverts, criant, pleurant et riant…

Au sortir du quartier d'isolement, je suis envoyée à la cellule n° 179.

Nous y sommes quatre détenues. Celle qui dort près de moi a quarante-sept ou quarante-huit ans. Elle a un joli nom, Liuye, *Feuille de Saule*. Son père lui a donné ce nom, me dit-elle, à cause de ses beaux yeux longs et aux coins relevés.

Feuille de Saule a perdu sa mère à la naissance. Son père s'est remarié. Sa belle-mère ne l'aimait pas mais la traitait correctement. Puis, deux jours avant son quatorzième anniversaire, son père est mort lui aussi. Pour trente pièces d'argent, sa belle-mère l'a vendue à un homme trois fois plus âgé qu'elle. Feuille de Saule s'est enfuie la veille de la noce. Elle a rencontré sur la route une femme d'une quarantaine d'années. La femme lui a promis de l'aider. La femme l'a emmenée à Hangzhou. La femme la logeait, la nourrissait, l'habillait, lui apprenait à jouer aux cartes et au mahjong, et lui payait des leçons de chant, de danse et de calligraphie. Feuille de Saule croyait avoir enfin trouvé la maman qu'elle n'avait jamais eue. Puis, quand elle a atteint ses seize ans, la femme lui a dit : J'ai dépensé une fortune pour toi, l'heure est venue pour toi maintenant de me payer en retour. C'est à ce moment que Feuille de Saule a réalisé que sa bienfaitrice, sa maman adoptive, était en fait la patronne du Pavillon aux Nuages Multicolores, une maison close. Feuille de Saule s'est pliée au destin. De seize à vingt-sept ans, dans une chambre délicieusement ornée de peinture, de calligraphie et de vases Ming, elle a reçu elle ne sait plus combien de clients et a gagné, pour sa patronne, elle ne sait plus combien de sous. Puis, un jour, sa patronne est morte d'une attaque cardiaque. Feuille de Saule a hérité, au titre de fille adoptive, du Pavillon aux Nuages Multicolores. Seulement, elle n'a pas profité très longtemps des privilèges que lui apportait sa nouvelle position, car l'Armée populaire de Libération est entrée dans la ville. C'était au printemps 1950. Soucieux d'effacer le plus vite possible les traces de l'ancienne société et d'établir un nouvel ordre moral, le nouveau pouvoir a immédiatement entrepris, entre autres, la tâche difficile de transformer toutes les prostituées en travailleuses. C'est pourquoi

Feuille de Saule et ses filles ont été entassées pêle-mêle dans un camion, et envoyées dans un de ces camps de rééducation par les travaux manuels. La vie au camp était rude. Chaque fille devait piquer à la main quatre paires de semelles de chaussure par jour et, si elles n'arrivaient pas à accomplir leur tâche dans la journée, elles devaient continuer de travailler après le dîner. De plus, elles étaient forcées de confesser leurs vices lors des réunions, de raconter en public comment elles étaient devenues putains, comment elles avaient été maltraitées et exploitées dans la maison close… Feuille de Saule trouvait ces réunions hebdomadaires plus difficiles encore à supporter que d'avoir les mains limées et dévorées d'ampoules. Elle a décidé de s'évader. Elle a fait de ses affaires un petit paquet et attendu une nuit sans lune pour se glisser hors du camp. Elle a marché à tâtons de longues heures dans une obscurité totale. Au petit matin elle a aperçu un petit couvent de nonnes bouddhistes dissimulé derrière un bouquet de bambous et quelques pêchers en fleurs. Sauvée ! Elle a couru vers le couvent et frappé à la porte. Une nonnette a entrouvert les battants et l'a laissée entrer. Feuille de Saule a été conduite à une vieille bonzesse. Elle s'est mise à genoux devant la bonzesse et a frappé le sol du front comme une poule qui picore des graines : Ayez pitié de moi, Maître, laissez-moi rester, je n'ai plus de famille, je n'ai plus de maison, je ne sais plus où aller, je suis désabusée de la vanité de ce monde, je veux me convertir au bouddhisme, laissez-moi rester, je vous supplie… La vieille bonzesse a fait non de la tête. Je ne me relèverai pas, Maître, lui a promis alors Feuille de Saule, tant que vous ne me garderez pas. Et elle est demeurée ainsi, agenouillée sur le sol dallé pendant toute la journée, jusqu'à ce que la vieille bonzesse consentisse enfin à la prendre comme disciple. Dès lors Feuille de Saule dormait sur une natte de roseau étendue à même le sol, se levait tous les jours avant le soleil, balayait le temple et la cour, dépoussiérait les statues et les meubles, puisait de l'eau dans le ruisseau qui passait derrière le couvent, arrosait le jardin potager, préparait le thé et les repas, apprenait à dire des prières… Elle s'est très vite habituée à cette nouvelle vie simple et a commencé à trouver une sorte de paix intérieure. C'est alors que son passé l'a rattrapée. La vie est comme ça. On ne peut pas se débarrasser de son passé comme d'une paire de chaussures usées, ça vous rattrape toujours à un moment ou un autre, là où vous vous y attendez le moins. Une des fidèles qui venaient brûler de l'encens au temple a reconnu Feuille de Saule et a révélé le terrible secret de l'ancienne prostituée à la vieille bonzesse. Celle-ci a convoqué sa disciple immédiatement : Comment as-tu osé franchir notre seuil ? Comment as-tu osé salir ce lieu sacré ? Maintenant prends tes affaires et va-t'en. Retourne là où tu as été. Je ne veux plus jamais te revoir de ma vie ! Feuille de Saule a pleuré, a supplié, mais la vieille bonzesse restait impassible. La mort au cœur Feuille de Saule a dû quitter le couvent. Elle a vendu les quelques bijoux qui lui restaient et, de crainte d'être à nouveau mouchardée par quiconque, elle a fui sa province natale. Elle a pris la route vers le sud. Elle s'est échouée à Vieux Banian. Pour gagner son bol de riz, elle a travaillé comme bonne d'enfant, d'abord chez un ingénieur, puis pour un médecin. Elle est restée assez longtemps chez le médecin, quatre années au total. Plus tard, quand la grand-mère des gamins qu'elle gardait est venue de la campagne, le médecin l'a remerciée. Heureusement, elle n'est pas restée longtemps au chômage. Grand Lin, professeur de beaux-arts et amateur de cerfs-volants, l'a prise comme cuisinière et femme de ménage. Grand Lin était célibataire. Feuille de Saule travaillait chez lui depuis.

Comment ça se fait que tu sois entrée ici ?

C'était à l'automne 1966, soupire-t-elle. Grand Lin a eu des ennuis. Une bande de gosses au brassard rouge est venu à la maison. Ils ont fouillé de fond en comble son appartement. Ils ont emporté livres, peintures, calligraphies, lettres personnelles, albums de photos, disques, journaux, magazines, quelques beaux meubles antiques, et sa collection de cerfs-volants. Le lendemain une autre meute de gosses au brassard rouge a surgi au petit matin. Cette fois ils sont venus pour Grand Lin. Ils ne lui ont même pas permis de prendre son petit déjeuner et l'ont emmené dans un camion. J'ai préparé son déjeuner mais il n'est pas rentré à midi. Je l'ai attendu pour le dîner mais il n'est pas rentré le soir non plus. J'étais très inquiète. Je ne savais quoi faire. Alors j'ai essayé de remettre un peu d'ordre dans la maison. Ce n'est que vers six heures du matin le jour suivant que Grand Lin est enfin revenu. Il avait le visage tuméfié. Il avait du sang partout. J'ai dû utiliser des ciseaux pour lui enlever sa chemise. Le sang coagulé la collait à sa peau. Tu ne peux pas imaginer. Ils l'avaient battu avec des planchettes hérissées de clous ! Deux ou trois jours plus tard les mêmes gosses au brassard rouge sont revenus le chercher. Ils l'ont escorté à une autre réunion de masse. Après la réunion Grand Lin a été conduit à une cabane derrière le bâtiment de l'administration de l'école, où étaient déjà enfermés des dizaines d'intellectuels comme lui, professeurs, musiciens, peintres, écrivains… Quand je lui ai porté le dîner à la cabane, Grand Lin m'a priée d'aller voir son cousin et de lui dire adieu de sa part. J'ai tout de suite compris qu'il pensait à se suicider. Mais faut pas faire ça ! lui ai-je dit. Si tu ne peux plus vivre ici, va vivre ailleurs. Le monde est grand. On peut toujours y trouver un bout de terrain où poser le pied. Il y a des tas de gens comme toi qui ont fui à Hong Kong. Je vais me renseigner pour toi… À la fin j'ai réussi à le persuader d'attendre de mes nouvelles. Non non, je ne vais pas te dire les détails, ce serait trop dangereux pour ceux qui m'ont aidée, et autant pour toi de les savoir. Enfin. J'ai trouvé un passeur. Il a été d'accord pour prendre Grand Lin. Quand tout a été arrangé, Grand Lin a obtenu de ses gardiens la permission d'aller voir le médecin pour je ne sais plus quelle maladie. Une fois qu'il est sorti, je l'ai accompagné à la gare. J'avais déjà préparé sa valise et acheté des tickets. Le soir même nous sommes arrivés à l'heure fixée sous un gros arbre au bord de la mer. Déjà une trentaine de personnes patientaient là. Il y avait hommes, femmes et enfants. Tous ressemblaient à des animaux traqués. Visages pâles, dos voûtés, le regard plein de frayeur. Puis le passeur est venu avec sa barque à moteur. Il a fait monter tout le monde puis a largué ses amarres. La barque s'est éloignée dans la nuit, et je suis retournée à Vieux Banian le lendemain. Pourquoi ne me suis-je pas sauvée comme eux ? Bah, on n'avait pas assez de sous. J'avais mis ensemble les économies de Grand Lin et les miennes, ça suffisait à peine pour payer la place d'une personne. Oui oui, j'ai su qu'il était hors de danger à voir la colère des policiers qui sont venus me chercher à la maison. Je suis bien contente, tu comprends, qu'il ait réussi à s'échapper. C'est un vrai Bouddha, Grand Lin. Je ne lui avais pas caché mon passé, mais il ne m'avait pas rejetée.

Ce sera bientôt la fête de la mi-automne. Je pense que nous devons la célébrer même en prison et je le dis à Feuille de Saule.

Mais comment, me demande-t-elle, sans gâteau de lune ni pamplemousse ?

Peut-être pourra-t-on faire comme ça…

Je lui confie mon plan. Elle pense que c'est une bonne idée. Au déjeuner, nous laissons de côté deux petits pains que nous cachons sous notre couverture. L'après-midi, après avoir regardé par le petit trou sur la porte pour nous assurer que la gardienne n'est plus dans le couloir, nous ressortons de sous la couverture les deux petits pains cachés. Nous les broyons à la main dans le gobelet et mélangeons avec de l'eau pour en fabriquer une sorte de soupe épaisse. Nous étalons ensuite de la soupe sur des feuilles de papier de toilette superposons l'une sur l'autre les feuilles mouillées, puis les collons sur le mur. Lorsque les feuilles sont devenues fermes à souhait, nous les détachons du mur, les déchirons en morceaux que nous pétrissons et façonnons en petites boîtes. Certaines boîtes sont carrées, rectangulaires, rondes ou ovales, d'autres ont la forme d'une pêche, d'une poire ou de la nouvelle lune. Une fois les boîtes terminées, nous les cachons sous le lit. Quand elles ont séché, nous les retirons de la cachette et les décorons avec de petits bouts de papier d'emballage de couleur que nous avons précieusement gardés. Puis, la veille de la fête, nous profitons de l'heure des toilettes pour offrir ces petits cadeaux à nos voisines. Vous pouvez imaginer la surprise et les petits cris de joie. Une détenue se sert de sa boîte pour ranger ses aiguilles et bobines de fil, une autre pour mettre de la lessive en poudre, une autre comme couvercle de gobelet…

Vieille Dong est la plus âgée de mes copines de cellule. Elle a soixante-treize ans. Son crime ? être la maman de l'ancien maire de Vieux Banian, alors qualifié de « partisan de la voie capitaliste ». Je lui donne aussi une de ces petites boîtes que j'ai fabriquées. Elle l'utilise comme porte-savon.

Pourrais-tu m'en faire une autre, plus grande, pour mes lunettes ? me demande-t-elle.

Sans problème, lui promets-je. Donne-moi deux jours, tu en auras une plus grande et plus solide.

Mais la nuit même, catastrophe. Après que tout le monde s'est couché, une meute de gardiennes fait irruption dans notre cellule et dans les cellules voisines.

Elles nous ordonnent de descendre du lit et de nous aligner contre le mur. Elles nous fouillent des pieds à la tête, passent au peigne fin nos couvertures et le peu de nos affaires, regardent même dans nos cuvettes et sous le lit. Puis elles repartent en raflant toutes nos boîtes en papier, terminées ou inachevées.

Le lendemain Feuille de Saule est emmenée au quartier d'isolement pour « manquement à la discipline de la prison », tandis que Vieille Dong est déplacée dans une autre prison pour « raison de sécurité ». Je ne sais et ne saurai jamais qui nous a dénoncées.

Fin 1971, quelque chose d'aberrant se passe en prison. Les gardiennes font le tour de toutes les cellules un après-midi, rassemblent les petits livres rouges, en détachent la préface par Lin Biao qu'elles déchirent en poussant des jurons. J'entends une des gardiennes traiter Lin Biao de contre-révolutionnaire et de traître. S'agit-il du même Lin Biao, maréchal de l'armée de la Libération du Peuple, n° 2 du Parti communiste, dauphin officiel du président Mao ? Et qu'est-ce qui nous arrivera s'il s'agit du même Lin Biao ? Est-ce là le signe précurseur d'une autre grande purge ? Je ne comprends pas. Je suis inquiète. Je m'attends au pire.

Mais après le Nouvel An 1972, le contrôle au Petit Gris commence à se relâcher petit à petit. Les détenues sont désormais autorisées à lire le journal, le *Quotidien du Peuple*. Avant, la seule lecture permise était celle des œuvres du président Mao. Le journal est bourré de propagande comme d'habitude mais entre les lignes je peux sentir que la tempête commence à s'essouffler. On ne parle plus du mouvement des gardes rouges, mais de la réorganisation des entreprises, de la relance de l'économie et du développement de l'éducation. Est-ce là un tournant de la Révolution culturelle ? Est-ce là une lueur au bout du tunnel ? Est-ce là le commencement de la fin ? me demande-je, sans oser pourtant, dire aux autres ce que je pense.

Puis d'autres changements ont lieu. Certaines cellules ne sont plus fermées à clef pendant la journée, les prisonnières de ces cellules peuvent aller aux toilettes quand elles en ont besoin.

Plus tard on nous fait sortir dans la cour quand il fait beau, et on nous fait travailler : balayer le sol, déboucher les rigoles, laver des draps et des housses de couverture, coudre des sacs de chanvre, tresser des corbeilles à papier avec du fil de fer, enlever les mauvaises herbes au pied des murs, tourner la terre pour planter des fleurs…

En même temps, les nourritures sont améliorées : toutes les prisonnières ont désormais trois repas par jour. Il nous arrive aussi, de temps en temps, de trouver quelques minces tranches de viande dans les légumes. Les soins médicaux les plus élémentaires sont également fournis aux détenues les plus malades. Mais pour beaucoup d'entre elles ces améliorations arrivent trop peu et trop tard : la religieuse franciscaine, la jeune fille qui réclame sans arrêt sa maman sa grande sœur ses cacahouètes, l'étudiante de chimie, la météorologiste, et pas mal d'autres dont je ne connais que le nom, n'ont pas pu attendre jusque-là.

Je suis sortie en 1973, après avoir passé cinq années derrière les barreaux. Je n'avais jamais été jugée. Mais ce n'est en 1980, sept ans plus tard, que j'ai été réhabilitée et j'ai pu reprendre mon travail à la bibliothèque. Pourquoi la Révolution culturelle ? Pourquoi le mouvement des gardes rouges ? Pourquoi ces persécutions généralisées ? Pourquoi ces tortures et ces morts ? Tout ça est si affreux, si absurde, si incompréhensible…

Oui, j'ai revu mon mari. Il avait survécu au camp de travaux forcés ; mais il est mort dix mois plus tard, d'un cancer du foie. Il n'aurait pas eu cette terrible maladie, j'en suis convaincue, s'il n'avait pas vécu ce qu'il a vécu.

Oui, j'ai revu mon grand-père. Il m'avait attendue. Pendant que j'étais en prison et mon mari au camp de travaux forcés, c'était lui, un vieillard de quatre-vingts ans, qui accueillit sur sa barque mes deux filles, comme il m'avait accueillie petite. Il nous a quittées en 1981, à l'âge de 94 ans.

Mes filles ont beaucoup souffert. L'aînée a passé sept années dans une ferme d'état. Elle est rentrée à Vieux Banian en 1982 et travaille maintenant à la bibliothèque municipale – j'ai dû prendre la retraite anticipée pour lui laisser la place. La cadette a eu la chance d'être trop jeune à l'époque pour être envoyée aux champs. Elle a fait des études, et enseigne le chinois dans une école secondaire. Toutes les deux sont mariées et m'ont donné un petit-fils chacune. La vie continue, vous voyez, malgré tout.

Armoise

Armoise ? dit oncle le Deuxième en secouant la cendre de sa pipe dans le brasero. Elle est partie.

Partie ? Tante Armoise ?

Tu n'en crois pas tes oreilles. Car, dans le canton, *parti* prononcé avec cette intonation montante et traînante est synonyme de *mort*.

Oui, en automne dernier. Ses filles ont emporté les meubles. Le terrain de la maison a été vendu au voisin.

Tante la Deuxième entre à ce moment dans la salle centrale, un paquet dans une main et une lampe à essence dans l'autre. Elle pose la lampe sur la table, puis le paquet sur tes genoux.

Armoise m'a dit de te donner ça quand tu reviendrais.

Tu dénoues le nœud du fichu et découvres un long morceau de brocart tissé à la main, avec dessins en fils de soie. Rose, vert, bronze, rouge et blanc sur fond bleu indigo.

C'est magnifique, ça !

Tu te souviens alors d'un autre morceau de brocart, moins grand, aussi beau, rehaussé de dessins noirs sur fond blanc. Pour tes parents, a dit Armoise en le mettant sur le bord de ton lit.

Tu l'as déplié. Tu as placé au milieu les pinceaux usés de ton père et la photo de tes parents, celle prise en 1947, l'année de leur mariage. Tu es montée le lendemain sur la Montagne Noire et tu as enseveli le tout au pied du Rocher du Vieillard, dans l'ombre du vieux pin aux rares bras tordus.

Armoise savait que tu reviendrais un de ces jours, ajoute tante la Deuxième. Elle s'installe près de la lumière avec son panier à couture, sort un bavoir qu'elle se met à broder.

Tu enroules le long morceau de brocart multicolore autour de ton cou et diriges ton regard vers oncle le Deuxième : Tante Armoise n'était pas du canton, n'est-ce pas ?

Tu ne sais pas pourquoi mais tu n'as jamais posé la question à tante Armoise elle-même. Pourtant quelque chose en elle la distinguait. Non seulement elle était nettement plus grande que les autres femmes du coin, mais aussi et surtout, elle avait des yeux pour voir. On ne voit pas le spectacle d'un paysage si on n'a jamais rien vu d'autre. Mais tante Armoise, elle, savait voir.

Non, elle n'était pas du canton, affirme oncle le Deuxième en rechargeant sa pipe. Nous l'avons ramassée sur la route, mon frère et moi.

Ramassée ?

Oui, Ramassée. J'avais à l'époque seize ou dix-sept ans, mon frère vingt-deux ou vingt-trois. Maman était morte alors que j'étais encore nourrisson. Je n'ai aucun souvenir d'elle. Papa était trop pauvre pour prendre une autre femme. C'est Lis, sa sœur cadette, qui l'aidait à nous élever. Elle était comme une maman pour moi. Elle s'est mariée plus tard avec un gars d'un village lointain. Elle est partie un matin et n'est jamais revenue. Un jour papa ne se sentit pas bien. Il se plaignait de violents maux de tête. Il ne pouvait plus se lever. Il ne pouvait plus manger. Il avait même du mal à avaler de l'eau. Nous avons fait venir Maître Huang, un vieux taoïste connu pour son pouvoir de guérir en chassant le démon du corps des malades. Mais peu après sa visite, papa a perdu son esprit. Il ne pouvait plus nous reconnaître, nous ses propres fils ! Il est parti la nuit même. Nous avons vendu une partie de nos terres pour payer son cercueil et les funérailles. Les parcelles qui nous restaient étaient trop maigres pour nous faire vivre, et nous nous livrâmes au trafic de l'opium et à la contrebande du sel.

Oncle le Deuxième allume sa pipe, tire une bouffée, puis reprend.

Un matin de printemps, en 1941, nous revenions d'un voyage mieux payé que les précédents. Mon frère marchait devant moi, en chantonnant…

Dans la première lune quand les pêchers fleurissent,
Et que les souffles frais blanchissent le plumage des oies,
Derrière les rideaux les femmes soupirent d'amour.
Dans la deuxième lune quand les saules bourgeonnent,
Et que les boutons verts scintillent de rosée,
Sous les branches mouillées les femmes soupirent d'amour.
Dans la troisième lune quand les théiers se recouvrent de boutons,
Et que les boutons s'étalent en nouvelles feuilles,
En cueillant le thé les femmes soupirent d'amour.
…

Tantôt je chantais avec lui, tantôt je quittais la piste pour attraper une sauterelle ou une libellule. De temps en temps mon frère s'arrêtait et se tournait pour s'assurer que j'étais toujours là, non loin derrière lui. À midi, nous avons avalé rapidement quelques boules de riz avec de l'eau de source, et nous avons repris la route. Mon frère ne fredonnait plus. Il hâtait le pas, en jetant à gauche et à droite des regards nerveux. Faut pas nous attarder trop par ici, disait-il, on risquerait de tomber sur une de ces hordes de bandits. Nous marchions alors sur un sentier étroit qui passait au pied d'une falaise, lorsque mon frère a stoppé : Quelqu'un ! a-t-il dit entre les dents. J'ai frémi. Suivant son doigt qui désignait le flanc de la falaise, j'ai vu un paquet blanc coincé par le tronc trapu d'un arbuste qui poussait dans une fente rocheuse. Mon frère a jeté par terre son ballot, enlevé ses sandales, noué une corde de chanvre autour de sa taille, m'a dit de l'attendre en bas, et a entrepris d'escalader l'à-pic. Il lui fallait se coller à la paroi comme un lézard et progresser en s'agrippant de ses vingt doigts à toutes les fentes et à tous les angles. Gorge serrée je suivais du regard ses moindres mouvements, et je n'ai pu respirer à nouveau que quand il est redescendu sain et sauf. Le paquet souillé de sang était attaché sur son dos. J'ai aidé mon frère à le déposer sur les herbes. C'était – devine quoi – une femme ! Elle était habillée de lin blanc. Elle devait avoir vingt-sept ou vingt-huit ans. Ses yeux étaient fermés. Ses lèvres blanches. Son visage livide barbouillé d'égratignures. Mon frère a couru au ruisseau. Il a pris de l'eau dans le creux de ses mains, est revenu en laisser couler goutte à goutte sur les lèvres sèches de la jeune femme. Les lèvres ont bougé légèrement. Elle était vivante ! Faut qu'on la porte à la maison, m'a dit mon frère. Nous avons détaché le couteau de notre ceinture de toile. Nous avons couru à un bosquet de bambous. Nous en avons abattu quelques-uns. Nous les avons débarrassés de leurs rameaux et nous sommes retournés auprès de la jeune femme. Nous avons attaché la couverture aux perches de bambou. Nous avons installé la jeune femme sur cette litière de fortune. Et nous l'avons portée chez nous.

Oncle le Deuxième s'interrompt. On dirait qu'il vient de parcourir des kilomètres avec son frère en portant la blessée, et qu'il a besoin de s'arrêter un instant pour reprendre son souffle.

Tante la Deuxième se lève pour lui verser un gobelet de thé vert.

Il boit une gorgée, repose le gobelet à ses pieds, vide sa pipe.

Tu sors un paquet de cigarettes marque *Mont à la Pagode rouge*, le donnes au vieillard.

Il tourne et retourne le paquet entre ses doigts. Il l'ouvre, le porte sous son nez, le flaire avec délices, puis le referme et le range dans la poche de sa veste. Il plonge ensuite ses doigts dans sa blague, prend une pincée de tabac brun-roux, produit de son jardin, rebourre sa pipe. Les lueurs jaunes errent sur ses doigts tannés, recouverts de durillons, déformés par la charrue et le rhumatisme.

Les jours suivants, reprend-il, la blessée lutta contre la mort, à bras-le-corps. Elle grelottait. Elle délirait. Elle se cramponnait à la couverture comme une naufragée à une épave. Il y avait des moments où nous la croyions perdue. Mais elle luttait. On sentait que dans son corps une force prodigieuse se ramassait en boule, refusant de céder, de se laisser extirper. Puis, un soir, sa fièvre est tombée. Elle ne grelottait plus. Son corps s'assouplissait. Son souffle a cessé d'empester l'air au-dessus de sa bouche. Ses mains décharnées ont lâché la couverture et reposaient sagement comme deux petits oiseaux épuisés. Elle dormait, enfin. Mon frère a tué une poule et fait du bouillon. Dès qu'elle a rouvert les yeux, le lendemain matin, il est allé s'asseoir à son chevet, lui a fait manger du bouillon cuillerée à cuillerée.

Elle se remettait de ses blessures avec une rapidité qui nous étonnait tous les deux. Ses joues creuses se regonflaient. Ses lèvres blanches rosissaient – quelles lèvres ! – je ne pouvais pas les voir sans avoir une petite palpitation du cœur. Mais en essayant de se lever elle a roulé au pied du lit : une de ses jambes était cassée. Mon frère lui a bricolé une sorte de béquille à l'aide de laquelle elle a récupéré une partie de sa mobilité.

L'avons-nous interrogée sur son identité ? Mais bien sûr ! Nous étions curieux de savoir qui elle était, quel était son nom, d'où elle venait, pour qui elle portait le deuil, si elle avait de la famille, pourquoi et comment elle avait pu se trouver ce jour-là, à mi-hauteur de l'à-pic, entre la vie et la mort. Mais il semblait qu'elle avait perdu sa mémoire. Elle ne se rappelait plus rien. Pas même son âge ! Pas même son nom ! Appelez-moi Armoise, nous a-t-elle dit, parce que cette herbe peut vivre là où il y a seulement une poignée de terre et quelques gouttes d'eau.

Oncle le Deuxième se penche vers le brasero, saisit une branche et la rapproche de sa pipe. Il tire une bouffée, puis reprend son récit.

Un jour, il faisait très beau. Armoise voulait se laver. Mon frère a réchauffé une grande marmite d'eau. Il a versé l'eau chaude dans un seau de bois, puis porté le seau dans la chambre d'Armoise. Il a placé un bassin de bois près du seau et m'a dit de mettre un banc près du bassin. Il a aligné sur le banc tout un lot d'affaires qu'il avait acheté pour elle : savon, serviette, miroir, peigne de corne de buffle, vêtements de femme, crème de beauté dans une coquille de moule... Cela fait, il est ressorti et a fermé les battants de la porte derrière lui. Puis il s'est accroupi sur le seuil, a allumé sa pipe. J'ai jeté un peu de graines aux poules qui se promenaient dans la cour, pris une longue tige de bambou et entrepris de la découper en fines lanières. J'allais tresser un panier. Armoise pourrait y ranger ses affaires. À ce moment-là, un bruit m'est parvenu. Je me suis immobilisé. C'était le bruit de l'eau. De l'eau qu'on remuait avec la serviette. De l'eau qu'on versait sur la peau. De l'eau qui retombait dans le bassin et sur le sol. De l'eau que la terre et mon cœur absorbaient en poussant de petits soupirs... J'ai lancé un regard vers la porte close et j'ai vu mon frère pétrifié, la bouche ouverte, le souffle figé, la pipe entre ses doigts déjà éteinte. Il écoutait. Lui aussi.

Oncle le Deuxième jette un regard furtif en direction de sa femme. Elle garde son front penché sur sa broderie mais tu la vois sourire.

La nuit même, continue le vieillard après s'être raclé la gorge, moi qui sombrais d'habitude dans le sommeil aussitôt que ma tête touchait l'oreiller, je n'ai pas fermé l'œil. Je me tournais et me retournais dans mon lit. Je me couchais sur le dos, sur le côté, sur le ventre. Je me ramassais en boule, les genoux remontés vers l'estomac. Je m'étendais de tout mon long, les quatre membres ouverts en croix. Toute position m'était inconfortable. Je me sentais travaillé par une force sournoise que je ne pouvais pas contrôler. C'est comme des crues subites qui cherchent une issue et qui débordent brusquement de tous côtés. Mon frère ?... À entendre les gémissements des planches de son lit, sa nuit ne devait pas être moins fiévreuse que la mienne ! Ha ha ha...

Armoise était de ces femmes qui ne peuvent pas rester sans rien faire. Aussitôt rétablie, elle a entrepris le grand nettoyage dans la maison. Je ne supporte pas les odeurs, disait-elle. En traînant sa jambe morte, elle a rassemblé les cendres du foyer qu'elle a mises dans le bassin de bois. Elle a ajouté de l'eau bouillante et a remué le liquide grisâtre avec une branche. Puis pêle-mêle a jeté là-dedans draps, moustiquaires, taies d'oreiller, chemises, vestes, pantalons... Finies les couvertures puant la sueur et le tabac. Fini le linge sale et déchiré. Finies également les serviettes crasseuses dont on ne connaissait plus la couleur d'origine. Armoise a aussi raclé tous les ustensiles de cuisine, essuyé tous les meubles, balayé toutes les pièces...

Tu ne seras donc pas étonnée si je te dis que mon frère a laissé tomber tout commerce clandestin après l'arrivée d'Armoise. Il ne voulait plus entendre parler d'aucun déplacement qui le ferait s'éloigner de la maison, ou plus exactement, de la jeune femme. En fait, il ne quittait plus le village que pour se rendre à la foire du bourg de la Montagne Noire, une fois tous les deux mois. Il a acheté avec nos économies des rizières et des champs. Si on les soigne bien, me disait-il, on aura de quoi manger et dans quelques années, assez de sous pour te construire une maison et te trouver une femme. Nous avons planté le tabac, les haricots mungo, le riz ordinaire, le riz glutinant parfumé, et les mûriers pour les vers à soie comme le voulait Armoise. Tous les jours, de retour des champs, tandis que je m'occupais des buffles et des cochons, mon frère s'affairait autour de la maison. Réparer le toit, boucher les fentes des murs, les repeindre à la chaux, remplacer les cadres et les battants pourris des fenêtres, fixer un nouveau loquet à la porte, raccommoder des outils, cueillir des feuilles de mûrier, fendre des bambous, tresser paniers et nattes… Il a même déterré de sous les couches superposées de poussière et de toiles d'araignée le métier à tisser que personne n'avait utilisé depuis le départ de Lis. Il l'a nettoyé, l'a remis en état, et l'a porté dans la chambre d'Armoise : Regarde ce que j'ai trouvé pour toi !

Oncle le Deuxième sourit, comme s'il revoyait son frère, le front radieux et luisant de sueur, montrer le vieux métier à tisser à la jeune femme.

C'était quatre ou cinq mois, je crois, après l'arrivée d'Armoise, poursuit le vieillard ; son ventre s'est mis à gonfler visiblement. Elle continuait pourtant d'aller et venir dans la maison, toujours affairée, comme si de rien n'était. Mon frère ne quittait plus la maison. Il paraissait très soucieux. Il mangeait moins. Son front se plissait. La nuit il se tournait dans tous les sens dans son lit, soupirait, se levait, écoutait à la porte d'Armoise, se recouchait, soupirait encore, torturé par je ne savais quoi. Je ne l'avais jamais vu aussi inquiet, aussi sombre.

Un soir, après le dîner, il m'a coincé dans la cuisine.

Tu as couché avec elle ? m'a-t-il demandé entre les dents.

Mais… mais je pensais que c'est… c'était toi… J'ai balbutié, terrorisé par la rage qui flambait dans ses yeux.

Alors, c'est pas toi… Il m'a lâché. T'as pas vu quelqu'un rôder près de la maison ?

Non. J'ai secoué vivement la tête.

Putain ! a-t-il grondé sourdement en attrapant le hachoir posé sur la planche à couper. Non ! J'ai tenté de le retenir en m'accrochant à son bras. D'un coup de coude violent il m'a envoyé sur le faisceau de brindilles sèches. Puis, tel un fou, il s'est lancé au dehors. Je me suis relevé d'un bond et je me suis précipité hors de la cuisine. Mais déjà mon frère avait été englouti par l'épaisseur de la nuit.

Qui donc a pu nous faire ça ? songé-je planté dans le noir. Depuis qu'Armoise est là, tous les villageois et villageoises ont défilé chez nous. Certains venaient sous prétexte d'emprunter ceci ou cela, d'autres de rendre cela ou ceci, mais tous avaient le même but : voir Armoise. Cette curiosité était en elle-même sans méchanceté, car, dans un village de montagne reculé comme le nôtre, rare était l'occasion de rencontrer un nouveau visage. Armoise était d'ailleurs très, très belle. Comme une fée descendue du ciel, disait-on. Le mystère autour de son origine faisait bouger les langues de toutes les voisines. Et notre chance de l'avoir à la maison n'était pas évoquée par les voisins sans que l'envie n'embrase leurs pommettes. J'étais assailli de questions. Les pépés voulaient connaître l'endroit précis où nous avions trouvé Armoise et me faisaient répéter mille fois la même histoire. Les moins vieux s'acharnaient à savoir si mon frère se glissait la nuit sous la couverture d'Armoise et si je les écoutais à la porte. Quant aux femmes, elles m'interrogeaient plutôt sur ce que mon frère achetait pour Armoise, s'il avait l'intention de l'épouser, et si, par hasard, je n'avais pas aperçu, la nuit, la silhouette de leur mari près de chez nous…

Qui donc a pu nous faire ça ! me demandé-je planté dans les ténèbres lorsque j'ai entendu Armoise m'appeler de la maison.

Je suis entré.

Armoise était assise sur son lit, en train d'ouatiner un manteau pour mon frère. Elle avait entendu les bruits inhabituels dans la cuisine et elle s'inquiétait.

Qu'est-ce que c'est ?

Je ne savais quoi dire. Pour éviter de croiser son regard interrogatif, j'ai fixé le mien stupidement à un rapiéçage sur ma chaussure.

Mais qu'est-ce qu'il y a ?… Que se passe-t-il ?

Je restais toujours sans voix, les yeux baissés.

Où est ton frère ?… Il lui est arrivé quelque chose ?… T'es muet ou quoi ?… Mais parle, Dieu du Ciel !

Lui… il… il pense que tu as… tu as couché avec quelqu'un.

Les ciseaux se sont échappés de la main d'Armoise. Oh non, oh non… murmurait-elle.

J'ai vu ses yeux s'assombrir, son visage blêmir, ses lèvres se tordre… Je me suis donné un coup de poing sur la tête. Je me maudissais. Je me sentais si stupide d'avoir dit ce que j'avais dit. Je me sentais si idiot de l'avoir blessée ainsi.

C'est ce visage, je le sais, qui est à l'origine de tous mes malheurs, a-t-elle murmuré comme si elle se parlait à elle-même. Elle a ramassé ses ciseaux, et, avant même que j'aie eu le temps de réagir, elle s'est lacéré le visage. On devrait être plus tranquilles comme ça…

Là, oncle le Deuxième ferme ses paupières comme pour ne pas voir le visage de la jeune femme qui, déchiré et barbouillé de sang, a soudain réapparu devant lui.

Tante la Deuxième s'essuie les yeux, pose sa broderie sur la table, retire le bouchon du thermos, ajoute de l'eau chaude dans le gobelet de son mari.

Tu te lèves. Tu vas à la porte. Tu ouvres les battants et sors dans la cour. L'air froid charriant les odeurs et mille petits bruits mystérieux de la campagne déferle sur toi d'un coup comme une grande vague. La lune erre derrière les branches d'un arbre. Le ciel bleu nuit est incrusté d'étoiles. Comme elles sont nombreuses et brillantes ! Une, deux, trois, quatre… il te semble entendre la voix claire d'une fillette qui compte, s'embrouille, recommence, s'égare à nouveau, et se fâche…

Papa ! appelle la fillette.

Oui.

Sais-tu combien d'étoiles il y a dans le ciel ?

Mais bien sûr ! Elles sont aussi nombreuses que les fourmis sur la terre.

Combien y a de fourmis alors sur la terre ?

Autant que les poissons dans les rivières.

Tricheur !

Si tu ne me crois pas, tu n'as qu'à les compter toi-même…

Tu souris. Quelle que soit ta question, ton père y trouvait toujours une réponse.

Tu entends oncle le Deuxième tousser. Tu retournes dans la salle, refermes la porte derrière toi, et viens reprendre place près du vieillard.

Ton frère a-t-il découvert qui était l'amant de tante Armoise ? lui demandes-tu.

Bien sûr que non, parce qu'elle n'avait pas d'amant dans le village. Elle était déjà enceinte quand nous l'avions descendue de la falaise. C'est sans doute cet enfant dans son ventre qui l'avait aidée à s'accrocher à la vie, à vaincre la mort, à recommencer chez nous. Je n'ai aucune idée de ce qui lui était arrivé avant, mais elle devait avoir souffert, beaucoup souffert.

Mon frère a cru que Wu, le forgeron et le plus beau garçon du village, était le père du bébé. Il a voulu lui donner une bonne leçon, mais ne l'a pas trouvé cette nuit-là, heureusement. Wu avait été envoyé par sa femme pour aider ses beaux-parents à réparer leur charrue et n'est rentré que le surlendemain. Sinon… tu peux imaginer… Après l'incident, mon frère m'a confessé qu'il lui aurait coupé son truc d'homme pour le donner au chien. Quelle chance que Wu n'ait pas été au village cette nuit-là !

Qu'a fait mon frère en voyant Armoise défigurée me demandes-tu ?… Il s'est giflé. Il s'est traité de tous les noms. Il s'est jeté à ses pieds. Il l'a suppliée de lui pardonner. Il lui a dit qu'il l'aimait. Il lui a demandé de l'épouser. Il lui a aussi promis d'élever l'enfant comme le sien. Et il a tenu parole. Quelques années plus tard, ils ont eu une autre enfant. Leur enfant.

Orchidée

Lundi.

Je me lève à 7 heures. Je vais à la salle d'eau. Je me brosse les dents. Je me lave le visage. Un peu de crème. Deux coups de peigne. Je retourne à la chambre. J'ôte mon pyjama à petites fleurs violettes. J'enfile soutien-gorge blanc, culotte blanche, chemisette à petits carreaux bleu ciel, pantalon bleu marine, bas nylon beige rosé, sandales en cuir noir. Un regard rapide dans la glace. J'ai de plus en plus de cheveux blancs. Ma fille m'a suggéré de teindre mes cheveux mais je ne veux pas. Vieillir, c'est en partie apprendre à se sentir bien dans sa peau comme on l'est, non ? Encore un coup de peigne. Je prends clefs, sac de monnaie et carton de cigarettes. J'ouvre la porte. Je sors de l'appartement. La porte se rabat derrière moi automatiquement avec ce petit clic de métal familier et rassurant. Je descends l'escalier pas à pas. Mes soixante-neuf ans ne me permettent plus de courir comme à dix-huit. Je sors de l'immeuble. Je traverse la petite cour en contournant la flaque d'eau qu'a laissée la pluie de la nuit. J'ouvre une grille puis la porte en bois de mon arrière-boutique. C'est une pièce de deux mètres sur trois, encombrée de cartons jusqu'au plafond. Je pose les cigarettes sur un tabouret de bar, entre dans la boutique. Ce n'est pas grand non plus, ma boutique, seulement trois mètres sur quatre. Ce que je vends ? Un peu de tout. Vins, bières, alcools, jus de fruits, eaux minérales, tisanes en boîte, potage de riz gluant et de pois rouges en canette, cola, sucre, sel, sauce de soja, vinaigre, bonbons, biscuits, nouilles instantanées, saucisses, lait en poudre, café, yaourts, glaces, amuse-gueule, shampooing, savon, pâte dentifrice, papier hygiénique, serviettes, lessive en poudre, encens pour chasser les moustiques, huile aux herbes pour soulager la douleur de l'entorse et du rhumatisme, cahiers, stylos, crayons, encre, papier à lettres, enveloppes, timbres, canifs, coupe-ongles, briquets, cigarettes, etc.

Il fait une chaleur lourde à l'intérieur de la boutique. J'allume le ventilateur fixé au plafond. Je sors l'argent du sac : les billets de cinquante yuans et de cent yuans vont dans le tiroir le plus bas, les billets moins gros dans celui du milieu, et les pièces de monnaie dans le plus haut. Encore quelques coups de chiffon sur la porte en verre du frigo, elle se recouvre toujours d'une buée légère le matin. 7 heures 30 déjà ! Je vais à la porte brisée en tirant les clefs de ma poche. Je me penche. J'ouvre la serrure en bas de la porte, à gauche. Ensuite celle à droite. Puis le gros cadenas en bronze au milieu. Triple sécurité dites-vous ? La boutique de mode de Xiao Mi, qui se trouve en face de la mienne, de l'autre côté de la rue, a été cambriolée la semaine dernière. Tout le stock a disparu. Au moins vingt mille yuans perdus. Mais sa boutique est équipée de quatre serrures, celle-là ! Les flics ? Ils font rien, comme d'habitude. Faut pas compter sur eux. Enfin. J'appuie avec force mon pied droit sur le bas de la porte, j'entends un clic, j'enlève le pied, et la porte brisée monte vers le haut avec un bruit assourdissant.

La rue des Sept Étoiles est déjà très animée. Des gens se rendent au travail l'air pressé. Des gamins vont à l'école, portant sur le dos leur cartable plus large que leurs jeunes épaules. Des paysans des environs se dirigent vers les marchés avec leurs légumes scintillants de fraîcheur et de rosée. Vélos, motos, tricycles bâchés à moteur, piétons, voitures, autobus, camions… Sonneries de timbres avertisseurs, vrombissements d'accélérateurs, grincements de freins, voix humaines… Odeurs de poussière, de chaleur, de friture, de soupe aux tripes de bœuf, d'essence et de gaz d'échappement… Voilà ce qui coule tous les jours dans notre rue.

J'installe à l'entrée la vitrine à roulettes renfermant des cigarettes. J'ai une vingtaine de marques : *Troisième Sœur, Mont à la Pagode Rouge, Grande Porte de Devant, Fleur de Prunier Rouge, Sable Blanc, Arbre aux Fruits Jaunes, Nuages, Hilton, 555, Marlboro…* Les prix vont de 1,8 yuans à 13,20 yuans le paquet. Les vieux achètent le plus souvent les cigarettes traditionnelles et moins chères, mais les jeunes préfèrent pour la plupart les marques importées. À leurs yeux, tous ces noms étrangers sont synonymes de modernisation, donc forcément les meilleurs. Je ne fume pas moi-même, je ne vois pas la différence.

J'ouvre le frigo. J'en retire les boîtes de cola, de jus de fruits et de tisanes que je tiens au frais dans deux cartons en plastique mousse. Puis je mets dans le frigo les bouteilles de limonade, de bière et d'eau minérale.

Je place la poubelle près du seuil, et un carton près de la poubelle pour les bouteilles en verre et en plastique qui peuvent être recyclées.

Voilà ton petit déjeuner ; mon mari entre dans la boutique, pose un bol sur le comptoir vitré. Il va ensuite dans l'arrière-boutique prendre son panier. Qu'est-ce qu'on mange aujourd'hui ? Des raviolis ? D'accord. Je vais acheter de la viande et des ciboulettes. Et il ressort. Tout en savourant mes nouilles de riz froides assaisonnées, je le regarde s'éloigner. Je l'ai rencontré, mon mari, à l'âge de dix-neuf ans. Il avait vingt ans. C'était l'automne 1949, l'année où le président Mao a proclamé la fondation de la République populaire, cinquante ans plutôt… Comme le temps passe vite !… Mon mari n'était pas mon premier amour. Avant lui j'avais aimé un autre garçon. Mais ses parents l'avaient envoyé chez son oncle à Hong Kong avant l'arrivée de l'armée de la Libération du Peuple, et nous avions perdu contact.

Un homme arrête sa mobylette sous le jaquier devant la porte de ma boutique. Il veut une cartouche de Marlboro.

Un instant, s'il vous plaît, je pose le bol sur le comptoir, entre précipitamment dans l'arrière-boutique, ouvre le carton de cigarettes, tire une Marlboro, reviens au client. Voilà. Cent cinq yuans, s'il vous plaît.

Ce sont des vraies ? Il tourne et retourne la cartouche sous son nez, la flairant avec l'air d'un chien méfiant.

Regardez bien si vous voulez, jeune homme. Toutes mes cigarettes sont des vraies, vous les prenez si vous me croyez, vous les laissez si vous me croyez pas.

On m'a trompé une fois vous comprenez, explique-t-il d'un ton gêné, comment puis-je savoir si vous me dites la vérité ?

Je souris. Demandez à Vieux Tang, ancien chef du bureau municipal de la Santé publique. C'est le plus gros fumeur que j'aie jamais connu. Quand il trônait encore sur son fauteuil de directeur, il n'avait jamais besoin, vous vous en doutez bien, de s'acheter des cigarettes. Des gens venus solliciter une faveur lui en apportaient, les marques les plus chères, et toujours plus qu'il ne pouvait en consommer. Mais après qu'il a pris sa retraite et qu'il est redevenu un simple citoyen, figurez-vous, plus personne ne vient le voir et il se retrouve, brusquement, sans cigarettes gratuites. Il est venu chez moi l'autre jour acheter un paquet Mont à la Pagode Rouge. Dès la première bouffée il m'a avoué que le goût lui semblait très différent de ce dont il avait l'habitude. Il est allé montrer le paquet à un expert. Celui-ci lui a affirmé qu'elles étaient bel et bien authentiques. Alors, s'est-il écrié, scandalisé, les cigarettes qu'on m'avait offertes en cadeau, les cigarettes que j'avais fumées pendant des années, étaient donc toutes fausses ?

Ha ha ha !... le jeune homme éclate de rire. Je la prends, votre cartouche. Combien ? Cent cinq yuans ? Voilà.

Il me donne deux billets de cent yuans. Je les tourne et retourne un à un : face portraits de Mao Zedong, Zhou Enlai, Liu Shaoqi et Zhude, dos paysage de montagnes. Je les agite ensuite en écoutant attentivement : bruit sec. Puis je les élève contre la lumière du jour : image de Mao en filigrane...

Oh patronne, s'impatiente le jeune homme, mes billets aussi sont des vrais !

On m'a trompée plus d'une fois, vous comprenez. Un faux billet, deux journées de travail perdu... Voilà la monnaie.

Après le départ du client, je reprends les baguettes et le bol, me rassieds sur la chaise, mange tranquillement le reste de mes nouilles.

Une camionnette vert-forêt se gare le long du trottoir. Bonjour, tante Orchidée ! un garçon élancé saute de la cabine du chauffeur et va à l'arrière du véhicule.

Bonjour, Xiao Ding ! Je repose le bol et me lève. Combien tu m'apportes ?

Comme d'habitude, deux cartons, quarante-huit bouteilles. Où je les mets ? Ici ? Voilà.

J'ouvre mon carnet des comptes, prends le stylo, note 26.7.1999. Yaourts 2 Cartons 48 Bouteilles.

Xiao Ding me tend son cahier.

Je signe à l'endroit indiqué. Tu veux un cola ?

Non merci, je suis pressé aujourd'hui. Il ressort avec son cahier, monte dans sa camionnette, me fait au revoir de la main, puis redémarre.

Je m'assieds à nouveau et reprends mon petit déjeuner.

Une silhouette familière passe sur le trottoir de l'autre côté de la rue, un panier à la main. C'est Hou Yi. Elle va au marché chaque matin, à la même heure, mais elle ne traverse jamais la rue pour venir me dire bonjour. Elle ne daigne même pas jeter un regard de mon côté et me faire un petit geste de la main. Ça me blesse, ça, puisque c'est une vieille amie. Nous sommes allées adolescentes à la même école. Nous avons participé jeunes filles à la réforme agraire de 1950 et 51 dans la même région. Nous sommes entrées dans les rangs communistes en même temps. Puis nous nous sommes mariées la même année et nous vivons depuis dans la même ville. Son fils aîné est né une semaine plus tard que le mien, et son fils cadet six mois plus tôt que ma fille. L'été 57, quand j'ai été expulsée du Parti lors de la campagne anti-droitiers, quand j'ai été obligée de quitter mon poste de secrétaire au bureau régional de l'Agriculture et de la Sylviculture pour aller vendre huile, sel, sucre et vinaigre dans une petite épicerie collective, quand tous mes amis et mes anciens collègues m'évitaient comme la lèpre, seule Hou Yi continuait de venir me voir – ça c'était pour moi un grand réconfort vous savez. Lors des premières années de la Révolution culturelle, Hou Yi et son mari ont été écartés de leur bureau de cadres et envoyés à la campagne. Ce fut moi qui m'occupai alors de leurs enfants durant cette période d'exil. Entre 73 et 76 j'ai été lourdement endettée à la suite d'une longue maladie de ma mère, et ce fut Hou Yi, alors de retour à son poste, qui payait les frais de scolarité de mes enfants. Dans les années quatre-vingt, Hou Yi a souhaité que son fils aîné épouse ma fille mais ma fille a choisi un autre garçon – ça n'a pas affecté pour autant notre vieille amitié forgée à travers les vicissitudes de plusieurs décennies. Mais à partir de 90, ça a commencé à changer. Nous avons pris notre retraite toutes les deux. J'ai voulu monter un petit commerce. Hou Yi n'a pas apprécié cette idée. À soixante ans ? m'a-t-elle demandé. T'as pas encore assez travaillé ? Avant c'était pour l'État et le Parti, ai-je répondu, mais maintenant c'est pour moi-même et ma famille. La télé en couleur, la machine à laver, le frigo, l'air conditionné… bref, ce que les riches ont, je veux les avoir à la maison moi aussi. Hou Yi ne disait alors plus rien mais je pouvais sentir qu'elle me méprisait. Trouve-t-elle mesquin mon désir du confort matériel ? Pense-t-elle qu'il est honteux de travailler pour l'argent à mon âge ? Peut-être. Mais en tant que haut fonctionnaire retraité elle jouit d'une pension généreuse et des soins médicaux garantis, tandis que moi, si l'entreprise pour laquelle j'ai travaillé s'écroule un jour, je n'aurai plus rien. Pas même ma pension misérable. Qui s'occupera de moi alors, si je ne mets pas moi-même un peu de fric de côté, hein ? D'ailleurs, quand on a un commerce, on doit sortir, bouger, avoir des contacts avec des gens ; et c'est mieux pour mon équilibre physique et psychologique. Tant que je peux encore faire quelque chose, tant que je peux encore être utile aux autres et aux miens, je ne me sens pas vieille… Quoi ? vous pensiez que j'avais à peine 60 ans ? Oh, c'est très gentil de me dire ça. Je vais sur mes 69 cette année. Comment ça se fait que je n'ai pas de rides ? Alors ça, c'est mon secret. J'ai une plante. Elle a de longues feuilles charnues, d'un beau vert de jade taché de blanc. Le soir avant d'aller au lit je prends une feuille, la tranche au milieu, étale son jus rafraîchissant sur mon visage. C'est très efficace, ça. Meilleur que la meilleure crème de beauté du monde.

Non, je ne joue pas en Bourse. Beaucoup de mes anciens collègues le font. Une nouvelle passion pour les uns, un passe-temps pour les autres. Certains y ont gagné des fortunes. La plupart a vu leurs économies partir en fumée. À la Bourse non seulement les gros mangent les petits, mais aussi les rapides mangent les lents. Un de mes amis a avalé une boîte entière de somnifères à la suite d'une perte importante. Sa femme l'a trouvé mort à côté d'elle dans le lit le lendemain matin. Il était déjà froid. Quelle tragédie ! Non, les jeux ne m'attirent pas. Je suppose que je n'aime pas trop prendre de risques. Je ne pourrai jamais être millionnaire avec mon petit commerce c'est vrai, mais ça me donne assez pour vivre. Je ne demande pas plus. Je suis contente de ce que j'ai. La fébrilité, le battement fou du cœur au rythme des hausses et des baisses des cours… moi je n'ai pas les nerfs assez solides pour ça. Tant pis.

Mardi.

Dix heures du matin viennent de sonner.

Un autobus bariolé de publicité pour un élixir de longue vie stoppe près du restaurant de Lao Huang, crache une grappe de passagers, à nouveau se remplit tout de suite et, en secouant bruyamment les reins, redémarre.

Une charrette à bras débordante de briquettes de charbon remonte péniblement la pente douce de la rue, tirée par un homme et une femme. La corde de halage s'enfonce dans leurs épaules. La sueur leur coule du front en grosses gouttes. Sans ralentir le pas l'homme essuie d'un coup de serviette le visage de sa compagne. Celle-ci lui répond par un regard silencieux. Je ne sais pas pourquoi mais quelque chose dans ce geste et dans ce regard m'a touchée. Ils ne se laisseront jamais tomber l'un l'autre, me dis-je, et ils seront capables de marcher jusqu'au bout du monde, ensemble.

Deux gamins de dix à onze ans passent en courant, leur cartable battant le dos. Que font-ils là ? Ils devraient être à l'école à cette heure-ci.

Mugissements de sirène. Une autopompe apparaît. Les voitures et les vélos s'écartent pour la laisser passer. Où y a-t-il un incendie ? Je vais à la porte et suis du regard le camion rouge jusqu'à ce qu'il disparaisse en tournant dans la rue de Villeneuve.

Un paysan pousse une bécane noire. Visage hâlé, chapeau de paille sur le crâne, deux paniers remplis de pastèques fixés des deux côtés de son porte-bagage.

Hé, s'il vous plaît, je l'appelle en sortant de la boutique.

Vous voulez des pastèques ? Il équilibre sa bécane contre le tronc du jaquier.

Oui, j'en veux une, mais combien la livre ?

Huit maos.

C'est trop cher, ça.

Trop cher ? il prend une pastèque qu'il tend sous mon nez. Regardez vous-même, elle est d'une bonne variété, grande, peau mince, pulpe rouge très sucrée et sans graines. Vous ne la voulez pas ?... Si je vous demandais sept maos la livre ?... Non non, pas moins que ça... Oh comme vous êtes difficiles vous les citadins !... Bon, d'accord, six maos la livre si vous en achetez deux. Vous êtes ma première cliente madame, je vous la vends à ce prix vous comprenez seulement pour m'attirer la bonne chance pour la journée... Voilà, celle-ci pèse un peu plus de dix livres... six kuais un mao... Celle-là huit livres pile... quatre kuais huit maos... Au total... dix kuais neuf maos.

Je paie le paysan. Je mets les pastèques dans un carton vide et les porte dans l'arrière-boutique.

Puis-je utiliser ton téléphone, tante Orchidée ? appelle une voix familière.

Je reviens précipitamment dans la boutique. Le sourire carminé de Xiao Hong m'accueille.

Un appel à Vieux Banian, ou intervilles ?

Intervilles.

Je tourne la petite clef qui ouvre la ligne interurbaine et pousse l'appareil vers Xiao Hong.

Elle tire de son sac un petit carnet marron, l'ouvre, décroche le téléphone, fait un numéro, attend. Elle porte un soutien-gorge noir sous sa chemisette rouge translucide, un short vert très court. Ce type de tenues légères et révélatrices est maintenant très populaire chez les jeunes filles. Décidément, le temps des uniformes monocolores et monotones est révolu. La peur de sortir de l'ordinaire a fait place à l'audace d'afficher sa singularité. On s'habille comme on veut : qui l'aurait cru à l'époque de Mao ? Être jeunes, et dans les années quatre-vingt-dix, c'est vraiment une chance, ça !

Après son coup de fil qui a duré au moins une demi-heure, Xiao Hong achète un bloc de papier à lettres et une bouteille d'encre bleu-noir.

Comment va ta grand-mère, lui demandé-je, ça fait un bon bout de temps que je ne l'ai pas vue.

Ma grand-mère ? Elle mange bien, dort bien, mais elle ne peut plus descendre l'escalier, ses jambes l'ont trahie. De peur qu'elle ne se sente seule, maman a fait venir l'autre jour une femme pour parler avec elle, ou plus exactement, pour l'écouter. C'était prévu pour deux heures, mais grand-mère l'a gardée toute la semaine ! Elle doit lui avoir raconté toute sa vie.

À son âge, ce n'est pas étonnant. Plus on se trouve vers la fin du voyage, plus on a besoin de rembobiner le film…

Ce qui m'a beaucoup étonnée, c'est que la femme paraissait très intéressée par les souvenirs poussiéreux de grand-mère.

Est-elle journaliste ou écrivain ?

Ni l'un ni l'autre. Une globe-trotteuse, elle m'a dit.

À propos, as-tu des nouvelles de Xiao Gang ?

Oui, lui ça va. Il a eu son diplôme et travaille maintenant pour une entreprise informatique. Il m'a appelée hier.

Il veut que j'aille le rejoindre là-bas. Il va m'envoyer des documents pour le visa. Si j'arrive à le décrocher, je partirai… Non, c'est pas facile, on verra…

C'est un ancien soldat rouge, la grand-mère de Xiao Hong. Elle a même participé à la Longue Marche. Ceux qui y ont pris part comme elle et qui vivent encore aujourd'hui, on peut les compter sur les doigts de la main. Xiao Gang est le grand frère de Xiao Hong. Je les ai regardés grandir tous les deux. Xiao Gang faisait ses études à Pékin lorsque le mouvement démocratique des étudiants a éclaté. Xiao Gang était parmi ceux qui ont fait la grève de la faim sur la place Tian'anmen. Après le 4 juin il a été arrêté et condamné à trois ans de ré-éducation par les travaux forcés. Il est sorti du camp en 1992. Il doit avoir eu des moments très durs dans le camp parce que, gamin gai et ouvert autrefois, il est devenu une autre personne. Il m'a semblé avoir vieilli de vingt ans. Ainsi traité par le régime que ses grands-parents avaient consacré leur vie à fonder, c'est vraiment un comble, ça. Enfin. Xiao Gang est allé plus tard aux États-Unis grâce à des amis qui sont là-bas. Je suis contente qu'il s'y installe bien.

Une bande d'écoliers fait irruption dans la boutique. La pièce exiguë se remplit tout de suite de leurs gazouillements joyeux. Comme les petits oiseaux les gamins tournent la tête à gauche et à droite, parcourent d'un regard gourmand les rayons des bonbons et des amuse-gueules, discutent sur ce qu'ils vont acheter en riant et en se donnant des coups de coude. Une fillette et son amie choisissent des tablettes de chocolat, deux garçons prennent des sachets de papaye marinée et trois autres, des sucettes glacées. Puis ils s'envolent au dehors en pépiant…

Un quadragénaire grand et sec franchit le seuil. Il demande deux paquets de papier hygiénique. Pour sa femme je suppose. Je les descends du rayon. Il les examine longuement de ses petits yeux triangulaires puis déclare qu'ils sont plus chers que le supermarché d'à-côté. Je lui réponds que c'est pas possible, que j'y vais souvent regarder les prix, que je vends toujours les marchandises similaires à un prix moins élevé, et que ça, c'est pour faire survivre la boutique. Il ne dit plus rien, me paie, et repart avec les paquets sous le bras. Non, je ne lui ai pas menti, je vais au moins une fois par semaine au supermarché d'à-côté lire les étiquettes. S'ils vendent par exemple un shampooing de la même marque à huit yuans pièce, je le vends à sept yuans cinq maos. Cela fait que j'ai une marge moins importante mais je ne perds pas mes clients. À l'époque où j'ai ouvert ma boutique, je gagnais mieux. Il y avait moins de magasins et pratiquement pas de supermarchés, donc moins de concurrents. Il y avait d'ailleurs moins de chômage et les gens n'avaient pas peur de dépenser. Mais à partir de 1996, c'est devenu de plus en plus dur. L'apparition des gros centres commerciaux, l'augmentation des impôts, la crise économique asiatique, les licenciements massifs par les entreprises d'État, tout ça n'a pas arrangé les choses…

Un vacarme insolite parvient à la boutique. Je vais sur le seuil pour voir ce que c'est. Deux cyclistes se mitraillent d'injures. Il paraît que l'un des deux a renversé l'autre au moment où il tentait de le dépasser. Des passants s'arrêtent pour regarder. Excités par l'attention des spectateurs de plus en plus nombreux, ou par la crainte de perdre la face en public, les deux acteurs ne se contentent plus de se déverser des ordures mais commencent à échanger des coups de poing et de pied. Tout le trafic est bloqué. Les chauffeurs des voitures et des camions klaxonnent furieusement malgré la menace de l'amende de deux cents yuans pour un coup de klaxon en ville. Un policier surgit. Laissez passer ! Laissez passer ! crie-t-il. Les gens s'écartent. Il pénètre au milieu du cercle. À la vue de la casquette intimidante du représentant de l'ordre, les deux bagarreurs se séparent tout de suite. Le policier les houspille vertement. Les spectateurs se dispersent en rigolant. Et le flot du trafic rompu se remet à couler, lentement…

Bonjour, patronne.

Je tourne la tête. C'est grand-maman Liu, avec ses pommettes enduites de transpiration et de poussière. Bonjour, je la salue d'un léger hochement de tête.

T'as pas vu mon Bao Bao aujourd'hui ? demande-t-elle. Le sac en plastique qu'elle tient à la main est sale et froissé, comme sa propriétaire.

J'hésite. Que saurais-je lui dire ? Chaque jour, depuis la disparition de son petit-fils trois ans plus tôt, grand-maman Liu sort dès l'aurore pour le rechercher. Elle arpente les pavés, visite les hôpitaux, fouille les hôtels et les restaurants, fait le tour des boutiques et des marchés, interroge dans la rue les passants et les policiers, raconte son histoire à toute oreille qui se prête… Au début les gens l'écoutaient en poussant des soupirs de compassion, mais maintenant ils s'éloignent en hâte dès qu'ils aperçoivent sa silhouette au loin.

Tu veux un jus d'orange ? je demande à grand-maman Liu.

C'est un jeudi tu sais, commence-t-elle sans répondre à ma question. Bao Bao a de la fièvre. Je l'emmène à l'hôpital du Peuple. Lorsque nous arrivons, il y a déjà beaucoup de monde dans le couloir et dans la salle d'attente. Je mets Bao Bao sur un banc. Je lui dis de ne pas bouger. Ne vous inquiétez pas, me rassure une femme qui est assise à côté, je garde un œil sur lui pour vous. Elle est jeune, jolie, bien habillée. Elle a l'air très gentil. Je la remercie et je vais à la table dressée devant la porte de la salle de consultation. Je donne le cahier de notes à l'infirmière. Elle me donne un thermomètre et me dit de prendre la température de Bao Bao. Je retourne au banc avec le thermomètre mais Bao Bao n'est plus là. La jeune femme non plus. J'interroge les gens dans la salle. Un homme me dit qu'il a vu une jeune femme s'en aller avec un petit garçon dans les bras. Je suis terrifiée. Je suis affolée. En criant Bao Bao, je sors de la salle d'attente, je traverse le couloir, je dégringole l'escalier, je traverse le hall, je sors de l'hôpital. Je demande à la dame qui surveille les vélos et les motos à la sortie si elle a vu une jeune femme avec un petit garçon, elle dit non. Je demande aux conducteurs de tricycles qui attendent les clients, ils disent non. Je descends la rue puis la remonte en criant le nom de Bao Bao, personne ne me répond… Que dirai-je à ma fille ? Que dirai-je à mon gendre ?… Oh, mon Bao Bao ! Oh, mon Bao Bao !…

Grand-maman Liu se tait. Elle s'essuie les yeux avec sa main sale et, d'un pas somnambulique, repart à la recherche de l'enfant.

La pauvre ! Je pousse un gros soupir en rentrant m'asseoir derrière le comptoir. Pour elle le temps s'est figé à jamais le jour où elle a perdu son Bao Bao.

Deux paysans qui travaillent sur le chantier du bâtiment au coin de la rue viennent chercher leurs provisions de cigarettes et d'alcool. Ils prennent chacun deux paquets de Troisième-Sœur et une bouteille de Mille-verres-ne-suffisent-pas. Comme d'habitude.

Une jeune femme s'arrête sur le seuil de la boutique, embrasse les rayons d'un long regard, s'éloigne en tortillant des hanches sur ses talons aiguilles.

Une cartouche de 555, tante Orchidée ! Xiao Cheng entre en coup de vent et pose sur le comptoir un billet de cent yuans.

Ça y est, ta femme a accouché ?

Oui, des jumelles.

Deux fleurs d'or ! Mes félicitations ! Je prends l'argent, entre dans l'arrière-boutique, tire du carton de cigarettes une 555, reviens la donner à Xiao Cheng. Puis je sors de sous le comptoir un paquet de biscuits – ça c'est pour la maman, et deux sacs de lait en poudre – ça c'est pour les bébés.

Je n'arrive pas à le croire… dit le jeune papa en secouant la tête.

Que ce sont deux jumelles ? Oh, Xiao Cheng ! Tu veux un fils, je te comprends. Mais pense à ceux qui n'ont qu'une fille. Tu as quand même plus de chance qu'eux, non ? On n'est pas à la campagne. Si on les élève bien, les filles et les garçons sont pareils. Les filles peuvent aussi s'occuper des vieux jours des parents. À vrai dire, elles sont même plus attachées à leurs parents que les garçons. D'ailleurs, sais-tu que maintenant on a des millions de bébés garçons de plus que de bébés filles dans le pays ?… Oui oui, c'est ce qu'on dit dans les journaux… Imagine un peu, Xiao Cheng, dans vingt ans, quand tes jumelles seront grandes… ce ne seront pas les hommes qui manqueront !

Xiao Cheng sourit. Je me souviendrai de ce que tu m'as dit aujourd'hui, tante Orchidée. Il sort de la boutique, enfourche sa mobylette et, avant de démarrer, se retourne pour me dire : On fera une fête quand les bébés auront un mois ; tu es invitée.

Je viendrai, c'est entendu !

Mercredi.

Lao Xu est en retard. Il est déjà midi vingt et elle n'est pas encore là. Elle aurait pu m'appeler quand même si elle avait un empêchement quelconque !

Lao Xu travaille à mi-temps dans la boutique. Elle me remplace de midi à 4 heures de l'après-midi. Pause nécessaire qui me permet de prendre le déjeuner avec ma famille, d'aller à la banque, à la poste, chez le coiffeur, voir des amis ou faire une sieste, car, ma boutique ouvre de 7 heures 30 du matin à 11 heures du soir, du lundi au dimanche, du 1er janvier au 31 décembre, sauf le jour de la Fête du Printemps. Lao Xu a perdu son boulot l'été dernier. Une amie me l'a recommandée. Je l'ai prise comme assistante. Elle a travaillé pendant plus de vingt ans dans l'industrie textile. Son usine a été privatisée. L'acheteur était le directeur de la même usine. Il avait racheté moyennant 3,2 millions de yuans empruntés à la banque cette usine qui valait du moins 12 millions. Vol pur, quoi. Le lendemain de l'acquisition il avait consacré 100 mille yuans à éponger les impayés des ouvriers puis annoncé qu'il garderait seulement 175 salariés sur les 1 300. Exaspérés et désespérés, ses anciens employés l'avaient roué de coups. Il avait passé deux mois à l'hôpital tandis que sa femme et ses fils prenaient les rênes de l'usine. Le profit s'envolait. Rétabli de ses blessures il est désormais le patron, mais Lao Xu et les autres ouvriers licenciés attendent toujours leurs indemnités…

Le téléphone sonne. C'est mon mari. Il me dit que le déjeuner est prêt et que tout le monde m'attend. Je lui dit que Lao Xu n'est pas encore là, que je ne peux pas quitter la boutique, et qu'ils mangent sans moi.

Deux jeunes filles entrent dans la boutique. Elles achètent une glace chacune, la mangent en bavardant sous le ventilateur, puis repartent, l'une avec une boîte de tisane de canne à sucre et l'autre avec une canette de cola.

Les affaires semblent bien marcher, hein ? un homme d'une trentaine d'années franchit le seuil. Son visage large et rond luit comme le fond de la poêle graissée.

Oh non ! Pas ce genre d'animal ! songé-je en forçant un sourire. Vous parlez ! Je n'ai rien vendu ce matin. Même les habitués ne reviennent plus, ça devient vraiment difficile.

Arrêtez de me crier misère, patronne – le visiteur promène son regard cupide d'un rayon à l'autre – des gens comme vous ne mourront jamais de faim.

Salopard ! J'aurais voulu lui cracher à la figure mais je grimace un autre sourire. Que puis-je faire pour vous, monsieur ?

Je suis venu pour percevoir les frais…

Mais je les ai tous payés, je le coupe net. Voilà, regardez vous-même, je tire du tiroir une pile de récépissés que j'étale sur le comptoir. L'impôt sur la location du terrain, l'impôt pour l'aménagement de la ville, l'impôt pour la construction des routes, les frais pour la propreté des rues, l'impôt pour l'éducation, les frais pour la sécurité publique, l'impôt sur la licence de commerce, l'impôt sur la licence de débit de boissons rafraîchissantes, l'impôt sur la licence de débit de cigarettes et d'alcool, les frais sur l'installation et l'usage du téléphone, les frais pour renouveler le certificat de bonne santé, les frais pour l'inspection annuelle des services d'hygiène, les frais pour l'inspection annuelle des autorités fiscales, l'impôt sur le chiffre d'affaires, l'impôt sur le revenu,…

D'un geste impatient, l'homme écarte les feuilles que je tends sous ses yeux. Je suis du bureau municipal de la protection contre les crues…

Mais justement, les frais pour les travaux contre les inondations, ça aussi, je les ai payés. Voilà, regardez, je lui montre un reçu.

L'homme y jette un coup d'œil rapide. Cette fois-ci c'est différent. La météo prévoit des pluies abondantes cet été. Les digues ont besoin d'être renforcées d'urgence. Tous les commerces doivent cotiser. Allons. Assez d'explication. Vingt kuais, s'il vous plaît. Il sort un bloc de factures et un stylo, signe une feuille, la détache du bloc et la pose sur le comptoir.

Une idée me traverse l'esprit. Pourriez-vous me montrer un papier d'identité, lui dis-je sans prendre la facture, qui peut prouver que vous êtes bien l'employé du bureau munici…

Mais… vous pensez que je suis un escroc ? !

Qui sait ? Je ne vous connais pas, moi.

Vous, vous… balbutie-t-il en ravalant difficilement sa colère. Il brandit son bloc de factures sous mon nez. Ce n'est quand même pas du toc, ça !

Ce genre de choses, dit Lao Xu qui est entrée je ne sais quand dans la boutique, je peux en faire fabriquer des kilos dans la petite imprimerie du coin. Même de meilleure qualité que les vôtres, ha, ha, ha !

Qui êtes-vous ? demande l'homme en lui lançant un regard assassin.

Moi ? Cadre du comité du quartier de la nouvelle ville, répond Lao Xu qui s'est arrêtée de rire pour prendre un air grave.

Les lèvres pincées, l'homme sort de la boutique, et, sur le trottoir, il se retourne et me dit : Je reviendrai demain. Préparez l'argent. Si vous refusez de payer, ça pourra vous coûter très cher, je vous préviens !

Lorsque l'homme a disparu de ma vue, je tourne la tête vers Lao Xu : Toi, cadre du comité du quartier de la nouvelle ville ! ha, ha, ha !… Je ris aux larmes. Je ne sais pas si le type reviendra. Mais d'après mes expériences il y a de fortes chances pour qu'il ne revienne pas. Il n'aime pas être ridiculisé. Sa menace ? C'est pour sauver la face, ça. Ces différents services municipaux sont impossibles. Au lieu de faire correctement leur travail, ils passent leur temps à se torturer le cerveau pour trouver les moyens d'augmenter leurs primes : les frais pour ceci, les frais pour cela ; ils en pondent de nouveaux chaque mois. Ils se prennent pour des seigneurs. Ils pensent qu'ils peuvent faire la pluie et le beau temps. Faut leur tenir tête quand on peut. Nous avons aussi le droit de vivre, nous les petits commerçants, non ?

Lao Xu s'excuse pour son retard. Son fils vient de recevoir ses résultats du concours d'entrée à l'université. Ils sont excellents. L'adolescent a sauté de joie. Il a appelé tout de suite son prof. Celui-ci lui a conseillé de se porter candidat à Beida, l'une des universités les plus prestigieuses du pays. Je suis sûr qu'on te prendra, disait-il. Mais Lao Xu et son mari pensent qu'il vaut mieux que leur enfant aille dans une école normale. Les frais de la scolarité exigés par les universités sont beaucoup trop élevés pour leurs modestes revenus, alors que les écoles normales sont entièrement gratuites. Quant à l'adolescent, lui, il ne veut suivre ni le conseil de son prof ni celui de ses parents. Il comprend très bien leurs arguments, dit-il, mais il a déjà fait son choix : il va essayer une de ces écoles militaires qui forment des officiers. Ses motivations profondes ? Primo, la carrière de prof ne l'attire pas. C'est une profession très exigeante mais très mal payée. Secundo, le nombre de chômeurs augmente sans cesse, et ça devient de plus en plus difficile de trouver un bon boulot, même pour les diplômés des universités s'ils n'ont pas de relations. Les étudiants des écoles militaires, par contre, n'ont pas de souci de ce côté. Non seulement tout leur est fourni durant les études, y compris la nourriture et les vêtements, mais aussi et surtout, ils ont un poste garanti à la sortie. Lui n'a pas peur de bosser. Lui n'a pas peur de la vie dure. Brillant et ambitieux comme il est, il pourra aller loin.

Lao Xu soupire. Je veux pas voir mon fils unique entrer dans l'armée. Si à la sortie de l'école il était envoyé dans un de ces îlots perdus dans la Mer du Sud ? Ou dans une de ces bases d'essai nucléaire au milieu du désert de Xinjang ?... Pourra-t-il revenir nous voir ? Pourrons-nous aller le voir ?... Nous n'avons que cet enfant. S'il lui arrive quelque chose, comment pourrons-nous vivre, moi et son papa ?

Que feras-tu alors pour le faire changer d'idée ?

Je ne sais pas. De toute façon, il dit non à tout ce que nous lui disons.

Ton garçon a montré qu'il est capable de réfléchir. Vaudrait mieux lui faire confiance. Peut-être ses choix ne seront-ils pas tous les bons, mais il apprendra à travers ses propres expériences. D'ailleurs, avons-nous toujours fait de bons choix, nous ?

Une vieille femme portant un bébé sur le dos entre dans la boutique. Une canette de potage aux huit trésors, s'il vous plaît, dit-elle en tendant un billet de cinq yuans.

Je laisse Lao Xu s'occuper de la cliente et me dirige vers la porte de communication. À ce moment un cri aigu me fait tourner la tête. Il est venu du côté de la rue. Je me précipite sur le seuil de la boutique pour voir ce que c'est. Plusieurs passants descendent de leur vélo près d'un autobus arrêté au milieu de la rue.

Quelqu'un est dessous ! crie un cycliste en se mettant à quatre pattes pour regarder sous le véhicule. C'est un enfant !

Appelle l'hôpital pour une ambulance ! Je dis à Lao Xu en me lançant au dehors.

Le cycliste rampe sous le véhicule entre la roue avant et la carcasse d'une bicyclette écrabouillée. Une minute plus tard il en émerge avec un garçon d'une dizaine d'années dans les bras. Vite ! Une voiture ! crie-t-il en regardant tout autour.

Je tourne la tête vers Lao Xu. Elle me fait signe que non. Pas d'ambulance ! Que faire ? Je vois deux voitures garées devant le restaurant de Vieux Huang. J'y cours. Un homme et une femme sont assis dans la voiture noire.

S'il vous plaît, les supplié-je, il y a eu un accident, c'est un enfant, faut l'emmener immédiatement à l'hôpital.

Nous avons d'autres choses à faire, répond froidement l'homme.

Je me tourne vers la voiture grise.

Ma bagnole est en panne, dit le chauffeur d'un ton indifférent.

Je suis furieuse. Vraiment furieuse. Comment ces gens peuvent-ils être insensibles à ce point ! Je reviens près de l'autobus. Le cycliste qui porte le blessé continue de crier : Voiture ! Voiture ! Le blessé a perdu conscience. Plusieurs voitures passent en les contournant lentement mais pas une ne s'arrête. Je vois un camion bleu arriver. Je me jette devant lui. Le camion stoppe. Le chauffeur sort sa tête de la cabine :

Mais tu veux mourir ou quoi !

S'il vous plaît, lui crié-je en pointant mon doigt sur le cycliste et le blessé, sauvez cet enfant ! Il a été renversé par un bus. Faut l'emmener à l'hôpital !

Le chauffeur descend de la cabine, fait un signe au cycliste. Celui-ci accourt avec le blessé. Le chauffeur les aide à monter dans la cabine, ferme la porte, se remet au volant, démarre.

Je regarde le camion s'éloigner. L'autobus est toujours là, immobile. La police n'est pas encore arrivée. Quelqu'un a dû l'appeler pourtant. Les gens agglutinés autour du lieu de l'accident commencent à se disperser. J'aperçois un vélo noir couché sur le pavé. Je suis sûre qu'il appartient au cycliste qui a porté l'enfant à l'hôpital. Je ramasse le vélo, le pousse à travers la rue, le cale sous le jaquier devant ma boutique. Je retire la clef du vélo, entre dans la boutique, attends que Lao Xu termine avec un client, puis lui donne la clef. Tu remettras ça à son propriétaire quand il reviendra chercher le vélo.

Penses-tu que l'enfant pourra être sauvé ? me demande-t-elle en rangeant la clef dans le tiroir.

Oui.

Jeudi.

Je rentre à l'appartement vers midi et demi. Tout le monde m'attend autour de la table ovale dans la petite salle à manger. Au plafond les hélices du ventilateur émeraude brassent l'air sans répit. Je vais dans la salle d'eau me laver les mains avec du savon, puis reviens dans la salle à manger prendre place entre mon mari et mon fils, en face de mon petit-fils et de ma petite-fille. Ma belle-mère est assise à un bout de la table, ma fille et son mari à l'autre bout.

Ma belle-mère porte une tranche de tofu sauté à sa bouche édentée. Elle fronce tout de suite les sourcils : C'est trop salé, ça. Qui a préparé le tofu ?

C'est moi, répond ma fille, j'ai dû y mettre deux fois du sel.

Goûte ça, maman ; je mets rapidement un morceau de carpe à la vapeur dans le bol de ma belle-mère, ça c'est pas mal.

Ma belle-mère promène son regard sur la table, cherchant quelque chose.

T'as oublié le petit verre de Trois-Fleurs de mamie, dis-je à ma fille, va le chercher.

Ma fille se lève, entre dans la cuisine, revient avec une bouteille et remplit un petit verre qu'elle pose devant ma belle-mère : Mais le docteur a dit que…

Une goutte d'eau-de-vie ne pourra lui faire de mal, j'interromps ma fille.

Ma fille verse un peu d'alcool dans le verre, retourne à sa chaise sans dire mot.

Je sais que le médecin a dit à ma belle-mère d'éviter tout alcool à cause de ses poumons, mais à quatre-vingt-dix ans, ça n'a plus de sens de se priver de ces petits plaisirs de la vie simplement pour traîner quelques jours ou quelques mois plus longtemps. Ma fille le comprendra à son tour quand viendra l'âge.

Je ne veux plus aller aux leçons d'anglais, annonce mon petit-fils en remuant le riz dans son bol du bout de ses baguettes.

Pourquoi ? ma fille lui lance un regard réprobateur. J'ai payé pour six semaines. Deux cent quarante yuans, ça n'est pas rien.

J'aime pas le prof, il est nul.

Comment ça, nul ? intervient mon gendre d'une voix sévère. Il connaît l'anglais mieux que toi, du moins ?

Je sais pas, répond l'adolescent sur un ton d'ironie. Il ne fait que répéter ce qui est écrit dans le manuel. Son cours est si ennuyeux que ça me fait dormir debout…

Assez ! Ta maman a payé. Que tu aimes le prof ou non, il faut que tu y ailles.

Mais papa, j'ai déjà assez de devoirs pour les vacances d'été !

Apprendre plus, ça ne peut pas te faire mal.

Mais…

Plus de mais. Tu dois y aller, c'est tout.

Mon petit-fils baisse les yeux pour cacher ses larmes de rage refoulée. Je le comprends. Son programme scolaire est déjà très lourd. C'est encore un enfant. Il a besoin de souffler. De s'amuser. De faire ce que les garçons de son âge font, quoi. Mais je comprends aussi ses parents. Il sera en terminale à la rentrée prochaine. Une année décisive. Il est bon élève, c'est vrai. Mais il lui faudra travailler encore plus dur s'il veut réussir les examens d'entrée pour les universités l'été prochain. La compétition est féroce. Seuls les meilleurs réussissent. Il n'y a pas de miracle.

Allons, Yang Yang, lui dis-je en mettant une aile de poulet rôtie dans son bol. C'est pas facile pour toi, tout le monde le sait. Mais tu vois…

Courage, Yang Yang, lui dit mon fils après avoir bu une gorgée de bière. Si tu veux avoir du travail dans le futur, faut avoir des qualifications. Sans qualifications, pas de bol de riz. Si seulement j'étais aussi jeune que toi… Sais-tu ce qu'on m'a fait aujourd'hui ? On a encore réduit mon salaire ! Je fais toujours le même boulot, mais je gagne moitié moins ! Et cette moitié, je ne sais même pas si je l'aurai encore dans un mois. Les sans-diplômes comme moi sont toujours les premiers dans la rue.

Je pose mon regard sur le visage maigre de mon fils. Il n'a que quarante-deux ans mais il en paraît cinquante. Il n'a jamais eu beaucoup de chance, lui. Il semble que le mauvais sort l'ait choisi dès sa naissance et le poursuive depuis sans relâche. Né en automne 1957, il a eu, enfant, toutes sortes de maladies étranges. Un docteur pensa même qu'il souffrait d'une malformation du cœur et lui interdit la piscine. Il n'avait pas droit non plus à tous les sports qui exigent beaucoup d'efforts physiques. Il est resté longtemps un petit garçon chétif, solitaire, triste et méfiant. Les tourments que j'ai traversés au cours de la campagne anti-droitiers ont sûrement eu une répercussion négative sur lui. À l'époque j'étais très angoissée, très déprimée, très amère. Un rien pouvait me réduire aux larmes hystériques ou provoquer de ma part une crise de colère incontrôlable. Comment aurais-je pu être une bonne mère dans cet état ?… Il était très sensible, mon fils. Il pouvait sentir ma souffrance et il en souffrait. Plus tard, vers la fin de la Révolution culturelle, en 1974, mon fils a été envoyé aux champs et y est resté quatre années. Ça l'a marqué aussi. Après son retour à Vieux Banian en 1978 il a passé les examens d'entrée en université mais par malchance (encore !), son épreuve de mathématiques a été égarée dans le chaos de l'organisation. Quand finalement on l'a retrouvée, c'était déjà trop tard. La sélection des étudiants avait été faite. On lui a conseillé de repasser le concours l'année suivante, mais il était si déçu qu'il a laissé tomber pour de bon. Il est allé au contraire travailler comme manœuvre dans une fabrique d'appareils médicaux, *Vent de l'Est*. Il y est devenu électricien quelques années plus tard. À l'époque, la classe ouvrière était comme la nouvelle aristocratie de la société. Vent de l'Est était prospère. Il fallait se battre pour y entrer. Mais depuis la réforme économique la roue de la fortune a tourné. Les ouvriers ont perdu leur statut privilégié. Comme beaucoup d'autres entreprises d'État ou collectives, Vent de l'Est s'enfonce de plus en plus dans des difficultés financières. Les dirigeants de l'usine, au lieu de faire des efforts pour l'adapter à la nouvelle économie de marché, l'ont pillée. L'année dernière, pour sauver leur usine de la faillite, mon fils et ses collègues l'ont renflouée avec leurs économies. Mais la voilà de nouveau sur le point de s'effondrer… Que fera mon fils si l'usine est fermée ? Je ne sais pas. À son âge et sans diplôme, ce ne sera pas facile. Côté travail, la crise. Côté famille, le désastre. Sa femme a eu une liaison. Ils ont divorcé après douze ans de mariage. Ce fut là le coup le plus dur pour son ego. Jusqu'à présent il n'a toujours pas réussi à s'en remettre. Enfin… Aujourd'hui, en regardant en arrière, j'aurais dû le pousser dans des études. Il aurait eu un parcours différent… Vous ne pouvez pas imaginer combien je regrette de ne l'avoir pas fait !

Ma fille prend son verre de bière, boit une gorgée, le repose sur la table. Dis grand frère, tu ne pourrais pas prendre un cours de formation pour adulte ? Un cours d'informatique par exemple ? Il y aura peut-être une issue de ce côté.

Un cours d'informatique ? Mon fils secoue légèrement la tête. Je suis trop vieux pour ça.

Trop vieux, toi ? Mais regarde maman. Elle n'est pas encore vieille à soixante-neuf ans. Faut jamais dire je ne peux plus…

Ta sœur a raison, intervient mon mari en déposant ses baguettes sur la table pour prendre la cuillère. On ne sait jamais ce qu'on peut si on n'essaie pas.

Laisse-moi réfléchir, murmure mon fils le nez dans son bol.

Tu sais, ajouté-je doucement, si ça t'intéresse, ton papa et moi nous pourrons payer les frais pour toi.

À propos, dit mon mari après avoir avalé une cuillerée de soupe de tomates aux œufs et ciboulettes, j'ai appelé Vieux Zhang ce matin.

Et alors ?

Il a dit que cette année il faut avoir au moins 605 points pour être admis aux lycées N° 2, N° 5, N° 14, et 540 points pour entrer dans les lycées ordinaires. Combien t'en as eu, Juan Juan ?

598 points, répond ma petite-fille entre deux bouchées de potage de riz.

Il te manque seulement 7 points, hélas, pour entrer dans les meilleurs lycées. Mais Vieux Zhang a dit que si les parents acceptent de faire un don à ces lycées, 21 000 yuans par tête, leurs enfants peuvent y obtenir une place bien que leurs notes soient inférieures au niveau exigé.

Argent, argent, argent, soupire mon fils.

Combien faut-il pour les lycées ordinaires ? m'enquiers-je.

Bah, ça dépend… D'après Vieux Zhang, le lycée N° 9 demande 12 000 yuans, et le lycée N° 16, 9 000 yuans…

Mais ils exagèrent ! C'est deux fois plus cher que l'année dernière !

Juan Juan pose son bol vide sur la table et ses baguettes sur son bol. T'inquiète pas, grand-mère, dit-elle en échangeant un coup d'œil avec son cousin, je veux pas aller aux lycées N° 9 ou N° 16.

Ah bon ? Pourquoi ? Ils ont bonne réputation…

Mais ça coûte trop cher. J'irai plutôt au lycée N° 29.

N° 29 ? Je n'en ai jamais entendu parler, s'étonne mon mari.

Moi non plus, répété-je.

Moi non plus, dit mon fils.

Moi non plus, disent ma fille et mon gendre.

Moi non plus, dit ma belle-mère.

Moi si, déclare Yang Yang.

Tous les regards se tournent sur lui, puis se dirigent vers Juan Juan.

Bah, c'est normal, Juan Juan esquisse un petit sourire malicieux, il n'existe que depuis un mois. C'est un lycée très bien, flambant neuf, avec des profs expérimentés et ambitieux, et ça ne coûte que 300 yuans, les frais de scolarité normaux.

Comment tu le sais ?

Par ma copine. Son papa travaille dans le bureau municipal de l'Éducation. Il le sait, lui. Ma copine dit qu'elle ira à ce lycée.

Et mon prof de maths y enverra aussi sa fille, ajoute Yang Yang.

Il est où, ce lycée ? demande mon fils.

Près du pont de la Libération, répond Juan Juan.

Mais c'est très loin, ça.

Je pourrai y aller à vélo, avec ma copine.

Il y a un silence.

Bon, dit mon mari en essuyant sa bouche, je vais appeler Vieux Zhang cet après-midi. Si cette école est vraiment très bien, on t'y inscrira…

Tout le monde approuve en hochant la tête.

Les yeux de Juan Juan brillent. Elle est visiblement très fière que les grandes personnes aient pris son avis en considération. Les économies qu'on aura faites, déclare-t-elle en quittant la table, ce sera pour plus tard quand j'irai à l'université.

Je me suis fait beaucoup de soucis pour Juan Juan lorsque ses parents se sont séparés. Elle avait seulement onze ans. Elle m'a demandé pourquoi sa maman était partie. Elle pensait que c'était sa faute. Qu'elle ne travaillait pas assez bien à l'école. Qu'elle n'aidait pas assez ses parents à la maison. Qu'elle aurait dû bosser plus. Qu'elle aurait dû faire plus souvent la vaisselle et la lessive. Je lui ai dit que non, que ce n'était pas ça du tout. La société évolue, les mentalités changent, les couples divorcent quand ils ne peuvent plus ou ne veulent plus vivre ensemble. Son papa l'aime. Il sera toujours son papa. Sa maman l'aime aussi. Elle sera toujours sa maman. Seulement, à cause d'eux-mêmes, ils ne vivent plus sous le même toit. C'est pas facile vous savez de faire comprendre à une enfant de onze ans ce que même les adultes ont du mal à comprendre. Mais je ne voulais pas que ma Juan Juan se culpabilise, ou qu'elle se sente moins aimée des siens. Je me souviens encore d'une composition qu'elle a faite peu après le divorce de ses parents. Elle y a raconté un voyage à l'île de Sanya qu'elle avait fait avec eux quand elle était petite. La mer – c'était la première fois qu'elle voyait la mer –, les mouettes, les bateaux se balançant sur les vagues, les rafales au goût salé, les coquillages, les cocotiers, les courses folles pied nus sur la plage, les pique-nique à même le sable… Ça me déchirait le cœur de les lire, ces souvenirs d'une petite fille qui avait perdu son paradis. Heureusement que ma Juan Juan est ouverte et généreuse de nature. Elle ne se renferme pas. Elle parle de ses problèmes. Elle sait aussi écouter les autres. Elle s'en sortira, je suis rassurée maintenant, plus forte, et plus confiante en elle-même.

J'ai une mauvaise nouvelle, dit soudain mon gendre qui sirote sa soupe de tomates aux œufs et ciboulettes. J'ai entendu dire que la mairie a décidé d'élargir la rue des Sept Étoiles.

Que fera-t-on alors de ces maisons et de ces boutiques qui bordent la rue ? demande mon mari en fronçant ses sourcils. Les démolir toutes ?

Si ça se confirme, oui.

Y aura-t-il des dédommagements pour les propriétaires ?

Un peu pour les propriétaires des terrains, mais pas pour les locataires.

Que feras-tu de ta boutique, maman ? mon fils braque sur moi son regard inquiet.

Je ne sais pas… Je verrai… Peut-être que je pourrai trouver une autre location… Peut-être que je liquiderai le stock et que je ferai quelque chose d'autre… Lao Mo m'a conseillé une fois d'élever des tortues à carapace rouge…

Tortues à carapace rouge ?

Oui, il paraît que ça se vend bien. Des gens en mangent comme fortifiant aphrodisiaque naturel. C'est très à la mode parmi les nouveaux riches. Ils n'hésitent pas à payer des fortunes pour en avoir sur leur table, trois mille cinq cents yuans la livre…

Si cher que ça ?

Oui. Mais l'investissement initial n'est pas nul ; faut compter cinquante mille ou soixante mille yuans… D'ailleurs, ça grandit très lentement, les tortues. C'est pas comme des poulets ou des cochons… Non, je ne me presse pas de prendre la décision. J'attends encore un peu. Peut-être la mairie changera-t-elle d'idée après tout, qui sait…

Vendredi.

J'arrive au pied de l'escalier. Un escalier très très long, en dalles grises. Je suis un peu essoufflée. Je m'assieds sur la première marche pour me reposer. Ma chemise à manches courtes est déjà trempée de sueur et me colle au dos. Je jette un regard sur ma montre. 1 heure 40. L'heure où la chaleur pèse avec le plus de poids. J'enlève mon chapeau de coton blanc que je pose à côté de moi. Je sors du sac en plastique une bouteille d'eau, bois une gorgée. Un garçon et une jeune fille passent près de moi, main dans la main. Ils s'engagent dans l'allée qui contourne la colline. Je bois une deuxième gorgée d'eau, ramasse le chapeau et m'évente avec. Un vieux jardinier vient vers l'escalier, une serviette à rayures bleues autour du cou, une houe au bout du bras. J'échange un sourire avec lui. Il monte sans s'arrêter. Je bois une troisième gorgée d'eau. Un papillon passe devant mes yeux, en secouant majestueusement ses grandes ailes noires parées de blanc. Il voltige un moment autour d'un bouquet jaune de cannas en fleurs, puis s'éloigne pour disparaître derrière le tronc épais d'un gros arbre. Une petite plaque de bois est accrochée sur le tronc. Elle porte trois caractères écrits à la peinture rouge : Chashuwang, *Roi des théiers*. Un théier, ça ? Je me frotte les yeux. Oui, c'est bien écrit Roi des théiers. Donc, c'est un théier. Ce n'est pas la première fois que je me rends au Temple aux Trois Trésors par ce chemin, mais je n'ai jamais remarqué cette plaque. Peut-être a-t-elle été placée là récemment ? Peut-être a-t-elle toujours été là mais je ne l'avais pas vue. Je rejette la tête en arrière pour mieux regarder l'arbre. Les théiers, je les connais comme arbustes, mais ce géant de plus de dix mètres de haut… C'est vraiment incroyable. Il faut du moins deux hommes pour pouvoir embrasser son tronc. À hauteur d'un mètre cinquante le tronc se divise en triple bras, et ces trois gros bras se divisent eux-mêmes plus haut en treize branches. Le feuillage est très large et très épais. Ses petites feuilles coriaces et lancéolées sont enduites d'un beau vert luisant. Si c'est vraiment un théier, combien d'années déjà a-t-il passées pour pouvoir être aussi énorme que ça ? Trois cents ? Cinq cents ? Mille ? Est-il sauvage ou cultivé ? S'il est cultivé, qui l'a planté là ? Un homme ? Ou un immortel ?… Je bois encore une gorgée d'eau, range la bouteille dans le sac en plastique, remets le chapeau sur mon crâne, entreprends de gravir les marches raides de l'escalier.

Très vite je me sens fatiguée à nouveau. Je fais une halte de quelques minutes au troisième palier. Puis je reprends l'escalade. Parvenue au septième palier je dois m'arrêter encore une fois pour reprendre souffle. Une vieille femme descend lentement, appuyée sur sa canne. Quand elle atteint le palier où je suis assise, elle s'arrête aussi pour se reposer. Nos yeux se rencontrent et immédiatement se détournent. Je me sens mal à l'aise. J'ai l'impression que cette femme me connaît, et il me semble que je la connais aussi, mais je n'arrive pas à me rappeler qui elle est. Nerveusement je fouille tous les recoins de ma mémoire… non, je ne me souviens pas. Pourtant je suis de plus en plus sûre que je la connais. Je suis même certaine que je la connais. Qui est-ce ? Quel est son nom ? Où je l'ai vue ? Quand je l'ai vue ? Furtivement je coule un regard de son côté, et mes yeux croisent les siens. Elle regarde aussi de mon côté ! Pour cacher mon embarras, je lui adresse un petit sourire discret.

Ce n'est pas toi, Orchidée ? demande-t-elle d'une voix hésitante.

Tout à coup, je me souviens.

Lusheng !

Oui, c'est bien elle, Lusheng, une ancienne collègue du bureau régional de l'Agriculture et de la Sylviculture. Elle travaillait alors dans le service du personnel. Son bureau était en face du mien. Son nom signifie littéralement *née-sur-la-route*. Elle m'a dit que ça lui avait été donné par sa mère naturelle, un soldat rouge, sur la piste de la Longue Marche. Elle m'a dit aussi que ses parents adoptifs, paysans reconvertis en ouvriers, avaient dû se déplacer plusieurs fois pour échapper aux représailles du Guomingdang. Bien que ses parents adoptifs l'aient très bien traitée, comme leur propre fille, m'a-t-elle confié, elle rêvait toujours de retrouver ses vrais parents, de savoir qui ils étaient, comment ils étaient, dans quelles circonstances précises ils l'avaient abandonnée, s'ils l'aimaient, s'ils la recherchaient, s'ils voulaient la revoir, s'ils voulaient la connaître… Jolie, drôle, un peu bavarde, toujours prête à donner un coup de main, Lusheng était aimée de tout le monde dans le bureau. Moi-même j'avais beaucoup d'affection pour elle. Je la considérais comme la sœur que je n'avais jamais eue. Elle aussi je crois me considérait comme une sœur qu'elle n'avait jamais eue. Quand elle avait des problèmes, elle venait m'en parler. Quand elle avait une bonne nouvelle, elle me faisait partager sa joie. Mais cette amitié s'est mal terminée et d'une façon très brutale en 1957. Mao Zedong a lancé le mouvement *que cent écoles rivalisent, que cents fleurs s'épanouissent.* On était encouragé à aider le Parti à voir ses défauts et à corriger ses erreurs. Lusheng, moi, et beaucoup d'autres collègues, nous avons dit ce que nous pensions. On appelait ça la *démocratie*. Mais peu après le vent a tourné brusquement. Les mêmes personnes qui nous avaient encouragés à parler ont déclenché une campagne répressive contre ceux qui avaient parlé. Dans notre unité de travail, après les premiers moments de stupéfaction, ce fut un sauve-qui-peut général. Lusheng m'a dénoncée. Durant de nombreuses réunions, elle a passé à la loupe tout ce que j'avais dit. D'autres collègues aussi se sont jetés sur moi. Je suis devenue une cible favorable, facile, collective. J'ai tenté de me défendre mais ça m'a attiré encore plus de critiques et d'accusations. Finalement j'ai dû me plier, admettre mes fautes et mes égarements, affirmer et réaffirmer ma bonne volonté de les réparer… Tout ça était si humiliant, si insupportable, d'autant plus que j'étais tout à fait innocente…

Lusheng tire un mouchoir de sa poche, s'éponge le front. Autrefois je pouvais courir dix lis d'un seul trait, mais maintenant… J'ai vieilli.

Moi aussi, j'ai vieilli. Tu veux de l'eau ? Je lui tends la bouteille.

Merci. Elle la prend, boit une gorgée, me la rend. Ça fait combien de temps déjà qu'on s'est pas vues ?

Quarante et un… presque quarante-deux ans.

Déjà ?… En fait, je t'ai aperçue à plusieurs reprises dans la rue ou au marché je ne sais plus, mais je ne t'ai pas appelée. Je n'ai pas osé… Après tout ce que je t'avais fait… À l'époque j'étais très amoureuse de Helong, tu le savais. Nous allions nous marier. Si j'avais été qualifiée de droitière, j'aurais été expulsée du Parti, j'aurais perdu mon poste et Helong… J'étais paniquée. J'avais très peur. Je craignais d'être abandonnée… Je ne pouvais pas… Je ne voulais pas… Je t'ai mouchardée, ça me protégeait… Je… j'ai agi comme une sans-cœur…

Je fixe les yeux sur une feuille de fougère. La voix de Lusheng tremble un peu, comme la feuille de fougère que je contemple. Et lui il va bien, Helong ?

Lusheng soupire. Il m'a quittée. Il m'a laissée tomber. C'était pendant la Révolution culturelle, en 1967. On m'a accusée d'être une contre-révolutionnaire. Il a demandé le divorce… J'ai pensé à toi quand j'étais en prison… On m'a fait exactement ce que je t'avais fait dix ans plus tôt… Tu me hais ?

Avant, oui. Mais plus maintenant. Chacun a sa croix à porter… À propos, je lève les yeux vers Lusheng, tu as des enfants ?

Oui, trois. Trois filles. Deux vivent à Vieux Banian, une à Canton. J'habite avec la cadette. Et toi ? Tu étais enceinte si je me souviens…

C'était mon fils. J'ai eu une fille plus tard. Dis, Lusheng, tu passeras me voir un de ces jours ? J'ai une boutique dans la rue des Sept Étoiles. Ma maison est derrière. C'est très facile de trouver. On pourra boire une tasse de thé ensemble…

D'accord.

Je me lève. Lusheng se lève. Nous nous serrons les mains en nous disant au revoir. Puis, appuyée sur sa canne, Lusheng descend lentement. J'aspire une grosse bouffée d'air, reprends mon escalade. J'ai eu plus de chance qu'elle, car mon mari ne m'a pas quittée. Dans les jours les plus noirs de ma vie, je n'étais pas seule. J'avais mon mari. Je pouvais pleurer sur son épaule.

Le Temple aux Trois Trésors se situe au sommet de la colline. Il est entouré de trois côtés par les vieux pins et d'un côté par un étang de lotus. On vient de construire un nouveau temple dans le même parc, au pied d'une autre colline, près du Lac au Pont à Neuf Zigzags. Grand, somptueux, haut mur d'enceinte pourpre, toit de tuiles jaune impérial, statues laquées d'or, jardin ruisselant de couleurs. J'y suis allée une fois. Mais je préfère le petit temple sur la colline. Je trouve infiniment plus touchant ses humbles briques bleu-gris rongées par le temps, ses modestes tuiles noires, son perron aux marches de pierre érodées, son vieux brûle-parfum de pierre rectangulaire sculpté d'une frise de fleurs de lotus, sa cour paisible qu'ombrage un bouquet de bambous aux tiges annelées de gros nœuds. Il y a près du temple une échoppe. J'y achète un faisceau de bâtonnets d'encens. Je monte le perron en pierres taillées, franchis le seuil de bois, entre dans la cour dallée. J'allume les bâtonnets à une bougie rouge près du porche. Je vais ensuite m'agenouiller devant Bouddha, murmure une prière. Puis je me relève pour planter les bâtonnets dans les cendres du brûle-parfum. En ressortant je croise un groupe de lycéens, quatre filles et trois garçons. Ils ont chacun un petit sac sur le dos et un faisceau de bâtonnets d'encens dans la main. Que viennent-ils demander à Bouddha ?

Je m'assieds sur une pierre grise. Le vent embaumé d'encens me caresse le visage et les bras nus. Il y a toujours du vent ici. C'est très agréable. À travers les troncs bruns des pins je peux voir la colline d'en face. Ses versants sont recouverts d'une végétation touffue, son sommet est dominé par une pagode à neuf étages. Je viens ici une fois tous les deux ou trois mois, quand j'en ai marre des bruits et des odeurs de la ville. J'aimerais pouvoir venir plus souvent. Du temple s'exhale toujours une paix indescriptible, et ces moments de calme me sont indispensables à la décantation des choses de la vie. Non, je ne m'attendais pas à rencontrer Lusheng aujourd'hui. Mais avoir parlé avec elle m'a permis de mettre derrière moi un passé pénible, de tourner cette page, définitivement. Oui, j'ai été réhabilitée en 1978. On m'a rendu ma carte de membre du Parti. Je l'ai encore. Mais ce n'est plus par conviction. J'ai cru jeune à la cause communiste, sincèrement, naïvement, passionnément. J'ai vécu pour elle. Je n'y crois plus. Justice sociale, je travaille pour tous et tous pour moi, pas de faim, pas de misère, études gratuites, soins médicaux gratuits, enfance protégée, vieillesse soutenue, chacun sa place dans la société, tout le monde égal, tout le monde riche, tout le monde heureux… Tout cela est très beau. Tout cela est très noble. Mais à l'usage, ce n'est pas du tout la même chose. Peut-être que c'est trop beau. Peut-être que c'est trop noble pour la nature humaine. Je ne sais pas. Je n'y crois plus. Je viens régulièrement brûler de l'encens au temple, mais ça, c'est peut-être moins par conviction que par un besoin impératif. Quand tout s'écroule autour de moi, je m'accroche au bras compatissant de Bouddha, par instinct de survie. Comme on s'accroche à tout ce qu'on peut dans un naufrage. Je ne pense pas que je croie vraiment à une vie future après la mort, à un recommencement au-delà de la fin. En approchant de mes soixante-dix ans, je recherche plutôt une sagesse pour mieux vivre la vie qu'il me reste encore à vivre. Pour être en paix à l'intérieur de moi-même, et avec moi-même. Bref, pour être bien dans ma peau, et dans mon cœur.

Il est 3 heures et quart. Le temps de rentrer à la boutique. Je prends un raccourci derrière le temple pour redescendre plus vite. Le sentier file à travers le bois de pins, un peu glissant par endroit. Il n'y a pas de vent sous les arbres. Les dessins étalés sur le sol par le soleil tamisé sont immobiles. L'ombre est humide et lourde. Un homme et une femme viennent en face. Un petit garçon sautille entre eux. Je m'écarte un peu pour les laisser passer. Ils me gratifient d'un sourire ravissant.

À la sortie du bois, le sentier va mourir au bord d'une route cimentée. Je suis la route un moment. Ce n'est pas le week-end. Il n'y a pas beaucoup de promeneurs. À une centaine de pas devant moi quelqu'un semble écrire quelque chose à même le sol. Plus près je reconnais le vieux bonze du petit temple. Il est en train de calligraphier. En tenant à deux mains un bâton emmailloté de chiffons de coton, son pinceau, il trace de grands caractères sur la route, avec de l'eau. Aussitôt écrits, ses mots s'évaporent sous le soleil. Mais il semble s'en moquer complètement. Peut-être le fait-il comme des exercices à la fois physiques et mentaux dans lesquels seul compte l'accomplissement des gestes. Je le regarde écrire, plusieurs pas derrière lui pour ne pas le déranger. Puis je m'engage dans un autre raccourci.

Je remarque au bord du sentier quelques touffes de hanxiuchao, *mimosas timides*. Petites boules duveteuses de fleurs rose-violet, minuscules feuilles finement pennées vert sombre. Je me penche. Je tends une main. À l'approche de mes doigts, elles se rétractent, se replient, se recroquevillent. Étonnante sensibilité végétale.

Je coupe par un champ de fougères, traverse un bois d'eucalyptus, contourne une pépinière de flamboyants, arrive au bord du lac. Je passe devant un restaurant et une boutique de souvenirs, m'arrête deux secondes pour boire une gorgée d'eau, me dirige ensuite vers le Pont à Neuf Zigzags. Il y a un arrêt de bus de l'autre côté du lac. Je monte sur le pont. Je passe derrière plusieurs gamins qui donnent à manger aux poissons. Ce sont des carpes. Oranges, rouges, noires. Elles viennent par centaines. Peut-être milliers. Et ça se bouscule à tel point que l'eau semble bouillir. Les gamins sont très excités. Leurs parents les regardent d'un œil attendri et amusé. Je vois un bus arriver. Je presse le pas.

Samedi.

Je redescends de l'appartement dix minutes avant 4 heures de l'après-midi. Il pleut des cordes. La petite cour n'est plus qu'une grande nappe d'eau. Je me précipite dans l'arrière-boutique, laisse mon parapluie dégoutter dans un seau posé près de la porte, entre dans la boutique.

Je n'ai pas eu beaucoup de clients aujourd'hui, me dit Lao Xu en me voyant. À cause de la pluie sans doute… Un homme est venu acheter un briquet. Il paraissait très pressé. Il n'a pas choisi. Il en a pris un, c'est tout. Il m'a donné un billet de cent yuans. Un billet aussi gros pour un machin à quatre sous ? J'ai eu un doute. Je l'ai bien regardé, le billet. C'était un faux ! J'ai dit à l'homme que je n'avais pas assez de monnaie. Il n'a pas insisté. Il devait avoir compris. Il m'a rendu le briquet et est reparti avec son billet. Je l'ai vu traverser la rue et pénétrer dans le restaurant de Vieux Huang. Je ne sais pas s'il a réussi à y écouler son faux billet. Oui oui, j'ai appelé la police. Mais ils n'ont pas eu le temps de venir. Ils étaient trop occupés, comme toujours. Enfin. Tout à l'heure j'ai regardé dans le stock, on n'a presque plus de bière. Faut appeler la Wanli pour une livraison rapide… Le garçon de la fabrique de glace est passé. Il a laissé un carton, quarante parfum chocolat, vingt parfum litchi, vingt parfum goyave, vingt parfum haricot mungo. Voilà, je les ai notés ici.

Lao Xu me passe le carnet de comptes, relève les jambes de son pantalon, enfile son imperméable en plastique vert.

T'attends pas que ça arrose un peu moins pour partir ? lui dis-je. Tu seras trempée jusqu'aux os.

Tant pis, j'ai trop à faire à la maison. À demain.

Elle monte sur son vélo et s'éloigne à toutes pédales sous la pluie.

Je sors le carnet d'adresses du tiroir. Je veux profiter du calme pour faire la commande de bière. Je tourne jusqu'à la page où se trouve le numéro du service des ventes de la Wanli. Je vais au téléphone. Mais il se met à sonner brusquement à l'instant même où je touche l'écouteur. Je sursaute en retirant ma main comme si je m'y étais brûlé les doigts. Le téléphone continue de sonner. J'hésite à décrocher. Je suis saisie par un pressentiment de malheur. Je pense au père de mon beau-fils. Le vieil homme est très malade depuis quelque temps. Ses reins sont foutus. Il lui faut une transplantation. Mon gendre s'est renseigné. D'abord il faut beaucoup de sous. Ensuite il faut attendre. Les dons sont extrêmement rares. Presque tous les reins viennent des condamnés à mort. Et même si vous avez la chance d'en trouver un, l'échec de l'opération est très fréquent à cause de la forte réaction du rejet. Imaginez, les condamnés sont fusillés, le médecin légiste les examine sur le terrain d'exécution et les déclare morts, les chirurgiens qui s'impatientent déjà là se ruent sur les cadavres qu'ils portent immédiatement dans des ambulances pour prélever sur le champ les organes dont ils ont besoin, tandis que leurs collègues opèrent sur les receveurs à l'hôpital… Comment serait-il possible de savoir d'avance si un tel ou tel greffon est compatible avec tel ou tel malade ? Et faute de ça, comment pourrait-on prévenir efficacement le rejet ? Il y a un patient. C'est l'ami d'une amie de la belle-sœur de mon beau-fils. Il a subi trois greffes. Et à chaque fois le greffon a été rejeté. Il attend maintenant la quatrième tentative. Comme on joue au loto ! Ce serait impensable de faire ça à papa, a dit mon gendre. La transplantation exclue, il ne reste plus d'autres solutions que la dialyse. Ça coûte très cher, ça aussi. Deux mille yuans par mois. Le vieil homme n'a pas d'économies. Sa pension suffit à peine pour payer la nourriture. Son entreprise – une usine d'État pour laquelle il a travaillé toute sa vie – a refusé de l'aider. Sa femme envisage d'emprunter de l'argent. Ses cinq enfants pensent à se cotiser pour lui payer une séance de dialyse par semaine. Mais lui-même ne veut pas en entendre parler. Il ne veut pas être un fardeau pour sa femme. Il ne veut pas que ses enfants se ruinent pour sa survie. Cette maladie, leur dit-il, est un trou sans fond. Laissez-moi m'en aller comme ça. Je partirai plus tranquille… Alors, quand le téléphone sonne brusquement, je pense tout de suite au vieil homme. Est-ce lui qui… ? Je décroche. C'est ma fille. À entendre sa voix calme, je soupire de soulagement. Ma fille m'appelle pour me dire que son mari ne sera pas là pour le dîner. Il a pris deux clients. Il les conduit à Wuming. Il ne rentrera que vers 9 heures du soir.

Je raccroche le téléphone. La pluie devient moins dense au dehors. Des passants retenus dans des boutiques par les trombes d'eau émergent les uns après les autres de leur abri. La rue recommence à s'animer. J'ouvre à nouveau le carnet d'adresses. Je retrouve le numéro du service des ventes de la Wanli.

Bonjour, patronne ! À ce moment pénètrent dans la boutique un homme et une femme. Tirés à quatre épingles, valisettes noires à la main.

Je referme le carnet. Que puis-je faire pour vous ?

Nous sommes agents de la *Tianbao*, Protection Céleste, se présente l'homme.

Tianbao ? Jamais entendu parler.

C'est une entreprise d'assurances, explique la femme, la plus grande de la région.

Je n'ai pas envie d'assurer ma boutique.

L'homme sourit. Vous avez des petits-enfants ?

Oui, pourquoi ?

Nous avons une nouvelle police d'assurance vieillesse pour les enfants âgés de moins de dix-huit ans.

Ah bon ?

Savez-vous ce qu'est l'assurance vieillesse ?

Oui, non.

De nos jours la société change très vite…

Ça je le vois.

Le système de retraite actuel ne peut plus continuer…

Ça je le sais.

Personne ne peut savoir comment sera la société dans trente ou quarante ans…

Ça non.

Mais une chose est sûre…

Laquelle ?

Il n'y aura plus d'emploi à vie.

Et alors ?

Vos petits-enfants pourront un jour devenir chômeurs.

Ça serait embêtant.

S'ils deviennent chômeurs, ils n'auront pas de retraite. Comment vivront-ils alors quand ils seront vieux ?

Comment voulez-vous que je le sache ? Je ne serai plus là.

Justement. Mais si vous achetez maintenant notre assurance vieillesse pour eux, moyennant une petite somme, le futur de vos petits-enfants sera à l'abri.

Je ne comprends pas.

C'est très simple, vous voyez. Vous placez aujourd'hui chez nous vingt mille yuans pour votre petit-fils… Vous avez un petit-fils ? Oui ? Donc, vous placez chez nous vingt mille yuans pour lui maintenant. Et quand il aura soixante ans, votre petit-fils touchera deux cents yuans par mois jusqu'à sa mort. Vous voyez ? Même s'il ne travaille pas un seul jour de toute sa vie, il aura sa pension quand il sera vieux. C'est là le plus beau cadeau qu'une grand-mère puisse offrir à son petit-fils… Quel âge a-t-il ?… Dix-sept ans ?… Parfait. Quel est son nom ?…

Je fais un calcul mental. Je suis très calée pour ça. Plus rapide qu'une calculatrice.

Mais c'est une police de voleurs, la vôtre ! m'exclamé-je.

Que voulez-vous dire par là ?

Calculez vous-mêmes. Combien feront-ils mes vingt mille yuans dans quarante-trois ans, si je les mets dans une banque avec un taux d'intérêt moyen de 5 % ? Ça fera au moins deux cents mille yuans. Et vous donnerez en retour deux cents yuans par mois. Même si mon petit-fils vit jusqu'à cent ans, il n'aura récupéré que la moitié de l'investissement ! D'ailleurs, que pourra-t-on acheter avec deux cent yuans dans quarante-trois ans ? Peut-être pas même une livre de riz !

L'homme et la femme échangent un regard d'embarras.

Ce n'est pas comme ça qu'il faut calculer… L'homme tente de se défendre.

Vous-mêmes, je l'interromps avec un sourire narquois, vous prenez une police comme ça pour votre enfant ?

Mais madame…

Vaudrait mieux ne pas perdre votre temps précieux avec moi, vous voyez. Je ne suis pas une bonne grand-mère. Je ne m'intéresse qu'au présent de mes petits-enfants. Quant à leurs vieux jours, c'est à eux-mêmes de s'en occuper, non ?

À ce moment une fillette entre dans la boutique. Je me tourne vers elle :

Bonjour, Huan Huan ! Que veux-tu ? Un yaourt ? Voilà. Quelque chose d'autre pour ta maman ? Une bouteille de sauce de soja… un paquet de sucre… une bouteille de vinaigre… Ta maman va faire un poisson aigre-doux ? Non ? C'est pour une côtelette de porc, alors ?…

La pluie s'est arrêtée je ne sais quand. Les agents de la Protection Céleste sont sortis. Je n'arrive pas à me retenir de rire en les regardant s'éloigner. Il fallait voir leur tête !

De quoi tu ris, grand-maman Orchidée ? demande Huan Huan en ouvrant son yaourt.

De rien, ma grande. J'ai envie de rire, je sais pas pourquoi.

Je donne une paille à Huan Huan.

Moi je le sais, dit-elle en plantant la paille dans le yaourt avec une moue de malice.

Et alors ?

C'est parce que le soleil a réapparu, et que t'auras plus de clients.

Peut-être.

Je mets ses achats dans un sac en plastique pendant qu'elle aspire le yaourt sous le ventilateur.

On ira en Angleterre, dit-elle soudain.

En Angleterre ?

Oui, maman et moi. Nous irons voir Mark, un oncle anglais.

Tu veux dire un long-nez ?

Oui. C'est un ami de maman.

Parle-t-il chinois ?

Non, mais maman parle anglais.

Bien sûr… Tu parles aussi anglais ?

Un peu. Maman dit que ce sera plus facile d'apprendre la langue quand on se trouvera dans le pays.

Vous y resterez longtemps, alors ?

Un ou deux mois.

Quelle chance ! Vous partirez quand ?

On ne sait pas encore. On attend le visa.

Tu me le diras quand tu le sauras ?

D'ac.

Huan Huan met la bouteille vide dans le carton pour les choses à recycler, prend ses courses, me dit au revoir, sort de la boutique.

La visite de Huan Huan m'a porté chance je crois. J'ai beaucoup de clients après son départ. On dirait que tous les habitants de la ville sont sortis de leur nid en même temps. D'abord deux employées de l'association des cadres retraités viennent faire des provisions pour une soirée de danse. Cigarettes Montagne à la Pagode Rouge, thé parfum jasmin, bière, jus d'orange, jus de canne, sans parler de bonbons et d'amuse-gueule... Ensuite entre un groupe d'adolescents qui préparent une excursion au réservoir de Dahua. Biscuits, cola, eau minérale, jus de canne, saucisson, pommes chips, tablettes de chocolat... Il y a aussi d'autres acheteurs, écoliers, vieillards, ouvriers du bâtiment, étudiants, infirmiers... Presque mille yuans de marchandises vendues en moins de trois heures.

Vers 7 heures du soir, ma fille m'apporte le dîner. Riz avec choux verts et porc sauté, soupe aux fleurs de citrouille farcies de tofu et viande hachée. Pendant que je mange derrière le comptoir, ma fille s'occupe des clients.

De trois ans plus jeune que son frère, ma fille a eu plus de chance que lui. Elle est sortie de l'école secondaire après la fin de la Révolution culturelle. Elle n'a pas été envoyée à la campagne comme l'avait été son frère. Elle a pu poursuivre ses études supérieures à l'université de Wuhan. Quand elle a eu son diplôme, elle est revenue à Vieux Banian et travaille depuis dans le bureau municipal pour la protection de l'Environnement. En dehors de son travail elle a encore un petit boulot : elle est représentante-démonstratrice des produits de beauté Avon. Les jours fériés et les week-ends, elle se rend dans des universités ou dans de grandes entreprises pour donner des « leçons de soins de beauté ». Parfois elle part dans des provinces voisines en tournée de démonstratrice. Elle est allée une fois jusqu'à Harbin, capitale provinciale du Heilongjiang, près de la Russie. Vous le croyez ou non, mais ce petit boulot lui rapporte bien plus que son poste de fonctionnaire. Elle peut gagner cinq mille yuans en une tournée, l'équivalent de six mois de salaire. Ses clients ?… Ce sont surtout des femmes actives de plus de quarante ans. N'étant plus particulièrement jeunes, elles se soucient plus de leur apparence et ouvrent plus facilement leur portefeuille pour des produits sophistiqués susceptibles de pouvoir rajeunir la peau, enlever les taches de rousseur, donner un teint plus clair… Encouragée par ses succès commerciaux ma fille a envisagé il y a trois ou quatre ans de quitter son poste au bureau pour la protection de l'environnement. Son mari l'a dissuadée de ce projet. Faut pas jeter ton « bol de riz en fer », lui disait-il, il est plus précieux que tu ne le penses. Ça ne peut pas te rendre riche, d'accord, mais ça te donne la sécurité. L'administration publique sera la dernière chose à s'écrouler dans ce monde. Voilà. Ma fille garde toujours son bol de riz en fer, et elle ne le regrette pas ! Mon gendre, lui, était aussi un modeste fonctionnaire comme sa femme. Il travaillait dans une entreprise d'alimentation. L'entreprise ne marchait pas bien, il a démissionné en 1987. Il a passé son permis de conduire, acheté à crédit une Xiali d'occasion, s'est fait chauffeur de taxi. À l'époque ça gagnait vraiment bien, puisqu'il y avait très peu de taxis et presque pas du tout de voitures privées. Mon gendre a remboursé ses dettes en deux ans. Plus tard il a revendu sa vieille bagnole et acheté une Santana neuve… Avant c'était la « grande marmite » ; le talent et la compétence comptaient moins que les relations avec les dirigeants de l'entreprise. Maintenant c'est « chacun pour soi » ; si vous avez des capacités, si vous travaillez dur, vous pouvez faire de l'argent. Oui oui, mon gendre est très content d'être chauffeur de taxis. Il est son propre patron, libre de décider ce qu'il fait. S'il est trop fatigué ou ne se sent pas très bien, par exemple, il peut terminer sa journée plus tôt ou prendre un jour de repos… La concurrence ? Ah, elle devient de plus en plus forte. Beaucoup d'ouvriers licenciés se sont convertis en chauffeurs de taxi ces deux ou trois dernières années. Et avec tous ces impôts et ces frais administratifs à payer, il faut aujourd'hui faire bien plus de kilomètres pour gagner bien moins de sous. Enfin.

Vers 8 heures, ma fille et Yang Yang rentrent chez eux. Une demi-heure plus tard, mon fils part aussi, sans Juan Juan. Elle vit avec nous depuis le divorce de ses parents. Puis mon mari descend à son tour dans la boutique. Il place une chaise de bambou au dehors, sous le jaquier, et s'y installe confortablement. En agitant doucement son éventail en feuille de palmier pour chasser les moustiques, il regarde le manège des clients dans la boutique, le va-et-vient des passants sur le trottoir. C'est un homme calme, mon mari. Avare de paroles, discrètement attentif, doté d'une patience inépuisable. Documentaliste des archives municipales, il a passé plus de quatre décennies dans les feuilles jaunies et poussiéreuses de vieux bouquins. Depuis sa retraite il partage ses journées entre ses bonsaïs et la tenue de la maison. Les enfants l'appellent « ministre de l'Intérieur », ce qui le fait sourire.

Un client repart avec quatre bouteilles de bière, lorsqu'une femme d'une quarantaine d'années franchit le seuil.

Bonsoir, tante Orchidée, me salue-t-elle en posant sur le comptoir un sac de mangues.

C'est toi, Fangmei ! Quel bon vent t'amène ?

Je viens te dire au revoir.

Tu as pris ta décision alors ?

Oui.

Ce sera quand, l'avion ?

Jeudi prochain, à 4 heures 05 de l'après-midi.

J'ai connu Fangmei quand elle était une jeune fille de seize ans. Elle est entrée comme apprentie dans l'épicerie où je travaillais. Ses parents étaient morts, elle vivait avec son grand frère et sa belle-sœur. Quand elle s'est mariée, elle m'a demandé de venir faire son lit nuptial la veille de la noce. Pourquoi ?... Parce que ça porte chance au mariage, croit-on, si le lit nuptial est fait par une femme mariée qui a fils et fille, et dont le mari et les parents sont tous en bonne santé. En effet, seulement un an après la noce, elle a donné naissance à un beau garçon. J'ai été invitée à la fête des cent jours du petit. Je lui ai tricoté un complet rouge, je m'en souviens encore. L'enfant a maintenant quatorze ans. Un jeune homme presque. Fangmei a divorcé il y a deux ans. Son mari a eu quelques aventures adultères. Elle a préféré rompre le lien conjugal et risquer la solitude, à s'y résigner. En octobre dernier, elle a fait connaissance d'un Taïwanais par l'intermédiaire de la belle-sœur de sa belle-sœur. L'homme est veuf et de vingt et un ans son aîné. Il travaille comme ingénieur pour une compagnie d'électricité. Fangmei s'est mariée avec lui trois mois plus tard.

Et ton garçon, tu l'emmèneras avec toi ?

Non. Il n'a pas eu le visa. Mais mon mari m'a dit que quand je serai à Taïwan, ce sera plus facile. On pourra demander un visa de visite pour lui. Et une fois qu'il sera là-bas, on demandera un permis de séjour.

Qui s'occupera de lui après ton départ ?

Mon frère et ma belle-sœur.

Alors, jeudi prochain, 4 heures 05 de l'après-midi. Je t'accompagnerai à l'aéroport.

Non non, tu as trop de travail.

La boutique ? Ce sera pas un problème. Je demanderai à Lao Xu de rester un peu plus longtemps ce jour-là...

Fangmei hésite une seconde, puis me confesse :

Je sais pas comment dire, tante Orchidée... J'ai toujours eu envie de partir, surtout après le divorce. Mais maintenant que j'ai le passeport, le visa et le billet d'avion, j'ai très peur, je ne mange plus, je ne dors plus…

Pourquoi ?

J'ai habité à Vieux Banian toute ma vie, je n'ai jamais été ailleurs, je n'ai jamais quitté mon fils…

Je te comprends. L'étranger, l'inconnu… Ça inquiète, ça fait peur, c'est normal. Mais tu découvriras et tu t'habitueras. On parle le chinois à Taïwan, au moins ?

Fangmei sourit. J'ajoute :

Dis à ton garçon que s'il a besoin de sa grand-maman Orchidée pour quoi que ce soit, il saura où me trouver.

D'accord ; Fangmei serre mes mains dans les siennes. À jeudi prochain, alors.

À jeudi prochain.

Fangmei me laisse les mangues, échange quelques mots avec mon mari, puis repart.

Vers 10 heures, Juan Juan descend dans la boutique en chantonnant. Elle ouvre le frigo, prend une glace, remonte à l'appartement. J'ai une composition à finir, dit-elle.

Peu après ma fille m'appelle. Son mari n'est pas encore rentré. Elle commence à se faire du souci. Je lui dis qu'une heure de retard n'est pas énorme. Il ne faut pas qu'elle s'en inquiète. Peut-être qu'il y a des embouteillages quelque part. Peut-être que sa voiture est en panne. Peut-être qu'il est un peu fatigué et qu'il s'est arrêté pour manger quelque chose sur la route…

Dimanche.

Je n'ai pas bien dormi cette nuit. J'ai un peu mal à la tête. Je me lève pourtant à 7 heures, comme à l'accoutumée. Mon mari se lève en même temps que moi. Juan Juan ne se réveille pas encore, ma belle-mère ronfle dans sa chambre. Après un brin de toilette mon mari et moi sortons ensemble de l'appartement. Nous descendons côte à côte, nous remontons le rue des Sept Étoiles vers l'ouest. Nous tournons ensuite à gauche pour prendre la rue de

Villeneuve. Nous continuons tout droit cinq minutes environ, traversons la rue près d'un pont routier, descendons les marches d'un long escalier, arrivons à la bande de verdure qui longe la Grande Avenue Nationale. Nous nous arrêtons sous un flamboyant, et nous commençons à faire, comme chaque dimanche matin, nos exercices hebdomadaires. Mouvements lents, gestes simples et fluides, arabesques de bras, coups de pied, étirements de doigts, méditation en embrassant un arbre imaginaire…

Au sortir de la séance je me sens beaucoup mieux. Le soleil brille déjà dans un ciel bleu pâle. La journée s'annonce belle et chaude. Revenus dans la rue de Villeneuve, nous nous séparons, mon mari et moi, devant le Jardin des Osmanthes, une échoppe de nouilles de riz. Lui y entre pour acheter des petits déjeuners pour toute la famille, moi je me hâte de rentrer ouvrir la boutique. Le dimanche, je l'ouvre à 8 heures 30, une heure plus tard que les autres jours de la semaine.

Je monte à l'appartement. Je me verse un verre d'eau. J'attrape clefs, sac de monnaie et carton de cigarettes, je ressors. La porte se rabat derrière moi automatiquement avec ce petit clic de métal familier et rassurant. Je descends l'escalier, sors de l'immeuble, traverse la petite cour, ouvre la grille puis la porte en bois de mon arrière-boutique. Je pose les cigarettes sur un tabouret de bar, entre dans la boutique. Comme chaque jour, j'allume le ventilateur fixé au plafond. Je sors l'argent du sac : les billets de cinquante yuans et de cent yuans vont dans le tiroir le plus bas, les billets moins gros dans le tiroir du milieu, et les pièces de monnaie dans le tiroir supérieur. Après quelques coups de chiffon sur la porte en verre du frigo pour enlever la buée, je me dirige vers la porte de devant. Je tire les clefs de ma poche. Je me penche. J'ouvre les serrures. J'appuie avec force mon pied droit sur le bas de la porte, j'entends un clic, j'enlève le pied, et la porte brisée remonte avec un bruit assourdissant.

De l'autre côté de la rue, le restaurant de Vieux Huang grouille déjà de clients matinaux. L'odeur mélangée de la friture des beignets et de la sauce aigre-doux des rouleaux de riz flotte dans l'air. La boutique de mode de Xiao Mi et le salon de coiffure de A Chang sont encore fermés. Mais la petite librairie de A Wei et la boutique des fleurs de A Lin ont déjà ouvert leur porte, ainsi que le magasin de vidéo-cassettes Disques d'Or et la boutique de chaussures Jeunesse.

J'installe à l'entrée la vitrine à roulettes des cigarettes. J'ouvre le frigo. J'en retire les canettes de cola, les boîtes de jus de fruits et de tisanes que je tiens au frais dans deux cartons en plastique mousse. Puis je mets dans le frigo les bouteilles de limonade, de bière et d'eau minérale.

Je place la poubelle près du seuil, et un carton près de la poubelle pour les canettes et les bouteilles en verre et en plastique qui peuvent être recyclées.

Grand-mère ! Grand-mère ! crie Yang Yang en entrant dans la boutique. Il s'essouffle comme une locomotive. Son visage est tout rouge et son front luisant de sueur.

Mais qu'est-ce qu'il y a, pourquoi t'as couru comme ça ?

C'est papa, non, c'est maman, non c'est papa…

Yang Yang fourre un bout de papier dans ma main.

Écriture de ma fille. Yang Yang, dit le message, je dois partir tout de suite chercher ton papa. Quand tu te réveilleras, va chez grand-mère. Dis-lui que ton papa a eu des ennuis mais que c'est pas très grave. J'appellerai dans la matinée.

Mon gendre n'est donc pas rentré cette nuit. Qu'est-ce qui lui est arrivé ? Quelle sorte d'ennuis a-t-il pu avoir ? Une panne ? Un accident ? Un contrôle de police ?… C'est une route facile, celle pour Wuming, et mon gendre est un conducteur plutôt prudent. Il soigne bien sa voiture. Il a toujours tous ses papiers en règle. Il ne boit jamais d'alcool avant de prendre le volant. Qu'est-ce qui s'est passé, alors ? Comment est-il ? Où est-il ? Pourquoi faut-il que sa femme aille le chercher ?…

Je dois faire un grand effort pour ne pas montrer mon inquiétude devant Yang Yang : Te fais pas trop de souci, mon grand. Parce que si ta maman a dit que c'est pas très grave, ça ne peut pas être très grave. Maintenant monte à l'appartement. Attends ton grand-père. Il devrait être là d'une minute à l'autre. Vas-y, monte.

Sagement Yang Yang sort de la boutique par la porte arrière. Il s'est un peu calmé mais reste encore très inquiet.

Je décroche le téléphone, compose le numéro de mon fils, mais il n'est pas chez lui. Où a-t-il pu aller si tôt en ce matin de dimanche ? Je le rappelle un quart d'heure plus tard, mais il n'est toujours pas chez lui.

Toute la matinée je regarde sans arrêt ma montre. 9 heures… 9 heures 10… 9 heures 20… 9 heures 30… Plus le temps passe, plus mon angoisse augmente. Le soleil est déjà haut dans le ciel lumineux. Il fait très chaud dans la boutique malgré le ventilateur qui brasse l'air au plafond. Les clients sont particulièrement nombreux ce jour-là, mais je n'arrive pas à me concentrer. Je deviens très lente à comprendre ce qu'ils me disent, et je m'énerve. À plusieurs reprises je descends des rayons d'autres marchandises que celles qu'ils ont demandées. Certains habitués le remarquent et me demandent si je me sens bien. Je leur réponds oui, oui, je vais très bien, mais je sens que les muscles autour de mes yeux tiraillent et se contractent, au point de me faire mal. Je vais avoir une migraine, me dis-je, et j'avale une aspirine pour adoucir l'attaque.

À 10 heures mon mari descend dans la boutique. Il vient me donner un coup de main. À deux c'est beaucoup mieux.

Vers 11 heures et demie le téléphone sonne. Je me jette dessus. C'est ma fille. Ma main tremble. Mon mari apporte rapidement une chaise pour que je m'asseye. D'après ce que me raconte ma fille, je comprends que mon gendre a rencontré des malfaiteurs. L'homme et la femme qu'il a pris la veille ne sont pas des commerçants comme ils le prétendaient, mais deux gangsters. Quand la voiture a eu fait environ les deux tiers du voyage, la femme a dit qu'elle avait besoin de se soulager. Mon gendre a garé la voiture au bord de la route, près d'un petit bois de pins. Aussitôt il a senti quelque chose autour du cou. Il n'a pas eu le temps de crier. Il ne pouvait plus respirer. Il pensait qu'il allait mourir. Et il ne se souvient plus de rien. Quand il a repris conscience, il s'est retrouvé dans le noir. Pendant un moment il a cru qu'il était déjà mort et qu'il était dans un autre monde. Puis il a entendu des bruits de véhicules qui passaient et vu les lumières des phares. Il a réalisé alors qu'il était encore en vie et qu'il se trouvait au fond d'un petit ravin, tout près de la route. Les malfaiteurs devaient l'avoir cru mort et l'avaient abandonné là. Il s'est relevé avec peine. Il avait mal au cou et à la cheville droite. Il a grimpé la pente raide en s'agrippant aux herbes et aux broussailles. Parvenu sur la route, il a vu une jeep arriver. Il a crié en brandissant ses bras, mais la voiture est passée à côté de lui en accélérant. Il a attendu. Mais après que cinq camions, deux voitures et un autocar sont passés sans même ralentir, il a compris que personne ne s'arrêterait pour le prendre de crainte d'être attaqué par des pirates de la route. Il n'avait alors que deux choix : attendre sur place jusqu'au jour ou marcher vers Wuming. Il a choisi le second. Il a marché longtemps. Il a aperçu une auberge au bord de la route. Il a tambouriné sur la porte de l'auberge. On lui a ouvert. Il a expliqué ce qui s'était passé, et on lui a permis d'utiliser le téléphone. Il a appelé le commissariat de police local. Les policiers ne voulaient pas se déplacer. Ils lui ont demandé de se rendre au commissariat à partir de 8 heures du matin pour faire sa déclaration. Il a appelé sa femme. Il n'avait plus rien sur lui. Les malfaiteurs avaient pris sa voiture, son portefeuille, ses papiers, son téléphone portable, sa montre, son alliance, et même la petite rondelle de jade qu'il portait sur sa poitrine comme porte-bonheur. C'était vers 4 heures du matin. Après avoir reçu le coup de fil de son mari, ma fille a appelé son frère. Elle ne m'a pas téléphoné parce qu'elle ne voulait pas réveiller tout le monde. Son frère est venu la chercher chez elle. Elle a laissé un message au chevet de Yang Yang. Elle a pris dans le tiroir cinq cents yuans qu'elle a fourrés dans sa poche, attrapé sa casquette, et elle est partie avec son frère à moto. Ils ont trouvé l'auberge. Ils ont emmené mon gendre à l'hôpital de Wuming pour un examen. Puis ils l'ont accompagné au commissariat. Ils viennent d'en ressortir et vont maintenant manger quelque chose avant de rentrer. Ils devront être à Vieux Banian vers 2 heures de l'après-midi.

Ouf ! Je respire enfin. Je résume à mon mari ce qu'a dit ma fille. Plusieurs clients s'attardent pour m'écouter.

Comme c'est effrayant ! s'exclame une jeune femme.

Faut les fusiller tous si on attrape ces bandits, dit un vieillard.

Ça coûte combien, une voiture comme celle de votre gendre ? Plus de cent vingt mille yuans ? s'enquiert un homme entre deux âges.

L'important est qu'il est sain et sauf, lui réponds-je. Une fortune perdue emporte avec elle un désastre.

Bien sûr, dit tout de suite le vieillard, ce qui compte, c'est l'homme. Tant que la montagne verte sera là, le bois ne manquera pas au foyer, comme dit le proverbe.

Je vais au marché acheter des crevettes et des crabes, déclare mon mari. On va faire un bon dîner, ça l'aidera à se remettre de sa mésaventure.

N'oublie pas un canard rôti, ajouté-je, c'est son régal, ça.

Les clients quittent la boutique, leurs achats au bout du bras.

Mon mari vérifie d'abord qu'il a assez d'argent dans sa poche, puis sort avec son panier.

10 heures du soir. La rue est encore très animée. Il y a moins de trafic que dans la journée et il fait plus frais, alors les jeunes amoureux et les lécheurs de vitrines en profitent pour faire une balade nocturne.

Ma fille, mon gendre et Yang Yang sont déjà rentrés chez eux. Mon fils aussi est parti.

Juan Juan descend dans la boutique en fredonnant. Elle va au rayon des amuse-gueule, prend un sachet d'olives à la réglisse, remonte à l'appartement. Elle a déjà terminé sa fiche de travail de maths, dit-elle, et elle va regarder un peu la télé.

Je laisse mon mari s'occuper des trois ouvriers du bâtiment qui viennent chercher de l'alcool, sors le carnet de comptes et mes lunettes pour presbyte. Je mets les lunettes, ouvre le carnet, l'étale sur le comptoir à côté du boulier, puis commence à calculer… Le chiffre d'affaires du juillet 1999 a atteint 20 354 yuans. Le bénéfice brut, 7 125 yuans. On enlève le loyer, 2 500 yuans, le salaire de Lao Xu, 400 yuans, l'électricité, 220 yuans, l'eau, 70 yuans, les frais administratifs et les impôts… Le profit net est de 2 360 yuans. Pas terrible pour un mois d'été. Mais c'est mieux que rien. Je referme le carnet de comptes, ôte mes lunettes, range le tout dans le tiroir.

Mon mari rend la monnaie à un vieil homme qui a acheté un paquet de cigarettes.

11 heures déjà, on ferme, dis-je à mon mari en pénétrant dans l'arrière-boutique. Je prends le seau. Je vais le remplir au robinet dans la cour. Je reviens décrocher la vadrouille du mur, me mets à nettoyer le sol de la boutique. Je tiens beaucoup à la propreté. Quand c'est propre, les clients entrent plus volontiers.

Mon mari range les petits sacs de bonbons et d'amuse-gueule, pousse la vitrine de cigarettes à roulettes à l'intérieur, rentre la chaise, le tabouret, la poubelle et le carton pour les choses à recycler.

Je raccroche la vadrouille au mur. Je vais dans la cour verser l'eau sale, je lave le seau et reviens le ranger dans l'arrière-boutique.

Puis, pendant que je retire les yaourts et les boissons du frigo pour les tenir au frais dans deux cartons en plastique mousse, mon mari ferme la porte brisée, la serrure gauche, la serrure droite, le gros cadenas en bronze du milieu.

J'ouvre les tiroirs, rassemble les billets de banque que je mets dans mon sac de toile noir. Mon mari éteint le ventilateur, prend le carton de cigarettes. Nous sortons ensuite par l'arrière-boutique, fermons à clef la porte en bois, puis la grille.

La chaleur s'est diluée. Je jette un regard au ciel. Les étoiles me font signe de leurs yeux scintillants. Demain, il fera beau.

Ketmie

Tu descends de l'autocar. Tu traverses la route. Tu entres dans une petite boutique. La patronne t'adresse un sourire commercial par-dessus son comptoir en vitrine.

Que voulez-vous ?

Deux petits pains et une bouteille d'eau minérale, s'il vous plaît.

Mont aux Camélias ou Source Li ?

Mont aux Camélias, s'il vous plaît.

Trois kuais[1] cinq maos.

La patronne met les petits pains et la bouteille d'eau dans un sac plastique.

Tu ouvres ton portefeuille. Tu y prends un billet d'un yuan, un billet de deux yuans et un billet de cinq maos. Tu les poses sur le comptoir.

À propos, pour aller à la gare, c'est loin ?

Assez. C'est de l'autre côté du bourg. En quittant la boutique vous tournez à droite. Vous remontez la rue jusqu'au bout et vous verrez un pont en ciment. Vous passez le pont et vous serez au milieu de la foire aux plantes médicinales…

La foire aux plantes médicinales ?

1. 1 kuai = 1 yuan.

Oui ; la patronne compte l'argent puis le range dans un tiroir. Vous traversez la foire et deux ou trois cents pas plus loin, c'est la gare.

Tu remercies la patronne. Tu prends le sac plastique et ressors. Sur le trottoir tu rencontres un vieillard qui se rend à la foire et tu vas avec lui, en croquant ton petit pain.

Cinq Pics est une petite ville entourée de montagnes rocheuses et baignée par une rivière sinueuse et limpide. Une fois par an, t'explique le vieillard, aux environs du cinquième jour de la cinquième lune, on a la foire aux plantes médicinales. Les paysans et paysannes de cinquante kilomètres à la ronde affluent ici à pied, à vélo, à mobylette, en barque de bois ou en radeau de bambou, certains pour vendre herbes cultivées ou sauvages, d'autres insectes et animaux…

Tu quittes le vieillard sur le pont en ciment. À partir de là le bourg n'est plus qu'un immense charivari de va-et-vient, interpellations, rires, cris d'enfants, sonnettes de bicyclettes, coups de klaxon… Rues goudronnées ou ruelles dallées, partout flottent les parfums de plantes fraîches et séchées. Les trottoirs étroits sont totalement envahis par étals, tables roulantes, cartons, pots de grès, nappes en plastique étendues dans la poussière, sacs de chanvre gonflés, paniers de toutes les formes et de toutes les tailles. Se collant les uns contre les autres dans la bonne humeur, les acheteurs venus de près ou de loin examinent les marchandises avec le regard vif du fin connaisseur et marchandent bruyamment avec les vendeurs. Les garçons et les filles tirés à quatre épingles déambulent dans la foule, moins pour regarder que pour se faire regarder. Les familles entières venues pour une balade se mêlent aux chasseurs d'images armés de caméras et d'appareils photos…

Tu croises un homme entre deux âges, grand et maigre, visage jaune surmontant un long cou où une grosse pomme d'Adam monte et descend au rythme des mots qui jaillissent de sa grande bouche, telles les balles du canon de la mitrailleuse.

Tenez, brandit-il un gros lézard séché vers les passants, vingt balles seulement pour ce vrai trésor de la montagne ! Souffrez-vous d'insomnie accompagnée d'angoisse et de transpiration excessive, madame ? Il vous calmera l'esprit et vous dormirez comme une souche ! Souffrez-vous d'asthme depuis votre enfance, grand-père ? Il activera la circulation de l'énergie dans vos poumons et vous respirerez sans difficulté ! Souffrez-vous d'impuissance, monsieur ? Il vous nourrira les reins, tonifiera le yang, et vous rendra votre jeunesse virile ! Tenez, vingt balles seulement pour ce vrai trésor de montagne !... Comment l'utiliser me demandez-vous ? Rien de plus simple. Mettez-le à tremper dans une livre d'alcool de riz blanc pendant un mois. Une petite coupe de cette boisson délicieuse chaque soir avant de monter dans le lit, et vous verrez le miracle !

Tu passes à côté d'un avaleur de serpents. Il engloutit un de ses animaux par une narine puis le ressort par la bouche, devant un groupe de spectateurs ahuris.

Tu échanges un sourire avec un pépé assis sur le seuil de sa porte ouverte, par-dessus sa table jonchée de racines : rouges, brunes, blanchâtres, jaunes, noires, fraîches, séchées, entières, émincées.

Tu restes deux minutes devant une mémé aux cheveux blancs emprisonnés dans un fichu indigo noir. Elle déplie soigneusement un rectangle de cotonnade, l'étale par terre, puis pose quatre cailloux sur ses quatre coins pour que le courant d'air ne l'emporte pas. Il y a sur la toile deux lignes tracées au pinceau à l'encre noire : RECETTE SECRÈTE TRANSMISE DANS LA FAMILLE DE GÉNÉRATION EN GÉNÉRATION, PARTICULIÈREMENT EFFICACE POUR SOIGNER LES MALADIES DU FOIE.

Tu passes devant le van d'un charlatan. Dans le van sont exposées des centaines de dents pourries qu'il se vante d'avoir arrachées. Tu manque lui rendre les deux petits pains que tu as avalés ce matin.

Ton regard est attiré par deux gamines jumelles assises côte à côte derrière leurs paniers ronds, sur une palanche de bambou posée sur deux moitiés de brique. Toutes les deux habillées de la même manière, chemise à petites fleurs roses et pantalon indigo bleu. Toutes les deux coiffées de la même façon, cheveux longs retenus en queue de cheval. Tu approches de leurs paniers. Elles lèvent sur toi leurs grands yeux clairs.

Que vendez-vous là ?

Des fleurs de chèvrefeuille. En voulez-vous un peu ? Seulement cinq kuais la livre.

Tu te penches sur les corolles fines que les petites mains te tendent sous le nez.

Tenez, regardez, vous ne trouverez pas ailleurs des fleurs de chèvrefeuille de cette qualité. Nous les avons cueillies nous-mêmes sur les montagnes avant qu'elles ne s'ouvrent, et nous les avons séchées à l'ombre. Elles sont toutes fraîches, toutes propres. Il n'y a pas une brindille d'herbe dedans.

Et alors, qu'est-ce que je fais de ça ?

Elles sont de nature froide et sucrée, elles peuvent éliminer la chaleur, désinfecter le sang. Vous en buvez en tisane, ça vous préservera de la grippe et de la méningite…

Tu trouves les deux sœurs trop mignonnes pour résister au plaisir de leur faire plaisir : Donnez-m'en une livre alors.

Les visages des jumelles s'illuminent du même grand sourire. Elles prennent un petit sac plastique, y fourrent des fleurs sèches, accrochent le sac au crochet d'une balance romaine, font glisser le poids sur le bras long et gradué du levier, ajoutent une poignée de fleurs sèches dans le sac, font glisser à nouveau le poids, ajoutent une autre poignée de fleurs sèches… jusqu'à ce que le sac s'équilibre avec le poids.

Voilà, tu donnes un billet de cinq yuans aux fillettes. Vous n'êtes pas de Cinq Pics ?

Non.

Votre village est loin ?

Non, dix kilomètres seulement.

Vous venez comment ?

À pied.

Toutes seules ?

Non, avec papa.

Où est-il ?

Là.

Où ?

Là, avec un médecin.

Tu tournes la tête. De l'autre côté de la rue, à l'entrée de la clinique de Neuf-Pics, est déployée une longue banderole portant une inscription calligraphiée : SERVIR LE PEUPLE – CONSULTATION GRATUITE. Plusieurs personnes vêtues de blouses blanches s'affairent sous la banderole autour d'une rangée de tables également nappées de blanc. Un homme âgé, petit et fort, est perché sur un haut tabouret, un bras allongé sur la table. Un médecin lui prend la tension. Près du vieux monsieur il y a une jeune maman avec son petit garçon sur les genoux. Une femme médecin déplace méthodiquement le pavillon de son stéthoscope sur le dos de l'enfant. Plus loin, une vieille dame au visage de pomme ridée se tient immobile sur un autre tabouret, son poignet droit posé sur un petit oreiller blanc. Un médecin est en train de lui prendre le pouls. À côté de la vieille dame, en face d'un médecin qui écrit sur un bloc de feuilles d'ordonnance, patiente un homme habillé de bleu. Il est dans la force de l'âge et son visage hâlé rappelle le soleil et les vents des montagnes – le papa des jumelles. Debout derrière lui, plusieurs patients attendent leur tour.

Tu ralentis le pas devant un étalage. On voit sur la table une assiette pleine de rondelles de corne, un panier débordant d'os jaunâtres, un bol rempli de trucs que tu n'as jamais vus – ovales, ridés, couleur brun-noir, de 10 à 15 centimètres de long. Tu lis les étiquettes posées devant l'assiette, le panier et le bol : CORNES D'ANTILOPE, OS DE TIGRE, VÉSICULES BILIAIRES D'OURS. Tes yeux s'arrondissent.

Comment ? Il y a encore des tigres et des ours par ici ?

Le vendeur se penche vers toi par-dessus ses marchandises et te dit sur un ton de confidence : J'en ai tué trois de mes propres mains l'automne dernier. Tenez, comme vous avez l'air sympathique, je vous fais un bon prix…

À ce moment-là, une voix s'élève soudain derrière ton dos : Ce sont des faux. Tu te tournes vivement. C'est un homme aux cheveux gris et aux yeux pénétrants.

Le vendeur le gratifie d'un regard assassin : Vous plaisantez ou quoi ? Moi qui ai parcouru une dizaine de provinces, moi qui ai vendu des centaines de kilos, vous venez me dire que ce sont des faux ? Personne, vous m'entendez ? personne n'a jamais contesté l'authenticité de mes marchandises…

Alors, l'interrompt l'homme aux cheveux gris et aux yeux pénétrants sur un ton d'ironie, vous ne savez pas que les tigres et les ours sont des animaux protégés ?

Le vendeur rougit. Mais ça ne vous regarde pas ! gueule-t-il avec colère. Vaut mieux que vous vous occupiez de vos propres affaires, sinon je…

Justement, ce sont mes affaires. Vous avez dit tout à l'heure que vous aviez tué trois animaux protégés l'automne dernier. Maintenant, venez avec moi vous expliquer à la préfecture de police.

Le vendeur se dégonfle d'un coup comme un ballon crevé sur la pointe du poignard. Mais… si… s'il vous plaît… supplie-t-il en forçant un sourire mesquin. J'ai menti à cette dame, je l'avoue. Je n'ai jamais tué un tigre ou un ours. D'ailleurs, vous voyez, ai-je l'air d'un chasseur ? Je serais mort de peur si un tigre avait surgi du bush devant moi…

L'homme aux cheveux gris fixe le vendeur de ses yeux pénétrants en martelant chacun de ses mots : D'où viennent alors ces os de tigre et ces vésicules d'ours, hein ?

À… à vrai dire… ce… ce ne sont que des… des os de bœuf et des vésicules de cochon…

Et que sont ces rondelles ?

Ce… ce sont des rond… rondelles de corne de chèvre.

L'homme aux cheveux gris et aux yeux pénétrants tire de sa poche un carnet et un stylo. Tout ça est confisqué. Vous devrez aussi payer une amende de deux cents kuais pour tentative d'escroquerie…

Les traits du vendeur se tordent d'une rage ravalée. Tu t'éloignes en pouffant de rire. Quelle comédie !

Tu croises plus loin à un angle de rue un vieillard à lunettes. Il est assis derrière une table rectangulaire surmontée d'un bloc de feuilles d'ordonnance et d'une plaque de bois blanc parée de caractères écrits à la peinture rouge : VOTRE ÉTAT DE SANTÉ SUR VOTRE MAIN. Une femme dans la cinquantaine vient s'installer sur le banc devant la table, lui montre ses mains. Le vieillard les prend dans les siennes et, à travers les verres épais de ses lunettes, les examine millimètre par millimètre.

Souffrez-vous d'hypertension et de maux de tête fréquents ?

Oui, mais comment le savez-vous ?

Regardez ici. Vous voyez ces petites taches brunâtres sur les lignes de vos paumes ? Quand je les presse, elles ne disparaissent pas. Cela m'indique que votre tension est trop élevée et que… Je ne veux pas vous effrayer… mais vous risquez de faire une hémorragie cérébrale.

Une hémorragie cérébrale ? La dame sourit d'un sourire incrédule. Quand ça d'après vous ?

Alors là, c'est difficile à dire. Peut-être aujourd'hui, peut-être demain, peut-être dans une semaine ou dans un mois…

La dame ne sourit plus : C'est si sérieux que ça ?

Le vieillard hoche la tête : Oui. Il faut que vous…

Tu laisses le vieillard persuader sa cliente, et tu t'engages dans une ruelle à gauche.

La ruelle te conduit à la porte d'un petit parc où a lieu une exposition de plantes médicinales précieuses. Tu achètes un ticket et tu y entres. Les visiteurs semblent plus nombreux que les plantes en pot placées le long des allées. Tu marches lentement derrière un couple de retraités qui s'arrête devant chaque plante pour lire chaque petit écriteau :

REN SHEN

Nom botanique : *PANAX GINSENG*

Propriétés : nature tiède, saveur douce et légèrement amère, tonifiant l'énergie vitale du corps, fortifiant le rate et le poumon, stimulant le système nerveux et les défenses immunitaires

DANG GUI

Nom botanique : *ANGELICA SINENSIS*

Propriétés : nature chaude, saveur piquante et sucrée, activant la circulation du sang, dissipant les gonflements douloureux, régularisant la fonction menstruelle et calmant les douleurs, humidifiant les intestins, favorisant la défécation

BAI SHAO

Nom botanique : *Paeonia Alba*

Propriétés : nature fraîche, saveur amère et acide, tonifiant le sang, équilibrant le yin-yang du foie, apaisant les crampes et les spasmes musculaires, calmant les maux de tête et les vertiges dûs aux troubles énergiques liés au foie

HUANG LIAN

Nom botanique : *Coptis Sinensis*

Propriétés : nature froide, saveur très amère, éliminant la chaleur et les toxines, calmant les vomissements, vertus anti-inflammatoire, antiseptique et antidiarrhéique, action anticancéreuse

HE SHOU WU

Nom botanique : *Polygonum Multiflorum*

Propriétés : nature tiède, saveur amère et acide, tonifiant l'essence vitale du rein et du foie, fortifiant les os, les muscles, les ongles et les cheveux

GOU QI

Nom botanique : *Lycium Sinensis*

Propriétés : nature neutre, saveur douce, tonifiant le sang et l'énergie fondamentale, fortifiant le yin du foie et du rein, améliorant la vue et l'ouïe, stimulant la montée laiteuse après l'accouchement, soignant l'impuissance et les stérilités masculine et féminine

SHANG JI SHENG

Nom botanique : *Loranthus Prasiticus*

Propriétés : nature neutre, saveur amère, tonifiant le yin du foie et du rein, apaisant l'hypertension artérielle, calmant les contractions prématurées de la femme enceinte et prévenant les fausses couches

HUANG QI

Nom botanique : *Astragalus Membranaceus*

Propriétés : nature tiède, saveur douce, tonifiant la rate et l'énergie d'entretien, favorisant l'élimination de l'eau et des œdèmes, accélérant la cicatrisation des plaies et la consolidation osseuse

YIN YANG HUO

Nom botanique : *Epimedium Grandiflora*

Propriétés : nature chaude, saveur acide, tonifiant le rein et le yang, action dilatatrice sur les vaisseaux et les capillaires, vertu aphrodisiaque, traitant l'impuissance et la fatigue sexuelle

TIAN MA

Nom botanique : *Gastrodia Elata*

Propriétés : nature neutre, saveur douce, apaisant le vent du foie, action tranquillisante, vertus anticonvulsive et anti-douleur, calmant les maux de tête et les vertiges dues à l'hypertension artérielle

… …

À la sortie de l'exposition tu remarques qu'une foule de gens s'agglutine sous un manguier. Par curiosité tu t'approches et te fraies un passage à coups de coude. Au pied de l'arbre se trouve un couple jeune et bien habillé.

La femme apostrophe les spectateurs et leur distribue des enveloppes en papier brun : Allons ! Ne restez pas les bras croisés comme ça. Prenez cette enveloppe : c'est votre unique chance d'avoir un fils !

Tandis que l'homme, une liasse de billets de banque serrée dans une main, reçoit le paiement de l'autre : Quinze kuais une enveloppe ! quinze kuais une enveloppe !

Qu'est-ce qu'il y a là-dedans ? t'enquiers-tu.

Recette pour avoir un descendant mâle ! Vous ne la voulez pas ?

Mais si, une enveloppe pour moi.

Tu donnes quinze yuans à l'homme. La femme te tend une enveloppe. Tu la saisis. Tu ressors de la foule, toujours à coups de coude. Tu aspires une bouffée d'air et ouvres l'enveloppe. À l'intérieur, une feuille de papier pliée en quatre. Tu la déplies. MÉTHODE POUR AVOIR UN FILS : Ajouter 25 grammes de soude dans ce que vous buvez et mangez chaque jour. Répéter le traitement pendant un mois. Puis faire l'amour avec votre femme 10 jours après sa période menstruelle. Garçon garanti. Ha, ha, ha… tu n'as pas pu te retenir. À demande absurde offre extravagante. Ha, ha, ha… Quelle idée géniale pour gagner une fortune en une seule journée ! Ha, ha, ha… Tu replies la feuille et la tends à un jeune homme qui te regarde.

Tenez, je n'en ai plus besoin.

Le jeune homme prend la feuille, l'ouvre, la lit, et éclate de rire. Ha, ha, ha…

Tu continues ta balade. Tu aperçois deux stands chargés de grosses bouteilles d'alcool de riz dans lesquelles baignent serpents, mille-pattes, lézards, fourmis, scorpions… Et entre les deux stands, un artisan travaille une pierre tombale. Le front baissé, un ciseau dans la main gauche et un marteau dans l'autre, il s'absorbe sans désemparer à graver une inscription en lignes verticales. Trait par trait, un caractère apparaît. Puis un autre. Puis un autre… De temps en temps, il pose son marteau pour attraper près de son pied un petit balai de paille et nettoie la pierre, mais il ne lève pas la tête ni ne jette aucun regard de côté, comme s'il se trouvait dans un autre monde. Derrière son dos, appuyées contre le pan d'un mur, quatre stèles achevées et trois autres en attente.

Au carrefour tu tournes à droite. Un cinéma. Une boutique de prêt-à-porter. Une boutique de chaussures. Une librairie. Une boutique de jouets. Une épicerie. Un salon de coiffure. Trois pharmacies. Une maison de thé. Un bar-karaoké d'où sort l'air d'une chanson d'amour de Hong Kong. Un bazar avec ses piles de paniers de bambou, de chapeaux de paille, de caquelons de terre cuite, de marmites et de poêles en fer forgé…

Tu empruntes une autre rue, à gauche. Tu passes à côté d'un barbier ambulant. Un client perché sur une chaise de bois, un petit miroir rectangulaire accroché devant lui à un clou planté dans la stipe d'un palmier, son vélo noir debout à côté.

Tu as une crampe d'estomac. Tu jettes un regard sur ta montre. Une heure déjà ! Tu tournes la tête à gauche, puis à droite, cherchant un restaurant. Et tu ne tardes pas à en trouver un. Chic, grands paysages au mur, ventilateurs au plafond, fleurs artificielles sur tables rondes. Tu parcours rapidement la longue liste des plats écrits sur un grand écriteau :

Soupe aux racines de lys et aux fruits de jujube : humidifie le poumon, apaise la toux
Soupe aux amandes de ginkgo et aux graines de lotus : tonifie la rate, nettoie le poumon, soulage l'asthme
Soupe aux racine de lotus et aux fruits de jujube : nourrit le cœur, élimine la chaleur et les toxines
Soupe aux feuilles de riz : favorise l'élimination des œdèmes, combat les cancers
Soupe aux haricots mungo : élimine la chaleur et les toxines, favorise la sécrétion urinaire, détruit les virus
Soupe aux fruits de lyciet de Barbarie : tonifie le foie et le rein, améliore la vue et l'ouïe, diminue la tension artérielle, prolonge la vie

Soupe aux amandes de pêche : active la circulation du sang, humidifie les intestins, soigne la constipation

Soupe aux trémelles blanches : empêche le durcissement des vaisseaux sanguins, diminue la tension artérielle

Soupe à la moelle épinière de bœuf et aux carottes : tonifie l'énergie vitale du corps, concourt au bien-être

Soupe à la cervelle de singe : nourrit le cerveau, améliore la mémoire

Plats qui aident à perdre du poids :

Crevettes avec prunelles et laitues

Chair de lapine de Japon avec *main-de-Bouddha*

Carpe noire avec cenelles et pousses de bambou

Plats qui aident à combattre les cancers :

Vessie de porc avec châtaignes d'eau, racines de lotus et champignons noirs

Courge-de-l'hiver avec tofu et champignons noirs

Poulet avec racines d'astragale, pousses de bambou et champignons noirs

Anguilles de rizière avec feuilles de mûrier, amandes de fruits de jujube, barbes de maïs, racines de sauge, amandes de pêche et graines de plantain asiatique

Plats qui maintiennent les vaisseaux en bon état, diminuent la tension artérielle et soignent les maladies du cœur :

Cailles avec racines de sauge, amandes de pêche, pulpes de longane et racines de panax notoginseng

Tortues à carapace molle avec graines de laitues, graines et feuilles de lotus

Tendons de porc avec fleurs de brunelle, fleurs de camomille chinoise, graines de cassia

Plats qui traitent les maladies du foie :

Carpe noire aux brunelles et au lait de soja

Toufu aux racines de vitex negundo

Pigeon avec graines de schizandre, racines de buplèvre et de sauge

Tortue à carapace molle avec racines de *neige-de-juin*, racines de roseaux blancs, fruits de jujube et amandes de ginkgo

Plats qui traitent la bronchite chronique et l'asthme :

…

Plats qui aident à retrouver la force virile :

…

Plats qui soignent le diabète :

…

Plats qui rendent la peau plus jeune et les cheveux plus brillants :

…

Tu regardes dans la salle. Le rez-de-chaussée est déjà plein. Tu montes à l'étage. Toutes les tables sont prises aussi. Tu te diriges vers la table qui se trouve au fond, près de la fenêtre. Un homme dans la quarantaine y est déjà assis, attendant qu'on le serve.

Puis-je m'asseoir ici ? Tu lui adresses un sourire de politesse.

Il fait oui de la tête.

Merci. Tu prends place en face de lui.

Il a un visage large et luisant, des yeux en petits pois. Le complet gris qu'il porte paraît un peu fatigué et lui donne l'allure d'un fonctionnaire en mission. Mais en voyant l'énorme bague en or massif qui brille autour de son annulaire boudiné et sur laquelle est ciselé le mot le plus à la mode, « FA » (s'enrichir), tu penses qu'il doit être un de ces agents d'affaires qui sillonnent la région pour acheter ou vendre quelque chose. Une serveuse vient disposer devant lui une bouteille de bière, un poisson, un bol de riz, une soupe aux œufs, tomate et ciboulette.

Mais je n'ai pas commandé de poisson, dit-il, l'air mécontent.

La serveuse jette un regard rapide sur son cahier de commandes. Oh pardon ! s'excuse-t-elle avec un sourire d'embarras, je me suis trompée. Vous voulez le poulet aux racines d'astragale, n'est-ce pas monsieur ? Un instant, s'il vous plaît.

La serveuse s'en va avec le poisson et revient quelques minutes plus tard avec le poulet. Après avoir posé l'assiette sur la table, elle se tourne vers toi : Que voudriez-vous, madame ?

Hmmm… anguilles de rizière… soupe aux trémelles blanches, riz.

Et comme boisson ?

De l'eau minérale, s'il vous plaît.

Quand la serveuse est repartie, l'homme te dit que tu as bien choisi et que les tronçons d'anguilles de rizière sautées sont délicieux. Tu souris et lui demandes s'il est du pays.

Non, répond-il en dépeçant le poulet de ses ongles, mais je connais bien le coin. Je viens ici très souvent… Non non, je viens pas pour acheter des plantes médicinales, mais du bois. Oui, j'achète du bois ici, et j'en revends à Shanghai et à Nanjing. La demande là-bas est énorme. Et ça ne cesse de s'accroître grâce au boom économique… Il savoure les pilons en buvant de la bière. Imaginez, tous ces nouveaux hôtels et tous ces nouveaux centres commerciaux, toutes ces nouvelles maisons et tous ces nouveaux blocs d'appartements en construction ou à construire, il faut bien les meubler, non ? Il suce les pattes. Quel marché !

Les autorités locales imposent-elles une limite sur la quantité de bois que vous achetez ?

Non, pas du tout. Tant que je leur paie un pourcentage, je peux acheter ce que je veux et autant que je veux. J'ai tissé pour ainsi dire un vaste *réseau de relations* dans la région. J'ai des copains partout. Dans les affaires comme dans la politique, vous savez, les relations jouent un rôle primordial. Pour débloquer une situation délicate ou neutraliser un rival redoutable, pour identifier un interlocuteur utile ou accéder à une personnalité de l'administration, pour décrocher un poste lucratif ou un contrat juteux, pour éviter d'être écrasé par les impôts excessifs ou se dérober à la justice quand on est pris dans une histoire embêtante… Si vous savez *actionner* vos relations, vous n'aurez pas de problème. Mais ça n'est jamais simple ni gratuit, je l'avoue. Quand un copain vous a aidé, vous lui devez un service en retour, ou une enveloppe rouge plus ou moins épaisse… Il ronge la carcasse et mastique les cartilages. Ah, voilà vos anguilles. Pas mal n'est-ce pas ?… Mais moi je préfère le poulet, c'est plus fortifiant. J'ai besoin de beaucoup d'énergie, vous voyez, pour grimper ces montagnes… Il verse les dernières gouttes de la bouteille dans son verre. Bonne bière ! Quoi ? Qu'est-ce que vous dites ? Le déboisement et l'érosion du sol ? Mais c'est pas mon problème, ça. Que les paysans replantent leurs montagnes s'ils veulent continuer à avoir quelque chose à vendre ! À vrai dire, les grands arbres commencent à se faire très rares par ici. La première fois que je suis venu, il y a neuf ans seulement, c'était tellement différent. Maintenant, pour trouver de gros troncs, il faut aller bien plus loin, et payer bien plus cher. Que ferai-je dans quelques années, quand il ne restera plus rien à abattre dans la région ? Bah, j'irai ailleurs. À Yunnan ou à Guizhou. On y trouve encore des forêts vier… Mais qu'est… qu'est-ce que c'est que ça ? L'homme vient de repêcher dans sa soupe quelque chose de suspect. Un raton ! Euaaa… Il vomit son poulet sur la table. Mademoiselle ! Mademoiselle ! appelle-t-il en s'essoufflant entre deux jets chauds.

Une serveuse survient : Monsieur est malade ?

Pendant qu'elle tâche de calmer la colère du marchand de bois, tu quittes la table. Tu traverses la salle, paies au comptoir, dégringoles l'escalier. Une fois dehors, tu respires.

Tu montes les trois marches du perron, pénètres dans la gare de Cinq Pics. Contrairement à ton attente, le grand hall rectangulaire est presque désert. Quelques passagers seulement sont éparpillés sur les bancs de bois. Deux jeunes filles chuchotent. Une maman sourit à son bébé en culotte fendue que le papa feint de croquer. Trois hommes fument en silence, entourés de sacs de nylon pleins à craquer. Tu te diriges vers la pancarte des horaires fixée sur le mur près du guichet fermé. Tu promènes plusieurs fois ton regard entre la pancarte et ta montre… Il y aura un train dans cinquante-sept minutes, et un autre dans environ une heure et demie. Si tu montes dans le premier, tu iras vers l'est : Chant de Phénix, Village Tang, Vallée du Bonheur, Cent Amis, Rivière aux Cailles, Tambour de Pierre, Village Chen, Vieux Banian… Si tu montes dans le second, il t'emportera vers l'ouest : Village des Roseaux, Montagne d'Or, Huit Étangs, Pente Jaune, Vallée aux Serpents, Ruisseau aux Bananiers…

Tu ressors de la gare, achètes sur le trottoir un paquet de biscuits, quelques goyaves et deux bouteilles Mont aux Camélias. Puis tu retournes dans le grand hall rectangulaire, et tu grignotes à discrétion tes biscuits et tes goyaves sur un banc.

Un bruit. Le guichet vient de s'ouvrir. Une foule de voyageurs surgissant de nulle part se bouscule pour y accéder. Tu bois une gorgée d'eau, ranges dans le sac les bouteilles, le reste des biscuits et des goyaves. Puis tu vas te mettre à la fin de la queue, derrière un homme long et un peu voûté. Tu lis et relis les noms des lieux sur le panneau sans pouvoir te décider à quel arrêt tu descendras.

Un billet pour Vieux Banian, dit l'homme long et voûté en donnant de l'argent à l'employée du guichet.

Il prend son billet et sa monnaie, s'en va.

Un billet pour Vieux Banian, répètes-tu à la guichetière. Combien, s'il vous plaît ?

Onze kuais six maos.

Tu paies. Tu ramasses ton billet et la monnaie. Puis tu vas t'asseoir près de l'homme long et voûté. Il a comme bagage un sac de jute aux deux tiers plein, un faisceau de lanières de bambou et un faisceau de serpents secs.

Excusez-moi, mais vous descendrez à Vieux Banian ?

Oui.

Est-ce un village, un bourg, ou une ville ?

Une ville.

Grande ?

Assez.

Y a-t-il un gros banian dans la ville ?

Oui, plusieurs même.

Je veux dire celui qui est le plus vieux, le plus connu, auprès duquel la ville est nommée.

Alors, c'est celui qui se trouve au pied du mont Pose-Pinceau.

Pivoine

Non, je ne l'ai pas tué. Je n'ai jamais voulu le tuer. Je n'ai jamais eu l'intention de tuer quiconque. Je ne suis pas une meurtrière.

Je l'ai laissé dans ma chambre d'hôtel. La chambre se situait au deuxième étage. Il dormait quand je suis sortie. Mais quand je suis revenue avec des policiers, je veux dire quand ils m'ont arrêtée au bureau de poste et m'ont raccompagnée à l'hôtel, il n'était plus là. Il n'était plus dans le lit. J'ai regardé sous le lit, il n'y était pas. J'ai regardé dans l'armoire, il n'y était pas. J'ai regardé dans la douche, il n'y était pas non plus. La chambre était un petit cube. Il n'y avait pas beaucoup d'endroits où se cacher, même pour un gamin de quatre ans. Où pouvait-il être, alors ? Je ne comprenais pas. Il dormait dans le lit lorsque je suis sortie, répétai-je aux policiers, et j'ai fermé la porte à clef. L'un d'eux a cru que je leur racontais des conneries et m'a collé une gifle : Tu te moques de nous ou quoi ! Dis ! où tu l'as mis ? Un autre policier s'est approché de la fenêtre ouverte. C'est étrange, la fenêtre était fermée, je m'en souvenais bien, quand j'ai quitté la chambre. Le policier a jeté un regard dehors et a crié : Mais venez voir ! qu'est-ce que c'est que ça ? Tout le monde s'y est précipité. Moi aussi je suis allée jeter un regard hors de la fenêtre. Quelle horreur ! Au-dessous, sur le sol cimenté de la cour intérieure, un petit corps couché dans une mare rouge sombre.

Nonnnn !... J'ai reconnu l'habit de Hai Hai, et j'ai poussé un hurlement.

Depuis, chaque fois que je ferme les yeux, je revois la scène. Oh, Dieu du Ciel !

Oui, je suis responsable de la mort de Hai Hai. Je la regrette. Vraiment. Du fond du cœur. Parce que moi-même je suis une mère. J'ai deux garçons du même âge que lui. Mais je ne l'ai pas tué. Je jure que je ne l'ai pas tué. Je jure que je n'ai jamais eu l'intention de le tuer. Jamais !

Les policiers ne me croient pas. Ils pensent que j'invente des histoires, que je raconte des salades, que j'échafaude des mensonges pour sauver ma peau. Ils sont convaincus que j'ai assommé l'enfant dans un accès de colère parce qu'il réclamait sa mère et qu'il pleurait sans arrêt. Ils disent que je l'ai ensuite jeté par la fenêtre pour donner l'impression d'une chute accidentelle.

Non, je n'ai pas d'avocat. Ma cousine s'est renseignée pour moi. Mon cas est très difficile à défendre, lui a-t-on dit, et ça coûterait des fortunes. Où voulez-vous que mon mari trouve de l'argent, lui qui n'est qu'un paysan pauvre ?

Je suis condamnée à mort. Je serai fusillée. Sang pour sang. Vie pour vie.

En prison j'ai demandé à la gardienne quand aurait lieu l'exécution mais elle n'en connaissait pas la date exacte. Peut-être demain, a-t-elle répondu, peut-être dans une semaine. Peut-être dans un mois.

J'ai peur. J'ai très très peur. Non pas de la mort. Non pas de l'enfer. Mais de la séparation. De la séparation pour toujours de mes enfants. Ils n'ont que quatre ans tous les deux. Quatre ans seulement ! Oh, mon Fuzai ! Oh, mon Xiangzai ! Maman ne pourra plus jamais vous donner à manger, vous laver, vous changer. Maman ne pourra plus jamais vous toucher, vous regarder jouer, vous entendre parler et rire. Maman ne sera plus jamais là pour vous réconforter quand vous souffrirez et pleurerez. Maman ne sera plus jamais là pour vous regarder grandir, vous voir vous marier et avoir des enfants à votre tour… Oh, mes garçons ! Vous souviendrez-vous de maman quand vous serez grands ? Aurez-vous honte d'elle ? La haïrez-vous à cause de ce qu'elle a fait et de ce qu'elle vous a fait, à vous ? Pourrez-vous grandir normalement sans maman ? Pourrez-vous être heureux ? Oh, Dieu du Ciel !

La gardienne m'a donné un stylo et une feuille de papier. Elle m'a dit d'écrire ce que je voulais dire à ma famille. Mais ma main tremblait, je ne pouvais pas tenir le stylo. Et mes larmes ne cessaient de couler, j'étais complètement aveuglée, la feuille de papier mouillée…

Ma cousine m'a parlé de vous et de son entretien avec vous. Est-ce vrai que vous vous intéressez à mon histoire ? Est-ce vrai que vous êtes prête à m'écouter ? À me croire ? Et à me comprendre ? Est-ce vrai que vous êtes prête à m'aider ? Non non, pas pour me trouver un avocat – c'est déjà trop tard –, mais pour récupérer mon fils vendu ? Est-ce vrai que vous pourrez noter ce que je vous raconterai et leur passer les notes, à mes garçons, quand ils seront plus grands, et capables de lire et de comprendre ? Ça les soulagera de savoir que leur maman n'est pas un monstre, ni une meurtrière, ni une tueuse d'enfant. Et que leur maman les aime plus que tout au monde. Même plus que sa propre vie.

Non, je ne suis pas de Vieux Banian. Je suis de la province du Sichuan. Quatre ans plus tôt, l'année où mes fils jumeaux sont nés, on a construit un grand réservoir sur la rivière qui passe à côté de notre village. Nos meilleurs champs ont été inondés. Nous avons eu trois mille six cent quarante-sept yuans d'indemnité. Le reste de nos parcelles ne suffit pas pour faire vivre la famille ; mon mari essaie depuis de gagner quelques sous en vendant des plumeaux qu'il fabrique lui-même. Il va de hameau en hameau, de bourg en bourg, achète des plumes de coqs et de chapons, qui sont plus longues et plus jolies que celles des poules. Il trie ses plumes selon leurs longueurs et leurs couleurs, plumes rousses d'un côté, plumes brun pâle de l'autre, plumes rayées de blanc et de noir dans un sac, plumes rayées de noir et de jaune dans un autre… Puis il emporte les plumes et un faisceau de cannes de bambou dans les villes du sud. À l'aide d'une aiguille et d'une patience infinie, il enfile les plumes une par une, des plus longues aux plus courtes, en faisant attention à l'accord des couleurs. L'enfilade une fois terminée, il l'enroule soigneusement autour d'une canne de bambou, la fixe ensuite solidement avec un bout de gros fil de coton. La journée il parcourt les quartiers en tous sens, ses plumeaux suspendus au bout de sa palanche. Il les vend de cinq à trente yuans chacun, d'après la taille et la qualité des plumes. Il y a des gens qui préfèrent les plumes rayées, et d'autres les unies. Le soir, après avoir avalé un bol de riz avec du piment et de l'eau froide, il va s'asseoir au pied d'un lampadaire, reprend son travail d'enfileur, une par une, des plus longues aux plus courtes… Pour dormir ? Un morceau de plastique étendu à même le sol dans un coin sous un pont ou sous un arbre lui suffit. Oui, c'est une vie rude… Il y a des jours où il arpente les trottoirs de plusieurs rues sans trouver un seul acheteur. Mais quand il a de la veine, un hôtel ou une boutique peut lui acheter jusqu'à dix plumeaux en une fois.

Mes parents ont quatre enfants. Je suis l'aînée. J'ai trois frères.

L'année où j'ai eu quatorze ans, mes parents m'ont retirée de l'école. J'en ai pleuré trois jours et trois nuits. Je ne voulais pas quitter l'école. Je voulais continuer. J'étais une bonne élève. Le chinois était ma matière préférée. J'ai écrit une fois un poème sur mon village, et j'ai obtenu le premier prix d'une compétition littéraire du canton. Je le garde toujours, le certificat du prix, au fond d'une malle en bois dans ma chambre. J'en étais si fière ! Je croyais que je pourrais faire mieux que mes camarades de classe. Que je pourrais aller loin. Je rêvais d'entrer à l'école normale plus tard et de devenir professeur de chinois. Je voulais trouver un boulot en ville, avoir un salaire, être respectée. Et c'était doux, ce rêve ! Mais à la fin de mon premier semestre à l'école secondaire, mes parents m'en ont retirée. Ils étaient trop pauvres. Ils ne pouvaient plus continuer à la fois de payer la scolarité pour mes trois frères et me soutenir. Je suis l'aînée. C'est ma responsabilité d'aider mes parents, ma famille. J'ai donc enterré mon rêve six pieds sous terre, remis mes crayons, mes cahiers et mes manuels à mes frères, et je suis allée travailler dans les champs. Qu'aurais-je pu faire d'autre ?

Quand j'ai atteint l'âge du mariage, c'est-à-dire dix-huit ans, mes parents m'ont trouvé un fiancé. Mes futurs beaux-parents ont donné cinq cents yuans à mes parents. Cadeau de fiançailles. Je me suis mariée un an plus tard. Après la noce, je suis venue vivre dans la famille de mon mari au village Jiujing, *Neuf Puits*.

Mon mari est le dernier-né et seul garçon des six enfants qu'ont eus mes beaux-parents. Deux de ses sœurs sont mortes très jeunes, les trois autres parties en mariage dans d'autres cantons. Chez nous, à la campagne, c'est pas comme à la ville. Les filles mariées quittent leur famille pour vivre dans celle de leur mari. Les fils héritent les terres et la maison de leurs parents, et, en échange, s'occuperont d'eux jusqu'au bout. Ils seront aussi responsables du bon entretien des tombes ancestrales – enlever les mauvaises herbes, nettoyer les pierres tombales, préparer et présenter les offrandes, brûler de l'encens…

Je suis tombée enceinte cinq mois seulement après le mariage. Lorsque ma grossesse fut confirmée, j'ai eu le sentiment que toute la tribu était enceinte avec moi. Imaginez, depuis trois générations déjà le nom de la famille de mon mari ne se perpétue que par des fils uniques. Mes beaux-arrière-grands-parents avaient eu cinq enfants dont un seul fils, mon beau-grand-père. Celui-ci avait eu neuf enfants dont un seul fils, mon beau-père. À son tour ce dernier a eu six enfants dont un seul fils, mon mari. Comme maintenant le gouvernement n'autorise qu'un enfant par couple, mes beaux-parents sentent que la continuité du nom familial est plus menacée que jamais.

Un jour, ma belle-mère déclare avec un grand sourire :

Je suis sûre que t'as un garçon, parce que tu manges plus de poissons salés que de choux au vinaigre – j'étais comme ça quand j'étais enceinte de mon fils.

Puis, un autre jour, elle soupire en fronçant les sourcils :

J'ai peur que ce ne soit finalement une fille – d'ordinaire si une femme porte un garçon, on ne voit pas son ventre de derrière ; or, je peux voir le tien.

Les hommes de la maison se gardent de dire ce qu'ils pensent mais dans les regards qu'ils échangent en silence je peux lire tour à tour l'espoir, l'inquiétude, la déception…

Alors que mon ventre grandit, mon angoisse redouble. Je suis quelqu'un d'ordinaire très calme mais je ne me ressemble plus. Je ne me reconnais plus. Une minute plus tôt je pleure de bonheur parce que je suis certaine que je porte un garçon. Mais la minute d'après, je suis dévorée de soucis tellement j'ai peur que ce ne soit qu'une fille. Produire un descendant mâle au premier et seul coup, quelle mission impossible !

Quand j'entre dans le huitième mois de la grossesse, mon ventre devient vraiment énorme. J'ai du mal à avaler quoi que ce soit, mon estomac vide brûle et semble être rempli tout le temps. Mes jambes enflent terriblement et me font très mal. Je ne peux plus m'allonger, je dors assise, et ça bien sûr n'arrange pas le moral. Tout le monde est très inquiet. Mon mari fait venir un médecin de l'hôpital du chef-lieu du district. Après l'examen, le médecin lui conseille de m'envoyer immédiatement à l'hôpital. Il croit que j'attends des jumeaux et que c'est plus prudent de ne pas accoucher à la maison, comme le font la plupart des femmes du village. À l'hôpital, explique-t-il, on est mieux équipé pour s'occuper de moi. Il a raison, le médecin. J'ai une complication vers la fin de la grossesse et on doit m'opérer d'urgence. Si j'avais accouché à la maison, je serais morte.

Tous les trois ou quatre mois, mon mari revient à la maison faire ses provisions. Il me remet les sous qu'il a ramassés un par un en vendant ses plumeaux sur les trottoirs. Il reste quelques semaines au village, puis repart avec un faisceau de cannes de bambou et des sacs gonflés de plumes de coqs et de chapons.

Un jour mon mari débarque à Vieux Banian. C'est là qu'il tombe sur un acheteur pas comme les autres, Li le Patron.

Li le Patron est un homme entre trente-cinq et quarante ans. Il est très riche. Il vit dans une villa. Il porte des verres fumés et roule dans une voiture de marque étrangère. Il vient d'acheter un beau terrain à la lisière de Vieux Banian. Il entreprend d'y construire un immeuble de huit étages. Un bloc d'appartements luxueux, de trois à cinq pièces.

Li le Patron achète deux plumeaux à mon mari, puis lui demande s'il veut faire quelque chose d'autre que d'enfiler des plumes pour gagner plus d'argent.

Mais bien sûr que oui ! répond mon mari.

Li le Patron hoche la tête et dit à mon mari qu'il a besoin de main-d'œuvre pour les gros travaux sur son chantier. Il lui promet le poste du contremaître s'il peut lui amener une trentaine de jeunes paysans. Il donnera à mon mari, dit-il, six cents yuans par mois et quatre cent cinquante yuans à ses hommes, en les logeant.

Mon mari n'a pas hésité une seconde. Il dit : Oui ! tout de suite.

Figurez-vous, six cents yuans par mois, sept mille deux cents yuans par an, deux ans de travail garanti, et peut-être plus après… Un vrai cadeau tombé du ciel, quoi.

Le soir même de sa rencontre avec Li le Patron, mon mari plie son bagage et le lendemain, il rentre à Neuf Puits. Il fait un tour de toutes les familles dans notre village puis dans les villages voisins. En moins d'une semaine, il réussit à rassembler un groupe de jeunes hommes de dix-huit à vingt-six ans, tous durs à la peine physique et avides de découvrir… comment dire… la vie citadine.

Avoir un fils est le rêve de chaque femme dans notre village. Mais en avoir deux en une seule fois ! J'ai le sentiment d'être doublement bénie par Dieu du Ciel, et je me retrouve, du jour au lendemain, la femme la plus connue du canton. Des gens viennent de près et de loin pour voir les jumeaux. On pousse des aaah ! et oooh ! On s'étonne. On admire. On félicite mes beaux-parents qui ont la bouche fendue jusqu'aux oreilles. On attribue le miracle aux influences fastes du terrain où se trouvent les tombes ancestrales et aux bienfaits que mon mari doit avoir accumulés dans sa vie antérieure. On se rit aussi – pour une fois – de l'impuissance des fonctionnaires du contrôle des naissances face à ce phénomène prodigieux. Et on n'oublie pas, bien sûr, de me demander à mi-voix la recette du succès…

Mes beaux-parents et mon mari sont comblés.

Je suis soulagée, heureuse, et très très fière.

Après leur arrivée à Vieux Banian, mon mari et ses trente-deux recrutés sont tous logés par Li le Patron dans une baraque hâtivement échafaudée sur le bord du chantier. Il n'y a rien dans la baraque que deux larges lits superposés où les journaliers se serrent comme des sardines dans une boîte de conserve. Non, ça ne les dérange pas. Ils ont tous l'habitude de la vie dure. Ils sont nés et ont grandi dans un tel dénuement, leur volonté d'en sortir est telle, qu'ils peuvent tout supporter. Et avoir un toit au-dessus de la tête, il faut dire, c'est quand même beaucoup mieux que de passer la nuit sous un pont ou au pied d'un arbre. La cuisine ? Alors là, c'est quelque chose de moins évident pour ces hommes qui ne l'ont jamais faite à la maison. Ils ont bâti un fourneau de fortune devant la porte de la baraque et mettent sur pied une sorte de système de roulement : chacun à son tour démontre ses talents de cuisinier. Le résultat est désastreux. Jour après jour, riz pas assez cuit, riz brûlé, légumes trop fades, légumes trop salés, petits pains collants aux gencives ou galettes dures à vous casser les dents... Oui oui, il y a beaucoup de petits restaurants à proximité, mais ça coûte les yeux de la tête de manger chaque jour dehors. À la fin, n'en pouvant plus, mon mari et ses copains décident de faire venir une jeune fille du village, ma cousine. Ma cousine fait les courses et prépare les repas pour eux. En échange ils lui donnent chacun une toute petite partie de leur salaire. Ainsi les hommes mangent-ils mieux et dépensent moins. Ma cousine, quant à elle, est plus que contente d'avoir pu à la fois ramasser un peu de sous et « voir le monde ».

Où dort ma cousine ? Rien de plus simple. Dans un coin de la baraque, mon mari lui a arrangé un petit espace à elle : un lit de fortune – quelques planches posées sur des briques, un drap de coton tout autour – qui sert à la protéger des regards indiscrets. Voilà.

Mes jumeaux grandissent de jour en jour, bien costauds, bien beaux. Nous appelons le premier-né Fuzai, *Fils de la Prospérité*, et le second Xiangzai, *Fils de la Bonne Chance*. Ils me sont tellement précieux ; je ne me lasse pas de les regarder, de les écouter. J'aime tant leurs rires, leurs pépiements, leurs sourires. Comme moi-même je n'ai pas pu réaliser mon rêve d'adolescence parce que mes parents étaient trop pauvres, je le projette sur mes enfants. Je fais pour eux des projets plus ambitieux que celui que j'ai fait pour moi. Je veux qu'ils fassent des études. Je veux les voir entrer à l'université. Je veux qu'ils deviennent ingénieurs, professeurs, médecins ou cadres. Je veux qu'ils puissent quitter la campagne, s'installer à la ville, bien manger, bien s'habiller, avoir une grande maison et n'avoir jamais de souci d'argent… Je veux qu'ils aient une vie meilleure que la mienne, quoi.

Seulement, pour que ça devienne réalité, il faut des sous. Beaucoup, beaucoup de sous. De nos jours on parle de centaines de yuans par an pour la scolarité d'un écolier et de milliers de yuans pour celle d'un lycéen, sans compter la nourriture, les vêtements et les livres… Où trouver cet argent ? Nos rizières nous donnent à peine de quoi nous remplir le ventre. Nous avons une douzaine de poules, une vingtaine de canards, et nous élevons deux ou trois cochons chaque année. Mais ce n'est même pas assez pour payer les taxes et les frais administratifs. On nous dit que les terres appartiennent à l'État et que nous devons payer pour les utiliser. Deux cents livres de riz ou deux cents yuans par mou et par an. Sans parler des sous qu'on nous demande pour toutes sortes de raisons : construction de route, maintenance des digues, éducation, irrigation, élevage des cochons, installation du téléphone, dératisation, etc., etc. Il y a tellement de taxes et de frais à payer. C'est effrayant. Enfin. Si nous voulons sortir de la pauvreté, de la merde, pense-je alors, si nous voulons que nos enfants aient un futur, nous devrons essayer d'autres choses. D'autres choses plus lucratives que le riz. Que les poules. Que les canards. Que les cochons. J'en parle à mes beaux-parents. Heureusement ils comprennent l'enjeu. Ils me donnent toutes leurs économies.

Nous creusons d'abord un bassin derrière la maison. Nous creusons ensuite un petit canal qui conduit l'eau de la source au bassin. Puis, pour commencer, nous y mettons huit cents alevins de carpe. Après ça, nous entreprenons d'aménager nos lopins de terre éparpillés sur des versants de colline. Nous y plantons des mandariniers. Ce n'est pas facile, vous pouvez imaginer, quand on n'est que femmes et vieillard et on n'a que houes, bêches, palanches et paniers. Mais lorsque nous voyons nos alevins nager dans le bassin et les nouveaux bourgeons se gonfler sur les branches de nos fruitiers, quelle récompense !

Sur le chantier du bâtiment mon mari et ses copains font les boulots les plus épuisants et les plus sales. Ils travaillent plus de dix heures par jour, sept jours par semaine, avec quelques yuans supplémentaires pour les jours fériés. Au début, ils sont payés comme c'était entendu. Mon mari m'envoie chaque sou qu'il a gagné, une fois nourri. Il ne boit pas d'alcool. Il ne va pas au bar karaoké. Il ne s'achète pas de vêtement. Il ne fume pas de cigarettes mais uniquement le tabac qu'il a emporté de la maison. Son seul divertissement après une longue journée de travail, est de jouer quelques parties de cartes avec ses copains ou d'aller regarder les vitrines éclairées des boutiques en rêvant de ce qu'il pourra offrir à ses parents, à sa femme et à ses fils quand il reviendra à la maison.

Huit mois plus tard, Li le Patron ne paie plus à ses ouvriers que la moitié de la somme convenue. Il leur explique qu'il a quelques petites difficultés financières et promet de leur régler l'autre moitié du salaire à la fin de l'année.

Non, si Li le Patron fait venir ces paysans de si loin, c'est pas parce qu'il manque de main-d'œuvre locale, non. Avec toutes ces usines d'État fermées et tous ces ouvriers sans travail… vous pouvez vous en douter. Mais les paysans venus d'une région reculée et pauvre sont plus costauds, plus durs à la besogne, plus faciles à manipuler, moins exigeants à l'égard du salaire, des conditions de travail et de vie, et leur boss n'a même pas à payer leurs congés de maladie, ni leurs soins médicaux !

La fin d'année approche. J'attends avec impatience l'argent que mon mari doit m'envoyer. J'en ai besoin pour acheter des vêtements pour mes jumeaux, des chaussures pour mes beaux-parents, de la pâture fine pour les poissons et une cinquantaine de jeunes arbres de plus pour planter une nouvelle parcelle de champ que nous venons de défricher. J'attends encore et encore, mais le mandat n'arrive toujours pas. Puis le Nouvel An passe. Puis ma cousine revient au village pour la Fête du Printemps. D'après ce qu'elle me raconte, je comprends que mon mari et ses copains n'ont toujours pas reçu l'autre moitié de leur salaire. Li le Patron a promis de leur rembourser tout à l'achèvement de l'immeuble, avec une prime. Un peu inquiète, je demande à ma cousine :

Peut-on croire la parole de Li ?

De toute façon, me dit-elle, ses ouvriers ne peuvent faire autrement que de le croire et continuer de travailler pour lui. Car, s'ils arrêtent maintenant, leur départ sera considéré comme une rupture unilatérale de l'accord, et ils risqueront de ne jamais pouvoir récupérer leur argent.

Tu retourneras à Vieux Banian après la Fête du Printemps ?

Oui. J'y ai rencontré quelques jeunes filles de l'Anhui. Elles font du ménage pour des citadins. Elles m'ont dit que ça gagnait pas mal. Je pense que je pourrai faire de même.

Qui préparera les repas pour les hommes, alors ?

Te fais pas de souci pour ça. Ils feront venir la femme d'un des ouvriers.

En tout, mon mari et ses copains ont travaillé deux ans et trois mois pour Li le Patron. Quand l'immeuble a enfin été achevé, il leur devait déjà cent vingt mille yuans environ, sans parler de la prime qu'il leur a promise. Mais après des semaines de retard, il leur a donné seulement un tiers de la somme due.

Rentre tranquille avec tes hommes, a-t-il dit à mon mari, je vous enverrai le reste, je vous le jure sur mon honneur. Je dois recevoir dans quinze jours le premier paiement de la vente des appartements dans l'immeuble, et ça me permettra de vous rembourser et votre salaire et votre prime.

Mon mari et ses copains n'ont plus de travail là-bas. Ils ne peuvent pas y traîner indéfiniment, parce que tout coûte cher en ville. Après de longues discussions, mon mari réussit à persuader ses hommes d'accorder à Li le Patron un délai supplémentaire, et ils quittent Vieux Banian, tranquilles et confiants.

Deux semaines après leur retour au village, mon mari appelle Li le Patron pour savoir si la vente a été faite.

T'inquiète pas, le rassure-t-il, tout sera terminé très bientôt.

Dix jours plus tard, comme Li le Patron ne se manifeste toujours pas, mon mari l'appelle à nouveau.

Donne-moi encore quelques jours, lui dit-il, tu auras le mandat avant la fin du mois.

Puis la fin du mois passe mais mon mari ne voit toujours pas la moindre ombre de mandat. Il appelle encore une fois Li le Patron. Et cette fois-ci, c'est une voix féminine qui répond : Le numéro que vous avez composé n'est pas correct, veuillez vérifier et essayer à nouveau…

Mon mari croit d'abord qu'il a appuyé sur un mauvais bouton, et il refait le numéro. Mais c'est encore la même voix mécanique qui répète le même message. Mon mari sait alors qu'il a de gros ennuis.

En effet, les garçons qu'il a recrutés pour Li le Patron ne tardent pas à venir à la maison réclamer leur dû. Leur mécontement se voit sur leur visage, dans leurs yeux. Ils ont tous grand besoin d'argent, disent-ils à mon mari. Gao veut acheter un tracteur, Zhou monter un petit commerce, Fang se marier, Jing payer les frais de scolarité de ses petits-frères, Peng bâtir une maison, Xu rembourser ses dettes…

Tu dois aller voir Li le Patron, répètent-ils, nous voulons notre argent.

Mon mari repart donc pour Vieux Banian. Il retrouve Li le Patron. Ce dernier l'emmène dans une maison de thé. Ils s'installent autour d'une table au fond de la salle.

Je me suis retiré des affaires immobilières, s'excuse Li le Patron. J'y ai perdu une grosse fortune parce que la valeur des appartements a chuté. Ce n'est pas ma faute, tu le sais. Personne n'avait prévu une telle crise économique en Asie. Il m'est impossible de vous rembourser pour le moment, toi et tes hommes, mais vous avez travaillé pour moi, j'ai de la sympathie pour vous et je ne veux pas que tu aies fait ce voyage pour rien. Voilà, je viens de créer une société d'import-export. J'y ai mis tout mon argent. Les affaires marchent très bien et vont prospérer encore. Je peux vous offrir à toi et à tes hommes un certain nombre d'actions de la société à un prix de deux fois inférieur à celui du marché…

Mais je ne veux pas de tes actions, le coupe mon mari. Mes copains ne veulent pas tes actions. Ce que nous voulons, c'est l'argent. Notre argent.

Li le Patron tâche de convaincre mon mari. Il lui explique longuement comment fonctionne la Bourse, quels seront les énormes bénéfices que les actions de son entreprise pourront engendrer dans très peu de temps… Mais mon mari ne veut plus l'écouter. Il ne le croit plus. Ces belles paroles, ces promesses généreuses mais vides, il en a vraiment marre. Ce qu'il veut c'est l'argent. Son argent et l'argent de ses copains. Tout et tout de suite.

À la fin, Li le Patron perd patience. Et mon mari aussi. Le ton monte. Li le Patron traite mon mari de crâne-aussi-dur-que-le-noeud-de-bois et d'idiot-qui-ne-comprend-rien. Mon mari le qualifie de malhonnête et d'escroc. Li le Patron veut s'en aller mais mon mari tente de l'en empêcher. Il y a quelques coups de poing échangés, quelques tasses et assiettes cassées, et le nez de Li le Patron saigne copieusement.

Le propriétaire de la maison du thé appelle la police. Mon mari est emmené au commissariat. Là-bas, il raconte son histoire aux policiers. Il leur explique que Li le Patron lui doit une grosse somme d'argent et qu'il refuse de la lui rendre.

Combien ?

Quatre-vingt mille yuans.

Ah bon ! Avez-vous des preuves ?

Quelles preuves ?

C'est alors que mon mari se rend compte qu'il a fait une énorme bêtise. Il n'a pas de contrat écrit. Il n'a pas de relevé de salaire. Il n'a pas de reconnaissance de dette. Tout a été convenu sur parole. De confiance. Une confiance paysanne, naïve, ancestrale. Quelle catastrophe ! Si Li le Patron nie lui devoir de l'argent, il ne possède aucun document écrit pour prouver le contraire.

Et Li nie, évidemment.

Relâché par la police après avoir payé une amende pour troubles de l'ordre public, mon mari se rend au tribunal. Il pense porter plainte contre Li mais on lui dit que par manque de preuve il aura peu de chance de gagner. Pire encore, il risquera à la fin de récolter une grosse facture judiciaire…

Une grosse facture à payer ? Ça lui fout la trouille à mon mari.

D'ailleurs, lui explique-t-on, le tribunal étant submergé par de nombreuses plaintes semblables et d'autres affaires plus graves, ça pourra prendre beaucoup de temps avant que la sienne ne soit même considérée.

Ce dernier avertissement achève de décourager mon mari. Il n'attend pas le lendemain pour plier bagage. Il revient à Neuf Puits la nuit même.

À voir son regard sombre, son visage maigri, les poches sous ses yeux marquées et bleuies, je comprends tout de suite qu'il n'a rien obtenu. Mais le pire est à venir.

Je ne sais pas comment ses anciens journaliers surent si vite qu'il était rentré, mais le jour suivant ils se présentent à la maison, tous à la même heure. Mon mari leur raconte en détail sa mission ratée à Vieux Banian. Ils sont tous très choqués par le comportement de Li le Patron. Puis, après avoir déversé des paniers d'injures et de malédictions sur celui-ci, ils se retournent soudain contre mon mari. Ils le tiennent pour responsable de leurs temps, énergie et argent perdus. Ils le tiennent responsable de leur patience et espoir trompés. Le sentiment d'impuissance aidant, leur frustration dégénère très vite en colère, et la colère, en menaces. Certains disent que si mon mari ne leur rend pas leur argent en un mois, ils emmèneront nos cochons, videront notre étang, abattront nos fruitiers et détruiront notre maison. D'autres font même entendre qu'ils pourraient aller jusqu'à lui briser l'échine…

Mon mari est terriblement meurtri par ce coup de poignard dans le dos. Il ne comprend pas comment ses anciens ouvriers, ses copains qui ont passé plus de deux ans avec lui, travaillant, mangeant et dormant à ses côtés, peuvent soudain montrer tant de rancune et tant de haine contre lui. Il a fait tout ce qu'il a pu pour récupérer l'argent. Il est lui-même une victime. Et en même temps il se sent très coupable envers eux. Car c'est lui qui les a recrutés. C'est lui qui les a emmenés à Vieux Banian. C'est lui qui était leur contremaître. C'est lui qui s'est fait rouler par Li le Patron et qui n'a pas su défendre leurs intérêts.

Mes beaux-parents et moi nous sommes terrorisés. Quatre-vingt mille yuans, ça pourrait être une petite somme pour les multimillionnaires de la ville comme Li le Patron, mais pour nous les paysans pauvres, c'est colossal. Même si nous vendions tous nos poissons, même si nous vendions tous nos arbres, même si nous vendions tous nos meubles, même si nous vendions notre maison, ça ne serait pas assez.

Le temps s'écoule. Le terme du délai accordé par les créanciers s'approche. Une nuit, quand les enfants sont endormis et que mes beaux-parents sont allés au lit, mon mari me dit à voix basse que quelqu'un lui a suggéré une porte de sortie… Devinez quoi… Vendre un de nos fils !

Non ! lui réponds-je, jamais ça tant que je vivrai !

Mon mari pousse un gros soupir, me tourne le dos et ne dit plus rien.

C'est sept ou huit jours plus tard, je reviens des champs à la tombée de la nuit. Je ne sais pas pourquoi mais je suis saisie d'une soudaine angoisse en franchissant le seuil de la maison. Mon beau-père tire sur sa pipe dans un coin, le dos voûté, mon mari fume la sienne dans un autre coin, le front entre les genoux, ma belle-mère s'essuie les yeux avec sa manche devant le fourneau. À ma vue, Fuzai pose par terre le chaton avec lequel il joue, se jette dans mes bras.

Maman, maman, moi aussi je veux aller dans le train.

Alertée, je regarde autour de moi.

Xiangzai ! hurlé-je. Xiangzai !

Ma belle-mère se met à sangloter.

Je repousse Fuzai et je me rue sur mon mari, telle une tigresse enragée.

Tu l'as vendu, n'est-ce pas ? ! Regarde-moi ! Réponds-moi ! Où est mon fils ? ! Co… comment as-tu pu me faire ça ? ! Où est-il ? ! À qui l'as-tu vendu ? ! Va ! Va me le chercher. Tout de suite. Va me le ramener. Va, toi ! Oh, mon Xiangzai ! Oh, mon Xiangzai !…

Je crie. Je pleure. Je hurle. Je secoue violemment les épaules de mon mari. Je le pousse. Je le rosse. Je le traite de tous les noms. Mais lui me laisse faire, lui ne bouge pas, lui ne dit mot.

Je m'effondre sur le sol, étranglée par mes propres larmes.

Plus tard mon mari me dira que Xiangzai se trouve avec un couple sans enfant, que le couple est très riche, que le couple a promis de traiter Xiangzai comme son propre fils, que Xiangzai aura sûrement un futur meilleur chez eux que chez nous, etc., etc. Mais je demeure inconsolable. Je pense sans arrêt à Xiangzai. Dans les champs. À table. Dans le lit. Partout. Tout le temps. De ce que m'a dit mon mari je ne crois pas un mot. J'ai entendu moi les choses horribles qu'on raconte sur le sort des gamins volés, vendus et revendus. Gamins forcés de devenir prostitués ou pickpockets, gamins affreusement mutilés avant d'être forcés à mendier, gamins à qui on a enlevé un rein pour le vendre à des trafiquants d'organes…

Je fais un rêve. Dans le rêve, je vois deux yeux. Il n'y a pas de visage, rien que deux yeux. Mais je sais tout de suite que ce sont les siens. Ce sont ses yeux. Ce sont les yeux de Xiangzai. Ils sont rivés sur moi. Maman, semblent-ils supplier, je veux rentrer à la maison. Tremblante, j'avance. Je tends mes bras pour porter Xiangzai… Mais Xiangzai n'est pas là. Il n'y a que ses yeux. Ses yeux suppliants. Je me réveille et je pleure jusqu'au matin.

Je demande à mon mari le nom et l'adresse du couple qui a acheté Xiangzai, il me répond qu'il ne les connaît pas. Je lui demande alors le nom et l'adresse de l'intermédiaire qui a fait l'arrangement, il ne veut pas me les dire. Je lui demande si nous pourrions racheter Xiangzai, il me dit que ça pourrait être possible – si j'arrivais à trouver la somme nécessaire.

La somme nécessaire, c'est quatre-vingt mille yuans, cet argent que Li le Patron a volé à mon mari et à ses journaliers. Il n'y a donc qu'un seul moyen de l'obtenir : faire payer le voleur.

Mais comment ?

Au milieu des nuits hantées, fiévreuses, écourtées par d'interminables veilles, calculs et ruminements, je fais un plan.

Non, je n'ai rien dit à mon mari. Il est trop faible de caractère. Il m'aurait été plus encombrant qu'utile. Non, je n'ai rien dit non plus à mes beaux-parents. Ils auraient été effrayés. Ils ne m'auraient jamais laissé partir s'ils avaient su ce que j'avais dans la tête. Personne, ni dans ma famille, ni dans le village, n'est au courant de ce que je vais faire, moi.

Ce matin-là, je me lève très tôt. J'embrasse Fuzai qui dort encore. Je prends la montre de mon mari que je mets autour de mon poignet. Puis je le réveille pour lui dire que mon père est malade, que je vais le voir et que j'y resterai probablement un bon bout de temps pour aider ma mère. Il grommelle quelques mots et se tourne du côté du mur. Je tire de sous le lit le sac que j'ai préparé la veille et sors à pas de loup.

À mi-chemin, je prends une autre piste, celle qui mène à la gare.

Non, je n'étais jamais sortie de la province auparavant. Je ne suis même jamais allée plus loin que le chef-lieu du district, à moins d'une heure d'autocar de chez nous. Mais je n'ai pas peur... Je veux dire que je n'ai pas le temps d'avoir peur. Je ne pense pas aux risques que je prends. Je ne pense pas aux ennuis que je pourrais avoir. Ce qui me remplit la tête à ce moment-là, ce qui me fait bouillir le sang dans les veines, ce qui me pousse à foncer droit en avant sans regarder de côté, c'est cette détermination farouche : Je vais forcer le voleur à vomir l'argent volé ! Je vais récupérer mon Xiangzai !

Dès que je suis arrivée à Vieux Banian, je vais chercher ma cousine.

Ma cousine est de deux ans ma cadette. Mais elle sait si bien se débrouiller ! À chaque problème elle trouve toujours une solution. Elle ne manque jamais de ressources. Elle dit que c'est parce qu'elle est née sous le signe du singe et que le singe, c'est un animal très malin. Elle a peut-être raison. De toute façon, elle se montre plus capable que beaucoup d'autres jeunes filles de son âge. Elle sait non seulement saisir les chances qui se présentent sur son chemin mais surtout, se les créer.

Ma cousine a été fiancée dès l'âge de dix-sept ans au fils aîné du forgeron du village. Mais elle voulait toujours aller en ville. N'importe quelle ville. Son rêve était d'entrer dans une usine, d'avoir un salaire régulier et la carte de résidente permanente. Son fiancé et ses futurs beaux-parents n'aimaient pas son esprit rêveur, ça les dérangeait. Peut-être pressentaient-ils déjà qu'elle ne se résignerait pas au sort commun de ses concitoyennes et qu'elle partirait un jour chercher une autre sorte de vie, ailleurs. Un jour, ma cousine en a eu marre de leur attitude négative et a rompu les fiançailles. Ses propres parents se sont fâchés parce qu'elle leur a fait perdre la face au village. Mais ma cousine s'en fichait. Quand elle a appris que mon mari avait besoin d'une cuisinière à Vieux Banian, elle lui a fait savoir qu'elle voulait le job. Et elle l'a eu. Moins de deux mois après son débarquement à Vieux Banian, elle s'y est fait des copines et a mis son nom sur la liste des chercheurs de travail dans différentes agences qui fournissent aux citadins les bonnes d'enfants et les femmes de ménage. Jusqu'à présent ses parents ne lui pardonnent toujours pas la rupture de ses fiançailles et son départ. Tant pis, dit-elle simplement, je peux pas vivre comme eux, je suis ce que je suis, je fais ce que je veux.

Quand je la trouve, ma cousine vient de laisser tomber son ancien job de bonne payée à l'heure. Elle préparait les déjeuners et les dîners pour un vieillard qui avait été autrefois directeur de la radio municipale, faisait des courses et des lessives pour une ancienne chanteuse pop paralysée à la suite d'un accident de voiture, lavait bols et assiettes dans la cuisine d'un restaurant de poissons, gardait l'enfant d'un couple de professeurs d'université, livrait des fleurs pour une fleuriste… Douze heures de travail par jour, sept jours sur sept, avec un salaire de trois à quatre yuans à l'heure. Pour faire des économies, elle partageait avec trois copines un cabanon délabré de six mètres carrés, payait chaque mois quarante-cinq yuans pour le loyer, dix-huit yuans pour le charbon et cent quatre-vingts yuans pour la nourriture. Ses copines étaient plutôt contentes de la situation, mais pas ma cousine. Elle n'a jamais cessé de rechercher un autre emploi. Elle voulait avoir quelque chose de moins précaire et de mieux rémunéré. Elle est tombée un jour sur un couple de commerçants. Après l'entretien ils lui ont proposé un contrat de six mois, renouvelable si elle faisait bien son boulot. Sa tâche comprendrait outre les courses, la cuisine, les vaisselles, le nettoyage, les lessives, le repassage, la garde de l'enfant et de la maison durant les voyages d'affaires de ses employeurs. En échange elle serait logée, nourrie et payée six cents yuans par mois. Ma cousine a signé le contrat sans une seconde d'hésitation. Les caprices d'un enfant gâté, m'avoue-t-elle, sont de loin plus faciles à supporter que les manies des adultes qui, en vieillissant, peuvent redevenir gamins, vieux gamins rancuniers, obsédés, coléreux, intenables.

Je demande à ma cousine si je pourrai rester quelque temps avec elle.

Mais bien sûr, ma Pivoine ! Aussi longtemps que tu voudras, tant que mes patrons ne seront pas là. Ils sont partis ce matin. Ils ont des affaires au Guangdong et au Zhejiang. Ils ne reviendront pas avant un mois. Donne-moi ton sac. Tu veux quelque chose à boire ?... Cola ? Limonade ? Ou jus d'orange ?... Tiens. Ce sont des gens très occupés, mes patrons. Ils courent partout. Ils sont toujours pressés. Ils partent tôt le matin, rentrent tard la nuit, travaillent même le week-end. Leur fille ne les voit presque jamais. C'est à ne pas croire. Ils sont si occupés à amasser des sous qu'ils n'ont même pas le temps d'en dépenser... Oh Pivoine, tu peux pas imaginer comme ça me fait du bien de pouvoir entendre et parler notre dialecte ! Ça fait combien de temps que j'ai pas vu quelqu'un du village ?... Presque deux ans déjà... Que le temps passe vite ! Oui oui, j'aimerais bien rentrer à Neuf Puits cette année pour la fête de la mi-automne mais... Je sais pas encore… Ça dépend du travail tu vois… Un autre jus d'orange ?… Voilà. Qu'est-ce que tu dis ? Ça te semble un palais ici ? Hahaha… C'est incomparable avec les maisons de nos parents. Comme tu vas voir, la vie ici est bien plus confortable que celle au village. T'as pas besoin de couper du bois pour faire du feu. T'as pas besoin d'aller chercher de l'eau à la source. T'as pas besoin de laver le linge à la main. Il y a le gaz, l'eau courante, la machine à laver, tout ce qu'il faut, quoi. Mais des fois je me sens très seule… Mes patrons ? Eux ça va. Ils ne me traitent pas trop mal je dois dire. Je mange bien ici, et ma patronne me donne des vêtements qu'elle ne porte plus. Mais gare à toi quand ils ne sont pas de bonne humeur ! Une fois j'ai cassé un bol, ils ont piqué une colère incroyable. Ils m'ont engueulée pendant une bonne demi-heure puis déduit le double du prix du bol cassé de mon salaire. C'est pour me donner une leçon, disaient-ils. Je sais pas comment dire… Les gens de la ville ne nous aiment pas. Ils n'ont pas d'estime pour nous. Eux, les citadins, les bien-éduqués, les intelligents, les portefeuilles garnis, les teints-pâles parce qu'ils n'ont pas à travailler dans les champs, ils pensent qu'ils sont supérieurs. Nous, les campagnards, les émigrants de villages lointains, les étrangers, les sans-le-sou, les sans-éducation, les peaux-brûlées-par-le-soleil, nous sommes citoyens de seconde classe à leurs yeux. Le chômage, c'est à cause de nous. Les problèmes d'insécurité, c'est à cause de nous. L'augmentation des crimes, c'est aussi à cause de nous. Enfin. N'en parlons plus… Encore un jus d'orange ? Non ?… Viens voir, Pivoine. Voilà ma chambre. Elle est minuscule, mais ça me suffit… Mets ton sac, là, près du lit. Le lit n'est pas grand comme tu vois, mais on peut se serrer un peu. On n'est pas grosses, toutes les deux. Viens que je te montre un peu la maison. Voilà la cuisine… Ça, tu ne connais pas ? C'est une hotte aspirante. Elle pompe la fumée et la vapeur de la cuisson, les refoule au dehors… Ça c'est un stérilisateur à couverts, il tue les microbes par la chaleur et il bouffe de l'électricité. Voilà la salle de bains et les toilettes… Tu peux prendre une douche ou un bain tout à l'heure si tu veux… Non non, c'est pas compliqué. Je te montrerai comment ça fonctionne… Voilà la chambre de… ah, presque cinq heures déjà ! Je dois aller chercher Xiao Yin. Elle est la petite impératrice de mes patrons. Allez, je file. Fais comme chez toi. Mais ne réponds pas au téléphone. N'ouvre la porte à personne. Je reviendrai dans vingt minutes. À tout à l'heure !

Cette nuit-là, nous parlons jusqu'au petit matin. Ma cousine me bombarde de toutes sortes de questions. Ça fait longtemps qu'elle n'est pas rentrée à Neuf Puits, et elle veut tout savoir sur tout le monde là-bas, parents et grands-parents, frères et sœurs, cousins et cousines, copains et copines, voisins et voisines… Je lui raconte tout, je n'omets personne. Qui s'est fiancé avec qui. Qui s'est marié avec qui. Qui est tombé malade. Qui a bâti une nouvelle maison. Qui a acheté un petit camion d'occasion et s'est lancé dans le transport de courte distance. Qui est enceinte. Qui a accouché d'un fils. Qui a accouché d'une fille. Qui s'est cassé une jambe en tombant de son échelle. Qui a monté une petite fabrique de nouilles. Qui a bâti un four de briques et de tuiles. Qui a ouvert un bazar. Qui a acheté un buffle. Qui a eu une querelle avec qui. Qui s'est engagé dans l'armée. Qui a quitté le village pour aller dans la région côtière chercher à vendre ses muscles. Qui a planté combien de fruitiers. Qui a gagné combien de sous en vendant ses poissons… Sans oublier, bien sûr, les mésaventures de mon mari, les reproches que ses anciens copains journaliers lui ont faits, la vente de Xiangzai à mon insu, mon cœur brisé, ma colère, mon désespoir… Puis, à son tour, ma cousine me raconte sa vie en ville. Elle me parle de la manière de vivre des citadins, leurs habitudes, leurs manies, leur fric, leur électroménager, leurs passe-temps, leurs soucis, leurs angoisses, leurs obsessions… Son récit et ses anecdotes me font tantôt pousser des soupirs, tantôt tordre de rire.

J'interroge ma cousine sur ce qu'elle sait de Li le Patron. Elle me dit que celui-ci a une femme très jolie, portant de longs cheveux teints en blond et parée des pieds à la tête de bijoux en jade et en or. Elle me dit aussi que le couple Li a une fille et un fils et que pour avoir ce second enfant, les Li ont payé une grosse amende. Elle me dit qu'elle a vu une fois la femme de Li. Celle-ci est venue à moto au chantier du bâtiment chercher son mari et que sur sa moto était assis un petit garçon, leur fils sans doute.

Je dis à ma cousine que j'ai besoin de sous, que je vais rester un bout de temps à Vieux Banian, que je veux chercher du travail. Elle me promet d'aller voir ses copines pour ça le lendemain matin. Ma cousine doit avoir deviné, cette nuit-là, que ce n'est pas seulement pour chercher du boulot que je suis venue. Mais elle a la sagesse de ne pas se montrer curieuse tandis que moi, je me garde de lui parler de mon vrai but. Je ne veux pas l'inquiéter et je n'ai aucune envie de l'impliquer dans une affaire qui pourrait mal tourner.

Les jours suivants, j'accompagne ma cousine partout en ville quand elle fait des courses, va au marché, va à la banque, se rend chez le coiffeur, se rend chez la couturière, va à la pharmacie, va à la poste, escorte Xiaoyin à l'école maternelle, va la chercher, l'emmène à l'hôpital voir le dentiste, l'emmène à la boutique du coin acheter des bonbons et des yaourts, l'emmène au McDo manger des hamburgers, l'emmène à la pâtisserie choisir et commander un gâteau d'anniversaire, l'emmène au parc du Pose-Pinceau pour faire voler des cerfs-volants…

Deux semaines plus tard je me sens un peu moins dépaysée dans le paysage urbain, un peu plus habituée à ses lumières de néon roses et vertes, à ses bruits du trafic et à ses magasins remplis de choses que je n'ai jamais vues. Une copine de ma cousine me trouve du boulot. Je quitte alors ma cousine pour aller habiter avec cette copine et ses deux sœurs dans leur cabanon de six mètres carrés. Chaque matin je me lève à 4 heures 15 pour arriver dans une échoppe de nouilles de riz avant 5 heures. J'y aide à préparer puis à servir les petits déjeuners. Puis je me rends chez un couple de retraités pour faire du ménage. L'après-midi je ne travaille pas, je fais ma petite enquête…

Je me rends d'abord au bureau central des postes et télécommunications que j'ai repéré dans la rue de la République. Là, dans un annuaire, je trouve sans peine le numéro de téléphone de l'entreprise de Li le Patron. Je l'appelle du bureau de la poste. La réceptionniste de l'entreprise me dit que Li est sorti et me demande si elle peut m'aider. Je lui explique alors que Li a commandé dans ma boutique un gâteau pour son fils mais que l'adresse qu'il m'a laissée n'est pas assez claire… Et la réceptionniste, très gentille, la vérifie immédiatement pour moi.

Après ça, je vais arpenter la rue où se trouve la maison de Li. Je fais le tour des boutiques voisines. Je dis aux gens que je suis venue de la campagne chercher du travail et leur demande s'ils veulent une femme de ménage, une bonne à temps partiel ou une gardienne d'enfant, ou s'ils connaissent quelqu'un qui en a peut-être besoin. Je bavarde avec eux. Certains se montrent plutôt méfiants. D'autres aiment papoter et ont la langue bien affûtée. Une vieille dame me dit qu'un restaurant au bout de la rue cherche une assistante dans la cuisine. Je me présente au restaurant sous un faux nom. Comme je ne demande qu'un très petit salaire, on me prend pour laver les légumes et la vaisselle. La patronne me trouve travailleuse et de caractère facile ; elle me recommande à un de ses habitués. Il me prend pour une heure de ménage par jour.

C'est un vieux monsieur entre soixante-dix et soixante-quinze ans. Il a deux filles et un fils. Tous les trois sont partis pour l'Australie et s'y sont installés. Quand le vieux monsieur a pris sa retraite, ses enfants se sont cotisés pour lui acheter un appartement où il vit depuis. Le vieux monsieur n'a pas d'autres occupations que de soigner ses fleurs et ses bonsaïs. Chaque fois que je vais chez lui, je le trouve sur son balcon entre ses pots, arrosant ou taillant ses plantes, ôtant des feuilles jaunes ou des fleurs mortes, ameublissant la terre… Le vieux monsieur a un banian nain. Très élégant. Il a aussi un camélia qui donne des fleurs d'un superbe jaune doré. Chez nous on a des camélias blancs ; je n'ai jamais vu de camélia orange. Le vieux monsieur me dit que ce camélia orange est une variété très rare, qui ne pousse que dans les montagnes des Zhuang. Je lui dis qu'il le soigne comme si c'était son enfant, il sourit. L'appartement du vieux monsieur se trouve dans l'immeuble situé juste en face de la maison de Li le Patron. De son balcon on peut voir le va-et-vient de ses habitants. Comme le vieux monsieur aime parler et connaît presque tout le monde dans la rue, je mets très peu de temps pour apprendre de lui beaucoup de choses sur les Li. Quel type de personne est Li le Patron. Comment il a fait fortune. Quelle est la marque de sa voiture. À quelle heure il part à son bureau et à quelle heure il rentre à la maison. Qui est sa femme. Ce qu'elle fait. Où elle travaille. Qui est leur bonne. Qui est leur fille. Comment elle s'appelle. Qui est leur fils. Quel est son nom… Et le reste des renseignements dont j'ai besoin, quel âge a le petit garçon, à quelle école maternelle il va, dans quelle classe il se trouve…, je le récolte à l'épicerie du coin.

Ce jour-là, c'est un vendredi. Il pleut dès le matin, une pluie très fine. Une bruine plutôt.

Je vais voir ma cousine. Je lui dis que je rentre au village. Elle paraît surprise. Je lui explique que les miens me manquent trop, que j'ai envie de les revoir, et que je reviendrai peut-être à Vieux Banian dans un mois ou deux. Ma cousine me donne dix billets de cent yuans et me demande de les remettre à ses parents. Je les range avec mes économies dans la poche intérieure de mon pantalon. Je ne sais pas pourquoi mais je sens mes yeux se mouiller. Je ne veux pas que ma cousine voie mes larmes et je ressors précipitamment.

Je prends l'autobus pour aller à la gare. Dans la salle des réservations j'achète deux tickets d'assise dure. Un à plein tarif pour adulte, un à demi-tarif pour enfant.

J'entre dans une pharmacie près de la gare. J'y achète une boîte de somnifères. L'employée ne m'a posé aucune question. Elle a pris l'argent et m'a donné les médicaments.

Je fais un tour rapide dans un grand magasin qui se trouve plus loin. J'achète au rayon papeterie un petit rouleau de ruban adhésif, au rayon des jouets une petite voiture rouge, au stand de vêtements pour enfant une blouse verte, un jean beige et un harnais large qui sert à attacher les bébés sur le dos. Je passe ensuite au rayon des parapluies où je trouve deux imperméables – un jaune pour moi, un bleu pour garçon de quatre ans.

Je pénètre dans une épicerie voisine. J'y achète bonbons, cacahouètes, filaments de viande de bœuf séchés, biscuits, petits pains, jus d'orange, poudre de lait de soja et nouilles instantanées.

Je mets tous mes achats dans un grand sac de toile, sauf les imperméables, la boîte de somnifères, le rouleau de ruban adhésif et une boîte de jus d'orange. Je retourne ensuite à la gare où je dépose le grand sac à la consigne.

Au sortir de la gare je monte dans un bus. Je descends à côté du pont du Premier Mai. Il y a un jardin public au bord du canal sous le pont. J'entre dans le jardin. Je me cache derrière un arbuste. Je fais une petite coupure sur la boîte de jus d'orange. J'ouvre la boîte de somnifères. Je suis très nerveuse. Mes mains tremblent si fort que je laisse tomber la moitié des comprimés sur le sol. Finalement je réussis à en glisser un dans la boîte de jus d'orange. Je referme la coupure avec un bout de ruban adhésif et secoue la boîte une bonne minute pour que la drogue du sommeil s'y dissolve. Puis, pour me calmer les nerfs, je vais m'asseoir sur un banc du pavillon et je passe un long moment à regarder l'eau stagnante du canal.

Ma montre indique 2 heures et demie. Je ressors du jardin. Je continue à pied la rue jusqu'au grand carrefour. Un passant me montre où se trouve l'arrêt du bus n° 4. Je passe de l'autre côté de la rue par une passerelle de ciment peint en vert. Je n'attends que cinq ou six minutes. Le bus arrive. Il est tellement bondé que je ne peux pas y monter. J'attends le suivant. Environ un quart d'heure plus tard il arrive. Il y a cette fois moins de monde et j'y monte. J'achète un ticket de cinq maos et je vais m'installer à l'arrière, près de la porte.

Je descends du bus devant un restaurant appelé l'Arc-en-ciel.

Je franchis le seuil du restaurant. Il n'y a pas encore beaucoup de clients. J'achète un bol de nouilles de riz aux tripes de bœuf. Je choisis une table près de la fenêtre. Par la vitre je peux voir de l'autre côté de la rue la grille de l'école maternelle Miao Miao, *Jeunes Pousses*.

Il est cinq heures moins le quart. Le gardien de l'école vient ouvrir la grille. Je pose le bol sur la table, et les baguettes en travers sur le bol. Je me lève et sors l'imperméable jaune que j'enfile.

Je quitte l'Arc-en-ciel. Je traverse la rue. Les premiers parents arrivent. Je vois une jeune femme. Elle a l'air sympathique. Je m'approche d'elle et lui demande :

Pourriez-vous me dire où se trouve la classe des plus jeunes s'il vous plaît ? Je suis venue chercher mon neveu, sa maman est retenue par une affaire urgente…

La classe des plus jeunes ? Oui, suivez-moi. J'y vais moi aussi. Quel est le nom de votre neveu ?… Hai Hai ?… Je le connais. Il est venu à la fête d'anniversaire de mon fils la semaine dernière… Un garçon un peu timide… Voilà leur salle de classe… Voilà la maîtresse… Bonjour, Madame Yu. Voilà la tante de Hai Hai. Elle est venue le chercher parce que sa maman est retenue par une affaire urgente…

Je donne quelques bonbons à Hai Hai. Je saisis sa petite main et lui dis que je l'emmènerai au McDo – les gosses adorent ça, m'a dit ma cousine. J'enveloppe Hai Hai dans l'imperméable bleu. Je le prends dans mes bras. Je dis au revoir à la maîtresse. Et je sors de la salle de classe avec le garçon.

À la sortie de l'école, je vois la mère de Hai Hai arriver sous un parapluie à pois blancs sur fond noir. Mon cœur se met à battre à m'en sortir du gosier. Je tourne un peu le dos pour cacher le visage de l'enfant. La mère passe à deux pas de nous. Elle paraît très pressée et ne fait pas attention aux autres. Calfeutré dans son imperméable bleu et occupé à enlever le papier de ses bonbons, Hai Hai ne l'a pas vue. Ouf !

Je fais signe à un taxi. La voiture stoppe. J'ouvre la portière. Je mets Hai Hai sur le siège arrière et je m'assois près de lui.

À la gare, dis-je au chauffeur en claquant la porte.

Mais tante, tu m'as dit qu'on va au McDo, conteste Hai Hai.

On ira plus tard, lui réponds-je. Tu veux du jus d'orange ?… Tiens.

Hai Hai prend la boîte et boit, sagement.

J'enlève l'imperméable de Hai Hai. J'ôte le mien. Je les enroule et les fourre sous le siège du passager de devant.

Le taxi s'arrête devant le perron à double escalier de la gare. Je donne un billet de dix yuans au chauffeur. Je descends du taxi avec Hai Hai dans mes bras. Il s'est déjà endormi.

Je gravis les marches du perron. Je récupère mon bagage à la consigne. Je pénètre dans le hall d'attente. Il est noir de monde. Je tire du sac le porte-bébé. Une vieille femme m'aide à attacher Hai Hai sur le dos.

La plate-forme n° 3 est presque déserte. Les derniers voyageurs se bousculent devant les portes des wagons. Je hâte le pas. Le wagon n° 13, le nôtre, se trouve en queue de train. J'y cours. Je monte dans le wagon. Suante et haletante comme un bœuf qui tire un chariot débordant de moissons.

Je trouve nos places. Le filet à bagages est plein. Je pousse mon grand sac de toile sous le banc. Je détache Hai Hai de mon dos et le pose doucement sur la banquette près de la fenêtre. Puis je m'installe près de lui.

Il est 5 heures 39. Le train partira dans deux minutes. Et ces deux courtes minutes, vous pouvez l'imaginer, sont l'attente la plus longue de ma vie. J'ai la gorge brûlée comme si j'avais avalé une boule de feu. Mon sang cogne contre mes tempes à coups de marteau. Mes yeux sont braqués sur la sortie du couloir souterrain d'où je m'attends à voir jaillir, d'un instant à l'autre, une meute de policiers hurlant et brandissant pistolet et menottes…

Coups de sifflet. Le train s'ébranle. Au bord de la voie ferrée défilent d'abord les piliers de béton carrés, puis les pans de mur d'enceinte, puis les maisons basses serrées entre les immeubles hauts, puis les potagers verts et les étangs couverts de lentilles d'eau, puis les arbres, les versants de collines, les ravins, les champs, les villages… Je soupire de soulagement : ça y est, le train est sorti de Vieux Banian et de sa banlieue.

Hai Hai dort toujours. Je tire du sac la blouse verte que je pose sur lui. Il dort d'un air tranquille, heureux. Cela me fait penser à mon Xiangzai. Où est-il en ce moment ? Que fait-il ? Pense-t-il à ses parents ? Pense-t-il à son frère ? Pense-t-il à sa mamie et à son papi ? A-t-il soif ? A-t-il faim ? A-t-il froid ? A-t-il chaud ? A-t-il peur ? Souffre-t-il ? Pleure-t-il ? Le bat-on quand il pleure ? Le bat-on quand il réclame sa maman ? Le bat-on quand il ne sait pas faire ce qu'on lui demande…

Quand le train arrive à Dujun, Hai Hai dort encore. Avec l'aide d'un passager, je l'attache sur mon dos. Puis je ramasse mes bagages et je descends du wagon.

Beaucoup de taxis et de tricycles bâchés à moteur attendent le client à la sortie de la gare. Je prends un tricycle car c'est moins cher que le taxi. À ma demande le conducteur nous conduit à un hôtel bon marché. Je prends une chambre au deuxième étage.

Une fois entrée dans la chambre, je ferme la porte à clef et mets Hai Hai sur le lit. Son sommeil est si profond que ça commence à m'inquiéter. J'ouvre sa veste, remonte son pull, pose ma main sur son cœur… il bat. Ouf ! Je me laisse tomber dans la chaise près du lit, épuisée mais soulagée. C'est alors que j'entends toc toc à la porte. Je me dresse d'un bond. Policiers ! Ils ont su ! Ils nous ont trouvés ! Ils sont venus m'arrêter !

Qu'est-ce qu'il y a ? demandé-je, tremblant de tous mes membres.

Je vous apporte de l'eau bouillie, répond une voix de femme.

Je me force à sourire et entrouvre la porte. Une jeune fille me tend un thermos.

Merci, je prends le thermos et referme la porte.

Mes nerfs se relâchent d'un coup. Je m'affaisse en sanglots sur le sol froid de ciment. Mais qu'est-ce que j'ai fait ? me répété-je, mais qu'est-ce que j'ai fait ?...

Après cette crise de larmes, je me dis que je devrais être plus forte. Tout s'est bien passé jusque-là. J'ai vaincu tous les obstacles. Je suis arrivée à trouver Li. Je suis parvenue à lui piquer son fils. Je possède maintenant de quoi obtenir du voleur qu'il nous rende ce qu'il nous a volé. Je peux le faire rendre ce qu'il nous a volé. Notre argent. Notre fils. Il n'y a aucune raison pour que je ne réussisse pas. De plus, je suis déjà allée trop loin pour pouvoir revenir en arrière. Je n'ai plus le choix. Il ne faut pas que je regarde de côté. Je dois me concentrer sur ce que j'aurai à faire. Je me sentirai sans doute mieux quand j'aurai mangé quelque chose et dormi un peu. Et quoi qu'il arrive, je ne peux pas renoncer. Il faut que j'aille jusqu'au bout. Je dois ça à mon Xiangzai.

Je me relève. Je ramasse le thermos que je pose sur la table. Puis je vais dans la salle d'eau me laver le visage et les mains. Je me fais une tasse de lait de soja. Je bois le lait. J'avale deux petits pains. J'enlève mes chaussures. Je m'allonge à côté de Hai Hai. Et je m'endors.

Des bruits me tirent du sommeil. C'est Hai Hai qui s'est réveillé et qui pleure. Il ne sait pas où il est. Il a peur. Il veut sa maman. Je le prends dans mes bras. J'essuie ses larmes. Je lui dis que nous sommes dans un hôtel et que sa maman viendra bientôt le chercher. Je lui donne des bonbons. Je lui donne la petite voiture rouge. Il mange des bonbons. Il grignote des biscuits, des cacahouètes et des filaments de viande de bœuf. Je verse du jus d'orange dans une tasse dans laquelle je mets un autre comprimé de somnifère. Il en boit seulement la moitié. Il veut faire pipi. Je le porte aux toilettes. Après je joue avec lui jusqu'à ce qu'il se rendorme à nouveau. Je déplie la couverture et la mets sur lui. Je place la chaise contre le bord du lit pour qu'il n'en tombe pas dans son sommeil. Puis je sors.

Je trouve un bureau de poste à cinq ou six cents pas de l'hôtel, dans une autre rue. Je téléphone à Li le Patron. À la première sonnerie quelqu'un décroche. C'est bien Li. Je lui dis que son fils est avec moi et qu'il est en bonne santé. Je lui demande de m'envoyer immédiatement à la poste restante un mandat télégraphique de quatre-vingts mille yuans. Je lui dis aussi que s'il prévient la police et si je ne reçois pas l'argent en deux jours, son fils sera mort. Li demande à parler avec son fils, je lui réponds non. Il tente encore d'expliquer qu'il lui faut plus de temps pour trouver la somme exigée mais je raccroche le téléphone.

Li est paniqué. Je peux sentir la peur et la détresse dans sa voix à l'autre bout du fil. Non, je ne les savoure pas. Mais je n'ai pas de pitié pour lui non plus. Il récolte ce qu'il a semé, non ?

Je retourne à la poste le lendemain matin. L'argent n'est pas encore arrivé.

Je retourne à la poste le jour suivant. L'argent n'est toujours pas arrivé. Li a-t-il perdu sa tête ? Il ne veut plus de son fils ? Mon impatience augmente. Je l'appelle à nouveau. Il me dit qu'il a déjà rassemblé l'argent nécessaire mais il ne sait pas où l'envoyer. Zut, j'ai oublié de le lui préciser ! Je lui donne donc le nom et l'adresse du bureau de poste où je me trouve. Et je lui répète que si je ne reçois pas l'argent demain matin au plus tard, il ne verra plus jamais son enfant.

Le lendemain, j'attends jusqu'à deux heures de l'après-midi pour descendre de l'hôtel. Le soleil rayonne dans un ciel bleu lavé. Les gens vont et viennent au pas de promenade. Les motards se faufilent avec une habileté incroyable entre voitures, vélos et passants qui traversent la rue d'un air insouciant.

J'enverrai l'argent à mon mari dès que je l'aurai reçu, me dis-je en marchant vers la poste. Il ira chercher Xiangzai et le ramènera à la maison. En même temps j'irai me rendre à la police. J'emmènerai Hai Hai au commissariat du quartier. L'enfant retrouvera ses parents. Je serai arrêtée, jugée et écrouée pour l'avoir kidnappé. Je passerai quelque temps derrière les barreaux. Peut-être deux ou trois ans. Peut-être cinq ou six ans. Puis je sortirai. Je rentrerai à Neuf Puits. Je rejoindrai mon mari, mes garçons et mes beaux-parents. Je fourrerai ce bout du passé dans une boîte et je jetterai le tout dans la rivière. L'eau l'emportera très loin. Dans le fleuve, la mer, l'océan. J'oublierai complètement l'affaire. Personne au village ne s'en souviendra. Je m'occuperai bien des poissons avec mon mari. Nous soignerons bien nos fruitiers. Nous ferons beaucoup de sous. Nos garçons grandiront. Ils iront à l'école primaire, puis à l'école secondaire, puis à l'université. Ils travailleront bien. Ils auront leurs diplômes. Ils trouveront un bon boulot en ville. Ils gagneront bien leur vie. Ils achèteront leur maison. Ils se marieront et auront des enfants à leur tour. Mon mari et moi nous resterons au village. Nous aurons des cheveux blancs et quelques dents de moins. Nous continuerons de nous occuper de notre étang et de notre verger tant que nous pourrons. Pendant les vacances nos fils et nos petits-enfants viendront nous voir. Nous irons ensemble donner à manger aux poissons ou cueillir des oranges sur les versants de la colline… Oh, comme tout ça est beau !

J'entre dans la poste. Il y a du monde. Je me place à la fin de la queue. Quand c'est mon tour, je demande à l'employée assise derrière le guichet de vérifier pour moi si le mandat que j'attends est arrivé. Je lui donne mon nom. Elle me dit d'attendre un instant et elle va dans la pièce intérieure. Quelques minutes plus tard, elle réapparaît.

L'argent est arrivé, dit-elle en me jetant un long regard. Vous avez votre carte d'identité ?

Oui. Voilà.

Elle prend ma carte, note dans un carnet bleu mon nom et le numéro, me rend la carte.

Signez ici, me dit-elle en désignant une case dans le carnet du bout de son stylo.

Je prends le stylo attaché sur le rebord du guichet par un bout de ficelle, écris mon nom dans la case, rends le carnet à l'employée.

Elle tire de sous le comptoir un paquet qu'elle pousse vers moi.

Voilà votre argent.

Merci. Euh… s'il vous plaît, je veux l'envoyer tout de suite à…

Juste à ce moment-là, je sens une paire de pattes puissantes me serrer les bras. Je n'ai pas eu le temps de protester que je suis déjà menottée, poussée hors de la poste et jetée dans une voiture…

Oui, je me fais des reproches pour la mort de Hai Hai. Mais je ne l'ai pas tué. Je n'ai jamais voulu le tuer. Je n'ai jamais eu l'intention de tuer quiconque. Je voulais seulement récupérer mon Xiangzai. Oh Xiangzai. Oh Dieu du Ciel !

Ketmie

Secousses. Grincements. Le train entre dans la gare.

Tu te frottes les yeux, regardes par la fenêtre.

Au-delà de plusieurs voies ferrées, un bâtiment blanc crémeux. Les vitres de ses fenêtres enflammées par le soleil couchant. Deux gros caractères écrits à la peinture rouge : *Gu Rong*, Vieux Banian.

Arrivée ! Tu te lèves. Tu tires ton sac à dos de sous le siège et tu te joins aux autres passagers qui se dirigent vers la porte.

Le train s'arrête. Un employé ouvre la porte et descend le premier. Les voyageurs se bousculent pour sortir plus vite.

Tu descends sur le quai. Tu aperçois au milieu de la foule qui afflue vers l'entrée du couloir souterrain l'homme long et voûté avec son sac de jute, ses lanières de bambou et son faisceau de serpents secs. Puis il se perd dans la foule.

Au bout du couloir, tu montres ton billet à une des receveuses qui surveillent la sortie. Elle le prend, le déchire dans un coin, te le rend.

Tu sors dans la rue. Tu vois un taxi et tu lui fais un signe. La voiture stoppe devant toi. Tu y montes.

Où allez-vous ? demande le chauffeur en redémarrant.

Vieux banian.

Mais vous êtes déjà à Vieux Banian.

Je veux dire le vieil arbre banian qui se trouve, je crois, au pied du mont Pose-Pinceau.

Ah, je vois. Vous parlez de l'arbre des Amoureux.

L'arbre des Amoureux ?

Oui, parce que ce sont deux amoureux qui l'ont planté, enfin, selon la légende.

Quelle légende ?

Celle que mon oncle m'a racontée quand j'étais enfant.

Racontez-la-moi, s'il vous plaît.

Cela remonte à plus de mille deux cents ans. Il y avait sur la côte de la Mer du Sud un village, et dans ce village, un jeune homme et une jeune fille. Ils se connaissaient depuis l'enfance et ils s'aimaient. Mais ils appartenaient à deux grandes familles voisines et rivales qui se haïssaient, et ils surent dès le début que leur amour ne pourrait jamais être béni par leurs parents. Un jour, ils apprirent que les parents du jeune homme lui avaient trouvé une fiancée, et que les parents de la jeune fille lui avaient trouvé un fiancé. Que faire ? Leur courage trempé dans leur passion à défier la mort, ils décidèrent de fuir les toits paternels et d'aller bâtir leur propre nid très très loin, ailleurs. Par une nuit de printemps sans lune, ils glissèrent chacun hors de la maison de leurs parents, le cœur battant, un ballot de vêtements en bandoulière. Ils se rencontrèrent à la sortie du village, au pied d'un banian multiséculaire que les villageois considéraient comme leur arbre protecteur. Le jeune homme en détacha un frêle rameau qu'il attacha à son ballot comme porte-bonheur. Puis, main dans la main, ils partirent tous les deux, à la fois effrayés et excités par l'inconnu total qui les attendait.

Ils marchèrent des jours et des jours, avalant un gâteau de riz glutinant enveloppé dans des feuilles de roseau quand ils avaient faim, buvant aux ruisseaux quand ils avaient soif, dormant dans une grotte, un temple en ruine, ou à la belle étoile s'ils ne trouvaient pas d'abri à la tombée de la nuit… Un après-midi, ils arrivèrent à une montagne à trois pics.

Regarde, dit le jeune homme à sa compagne avec enthousiasme, cette montagne à triple pic ne fait-elle pas penser à un énorme pose-pinceau ? Et ce terrain plat et rectangulaire, en contre-bas, n'évoque-t-il pas une grande table ? Et cette rivière arrosée de soleil déclinant ne ressemble-t-il pas à une coulée d'or liquide ? Et plus loin, là-bas, de l'autre côté du courant, tu vois le déferlement de ces petites collines à l'échine verte ? On dirait qu'elles ondulent de l'horizon vers nous comme un gigantesque dragon. Table, or, pinceau, dragon… foyer, prospérité, sagesse, puissance… Voilà un beau site pour notre maison à nous !

La jeune fille acquiesça d'un sourire.

Le jeune homme et la jeune fille déposèrent leur balluchon, creusèrent un trou à la base de la montagne qu'ils appelaient désormais Pose-Pinceau, plantèrent le rameau du banian qu'ils avaient emporté de leur pays natal. Tous les deux descendirent ensuite au bord de la rivière qu'ils surnommaient le Ruisseau au Dragon Vert, et ils portèrent de l'eau dans de grandes feuilles de bananier sauvage pour arroser le rameau. Puis ils coupèrent des roseaux, ramassèrent de gros galets, échafaudèrent une chaumière, et s'y installèrent.

La jeune fille donna ses bijoux au jeune homme. Le jeune homme se rendit en ville, vendit les bijoux, rapporta des outils et des graines. Ils défrichèrent des hectares entiers de prairies, plantèrent des haricots, des navets, des salades, des citrouilles, des courges et des choux verts, semèrent le maïs, le soja, les arachides dans des champs en pente douce, cultivèrent le riz dans des pièces le long du cours d'eau… Bientôt entourés de cinq enfants, deux filles et trois garçons, ils s'occupèrent aussi d'un champ de théiers sauvages qu'ils avaient découvert sur un versant humide et peu ensoleillé du Pose-Pinceau. Grâce à la vente de ce thé extraordinaire dont la réputation ne tarda pas à se répandre au loin, ils devinrent très riches. Ils se croyaient bénis par Dieu de la Terre, et pour le remercier de sa générosité, ils firent ériger un petit temple au pied du banian qu'ils avaient planté à leur arrivée. Ce n'est qu'après cela qu'ils firent construire sur l'emplacement de la chaumière de leur jeunesse une grande maison en bois et en pierre. Un panneau horizontal fut fixé au-dessus du linteau, portant deux gros idéogrammes calligraphiés : Yong An, *Paix éternelle*...

On arrive ! dit le chauffeur en garant sa voiture devant une épicerie. Vous voyez l'arbre, là, au bout de la rue ? Voilà le banian millénaire. Mais je ne peux pas aller plus loin, les véhicules à moteur sont interdits autour de l'arbre après six heures du soir, à cause du marché de nuit.

Mais vous n'avez pas terminé votre histoire.

C'est vrai, je ne vous ai raconté que le début.

Alors, si on faisait un tour dans la ville, le temps que vous terminiez l'histoire ? Je vous payerai bien sûr.

D'accord. Je n'aurais pas pensé que ça vous intéresserait autant que ça.

Le chauffeur exécute un demi-tour et repart en sens inverse.

Où en était-on déjà ?... Oui, c'est ça... Après toutes ces années, figurez-vous, le jeune homme et la jeune fille vieillissaient. Leurs visages se ridaient, leurs dos se voûtaient, leurs cheveux devenaient blancs. Puis leur jour fut venu ; ils partirent tous les deux au séjour des morts. Comme tout être humain quand arrive son tour. Mais le banian qu'ils avaient planté continuait de résister à toutes les vicissitudes du temps, et de grandir. Son corps se développait. Sa peau durcissait. Ses bras s'allongeaient, grossissaient, se multipliaient, et brandissaient désormais un large feuillage en forme de parasol toujours ciré de vert qui le rendait visible de très loin. Ses longues racines aériennes retombaient jusqu'au sol, les unes s'enroulant sur le petit temple comme des couleuvres, les autres pénétrant tout droit dans la terre pour s'épaissir en multitude de colonnettes.

Pendant tout ce temps, le banian voyait d'autres gens venir s'installer autour de lui, fils de paysans pauvres à la recherche d'un lopin de terre ou pour louer leurs bras, lettrés de mérite fatigués du monde, anciens mandarins en exil forcé ou volontaire, concubines royales disgraciées et chassées de la cour, auteurs de crimes passionnels pour échapper à la décapitation, ex-bandits convertis en cultivateurs, petits commerçants et artisans de toutes sortes. Ainsi, dans le bassin du Ruisseau au Dragon Vert, un village se formait et ne cessait de croître au fil des décennies et des siècles…

C'était une nuit de fin d'automne, l'année où le banian fêtait son tricentenaire. La nouvelle mariée de Lin fut tirée de son sommeil par une soif insupportable qui lui brûlait la gorge. À côté d'elle son mari ronflait, la bouche grande ouverte. Elle lui caressa la poitrine et, sans se réveiller, il grogna quelques mots incompréhensibles et lui tourna le dos. Elle descendit du lit, se dirigea vers la cuisine pour chercher de l'eau. En passant devant la fenêtre de la salle de séjour, elle s'aperçut que l'étoile qui précède le lever du jour jetait un éclat extraordinaire. Qu'est-ce qui lui arrive ? Pourquoi brille-t-elle comme ça ? Est-ce là un avertissement mystérieux du ciel ? La jeune femme s'arrêta pour regarder. L'astre devenait de plus en plus brillant. Et soudain, il commença à grandir. La jeune femme se frotta les yeux, regarda à nouveau. L'astre continuait de grandir, grandir, GRANDIR… Et sa clarté aussi augmentait de seconde en seconde. La jeune femme regardait, étonnée, inquiète, terrifiée. Si ça devient de plus en plus grand et de plus en plus brillant, c'est que ça s'approche ! Fonce-t-elle droit sur la terre ? Fonce-t-elle droit sur ma maison ? Fonce-t-elle droit sur moi ? La jeune femme voulut s'enfuir mais ses pieds étaient comme cloués au sol. Elle voulut appeler son mari mais aucun son ne put sortir de son gosier. Elle était condamnée à regarder, en silence, l'astre foncer sur la terre, sur son toit, sur elle. Puis, brusquement, l'astre parut s'arrêter. Il ne grandissait plus. Il ne s'approchait plus. Il était là, immobile, brillant de son éclat éblouissant, comme suspendu à un fil invisible qui descendait du firmament bleu-vert. La jeune femme poussa un soupir de soulagement. C'est alors que l'astre se mit à trembler. Il tremblait, clignotait, vibrait, comme si, tiré vers le bas par le poids de son propre éclat, il allait tomber de la voûte céleste. Et il tombait ! En une flèche de lumière. Sur elle. Cramponnée au bois de la fenêtre, la jeune femme ferma ses yeux dans une attente d'agonisant. Soudain elle eut la sensation étrange d'avoir avalé une énorme bouffée de parfum qui étancha sa soif instantanément. Elle rouvrit ses paupières. Tout était comme si rien ne s'était passé, l'étoile du matin brillait près du sourire pâle de la lune, les longues et gracieuses silhouettes de bambous oscillaient avec nonchalance sur le ciel bleu-vert. La jeune femme crut avoir rêvé. Elle retourna dans la chambre et se recoucha sans bruit près de son mari. Dix mois plus tard elle mit au monde un garçon et crut sentir, au moment même où la tête de l'enfant émergea, le même parfum troublant qui avait apaisé sa soif étrange une nuit, l'automne précédent. Persuadée qu'il existait un rapport énigmatique entre la naissance de son bébé et cet éclat exceptionnel de l'étoile dans le temps même où il avait été conçu, elle l'emmena voir un devin illustre.

Le vieil homme aux yeux morts demanda la date et l'heure exacte de la naissance. Puis, après des calculs compliqués, il se racla bruyamment la gorge.

Votre fils, dit-il à la femme de Lin, est en fait l'Astre des Lettres qui a été chassé du Palais céleste pour avoir eu l'audace de se montrer plus intelligent que l'Empereur du Ciel. Divin forcé à vivre le flux et le reflux de la vie humaine, intemporel condamné à connaître les vicissitudes du temps, il découvrira jeune la désillusion amère après la gloire fulgurante, la pauvreté extrême après le luxe fabuleux. Il ne fera pas de vieux os.

Le sang se retira du visage de la femme de Lin au fur et à mesure que le vieillard égrenait ses prédictions. Elle le voyait même couler, ce ruisseau de mots sombres, non pas de ses lèvres sèches, mais de ses prunelles immobiles enfoncées dans son visage osseux, tels deux puits insondables.

Que… que pourrais-je faire ?… balbutia-t-elle.

Les secondes s'écoulèrent avec une lenteur effroyable.

Peut-être, prononça enfin le vieillard sans regard, peut-être pourriez-vous lui éviter les pièges de l'avenir si vous parveniez à l'éloigner du pinceau et de l'encre durant les trois premières années de sa vie.

De retour à la maison, la femme de Lin rafla tous les pinceaux et les bâtonnets d'encre solide qu'elle pouvait trouver dans la maison, les enveloppa dans un morceau de tissu rouge, puis cacha le paquet au fond de sa malle sous des piles de draps et de vêtements. Elle n'oublia pas non plus de décrocher du mur les peintures et les calligraphies qui risqueraient d'attirer les yeux innocents du bébé. Elle prit aussi la précaution de supprimer de son vocabulaire tous les mots évocateurs du travail des lettrés. Mais quand elle poussa sa précaution jusqu'à demander aux visiteurs de ne pas prononcer *pinceau* et *encre* en présence du bébé, son mari trouva ça trop exagéré. Dans un accès de colère, il déclara que cette histoire de l'Astre des Lettres puni était absurde, que le vieil aveugle était un imbécile et que ses prophéties ne valaient pas un pet de chien. Les yeux de la femme de Lin s'arrondirent et sa mâchoire inférieure sembla tomber. Co… comment son mari ose-t-il proférer un blasphème pareil ! Puis, revenue de sa stupeur, elle s'enferma avec le bébé dans sa chambre. Elle était bouleversée. Elle regardait le bébé. Le bébé lui souriait. Est-il vraiment un enfant extraordinaire ? se demandait-elle en examinant son petit visage millimètre par millimètre… Qualité et couleur des cheveux, contour du front, teint de la glabelle, aspect des sourcils, ligne des yeux, profil du nez, courbes de la bouche, forme du menton, taille des oreilles… Rien dans sa physionomie ne présentait un caractère particulier, ni ne révélait une intelligence exceptionnelle, ni ne présageait un destin hors de commun. La femme de Lin se sentait un petit peu soulagée. Peut-être après tout son fils n'est-il qu'un petit garçon comme les autres. Elle se souvint du parfum insolite qu'elle avait senti à l'accouchement. Ce n'était qu'une hallucination due à la fatigue, se disait-elle. Elle se rappela les paroles cruelles du vieux devin sans regard. Ce n'est que pure invention d'un vieillard qui veut se donner des airs de prophète, pensa-t-elle. Pourtant, l'image de l'étoile tombée du ciel continuait de s'imposer à elle avec une insistance obsédante, et il y avait des nuits où elle ne pouvait pas fermer les paupières sans la revoir. Ainsi, pour contrebalancer la prédiction du vieux devin, la femme de Lin donna à son fils un surnom très spécial, Yu, qui signifiait *lourd d'esprit*.

Yu paraissait en retard dans son développement général – comme le voulait son surnom. Il ne fit ses premiers pas titubants qu'à deux ans et demi, alors que les gamins de son âge courent déjà. Il était encore incapable d'articuler clairement un seul mot alors qu'il allait sur ses trois ans. Cela inquiétait et rassurait à la fois sa mère. Inquiète parce qu'elle commençait à avoir peur que l'enfant ne fût muet de naissance. Rassurée parce que la lenteur de son développement semblait être la preuve la plus éclatante de l'erreur du vieux devin.

Le troisième anniversaire de Yu coïncida avec la Qiushe, Fête de l'Automne. Les villageois se rassemblaient ce jour-là sous le feuillage épais du banian, devant le petit temple de Dieu de la Terre. Ils venaient avec fruits, gâteaux, poissons, poulets, viande de porc, alcool de riz. Ils étalaient les nourritures et la boisson en offrande sur une longue table. Ils brûlaient de l'encens, remerciant Dieu de la Terre de sa bienveillance, le priant de leur être plus clément et plus généreux encore. Puis, les sacrifices faits, ils s'asseyaient autour de la table, mangeaient, buvaient, rigolaient. Les parents de Yu l'emmenèrent à la fête. En plein milieu du festin sa mère s'aperçut qu'il avait disparu. Elle chercha partout mais nulle part il n'y avait trace de l'enfant. Tout à coup saisie d'un pressentiment de malheur, elle rentra en courant à la maison. Il était là en effet, son petit garçon, assis sur un tas de draps et de vêtements froissés, près de la malle grande ouverte, en train de croquer un bâtonnet d'encre solide avec la plus grande joie du monde. La femme de Lin bondit sur lui. Elle lui colla une gifle si violente que le bâtonnet d'encre fut projeté contre le mur et se brisa en deux.

Tu m'as fait mal maman, se plaignit Yu, les larmes aux yeux.

Stupéfaction de la mère :

Mais… mais tu sais parler !

Elle s'agenouilla lentement. Elle toucha de sa main tremblante les lèvres noircies de son fils puis regarda les taches sombres sur ses doigts.

Le vieil aveugle a vu, murmura-t-elle.

Qu'est-ce que tu as dit, maman ? demanda l'enfant.

Elle ne répondit pas. Elle comprit que son combat contre le destin avait été perdu d'avance.

À partir de ce jour-là, Yu parla. Les phrases lui coulaient des lèvres comme d'une source. Il lisait à quatre ans. À cinq ans il pouvait réciter des poésies des anciens poètes connus. Son père le présenta à un maître calligraphe, et six mois plus tard il calligraphiait d'une main ailée. Rien d'étonnant qu'à sept ans il commença à composer ses propres poèmes, qui, contrairement à ce que suggérait son surnom, *lourd d'esprit*, témoignaient d'une stupéfiante précocité. Yu s'intéressait aussi à la peinture à l'encre et excellait pour les paysages d'hiver. L'année où il cueillit ses premiers lauriers au concours impérial de lettres, il n'avait pas encore quinze ans. Quand il entra dans la vingtaine, sa célébrité était telle que l'empereur le fit entrer à sa cour et lui donna un appartement dans sa résidence préférée. Drapé de satin somptueux, entouré des plus jolies femmes du palais, soûlé du meilleur alcool du pays, Yu improvisait des vers sous les yeux émerveillés du souverain. Parfois, pendant que Yu se promenait dans le jardin en cherchant une nouvelle inspiration, le souverain poussait la complaisance jusqu'à préparer lui-même de l'encre pour le poète. À vingt-deux ans Yu se vit confier l'éducation littéraire du dauphin de l'Empire, connu pour son aberrante aversion pour les études. Yu n'était pas professeur, mais jongleur de mots. Au lieu d'assommer le jeune prince par les techniques de lecture et d'écriture comme ses prédécesseurs, il lui chantait les vers, des poètes les plus renommés aux auteurs anonymes. Sa voix mélodieuse remplissait le volume de la salle d'études, emportant le prince dans un autre monde, celui des sons, des couleurs, des odeurs, des images, des rêves. Le prince ne savait pas que les mots vivent, qu'ils peuvent se transformer en visages, voix, gestes, parfums, peintures, musiques, que l'on peut se les fourrer dans la bouche, les mâcher, les savourer, s'en griser. Yu lui ouvrit l'œil, l'oreille, l'appétit. Très vite, maître et élève devinrent des amis inséparables. Mais le succès de Yu ne tarda pas à susciter la jalousie des courtisans de l'empereur. La rumeur commençait à circuler dans la cour que Yu conspirait avec le prince pour usurper le trône. L'empereur convoqua ses ministres et le poète. Tous les courtisans se frottaient les mains, savourant d'avance le plaisir de voir Yu foudroyé par la colère de l'empereur. Mais à la stupeur générale, le souverain nomma Yu *Censeur impérial*, chargé de lui proposer ce qui était avantageux pour l'empire, de lui montrer le bien qu'il devait faire, de l'empêcher d'être trompé par ses conseillers et ses généraux, de lui révéler directement leur incompétence, leurs négligences, leur mauvaise foi et leurs intrigues, et, en plus de tout cela, de lui faire connaître, à lui l'empereur, ses propres fautes. C'était là le poste le plus illustre, le plus influent, donc le plus dangereux. Or, Yu n'était pas un animal politique. Il prenait très au sérieux ses nouveaux devoirs. Et il s'en acquittait avec tant de zèle, tant d'honnêteté et tant de franchise que bientôt l'empereur lui-même ne put plus le supporter. Il nomma Yu gouverneur d'une petite ville frontière dans le sud-ouest du pays, nomination équivalente à l'ordre de s'éloigner de la cour. Sans protester le poète quitta la capitale, se rendit à son nouveau poste. Mais au jour fixé pour prendre sa charge, en présence de tous les officiels locaux réunis, Yu ôta ses insignes qu'il plaça sur la table, fit une profonde révérence, et s'éclipsa.

Yu menait désormais une vie vagabonde. Il parcourait rivières et montagnes, se nourrissait de fruits sauvages et des aumônes des paysans, dormait dans des grottes, des cabanes de bûcherons, des huttes de fermiers ou à la belle étoile… Jour après jour. Mois après mois. Année après année. Le printemps arrivait puis s'en allait. L'été revenait puis repartait. L'automne glissait à l'hiver. L'hiver passait au printemps… Et toujours Yu continuait ses infatigables vagabondages. À force de marcher, il arrivait à connaître les vallées et les collines dans le pays comme un jardinier les sentiers et les rocailles dans son jardin. Parfois il rencontrait sur la route un bonze bouddhiste ou un moine taoïste en quête comme lui de la beauté de la nature et de sérénité intérieure ; ils faisaient alors un bout de chemin ensemble, pour quelques heures ou pour quelques jours, avant de se séparer, chacun allant de son côté.

C'était un beau crépuscule d'été. Yu se promenait sur la rive d'une rivière. Il vit un petit bateau amarré dans une anse et s'approcha. Un homme descendit du bateau. Yu le salua. Étonné, l'autre s'écria :

Mais c'est toi, Yu ! Tu ne me reconnais plus ? Je suis Da Shan.

Quelle surprise ! Yu ne cacha pas sa joie. Da Shan était son ami d'enfance, le fils d'un voisin.

Viens, viens boire quelques coupes avec moi. Da Shan fit monter Yu dans sa barque, puis sortit deux coupes et trois pots de grès. Dès qu'il enleva le bouchon du premier pot, l'odeur délicieuse d'alcool de riz glutinant fit palpiter les narines des deux hommes. Bon alcool ! disaient-ils en aspirant avidement. Da Shan remplit une coupe pleine à ras bords qu'il mit devant son ami.

Où traînes-tu depuis toutes ces années-là ? s'enquit-il en remplissant une autre coupe pour lui-même. Le gouverneur de la région te cherche partout.

Ah bon ?

Oui. Le vieil empereur est mort. Son fils lui a succédé. Le lendemain qu'il est monté sur le trône, le nouveau souverain a donné l'ordre de te retrouver. Il veut t'avoir à la cour. Si tu vas le voir…

Yu avala une grande gorgée d'alcool.

Dans la forêt, dit-il en reposant la coupe sur la table, les oiseaux passent beaucoup de temps à chercher des graines et des vers. Ils passent plus de temps encore pour trouver une source claire. Mais ils ne recherchent pas une cage ! Que signifient aux yeux de ceux qui se réjouissent d'un espace-temps infini la prison du confort matériel et la corvée de la vanité ? Penses-tu qu'après avoir goûté les plaisirs d'une vie sans ordre ils voudront encore retourner à la misère d'un ordre sans vie ? Crois-tu que pour l'appât de la gloire sur l'autel social ils sacrifieront leur liberté ? Leur solitude merveilleusement peuplée de voyages, de rencontres, de découvertes ? Et leur bonheur de contempler les montagnes, les rivières, le ciel ?

Yu secoua lentement la tête. Il prit le pot de grès, versa de l'alcool dans la coupe de son ami puis dans la sienne.

À nos retrouvailles.

À nos retrouvailles !

Les deux hommes trinquèrent et vidèrent leur coupe d'un long trait.

Quand ils finirent le premier pot d'alcool, la dernière lueur du crépuscule s'était éteinte. La nuit enveloppait tout de son immense voile. Da Shan voulut allumer la bougie mais Yu lui dit d'attendre. Ils bavardèrent un moment dans le noir. Puis la lune se leva, ronde et brillante, telle une énorme perle flottant dans le ciel.

Da Shan déboucha le second pot, remplit à nouveau leurs coupes.

Tu te souviens de nos expéditions de chapardage nocturne ? lui demanda Yu entre deux petites gorgées. Il était calme, détendu, heureux.

Comment puis-je les oublier ? Patates douces, épis de maïs, cannes à sucre, melons, petits pois, pastèques… Une fois – je ne sais pas si tu t'en souviens – nous nous sommes trompés de direction la nuit et nous avons pénétré dans le champ d'arachides de mes parents. Quel régal ! J'en ai même rapporté une brassée à la maison. Mes parents en ont mangé et trouvaient les graines fraîches, un délice. Mais le lendemain mon père s'est aperçu de… et j'ai eu quelques fessées bien solides. Ha, ha, ha…

Les deux hommes riaient à gorge déployée.

Quand plus tard il ne resta plus une goutte d'alcool dans le dernier pot, Yu se leva pour aller à l'avant du bateau.

La lune l'arrosait de sa lueur de rêve. Da Shan le regardait, fasciné. Debout et le front levé pour mieux accueillir le souffle de la rivière, Yu improvisait son plus beau poème, qu'il chantait d'une voix sonore et lumineuse. Le silence de la nuit portait très loin la mélodie de ses vers comme le vent la suave et pénétrante odeur de la tubéreuse. Alors que les dernières syllabes vibraient encore dans l'air transparent, le poète chancela soudain et se pencha par-dessus bord. Da Shan se leva d'un bond et se précipita vers lui, mais trop tard ! Le reflet de la lune s'était brisé et s'était reconstitué, en tremblotant, au centre d'un remous qui s'agrandissait. Une musique céleste alors s'éleva de nulle part, irréelle mais distincte, comme un parfum hallucinant…

On ne sut jamais si Yu avait choisi de raccourcir sa vie terrestre de cette manière. Ou s'il tomba dans la rivière par accident, parce qu'il avait trop bu. Ou s'il voulut embrasser le disque d'argent qui flottait à la surface de l'eau, tout simplement…

Jasmin

J'ai épousé Ming parce qu'il m'avait violée. Incroyable ? Mais c'était comme ça.

Ma première rencontre avec lui a été arrangée par une amie de longue date de mes parents, tante Song. Je faisais alors des études d'anglais à l'université de Vieux Banian, à quelque deux cents kilomètres de chez mes parents. Comme je ne pouvais rentrer à la maison que deux fois par an pendant les grandes vacances, mes parents m'ont confiée à tante Song qui habitait à dix minutes à pied de l'école et avait une fille de mon âge. Tous mes week-ends, je les passais chez elle. Elle me traitait comme son enfant, je la respectais et l'aimais comme ma seconde mère. Tante Song souffrait de néphrite chronique et allait souvent à l'hôpital pour ses médicaments. Elle a été reçue une fois par la mère de Ming, qui était médecin. La consultation n'était pas terminée que les deux femmes étaient devenues amies. Faut dire que tante Song était un génie pour cultiver des « amitiés » qui lui seraient plus tard utiles. Au cours de la conversation avec la mère de Ming, tante Song a appris que sa nouvelle amie avait un fils de vingt-six ans, et elle s'est proposée tout de suite pour lui trouver une belle-fille de « première classe » : jolie, douce, docile, bien éduquée, et de bonne famille. Le week-end suivant tante Song s'est plainte de violents maux de tête et m'a envoyée pour chercher la mère de Ming – je ne savais pas que c'était un prétexte pour que celle-ci puisse me voir sans susciter mon soupçon. La mère de Ming m'a trouvée très bien pour son fils et a demandé à tante Song d'arranger une rencontre dès que possible.

Ce qu'elle a fait sans retard.

Alors ? m'a-t-elle demandé aussitôt après le départ de Ming.

Je n'ai pas envie de le revoir.

Mais pourquoi ? s'est-elle écriée d'un ton scandalisée. Parce qu'il n'est pas assez beau ? Mais sa mère est médecin, tu te rends compte, et son père cadre supérieur dans l'administration municipale. De plus, le garçon lui-même est intelligent et travaille bien à l'université. Il aura un bon poste à la sortie. Et toi aussi, si tu acceptes de…

Je ne veux plus le revoir, voilà.

Écoute, Jasmin, je te comprends moi. J'ai été jeune comme toi. Tu préfères un beau visage – ne me dis pas non, je sais ce que tu penses –, mais un beau visage te donnera-t-il à manger et à boire ?… D'ailleurs, crois-moi, moi qui suis plus âgée que ta maman, un beau visage est peu fiable. Si après le mariage il ne court pas le jupon, le jupon ne le laissera pas tranquille…

J'ai voulu demander à tante Song pourquoi elle ne proposait pas sa propre fille à la mère de Ming mais finalement je ne l'ai pas fait, de peur qu'elle ne se fâche avec moi.

Sois raisonnable, Jasmin, continuait tante Song, Ming est un garçon de grande qualité. Gentil, courtois, travailleur et ambitieux. Donne-lui une dernière chance, d'accord ? Tu l'aimeras peut-être quand tu le connaîtras mieux…

Les vacances d'été ont commencé le lendemain. Je suis retournée aussitôt chez mes parents.

Ils sont partis il y a huit jours pour une cure au bord de la mer, m'a dit grand-maman Hu en m'ouvrant la porte. La vieille femme s'occupait de la cuisine et du ménage à la maison.

Je suis montée dans ma chambre pour déposer mon bagage et prendre une douche. Mais lorsque je suis redescendue pour le dîner, devinez qui j'ai trouvé là, assis dans la salle à manger, une tasse de thé à la main, bavardant avec grand-maman Hu comme un vieil ami de famille… Ming !

Ma stupeur a été telle que je n'ai pas trouvé mot à dire.

Ton ami est arrivé il y a un quart d'heure déjà, m'a expliqué la vieille femme avant de se retirer, mais comme tu étais dans la salle de bains, je lui ai dit de t'attendre ici.

Ming s'est incliné légèrement : Excuse-moi d'être venu sans être invité. Mais je veux te parler. Tante Song m'a donné l'adresse de tes parents.

Je n'ai pas eu le cœur de le jeter dehors. Je devais le regretter amèrement de toute ma vie.

Ming ne cessait de parler ce soir-là. Il ne me laissait pas une seconde pour lui poser des questions. De ce qu'il racontait, je ne me rappelle presque plus rien aujourd'hui, sauf que ses parents ne s'entendaient pas bien et que depuis son enfance sa vie était comme la traversée d'un désert sans amour.

Il était déjà minuit passé quand Ming s'est levé pour prendre congé. Sachant qu'il lui était impossible de trouver un hôtel ouvert à cette heure-ci, je lui ai proposé le canapé dans le salon. Et il est resté.

Je suis montée dans ma chambre. J'ai ôté ma robe et enfilé mon pyjama. Je me suis allongée sur le lit. J'ai éteint la lumière. Au début je n'arrivais pas à m'endormir, je pensais à beaucoup de choses. Je ne sais pas quand le sommeil m'a engloutie mais je me voyais marcher sur un sentier abrupt et sinueux, bordé de rochers déchiquetés. Après un virage en épingle à cheveux, je me suis retrouvée soudain à l'entrée d'une bourgade qui me paraissait à la fois étrangère et familière. Les ruelles dallées étaient singulièrement désertes et silencieuses. J'ai hésité un instant devant une porte béante. Au moment où j'ai levé le pied pour franchir le seuil, celui-ci s'est mis à bouger. Mais… c'était un serpent plus gros que mon bras ! Il dressait vers moi sa tête triangulaire en sifflant. Sa langue ressemblait à une petite flamme vivante. Terrorisée, j'ai fait un bond en arrière. Mon pied a heurté un escabeau, j'ai perdu l'équilibre et je suis tombée… Je me suis réveillée, ruisselante de sueur froide et paralysée par quelque chose de très lourd qui pesait sur ma poitrine comme une pierre de meule. Je tentais de la repousser mais il m'était impossible de bouger mes mains : Ming les avait attachées au montant du lit et il se couchait sur moi !…

C'était il y a quatorze ans.

Non, je n'ai pas osé dire ça à mes parents. Ni à grand-maman Hu. Ni à tante Song. Ni à mes sœurs. Ni à mes amies. Encore moins à la police. Quelle honte ! Je me sentais salie, usée, déshonorée. Je me reprochais ce qui s'était passé. Je m'en sentais coupable – et très seule. Je pleurais en cachette, loin des autres.

Un an plus tard je me suis mariée avec Ming. Je ne pouvais plus lui dire non après cette nuit terrible. Élevée selon une morale rigide et imbue de valeurs traditionnelles, je croyais que je lui appartenais désormais, et pour la vie tout entière, parce que c'était lui qui s'était emparé de ma virginité. Quand le riz est cuit, il est cuit.

Depuis quand joué-je à la Bourse vous me demandez ? Hmmm… 1994. Fin 1994 ou début 1995.

La mentalité a beaucoup changé, vous savez, depuis 1989, année où l'armée a réprimé le mouvement étudiant sur la place Tian'anmen. La démocratie et les droits de l'homme ne font plus les sujets des conversations de tous les jours. On préfère parler d'autres choses. De l'économie de marché, des investissements étrangers. De Shenzen aussi, ce petit bourg rural près de Hong Kong que les quinze ans de la réforme économique ont transformé en une grande ville de gratte-ciel, d'hôtels de luxe, de boutiques de mode, de blocs d'appartements côtoyant bureaux et usines. Un boom miraculeux. On aime aussi parler des spéculations immobilières, des trafics de voitures importées, et des aventuriers les plus habiles et les plus audacieux qui y font des millions du jour au lendemain. On parle également de la multiplication des sociétés privées et de leurs succès fulgurants. On parle encore, avec un mépris mêlé de jalousie et d'admiration, des nouveaux riches. De leurs chaussures dont une paire vaut plus que le salaire annuel d'un professeur d'université, de leurs voitures de marque étrangère, de leurs terrains de golf, de leurs villas et de leurs maîtresses. Les médias orchestrent des débats sur le casse-tête de la démographie, brandissent les problèmes des sureffectifs des entreprises d'État, pondent remèdes sur remèdes qui pourraient éventuellement sauver ces dernières de banqueroutes imminentes, annoncent la mort de la vieille tradition du « bol de fer », rameutent à la perspective des licenciements massifs… On voit encore et encore des reportages sur l'inflation galopante, sur le vol des petits garçons, sur la vente des jeunes filles, sur la marée noire de la drogue, sur la prostitution ressuscitée et florissante… Faillite de l'idéologie communiste. Ébranlement du monde auquel on est habitué. Face à tout cela, on se sent très menacé. On découvre vertiges, peurs, angoisses sur le passage d'une ère à une autre. On se demande, à cette rapidité de changement, quelle sera la société dans un an, deux ans, cinq ans, dix ans… Y aura-t-il demain la sécurité de l'emploi, le bol de riz à vie ? Que deviendront le logement social, les soins médicaux et la retraite si les entreprises publiques qui les fournissent s'écroulent ? Comme le système de l'assurance chômage n'existe pas, que faire si on perd son poste, si on tombe malade, quand on a un accident, ou quand on devient simplement trop vieux ? Y aura-t-il encore une solidarité collective ? Y aura-t-il de la place pour les plus faibles et les plus vulnérables dans la société ?… On est déboussolé. On regarde autour de soi, et partout c'est la corruption. Du haut en bas, à tous les échelons du Parti et de l'administration. Fausses factures, trafic d'influence, abus de biens sociaux, projets déficitaires, dessous de table, enveloppes rouges, détournements de fonds, subordination, fraude, enrichissement personnel… Ceux qui détiennent un grand pouvoir font de grosses fortunes, ceux qui jouissent d'un petit pouvoir font de petites fortunes, les simples citoyens qui n'ont ni pouvoir ni relations avec le pouvoir sont délaissés… Après l'étonnement, le doute, la déception, les désillusions, le désenchantement et le dégoût, c'est la panique, c'est le désarroi. On a le sentiment de se retrouver, orphelin, sur le seuil d'une autre grande purge, mais économique cette fois-ci. La pression est énorme. Elle dégénère rapidement en urgence impérative. Une obsession même. Courir au rythme des changements, à la vitesse des mutations. Ne pas manquer le train ou la fusée. Ne pas être à la traîne. Bref, brasser de l'argent. Le plus vite possible. Le plus possible. Et n'importe comment.

Non, je ne peux pas rester les bras croisés. Je suis professeur d'anglais, mon salaire est modeste. Si je ne bouge pas, je sombrerai dans la pauvreté. C'est aussi simple que ça. Mais j'ai ma morale. La prostitution, la drogue, ça je ne touche pas. J'ai besoin d'avoir la conscience tranquille pour pouvoir dormir la nuit. Et pour pouvoir regarder ma fille dans les yeux.

Je m'y mets un peu tard je l'avoue, mais mieux vaut tard que jamais. Quand j'ai vent que l'Imprimerie du Drapeau Rouge va mettre ses actions sur le marché, je vais voir un ami qui travaille dans le service du planning économique municipal.

Oui, affirme-t-il. L'entreprise va vendre des tickets numérotés, comme ceux du loto. Après le tirage au sort, si tu as un numéro gagnant, tu auras le droit d'acheter mille actions de la compagnie à deux yuans chacune. Comme l'entreprise se porte bien, la valeur de ces actions pourra très vite doubler ou tripler sur le marché…

Quelle seraient mes chances de ?…

Vraiment, je ne devrais pas te le dire, mais l'amitié oblige… Disons deux ou trois numéros gagnants par mille tickets vendus… Non non, je ne peux pas te dire plus. Mais si tu veux acheter, achète au moins mille tickets en série.

Une opération mentale instantanée se déroule en moi lorsque je sors de son bureau… Je découvre soudain que je suis aussi douée pour les mathématiques que pour les langues !

Je vais directement à la banque et retire 12 000 yuans en espèces. Ce sont là mes économies de huit années.

Quand j'arrive à la Bourse à vélo, déjà une foule d'acheteurs se presse devant les guichets. Je ne suis pas la seule, vous voyez, à vouloir tenter ma chance.

Les tickets se vendent comme des petits pains. Un client en achète deux cents. Un autre, huit cent cinquante. Un autre, soixante. Un autre, trois cents. Un autre, mille cinq cents. Un autre, quatre-vingts…

Deux mille, dis-je à la demoiselle derrière le guichet en posant deux mille yuans sur le comptoir en bois verni brun.

Voilà, elle met devant moi une grosse liasse.

Quand saurai-je les résultats du tirage ?

Revenez dans une semaine.

J'ai été presque immédiatement enceinte après mon mariage. Ma fille est née le 1er mai 1987. Elle était si mignonne ! Ses yeux, son front, son nez, sa bouche, ses oreilles, ses mains, ses pieds, tout était parfait.

J'étais très émue et très fière mais Ming paraissait… comment dirais-je… froid, indifférent. Il ne s'intéressait pas à elle. Il ne se comportait pas comme les autres nouveaux papas. Il ne la prenait pas dans ses bras. Il ne la lavait pas. Il ne la changeait pas. Il ne lui donnait pas le biberon. Il ne jouait pas avec elle. Il était visible que quelque chose n'allait pas, mais je ne savais pas quoi.

Ma belle-mère ? Elle n'a pas caché sa déception. Pendant les neuf mois de ma grossesse, elle m'avait littéralement étouffée par son attention excessive. Pas un jour ne s'était passé sans qu'elle me donnât une visite inattendue, un paquet de fortifiants susceptibles de calmer le fœtus et de prévenir les fausses couches, une recommandation sur les choses qu'une femme enceinte devait manger ou ne devait pas manger, un conseil sur les choses qu'il lui fallait faire ou éviter de faire… Mais dès qu'elle a su que ce n'était pas un garçon, son ruisseau d'affection a cessé subitement de couler. La source était tarie.

Non, c'est pas du tout étonnant pour moi, cette course hystérique et nationale, à l'argent. Si la Révolution culturelle avait fait table rase de toutes les valeurs millénaires, la répression sanglante du mouvement démocratique sur la place Tian'anmen a achevé de broyer le peu de confiance que les gens avaient encore dans le Parti communiste. Plus personne ne croit maintenant à son idéal, à son idéologie, à ses belles certitudes. Comment pourrait-on croire encore un régime qui a été capable de tant de folies meurtrières ? Or, sans repères traditionnels, sans culture religieuse, sans croyance idéologique non plus, le déficit est immense. Le vide a besoin d'être comblé. Par quoi ? Le culte de l'argent. Car ça, au moins, redonne un but concret à la vie. Après ? Bah, quand on aura gagné assez de fric, quand on n'aura plus de soucis pour remplir son estomac, quand on aura un toit au-dessus de sa tête, on pensera à l'Après. Pour le moment, pas de temps pour les grandes questions métaphysiques. S'enrichir, s'enrichir, s'enrichir… voilà le mot qui dégouline de toutes les lèvres. Et dans cette course forcenée à l'argent, tout est permis. Enfin, presque. À seule condition qu'on ne dise ni ne fasse rien contre le Parti ou le régime.

Une de mes anciennes élèves, qui a participé activement aux manifestations étudiantes de 1989, est maintenant la maquerelle la plus riche et la plus influente de Shenzen. Au début, c'était pour chercher du travail et l'aventure qu'elle est allée là-bas. Elle a essayé pas mal de petits jobs à droite, à gauche ; vendeuse dans un supermarché, représentante-démonstratrice pour une compagnie de produits de beauté, réceptionniste dans un hôtel, interprète temporaire pour une exposition internationale… Puis elle a rencontré au cours d'une soirée le patron d'une grosse boîte de nuit. Celui-ci est tombé sous son charme et lui a offert dans sa boîte un boulot bien plus lucartif que tout ce qu'elle avait fait jusque-là : s'occuper de ses « filles de relations publiques ». Elle a hésité. Puis, réflexion faite, elle a accepté l'offre. Elle avait alors sous sa responsabilité une vingtaine de très jeunes prostituées, pour la plupart originaires des provinces pauvres du Nord-Ouest. Son travail consistait à aider les clients à trouver les filles qu'ils souhaitaient, à administrer les relations avec la police et avec les gangs locaux, et à gérer les disputes et les rancœurs entre les filles elles-mêmes. Ses clients ? Hommes d'affaires, trafiquants en tous genres, beaucoup de fonctionnaires aussi… Ces derniers venaient voir ses filles, elle leur donnait une facture de repas, et ils se faisaient rembourser par leur administration. Une de ses qualités professionnelles, m'a-t-elle avoué, est de savoir parler à toutes sortes de gens : s'adresser aux hommes avec le langage des hommes, et aux diables avec le langage des diables. Elle faisait son boulot avec tant de talent qu'elle est bientôt devenue « maman » des autres mères maquerelles et a désormais sous son contrôle plus de deux cents filles. Non, elle n'a jamais eu de gros ennuis. Étant la protégée de certaines personnalités des autorités, même les policiers doivent lui « donner la face » en faisant leur travail. Oui oui, je lui ai posé la question. Tout est faux dans ce monde, m'a-t-elle répondu, sauf le fric. Avec le fric, sale ou non, vous pouvez tout avoir. Savez-vous quels sont les moments les plus agréables de ma vie d'aujourd'hui ? C'est quand je compte mon argent ! Non, je ne regarde pas en arrière. Je ne veux pas me souvenir du passé. Je ne me retourne pas vers hier, vers ma jeunesse. Je préfère oublier ces années de l'ardeur et de l'innocence. Je préfère oublier ces manifs, ces cris de protestation, ce sang, ces morts, ce déchirement de l'âme. Je vis pour le présent. Et je ne crois plus qu'à l'argent.

Hier héroïne du mouvement de la démocratie et des droits de l'homme, aujourd'hui supermère maquerelle qui ne pense qu'à ramasser toujours plus de fric, quelle rupture radicale ! quelle métamorphose !

La naissance de ma fille a changé la couleur de mes jours.

La laver, l'habiller, lui donner le sein, écouter le bruit de succion de ses lèvres impatientes, la bercer dans mes bras, la chatouiller pour la faire rire, la mettre au lit, la promener, jouer avec elle, chantonner pour elle, l'écouter gazouiller, contempler son petit visage paisible dans le sommeil, la regarder rouler, marcher à quatre pattes, déchirer des feuilles de journaux, se mettre debout en s'accrochant au bord de la chaise, tenter ses premiers pas titubants… ce sont pour moi des moments d'un bonheur indescriptible.

Voilà pourquoi je lui ai donné ce prénom : Huan Huan, *Joie*.

La porte de la Bourse s'ouvre. Les gens se bousculent pour entrer les premiers. Je prends place derrière un retraité aux cheveux de neige, entre un grand quinquagénaire et une petite femme âgée. Le visage ridé de la vieille femme ne m'est pas tout à fait étranger. Je dois l'avoir vue quelque part… Ah ! Je m'en souviens, elle vend du lait de soja et des beignets à l'entrée de l'école de ma fille. Nous avons mangé une ou deux fois dans son échoppe. Mais elle ne me reconnaît pas, naturellement, elle qui voit passer tant de clients chaque jour.

Des noms de compagnies et des chiffres défilent sur l'écran. Les bruits de respiration rendent plus oppressant encore le silence anxieux qui pèse dans la salle. Soupirs. Toux. Et de temps en temps, un petit cri de joie étouffé.

Le retraité aux cheveux blancs a acheté sept cents tickets sans aucun numéro gagnant. Il quitte la salle les traits décomposés.

Le grand quinquagénaire n'a acheté que soixante tickets mais il a décroché un numéro gagnant. Il paraît soulagé. Du moins il n'a pas perdu.

La vieille vendeuse de lait de soja et de beignets a pris dix mille tickets avec vingt-sept numéros gagnants. Un large sourire édenté fend son visage d'une oreille à l'autre. Elle a risqué gros, me confie-t-elle, mais elle va gagner gros.

Avec mes deux mille tickets je parviens à décrocher cinq numéros gagnants. Cela me permet d'acquérir cinq mille actions. Premier coup réussi.

Je me souviens encore comme si c'était d'hier du premier jour où j'ai accompagné Huan Huan à l'école maternelle. Elle ne voulait absolument pas me laisser partir. Elle s'accrochait à mes bras. Elle s'agrippait à mes jambes. Elle pleurait et criait : Maman, maman, maman… La maîtresse l'a arrachée de force et l'a portée à l'intérieur de la salle de classe. Ne vous inquiétez pas, ça ira mieux dans deux secondes, m'a-t-elle rassurée. Je suis repartie en me sentant terriblement coupable. J'avais beau me répéter que c'est pour le bien de Huan Huan, que tout parent qui aime ses enfants fait de même, et que Huan Huan m'oublierait dès qu'elle commencerait à se mêler aux autres gamins, je pensai toute la journée à elle, je revoyais tout le temps son visage couvert de larmes, je me demandais sans cesse si elle s'était arrêtée de pleurer, si elle était acceptée par ses nouveaux copains, si elle jouait bien avec eux, ce qu'elle aurait pour déjeuner, si elle mangeait bien, comment elle se comportait à l'heure de la sieste, si elle refusait de se coucher dans un lit qui n'était pas le sien…

Mais la voilà déjà écolière. Comme le temps passe vite !

Je reviens chaque jour à la Bourse, suivre les cours. Je suis nerveuse. Je n'ai jamais joué de ma vie. Ming ne sait pas que je joue. Il est allé chercher fortune à Haikou, capitale provinciale du Hainan. Mes beaux-parents ne le savent pas non plus. Je ne leur ai rien dit. Si je perdais ?… Je peux imaginer leurs têtes !

L'école primaire de Huan Huan n'est pas la plus grande de Vieux Banian. Il y a six classes de chaque niveau, une cinquantaine d'élèves dans chaque classe ; presque deux mille enfants au total.

Les journées de Huan Huan sont très longues. Il faut être debout à 7 heures du matin et entrer dans la salle de classe avant 8 heures. Selon les saisons elle a deux ou trois heures de pause pour le déjeuner et la sieste, de midi à 2 heures l'hiver, de midi à 3 heures l'été. L'après-midi elle sort de l'école à 5 heures l'hiver, à 6 heures l'été, essoufflée sous le poids de son cartable toujours rempli de livres, cahiers, leçons à apprendre par cœur, composition à terminer, devoirs de mathématiques à rendre le lendemain, contrôles ou examens à préparer… De nos jours les enfants sortent si jeunes de leur enfance ! C'est à pleurer. On a beau se plaindre, on a beau répéter que les programmes scolaires sont trop lourds, rien ne change.

Un soir Huan Huan revient à la maison avec les yeux rougis.

Qu'est-ce qui t'est arrivé ? Quelqu'un t'a fait mal à l'école ?

Nous avons changé de place.

Et alors ?

Je suis toujours au dernier rang.

Ah bon ! On va arranger ça, alors.

Dans la classe de Huan Huan comme dans toutes les autres, chaque élève a une place fixe. Mais pour réduire le risque de développer un problème de vue, on change de place tous les deux mois : ceux qui sont assis à gauche le seront à droite, ceux qui sont assis devant le seront derrière, et ainsi de suite. Huan Huan était assise à gauche au dernier rang depuis deux mois, et cette fois-ci elle a une place à droite mais toujours au dernier rang. Comme le garçon assis devant elle est d'une demi-tête plus grand qu'elle, elle a beaucoup de mal à voir ce que le professeur écrit sur le tableau noir.

Le week-end suivant je vais voir la maîtresse chez elle, avec une enveloppe rouge contenant deux gros billets de banque.

Et dès le lundi, Huan Huan est installée au premier rang.

Après mes cours je me rends au temple pour prier et brûler de l'encens. Je ne suis pas croyante mais depuis que je joue à la Bourse j'y vais au moins une fois par mois. Je ne me sens plus assez forte pour tenir en mains mon propre destin. Je l'ai donc confié à l'infinie compassion de Bouddha.

Un faisceau de bâtonnets d'encens acheté dans la petite boutique près du temple, allumé au feu d'une bougie rouge, planté dans les cendres du brûle-parfum. Une prière muette pour supplier Bouddha de m'accorder sa bienveillance. Une promenade autour de l'étang tapissé de lotus. Et voilà, je reviens un peu plus calme. Un peu plus confiante.

Une nuit, la sonnerie du téléphone me fait sursauter dans mon lit. Les yeux fermés je trouve à tâtons le combiné que je décroche.

C'est Ming qui m'appelle de Haikou.

Mon partenaire a disparu, dit-il. Il a emporté les fonds de l'entreprise.

Quelle entreprise ?

Notre entreprise ! Nous avions créé une société de construction. Nous avions emprunté deux cent mille yuans à la banque et nous allions acheter une usine en faillite.

Acheter une usine en faillite ?

Oui, c'est ça. Ce qui nous intéresse, c'est pas son bâtiment délabré ni ses machines rouillées mais son terrain, tu comprends ? Il nous faut payer deux cent mille yuans de dépôt à la signature du contrat, et le reste à la fin de l'année.

Vous comptez alors emprunter encore trois cent mille à la banque ?

Non ! ce ne sera pas nécessaire. Nous n'aurons qu'à vendre à l'avance les emplacements dans le centre commercial que nous construirons plus tard sur le terrain de l'ancien bâtiment industriel, et nous pourrons facilement réunir deux ou trois millions avant la fin de l'année – ça s'appelle : « emprunter la poule pour avoir des œufs ». Des œufs d'or !

Je vois.

Il y a des risques dans cette affaire, bien sûr, mais le gain sera si grand que ça vaut la peine de les prendre.

Seulement, ton partenaire a disparu avec les deux cent mille en liquide.

Ming émet un juron.

Mais je ne baisserai pas les bras, moi, dit-il. J'irai voir le directeur de la banque jeudi prochain. Peux-tu m'envoyer dix mille yuans par télégraphe demain matin ? Un petit cadeau sous la table pourrait toujours faciliter les choses...

Je n'ai plus que cinq cents yuans à la banque.

Comment ça ?

J'ai acheté des actions.

Quoi ? Tu joues en Bourse maintenant ?

J'apprends, quoi.

Ming pousse un soupir.

Bon, dit-il. J'appellerai maman. Peut-être pourra-t-elle me dépanner. Allez, au revoir, bonne nuit.

Puisque je viens de parler de ma belle-mère, parlons-en ! Après sa retraite ma belle-mère a ouvert un cabinet médical à Qingshan. C'était il y a plusieurs années déjà. Elle a loué dans la zone industrielle de Jiangnan une petite maison sans étage, fait repeindre les murs et les fenêtres, acheté quelques meubles et instruments, accroché près de la porte d'entrée une plaque indiquant le nom du docteur, l'hôpital où elle avait exercé, sa spécialité, les horaires de consultation ; et voilà, elle a recommencé à travailler, à soixante ans.

Oui, ma belle-mère a une infirmière pour l'aider, accueillir les gens, répondre au téléphone, classer les dossiers, faire le ménage. Ses clients, pour la plupart ouvriers et petits fonctionnaires vivant dans des cités-dortoirs, viennent chez elle pour soigner, presque exclusivement, des maladies vénériennes. Dans cette zone industrielle, beaucoup d'usines sont fermées ; le reste tourne au ralenti. Alors, pour survivre, certains licenciés se reconvertissent en cireurs de chaussures ou en camelots du trottoir, d'autres en prostitués. On compte à Jiangnan une centaine de clubs, de saunas, de salons de coiffure et de bars-karaoké qui ne sont souvent que des vitrines pour la prostitution. Pourquoi les malades ne vont-ils pas à l'hôpital ? Bah, parce que c'est une honte d'avoir des maladies sexuellement transmissibles. On n'aime pas que ses proches, ses amis ou ses collègues le sachent. On a peur de la plaisanterie, de l'allusion, de la tyrannie du regard. Or, à l'hôpital, le respect de l'intimité des malades est le dernier souci du médecin. Chez ma belle-mère, ils peuvent en être sûrs, le secret professionnel est garanti. Avez-vous lu le reportage de Liu Zhaoyian ? Il a été publié dans le magazine *Votre Santé*. Liu a fait une enquête sur la vente dans les pharmacies des médicaments traitant la blennorragie. Il avait été alarmé par son augmentation rapide. Croyez-le ou non, il paraît que ça devient un fléau et que beaucoup de malades achètent eux-mêmes des médicaments dans les boutiques, sans consultation médicale préalable. À propos de la blennorragie, je ne vous ai pas raconté ce qui était arrivé à la fille d'une de mes collègues ? Non ? C'était l'an dernier. Un incident dont on n'a parlé ni dans les journaux ni à la radio ni à la télé, mais qui a fait pas mal de bruit quand même. Le département de pédiatrie de l'hôpital du Peuple a reçu, en une semaine, une vingtaine d'enfants – dont la fille de ma collègue –, qui souffraient tous d'inflammation de la muqueuse génitale. Les médecins n'en croyaient pas leurs yeux : les symptômes se conformaient à ceux de la blennorragie, mais les gosses avaient entre cinq et six ans ; bien trop jeunes pour avoir des rapports sexuels ! De plus, ils allaient tous à la même école maternelle, celle qui accueille seulement les gamins des fonctionnaires de la mairie. Les autorités de santé locale ont pris cette affaire très au sérieux et une enquête interne a été tout de suite lancée. Résultat ? Il semble qu'une femme de ménage, blennorragique inconsciente, ait lavé son propre linge dans la machine de l'école avec le linge des petits, histoire de faire quelques économies sur sa facture d'électricité !

Non, ma belle-mère n'aurait pas ramassé tant d'argent en si peu de temps si elle n'avait fait que de soigner les blennorragiques et les syphilitiques. Elle achète et revend des médicaments aussi. Quels genres ?... Toutes sortes. Mais elle n'achète pas ses marchandises aux compagnies pharmaceutiques. Elle les achète à une catégorie particulière de « malades ». Vous ne comprenez pas ?... Je veux dire les malades privilégiés qui jouissent de soins gratuits et qui ont des amis médecins. Pour un rhume ou un mal de gorge, ils peuvent se faire prescrire des paquets d'antibiotiques, de sirops, de calmants, de fortifiants très coûteux... La plupart de ces médicaments, ils n'en ont pas besoin, bien sûr. Alors, ils les vendent à ma belle-mère à moitié prix. Et ma belle-mère les revend à ses malades, les vrais, à un prix légèrement moins élevé que celui du marché, avec un bénéfice de 45 %. Vous ne comprenez toujours pas ?... Comment vous expliquer... Par exemple, quelqu'un a obtenu, gratuitement, 100 yuans de médicaments de la sécurité sociale, d'accord ?... Il porte ces médicaments au cabinet de ma belle-mère. Elle les achète à 50 yuans, puis les revend à 95 yuans, de 5 yuans moins cher que le prix normal pour attirer plus de clients. Dans cette affaire le vendeur empoche 50 yuans et ma belle-mère 45. Quant au malade, il en bénéficie aussi un petit peu, en payant 5 yuans de moins. Tout le monde y gagne, vous voyez, sauf la sécu.

Une autre ressource non négligeable de ma belle-mère tient en une catégorie très spéciale de clients : les femmes enceintes. Si elles viennent au petit cabinet de ma belle-mère, ce n'est pas pour se soigner ou acheter des médicaments, mais parce qu'elles veulent connaître le sexe du bébé dans leur ventre ! Depuis que le gouvernement impose cette fameuse politique d'un enfant par couple, vous pouvez imaginer que la pression pour avoir un fils devient énorme. Ces femmes viennent en secret voir ma belle-mère qui, après avoir reçu des frais de commission, pourra les mettre en contact avec une de ses vieilles relations à l'hôpital. Elles payeront ensuite le médecin pour un balayage échographique illégal qui montrera le sexe du fœtus. Si c'est un garçon, elles repartiront avec joie et soulagement. Si c'est une fille, elles resteront avec le médecin pour un avortement illégal… Non, ma belle-mère n'a pas de problème de conscience.

Je fais ça pour le bien de ces femmes, se défend-elle. Quand une femme n'a le droit qu'à un seul enfant, quand la tradition, sa famille et son mari veulent que cet enfant soit un garçon, que pourrait-elle faire d'autre ? Elles viennent me supplier de les aider parce que si elles donnent naissance à une fille, leurs beaux-parents ne seront pas contents, leurs maris les quitteront pour trouver une seconde femme et essayeront une nouvelle fois…

Mais dans quinze, vingt, trente ans, lui demandé-je, quelles seront les conséquences sociales quand toute une génération de jeunes hommes grandiront sans même l'espoir de jamais trouver une femme ? On a déjà au moins 111 millions de garçons de plus que de filles en Chine aujourd'hui, selon les statistiques. Dans les écoles de certains cantons, on voit trois fois plus de garçons que de filles…

Est-ce de ma faute ? réplique-t-elle en rougissant. Qui a imposé en premiers lieux cette stupide politique d'un enfant par couple, hein ? N'auraient-ils pas dû, quand ces imbéciles ont trouvé cette idée géniale pour ralentir la croissance de la population, prévoir tout cela ?

Sans avoir de sympathie pour le comportement de ma belle-mère, je dois admettre pourtant qu'elle ne peut pas être tenue pour responsable de cette effrayante distorsion de la population future. La racine du problème réside aussi bien dans la politique d'un enfant par couple elle-même que dans la manière brutale et répressive dont cette politique a été mise en œuvre. À mon avis, on n'aurait jamais eu besoin d'imposer une telle politique, au moins dans les villes : élever le niveau de vie, et éveiller la conscience consommatrice (égoïste celle-là), et la natalité aurait baissé de toute façon, comme en Occident. Qu'en pensez-vous ?

Huan Huan me demande un piano pour son anniversaire, parce que sa meilleure amie en a un. Je lui promets d'y penser. C'est devenu très à la mode maintenant que les enfants prennent après l'école des cours privés de piano, de danse, de gymnastique, de mathématiques, de physique, de calligraphie, de peinture, de langues étrangères… Cela se comprend : on n'a qu'un seul enfant par famille et tous les parents rêvent de faire du leur un Mozart, un Picasso, ou un Einstein…

Après le coup de fil de Ming, je téléphone à mon ami qui travaille au service du planning économique municipal. Il m'explique la vraie signification du nouveau proverbe « emprunter la poule pour avoir des œufs ». C'est une méthode d'enrichissement rapide et sans risque, dit-il, qu'ont inventée les princes et les princesses rouges des hauts dignitaires du Parti communiste. Une des camarades de classe de sa sœur, par exemple, est la fille aînée d'un ministre. Après ses études de droit elle a obtenu un visa pour aller à Hong Kong grâce au pouvoir et à l'influence de son père. Quelques jours plus tard elle est revenue en Chine directrice d'une société d'investissements sans capital. Toujours grâce à son père elle a fait la connaissance d'une personnalité d'une banque publique et a obtenu d'elle un accord très juteux : la banque lui fournirait l'argent nécessaire pour l'achat d'un beau terrain de développement dans les environs d'une riche ville du sud ; elle revendrait le terrain, rembourserait la banque, et donnerait, bien entendu, une grosse enveloppe rouge à cette personnalité pour la remercier de son aide. Puis, encore grâce au soutien paternel, elle a acquis à 180 yuans le mètre carré ce terrain de rêve qui s'étend sur plus de 3 300 mous (220 hectares). Deux mois plus tard le terrain a été cédé à 380 yuans le mètre carré à une autre société d'investissements. Le profit net en était de 400 millions. Voilà ce qu'on appelle, conclut mon ami, une affaire de profit colossal sans capital, ou « emprunter la poule pour avoir des œufs ».

Les Occidentaux disent que le temps c'est de l'argent, soupiré-je, mais chez nous, le pouvoir, c'est l'argent.

Il n'y a pas de miracle tu vois, rit mon ami à l'autre bout du fil.

J'inscris Huan Huan à un cours de natation. Elle ne veut pas y aller. Après des heures de discussion et ma promesse de l'emmener à McDo après chaque séance, elle finit par accepter de venir avec moi.

Une fois arrivées à la piscine, je l'aide à se changer et l'accompagne jusqu'au bord de l'eau. Puis je m'éloigne pour ne pas gêner le travail de l'entraîneur et assiste de loin à cette première leçon, comme les autres parents.

Il y a une trentaine de gamins de six à huit ans. Ils sont alignés par deux assistants qui s'arment chacun, curieusement, d'une longue perche de bambou. Huan Huan jette un regard de mon côté. Je lui fais un signe de la main accompagné d'un large sourire encourageant. L'entraîneur dit quelque chose à ses élèves, puis dirige le groupe vers l'autre bout de la piscine où l'eau est profonde de deux mètres. Les assistants ferment la marche. L'entraîneur parle au garçon qui se trouve à la tête de la colonne. Le garçon recule de plusieurs pas en secouant vivement la tête. L'entraîneur l'attrape et le pousse vers le bord de la piscine. Le garçon se met à pleurer. Saute ! hurle l'entraîneur en colère. Mais il ne sait pas nager ! s'inquiète à voix basse sa mère qui est debout près de moi. Le garçon pleure de plus belle tout en essayant de reculer mais plouf ! l'entraîneur le jette dans l'eau. Sa mère met la main sur sa bouche pour étouffer un cri. Le garçon, paniqué, se débat, crit, tousse, suffoque… Les autres gamins regardent, les yeux arrondis de frayeur. Puis, sur un geste de la main de l'entraîneur, un de ses assistants tend sa perche de bambou au garçon qui s'y accroche aussitôt. L'assistant le retire de l'eau. Le garçon s'écroule sur le sol, livide, le souffle court, tremblant de tous ses membres. Il doit avoir cru qu'il allait mourir.

Au suivant ! appelle l'entraîneur en se tournant vers Huan Huan. Elle se tourne vers moi avec un regard implorant. Nonnn ! j'accours vers elle, saisis sa main dans la mienne. Sa main est moite de sueur froide. Allons, on rentre à la maison, lui dis-je, on laisse tomber ce cours.

Vous ne voulez pas que votre fille apprenne à nager, madame ? demande l'entraîneur sur un ton narquois.

Si, mais pas de cette façon.

C'est la méthode la plus efficace. Ils ne veulent pas se noyer, alors ils font tout pour s'en sortir…

Vous pourriez les traumatiser pour la vie.

Les traumatiser ? Ha ha ha… Moi-même j'ai appris à nager comme ça, et…

Je ne supporte plus de l'écouter et je m'en vais avec Huan Huan.

Nous ne pourrons pas vous rembourser, je vous le préviens ! crie l'entraîneur derrière nous.

Je ne sais pas si Bouddha a entendu ma prière mais la Bourse grimpe. Et bien plus vite que je ne m'y attendais. En vingt jours la valeur des actions de l'Imprimerie du Drapeau Rouge a quintuplé. La vieille vendeuse de lait de soja et de beignets a suscité une énorme émotion parmi les petits actionnaires par son gain inespéré d'un quart de million. Je peux revendre mes actions à onze kuais chacune comme elle, mais réflexion faite je ne demande que neuf kuais neuf maos. Pourquoi ? Bah, parce que le chiffre 9 est homonyme du mot jiu, *durable*, et j'espère que ma bonne chance pourra doublement durer. Donc, je revends mes actions à neuf kuais neuf maos chacune, ce qui me donne au total 45 000 kuais. Après le coût initial et les frais d'administration, le bénéfice net dépasse 30 000 kuais. Six fois mon salaire annuel d'alors !

Je me dis : Ça y est, j'ai le virus.

Un dimanche matin Huan Huan est allée chez mes beaux-parents. Je n'arrive pas à décider ce que je vais faire. J'hésite encore entre une visite au marché du quartier et un nettoyage général de la maison, lorsque le téléphone sonne brusquement. C'est Wu Mei, une de mes copines. Elle me dit que son grand frère est rentré du Japon pour se marier, qu'il invite quelques amis au jardin de la Lumière pour leur présenter sa fiancée, qu'elle veut que je vienne aussi, et qu'elle m'attendra à midi devant le restaurant.

À midi pile j'arrive à moto au jardin de la Lumière. Je me joins à Wu Mei sur le perron et nous entrons ensemble. Une jeune fille en robe traditionnelle au col élevé nous conduit au premier étage. Elle soulève le rideau de velours violet qui masque la porte d'un salon particulier, s'écarte pour nous laisser entrer.

Ah, vous voilà enfin, dit un homme d'une trentaine d'années qui se lève pour nous saisir la main.

Voilà Jasmin, présente Wu Mei ; voilà Wu Fei, mon grand frère. Voilà Zhang Rong, sa fiancée.

Le salon est climatisé. La persienne vert clair à demi close donne le sentiment d'une douce intimité. Sur le mur de gauche est accroché un poème calligraphié de Tang, et sur le mur de droite, une peinture à l'encre de Chine.

Wu Fei nous installe sa sœur et moi en face de la peinture. C'est un beau paysage moins réaliste que mental qui invite l'œil à une contemplation bouddhique de la nature et de la vie.

Aussitôt que Wu Fei a repris sa place à côté de sa fiancée, la conversation sur l'ouverture du premier restaurant de pizzas à Vieux Banian, que notre arrivée a interrompue momentanément, se ranime autour de la table.

Les pizzas et les hamburgers, c'est rien, lance le jeune homme maigre assis à gauche de la fiancée de Wu Fei. Le fromage français, c'est ça qu'on devrait importer en Chine.

Wu Mei se penche à mon oreille : En voilà un qui se spécialise dans la fabrication en masse des peintures anciennes pour les touristes étrangers.

J'ai vu une émission à la télé sur ce sujet, dit la jeune fille un peu trop maquillée et parfumée qui se trouve à côté du jeune homme maigre. Paraît qu'il y a en France des milliers de fromages différents...

Elle chante des chansons pop, me chuchote Wu Mei.

Moi j'en ai goûté une fois chez un ami qui avait séjourné en France, se vante le garçon aux lunettes épaisses assis près de Wu Mei.

Lui c'est un auteur, me souffle-t-elle, qui publie en série des nouvelles de violence sexuelle dans des magazines à quatre sous.

Comment tu le trouves, alors ? interroge mon voisin de gauche, un homme gras au visage suintant et brillant comme un citron.

Wu Mei se penche à nouveau à mon oreille :

Il était chauffeur de poids lourds. Il possède maintenant une fabrique de meubles et roule sur l'or. Mon frère aimerait bien me voir amie avec lui – un mari idéal qui pourrait tout me fournir, grande maison remplie d'appareils électroménagers, voiture Santana, bijoux chers, habits de marque, souliers étrangers, restaurants de luxe – mais je le trouve tellement moche, tellement... comment dire... sans goût, comme un morceau de gras de porc bouilli sans sel...

Je ne peux pas m'empêcher de sourire à cette image si suggestive.

Comment je l'ai trouvé ? répond le garçon aux lunettes avec une moue dégoûtée. Bizarre. Oui, c'est le mot pour ça, bizarre...

Ce n'était certainement pas du vrai fromage français, proteste le peintre d'un air frustré.

Mais si, affirme en hâte le garçon aux lunettes, car il y avait sur la boîte des mots français...

Tu connais donc le français ? demande soudain Wu Mei avec un petit sourire d'ironie.

Non, mais... balbutie-t-il en grattant son crâne. Mais... de toute façon, ça ne pouvait pas être du chinois.

Tout le monde rit.

Les vrais gourmets, tranche alors le vieillard sec qui trône entre Wu Fei et le propriétaire de la fabrique de meubles, les vrais gourmets sont les Chinois.

C'est parce qu'ils mangent tout ce qui bouge sur terre ? le taquine la fiancée de Wu Fei.

Tout le monde rit à nouveau.

Wu Mei me dit rapidement à voix basse : Il est le maître de Qigong qui est entré dans *Guinness book of records* pour avoir tiré un autobus avec son oreille droite. Oui, oui, c'est vrai. On l'a montré à la télé.

Moi je connais pas la cuisine française, intervient Wu Fei d'une voix conciliante, mais je peux dire que les plats japonais, bien que toujours très joliment présentés, ne sont pas comparables de goût avec les nôtres.

Le vieillard caresse le bout pointu de sa barbe grise d'un air satisfait.

Qu'en pensez-vous, Jasmin ? me demande Wu Mei.

Hmmm… Je n'ai pas d'opinion là-dessus, puisque je n'ai jamais connu d'autre cuisine que la chinoise.

Une serveuse apporte du thé vert.

D'une main maigre et rapace, le vieillard s'empare de la théière, et, avec du thé brûlant, rince soigneusement son bol, son verre, sa cuillère et ses baguettes.

Le maître n'a pas confiance en l'hygiène du restaurant, m'explique Wu Mei à l'oreille. Il est convaincu que le thé désinfecte mieux que tout autre produit chimique.

Une autre serveuse apporte bière, alcool blanc et jus de fruits.

Wu Fei se lève et fait le tour de la table pour remplir les verres des invités.

Le chef cuisinier entre dans le salon, suivi d'une serveuse portant un grand plat. Quand elle place le plat au milieu de la table, tout le monde pousse un grand « Ahhh ! »

Au centre du plat, sur une pyramide blanche de vermicelles, sont éparpillés une vingtaine de scorpions frits.

En voilà une surprise ! déclare Wu Fei en embrassant les convives d'un regard amusé.

Ne vous effrayez pas, dit le chef cuisinier avec un large sourire rassurant. Les scorpions sont comestibles. Vous ne me croyez pas ? Allez visiter le musée de Xi'an. Vous y découvrez des dessins de scorpions sur un fourneau des Han en argile cuite. Une preuve éclatante que nos ancêtres ont mangé ces petits animaux il y a plus de deux mille ans. De surcroît, les recherches scientifiques récentes montrent que les scorpions sont des fortifiants naturels très riches en aminoacides. Leur poison, similaire au venin de la vipère et surnommé « l'or liquide » sur le marché international, est d'ailleurs susceptible de guérir certaines maladies incurables. Ce plat qui se trouve sous vos yeux est une spécialité de la maison. Nous le baptisons « les scorpions escaladant la montagne enneigée ». Un vrai délice, je vous assure. Et voilà un autre plat encore plus surprenant…

Le chef cuisinier a interrompu sa tirade pour se tourner vers la porte.

Le rideau en satin se lève : une autre serveuse surgit avec une grande assiette blanche. D'un geste élégant, elle la pose sur la table.

Tous les convives sont bouche bée. Au milieu de l'assiette sont couchés deux phénix de carottes sculptées, et sur les corps des phénix rouge orangé se promènent une vingtaine de scorpions, vivants cette fois !

N'ayez pas peur, sourit le chef cuisinier. Pour les manger, rien de plus simple. Serrez bien l'abdomen avec vos baguettes, trempez l'animal dans la sauce, commencez par la queue, mastiquez d'abord l'aiguillon, puis la tête avec ses pinces, enfin le corps… Regardez mademoiselle Huang, elle vous montre comment on doit faire…

Sur un signe de la main du chef cuisinier, la serveuse chétive prend une paire de baguettes. Elle pince habilement un scorpion, le roule dans la sauce épaisse, porte son aiguillon à ses lèvres carminées, croque avec un petit bruit sec très évocateur, puis fourre l'animal entier dans sa bouche, mastique, avale, et passe sa langue sur ses lèvres avec un sourire gourmand.

Les convives se regardent.

Allons, invite le chef cuisinier en promenant son œil railleur sur les visages pâles autour de la table, ne me dites pas que vous êtes plus fragiles que mademoiselle Huang !

Alors, d'une main tremblotante, les hommes ramassent leurs baguettes. Puis, avec l'air peureux de ceux qui fuient en avant, ils attaquent…

Mmmm… pas mal ! s'écrient-ils en mâchant bruyamment.

Mais ni Wu Mei, ni la fiancée de Wu Fei ni moi ne voulons suivre l'exemple de cet héroïsme masculin.

Où trouvez-vous vos scorpions ? j'interroge le chef cuisinier. Sont-ils sauvages ?

Non, ils sont élevés. Nous avons un fournisseur. C'est une paysanne venue du Nord. Elle élève des scorpions dans sa ferme familiale. Ses produits sont très sollicités. Il y a eu, je crois, un reportage dans le *Vieux Banian Soir* sur elle et sur son élevage…

Les filles ne veulent pas manger vos scorpions, l'interrompt Wu Fei ; voudriez-vous nous apporter d'autres plats, s'il vous plaît ? Puis, après le départ du chef cuisinier, il se retourne vers ses invités avec un sourire d'excuse : C'est le chef cuisinier lui-même qui m'a suggéré ces plats de scorpions en hors d'œuvre quand je suis venu pour réserver la table. Il m'a dit qu'il avait obtenu avec ces plats la médaille du nouveau talent dans une compétition culinaire l'année dernière, et que ses recettes étaient récemment entrées dans *L'Encyclopédie de la cuisine chinoise*. Ce sont d'ailleurs les plats les plus chers sur la carte.

À propos, lui demande le propriétaire de la fabrique de meubles, paraît que tu as ramassé pas mal de fric au Japon.

Bah, répond Wu Fei avec modestie, juste assez pour survivre.

On dit souvent que les Japonais sont très arrogants, s'enquiert la chanteuse. Est-ce vrai ?

Ça dépend. S'ils ont besoin de toi, ils peuvent se montrer très très courtois.

Que faites-vous là-bas ? lui demande-je.

Wu Fei ne me répond pas tout de suite. Il prend la bouteille d'alcool, remplit son verre à ras bord et le vide d'un seul trait, virilement.

Je travaille dans le tertiaire.

Je veux lui poser encore une autre question mais le léger coup de pied que Wu Mei m'a donné sous la table me la fait ravaler.

Mangez, tout le monde, invite Wu Fei avec empressement, mangez tant que les plats sont chauds…

Le neuvième anniversaire de Huan Huan tombe un samedi. Elle invite cinq copines pour la journée. Le matin je les emmène au parc du Pose-Pinceau. Nous faisons voler des cerfs-volants sur la grande pelouse qui s'étend au pied d'une colline. Il fait très beau. Ciel bleu, soleil magnifique, avec juste assez de vent pour que les cerfs-volants restent en l'air. En courant, en criant et en riant avec Huan Huan et ses copines, je me sens redevenir enfant moi-même. Nous pique-niquons ensuite sous un kiosque sur le sommet de la colline. L'après-midi nous allons au cinéma voir Mulan, avant de revenir à la maison pour un repas de fête. J'entends souvent les parents se plaindre que leurs enfants uniques sont gâtés et font la fine bouche. Ma Huan Huan ne fait pas exception, hélas. Vous passez des heures à lui préparer un délice, elle le touche du bout de ses baguettes et ça y est, elle en a assez. Mais ce jour-là, elle m'étonne avec un appétit jamais vu. Il ne manquerait plus qu'elle léche le fond des assiettes ! Les gosses ont besoin de sœurs et de frères, décidément.

Le soir, après le départ de ses amies, Huan Huan s'installe devant le piano que je lui ai offert comme cadeau d'anniversaire.

Tu n'es pas fatiguée, chérie ?

Non, maman.

Elle joue quelques notes, puis se lève pour venir se blottir contre moi sur le canapé devant le petit écran. Je l'entoure du bras.

Pourquoi papa n'est jamais là ?

Il travaille beaucoup tu sais, il est à Haikou.

A-t-il oublié qu'aujourd'hui c'est mon anniversaire ?

Non, je ne pense pas.

Alors, pourquoi il ne m'a pas envoyé une carte ou passé un coup de fil ?

Peut-être… Je cherche des mots… qu'il est vraiment trop occupé pour le moment. Il essaie de développer une grosse affaire et ce n'est pas facile…

Huan Huan se tait. Après un moment de silence, elle se lève.

Puis-je dormir dans ton lit, s'il te plaît maman ?

Mais bien sûr chérie.

J'éteins la télé.

Huan Huan entre dans la salle de bains.

Je décroche tout de suite le téléphone, compose le numéro de l'appartement de Ming. Ça sonne longtemps, mais personne ne répond. J'essaie son numéro de travail. Personne non plus. J'émets un juron et raccroche.

Huan Huan ressort de la salle de bains. Avant d'entrer dans ma chambre elle jette un regard sur le téléphone sans rien dire.

J'achète huit mille actions de Fenghuan, géant du vélos, les revends un mois plus tard pour acquérir douze mille actions de Wanke, société immobilière, et les revends deux mois plus tard pour acheter vingt mille actions de Hair, roi de l'électroménager… Gains énormes. Je ne mets plus qu'un tiers de mon énergie dans mon travail de prof d'anglais, et les deux autres tiers dans les opérations en Bourse mille fois plus lucratives. Oui, c'en est fini de ces tickets de loto et des numéros gagnants ; on peut maintenant acheter les titres directement à la Bourse. À vrai dire, les spéculations boursières ressemblent beaucoup aux jeux. Quiconque a fait l'expérience de bosser du matin au soir dix ans durant à ne pas avoir assez d'argent pour se payer une petite folie, puis de jouer un coup à la Bourse et d'y gagner en quelques semaines télé, frigo, machine à laver, air-conditionné, vacances au bord de la mer, moto, voiture, maison… quiconque a ainsi réussi le miracle sera toujours, et tant mieux ou tant pis pour lui, convaincu. Je dis tant pis parce qu'on peut y perdre gros aussi. Ceux qui perdent, parmi les petits actionnaires que j'ai rencontrés dans le hall de la Bourse, sont toujours plus nombreux que ceux qui gagnent. D'ailleurs, plus on perd, plus on brûle de regagner ce qu'on a perdu et plus on est sûr d'être capable de le faire, et par conséquent, plus on risque de perdre plus. Seule différence entre les jeux et les spéculations boursières : les premiers sont interdits par les autorités sous prétexte que ça corrompt les mœurs de la société, mais les secondes, parfaitement légales.

Ce n'est qu'après que Wu Fei est reparti avec sa nouvelle mariée pour le Japon que Wu Mei me raconte… Au Japon, dans les grands immeubles d'appartements, quand il y a un mort, on ne peut pas utiliser l'ascenseur pour le descendre. La tradition ne le permet pas. La famille du décédé fait donc venir un porteur. Celui-ci doit porter le corps sur son dos et descendre par l'escalier d'un seul souffle, quel que soit l'étage où se trouve l'appartement du défunt. À chaque palier, il y a toujours des femmes qui attendent et qui fourrent un billet de banque dans la main du porteur pour qu'il ne ralentisse pas le pas. Car, s'il s'arrête ne serait-ce qu'une seconde, croient-elles, ça portera malheur aux gens qui habitent à cet étage. Alors, tu peux imaginer, porter un mort sur ton dos, dégringoler au pas de course cinq, dix, quinze étages sans arrêt… Quel métier ! Mon frère l'a fait pendant des années. Il ne le fait plus heureusement. Il a ramassé assez de sous pour monter un petit commerce… Non non, il n'a jamais osé dire à mes parents ce qu'était son vrai job là-bas. Il leur a fait croire qu'il travaillait dans le secteur tertiaire. Les photos qu'il leur a envoyées le montraient toujours dans un beau parc, ou devant un beau temple, ou dans une rue charmante bordée de jolies maisons. Il ne le fait plus, ce métier pénible, heureusement…

Début 1996, je retourne avec Huan Huan à Wuzhou voir mes parents. Huan Huan parle sans arrêt dans le train, tellement elle est excitée. Mes parents qui ont déjà cinq petits-fils adorent leur unique petite-fille. Elle pourrait leur demander de lui décrocher les étoiles du ciel, ils ne sauraient pas lui dire non.

Mais dès que nous sommes arrivées, une sensation étrange me saisit. Mon petit frère qui est venu nous chercher à la gare a l'air soucieux.

Qu'est-ce qu'il y a ?

C'est grand frère… Il s'est ouvert les veines. Il est encore à l'hôpital, mais hors de danger. Sa femme et ses enfants sont à son chevet. Mais il refuse de nous voir, papa, maman, grandes sœurs et moi.

Mais pour… pourquoi ?

Parce qu'il a appris que sa mère est morte.

Sa… mère ? Je crois que j'ai mal compris.

Oui, sa mère – je viens de l'apprendre comme grandes sœurs ; elle vivait au Shandong, dans le village d'origine de papa.

Je ne savais pas que papa avait eu une autre femme avant maman. Que mon frère aîné était le fils du premier lit. Et que sa mère a vécu presque toute sa vie, comme une veuve recluse, dans la campagne perdue du Shandong, à plus de deux mille kilomètres d'ici.

L'aïeul de papa était issu de la branche cadette des Tang, une grande famille aristocratique de Pékin. Après avoir dilapidé en prostituées et en opium un très riche patrimoine que ses ancêtres avaient sagement constitué, il revint vivre, vieux et appauvri, dans le village d'origine de ses ancêtres, au Shandong.

Papa est né en 1919. Alors qu'il apprenait encore à marcher, ses parents lui ont acheté une fiancée de huit ans son aînée. Car, d'après la prédiction du zodiaque, celui qui est né dans l'année du mouton s'entend pour le mieux avec celle née sous le signe du porc. Pendant les treize ans suivants, cette fiancée s'occupa de papa comme une petite maman dévouée. Puis, peu après que papa a passé son quinzième anniversaire, mes grands-parents les ont mariés.

L'été 1937 papa a terminé ses études secondaires et aussitôt, pour échapper au mariage qui lui avait été imposé, il est parti pour Yan'an avec ses copains et s'y est enrôlé dans l'armée rouge. Il ne savait pas que sa femme était déjà enceinte. Il a participé à la résistance contre les Japonais et, après la capitulation du Japon en août 1945, à la guerre contre l'armée nationaliste de Chiang Kaishek. Quand l'armée de Libération du Peuple a conquis toute la Chine continentale fin 1949, il a été envoyé à Vieux Banian par le nouveau gouvernement communiste pour y diriger le service régional du contre-espionnage.

C'est en 1950 que papa a rencontré maman, lors d'un bref séjour à l'hôpital où elle travaillait comme infirmière en chef. Ils sont tombés amoureux l'un de l'autre et ont envisagé de se marier bientôt. Mais avant cela papa avait un problème à régler. Il est donc retourné dans son pays natal. Il voulait divorcer d'avec sa première femme et obtenir la bénédiction de ses parents pour son second mariage. Mais il ne s'attendait pas à y découvrir un fils de douze ans ! Envahi soudain par un sentiment de culpabilité envers ce grand garçon qu'il ne connaissait pas et qui ne le connaissait pas non plus mais qui était bien son fils, et envers cette femme qu'il n'aimait pas et qu'il n'avait pas vue depuis si longtemps mais qui l'attendait toujours, papa se retrouvait torturé par un terrible dilemme. Leur dire qu'il allait les quitter, définitivement ? Ce serait trop cruel pour eux qui prenaient son retour inattendu comme l'événement le plus heureux de leur vie. Renoncer à son amour et les faire venir vivre avec lui à Vieux Banian ? Ce ne serait pas moins tragique pour lui-même et pour l'amour qu'il avait enfin trouvé. Il n'avait que trente et un ans, papa. Il avait encore vingt, trente, quarante ans à vivre. Comment pourrait-il les passer sans la femme qu'il aimait ? Et avec une femme qu'il n'aimait pas ? Non, il ne le pourrait pas, papa. Il était trop jeune. Il était trop égoïste. Il était incapable de faire un tel sacrifice. Il a dit alors à sa première femme qu'il avait l'intention de divorcer, qu'il lui enverrait de l'argent pour leur fils, qu'il espérait qu'elle le comprenait et qu'elle trouverait un autre homme… À cette déclaration sa première femme a éclaté en sanglots. Elle a dit qu'il était un ingrat, un sans-cœur, un qui-mérite-l'enfer, qu'elle ne voulait ni ne pouvait pas se remarier avec un autre puisqu'elle lui avait tout donné, son cœur, son premier amour, ses jeunes années, que malgré tout elle continuerait de vivre avec ses beaux-parents et de s'occuper d'eux comme leur propre fille. Mais en échange de son accord pour le divorce elle a demandé à papa d'emmener leur fils avec lui et de le faire adopter par sa nouvelle épouse. Mère aimante et généreuse, elle a choisi de souffrir de la séparation d'avec son enfant pour que celui-ci puisse avoir une bonne éducation en ville et un meilleur futur qu'un simple paysan illettré. Compromis fait, papa est revenu à Vieux Banian avec le garçon.

Cela a été un gros choc pour maman, vous pouvez l'imaginer. Le divorce, à l'époque, était très mal vu, et épouser un divorcé, pour une jeune fille comme maman, humiliant. Mais elle aimait trop papa pour ne pas accepter la situation. Ils se sont mariés avant la fin de l'année et, pour éviter les commérages, papa a demandé aussitôt après la noce un nouveau poste à Wuzhou.

Pendant presqu'un demi-siècle, papa et maman ont bien gardé le secret. Personne à la maison, sauf eux-mêmes et mon frère aîné bien sûr, n'était au courant. Pas plus que nos amis, nos voisins et les collègues de mes parents.

Regardant en arrière aujourd'hui, je peux voir que mon grand frère a énormément souffert. Enfant de douze ans, il avait dû avoir très très peur d'avoir été arraché si brutalement à son milieu familier et forcé de vivre dans un entourage qui lui était totalement étranger. Sa mère, son village, son dialecte et ses copains devaient lui manquer cruellement. Adolescent, il devait se sentir différent de ses demi-sœurs et frère qui avaient, eux, la veine d'avoir eu une enfance normale. Chaque fois qu'il les voyait faire câlin avec leur mère, il devait se souvenir de la sienne et serrer les mâchoires pour ne pas montrer son chagrin. Il devait se sentir très coupable aussi de n'avoir pas pu protéger sa mère. Il devait vivre dans une solitude permanente et monstrueuse, écrasé par le poids du secret qu'il portait en lui et sans le moindre moyen de l'extérioriser. Ses nuits blanches devaient être très nombreuses, infiniment longues, et horriblement noires. Il devait haïr papa d'avoir abandonné sa mère. Il devait détester maman d'avoir pris la place de celle-ci. Il devait se trouver dégueulasse lui-même, de ne pas être plus fort, de s'être soumis, d'avoir accepté d'appeler « maman » une femme qui n'était pas sa mère, et de faire semblant aux yeux des autres que tout allait parfaitement bien.

Pendant la Révolution culturelle, papa et maman ont été accusés de s'être engagés dans la voie capitaliste, et envoyés en camp de travaux forcés. Une de mes sœurs, pour se montrer plus révolutionnaire que tout autre et se faire admettre par les gardes rouges dans leurs rangs, a déclaré qu'elle avait rompu avec sa famille et a collé des affiches dénonçant ses propres parents. Mais mon frère aîné, lui, a refusé de collaborer avec les gardes rouges malgré les coups de poing et de pied qui pleuvaient sur sa tête et son corps. Pour cela je crois que papa et maman lui seront éternellement reconnaissants.

Après son mariage mon grand frère a quitté Wuzhou pour aller travailler et vivre à Haikou. Il devait éprouver un besoin impérieux de s'éloigner de la maison de mes parents. De pouvoir enfin respirer. Plus tard il est retourné deux ou trois fois au Shandong voir sa mère ; mais n'a pas réussi à la persuader de quitter son village et de venir vivre avec lui.

Je pense qu'adulte, mon frère aîné peut comprendre pourquoi papa a divorcé et s'est remarié, mais il ne peut – et sans doute ne pourra jamais – être entièrement guéri de l'expérience tragique qu'il a traversée. Et il doit être très déprimé de ne pas avoir été là, auprès de sa mère qui devait se sentir doublement abandonnée, au moment où elle a rendu son dernier souffle. Pourra-t-il jamais s'en sortir ? Je souhaite de tout mon cœur qu'il le pourra.

Un ami me demande si j'ai l'intention d'émigrer en Australie. Je lui demande pourquoi. Il me dit que là-bas il est très facile de trouver de l'argent. Je lui dis que l'argent ne me manque pas, au moins pour le moment.

Il me dit que plus d'argent ne pourra jamais me faire de mal, à moi. Je lui dis qu'il paraît très difficile d'avoir un visa. Il me dit que ça dépend, que les visas français, anglais, américains sont parmi les plus difficiles à décrocher, mais que les visas australiens ou canadiens sont plus faciles à obtenir. Je lui demande alors comment il faut faire pour l'avoir. Il m'explique qu'il existe divers moyens, selon le désir et le portefeuille de chacun. Normalement les frais varient de vingt mille à trente mille dollars…

Vingt mille à trente mille dollars ! Je n'ai pas pu réprimer un cri d'étonnement, ça fait cent soixante mille à deux cent quarante mille yuans, quinze fois mon salaire annuel comme prof d'anglais !

Approximativement, affirme-t-il. Mais en tant qu'ami je pourrai te faire un bon prix.

Les moyens ? Le premier est le mariage blanc. Cet ami peut me trouver un Australien qui veut « m'épouser ». Le prétendu fiancé viendra pour la « noce » en Chine. De retour il s'arrangera pour me faire venir en Australie au titre d'épouse. Et je serai libre là-bas dès que j'entrerai dans le pays… Je secoue la tête. Je n'aime pas l'idée de m'enfermer dans une maison ou un appartement ou une chambre avec un étranger, ne serait-ce que pour une seule nuit. D'ailleurs, je n'ai pas l'audace de m'impliquer dans une affaire illégale. Qu'est-ce qui m'arrivera si jamais ça se sait ?

Le second semble plus rassurant du premier coup d'œil. Cet ami peut obtenir pour moi un visa de visite et m'intégrer dans un groupe de touristes ordinaires. Son partenaire, déjà établi en Australie, me cueillera à la sortie de l'aéroport, me fera « évaporer comme de la rosée », avant de me laisser « retomber comme une goutte de pluie » quelque part ailleurs dans le pays : il me fournira un nouveau passeport, une nouvelle identité, un logement temporaire et même un travail…

Réflexion faite je dis non à nouveau. Ce jeu de l'évaporation humaine ne me paraît pas moins risqué que le précédent. Je ne peux pas me permettre le luxe de le jouer. J'ai une fille, moi.

Le troisième est le visa d'immigré technique, le légal. Comme je parle l'anglais, je connais un peu l'ordinateur et j'ai moins de trente-huit ans, je pourrai prétendre être jeune expert en informatique. L'Australie a grand besoin de ce genre de talents. Cet ami peut m'aider à obtenir un visa de travail. Que ferai-je alors une fois là-bas ? Selon lui, je n'aurai qu'à m'inscrire dans une école spécialisée en formation informatique. Au bout de dix-huit mois de cours intensif, je pourrai facilement trouver un job intéressant avec un bon salaire. Je pourrai ensuite faire venir ma fille, légalement aussi… Non, je n'ai pas envie d'essayer, car ça veut dire au moins deux ans de séparation d'avec Huan Huan.

Je demande alors à cet ami s'il ne connaît pas d'autres méthodes.

Il sourit d'un sourire énigmatique. Oui, mais ça ne te convient pas.

Pourquoi ?

Dans les régions côtières du sud-est, m'explique-t-il, les jeunes ne se contentent pas d'être pêcheurs ou paysans comme leurs parents et grands-parents. Ils rêvent tous de partir à l'étranger. C'est le paradis dans leur imagination. Ils sont prêts à se saigner aux quatre veines pour payer les faux papiers et le voyage. Ils n'ont pas peur de prendre les risques. Les « têtes de serpent » – on appelle comme ça ces trafiquants humains modernes – entassent leurs marchandises dans un bateau ou un poids lourds puis les expédient vers la terre promise. Taux de succès ? Bah, de nombreux villages côtiers sont littéralement vidés de leur jeunesse. Il n'y reste plus que les vieillards et les enfants. L'année dernière cet ami a fait un « voyage d'affaires » dans ces régions et il est passé par Village européen,

Village japonais, Village australien, Village américain, Village taïwanais… Non non, ces villages n'ont rien à avoir avec l'Europe, le Japon, l'Australie, les États-Unis ou Taïwan. S'ils sont baptisés comme ça par les locaux, c'est tout simplement parce que les jeunes de ces villages sont presque tous partis pour ces « nouveaux continents ». Mais bien sûr que ce n'est pas légal, ça non plus. Seulement, les têtes de serpent n'ont jamais eu de difficulté pour trouver des collaborateurs dans la police et l'administration locales. Avec l'argent tu peux demander au diable de tourner le moulin pour toi, comme le dit notre vieux proverbe…

Non non, je ne suis pas une tête de serpent, me dit cet ami en souriant d'un sourire modeste. Je ne suis qu'un agent, une toute petite vis dans un gigantesque mécanisme.

Huan Huan me dit, après un dimanche passé chez mes beaux-parents, que ma belle-mère lui a posé des tas de questions sur moi. Elle voulait savoir si je jouais toujours à la Bourse, combien j'avais gagné, ou combien j'avais perdu. Elle voulait savoir également si je m'étais acheté récemment des bijoux et de belles robes, qui je fréquente, avec qui je sors, qui vient me voir à la maison quand Ming n'est pas là…

Qu'est-ce que tu lui as répondu, alors ? demandé-je à Huan Huan.

Je lui ai répondu : Sais pas ! Sais pas ! Sais pas !

Qu'a dit ta mamie, alors ?

Huan Huan fait une grimace de dépit pour imiter la déception de ma belle-mère : Mais c'est pas possible cette petite ! Elle sais jamais rien !

Je jette mes bras autour de Huan Huan, et toutes les deux, nous rions à perdre haleine.

Pour mon trente-sixième anniversaire je m'achète un très joli sac en cuir. Le prix en est exorbitant – huit cent quatre-vingt-dix yuans – mais j'ai assez de sous maintenant pour me permettre ce plaisir. Seulement, en moins d'un mois, le cuir est craquelé partout et le sac déjà bon à jeter à la poubelle. Je vais donc voir le directeur du magasin. Il me dit que c'est la règle de ne pas rembourser les marchandises une fois qu'elles sont sorties du magasin, et qu'il ne peut rien faire pour moi. Il est si arrogant qu'il ne daigne même pas me présenter ses excuses ! J'en suis scandalisée. Quand Wu Mei vient dîner chez moi, je lui raconte cette mésaventure. Elle me dit que ce n'est vraiment rien à côté des accidents graves de ceux qui ont perdu un œil en ouvrant une bouteille de bière qui a explosé dans leurs mains, ou de ceux qui se sont fait griller en dormant sur un matelas électrique qui a eu un court-circuit. Et elle me raconte une anecdote. Un vieillard a avalé un sachet de mort-aux-rats après avoir eu une querelle un peu vive avec sa belle-fille. Affolée, la belle-fille a appelé une ambulance. Mais à l'hôpital le médecin a été surpris de trouver le vieillard en parfaite forme. Aucun symptôme d'intoxication grave ou légère. Intrigué, le médecin a fait envoyer au laboratoire un autre sachet de la même poudre blanche qu'avait bouffée le vieillard. Résultat de l'analyse ?... Ça contenait si peu d'arsenic blanc qu'il en faudrait un grand bol plein à ras bord pour tuer un seul rat ! À la suite de l'incident, figure-toi, la belle-fille du vieillard a écrit une lettre au fabricant de la poudre pour le remercier de la mauvaise qualité de son produit, car, si le produit avait été de meilleure qualité, son beau-père ne serait plus là !

On apprend des choses chaque jour, comme vous voyez.

Jouer à la Bourse devient de moins en moins facile. Les entreprises récemment cotées sont souvent surévaluées. Il n'y a pas de transparence. Celles qui sont lourdement endettées peuvent se faire croire en bonne santé en donnant de fausses informations, celles qui ne sont pas déficitaires peuvent demander aux autorités fiscales une réduction importante des impôts puis présenter un chiffre de bénéfice bien plus élevé qu'il ne l'est réellement… On n'a pas les moyens de vérifier. On ne peut plus compter que sur son instinct, son flair, sa chance. Et les choses peuvent être rendues plus compliquées et plus imprévisibles encore par les changements capricieux du climat politique : une simple rumeur ou un petit tour de vis peuvent déclencher une chute des cours massive.

L'automne 1996, j'achète à treize yuans chacune vingt-cinq mille actions de Mingyuan, entreprise immobilière dont le patron est le fils cadet de Deng Xiaopin. Tout le monde pense que ça va monter très vite. Mais les valeurs sont restées immobiles pendant trois mois, ce qui pourtant ne m'inquiète guère : tant que Deng vivra, les affaires de son fils n'auront aucune raison de ne pas prospérer. Puis, un jour début 1997, le bruit commence à circuler que Deng va très mal et que après sa mort Mingyuan sera placée sous enquête judiciaire pour fraude fiscale et détournement de fonds publics. Séisme à la Bourse. Le cours de Mingyuan plonge. En une semaine, je vois mes actions descendre de treize yuans à un yuan chacune. Si j'avais paniqué et revendu à ce moment-là, j'aurais perdu au moins un quart de million. Mais je résiste. La dégringolade continue, puis, trois semaines plus tard, le gouvernement publie un bulletin de santé de Deng, affirmant qu'il se porte très bien. D'un coup, la confiance revient et le cours rebondit : qui oserait toucher le fils de l'homme le plus puissant du pays, hein ? Cinq yuans, huit yuans, onze yuans, seize yuans, vingt-trois yuans, ça ne cesse de monter… Je revends mes actions à dix-neuf yuans neuf maos, toujours parce que le chiffre neuf se prononce *jiu*, comme le mot « durable ».

Fébrilité, espoir, angoisse, frémissement de joie, déception, peur, panique… ce sont là les plats qu'on ingurgite quotidiennement à la Bourse. Faut avoir l'estomac solide pour pouvoir les digérer.

Ming revient de Haikou durant le printemps 1997. Il y a gagné une grosse fortune et projette d'ouvrir à Vieux Banian un magasin de matériaux de décoration intérieure.

Je pense que c'est une bonne chose. Huan Huan pourra voir son papa plus souvent. Nous pourrons faire des projets, des sorties en famille. Nous pourrons…

Mais je me trompe. Le soir, Ming ne rentre à la maison qu'à minuit passé, des heures après que Huan Huan se fut couchée, et le matin, lorsqu'elle quitte la maison à 7 heures 30 pour se rendre à l'école, son papa ronfle encore dans son lit. Les week-ends ? Les vacances ? N'en parlons plus.

Une fois – c'est un samedi – Huan Huan a une grosse fièvre dans la soirée. Elle tremble et claque les dents sous la couverture, comme si elle était nue dans la neige. Elle se plaint aussi de douleurs aux articulations des genoux et des coudes. Je suis très inquiète. Ming n'est pas à la maison. Il accompagne quelques visiteurs de Canton pour une nuit câline au bar karaoké. Je l'appelle sur son portable pour qu'il rentre plus tôt. Mais elle est impossible cette petite, s'écrie-t-il, elle sait bien choisir le moment pour tomber malade ! Finalement je dois appeler un taxi pour amener Huan Huan au service des urgences, parce qu'elle ne peut plus se tenir sur ma moto.

Une autre fois Huan Huan a un accident durant le cours de gymnastique. La directrice de l'école m'appelle au travail. Affolée, je me précipite à l'hôpital où Huan Huan a été portée. Les rayons X révèlent une fracture du crâne. J'appelle Ming de l'hôpital mais il ne peut pas venir, à cause d'un rendez-vous avec je ne sais qui.

Huan Huan me demande un jour :
Peux-tu me trouver un papa, maman, un vrai ?
Je ne sais pas quoi lui répondre.

Une amie me donne le nom d'un très bon psychologue. J'en parle avec Ming. Mais je ne suis pas fou ! hurle-t-il avec colère. Et il me regarde comme si j'étais folle, moi.

Mai 1998. Huan Huan a invité Li Xia, sa meilleure copine, à la fête de son onzième anniversaire. Mais à la dernière minute la fillette appelle pour dire qu'elle ne vient plus. Son petit frère a été kidnappé. Sa mère est allée le chercher à l'école maternelle. Elle est arrivée avec un peu de retard à cause d'un embouteillage et, quelques minutes avant elle, une autre femme se faisant passer pour la tante de l'enfant l'avait emmené. Sa mère a appelé son père, qui a appelé la police. Ses parents sont très anxieux et n'osent plus s'éloigner d'un seul pas du téléphone. Ils attendent des nouvelles de la police, et une éventuelle demande de rançon de la kidnappeuse.

Quand j'étais petite, je m'en souviens encore, j'allais à l'école avec mes frères et sœurs. Nos parents ne nous y accompagnaient que le jour de la rentrée. L'été j'allais nager dans la rivière avec mes copines chaque après-midi, sans l'accompagnement des adultes. L'enlèvement d'enfant ? Jamais entendu parler. Mais maintenant… Quand vous ouvrez un journal local, vous voyez de petites annonces des parents désespérés qui font appel aux témoins et parfois même aux kidnappeurs. Les victimes sont surtout des garçons de moins de dix ans. Ils sont enlevés puis vendus à des couples qui n'ont pas de fils. Dans la majorité des cas, ces enfants volés ne sont jamais retrouvés. Voilà une autre conséquence perverse de la politique gouvernementale de l'enfant unique. Dans dix ans – je ne peux m'empêcher de me le demander, le froid dans le dos – les gangs criminels ne prendront-ils pas aussi les fillettes comme cibles préférées, quand la pénurie des femmes à marier commencera à se faire sentir dans le pays ?

Le père de Li Xia est l'un de ceux qu'on appelle nouveaux riches. Il était autrefois le représentant de la verrerie de Vieux Banian. Au début des années quatre-vingt-dix, il a gagné des millions dans des spéculations immobilières. Il possède maintenant une société d'import-export dont il est le président.

Li Xia est d'un jour plus jeune que Huan Huan. J'ai fait la connaissance de sa mère à l'hôpital. Son père était alors un simple *salesman*. Plus tard, les deux fillettes sont allées à la même école maternelle, puis à la même école primaire. Quand le père de Li Xia est devenu multimillionnaire, lui et sa femme ont essayé d'avoir un fils. Après deux échographies et deux avortements illégaux, ils l'ont eu, ce garçon tant voulu. Ils ont payé une grosse amende pour avoir transgressé la règle. Mais comparé au bonheur d'avoir un héritier mâle, ça n'était rien. Riches comme ils le sont, en effet, ils auraient pu se payer dix fils de plus.

Un après-midi je reçois un coup de fil bizarre. Une voix féminine, très jeune, inconnue. Elle me dit que Ming ne m'aime plus et que ce serait mieux pour lui et pour moi de nous séparer.

Qui êtes-vous ? lui demandé-je en croyant que c'est une mauvaise plaisanterie.

Il ne vous aime plus, poursuit la voix sans répondre à ma question. Il m'aime. Et je l'aime.

Qui êtes-vous ? crié-je, mais on avait raccroché.

Je réfléchis un instant puis compose le numéro de Ming.
Non-sens, dit-il sur un ton fâché.
Mais moi je n'appelle pas ça un non-sens.
N'y prête pas attention, je te dis. C'est de la blague. Quelqu'un veut nous jouer un mauvais tour.
Qui ça, quelqu'un ?
Comment veux-tu que je le sache, moi ?
Il raccroche.

Ce n'est que quatre ou cinq jours après la disparition du jeune frère de Li Xia que tombe la nouvelle : la police a réussi à le retrouver. Sa ravisseuse a été arrêtée. L'enfant est à Dujun. Vite ! les parents de Li Xia attrapent un sac de voyage, le remplissent des vêtements de l'enfant, de friandises et de ses jouets préférés. Vous pouvez imaginer leur soulagement, leur joie, leur bonheur. Seulement, lorsqu'ils arrivent à Dujun dans un minibus policier, ils ne revoient que le corps de leur fils. Les policiers ne leur avaient pas dit qu'il était déjà mort.

Le choc est terrible. La mère de Li Xia est complètement dévastée. Elle ne mange plus, ne dort plus, ne sort plus. Elle est folle. Son mari la met dans un hôpital psychiatrique où elle croupit depuis. La pauvre ! Li Xia vit maintenant avec ses grands-parents. Je la vois encore de temps en temps. Je la trouve énormément changée. Elle ne ressemble plus du tout à cette fillette confiante et pleine de joie de vivre que je connaissais avant. Quant à son père, je ne l'ai pas rencontré depuis la tragédie, mais j'ai entendu dire qu'il va déménager dans une nouvelle maison et épouser sa jeune secrétaire.

Une amie me dit que je suis trop molle vis-à-vis de Ming.

Les hommes, m'explique-t-elle, s'ils obtiennent quelque chose trop facilement, ils ne savent pas l'apprécier. Faut les faire souffrir, tu comprends ?... Chez moi, si mon mari fait un pas hors de la ligne, je l'ignore pour une semaine. Il me supplie de le pardonner, je fais la sourde oreille. Il m'apporte des cadeaux, je les jette par la fenêtre… Et plus il lui est difficile de m'avoir, naturellement, plus il a envie de moi. Mon refus attise son désir… Quoi ? Que dis-tu ? Il est comme un morceau de mastic dans mes mains ? Ha, ha, ha… Faut lui montrer qui est le boss, non ?… Trouve un amant, Jasmin. Jolie et intelligente comme tu es, tu n'auras aucune difficulté. Tu n'as qu'à ouvrir tes yeux. Ce ne sont pas les candidats qui manquent, je te dis. Je peux même t'en présenter quelques-uns si tu veux. Il faut montrer à ton mari que tu es une femme sollicitée, entourée et désirée. Suscite sa jalousie. Fais-le souffrir. Et le jour où il souffrira, il changera de comportement…

Je pousse un soupir. Je ne sais que dire. Que pourrais-je dire, hein ?

Je refais le cauchemar que j'ai fait des années plus tôt, la nuit où Ming m'a violée. Je me revois peiner sur le même sentier abrupt et boueux, bordé de rochers déchiquetés. Après un virage en épingle à cheveux, je me retrouve à l'entrée de la même bourgade, qui m'est à la fois étrangère et connue. Les ruelles de la bourgade demeurent les mêmes, désertes et silencieuses. Je m'arrête devant la même porte béante de la même maison dont le seuil devient un serpent plus gros que mon bras à l'instant où je lève le pied pour le franchir. Il dresse sa tête triangulaire vers moi avec le même sifflement effrayant… Et je me réveille, comme l'autre fois, dans un bain de sueur glacée.

Une autre amie m'apprend une chose que je sais déjà : c'est devenu maintenant monnaie courante pour un homme marié ou une femme mariée d'avoir des relations hors du mariage. Mais la position qu'elle prend pour défendre ce nouveau changement de mœurs m'étonne. Elle pense que ça a des côtés positifs, que ça contribue à la stabilité des familles, donc de la société. Elle-même, par exemple, a deux amants. L'un à Guilin, l'autre à Vieux Banian. Celui de Guilin est impuissant. Elle le voit quand elle le peut, c'est-à-dire une fois tous les deux ou trois mois. Parfois c'est lui qui vient à Vieux Banian. Parfois c'est elle qui se rend à Guilin. Ils boivent un café, font une promenade, écoutent de la musique, parlent des livres qu'ils ont lus, des films qu'ils ont vus, de leurs problèmes au travail et à la maison, ou se regardent en silence… Ils se réjouissent tellement de la compagnie l'un de l'autre que rien que d'être ensemble leur est déjà un régal. C'est un amour… comment dire… spirituel. Mais ses rapports avec son amant à Vieux Banian sont différents. Purement physiques. Elle le rencontre bien plus souvent que l'autre, parfois dans une chambre d'hôtel, parfois dans un appartement emprunté à l'une de ses copines. Oh non, me rassure-t-elle, ça n'affecte pas du tout sa vie familiale, au contraire. Car, quand elle voit d'autres hommes que son mari, elle est très claire sur ce point : pas question de rompre son lien conjugal, pas question de détruire sa famille. Oui, bien sûr, elle aime toujours son mari. Seulement, après des années de vie commune, elle s'en est un peu fatiguée et elle a besoin de temps en temps d'une petite excitation, pour son équilibre physique et psychologique. Mais comme elle se sent un peu coupable, quand même, à l'égard de son fils et du père de son fils, elle les entoure de tous les soins affectueux possibles. Ses amants font du même pour les leurs. Peut-être que son mari aussi. Qui sait ?

J'ai acheté il y a quatre ans un appartement à cinq mille yuans le mètre carré, dans l'espoir de le revendre quelques années plus tard avec un profit massif. Mais depuis le début de la crise économique asiatique, le prix de l'immobilier a beaucoup chuté. La valeur de mon appartement sur le marché actuel est tombé à deux mille trois cents yuans le mètre carré. Non, je ne le revends pas encore. J'ai des capitaux. Je peux attendre. Quand la situation s'améliorera, le prix de l'immobilier va décoller à nouveau…

La Bourse ? Oui, j'y joue toujours. Mais c'est devenu de plus en plus difficile. Non, je n'ai pas perdu jusque-là. Pas encore. J'ai eu assez de veine là-dessus. Croisons les doigts.

Un jour la maîtresse de Huan Huan me demande de venir la voir après l'école.

Elle m'attend derrière son bureau dans la salle des profs.

Je veux vous voir, me dit-elle, parce que Huan Huan travaille moins bien depuis le début du semestre. Elle était l'une des meilleurs élèves de la classe, mais maintenant elle semble avoir beaucoup de mal à se concentrer pendant les leçons. Elle ira bientôt au collège vous savez : cette année est décisive pour la préparer au concours. Hier je lui ai parlé. Je veux savoir ce qui ne va pas, si elle n'a pas de problèmes avec ses camarades de classe… Elle a pleuré. Elle m'a dit qu'elle n'a pas de problèmes avec ses camarades mais que ses parents vont se séparer. Elle m'a dit aussi qu'elle sait que son papa ne l'aime pas, qu'elle pense qu'elle a dû faire quelque chose de mal mais elle ne sait pas quoi, et qu'elle a peur que sa maman ne l'abandonne elle aussi. Je n'ai pas l'intention de me mêler de vos affaires personnelles, mais si vous pouvez…

Tout ça me paraît bien étrange car, quoique ma vie conjugale avec Ming soit loin d'être idéale, nous n'avons jamais parlé divorce.

Je remercie la maîtresse pour sa gentillesse et sa franchise. Je lui promets de parler avec Huan Huan le soir même.

D'où te vient cette idée ? je demande à Huan Huan après le dîner.

Une tante m'a dit au téléphone…

Une tante ?…

Oui, c'était il y a deux ou trois semaines. On n'avait plus de sauce de soja à la maison. Tu m'as dit d'aller en chercher une bouteille à la boutique de grand-maman Orchidée mais je ne voulais pas. Je regardais le dessin animé. C'était Pokémon, mon préféré. Alors t'es sortie toi-même… Peu après le téléphone a sonné. Je voulais pas le prendre. Je regardais le dessin animé. Mais ça continuait de sonner. J'ai décroché. C'était la voix d'une femme. Je lui ai dit que maman n'était pas là. Elle m'a demandé si papa était là. Je lui ai dit non plus. Elle m'a demandé si j'étais Huan Huan. Je lui ai dit oui. Elle m'a dit qu'elle était une tante, qu'elle savait que papa et toi alliez divorcer. Et elle m'a demandé avec qui je voudrais vivre…

Je fais un grand effort pour rester calme. Je réussis même à en rire comme d'une mauvaise blague. Mais tout en rassurant et réconfortant ma fille, je sens que la colère me monte au nez et m'enflamme les pommettes. Qui a osé nous faire ça, à moi et à ma Huan Huan ? Qui a pu être aussi dégueulasse ? Quel sale but vise-t-elle ? Est-elle la même personne mystérieuse qui m'a appelée l'autre jour pour me dire que Ming ne m'aime plus ? Je vais tout faire, me juré-je, pour démasquer et cette personne et son sale dessein. Je vais me venger.

Grâce aux amis des amis de mes amis, j'apprends bientôt que cette personne est une ancienne employée de mon mari. Elle a vingt-six ans. Elle est originaire du Hunan. Issue d'une famille paysanne pauvre, mais jolie, intelligente et ambitieuse, elle a été la première fille dans son village à décrocher une place à l'université. Après avoir obtenu son diplôme en économie politique elle est venue à Vieux Banian. Ming l'a prise comme directrice des ventes. Ils ont eu une liaison. La fille lui a demandé de me quitter et de l'épouser mais Ming lui a dit non. Elle m'a donc appelée à la maison – c'était ce coup de fil bizarre que j'ai reçu. Ming l'a considéré comme un chantage et en a été furieux. Il l'a renvoyée sur-le-champ. Et après, c'était cet appel que Huan Huan a reçu. Apparemment cette ex-maîtresse de Ming n'a pas l'intention de disparaître de la scène. Elle vient de réussir un concours de recrutement de fonctionnaires et quand elle aura le poste, elle travaillera pour la Fédération municipale des femmes, dont le bureau se trouve juste en face du magasin de Ming.

Non et non et non ! me dis-je ; je ferai tout pour l'empêcher d'avoir ce poste.

Je vais donc voir, à l'insu de Ming, un ami dans son bureau de commissaire contrôleur de la discipline. Il m'accompagne ensuite à la Fédération des femmes pour déposer une plainte contre l'ancienne amante de mon mari. Quelques jours plus tard, quand la liste des nouvelles recrues est publiée dans le Quotidien de Vieux Banian, il n'y a pas le nom de cette personne.

Je ne sais pas si elle renonce à Ming définitivement, mais elle va quitter Vieux Banian pour Shenzen.

Est-ce par hasard, ou par la volonté du Dieu du Ciel que Mark est entré dans ma vie ?

Ma moto est tombée en panne. Le mécanicien qui l'a examinée me dit qu'il lui faudra au moins trois jours pour la remettre en état. Alors, en attendant, je ressors ma vieille bécane. Trois coups de pompe, deux gouttes d'huile, un coup de chiffon et ça y est, ma petite reine noire retrouve son éclat d'autrefois.

Bien que nous soyons au cœur de l'hiver, il fait ce jour-là un temps printanier. Après avoir déposé Huan

Huan à l'école, j'ai soudain envie de faire le tour du Lac du Sud. Enfin, pourquoi pas ? Je n'ai pas cours ce jour-là.

Je quitte donc la grand-rue, m'engage dans un raccourci, et roule vers le lac en fredonnant. C'est une belle folie, cette course sur la levée qui ceinture le lac, front au vent, à toutes pédales, soufflant comme au stade, vite trempée de sueur, le cœur battant, sans but, sans destination, sans d'autre souci que de savourer pleinement mon insouciance. Cela fait tellement longtemps que je ne me suis pas sentie si détendue, si libre, si légère, si gaie.

Près d'un arrêt d'autobus je dépasse en coup de vent un homme de grande taille. Un long-nez me semble-t-il.

Coups de timbre avertisseur derrière moi. Je m'arcboute au guidon et roule plus vite. Encore quelques coups de sonnette, l'homme de grande taille me dépasse. Il tourne la tête et m'adresse un sourire. C'est un long-nez ! Les dents serrées j'accélère. Je ne veux pas me laisser distancer… Mais le long-nez pédale encore plus vite, tout en me souriant. À bout de souffle je ralentis. Il diminue aussi sa vitesse pour rouler à côté de moi.

Bonjour, dit-il, en chinois, avec un accent très marrant.

Je ne peux pas me retenir de sourire.

Good morning, je lui réponds, en anglais.

Mark, my name is Mark. What's your name ?

Moli, *Jasmin*.

Non, Mark n'est pas américain comme je le croyais au premier abord. Il est anglais. Cheveux bruns, yeux bleus, grand nez un peu recourbé, barbe courte et touffue. Il travaille comme chercheur dans un laboratoire à Leeds. Il y prépare sa thèse de doctorat en biochimie. Venu pour une conférence scientifique, il reste une semaine à Vieux Banian avant d'aller à Wuhan pour visiter quelques centres de recherches. Un de ses hôtes de l'université de Vieux Banian lui a prêté un vélo, ce qui lui permet de déambuler seul dans les rues en dehors de la conférence.

Si vous avez du temps, me demande-t-il poliment, voudriez-vous faire un tour avec moi ?

D'accord, lui réponds-je sans réfléchir, je vous montrerai la ville.

Les trois ou quatre jours suivants, après mes cours, je rejoins Mark à l'entrée de son hôtel, puis nous partons tout de suite pour explorer un peu la campagne aux alentours de Vieux Banian.

Cet après-midi-là, quand je le raccompagne à son hôtel après une excursion dans la Montagne au Dragon et au Tigre, il me dit :

Je dois partir pour Wuhan demain matin, mais je ne veux plus y aller.

Pourquoi ?

Parce que je veux rester plus longtemps ici, avec vous.

Mon cœur bat la chamade.

Mais vous avez du travail là-bas.

Je sais. Pourriez-vous… venir avec moi ?

À Wuhan ?… Non. C'est impossible. Je peux pas laisser ma fille seule à la maison. Elle est trop jeune.

Excusez-moi, alors.

La nuit même, je demeure éveillée dans le lit jusqu'au petit matin. Je n'ai pas osé avouer à Mark que moi aussi je veux être avec lui. Et je le regrette.

Deux jours plus tard, Mark m'appelle de Wuhan.

Vous me manquez, me dit-il.

Il y a dans sa voix une douceur immense qui me serre le cœur.

Vous me manquez aussi.

Il y a un moment de silence. Puis de l'autre bout du fil parviennent ces mots :

Venez je vous en prie, sinon c'est moi qui retournerai à Vieux Banian.

Ma raison s'effondre d'un coup. Je confie Huan Huan à une amie et vole à Wuhan l'après-midi même.

Mark descend me chercher dans le hall de l'hôtel. Il me prend mon sac des mains, me conduit dans sa chambre. Dès que la porte se referme derrière nous, il me serre contre lui et colle ses lèvres brûlantes sur les miennes. Mon cœur bat violemment. Je tressaille comme une feuille dans le souffle du printemps. Il me soulève doucement, me pose sur le lit, me déshabille, couvre mon corps de ses baisers ardents…

Pendant les treize années de mon mariage, j'ai honte de l'avouer, faire l'amour n'a jamais été un plaisir pour moi, mais un devoir, une obligation d'épouse envers son mari, un supplice. Quant à Ming, il fait toujours comme s'il n'avait pas besoin de se soucier de moi. Pas de caresses, pas de mots tendres, tout se termine très vite, en deux minutes. Et à chaque fois j'ai très mal, tellement je suis tendue.

Mais Mark, lui, sait non seulement jouir, mais me faire jouir. Il sait me faire me sentir aimée, désirée, choyée. Il sait me faire sentir, pour la première fois de ma vie, que je suis une FEMME.

Non, je n'ai pas de souci de ce côté-là. Le métier d'enseignant, ça ne rapporte pas grand-chose financièrement, mais ça donne une sorte de sécurité. Quand je pense à ces entreprises publiques et collectives mal gérées, déficitaires, pillées et délaissées, quand je pense à ces millions d'ouvriers licenciés qui doivent se contenter d'une centaine de yuans d'indemnité par mois ou de petits bricolages à droite à gauche pour nourrir leurs familles, je me félicite, très égoïstement, d'avoir choisi de travailler dans l'éducation nationale. Les ouvriers étaient gâtés par le régime depuis 1949, ils étaient les aristocrates du socialisme. Mais après les intellectuels persécutés aux jours sombres des tourmentes politiques en série, et les paysans sacrifiés dans les années cinquante, soixante et soixante-dix, c'est maintenant leur tour de faire les frais de la récente mue du système. La roue de la fortune tourne. Quel sera notre sort de demain ?... Personne ne saurait le dire.

Que voudra faire Huan Huan plus tard ? Elle ne le sait pas encore. Elle aime danser. Elle joue du piano. Elle est très bonne en langues mais elle n'est pas mauvaise en maths. Moi je souhaite qu'elle fasse son droit. La Chine change. Elle se veut devenir un pays de droit. On a besoin de beaucoup d'avocats actuellement, et on en aura besoin encore plus dans le futur. Qu'en pensez-vous ?

Je ne supporte plus que Ming me fasse l'amour depuis mon retour de Wuhan. Depuis que je sais combien ça peut être différent ! J'en ai marre d'être traitée comme une bonne à tout faire, une chose à satisfaire son besoin sexuel lorsqu'il en a envie. J'en ai marre de me résigner. Et, pour la première fois, j'ai le cran de le repousser quand il se jette sur moi.

Mais qu'est-ce qui te prend ? s'étonne-t-il.

Je ne veux pas.

Mais c'est bien le droit du mari de faire l'amour à sa femme, non ?

Mais la femme a bien le droit elle aussi de refuser quand elle ne veut pas, non ? Elle a aussi besoin d'être respectée, non ?

Oh ! Il faut voir sa tête !

Mon expérience avec Mark m'a ouvert les yeux, comme on dit. J'ai beaucoup réfléchi depuis sur mon mariage avec Ming, sur la façon dont il se conduit avec moi, sur son attitude envers Huan Huan. Et je commence à me poser des tas de questions. M'a-t-il jamais aimée ? A-t-il jamais aimé Huan Huan ? A-t-il jamais aimé personne ? L'ai-je jamais aimé, moi ? Pourquoi nous fait-il souffrir comme ça, Huan Huan et moi ? Qu'avons-nous fait pour mériter ça ? A-t-il jamais été aimé des siens ? A-t-il jamais été heureux enfant et adolescent ? Avoir souffert lui-même lui donne-t-il le droit de faire souffrir à son tour ? Est-il conscient de ce qu'il nous fait, à Huan Huan et à moi ? Est-ce pour me punir – moi pour avoir dit que je ne voulais plus le revoir après notre première rencontre arrangée – qu'il m'a violée et qu'il m'a épousée ? Aurait-il fait la même chose à une autre femme, à toute femme qu'il croise dans sa vie ? Ne s'agit-il pas de me prouver, à moi, aux autres, et surtout à lui-même, qu'il est supérieur ? qu'il est le patron ? qu'il a du pouvoir ? qu'il est capable d'obtenir tout ce qu'il veut ? et qu'il peut écrabouiller qui ose le repousser ? S'il y a là une volonté de dominer ou un désir d'écraser, qu'est-ce qui se cache là-dessous ? La conscience de la petitesse de son individu ? Son besoin de se rassurer sur lui-même ?… Et comment ai-je pu, pendant toutes ces longues années, le laisser faire, ne pas protester, ne pas me révolter ? Comment puis-je accepter d'être humiliée à ce point ? Pourquoi me crois-je obligée de supporter un mariage aussi lamentable, moi qui pourtant ai fait des études et suis financièrement indépendante ? Qu'est-ce qui fait que je me suis résignée si longtemps ? Comment puis-je n'avoir pas encore divorcé ? Comment puis-je dormir encore avec lui dans la même chambre ? Que pourrais-je perdre en le quittant ? Huan Huan ne m'a-t-elle pas demandé de lui trouver un papa, un vrai qui l'aime et qui l'adore ? Ne méritons-nous pas, ma fille et moi, un peu d'attention affectueuse ? Une parole douce ? Un geste tendre ? Un regard caressant ? Ne méritons-nous pas d'être heureuses ?… À toutes ces questions je cherche à répondre avec autant de courage, de franchise et d'honnêteté que je le peux. Ce n'est pas facile. C'est très dur même. J'essaie de faire de mon mieux. À la fin je dois admettre qu'il m'est impossible de trouver des réponses à chacune de ces questions. Mais le fait de les poser m'aide déjà à y voir plus clair. J'ai fait une grosse bêtise dans ma jeunesse en me forçant à épouser Ming. Cela m'a déjà coûté treize ans. Quel gâchis ! Combien de treize ans y a-t-il dans la vie d'un être humain ? Combien de temps ai-je encore à vivre ? Je ne sais pas. Je pourrais très bien mourir d'un accident de la route demain ou d'un cancer quelconque dans six mois. Je ne peux plus me permettre de dilapider ma vie. Je ne peux plus laisser les choses continuer de cette façon. Pour moi-même, et pour Huan Huan aussi, je dois sortir de ce merdier (excusez-moi), avant de m'y noyer. Après tant d'années gaspillées, je dois penser à construire pour le présent et le futur. Commencer par dire non. Non à Ming et à son oppression. Non à moi-même, à mon conformisme, à mon habitude de me résigner. Non à mon fatalisme. Non à ma propre lâcheté, celle de ne pas oser dire non.

C'est fait, j'ai divorcé. Je suis redevenue libre. J'ai retrouvé un peu de moi-même. Je me sens soulagée. Vraiment.

Ming a tout tenté pour obtenir la garde de Huan Huan. Ce n'est pas parce qu'il s'intéressait soudain à elle. Il voulait me punir d'avoir demandé le divorce. Il voulait me punir de vouloir me libérer. Il voulait me montrer, encore une fois, à moi, aux autres, et à lui-même, que c'est bien lui qui domine, lui qui a le pouvoir, lui qui est le maître. Mais la cour a jugé en ma faveur.

Après le divorce nous avons déménagé, Huan Huan et moi, dans l'appartement que j'avais acheté comme investissement. J'envisage de le revendre cette année et d'en acheter un autre. Pas plus grand, mais confortable, et proche de l'école secondaire où ira bientôt Huan Huan.

Oui Mark et moi nous sommes toujours en contact. Sorte de conversations quotidiennes par e-mail. Mark est un génie pour ça. Ses messages – quelquefois assaisonnés d'un petit dessin – sont chaleureux, intéressants et pleins d'humour. Il veut que Huan Huan et moi venions vivre avec lui là-bas à Leeds, mais j'hésite. Je n'ai pas envie de me précipiter dans un autre mariage, non, pas encore, après tout ce que j'ai vécu avec Ming. Mark et moi nous sommes amoureux l'un de l'autre, cela ne fait aucun doute, mais nous venons de deux mondes tellement différents. Je ne veux et ne peux prendre aucune décision avant d'être absolument sûre que nous pouvons vivre en harmonie, malgré nos différences culturelles. Et surtout il y a Huan Huan. Pourra-t-elle accepter Mark ? S'entendront-ils ? Ne serait-ce pas trop dur pour elle d'aller vivre dans un pays étranger dont elle ne parle pas la langue, loin de sa ville natale, loin de ses copines, loin de ses grands-parents ?… Oui oui, mes parents sont au courant de ma relation avec Mark, mais ils l'observent d'un œil pas très clément, je l'avoue. Un long-nez, ça ne leur inspire guère confiance – surtout à papa. N'oubliez pas qu'il a travaillé pendant des années dans le service du contre-espionnage ! Ha, ha, ha… De toute façon nous allons essayer, Mark et moi. Si j'arrive à obtenir un visa anglais, j'emmènerai Huan Huan en Angleterre. Nous y passerons quelque temps avec lui. Nous rencontrerons aussi ses parents et ses sœurs. Puis, j'aimerais inviter Mark à revenir à Vieux Banian pour passer quelque temps avec nous. J'aimerais aussi qu'il rencontre mes parents, mes sœurs et mes frères. Après, on verra. Je ne veux pas forcer les choses. Je préfère que notre relation se développe, naturellement, et aboutisse peut-être un jour, comme le melon se détache lui-même de la tige quand il est mûr…

Ketmie

Tu grimpes les marches du perron, pénètres dans le hall de l'hôtel Impérial.

Complet, s'excuse en souriant la réceptionniste en tailleur rouge.

Tu ressors.

À une centaine de pas plus loin, de l'autre côté de la rue, brille l'enseigne au néon de l'hôtel des Quatre-Saisons. Tu y entres.

Une chambre pour une personne ?… dit la réceptionniste en complet bleu ciel. Un instant, s'il vous plaît. Elle ouvre un gros cahier orange. Non, nous n'en avons plus, je suis désolée. Mais si vous le voulez, je peux vous donner un lit dans une chambre pour trois personnes, à soixante-quinze kuais la nuit… Non non, le petit déjeuner n'est pas compris. Quinze kuais par tête. Le restaurant se trouve au rez-de-chaussée. Oui oui, toutes nos chambres ont l'air conditionné avec téléphone, télévision en couleur, salle de bains et w.c. Vous le prenez ?… Très bien. Pour combien de nuits, s'il vous plaît ?… Trois nuits, d'accord. Votre nom, s'il vous plaît ?… Fushang, *Ketmie*. C'est drôle, vous aussi avez un nom de fleur. Les deux personnes qui partagent la chambre avec vous s'appellent Huang Meigui, *Rose Jaune,* et Bei Mulan, *Magnolia Blanc*. Quelle coïncidence !… Dépôt pour trois nuits, deux cent cinquante kuais… Merci. Voilà votre facture. La chambre se trouve au huitième étage. Voilà la feuille que vous donnerez à la réceptionniste de l'étage. Elle vous ouvrira la porte et vous apportera de l'eau bouillie. L'ascenseur est là, à votre gauche. Bonne nuit, madame.

Tu entres dans la chambre. Un bureau surmonté d'un téléphone blanc crémeux et d'un poste de télévision contre le mur de droite. Trois lits flanqués chacun d'une table de nuit contre le mur de gauche. Au fond, devant les rideaux bleus qui cachent la fenêtre, deux fauteuils installés de part et d'autre d'un petit meuble à thé sur lequel la réceptionniste vient de laisser deux thermos rouges à côté de trois tasses de porcelaine. Bruit de l'eau dans la salle de bains. Accompagnés d'une voix un peu rauque qui chantonne. Rose ou Magnolia ?

Comme il y a déjà une valise sur le lit près de l'armoire à triple portes et un gros sac à dos noir sur le lit près de la fenêtre, tu te diriges vers celui du milieu pour y poser ton bagage. Tu vas ensuite au petit meuble, ôtes le couvercle d'une tasse, prends un sachet de thé au jasmin que tu vides dans la tasse, retires le bouchon de bois d'un thermos, verses de l'eau brûlante sur le thé. Une odeur agréable monte avec la vapeur. Tu reposes le thermos sur le petit meuble, recouvres la tasse, et tu te laisses tomber dans un des fauteuils.

Dans la salle de bains le bruit de l'eau a cessé alors que la voix rauque continue de fredonner. Tu prends la tasse, la découvres, humes avec gourmandise l'arôme du jasmin. La voix rauque se tait un moment, puis repart à nouveau, plus sonore, plus distincte. Tu sirotes le thé en l'écoutant :

…
Une caravane de mulets,
Trois lampes-tempête,
Tintements de clochettes

Sur la poitrine de l'animal de tête.
Mon chien noir au cou blanc
Vers le sud se met à aboyer,
À l'approche de l'homme
Qui garde les bêtes.
Fais-moi un signe de la main
Si t'es mon amant,
Continue ton chemin
Si t'es pas celui que j'attends.
…

La porte de la salle de bains s'ouvre brusquement. Une femme grande et mince émerge, tout en s'essuyant les cheveux.

Vous chantez très bien, lui dis-tu.

Elle rejette en arrière ses cheveux courts :

Vous êtes…

Ketmie. J'ai pris le troisième lit de la chambre.

Quel joli bouquet nous faisons ! Mon nom est Magnolia. La personne qui a pris le lit près de l'armoire s'appelle Rose. Elle est sortie.

Magnolia a un accent du nord. Elle parle avec la pointe de la langue tournée vers l'arrière de la bouche.

Vous voyagez en touriste ? te demande-t-elle en allant s'asseoir sur le bord de son lit.

En quelque sorte. Et vous ?

Je suis photographe. Je travaille à une série d'albums sur les rapports entre l'homme et l'environnement.

Magnolia retire de son sac un petit miroir carré, se met à peigner ses cheveux courts et raides. Elle a un visage bronzé et ouvert, des yeux bien fendus, pétillants sous des sourcils très épais et très noirs.

Vous resterez longtemps à Vieux Banian ? lui demandes-tu en posant la tasse sur le petit meuble.

Non, je m'y arrête quelques jours seulement, pour me reposer un peu. Puis j'irai à la Montagne Noire.

Tu souris : Alors faut remplir votre sac de pellicules.

Vous connaissez la Montagne Noire ?

J'y ai passé cinq années quand j'étais jeune, et j'y suis retournée récemment en pèlerinage. Excusez-moi.

Tu te lèves du fauteuil. Tu entres dans la salle de bains et fermes la porte.

Quand tu ressors, Magnolia s'est changée. Elle porte un T-shirt blanc rentré dans un jean bleu.

Je descends manger quelque chose au marché de nuit, te dit-elle. Vous venez avec moi ?

Tu hésites.

Allons, je vous invite. J'aimerais bien vous entendre parler un peu de votre Montagne Noire, et demain, si vous le voulez bien, je vous parlerai de mon pays natal.

Bon, d'accord. Vous ne prenez pas votre appareil photo ?

Non, je suis en vacances ce soir.

Vous sortez côte à côte de l'hôtel. Vous remontez la rue bordée de manguiers et de toutes sortes de boutiques : salon de coiffure, maison de thé, restaurants, épiceries, boutique de chaussures, boutique de tissu, boutique de peintures, librairie, lampisterie, pharmacie, bars karaoké, papeterie, boutiques de mode, boutique d'appareils électroménagers, studio de photographe, atelier sigillaire, boutique de tailleuse, boutique de fleuriste, boutique d'ustensiles de cuisine, petit garage de réparation et d'entretien de bicyclettes et de motos… Par les fenêtres grandes ouvertes au-dessus des boutiques, tu aperçois ampoules nues brillantes, plantes en pot sur le rebord d'une fenêtre, peinture accrochée à un mur, bouts de plafond décoré de vieux journaux ou magazines, silhouettes de gens qui bougent comme des ombres chinoises. Puis, à partir de la porte grillagée d'une école maternelle, la rue est presque complètement bloquée par d'innombrables motos et vélos garés sur les trottoirs et une grande partie de la chaussée. Des gens paraissent affluer ici de tous côtés. Magnolia se faufile habilement dans la foule. Tu la suis pas à pas. Quand vous vous approchez enfin du banian majestueux qui se dresse devant l'entrée du parc du Pose-Pinceau, à la confluence de plusieurs rues, vous vous retrouvez soudain au milieu d'un gigantesque banquet en plein air : fils électriques tendus comme un vaste filet auxquels ballottent des ampoules déversant une lumière jaunâtre, étals débordants de nourriture, tables roulantes chargées de bocaux de légumes en saumure, fourneaux surmontés de marmites et de poêles fumantes, tables rondes ou carrées qu'entourent des convives gourmands. Une forte odeur de friture flotte dans l'air. Hommes, femmes, vieillards et enfants grouillent comme des fourmis entre étals, charrettes, fourneaux et tables. À moitié noyés dans un clair-obscur vacillant, les bâtiments qui bordent les rues contiguës semblent avoir reculé et font penser aux maisons fantômes dans les contes de fées.

Ce lieu est vraiment étonnant, s'exclame Magnolia.

On dirait un décor de cinéma, ajoutes-tu pour marquer ton accord.

Vous passez à côté d'une famille entière en train de manger des boulettes de riz farcies, puis d'une marmite géante dans laquelle mijote une soupe aux tripes de bœuf, puis d'un groupe d'hommes qui parlent à haute voix autour d'une table débordante de nourriture et de canettes de bière, puis d'un vieux couple savourant en silence des pattes de canard, puis de deux amoureux qui dégustent en chuchotant leur potage aux loches de rizière… Vous vous attardez un instant devant la friteuse d'une jeune femme. Des cuisses et des ailes de poulet y nagent dans un bain d'huile bouillante. Quand elles sont dorées à point, la jeune femme les repêche avec une passoire au long manche de bambou, et les laisse égoutter sur une grille.

Magnolia se penche à ton oreille : ça a l'air bon.

On pourrait peut-être découvrir un truc un peu plus spécial, tu lui suggères.

Je ne suis pas mangeuse, je vous préviens, de choses trop spéciales, comme serpents, sauterelles, vers de terre ou scorpions…

Mais il paraît que ce sont des délices quand c'est bien préparé.

Je suis du nord. Nous les « civilisés du nord » sommes bien moins aventuriers que vous, les « barbares du sud ». Vous mangez, dit-on, tout ce qui vole dans le ciel sauf les avions et tout ce qui marche sur la terre sauf les véhicules.

Tu pars d'un petit rire et ajoutes : Et tout ce qui nage dans l'eau sauf les bateaux. Ha, ha, ha… Tenez, j'ai trouvé quelque chose pour vous. Quelque chose de très intéressant. Très SPÉCIAL.

Tu t'arrêtes devant une grande casserole à moitié remplie de coquilles spiralées, grosses comme un doigt et d'une couleur vert forêt très foncé.

Qu'est-ce que c'est ? demande Magnolia d'un air méfiant.

Ce sont des *tianluos*, escargots de rizières et d'étangs, cuits dans une sauce relevée de périlles pourpres et de piments rouges. Vous ne voulez pas essayer ?

Magnolia paraît hésiter.

Allons, asseyez-vous. Vous en verrez plus dans la Montagne Noire.

Tu t'installes à table la première. Magnolia prend place près de toi.

Patronne, t'adresses-tu à la jeune fille qui s'affaire auprès de la casserole, deux bols de tianluos s'il vous plaît… Merci. Tenez, Magnolia, prenez celui-ci. Il est gros. Vous le faites sortir de sa coquille, comme ça, avec votre petite tige de bambou pointue, vous le trempez dans la sauce, et vous le mettez dans votre bouche. Mmmm… Comment le trouvez-vous ?… Pas mal, hein ?… Oh non !

Toutes les lampes se sont éteintes d'un coup. Le grand banquet en plein air est plongé dans une obscurité totale. Mais la foule paraît déjà habituée à ce genre de coupures imprévues, et attend sagement dans le noir. Une minute plus tard, des centaines de bougies s'allument les unes après les autres, faisant ressortir des ténèbres les fronts luisants et fumants des convives.

Ils se sont bien préparés, remarque Magnolia qui prend dans son bol un deuxième tianluo.

Apparemment oui, acquiesces-tu.

Alors, votre Montagne Noire ?

Ma Montagne Noire ?... Tu avales un tianluo puis te mets à raconter.

Bambous, rizières, Rocher du Vieillard, tante Armoise, oncle le Deuxième... Tu ne sais pas pourquoi mais une fois que tu as commencé, tu ne peux plus t'arrêter. Tu continues, continues, comme si tu devais tout dire ce soir, et régler, une fois pour toutes, ton vieux compte avec la solitude. Celle de l'enfant unique. Celle de la double orpheline de père et de mère. Celle de la femme trompée et abandonnée. Tu parles, parles, peut-être moins à Magnolia qu'à toi-même, de ton enfance, de tes parents, leur suicide, de ta vie en exil à Longue Pente, de ta réussite au concours pour l'entrée des universités à la fin de la Révolution culturelle, et de ta rencontre avec le garçon que tu aimais follement et qui deviendrait ton mari...

Ça a été le coup de foudre des deux côtés. Vous êtes tombés carrément dans les bras l'un de l'autre. Tous vos amis disaient que vous formiez le plus beau couple sous le ciel, mais ses parents étaient contre le mariage. Ce n'est pas parce qu'ils ne t'aimaient pas, non. Tu étais jolie, douce et intelligente, ils l'ont avoué, mais ils craignaient que l'alliance avec une fille dont les parents se sont donné la mort pour « raison politique » ne compromette le futur de leur fils. Ils t'ont demandé, très poliment d'ailleurs, de t'éloigner de leur fils, de lui déclarer que tu ne l'aimais plus. Tu leur as dit non. Ils ont alors forcé leur fils à choisir entre eux et toi : « Nous ou elle ». Il a choisi ELLE. Et vous vous êtes mariés aussitôt que vous aviez terminé vos études.

Comme tu étais heureuse ces années-là ! Tu l'aimais, et il t'aimait. Tu n'avais besoin de rien de plus.

Puis, un beau matin de printemps 1988, ton mari a pris une décision qui s'est avérée plus tard fatale pour votre mariage : il a quitté l'école normale où il enseignait depuis six ans, pour se lancer dans les activités commerciales, *se jeter à la mer*, comme on dit. La première année, il n'a pas gagné un seul sou mais perdu toutes vos économies. Tu es allée voir une amie qui travaillait dans une banque et tu as obtenu un emprunt pour lui. Avec cet argent, il a acheté dans la province du Hubei des centaines de tonnes de riz qu'il a fait transporter et revendu trois fois plus cher à Shenzen, puis acheté à la bourse de Shenzen des milliers d'actions pour les revendre au Hubei dix fois plus cher… Les profits étaient énormes. Au bout de six mois, il a remboursé toutes ses dettes. Trois ans plus tard, il a ouvert au centre-ville de Wuhan un restaurant de luxe et un magasin d'électroménager dont les chiffres d'affaires n'ont pas tardé à l'élever au rang de nouveau millionnaire. Désormais, il roulait en BMW, buvait du champagne, ne fumait plus que les Marlboro. Mais plus il brassait d'argent, moins il passait de temps avec toi. Il semblait être toujours débordé par son boulot, réunions, négociations, voyages, visites à des personnalités de l'administration, et, presque chaque soir, un dîner d'affaires qui ne se terminait jamais avant deux ou trois heures du matin. Vous ne sortiez plus ensemble. Vous ne dîniez plus ensemble. Et vous ne vous parliez presque plus – il était trop fatigué quand il rentrait, évidemment ! Ta vie était réduite à l'attente. Tu passais tes nuits à guetter le crissement des pneus et le claquement de la portière au-dessous de la fenêtre, le bruit des pas dans l'escalier et le tintement des clefs derrière la porte. Tu te plaignais de son absence, il te répondait que c'était là le prix d'un portefeuille bien garni. Tu lui rappelais que vous aviez été bien moins riches autrefois mais bien plus heureux, il te regardait d'un drôle d'air. Tu n'osais plus insister, de peur qu'il ne te trouve emmerdeuse et ne s'éloigne encore plus de toi. Une nuit, tu as ressorti les photos, celles prises au cours des voyages que vous aviez faits ensemble durant les premières années de votre mariage. Tu les as étalées sur le lit et regardées. Malgré leur éclat intact, ces tendres témoignages d'un bonheur paisible, au lieu de t'apporter un sentiment de réconfort, te paraissaient plutôt comme des souvenirs préhistoriques. Tu les as rangés, la mort dans l'âme. Jamais sans doute tu n'as été plus près de te perdre dans le silence de l'appartement et de la solitude. Que faire ? Comment en sortir ? Tu as pensé au divorce. Mais presque immédiatement cette perspective a été écartée. Te retrouver célibataire ? À quarante ans ? Pas question. Tu étais déjà si seule, mariée. Et tu avais peur d'être encore plus seule, divorcée. C'est alors que le regret de ne pas avoir d'enfant a commencé à empoisonner tes journées comme tes nuits. Ça avait été votre décision à vous deux de remettre l'arrivée d'un enfant à plus tard. Vous vouliez profiter au maximum des premières années de votre vie commune. Seulement, tu n'avais pas pensé que ton homme pourrait changer, ainsi que son cœur… Et quand tu t'es réveillée, *plus tard* était déjà *trop tard*…

Lorsque vous rentrez dans votre chambre d'hôtel, Magnolia et toi, une femme dort dans son lit, son visage tourné vers l'armoire à triples portes.

C'est Rose, chuchote Magnolia en passant dans la salle de bains. Bonne nuit, Ketmie.

Bonne nuit. Tu ouvres ton sac, en tires une bouteille d'eau, bois une gorgée, poses la bouteille sur la table de nuit, enlèves tes chaussures, t'allonges tout habillée sur le lit, et t'endors d'un sommeil de plomb…

Tu t'approches de la silhouette majestueuse du vieux banian. La place est déserte. Tout le vacarme a disparu, ainsi que les fils électriques et les ampoules ballottantes, ainsi que le banquet en plein air et les gourmands nocturnes. Le silence est total, surprenant, irréel. Tu fais lentement plusieurs tours de l'arbre millénaire. La lune pleine déverse une lumière hallucinante qui semble l'animer. Tu t'arrêtes devant la bouche béante d'une grotte à son pied. C'est une grotte curieuse, de deux mètres de haut et presque carrée, faite de grosses racines aériennes, tortillées et entremêlées.

Soyez la bienvenue, Ketmie ; une voix profonde et un peu enrouée sort soudain de la grotte de racines.

Surprise et effrayée, tu recules vivement. Qui est là ?

Moi, le génie du banian.

Génie du banian, vous ?

Oui, c'est ça.

Tu te rapproches avec prudence de la grotte. Tu plonges ton regard à l'intérieur à peine éclairé par le clair de lune que tamisent les racines. Rien. Personne.

Vous parlez souvent comme ça, aux baladeurs de la nuit ?

Non.

Pourquoi à moi, alors ?

Parce que vous m'avez tiré de mon sommeil.

Ah bon ! Comment ça ?

Vous avez promené trop longtemps votre regard sur mon corps, ça me démangeait quand il effleurait doucement mes rides. Et ça me faisait mal lorsqu'il fouillait mes cicatrices, comme s'il avait voulu y déterrer, de sous les bourrelets et la poussière multiséculaire, images muettes, secrets cachées, drames ensevelis…

Tu souris. Justement, je me demandais quel âge vous pouviez avoir et de combien d'histoires vous aviez pu être témoin…

Si vous voulez savoir, j'ai fêté mes mille deux cent quatre-vingt-dix-neuf ans aujourd'hui.

Vraiment ? Des arbres de cet âge, je n'en ai vu qu'un seul dans la région, vous.

Ha, ha, ha… Ma longue vie, je la dois aussi bien à ma taille trapue qu'à mon inutilité. Vous ne comprenez pas ?… Alors, je m'explique… Vous voyez ma taille ? Je suis très large mais je ne suis pas élancé, je ne dépasse pas les autres arbres en hauteur, donc je n'attire pas la foudre du ciel. Vous voyez mon tronc et mes branches ? Ils sont énormes, musculeux, tordus, et farcis de nœuds. Les charpentiers ne daignent pas y jeter ne serait-ce qu'un seul regard. J'échappe à la hache et à la scie parce que je ne sers à rien. C'est parfois bien utile, l'inutilité. Ha, ha, ha… Que vous le croyez ou non, à l'époque où j'étais jeune, je me voyais entouré de santals noirs, petites feuilles ovales pennées, fleurs jaunes au printemps, gousses rouge-violet en automne. Leur bois noir aux belles veines fines et serrées est extrêmement dur et délicatement parfumé. Très recherchés en ébénisterie à cause de ça, ces beaux arbres ont été abattus jeunes ou vieux jusqu'à la racine pour embellir les palais des générations d'empereurs successives. Si bien que de nos jours ils ont complètement disparu de notre planète. Enfin…

Quelqu'un m'a raconté une histoire sur vous. Sur votre origine je veux dire. Et sur un ancien poète qui est né et a grandi auprès de vous.

Et alors ?

J'aimerais en connaître d'autres. Mais cette fois sur les petites gens qui ont vécu ou qui vivent autour de vous…

Rien n'est plus simple. Retournez dans votre chambre d'hôtel, écrivez une petite annonce, collez-la sur mon tronc…

Comme ces affichettes de publicité qu'on voit un peu partout sur les murs et les lampadaires ?

Pourquoi pas ? D'ici quelques semaines, vous aurez peut-être une belle récolte, qui sait ?

Une autre question si vous le permettez…

Allez-y.

Comment ça se fait que vous ayez cette grotte de racines à votre pied ?

Il y avait là un petit temple en pierre. Le couple qui m'a planté ici l'a bâti contre mon tronc en l'honneur du Dieu de la Terre. Au fil des siècles mes racines aériennes l'ont enveloppé comme un cocon la chrysalide d'un ver à soie. Puis le temple s'est effondré. Puis la ruine a disparu. Il ne reste donc plus que ce vide modelé sur sa forme…

Tu te baisses un peu pour pénétrer dans le vide façonné par le temps, mais ton pied heurte une racine saillante…

Tu ouvres tes yeux. Tu regardes dans le noir. Il n'y a plus ni l'arbre vénérable ni la voix profonde du vieillard millénaire. Où suis-je ? Tu te frottes les yeux. Tu regardes à nouveau autour de toi. Et soudain tu te souviens ! Tu te trouves dans une chambre d'hôtel à Vieux Banian. Tu as mangé des tianluos avec Magnolia sur le marché de nuit. Tu es maintenant au pied de ton lit, entre Magnolia et une autre femme… quel est son nom déjà ?… Gingko ?… Nuage Bleu ?… Vent d'Automne ?… Rose ?… Oui, c'est ça, Rose. Magnolia a dit que vous formiez un joli bouquet… Tu te relèves en appuyant la main sur le bord de ton lit. Tu allumes à tâtons la lampe de chevet. Tu regardes ta montre. Il est 3 heures du matin. Tu grimpes dans le lit, éteins la lumière et laisses ta tête retomber sur l'oreiller. Était-ce un rêve ? tu te le demandes en refermant les paupières. Ou alors c'est mon esprit qui est sorti de mon corps durant mon sommeil pour une petite promenade nocturne ?

Azalée

Je m'appelle Du Juan, *Azalée*.

Je sais qui vous êtes. Vous êtes écrivain. Non ? Vous ne l'êtes pas ? Vous n'avez jamais écrit de bouquin ? Mais j'ai cru que… Vous avez le même nom. Elle écrit des contes pour les enfants. J'ai pensé que c'était vous. Mais vous n'êtes pas elle… Non non, c'est pas grave… Ce que je veux, c'est parler avec quelqu'un. Quelqu'un qui m'écoute. Il me faut parler vous savez, sinon je deviendrai folle… C'est ça… Voilà… Qihui – c'est une de mes camarades de classe – m'a confié une chose. C'est son journal. Elle m'a demandé de le garder pour elle. Elle m'a donné son journal un vendredi après-midi. Et le samedi matin, elle a été trouvée morte. Dans son lit.

Non, je l'ai pas lu. Je n'ose pas. J'ai peur de savoir… Le remettre à ses parents ? Non, je ne peux pas. Si elle me l'a confié, son journal, c'est qu'elle ne voulait pas qu'ils mettent la main dessus. Elle ne s'est jamais entendue avec ses parents.

Oui, vous avez raison. Si elle ne l'a pas détruit elle-même, c'est qu'elle espérait qu'il serait lu. Par qui ? Moi je n'ose pas l'ouvrir. J'ose pas le lire. J'ai peur de savoir… Et ça commence à peser très lourd…

J'ai besoin d'en parler avec quelqu'un. Je ne peux pas porter ce secret toute seule. C'est devenu écrasant. J'ai besoin d'en parler avec quelqu'un, mais je ne peux pas en parler avec maman.

Mes parents ont divorcé il y a quatre ans. Le juge m'a demandé avec qui je voudrais vivre, papa ou maman. Il a dit que j'avais le droit de choisir, que la cour prendrait en considération mon souhait. J'ai pleuré. Je lui ai répondu que sa question me déchirait, que je n'ai qu'un seul papa, que je n'ai qu'une seule maman, qu'ils m'ont donné la vie, qu'ils m'élèvent, que je ne veux pas les perdre, ni l'un ni l'autre, que si je dis avec papa je blesserai maman, que si je dis avec maman je blesserai papa, et que s'il insiste encore lui le juge je dirai avec grand-mère ! Finalement la cour a donné la garde à papa mais j'habite depuis chez mes grands-parents.

Après le divorce maman s'est remariée puis a déménagé à Guangzhou. Elle m'envoie des cartes, des bonbons, des jouets et des vêtements à mon anniversaire et au Nouvel An. Elle me téléphone aussi, de temps en temps. À chaque fois elle répète que je lui manque beaucoup – ça remplit toujours mes yeux de larmes – mais jamais elle n'est revenue me voir. Ce n'est pourtant pas si loin que ça, de Gaungzhou à Vieux Banian. Je me suis renseignée. Ça prend seize heures pour venir en train, douze heures en autocar, une heure par avion. Maman m'aime. Maman me l'a dit elle-même. Grand-mère me l'a dit aussi. Si elle m'aime, si je lui manque tant, mais qu'elle n'est pas revenue me voir une seule fois durant quatre années, c'est que quelque chose l'en a empêchée. Son travail ? Son nouveau mari ? Ou je ne sais quoi… Je pense tous les jours à maman. Elle me manque énormément. Surtout pendant les premiers mois après son départ. Je ne pouvais entendre les autres enfants appeler « Maman ! » sans avoir des larmes aux yeux. Et quand j'étais malade !…

Et quand j'ai eu mes règles pour la première fois !... Maintenant ça va un peu mieux, je veux dire que je me contrôle un peu mieux, mes yeux ne se mouillent plus si facilement. J'ai grandi. J'ai appris à ne pas montrer mes sentiments. J'écris à maman quelquefois, pour la remercier de ses cadeaux, ou pour lui rapporter mes notes d'examens de fin d'année. Mais lui parler de mes problèmes et de mes angoisses au téléphone ou dans les lettres, c'est impossible, ça.

Qihui m'a donné son journal avant d'avaler toute une poignée de somnifères. Ce carnet a une jolie couverture rose abricot parsemée de petites fleurs bleu ciel. Environ de douze centimètres sur dix-huit, et d'une épaisseur d'un centimètre seulement, il pèse sur moi comme l'Himalaya. Je n'ai que quinze ans. Je suis trop jeune pour le porter. J'ai besoin de m'en soulager. Mais je peux pas en parler avec papa.

Ce n'est pas parce qu'il n'est pas un bon papa. Depuis que maman l'a quitté, il m'est devenu à la fois père et mère. C'est lui qui paie tout ce dont j'ai besoin, nourriture, habits, études. Quand je tombe malade, c'est aussi lui qui m'emmène voir le médecin. Une fois j'ai eu une grosse fièvre et j'ai vomi. C'était à une heure ou 2 heures du matin, grand-mère était inquiète et lui a passé un coup de fil. Il est venu tout de suite, m'a conduite à moto au service d'urgences de l'hôpital, est resté près de mon lit d'observation jusqu'à ce que ma température baisse. À mon âge mes chaussures et mes vêtements deviennent trop petits très vite, papa se donne alors une autre corvée, celle de m'accompagner dans les boutiques. Il me laisse la liberté de choix, pourvu que ce que je choisisse soit à la portée de son portefeuille et pratique. Une fois j'ai pris une paire de souliers à grands talons, il a secoué la tête : Ça non, il faut pouvoir courir sans te tordre les chevilles à chaque pas. Une autre fois je me suis arrêtée au département de produits cosmétiques, il s'est moqué de moi : Ça ! déjà ! tu n'es pas assez laide ni assez vieille. Mon douzième anniversaire, le premier après le départ de maman, papa a emprunté une voiture à un ami pour nous emmener au zoo, moi et deux copines que j'avais invitées. Pendant que nous courions excitées des salles d'oiseaux aux maisons de tigres et de lions, de l'étang aux crocodiles à la colline aux singes, il nous suivait patiemment tel un âne fidèle et muet, chargé d'appareil photo, brioches, eau, cacahouètes, épis de maïs, viande de bœuf épicée et séchée, clémentines, pommes et bananes… Dans les affaires scolaires, papa a remplacé également maman pour signer mes devoirs à la maison et assister aux réunions de parents. Maman était très exigeante envers moi, mais papa l'est encore plus. Si je ramène à la maison un bon bulletin ou un prix quelconque, par exemple, un Pas mal ! est son compliment suprême. Une fois j'obtiens 98 % à un contrôle de maths, et il a paru scandalisé : Si tu avais fait un peu plus d'attention, t'aurais eu 100 % ! Mais malgré sa voix sévère, le petit éclat de gaieté dans ses yeux l'a trahi, j'ai su qu'il était en fait content et fier de moi. Il m'arrive quelquefois de rater un examen, alors là, c'est la catastrophe. Je cache le bulletin sous mon oreiller aussi longtemps que je le peux. Quand à la fin papa me le demande, je fais semblant de fourrager dans mon cartable, et j'attends que grand-mère soit là pour le ressortir de la cachette, ça m'évite d'affronter toute seule sa déception. Autant que je m'en souvienne, c'est toujours maman qui criait et qui donnait des fessées ; papa n'a jamais haussé la voix ou levé un doigt sur moi, mais son silence est mille fois pire que les cris et les fessées. Papa n'était pas bavard avant le départ de maman. Il l'est encore moins depuis. J'aime papa, le respecte, mais j'ai aussi… comment dire… un peu peur de lui. On dirait qu'il existe un mur à la fois invisible et infranchissable entre nous. C'est peut-être à cause de ça que je n'ai jamais pu parler avec lui.

Qihui s'est endormie pour toujours. Elle avait tout juste seize ans. Elle avait toute une vie devant elle. Mais elle a choisi de se supprimer, quand tout le monde s'empresse d'accueillir le nouveau millénaire ! Elle m'a laissé son journal. Un carnet avec une couverture aux couleurs riantes. Non, je n'ose pas l'ouvrir. Je n'ose pas le lire. J'ai pas envie de savoir ce qu'il y a là-dedans. Je peux déjà sentir le parfum lugubre émaner de ses pages vous savez, c'est effrayant. Je dois faire quelque chose pourtant. Je dois m'en débarrasser. Mais comment ? Si j'en parlais avec Yang Yang ?…

Yang Yang est mon cousin. Il est de deux ans sept mois mon aîné. Il est grand, intelligent, beau garçon. Mes copines l'adorent et feraient tout pour attirer son attention. Mais pour le moment ce ne sont pas les filles qui l'intéressent. Comme ses camarades de terminale, Yang Yang se trouve devant ce qu'on appelle *la passerelle faite d'un seul tronc d'arbre* : les examens d'entrée aux universités. Cette passerelle étroite, des millions d'adolescents la prennent d'assaut chaque année, mais un sur quinze seulement réussit à la franchir. Les lycéens sont conscients des enjeux de ce corps-à-corps. Leurs parents aussi. Afin de se consacrer entièrement à la préparation du prochain combat, Yang Yang a dû même renoncer à sa passion pour les jeux d'ordinateur et la natation. Ce sera mon sort dans trois ans.

On est très proches, Yang Yang et moi. On est enfants uniques tous les deux. On se voit chez grand-mère tous les jours. Il me considère comme sa petite sœur. Je le traite comme mon grand frère. Yang Yang a appris le kungfu et il a beaucoup de copains. Quand un petit voyou m'embête dans la rue ou à l'école, je ne le dis pas à papa ou à grand-mère, mais à Yang Yang. Un avertissement de sa part et c'est terminé, je ne vois plus l'ombre de l'embêtant. C'est mon protecteur, Yang Yang, mais je ne peux pas m'imaginer lui parler de ma copine morte. J'ai peur qu'il n'ait ni le temps ni la patience de m'écouter. J'ai peur qu'il ne me comprenne pas. J'ai peur qu'il se moque de ma peur.

En parler avec grand-mère ? Elle est peut-être la seule personne qui saurait m'écouter, mais comment pourrais-je lui faire ça ?

Elle est toujours très très occupée, grand-mère, malgré ses soixante-neuf ans. Elle a ouvert un petit bazar après sa retraite parce que sa pension est trop modeste et qu'elle ne veut pas être à la charge de ses enfants. Figurez-vous, elle travaille à son âge douze heures par jour, samedis et dimanches compris. Recevoir des clients, négocier avec des fournisseurs, passer des commandes, accueillir des livreurs, ranger les marchandises, nettoyer les vitrines et le sol, tenir les comptes, se débrouiller avec les divers départements de la mairie, protéger autant que possible son petit commerce des bureaucrates rapaces et corrompus… Ce n'est pas tout. À la maison elle a un autre rôle non moins exigeant à assumer, celui de réconciliatrice. Quand vous avez une famille de quatre générations, vous devez vous attendre à toutes sortes de conflits, les maladresses ou les agressions verbales des uns, les rancœurs ou l'incompréhension des autres… et vous avez besoin de quelqu'un capable de les gérer. Chez nous, c'est à grand-mère que ce rôle incombe. Elle a beaucoup de patience, elle est très habile, elle sait ménager avec tact l'amour-propre de chacun, mais c'est très difficile parfois et tellement épuisant cette tâche ! Il m'arrive de me demander si c'est pas plus facile de tenir une boutique ou d'aller bosser dans un bureau que de s'occuper d'une famille.

Enfin. Je n'ai jamais vu grand-mère en vacances. Ses nuits sont courtes. Ses journées sont longues et surchargées. Elle ne s'arrête que quand elle est vraiment malade. Elle a travaillé adolescente et adulte, elle travaille encore vieille femme…

Non, je peux pas lui parler du journal de Qihui. Je n'ai pas envie de lui faire partager le poids de mes angoisses. Elle a déjà assez de soucis comme ça.

J'ai vu votre affichette. Elle était collée sur le tronc du vieux banian. La première fois que je l'ai vue je me suis dit : Tiens, tiens, je connais ce nom-là. La deuxième fois que je l'ai vue je me suis demandé si ce n'était pas une plaisanterie. La troisième fois que je l'ai vue j'ai noté le numéro de téléphone. Je croyais que vous étiez cet auteur que j'aime. Je voulais… Je pensais… que peut-être vous voudriez m'écouter…

Nous sommes cinquante-six élèves dans ma classe. Vingt-quatre filles, trente-deux garçons.

C'est le printemps 1997. La fille qui partage la même table avec moi part sur la côte de la mer Méridionale. L'usine où travaillent ses parents a perdu de l'argent. Deux tiers des ouvriers ont été mis à la porte. Y compris ses parents. Heureusement ils ont trouvé très vite du boulot à Dong Guan, dans une fabrique de chaussures mixte sino-hongkongaise. Et elle va là-bas les rejoindre.

Quelques jours après son départ Qihui arrive. Quand le prof de chinois la présente à la classe, plusieurs camarades rient, moi aussi. Elle est minuscule, cheveux très courts, front bombé, regard timide. Son pull d'uniforme scolaire jaune et vert flotte sur elle, ce qui lui donne un air un peu bête. Mais son prénom sonne on ne peut plus différent : il signifie littéralement *extraordinairement brillant*.

Mon prof d'anglais a dit que les Européens et les Américains choisissent pour leurs enfants un prénom tout fait, comme Paul, Jacques, Hélène, Suzanne, etc., mais nous les Chinois le créons. Pour indiquer la place dans l'ordre des générations de la grande famille. Ou pour commémorer un événement. Ou pour rappeler les circonstances insolites ou spéciales autour de la naissance. Ou encore, comme des vœux que nous faisons pour nos descendants.

Qihui, *Extraordinairement Brillant*, ça doit être le souhait de ses parents.

Elle prend la place de la fille qui est partie. Après la leçon de chinois, on a une pause de dix minutes. Beaucoup de camarades se précipitent au-dehors. Ceux qui restent dans la salle s'interpellent par-dessus les tables, parlent avec excitation du match de football de la veille, certains prenant parti pour l'équipe blanche, d'autres prenant parti pour l'équipe noire. Qihui n'a pas bougé. Elle n'a pas participé à la conversation. Elle a l'air d'un passant égaré qui se trouve au carrefour et qui ne sait quelle rue prendre. Je me tourne vers elle :

Tu as l'horaire des cours ?

Non, elle esquisse un petit sourire de gratitude, sans doute pour me remercier de lui avoir adressé la parole.

Tu veux que je te prête le mien ?

Oui.

Voilà.

Merci. J'en ferai une copie. Je te le rendrai demain.

Tu habites où ?

Rue de Villeneuve, chez ma tante. Mais je rentre chez mes parents le week-end, à Machun.

Machun, c'était encore la campagne il y a deux ans. Rizières, étangs, champs de choux et de haricots. Au cours de ces dernières années, Vieux Banian grignote sans cesse les terres agricoles de ses alentours, tel un géant insatiable et impitoyable. Beaucoup de villages se voient devenir des quartiers urbains, et beaucoup de paysans se retrouvent d'un jour à l'autre citadins désœuvrés. Les parents de ma nouvelle camarade sont parmi ces paysans qui ont perdu leurs terres et leurs bols de riz. Les autorités leur ont payé des dédommagements, bien sûr, mais à vrai dire ça n'était pas grand-chose. Pour survivre, ses parents ont ouvert une échoppe de nouilles de riz et louent une partie de leur maison à des travailleurs migrants, paysans et paysannes venus des villages très lointains.

Ma nouvelle camarade est née le 29 mai 1983. Ses parents s'étaient attendus à l'arrivée d'un fils. Qihui, *extraordinairement brillant*, c'était le nom qu'ils avaient voulu donner au garçon. Mais ils ont eu une fille.

Avez-vous jamais lu *Adolescents et Adolescentes* ? Non ? C'est un magazine bimensuel. Mon favori après la *Revue des sciences illustrée*. Il y a dans le magazine une page intitulée *Le Ciel des liens prédestinés*. On y publie les lettres des collégiens et lycéens qui cherchent des amis de plume. Les lettres sont très très courtes, en cinq ou six lignes seulement, accompagnées d'une petite photo et de l'adresse de l'auteur. Je ne sais pourquoi mais j'aime regarder ces photos un peu floues et lire ces appels de cœur envoyés de tous les coins du pays. Les filles figurent sur la page plus souvent que les garçons. Est-ce là un pur hasard ? Ou parce que les filles se sentent plus seules et ont plus de difficultés pour parler de leurs problèmes avec quelqu'un dans leur entourage ? Ou parce que les garçons sont en général trop fiers pour avouer qu'ils ont aussi des angoisses à combler et ont besoin d'être compris ? Des fois je veux vraiment répondre à l'un de ces appels. J'ai même noté deux adresses dans mon carnet. Des fois j'ai plutôt envie de lancer un appel moi-même. Qui sait s'il n'y a pas quelqu'un quelque part qui l'attend ?… Mais je ne l'ai jamais fait. Pourquoi ? Parce que je ne suis jamais satisfaite de ce que j'ai écrit ! Une fille du Jiangsu a dit dans sa lettre qu'elle rêvait d'avoir des amis partout dans le monde. Moi je serais déjà bien heureuse si je pouvais en avoir un, mais un VRAI. Un ami à qui je peux parler de tout. Un ami avec qui je peux partager mes peines comme mes joies. Un ami qui me comprend et qui ne me tourne jamais le dos quand j'ai besoin de lui. Avez-vous jamais eu dans votre vie un ami comme ça, tante Ketmie ?... Pas encore ?... De vrais amis, il ne peut pas y en avoir beaucoup, alors.

Qihui est l'élève la plus studieuse que j'aie jamais vue. Le matin, quand les autres arrivent à la salle de classe, elle bosse déjà. Le midi, quand les autres rentrent chez eux pour le déjeuner et la sieste, elle avale hâtivement un petit quelque chose dans la salle de classe puis continue de bosser. Pendant les pauses, alors que les autres en profitent pour jouer dans la cour de récréation ou bavarder dans le couloir, elle reste sagement assise sur sa chaise et bosse encore. Si tu lui demandes : Qu'est-ce que t'as fait hier soir ? Elle te répond : Travaillé. Si tu lui demandes : Qu'est-ce que tu vas faire ce dimanche ? Elle te répond : Travailler. Elle bosse le matin. Elle bosse le midi. Elle bosse le soir. Elle bosse le week-end. Elle bosse les jours fériés. Elle bosse aussi pendant les vacances scolaires.

Au début, la plupart des camarades l'ignore, tandis que certaines filles s'amusent à la tourner en ridicule, à la railler, à l'humilier. Sa taille, son accent, sa façon de marcher, la coupe de ses cheveux, son front bombé, ses chaussures, son cartable, son casse-croûte de midi, son origine paysanne... tout en elle leur paraît risible, leur est une source de divertissements gratuits.

La fille qui se montre particulièrement cruelle envers Qihui est Antai. On la surnomme Princesse. Elle n'est pas jolie. Elle n'est pas intelligente. Elle n'a pas de sang royal. Mais elle est arrogante. Très arrogante. Car elle a un père pas comme celui des autres : il est numéro un du Bureau de la sécurité publique municipal, c'est-à-dire l'une des personnalités les plus importantes et les plus sollicitées de Vieux Banian. La position hautement respectueuse et respectée du père impose naturellement le respect pour la fille ; même le directeur de l'école s'arrête pour lui dire bonjour avec chaleur quand il la croise dans le couloir ou dans la cour de récréation, et elle a toujours d'excellents bulletins bien que son travail scolaire soit en réalité au-dessous de la moyenne – mais qui sait si on n'aura pas besoin un jour de l'aide de son père ?

Je n'aime pas Princesse. Elle appartient à ces catégories d'individus dont grand-mère me dit de me tenir à distance. Mais dans la classe elle ne manque pas de lécheuses de bottes. Cochette est l'une d'elles. On lui donne ce surnom parce qu'elle est toute ronde et tout en graisse comme un cochonnet paresseux qui ne fait que manger et dormir. Elle a d'ailleurs un appétit incroyable. Figurez-vous, elle peut avaler six cuisses de poulet à un repas ! Non non, je n'exagère pas. Je l'ai vu de mes propres yeux. Une fois l'école a organisé une excursion, Cochette n'avait que des cuisses de poulet et des gâteaux au chocolat dans sa boîte. Quand j'ai ouvert la mienne, riz sauté aux œufs et aux haricots verts, elle y a jeté un regard dégoûté : Haricots verts, quelle horreur ! J'ai mis une cuillerée de riz dans ma bouche : Tes parents ne te donnent jamais de légumes ? Elle a porté une cuisse de poulet à ses lèvres : Si, quelquefois, mais je n'en mange pas. J'aime le poulet, le canard, les gâteaux, les glaces, les Mcdo. Je déteste les légumes. Si mes parents tentent de me forcer à en bouffer, je crie, je pleure, je fais une scène. Alors ils ne savent plus quoi faire, ils cèdent, ils laissent tomber. Des vitamines ? Ce n'est pas un problème, ça. Maman en achète par boîtes à la pharmacie. Et elle s'est gavée sous mes yeux, Cochette, de ses six cuisses de poulet et quatre gâteaux au chocolat ! Je ne l'aurais pas cru si je n'avais pas vu. Avant, à cause de sa taille un peu trop épaisse, Cochette était souvent prise comme cible de plaisanteries par d'autres camarades. Mais après l'arrivée de Qihui, ses rancunes semblent avoir trouvé un exutoire. On dirait qu'elle se venge sur Qihui, qu'elle veut la faire payer pour tout ce qu'elle a subi, qu'elle tente de l'écrabouiller, de la faire souffrir deux fois plus qu'elle n'a souffert elle-même.

Quand Princesse demande : Savez-vous pourquoi Qihui n'est pas plus grande que trois pouces ?

Cochette se hâte de répondre : C'est parce que ses parents, ses grands-parents et ses arrière-grands-parents n'ont jamais mangé à leur faim !

Quand Princesse s'écrie : Mais regardez les nouvelles sandales de Qihui !

Cochette ajoute avec une moue de mépris : Elle les a sans doute ramassées dans une de ces poubelles dehors, à la porte de service de l'école !

Quand Princesse dit : Il paraît que les gens au front bombé sont très malins.

Cochette rit bruyamment : S'il n'y a pas que du tofu dans leur crâne !

Quand Princesse s'exclame avec une admiration feinte : Comme Qihui est appliquée !

Cochette grimace un sourire railleur : Quoi qu'il fasse, un caneton laid ne sera jamais autre chose qu'un canard. Pourquoi ? Bah, il n'a pas l'ADN du cygne !

… …

Bien que je me garde de me mêler de tout ça, je trouve extrêmement grossières et répugnantes cette attitude et ces paroles. Mais Qihui elle-même semble n'avoir rien vu, n'avoir rien entendu ; elle lit ses bouquins, révise ses leçons, fait ses devoirs… Wow ! me dis-je, si elle n'est ni aveugle ni sourde, si elle n'est pas de nature insensible, elle doit être quelqu'un de très fort, capable de se maîtriser, de ne pas trahir ses émotions, ou de se foutre de ce que les autres pensent et disent d'elle.

Je ne sais pas pourquoi je vous parle de ce cauchemar. Je l'ai eu pour la première fois quand j'avais dix ou onze ans, et il revient presque régulièrement, tous les quatre ou cinq mois. C'est toujours le même : je me trouve sur une petite bosse de terrain, les eaux boueuses m'entourent. Non, il n'y a personne d'autre. Il n'y a pas de maison. Il n'y a pas d'arbre. Il n'y a pas de bateau. Je ne vois rien à quoi je peux m'accrocher. Seulement des eaux. Des eaux partout. Et ça coule très vite. Et ça gronde comme une bête sauvage. Et ça arrache de tous côtés le monticule où je suis, gros morceau par gros morceau. Vous imaginez ma panique, ma terreur, mon désespoir… Non, je ne suis jamais allée jusqu'au bout, je me réveille toujours au moment où les eaux jaunâtres vont engloutir le dernier morceau de terre sous mes pieds… J'allume alors la lumière et me force à rester les yeux ouverts jusqu'au lever du jour, tellement j'ai peur de replonger dans le même gouffre. J'ai beau me répéter que tout ça n'est pas vrai, que tout ça n'est qu'une pure illusion. Quand ça revient, tout y paraît si réel que je crois vraiment que je vais mourir… Je déteste ce cauchemar. Je déteste revivre ce sentiment de grande détresse. Mais que faire ? Comment m'en débarrasser ?

En juillet, nous avons les résultats des examens de fin de semestre. Lauréate en chinois, c'est Qihui. Lauréate en maths, c'est Qihui. Lauréate de physique, c'est Qihui. Lauréate de chimie, c'est Qihui ! Lauréate d'anglais, c'est encore Qihui ! Il y a en première année quatre classes, deux cent vingt-quatre élèves. Être meilleur que deux cent vingt-trois autres en une matière principale, ça fait déjà sensation dans l'école. Mais en cinq en même temps ! D'un coup, tout le monde demande qui est Qihui, tout le monde veut la connaître. J'entends même Cochette se vanter à des camarades d'une autre classe : Qihui est ma copine !

Tu es un oiseau rare maintenant, dis-je à Qihui.

Vraiment ? Elle pousse un soupir. Ce serait bien plus agréable, crois-moi Azalée, d'être un oiseau libre.

Je ne comprends pas pourquoi elle paraît triste. J'aurais sauté de joie à sa place.

Si si, il m'arrive aussi de faire des rêves agréables, heureusement !

Une fois je marche le long d'un sentier désert. Je vois un beau galet ovale, plus ou moins transparent, couleur rouge orangé. Je me baisse pour le ramasser. Aussitôt je remarque un autre, superbe celui-ci, blanc crème translucide, veiné de bleu nuit, tel une vague fossilisée en plein élan. Comme je saisis les deux galets dans ma main, j'en aperçois beaucoup d'autres, tous portant des bigarrures de colorisation fabuleuses : vert pastel, miel ambre, gris métallisé, violet, rose, azur. J'en suis complètement éblouie, et je ne sais plus lequel prendre…

Une autre fois je suis au bord d'un grand lac. Je veux aller de l'autre côté mais il n'y a pas de bac. Je ne sais comment mais je me retrouve soudain en train de flotter en l'air. Je vole ! Je vole au-dessus du lac. Je vole au-dessus des arbres, des maisons, des parcs, des terrains de sports, des routes. Je vole entre les hauts immeubles. Je vois en dessous des rues et des marchés fourmillant de monde. J'entre en volant dans une tour aux flancs de verre par une fenêtre ouverte puis ressors par une autre. Je remonte une rivière en suivant son cours sinueux. Je plane au-dessus des bambous, des bananiers, des villages, des étangs qui miroitent au soleil. Je me sens légère, souple, aérienne, heureuse…

J'aurais tant aimé ne jamais me réveiller !

Septembre, la rentrée. Trotteuse – elle doit ce surnom au fait qu'elle n'a pas de domicile fixe – est revenue de France, toute souriante, tout excitée. Son père travaille pour l'ambassade de Chine à Paris. Sa mère est partie le rejoindre là-bas. Comme les réglementations n'autorisent pas les enfants des diplomates à accompagner leurs parents à l'étranger, sa mère a mis en place un arrangement spécial pour Trotteuse avant son départ. Les jours de semaine, Trotteuse mange et dort chez une institutrice à la retraite. Trotteuse me dit que l'ancienne maîtresse héberge encore trois autres enfants dans son petit appartement – son propre petit-fils, la fillette d'un couple de commerçants fortunés, le garçon d'une femme d'affaires célibataire. Les deux garçons partagent une chambre minuscule, Trotteuse et la fillette une autre pièce encore plus exiguë. Trotteuse n'aime pas sa camarade de chambre. C'est une enfant gâtée, coquette, capricieuse, qui a les dents noircies par les bonbons. Les week-ends, Trotteuse les passe parfois chez ses grands-parents maternels, parfois chez ses grands-parents paternels, parfois chez son premier oncle, parfois chez son deuxième oncle, parfois chez son troisième oncle, parfois chez une amie de sa mère. C'était vachement dur au début, m'avoue Trotteuse. Elle avait le sentiment d'être une lentille d'eau à la dérive, elle ne savait vers qui se tourner quand elle avait un problème. Sa plus grande peur, c'était l'orage de nuit. Ces éclairs bleus qui fendaient qui déchiraient qui illuminaient brusquement sa chambre. Ces grondements sourds qui roulaient qui faisaient trembler l'air autour d'elle. Ces explosions successives qui semblaient éclater juste au-dessus de son crâne. Ses parents n'étaient pas là. Elle ne pouvait se réfugier dans leur lit, se blottir dans leurs bras. Alors elle se fourrait la tête sous l'oreiller comme une autruche et attendait la fin… Quand ses parents l'appelaient de Paris – ils lui téléphonaient une fois par semaine – Trotteuse tâchait de se montrer une grande fille courageuse, autonome, gaie. Selon sa propre expression : Je fais miroiter le côté brillant mais cache le côté sombre. Mais peu à peu Trotteuse est parvenue à s'habituer à cette vie de vagabonde, elle s'y est adaptée, elle s'est fait beaucoup de copains copines, elle profite de la liberté que lui donne l'absence d'autorité parentale, elle s'amuse. Au moins elle n'est pas obligée d'aller chaque soir et chaque week-end aux leçons de piano, de danse, de dessin ou de calligraphie, elle n'a pas sur le dos quelqu'un qui lui demande sans cesse : As-tu fais tes devoirs de maths ? Combien tu as eu au contrôle de chinois ? Regarde-moi ça, tu écris comme un cochon ! Il faut que tu manges ça, c'est bon pour toi. Tu ne peux pas porter ça, ce n'est pas convenable pour une fille de ton âge. Va faire ton lit. Va à la boutique du coin acheter une bouteille de sauce de soja pour moi. Va faire la vaisselle. Va te laver. Va te coucher. Etc. etc. J'admire Trotteuse. J'envie son autonomie, sa confiance. Cet été-là, Trotteuse est allée en France. Ses parents avaient réservé des billets pour elle. Elle a volé d'abord à Pékin, puis de Pékin à Paris, toute seule ! Elle y a passé deux mois avec ses parents. Elle a rapporté un gros album de photos plein à craquer et des tas de petits souvenirs qui font monter l'eau à la bouche.

Après le dernier cours du matin je ne suis pas rentrée tout de suite. Je m'attarde dans la salle de classe ainsi que pas mal de mes camarades. Nous nous pressons autour de Trotteuse qui débite fièrement ses aventures à Paris – elle a vu cette magnifique ville en chair et en os ! En feuilletant son album de photos elle nous montre Trotteuse devant la tour Eiffel, Trotteuse devant Notre-Dame de Paris, Trotteuse devant l'Arc de Triomphe,

Trotteuse devant le Sacré-Cœur, Trotteuse devant la pyramide en verre du Louvre, Trotteuse devant… mince ! Elle ne se souvient plus des noms de ces monuments. Se sentait-elle étrangère là-bas ? Mais non ! Il y avait partout tellement d'étrangers, des gens de toutes les couleurs, des gens qui se coiffaient dans tous les styles, des gens qui s'habillaient de toutes les manières… Personne ne la remarquait, elle s'y noyait. Ses impressions ? Elle ne sait comment dire puisqu'elle en a trop. Elle était absolument émerveillée, étourdie, et, des fois, choquée. Elle n'a jamais vu autant de magasins de luxe, aussi richement garnis et aussi joliment décorés, elle se sentait très pauvre là-bas parce qu'elle n'avait pas de sous pour se payer quoi que ce soit. Elle n'a jamais vu autant de voitures d'autant de marques, ça roulait par flots continus et ça remplissait les chaussées de toutes les rues. Elle n'a jamais vu autant de chiens de sa vie, il y en avait de toutes races et de toutes tailles, certains étaient si mignons et d'autres si moches – attention les crottes ! Elle n'a jamais vu non plus autant de clochards à l'entrée à la sortie des couloirs du métro – ça dans un pays aussi riche que la France, incroyable ! Les Français ? Elle en a rencontré de si gentils qu'ils te montraient le chemin sur la carte et parfois t'accompagnaient jusqu'à la rue que tu cherchais, mais elle en a vu aussi de si durs qu'ils ne cédaient pas leur place aux vieillards tout en les voyant tenir à peine sur leurs jambes près de leur siège dans l'autobus, le métro ou le train. Non, elle n'aimait pas trop les musées, elle s'y ennuyait. Elle préférait grimper sur la tour Eiffel à pied, se promener en bateau-mouche sur la Seine ou se balader le long des Champs-Élysées. Elle trouve un peu bizarre le goût des Français pour les vieilles choses, les vieilles maisons, elle ne comprend pas pourquoi ils ne préfèrent pas les constructions récentes, les immeubles modernes, les gratte-ciel, les tours en verre. C'est sans doute parce que les Français peuvent s'offrir tous les trucs modernes dont ils ont envie, interviens-je, qu'ils adorent les vieux objets. Choses rares, choses précieuses. Peut-être as-tu raison, sourit Trotteuse. La nourriture ? Bah, elle aimait les baguettes, les croissants, les crêpes, les yaourts, les glaces, mmmm… mais pas les fromages. T'as pas goûté les escargots ? s'enquiert Cochette en ravalant une gorgée de salive. Oh ça non, quelle horreur ! Tout le monde rit. Finalement, Trotteuse satisfaite referme son album de photos qu'elle range dans son cartable. Je ferai un tour du monde quand je serai plus grande, conclut-elle d'un ton solennel. J'irai avec toi ! déclaré-je à la hâte. Nous irons toutes ensemble ! crient les autres, nous serons une bande d'aventurières, hahaha… On rigole, on jette nos cartables sur le dos, et on se bouscule vers la porte. Au moment où je sors de la salle, je jette un œil en arrière. Qihui lit un bouquin dans son coin en grignotant un petit pain, la tête baissée, à mille lieues de tout ce tapage qu'on fait autour de Trotteuse.

Quelle drôle de fille !

Un matin Princesse entre dans la salle de classe avec les yeux rougis et bouffis. Elle paraît avoir perdu son habituel orgueil de paon. Elle se glisse muette et rapide à sa place, le dos voûté, son regard fuyant le regard de l'autre. Elle n'est plus princesse, ce jour-là, elle ressemble à une petite souris craintive.

Je ne suis pas la seule personne qui l'ait remarqué. Cochette s'approche de Princesse, lui demande à voix basse :

Qu'est-ce qu'il y a ?

Va-t'en ! Fiche-moi la paix !

Princesse cache son visage dans les mains, se met à sangloter. Cochette revient s'asseoir derrière sa table, l'air gêné. J'échange un regard interrogateur avec Trotteuse qui me fait une grimace.

Peu après, j'entends dire que le père de Princesse a été arrêté. On parle de laissez-passer pour Hong Kong et Macao vendus de trois cent mille à huit cent mille yuans la pièce, d'enveloppes rouges qui dépassent un million de dollars hongkongais. On parle de liasses de billets verts, de titres boursiers, de bijoux et de statuettes en or enfermés dans son coffre-fort. On parle aussi de motos, de CD players lecteur laser, de caméras, d'appareils photos, de montres de luxe, de voitures, d'appartements reçus en « cadeau ». On parle également de prostituées en chambre, de maîtresses entretenues, et… de la possibilité de la peine capitale.

Princesse est devenue une autre personne du jour au lendemain. On ne la voit plus se dandiner dans le couloir ou la cour de récréation en arborant son air hautain. On ne l'entend plus éclater de rire, railler les autres, se vanter de ses souliers italiens ou de ses jouets électroniques japonais. Très entourée et très chouchoutée avant, elle se retrouve soudain l'élève la plus seule de l'école. Le directeur et les profs font semblant de ne pas la voir en la rencontrant. Les camarades évitent de croiser son regard. Même ses anciennes flatteuses, même Cochette, ne lui adressent plus la parole. Chose curieuse ! Je vois Qihui lui prêter son cahier de notes à plusieurs reprises. Elle l'aide même à faire ses devoirs de physique.

Tu as oublié ce qu'elle t'avait fait ? demandé-je à Qihui quand nous sommes seules.

Tu n'as pas vu que ce n'est plus la même personne ? D'ailleurs, c'est quand même pas sa faute si elle a un papa comme ça, non ?

Plus tard Princesse change d'école. Elle n'a laissé à aucun des camarades sa nouvelle adresse.

Ce sera sans doute mieux pour elle, soupire Qihui, d'aller là où personne ne sait qui est son père.

Papa m'achète un vélo pour mon quatorzième anniversaire. Un vélo rouge feu. Maman m'envoie un manteau de drap fin, rouge aussi. Je veux inviter quelques camarades à la maison pour le repas de fête. Je veux aussi leur montrer mon vélo neuf. Je passe une soirée entière à écrire des invitations. J'en donne une à Qihui, à la sortie de l'école.

Faut que tu viennes, lui dis-je, ma tante a promis de nous faire quelques bons plats, et grand-mère a passé la commande d'un grand gâteau d'anniversaire à la pâtisserie du coin. On va se régaler.

Qihui regarde longuement l'invitation, puis me la rend. J'aimerais bien venir, vraiment, mais j'ai peur que...

C'est un dimanche.

Je le sais mais...

Je ne m'attends pas à un refus. Je suis vraiment frustrée. Mais tu dois travailler, n'est-ce pas ? Tu auras une composition à écrire, des devoirs de physique à terminer, des pages sur l'histoire chinoise à lire, des mots d'anglais à apprendre par cœur, un poème à rédiger, une révision de géographie à faire, un texte à analyser, un contrôle de chimie à préparer... Ça pourra jamais finir, ça ? On n'est pas des machines. On n'est pas des robots. Faut savoir s'arrêter quelquefois. Souffler un peu. Respirer. S'amuser. Se divertir. Profiter de la vie. Regarde autour de toi, qui est-ce qui bosse comme toi ? On peut pas avoir quatorze ou quinze ans deux fois, tu le sais bien...

Je m'interromps brusquement en voyant les larmes de Qihui. Tu... Je... balbutié-je, soudain à court de mots.

Qihui s'essuie les yeux. Tu es toujours très gentille avec moi, Azalée, mais tu ne comprends pas... Tu dois te demander pourquoi je bosse comme ça. Ce qui me donne une telle folie. Où je puise ma force. Quel est mon but. Si je ne suis pas malade. Si je ne veux pas faire les choses que font les autres filles de mon âge. Si je n'ai pas envie moi aussi d'aller au cinéma, à la fête, déambuler dans les rues, faire les vitrines, regarder la télé, faire la grasse matinée le week-end. Et pourquoi je ne parais pas heureuse comme je devrais l'être après avoir raflé les meilleures notes de la classe…

Qihui se tait. Un long moment après, elle reprend : Je bosse pour mes parents. Ils ont toujours voulu avoir un fils. Ma naissance a brisé leur rêve. Ils n'avaient pas le cœur assez dur pour me jeter dans la rivière ou m'abandonner dans un carton au bord de la route. Ils n'avaient pas assez de sous non plus pour transgresser la règle, pour se payer un autre bébé. Ils ont dû se résigner à leur sort. Non sans révolte pourtant. Ils m'ont donné un nom de garçon, ils me coiffent comme un garçon, m'habillent comme un garçon, m'élèvent comme un garçon. Du plus loin que je m'en souvienne, j'ai toujours eu les cheveux courts, et je ne porte que des pantalons, même en été. Mais ils ne se contentent pas que je sois comme un garçon ordinaire.

Qihui s'interrompt à nouveau. Un petit sourire triste se dessine au coin de ses lèvres. Tu connais l'expression : « Que mon fils devienne dragon, que ma fille devienne phénix » ? Oui ? Mais mes parents, eux, préfèrent que leur fille devienne dragon ! Ils m'ont dit que le destin les avait laissés tomber mais que moi je pourrai pas les laisser tomber… Je suis leur fille. Je leur dois deux vies. Tu ne comprends pas ? Ils m'ont mise au monde, voilà la première vie. Ils ne m'ont pas noyée ou abandonnée à la naissance comme beaucoup d'autres l'ont fait, ils m'ont gardée, voilà la seconde vie. Donc, je leur dois deux vies. Ma dette éternelle. Je ne pourrai jamais la rembourser. Ils exigent que je bosse plus que les autres : je bosse plus que les autres. Ils demandent que je fasse mieux que les autres : je fais mieux que les autres. Ils veulent que je devienne dragon : je deviendrai dragon. C'est ça mon devoir envers eux, tu comprends ? C'est ça mon sort…

L'invitation est déjà une boule dans ma main. Je la fourre dans la poche de mon pantalon. Je n'ai rien dit à Qihui, parce que je ne sais quoi dire.

Le lundi suivant, j'apporte une grosse tranche de gâteau à l'école. Je la donne à Qihui. Elle la mange à midi et me dit qu'elle n'a jamais mangé de gâteau aussi délicieux.

Un soir j'en ai vraiment marre d'apprendre par cœur les questions et réponses du cours de politique. Je jette mon cahier de notes sur le lit et je descends à la boutique de grand-mère. Il n'y a pas de client, et grand-mère sourit à mon entrée.

Xiao Ding vient de m'apporter des yaourts. T'en veux un ?

Oui, je veux bien.

Je vais droit au frigo. J'ouvre la porte en verre, prends un yaourt parfum framboise. Grand-mère me tend une paille.

Tu as des problèmes à l'école ?

Non, pourquoi ? Je plante la paille dans la bouteille.

Ton prof de chinois est passé cet après-midi. Elle est venue chercher des timbres. Je lui ai demandé si tu travaillais bien…

Et alors ?

Elle dit que tu es sérieuse, tu fais des progrès, mais parfois tu n'es pas assez modeste, tu es un peu trop sûre de toi. T'as fait quelque chose qui l'a embêtée ?

Non, oui, mais je savais pas que…

Qu'est-ce qui s'est passé ?

C'était mardi dernier. Elle nous a rendu notre feuille de contrôle. Il y a eu une question. Il s'agissait de remplir les blancs par des comparaisons, comme « des nuages ressemblent à… »

Oui.

J'ai écrit « des rochers noirs superposés ».

Ah bon !

Oui, parce que le jour où a eu lieu le contrôle, il y a eu un orage. J'ai regardé par la fenêtre et j'ai vu des nuages noirs qui s'étageaient comme des rochers énormes…

Je vois.

Mais le prof a mis une croix dessus et j'ai perdu deux points. Je pensais qu'elle avait fait une erreur et je lui ai dit…

Devant toute la classe ?

Oui.

Qu'est-ce qu'elle a dit, alors ?

Elle a dit qu'il fallait écrire que « des nuages ressemblent à du coton ». J'ai répliqué que ça dépendait, que parfois ça ressemble à du coton, parfois ça ressemble à des animaux, parfois ça ressemble même à des écailles de poisson… Tout le monde a ri. Un camarade a affirmé que quelquefois des nuages c'est comme des montagnes flottantes, un autre que ça lui paraît des fois être plutôt un navire immense, un autre encore a même évoqué le brocart en couleur que Zhinü tisse pour son père Empereur du Ciel…

Vous vous êtes bien amusés, mais le prof ne devait pas être très content…

Non, elle avait l'air vexé. Et elle ne m'a pas posé une seule question en classe depuis. Elle m'ignore.

Tu lui présenteras tes excuses demain.

Pourquoi ? J'ai pas eu tort, moi.

Tu n'as pas eu tort de penser autrement que ton prof, d'accord ; mais tu aurais dû garder ton point de vue pour toi, ou tout au plus le discuter avec elle en privé. Elle n'est pas comme toi ou tes camarades. Elle est adulte. Elle est professeur. Elle connaît a priori sa matière mieux que les élèves. Mais si tu t'es montrée plus maligne qu'elle, tu lui as fait perdre la face. Et on n'aime pas perdre la face quand on est un adulte, un prof, ou un chef. Souviens-toi de cela, sinon tu risquerais un jour de t'attirer des ennuis encore plus sérieux...

Papa commence à sortir avec une copine. Je sais que ça devait arriver tôt ou tard mais je peux pas me retenir d'être triste. Peut-être, qu'au plus profond de moi-même, je rêve toujours d'un miracle, j'espère inconsciemment que malgré son remariage maman réalisera un jour qu'elle a fait une erreur, qu'elle quittera son nouveau mari, qu'elle reviendra à papa... Maintenant je comprends que ce n'est plus possible ce retour aux bon vieux temps mais j'ai encore du mal à l'accepter. Suis-je trop égoïste moi ?

C'est un après-midi de décembre. Je sors de l'école à 5 heures, comme d'habitude. Le trafic semble être bloqué quelque part. Les voitures avancent moins vite que des escargots. Pas la peine d'attendre l'autobus, me dis-je, je rentrerai plus vite à pied. Lorsque j'arrive à la rue de la Victoire, je vois une gamine de cinq ou six ans errer sur le trottoir en pleurant et criant Papa ! Papa ! Elle porte un manteau rouge et blanc, et tient un sac en plastique à la main. Elle doit pleurer et crier comme ça depuis déjà très longtemps, parce que sa voix est enrouée. Une enfant perdue, pense-je en m'approchant.

Allons, petite, ne pleure plus, je veux bien t'aider à retrouver ton papa.

La gamine me regarde et arrête de pleurer.

Je tire un mouchoir en papier de ma poche, essuie ses larmes et sa morve.

Comment tu t'appelles ?

Fen Fen.

Où tu as perdu ton papa ?

Devant un magasin.

Quel magasin ?
Sais pas.
Où t'habites ?
Liujiachang.
Où ça ?
Liujiachang.

Il n'y a pas de rue ou quartier appelé comme ça à Vieux Banian. La gamine parle d'ailleurs avec un accent qui ne m'est pas familier, assez difficile à comprendre. Elle n'est pas d'ici, manifestement.

Comment t'es venue ?
En train, avec papa.
Quand ?
Ce matin.
Ensuite ?…
Nous sommes sortis de la gare.
Puis ?…

Papa m'a dit qu'il allait acheter quelque chose, que je devais l'attendre devant le magasin.

Puis ?…
Il est parti.
Puis ?…
Je l'ai attendu.
Puis ?…

Il n'est pas revenu. Je l'ai cherché partout. Je l'ai pas trouvé.

Mon cœur se serre. J'ai en face de moi une enfant abandonnée ! Je lui prends une main. Viens avec moi, lui dis-je. Elle me suit sagement.

Au commissariat de police, une femme policier nous accueille. Après avoir entendu mes explications, elle me dit de rentrer vite sinon mes parents vont s'inquiéter, et qu'elle s'occupera bien de la petite.

Le lendemain, je repasse au commissariat après l'école. La femme policier me dit que la gamine a eu un malaise au milieu de la nuit et a été envoyée d'urgence à l'hôpital.

Que l'examen a révélé qu'elle souffre d'une maladie de cœur congénitale. Que c'est sans doute à cause de cette maladie que ses parents l'ont abandonnée.

Je raconte ça à Qihui. Elle reste silencieuse un long moment, puis murmure : Chacun son sort.

Quelques jours plus tard, je retourne au commissariat. La même femme policier me dit que la gamine va mieux, qu'elle est déjà sortie de l'hôpital et récupère chez une de ses collègues. Elle me montre aussi un reportage publié dans le *Quotidien de Vieux Banian.* Après avoir lu le reportage, je comprends que la gamine a besoin d'une opération urgente. C'est une opération très lourde et très coûteuse, mais sans ça elle ne pourra pas passer son prochain anniversaire… Je demande à la femme policier s'ils ont réussi à trouver les parents de la gamine. Malheureusement non, soupire-t-elle, nous croyons qu'ils ne sont pas de la province.

Je rapporte le journal à la maison. Papa me donne trente yuans, grand-mère me donne cinquante yuans, ma tante me donne vingt yuans. Je mets cet argent dans une enveloppe avec mes économies et porte le tout au commissariat.

La semaine suivante, la Ligue municipale de la jeunesse communiste lance un appel à tous les collégiens et lycéens : Donnez votre argent de poche de la semaine, aidez la fillette abandonnée. Il y a slogans, photos et coupures de presse sur le journal mural de l'école. Le directeur en parle à l'assemblée du matin. Après le dernier cours de l'après-midi, Qihui me demande si elle pourrait faire un bout de chemin avec moi.

Mais bien sûr, lui réponds-je en fourrant dans mon cartable cahiers, manuels, stylos, on va se dégourdir un peu les jambes. J'en ai marre des bousculades dans l'autobus.

Quand nous sommes sorties de l'école, Qihui me demande avec embarras si je peux lui prêter dix yuans.

C'est pour l'opération de la gamine, explique-t-elle. Je veux y contribuer mais je n'ai plus un sou.

Je n'ai pas d'argent pour le moment, mais je pourrai demander à Yang Yang…

Merci beaucoup pour ça. Dis à Yang Yang que je lui les rendrai bientôt, après les examens. Mes parents… Je ne sais pas si tu arriveras à comprendre, mais mes parents ont décidé comme ça… Ils donnent deux cents yuans par mois à ma tante pour payer mon logement et mes repas chez elle. Quant à mes fournitures scolaires, mes casse-croûte du midi, le nécessaire de toilette et les autres petits trucs dont j'ai besoin, je dois les gagner moi-même. Comment ? Bonne question ! Si j'ai 100 % en maths ou en chinois au contrôle de milieu de semestre ou de fin de semestre, par exemple, mes parents me donnent dix yuans pour chaque matière. Si j'ai 100 % en géographie ou en histoire – qui ne sont pas considérées comme une matière principale – ils me donnent cinq yuans. Il me faut obtenir le meilleur résultat de la classe à un examen pour avoir dix yuans, et dépasser tous les autres camarades de la même année pour avoir vingt yuans. Je ne peux pas me permettre d'être la seconde ou la troisième. Je dois être la première. Sinon j'aurai rien. Si par hasard j'arrive après cinquième – ce qui ne m'est jamais arrivé, enfin, pas encore –, mes parents me feront payer une amende de cinq ou dix yuans selon l'importance de la matière. Punition pour une « mauvaise performance ». Mes parents me répètent que c'est pour mon intérêt ; ils tâchent de me convaincre que c'est la méthode la plus efficace pour me faire devenir un jour quelqu'un. Mais je sais qu'ils font ça pour eux, pour leur amour-propre, pour leur vanité. Ils n'ont pas su produire un fils, alors ils s'efforcent de produire un génie. Tu es étonnée ?… Ça se comprend, tes parents ne sont pas comme ça. Tant mieux pour toi ! Les miens… si j'avais pu choisir… Mais les parents, ça ne se choisit pas. Tout dépend du destin. Tout est prédestiné. T'es un prince si t'es né d'un roi ou d'une reine. Un coup de chance, quoi. Si j'avais su ce qui m'attendrait après ma naissance, je me serais tuée dans le ventre de ma mère. Mais…

Au fur et à mesure que Qihui parle, je sens un froid glacial parcourir mon échine. Je n'aurais jamais soupçonné…

Mais ils ne peuvent pas te faire ça, ils n'ont pas le droit !

Tu parles ! Ce sont mes parents. Ils m'ont donné la vie, ils me nourrissent et m'habillent. Jusque-là je peux encore les supporter. Je tiens le coup mais comme c'est dur des fois… Faut que je les supporte de toute façon. J'ai pas le choix. Quand j'aurai vingt ans… Ah, comme j'attends avec impatience mes vingt ans ! Je serai alors à l'université. Mon université sera très très loin de Vieux Banian. À l'autre bout de la Chine. J'obtiendrai une bourse. Je bricolerai aussi pour subvenir seule à mes moyens. Je n'aurai plus besoin de leur fric. Je pourrai enfin avoir ma liberté… faire ce que je veux… être ce que je suis…

En moins de dix jours on a réuni plus de huit cents yuans dans notre école. Puis la Fédération municipale des femmes s'empare du dossier et lance un appel au public à son tour. Les habitants de Vieux Banian y répondent avec beaucoup de générosité. En deux ou trois mois seulement la Fédération reçoit plus de quatre-vingt-dix mille yuans. La gamine a son opération, et c'est très réussi.

Oui oui, la police a retrouvé ses parents. Ils sont ouvriers. Ils travaillent dans une mine de fer à Liujiachang, province du Hubei. Ils ne sont pas les parents naturels de la gamine. Elle avait déjà été abandonnée une fois, toute petite, après sa naissance. Une vieille femme l'avait ramassée à l'entrée d'un restaurant. Comme eux-mêmes n'avaient pas d'enfant après quelques années de mariage, ils sont allés voir la vieille femme et l'ont persuadée de leur donner la gamine. Ils ont adopté la gamine et l'ont élevée jusqu'à l'âge de trois ans lorsque, à leur grande surprise, ils ont eu leur propre enfant, un garçon ! Peu après la naissance du garçon, la mine de fer a fait faillite ; ils se sont retrouvés tous les deux chômeurs. Ils ont ouvert un petit bazar mais ça suffisait à peine pour nourrir la famille. Ils ont donc pensé redonner la gamine à quelqu'un d'autre. Par l'intermédiaire d'une voisine, ils ont appris qu'un couple aisé avait l'intention d'adopter un enfant et ils lui ont remis la gamine. Cependant, seulement trois mois plus tard, le couple leur a ramené la gamine. La raison ? Le couple a découvert par hasard, au cours d'un examen médical de routine, que la gamine souffrait d'une malformation du cœur. Ses anciens parents adoptifs l'ont donc reprise. Au fur et à mesure que la gamine grandissait, sa maladie s'aggravait. L'hôpital local n'avait pas les moyens de la traiter. Ils ont alors emprunté de l'argent et l'ont emmenée jusqu'à Wuhan pour consulter un spécialiste cardiologue. Là-bas on leur a dit que la gamine avait besoin d'une intervention chirurgicale le plus vite possible et que le traitement coûterait cent mille yuans. Cent mille yuans pour eux, deux ouvriers qui avaient perdu leur travail, c'était une somme astronomique. Ils ne pourraient jamais la trouver. Et comme ils ne supportaient pas non plus de voir la gamine mourir auprès d'eux, ils ont décidé de l'emmener au sud, là où les gens sont plus riches. Si jamais la gamine tombait sur quelqu'un de gentil et fortuné, pensaient-ils, elle pourrait avoir l'opération, une nouvelle famille, et une nouvelle vie. Alors, un soir froid de décembre, le père a emmené sa fille adoptive dans un train. Arrivé le jour suivant à Vieux Banian, il a fait un tour dans la ville avec elle, puis l'a laissée seule devant un magasin…

Non, la gamine n'est pas retournée chez ses parents adoptifs. Ces derniers ont écrit une lettre à la Fédération des femmes de Vieux Banian. Dans la lettre ils ont admis s'être comportés d'une façon irresponsable mais ont aussi affirmé qu'ils ne pouvaient plus reprendre la gamine parce qu'ils n'avaient pas assez de sous pour s'occuper d'elle. Abandonnée pour la quatrième fois, la pauvre !

Un midi, au cours du déjeuner chez mes grands-parents, une discussion un peu houleuse éclate entre papa et ma tante d'un côté, Yang Yang et moi de l'autre. Il s'agit des fiches des résultats d'examens que certains professeurs ont décidé de faire circuler parmi les parents d'élèves.

D'ordinaire les profs classent leurs élèves d'après les notes que ces derniers ont obtenues aux examens. Ce sont des fiches confidentielles que les profs font pour leur propre usage. Les parents d'élèves n'ont pas accès à ces fiches mais savent grosso modo si leurs enfants se placent parmi les plus capables, ou se maintiennent dans une bonne moyenne, ou se trouvent parmi les moins compétents, par rapport à la meilleure note, à la note moyenne, et à la note la moins bonne que les profs mettent à leur disposition. Certains parents ont, apparemment, un sens de la compétition plus vif que d'autres. Ils ont demandé à voir les fiches, afin de pouvoir comparer, individuellement, la performance de leurs enfants avec leurs camarades de classe. Il y a des profs qui n'aiment pas cette idée et ont refusé la demande. Mais il y a aussi des profs qui ont cédé à la pression et ont décidé de distribuer les copies des fiches aux parents d'élèves.

Papa et ma tante se réjouissent d'une telle décision, mais ça nous révolte, mon cousin et moi.

Que j'aie la meilleure note ou une note désastreuse, lancé-je, ça ne regarde que moi, et mes parents. J'ai pas envie qu'on la montre à tous mes camarades et à leurs parents. Laissez-nous nous occuper de nos affaires ; et eux, des leurs !

Yang Yang hoche la tête pour soutenir mon point de vue. Vous les adultes, dit-il, vous vous plaignez toujours que c'est devenu de nos jours très difficile d'être des parents. D'accord. Mais être des enfants, être des enfants uniques, être les seuls porteurs des aspirations souvent absurdes et irréalistes des parents, être les objets de tous leurs fantasmes de réussite, croyez-vous que c'est plus facile ? Haleter constamment sous les devoirs les contrôles les examens, être tiraillés par les exigences de tous côtés, avoir toujours peur de commettre des fautes, se sentir coupables chaque fois que nous faisons moins bien, vous trouvez que ça ne suffit pas ? Croyez-vous qu'il faut augmenter encore la pression ?

Bravo ! m'écrie-je en battant les mains. Je ne savais pas que Yang Yang était aussi éloquent. Mais s'il ose parler sur ce ton, c'est parce que son père n'est pas là. Il est allé à l'aéroport chercher un ami venu de Pékin.

Yang Yang s'arrête un instant pour reprendre souffle. Puis il poursuit : À quoi ça sert de faire connaître à tout le monde les résultats d'examens de chacun ? Pour humilier et décourager ceux qui ont moins de capacités que les autres ? Pour les faire se sentir sans valeur et honteux d'eux-mêmes ? Ou pour attiser encore la compétition déjà féroce entre les élèves les plus brillants et entre leurs parents ?

Ma tante échange un long regard avec papa.

Je fais semblant de ne rien remarquer et ajoute : D'ailleurs, quelle différence véritable y a-t-il entre 94 % et 95 % ? Pouvez-vous dire que je connais le chinois moins bien que ma copine parce que j'ai eu 94 % à un contrôle et qu'elle a eu 95 % ?

Je ne me rappelle plus exactement ce que rétorquent papa et ma tante. Ça doit être quelque chose comme : Ne soyez pas si nerveux car vous n'aurez rien à craindre si vous travaillez bien, ou : Un point de plus ou de moins peut être parfois décisif, ou : Si vous êtes mieux placés que les autres vous aurez plus de chance pour entrer à l'université, etc., etc.

Mes grands-parents ? Ils pensent que nous avons raison, Yang Yang et moi, mais ils ne donnent pas tort à papa et à ma tante !

Et vous, tante Ketmie, quelle est votre opinion ?

Un lundi Qihui n'est pas venue à l'école. C'est la seconde fois qu'elle est absente depuis son arrivée, un an plutôt. La première fois, c'était parce qu'elle était malade. Cette fois, pensé-je, ça doit être encore un gros rhume. À cette époque de l'année les virus profitent aussi du retour du beau temps pour se promener partout. Cependant je regarde la porte à plusieurs reprises à mon insu comme si j'espérais la voir soudain entrer dans la salle. C'est un peu étrange quand Qihui n'est pas là, et que j'ai toute la table à moi seule. Je me suis, sans m'en rendre compte, attachée à elle.

Le lendemain matin quand j'arrive à la salle de classe, Qihui est déjà là, avec ses bouquins.

Tu vas mieux, alors ? je lui demande en posant mon sac sur la table.

Je n'étais pas malade.

Ah bon ? J'ai cru que…

Notre maison a été visitée par des policiers. Ils nous ont interrogés des heures, mes parents et moi.

Pourquoi ?

À cause d'un enlèvement d'enfant. Un petit garçon a été volé à l'intérieur d'un jardin d'enfants, dans sa salle de classe même, sous le nez de la maîtresse.

Co… comment cela a été possible ?

Une jeune femme s'est déguisée en tante du garçon et l'a emmené quelques minutes avant l'arrivée de la mère.

Mais ça… Ça pourrait pas avoir de lien avec…

Si, cette femme a été une locataire de mes parents. Je t'ai dit que mes parents louent des chambres à des travailleurs migrants, tu te rappelles ? La femme habitait avec trois autres paysannes dans la petite cabane qui avait servi de remise. Je ne la rencontrais pas souvent, seulement le week-end quand je rentrais chez mes parents. Elle est partie il y a plusieurs jours déjà, parce que son fils était malade. Enfin, c'est ce qu'elle avait dit à mes parents. Les policiers ont fouillé la cabane de fond en comble, mais il semble qu'elle a emporté tout ce qu'elle possède. Elle n'avait pas grand-chose, tu imagines. Donc, les policiers n'ont rien trouvé dans la cabane, et ils n'étaient pas contents du tout. Ils ont interrogé mes parents, puis moi. Ils voulaient savoir son nom, son âge, d'où elle vient, pour qui elle avait travaillé, avec qui elle avait eu des contacts, quels vêtements elle portait d'habitude, etc., etc. Nous leur avons dit tout ce que nous savions d'elle, c'est-à-dire très peu de choses. Avant de repartir ils ont demandé à mes parents de payer une amende de cinquante yuans pour avoir logé quelqu'un sans papier correct. Mes parents étaient absolument furieux mais n'osaient pas le montrer. Cinquante yuans ! C'est pour eux deux jours de travail jetés à l'eau. Puis, après le départ des policiers, mes parents ont passé des heures et des heures à maudire cette personne qui leur avait porté malheur. Je ne sais pas pourquoi mais j'ai du mal à l'imaginer comme une voleuse d'enfant. Elle était discrète et toujours souriante, elle avait l'air si sympa. Elle m'a dit d'ailleurs qu'elle avait des jumeaux. Si elle a déjà des jumeaux elle-même, elle n'a pas de raison de voler un autre enfant… J'arrive pas à comprendre… De deux choses l'une : ou bien la police a fait une erreur, ou bien elle a menti… On a beau connaître un visage tu vois, on ne peut jamais sonder un cœur…

Qihui paraît bouleversée. Alors je lui dis de ne plus y penser.

On aura un contrôle d'anglais ce matin…

Mince ! Je l'ai complètement oublié !

À ce moment-là, on entend la sonnerie. Le prof d'anglais entre dans la salle, un manuel d'une main, un magnétocassette de l'autre.

Qihui n'a pas eu la meilleure note cette fois-ci. Trotteuse, motivée par son rêve d'un grand voyage autour du monde, avait consacré beaucoup d'énergie à la matière et lui a piqué la première place. J'ai eu 92 %, ce n'est pas brillant, mais par rapport à la dernière fois – 88 % – j'ai fait des progrès, papa n'en sera pas mécontent. Lorsque les feuilles nous sont rendues, Qihui parcourt rapidement la sienne puis la range dans son sac sans dire mot. Elle a perdu dix yuans, songé-je, me sentant triste pour elle. Depuis que je connais le système que lui imposent ses parents, je prête plus d'attention à ses résultats d'examens. Quand elle réussit à décrocher la première place ou à obtenir un 100 %, je suis heureuse pour elle ; mais quand elle a une note moins bonne, ça me fait de la peine en pensant qu'elle devra se serrer un peu plus la ceinture ce semestre.

Tianming est arrivé après que Princesse a changé d'école. Un garçon grand et mince, qui parle peu. Il a eu, aux dires de Yang Yang, une enfance surprenante, pour ne pas dire déformée. Son père est un ancien garde rouge… Avez-vous été un garde rouge, tante Ketmie ? Non ? Vous étiez trop jeune à l'époque, je vois… Le père de Tianming, lui, était un garde rouge. Lors d'une de ces bagarres entre diverses fractions de gardes rouges, il a reçu un coup de bâton sur le crâne et souffre depuis des troubles psychiques. Quand son premier fils est né, il a soupçonné que sa femme avait eu une liaison et que le bébé n'était pas le sien. Il a battu sa femme. Sa femme a tenté de s'enfuir avec le bébé, mais le bébé lui a glissé des mains. Après la mort du bébé sa femme l'a quitté. Plusieurs années ont passé. Il a paru être guéri de sa maladie et s'est remarié. Sa seconde femme lui a donné un autre fils, Tianming. Puis le même scénario s'est reproduit. Il a commencé à soupçonner la mère de Tianming. Il la suivait partout. Il la battait à la maison. Plus tard il lui interdit de sortir, et il ne permettait à personne de venir la voir. L'année où Tianming a eu trois ans, sa mère a demandé le divorce. Elle n'a pas obtenu la garde de l'enfant et elle est partie en pleurant. Personne ne sait plus où elle est. Depuis lors, prisonnier de son propre père, Tianming a été enfermé dans la maison pendant des semaines, des mois, des années… Un sombre appartement de deux-pièces, un poste de télé noir et blanc, un dictionnaire de chinois pour les écoliers, et un père malade qui répétait sans cesse : Il y a des méchants dehors ou : Ils veulent nous faire du mal ; voilà son monde d'enfant. Il y avait toutefois des jours où l'esprit de son père semblait remonter de la profondeur des nuits à la surface, et il redevenait plus ou moins normal. Alors il faisait asseoir Tianming devant la table, lui apprenait à lire, à écrire, à compter… Rarement, très rarement, il emmenait aussi son fils au-dehors. De chacune de ces brèves escapades, Tianming rapportait des tas de trésors que ses petits bras lui permettaient de porter : capsules de bouteille, boîtes de cigarettes vides, ballons de foot et balles de ping-pong crevés, fioles, boutons, affichettes, briquets épuisés, bouts de laine, tickets d'autobus, morceaux de papier d'emballage, vieux calendriers, vieux journaux, vieux magazines, vieux bouquins… Tianming passait ensuite des jours entiers à jouer avec ces trésors. Il flairait l'odeur d'essence des briquets. Il alignait ballons, balles par ordre de taille, et rangeait boutons, capsules en cercle, triangle, carré. Il découpait les images des calendriers et des affichettes qu'il collait sur les murs de sa chambre. Il déchiffrait chaque page des journaux, magazines et bouquins à l'aide de son petit dictionnaire de chinois. Il dévorait tout, politique, économie, tourisme, faits divers, petites annonces… avec l'appétit d'un louveteau à jeun. Au fil des semaines, des mois, des années, le dessous de son lit a été complètement bourré de ses collections ramassées. Au printemps où Tianming allait avoir douze ans, son père a eu une crise terrible, il a cassé le salon de coiffure du coin et a blessé le patron. La police l'a arrêté puis l'a fait enfermer dans un hôpital psychiatrique pour un traitement forcé. Le père de Tianming a un frère qui vit à Vieux Banian. Après l'incident cet oncle a accueilli Tianming chez lui. C'était là le tournant historique de la vie du garçon. Il a découvert un monde totalement différent de celui auquel il avait été habitué, un monde normal, quoi. Et il s'est intégré à son nouvel environnement avec une rapidité qui étonna son entourage. Si bien que son oncle a commencé à penser sérieusement à l'éducation de ce neveu. Seulement, pas une école primaire à Vieux Banian n'a voulu prendre le garçon, sous prétexte qu'il était trop grand pour s'asseoir avec les élèves de première, mais trop en retard pour entrer dans une classe de terminale. Comment faire ? Le fils de l'oncle, qui est le meilleur copain de Yang Yang, s'est proposé d'aider son cousin à rattraper, à la maison. Il a sorti des cartons ses vieux manuels et ses vieux cahiers de notes, s'est mis à l'œuvre. Contaminé par cet enthousiasme, Yang Yang s'est joint à lui pour donner des leçons à Tianming. Deux ans plus tard, leurs efforts généreux ont porté des fruits : Tianming a réussi, son propre désir d'apprendre et ses aptitudes personnelles aidant, à atteindre le niveau d'un collégien de seconde. Plus que content de ce résultat, son oncle a tout tenté pour le faire admettre par une école locale. Après des mois de démarches administratives et avec un don de sept mille cinq cents yuans, il a fini par obtenir une place dans mon collège pour Tianming.

Je ne sais pas depuis quand Qihui et Tianming sont devenus amis. On les voit souvent discuter à voix basse, faire leurs devoirs ensemble, sortir de l'école côte à côte. Je suis un peu jalouse, je l'avoue, à la fois de Qihui et de Tianming. Jalouse de Qihui, parce que j'aime bien Tianming moi aussi. Je me trouve plus jolie et plus attirante que ma camarade, mais c'est elle qui a accroché son regard. Jalouse de Tianming, parce que Qihui n'avait, avant son arrivée, qu'une seule amie à l'école, moi. Mais maintenant qu'elle a un autre ami, qu'elle s'intéresse plus à lui, qu'elle parle plus volontiers avec lui, qu'elle passe plus de temps avec lui, j'ai l'impression que notre amitié a tiédi, et ça me laisse un sentiment de malaise.

Nous sommes mi-avril 1999, Tianming va avoir seize ans. Il nous invite, Yang Yang et moi, à sa fête. Quand mon cousin me transmet son invitation, je suis à la fois surprise et flattée. Ça me prend une semaine entière pour choisir un cadeau, et une autre semaine pour décider quelle robe je porterai pour le grand jour.

Samedi, Yang Yang vient me chercher. Je prend le cadeau, sors ma bicyclette rouge et part avec Yang Yang. Un quart d'heure plus tard, lorsque derrière Yang Yang j'entre dans l'appartement de l'oncle de Tianming, le cœur battant, un CD de musique à la main, je vois… Qihui ! Cheveux à la garçonne, front bombé lumineux, épaules rondes sous un T-shirt rose, taille fine serrée dans un jean bleu, elle est, cet après-midi-là, toute rayonnante, toute belle ! Je vais tout droit à Tianming, lui donne le CD, bredouille un Bon anniversaire et quelque excuse, repars sans une parole pour Qihui. Yang Yang court derrière moi en me demandant ce qui me prend. Je lui réponds : Rien. J'enfourche mon vélo. Je roule au hasard en pédalant éperdument. Je me retrouve plus tard sur le pont de la Libération. Je descends du vélo. J'essuie mes yeux embrués, et regarde couler le Ruisseau au Dragon Vert…

Deux ou trois semaines après la fête. Un après-midi de vendredi. Qihui et Tianming ont quitté la salle de classe immédiatement après le cours de géographie. Lorsque nous sortons de l'école, Cochette, Trotteuse et moi, nous les apercevons debout devant une échoppe de rafraîchissements, chacun suçant une sucette glacée. Tianming dit quelque chose à Qihui, Qihui hoche la tête avec un large sourire.

Quel beau couple d'amoureux ! Cochette les désigne d'un petit mouvement de menton.

Son ton moqueur fait rire Trotteuse, mais ne m'amuse pas.

Dis Azalée, Trotteuse me donne un coup de coude, quand es-ce que tu me présenteras ton petit ami ? Je brûle d'envie de faire sa connaissance… Quoi ? T'as pas de petit ami, une jeune fille aussi charmante que toi ?

Ferme ta gueule, tu veux ?

Mais qu'est-ce…

Juste à ce moment-là, nous entendons un cri. Une femme d'une quarantaine d'années traverse la rue en courant, se précipite sur Qihui qui s'est pétrifiée en statue.

Te voilà enfin ! La femme saisit le bras de Qihui. Rentre avec moi ! Tout de suite !

Tu m'as suivie ?

Oui, c'est ça, pour savoir avec qui tu es.

Puis, en se tournant vers Tianming qui semble être sidéré par la surprise, la femme lui dit avec une voix menaçante :

Tiens-toi loin de ma fille je te préviens, sinon son père…

Des passants s'arrêtent pour regarder. Les patrons et les clients des boutiques voisines sortent aussi, attirés par le vacarme.

Livide, Qihui se débarrasse de la main de sa mère :

Je ne rentre pas avec toi. Laisse-nous tranquilles.

Quoi ? crie sa mère d'un ton scandalisé en parcourant les spectateurs d'un regard rapide comme pour les prendre à témoin. Vous entendez ce qu'elle a dit ? Elle a dit « nous » ! Puis, se retournant vers Qihui, elle poursuit : T'as pas honte de parler comme ça, hein ? T'as pas honte de traîner partout avec ce petit voyou ?… Ton père et moi on se demande pourquoi tu travailles moins bien à l'école depuis quelques temps, pourquoi tu ne te concentres plus sur tes devoirs comme avant, pourquoi tu veux plus d'argent, pourquoi tu sors le soir et le week-end…

Et alors ? Qihui coupe la tirade de sa mère, sur un ton de défi.

C'est comme ça que tu parles à ta mère ? rugit sa mère en attrapant son bras. Maintenant rentre avec moi, sinon ton père…

Qihui n'a pas attendu que sa mère finisse sa menace. Elle se débarrasse de son étreinte, se sauve en courant. Sa mère pousse un juron, court après elle.

Les spectateurs se dispersent en rigolant. Seul Tianming reste cloué sur place, le bâtonnet nu de la sucette entre les doigts. J'ai envie d'aller lui dire quelques mots de réconfort, mais finalement je préfère qu'il ne sache pas que ses camarades ont vu la scène.

Allons, on rentre, je m'éloigne rapidement en entraînant Trotteuse et Cochette avec moi.

Le lundi suivant, je suis en retard pour l'école. D'abord j'ai fait un cauchemar cette nuit, je me suis rendormie au petit matin et je n'ai pas entendu le réveil. Puis mon bus a été bloqué dans un embouteillage pendant au moins une demi-heure. J'arrive donc à l'école à 8 heures 30. On a un cours de politique ce matin-là. L'enseignant est une femme d'une cinquantaine d'années très élégante et très sérieuse. Elle me fait toujours un peu peur. Pour éviter un interrogatoire embarrassant sur les raisons de mon retard, je me décide à entrer après la fin du cours. En attendant je pénètre dans une échoppe de nouilles de riz et prends tranquillement mon petit déjeuner.

À la sonnerie de fin du premier cours je me glisse à l'intérieur de l'école. J'attends encore que le prof de politique ait disparu à l'autre bout du couloir pour entrer dans la salle de classe. Je pose mon sac sur la table, m'assois, pousse un soupir de soulagement.

Ça va ? demandé-je à Qihui.

Non, répond-elle en plantant ses yeux dans les miens. C'est toi qui m'as mouchardée ?

L'hostilité dans son regard et la dureté de sa voix me blessent doublement.

Je suis jalouse de Tianming et de toi je l'avoue, martelé-je, mais je ne suis pas capable d'une bassesse pareille.

Son regard s'adoucit.

Pardon Azalée, bredouille-t-elle, je…

J'ai tout vu vendredi dernier. C'était affreux. Tes parents sont vraiment… ils t'ont battue à la maison ?

Non. Mais ils m'ont engueulée vertement. Ils m'ont interrogée des heures et des heures comme si j'avais commis un crime. Ils ont tout voulu savoir. Ils m'ont demandé de tout avouer. Je leur ai dit que je n'avais rien fait de mal et que je n'avais rien à avouer. Ils ont voulu voir mon journal. J'ai refusé carrément. Je leur ai dit qu'ils n'avaient pas le droit, ça les a rendus fous de rage tous les deux. Ils ont fouillé mon sac, ils ont forcé la serrure de mon tiroir, mais ils ne l'ont pas trouvé. Je ne mets pas mon journal dedans. Je le dissimule toujours dans un vieux carton parmi mes vieux manuels et cahiers d'écolier. Je me méfie d'eux.

Heureusement !

Alors ils ont appelé ma tante pour lui raconter des conneries sur moi. Ils lui ont dit qu'ils faisaient tout pour moi mais que moi je suis une ingrate, que je les écoute pas, que je leur fais la gueule, que je leur dis des mensonges, que je les fais souffrir. Ils lui ont demandé de me surveiller de plus près et de ne plus me laisser sortir le soir. Ils m'ont interdit aussi de m'éloigner d'un pas de la maison le week-end. Ils répétaient que si je ne rompais pas immédiatement avec Tianming…

… ils ne te donneraient plus un sou, c'est ça ?

Oui, c'est ça. Ils ont même menacé d'aller voir l'oncle de Tianming pour lui conseiller de mieux s'occuper de son neveu…

Tu penses qu'ils le feront ?

Oui, ils en sont capables, je les connais.

Quels cons !

Je les déteste, mes parents. J'aurais voulu…

Je suis soudain effrayée par ce que je vois dans le regard de Qihui et j'ai hâte de la calmer.

Écoute, Qihui, je comprends ta colère, ton amertume, ta frustration, ta souffrance, mais tu vas pas faire de bêtises, promis ?

T'inquiète pas, Azalée. Qihui force un petit sourire rassurant ; je ne vais pas mettre d'arsenic blanc dans leur riz, non. J'ai pas envie de passer ma vie en prison.

Tintement de la sonnette. Bruits de chaises qui raclent le sol. Le professeur de physique vient se placer devant le tableau noir.

Deux ou trois jours plus tard, Tianming est déplacé dans une autre classe par la direction de l'école, à la demande de son oncle. Qihui cherche encore à voir Tianming entre les cours et après l'école, mais le garçon sort rarement de sa salle de classe et ne quitte l'école qu'accompagné de copains, comme s'il voulait éviter de la rencontrer seul. Oui, Qihui en souffre terriblement, ça se voit dans ses yeux. Mais je ne crois pas qu'elle en veut à Tianming. Il doit subir une pression énorme, lui aussi.

Il est 9 heures et quart du soir. Il fait une chaleur lourde et gluante. La météo a annoncé de l'orage dans la nuit. Je suis assise dans ma chambre, devant la table encombrée de bouquins et de feuilles de papier. Je trace le dernier trait du dernier mot et ça y est, une autre fiche d'exercices pratiques terminée. Je pose mon stylo sur la table, m'étire en faisant craquer mes épaules. Je ne sais pas où les profs ont pu déterrer ce genre de fiches de travail. Elles sont tellement longues que je les appelle des « cache-nez ». Dans un mois et demi ce seront les examens pour l'entrée au lycée. Huit matières à préparer : chinois, maths, physique, chimie, anglais, politique, histoire et géographie. Suivant le conseil de Yang Yang je découpe mes soirées et mes week-ends en tranches d'une heure et demie, et j'établis un système de roulement qui assure une bonne répartition du temps : à chaque matière ses horaires de digestion ! Le système semble marcher parfaitement ; j'ai plus confiance en moi. D'après mes calculs j'aurai mes règles pendant la période du concours, ça pourrait être embêtant car j'ai souvent mal au ventre et au dos les premiers jours des règles. Grand-mère s'est renseignée pour moi auprès d'une gynécologue qu'elle connaît. Celle-ci lui a suggéré d'aller chercher à la pharmacie des pilules contraceptives pour moi : si j'en prends une chaque jour aussitôt après mes prochaines règles et continue jusqu'à la fin du concours, je pourrai passer mes épreuves en toute tranquillité. Un souci de moins, quoi. En me voyant bosser du matin au soir, grand-père a crainte que je n'aie un déficit de santé et me cuisine chaque jour un plat extrêmement riche en protéines. Avant-hier poisson aigre-doux, hier crevettes sautées, aujourd'hui bouillon de poulet, demain pigeons à la sauce de soja, après-demain crabes vapeur… À période d'exception, traitement exceptionnel ! Grand-père me gâte à tel point que malgré mon programme anormalement surchargé j'ai pris trois kilos en quatre semaines ! Des cachets pour dynamiser la mémoire ? Oui, pas mal de mes camarades en prennent. Mais grand-père est très méfiant à l'égard de ce genre de trucs. Il pense que c'est du pipeau. Il ne veut pas que j'essaie. Il y a tout dans la nature, me dit-il. Si on mange bien, si on a un régime équilibré, viandes, poissons, céréales, légumes et fruits, on est en forme, et quand on est en forme ; le cerveau travaille comme il faut. Grand-père a raison je crois.

Je me lève. Je suis un peu en avance ce soir, je peux me permettre quinze minutes de pause avant d'attaquer la fiche de travail de chimie. Je sors de ma chambre, traverse la salle à manger, ouvre la porte d'entrée.

Où vas-tu, Azalée ? s'enquiert mon arrière-grand-mère qui regarde la télé dans le salon. Elle a l'oreille d'un chien de chasse malgré ses quatre-vingt-dix ans, c'est incroyable.

À la boutique de grand-mère.

Je referme la porte derrière moi, descends l'escalier quatre à quatre. Je sors de l'immeuble, traverse la petite cour, pousse la grille de l'arrière-boutique. Je passe entre les cartons qui s'y entassent jusqu'au plafond, pénètre dans la boutique.

Je viens chercher une glace, dis-je à grand-mère.

Prends ce que tu veux.

C'est calme ici ce soir.

Pour le moment oui. Il y a eu beaucoup de clients tout à l'heure.

Pour combien tu as vendu aujourd'hui ?

J'ai pas encore compté mais le chiffre d'affaires doit être légèrement supérieur à celui d'hier.

Tant mieux !

Je tire du frigo une boîte de glace parfum kiwi, prends un tabouret, sors m'installer sur le trottoir, près de grand-père qui agite, sur sa chaise de bambou, son éventail en feuille de palmier.

Tu n'es pas trop fatiguée, Azalée ?

Non, ça va.

Que fait ton arrière-grand-mère ?

Elle écoute l'opéra de Pékin, comme d'habitude.

À propos, sais-tu ce que tu veux faire plus tard ?

Hmmm... Je n'en suis pas sûre mais papa pense que la carrière d'informaticien aura beaucoup d'avenir.

Yang Yang a déjà choisi les études informatiques, peut-être vaudrait-il mieux que tu fasses quelque chose d'autre... Qu'en pense ta maman ? Tu sais pas ? Hmmm... à ta place je ferais des études de médecine.

Pourquoi ?

Bah, c'est un métier noble, celui de médecin. Tu soulages des douleurs, tu sauves des vies. Tu es respectée, sollicitée, et bien payée. Dans n'importe quelle société, sous n'importe quel régime – nationaliste, communiste ou capitaliste –, tant qu'il y aura des hommes, il y aura toujours des malades, et on aura toujours besoin de médecins... Ça pourra jamais être au chômage, un docteur.

Mais j'ai peur du sang.

Tous les médecins ne sont pas chirurgiens. Il y a des branches où tu ne vois pas plus de sang que tu en vois dans la vie de tous les jours.

D'ailleurs, ajoute grand-mère de derrière son comptoir, ça aiderait beaucoup d'avoir un médecin dans la famille. Pour obtenir un rendez-vous avec un spécialiste, accéder aux meilleurs médicaments, avoir un lit quand il y a une urgence… c'est plus facile si on a des relations à l'hôpital.

J'aurai encore trois ans de lycée avant le concours pour l'entrée dans les écoles supérieures.

Je le sais. Ton grand-père et moi n'avons fait qu'une suggestion. C'est à toi de décider, le temps venu.

J'y réfléchirai.

J'avale la dernière bouchée de glace, jette la boîte vide dans la poubelle, rentre le tabouret, ressors de la boutique par la porte arrière.

Ne te couche pas trop tard, Azalée ! recommande encore grand-mère derrière moi.

Je ne me rappelle plus qui a entamé cette conversation sur les différentes manières de se suicider. On se reposait alors sur la pelouse du terrain de sports, après une course de quatre cents mètres, sous le soleil radieux du mois de mai. Le professeur était allé à son bureau pour chercher je ne sais plus quoi.

Sauter du sommet d'un grand immeuble ou d'une haute falaise, prononce un garçon, c'est le plus facile. Tu fermes les yeux et tu sautes dans le vide, voilà. Tout va si vite, tout est fini avant même que tu n'aies le temps de souffrir.

Avec ton crâne défoncé et ta cervelle répandue partout ? réplique une fille. C'est trop affreux, ça.

Vaudrait mieux peut-être, suggère une autre fille, si tu ne sais pas nager, se jeter dans une rivière. Le courant rapide t'emporte, te submerge. Tu te débats malgré toi, par instinct de survie, mais bientôt l'eau t'étouffe et t'entraîne dans les profondeurs sans laisser de trace…

Mais si ton corps gonflé échoue à des kilomètres en aval, sur un banc de sable ou de galets ? l'interrompt un autre garçon avec une moue de dégoût. Il pourrira dans la chaleur, il sera enveloppé par une armée bourdonnante de mouches vertes.

Que dites-vous des somnifères ? lance une autre élève. Tu en avales une bonne poignée avec de l'eau ou du jus d'orange ou du cola comme tu veux, tu te couches ensuite dans ton lit, tu t'endors, et tu glisses, tout doucement, dans l'au-delà.

C'est la façon qui fait le moins souffrir, acquiescent plusieurs camarades en chœur, et la plus propre.

Mais si quelqu'un te découvre avant que tu ne sois mort, objectent quelques autres camarades, tu seras conduit à l'hôpital, tu subiras un lavage d'estomac, et tu reviendras en ce monde, contre ton gré.

On évoque encore veines coupées, pistolet, couteau, bombe, poison, gaz, feu. On tombe finalement d'accord sur le fait qu'il n'existe pas de moyen parfait pour se supprimer, que chaque choix a ses avantages et inconvénients… À voir ces visages ensoleillés de jeunesse et de sourires insouciants, à entendre ces voix gaies et détendues, on dirait qu'un groupe d'immortels s'amusent à débattre des manières de mourir des mortels. Décidément, quand on est jeune, on se croit éternel. La mort, c'est pour les autres !

C'est le vendredi 28 mai 1999, après l'école. Une date que je ne pourrai plus effacer de ma mémoire.

Tu as cinq minutes, Azalée ? me demande Qihui à mi-voix.

Oui, pourquoi ?

Je ne sais pas si tu pourras garder ça pour moi.

Elle tire un carnet de son cartable, me le tend. C'est un joli carnet à la couverture rose abricot constellée de petites fleurs bleu ciel. Je pèse sur elle un regard interrogateur.

C'est quoi, ça ?

Mon journal. Je l'ai commencé il y a tout juste un an. Je ne veux pas que mes parents le voient.

Bien sûr.

Je prends le carnet, le range dans mon sac.

J'aurai seize ans demain, souffle-t-elle.

Vraiment ? Mais pourquoi tu ne me l'as pas dit plus tôt ? J'aurais aimé t'offrir un cadeau… Dis Qihui, qu'est-ce que tu veux comme cadeau ? Un dictionnaire ? Un CD ? Un T-shirt ? Ou un sac à dos comme celui de Trotteuse ? Je pourrais…

Qihui sourit.

Laisse tomber, Azalée. Ton amitié me suffit. Je veux que tu le saches, c'est tout.

Alors je te souhaite bon anniversaire.

Merci.

Il me semble que Qihui veut encore me dire quelque chose mais Trotteuse vient pour me rendre un roman.

Au revoir, Azalée ! murmure Qihui.

Au revoir !

Elle se tourne et va vers la porte, son cartable accroché à l'épaule.

Oui oui, ça me soulage de pouvoir vous en parler, ça m'aide aussi à voir plus clair. Après le suicide de Qihui on a raconté des tonnes de salades sur elle. Jusqu'à présent beaucoup pensent encore que c'est une tragédie passionnelle, une crise d'adolescence qui a mal tourné. D'autres croient qu'elle a craqué parce qu'elle travaillait moins bien qu'auparavant et qu'elle avait peur d'échouer aux examens à venir. Mais pendant que je vous parle, ça me paraît de plus en plus évident qu'elle ne s'est pas tuée pour son premier amour déçu ou à cause de la trop grande pression du concours prochain, mais pour punir ses parents. Oui, c'est ça : Qihui s'est donné la mort pour punir ses parents. Pour leur enlever leur enfant unique. Pour leur supprimer l'objet de leurs fantasmes. Pour leur broyer leur rêve de faire de leur fille un génie. Que leur reste-t-il après ça ? Rien. Sinon les cendres grises et froides de leur lamentable vanité. Ou les remords éternels et stériles qui empoisonnent leurs jours et leurs nuits, jusqu'à la fin. Pouvez-vous imaginer, tante Ketmie, une punition plus terrible que celle-là ?

Il faut que j'aille voir Tianming. Il n'est pas revenu à l'école depuis la mort de Qihui. Yang Yang m'a dit qu'il s'en veut pour ce qui s'est passé, que son état physique et psychologique n'est pas brillant. Il faut que j'aille le voir. Il faut que je lui parle. Je lui dois la vérité. La connaître lui permettra de distancier, de comprendre. L'accepter l'aidera à se déculpabiliser, à se décharger du fardeau. Quand il aura réussi à sortir de l'ombre de la tragédie, il pourra commencer à construire, je l'espère, un peu de solide sur ses vulnérabilités.

Mes examens ? Oui, je les ai réussis. J'aurais pu faire mieux mais… Dans trois ans, ce sera la grande bataille – le concours pour l'entrée en université. Il me faudra bosser plus encore pour ça. Ce sera très dur mais je l'aurai, je le sais. Seulement, je ne suis toujours pas sûre de ce que je ferai plus tard. J'hésite encore. Je pense aux études de psychologie. Mes camarades m'ont dit que je suis très sensible et hyper-observatrice. Je trouve d'ailleurs fascinants les comportements des hommes. J'aimerais pouvoir aider des gens par l'écoute et le dialogue, en particulier les jeunes et leurs parents qui ont des problèmes. Oui, je me le demande parfois. Je crois que

Qihui aurait été encore en vie si elle et ses parents avaient eu l'aide d'un bon psychothérapeute…

Oh j'ai oublié de vous le dire, tante Ketmie… Cette gamine abandonnée dont je vous ai parlé, vous vous en souvenez ? Elle a trouvé une nouvelle famille. C'est Vieux Lin qui l'a adoptée. Vieux Lin vit à Vieux Banian et tient une boutique de cerfs-volants. Je suis passée à la boutique dimanche dernier pour voir la petite. Je trouve Vieux Lin très sympa. La gamine s'est complètement rétablie de son opération et a beaucoup grandi. Elle se souvenait encore de moi et m'appela grande sœur. Elle m'a dit qu'elle était bien dans sa nouvelle famille et qu'elle irait bientôt à l'école. Au moment où je la quittais, elle m'a demandé si je reviendrais la voir, je lui ai répondu oui.

Camélia
par Vieux Lin

Nous vivons alors dans une grande maison dans le bourg Yong An, *Paix Éternelle*. Papa me dit que notre bourg est très vieux, qu'il a été conçu et construit selon l'image des trésors de travail des lettrés : une longue rue droite et dallée de pierre pour suggérer le manche du pinceau, un bassin d'eau qui fait miroiter le ciel pour évoquer la pierre d'encre dans le creux de laquelle le liquide épais ne sèche jamais, un bloc de marbre noir couché près de l'étang pour rappeler le bâtonnet d'encre solide. Et le bourg lui-même, rectangulaire et doté d'un mur de briques grises, fait penser à une large feuille de papier. Et la montagne verte à triple pics qui se dresse derrière, porte, justement, le nom de Pose-Pinceau.

Au pied du Pose-Pinceau se dresse un gigantesque banian au feuillage persistant. Papa me dit qu'il est l'arbre protecteur du bourg, et qu'il est là depuis plus de mille ans déjà. Un minuscule temple de Dieu de la Terre s'appuie contre le tronc colossal de l'arbre. Des racines aériennes ruissellent entrelacées sur son toit et ses murs, ligotent le temple de toutes parts comme pour l'étouffer. À travers une large maille du filet de racines, un rai de jour glisse dans le temple par sa porte à moitié écroulée, éclairant le sourire vague d'un vieux bonhomme. Une fissure court autour de son cou en zigzags fins ; on dirait un collier noir.

À partir du vieux banian qui domine la place du marché, la rue du Pinceau est bordée de maisons, halls des Ancêtres, temples, théâtre, restaurants, boutiques de toutes sortes… De ces dernières je me souviens surtout de l'épicerie de Hong le Cadet, de l'atelier-boutique de lanternes de grand-papa Zhang, de la boutique de tissu de oncle Jing, de la boutique de parapluies de Ma le Sixième, de la boutique des herbes médicinales de Liu le Bossu, et de *Xiangyuan*, Jardin Parfumé, une échoppe de riz fermenté que tient Camélia.

Camélia est une jeune veuve. Elle n'est pas du canton. Elle est venue en mariage au bourg. Camélia est très belle et elle le sait. Grande et mince, chignon de jais noué au-dessus de la nuque, grands yeux clairs où pétille toujours un sourire chaleureux, lèvres épanouies… quelles lèvres ! On dirait deux pétales satinés, pleins et palpitants, radieux et fragiles, qui donnent envie de toucher. Quelquefois en effet, il arrive qu'un client un peu ivre ne sache pas résister à la tentation, mais une claque retentissante appliquée à son poignet indiscret lui remet tout de suite l'esprit à l'endroit. Baigné dans une vapeur blanche mêlée d'une forte odeur d'alcool de riz sucré, le restaurant de Camélia est un charivari permanent d'interpellations, de rires, de jurons, d'allées et venues. Voyageurs de passage, colporteurs, charretiers, maçons, étameurs et cordonniers ambulants, porteurs de palanquin, courriers officiels, serviteurs de familles riches, soldats en permission, paysans des environs venus vendre leurs produits sur la place du marché… On franchit le seuil, on aspire une grosse bouffée d'odeur voluptueuse, on salue tout le monde d'un léger hochement de tête ou d'un sourire discret, on met une pièce de monnaie sur la table, on s'installe sur la banquette, et on sirote, brûlante dans un grand bol, la soupe de riz fermenté qui vous fait suer par tous les pores en été et qui vous réchauffe le corps et le cœur en hiver. Les jours de foire, les clients sont si nombreux que souvent le petit restaurant déborde sur la rue et on mange debout ou accroupis au soleil, en échangeant des signes de connivence avec des passants.

Je suis parmi les habitués les plus assidus de Camélia. Ma fidélité est due autant à ma gourmandise qu'à mon désir d'enfant de m'insinuer dans le monde des adultes. Car, dans cet endroit où les langues ne sont jamais oisives, on égrène tout. De la hausse du prix des céréales à la crue du Ruisseau au Dragon Vert, de la jambe cassée d'un pépé à la fuite d'une jeune fille avec son amant, d'une querelle chronique entre deux familles voisines aux dernières atrocités que commettent les soldats japonais dans les zones occupées... Je tâche de suivre le fil de chaque conversation, tout en savourant ma soupe à petites lampées dans mon coin. Le plus souvent je ne parviens pas à comprendre la moitié des faits divers que débitent les grandes personnes autour de moi, mais cela, au lieu de me décourager, me laisse un arrière-goût de mystère qui sollicite plus encore ma curiosité et mon imagination. Par ailleurs, Camélia ne veut jamais de mon argent : Garde ta sapèque pour un bonbon, refuse-t-elle toujours quand je la paie.

L'autre personne qui a le droit à sa soupe gratuite, c'est Jade. Elle est la quatrième femme de Wang le Sans-nez qui tient le mont-de-piété. Aux dires des autres, Wang a été un beau petit garçon. Un jour, dans une bagarre qui a éclaté entre deux bandes d'enfants rivales, le grand frère de Liu le Bossu lui a mordu le nez. La plaie s'était infectée, son nez a été rongé jusqu'à la racine. Cette mésaventure de gamin ne l'a pas empêché, néanmoins, de réussir sa vie d'homme. Héritier unique des affaires déjà très prospères de la famille et possédant un exceptionnel flair pour le gibier succulent, il a su quadrupler sa fortune en moins de dix ans. À trente ans, il avait déjà une grande maison, des coffres remplis de pièces d'argent et, malgré sa laideur à vous soulever le cœur, trois femmes d'une beauté à vous couper le souffle. Quand il a eu tourné le cap de la cinquantaine, Wang le Sans-nez a commencé à se sentir fatigué de ses épouses qui n'étaient plus fraîches, et il a acheté Jade, alors adolescente de seize ans, pour une bouchée de riz. Mais la nuit même de la noce, Jade est devenue folle. Depuis, on l'entend souvent chanter à plein gosier au milieu de la nuit ou hurler comme un cochon qu'on poignarde. Une fois, on l'a vue errer dans la rue. Tour à tour elle chantait, pleurait, riait, se parlait à elle-même, interpellait les passants, s'engueulait avec Dieu du Ciel… Quand elle passait devant le Jardin Parfumé, poursuivie par une meute de gamins enchantés, Camélia est sortie pour la faire entrer et s'asseoir à une table, puis lui a apporté un bol de soupe. Les convives, devenus soudain silencieux, regardaient avec étonnement, tandis que Jade, calmée, se mettait à manger. Jade est revenue plus tard au Jardin Parfumé à plusieurs reprises, et chaque fois, après avoir fini sa soupe, elle passe de longues minutes à rester dans son coin, immobile, son front éclairé d'une paix surprenante. Il me semble que Jade revient, non pas pour manger du riz fermenté, mais pour simplement être là, près de Camélia.

Toutes les femmes du bourg, cependant, n'aiment pas Camélia. Beaucoup disent qu'elle ne sait ni broder ni coudre ni confectionner les chaussures, que sa bouche est trop grande, que ses lèvres sont trop épaisses, qu'elle rit trop souvent et trop bruyamment, que son cou est trop long, que ses épaules sont trop larges, qu'elle a des mains trop grandes – comme celles d'une paysanne – qu'elle a des pieds trop larges – comme ceux d'un pêcheur – qu'elle porte des vestes trop serrées sur sa poitrine trop généreuse, et qu'elle roule trop ses hanches opulentes en marchant… Les langues les plus venimeuses laissent même entendre que Camélia est la cause de la mort terrifiante de son mari et qu'au pied de son lit de veuve se succèdent la nuit des chaussures masculines de différentes tailles et couleurs. Quand elles passent devant la porte de son échoppe, ces femmes lui tournent le dos en esquissant une moue de mépris du bout de lèvres. Mais si Camélia les aperçoit de derrière sa grande marmite fumante, elle les salue toujours avec autant de chaleur : Comment ça va, grande sœur Li ? ou Tu n'entres pas manger un bol de soupe, grand-maman Hu ?… Celles-ci, gênées, font semblant de ne l'avoir pas entendue et hâtent le pas. À la fête des morts, si par hasard elles voient Camélia se rendre à la tombe de feu son mari avec bâtonnets d'encens, monnaie funéraire et nourriture, elles diront le lendemain aux voisines que tout ça c'est seulement pour tromper les autres, que ses offrandes, aussi abondantes qu'elles soient, ne suffisent pas pour la protéger, que la punition céleste lui tombera dessus certainement un de ces jours… J'adore Camélia. Je ne comprends pas comment on peut la haïr à ce point. Je pose une fois la question à papa. N'y fais pas attention, me dit-il simplement, ce ne sont que des ragots. Certaines femmes ne supportent pas qu'une veuve jolie et jeune vive dans le voisinage.

Malgré sa sympathie envers Camélia, papa ne va jamais au Jardin Parfumé. Quand il a envie de son riz fermenté, il m'y envoie pour en acheter un bol. En ces moments-là, maman ne dit rien mais je sens qu'elle est mal à l'aise.

Papa est la seule personne du bourg qui sait à la fois lire, calligraphier et peindre à l'encre de Chine. On voit ses paysages dans les salons des maisons riches, ses dessins sur les lanternes les plus élégantes de grand-papa Zhang, ses calligraphies sur les enseignes des boutiques et sur les bandes de papier rouge paraffiné que nos voisins collent à leur porte d'entrée à l'approche du Nouvel An. Mais papa se distingue surtout dans la peinture sur éventail de soie. Bambous, fleurs, fruits, oiseaux, poissons, insectes, quelques coups de pinceau apparemment nonchalants suffisent pour leur insuffler vie. Il ne les vend pas toutefois, ses éventails peints, il les offre comme cadeaux à des amis ou les échange avec des amateurs de peinture contre des bâtonnets d'encre solide de grande qualité. Très amoureux de ces petits bâtons noirs, papa a réussi à en collectionner quelques centaines. Il les garde dans plusieurs coffres de bois laqué rouge et ferme les coffres avec des cadenas de bronze dont les clefs ne le quittent jamais. Chaque année, le jour du Nouvel An, après les sacrifices aux ancêtres, il me fait entrer dans sa salle de travail. Nous brûlons de l'encens, déployons une large natte de jonc sur le sol, et un grand drap propre sur la natte. Puis papa tire les clefs de sa poche, ouvre ses coffres, et, avec mille précautions, ressort ses trésors qu'il étale sur le drap. Il y en a de toutes les formes et de toutes les tailles. Certains sont ornés de vers ou de dessins en couleur. Papa s'accorde d'abord un long moment de méditation contemplative, caresse de regard chacune de ses encres. Il se verse ensuite un verre d'alcool de riz qu'il boit en leur honneur. Elles lui sont si précieuses qu'il ne se lasse jamais de les regarder. Ni d'en parler. Tu vois ce bâtonnet, là, il est fait de noir de fumée de pin et donne un noir mat très foncé. Excellent pour peindre les ombres ténébreuses sous les rochers ou les feuillages sombres des arbres persistants. Et cet autre, là, il est fait de noir de fumée d'huile. D'où son éclat brillant. Superbe pour peindre un paysage sous la pluie. Et meilleur que la variété de fumée de pin pour la calligraphie… Fais toujours attention à la qualité de l'encre que tu utilises… Comment savoir si c'est une bonne ? À l'œil et à l'oreille. Une bonne encre a un lustre particulier, ne dégage pas de bulles, est tout à fait fluide une fois délayée dans l'eau. Elle permet au pinceau de glisser librement sur le papier, et son éclat met en valeur les touches. Prends ce bâtonnet qui se trouve près de ta main droite. Frappe-le doucement contre la pierre à encre. Oui oui, comme ça, et écoute… Il a un son clair. Maintenant, prends un autre bâtonnet. Non non, celui qui porte un vers de Du Fu. Frappe et écoute. Ne donne-t-il pas un son cristallin ? Si une encre a une couleur gris terne et une sonorité sourde, ou bien elle n'est pas faite de matière pure ou bien elle contient trop de colle. Méfie-toi, une mauvaise encre de ce genre peut dévaloriser le travail de l'artiste… Oui oui, les bâtonnets de bonne qualité se gardent très bien. Il y a des gens qui les gardent jusqu'à dix ou vingt ans avant de les utiliser. Pourquoi ? Eh bien, l'encre aussi a besoin de temps pour mûrir. Son ancienneté donne de la dignité aux touches, comme la maturité son goût au vin, et l'âge la sagesse aux hommes. Lequel de ces bâtonnets est le plus vieux ? Tu devines… Non, pas celui-ci… Non non, celui-là non plus… Tu y renonces ? Non ? Alors, continue… Voilà, tu l'as trouvé ! C'est bien ce petit bout cassé. Il est au moins dix fois séculaire. Mais toujours aussi noir, toujours aussi brillant. Une vraie antiquité, quoi. Tu vois ces traces, ici, sur le bâtonnet ? On dirait qu'elles ont été laissées par des dents d'enfant. Selon mon père, c'est Lin Yu qui l'a croqué. Qui est Lin Yu ? L'arrière-grand-père de l'arrière-grand-père de mon arrière-grand-père. A-t-il eu mal au ventre après avoir bouffé de l'encre ? Hahaha… Peut-être que oui. De toute façon ça ne peut pas être un délice. Mais d'après mon père, si Lin Yu s'est révélé plus tard un génie en poésie de son temps, c'est justement à cause de cette encre magique qu'il avait avalée !

Je ne sais pas si papa voulait en secret faire de moi un génie en littérature, en calligraphie et en peinture, mais il a entrepris de m'y initier très tôt, dès que j'ai eu trois ans. D'abord il m'a fait apprendre par cœur les poèmes de l'époque des Tang et de l'époque des Song. Il y en a plusieurs centaines. Un peu plus tard, il s'est appliqué à m'apprendre à fabriquer de l'encre liquide et à manier le pinceau. Maître exigeant, il n'hésite jamais à se servir de sa férule de bambou qu'il expose sur sa table, pour que je la voie. Quand je débite les poèmes que papa m'a enseignés, il me faut prononcer clairement et correctement chaque mot et sans la moindre hésitation, de la première ligne à la dernière. Toute défaillance, aussi minime soit-elle, me vaudra un coup de férule bien solide. Quand je prépare de l'encre, je dois d'abord m'assurer que la pierre à encre est bien propre, débarrassée de tout résidu séché de la veille et de toute poussière. Il me faut ensuite mettre de l'eau dans le creux de la pierre, mais pas trop, de peur que le bâtonnet ne soit ramolli. Puis je dois tenir le bâtonnet de façon verticale, l'appuyer avec force contre la pierre et lui imprimer un mouvement circulaire, régulier et lent, afin d'obtenir une encre sans bulle, sans débris et homogène. Mais attention ! il ne faut pas que le liquide soit trop concentré – ce qui agglutinerait les poils du pinceau et ferait produire des traits figés et sans grâce –, ni trop dilué – ce qui se disperserait dans tous les sens une fois appliqué sur le papier et donnerait des traits mous et sans vigueur. Quand j'écris, je dois me tenir droit sur mon siège sans dossier, mes pieds un peu écartés posés à plat sur le sol, ma main gauche légèrement appuyée sur le papier, mon pinceau verticalement et fermement tenu dans ma main droite. Il me faut de plus garder le poignet droit constamment suspendu pour conserver une certaine marge de manœuvre. Un caractère par jour, écrit et ré-écrit dix, vingt, cinquante, cent fois… jusqu'à ce que papa juge satisfaisant le tracé de chaque trait et la composition de l'idéogramme. Si tu veux un jour apprendre à peindre à l'encre de Chine, m'explique-t-il, tu dois savoir d'abord calligraphier. On ne pourra jamais être un bon peintre sans avoir compris le secret de l'usage du pinceau et sans avoir connu les principes du rythme et de la structuration dans la calligraphie.

Outre les encres, papa a une autre passion : le thé. Il en est un grand buveur, mais il ne boit que celui qu'il a traité lui-même. Tous les ans, quand le printemps revient, papa sort avant le lever du soleil un panier de bambou au bout du bras. Pour se dérouiller les articulations, selon sa propre expression. Il rentre plus tard, après que j'ai terminé mon petit déjeuner, ses chaussures et les jambes de son pantalon trempées de boue et de rosée, son panier débordant de petites feuilles pointues et cirées d'un beau vert tendre. Il vide le panier sur une natte de bambou étendue à l'ombre à même le sol, étale dessus sa cueillette. Quand quelques heures plus tard, les feuilles un peu flétries ont perdu leur éclat, papa les rassemble dans un tamis de bambou et les secoue doucement durant une trentaine de minutes. Puis il les laisse se reposer une heure environ, les secoue à nouveau, les laisse reposer encore, et les secoue toujours… Jusqu'à ce que les feuilles deviennent toutes molles au toucher, et que la couleur de leur bord et de leur pointe vire du vert jaune au rouge. Mmmm, comme ça sent bon, dit alors papa en tendant le tamis sous mon nez. C'est ma grand-mère qui a découvert cette méthode. Comment ? Bah, elle a remarqué qu'après avoir été ballottée dans la hotte sur la route, sa cueillette légèrement fermentée donne à l'infusion une belle couleur dorée et un parfum plus fort que le thé vert… Papa entre ensuite dans la cuisine, décroche du mur son torréfacteur de fer fondu qu'il chauffe à feu vif, y verse ses feuilles de thé, les cuit pendant deux ou trois minutes en les remuant constamment à mains nues. Lorsque les feuilles deviennent un peu collantes et commencent à répandre une odeur agréable, papa les retire du torréfacteur, les pétrit et les roule entre les mains pendant qu'elles sont chaudes. Il les remet ensuite dans le torréfacteur, et, au bout de quelques instants, les retire du feu à nouveau pour les pétrir et les rouler, cette fois dans une serviette de coton. Puis, après les avoir séchées à feu doux, il les enveloppe dans du kraft et range le paquet dans un pot de terre cuite à moitié rempli de chaux vive. Pourquoi la chaux vive ? Eh bien, ça tient le thé sec et frais, et ça le fait mûrir.

Un après-midi, papa descend dans le salon après la sieste et me demande si je veux faire une partie d'échecs avec lui. Mais bien sûr ! Je sors rapidement le plateau et les pièces. Mais je n'ai pas encore mis toutes les pièces sur l'échiquier que Camélia entre dans le salon. Elle vient voir papa. Elle a reçu une lettre mais elle ne sait pas lire. Papa la fait asseoir, puis me dit d'aller chercher sa théière et deux tasses dans la cuisine. En sortant du salon, je surprends maman en train d'écouter derrière la porte. Elle rougit à ma vue, bredouille une excuse, remonte hâtivement dans la chambre. Maman non plus, me dis-je, n'aime pas Camélia.

1942, j'ai dix ans. Mes cousins viennent du village Chen pour la fête des lanternes. C'est le quinzième jour de la première lune. Papa offre une lanterne à chaque enfant. La mienne est rouge, en forme de carpe. Pour le dîner maman a préparé des boulettes de riz gluant, farcies de fleurs d'osmanthe confites. C'est ma gourmandise, ça. Je m'en gave jusqu'à l'écœurement.

La nuit tombe. Papa et maman boivent du thé dans le salon. Je vais dans la cuisine, attrape un bâton de sapin, sors dans la rue avec mes cousins.

Quelle merveille ! Le bourg entier est éclairé par mille lanternes. Rondes, ovales, cubiques, hexagonales, cylindriques… en forme de fruits, de poissons, de canards, de vases, de bols, de pagodes, de bateaux, avec ou sans frange… elles se balancent le long des rues, sur la place du marché, dans les squares du théâtre en plein air, à la porte des temples et des halls des ancêtres, devant les maisons et les boutiques. Beaucoup de lanternes sont dessinées. On voit fleurs, bambous, dragon, phénix, paysages, héros mythiques, calligraphies… Un vrai régal pour les yeux. Nous allons d'une lanterne à l'autre. Nous nous arrêtons sous celles qui portent une devinette. Quand nous parvenons, en conjuguant nos efforts, à en découvrir la réponse, la maîtresse de la maison ou le patron de la boutique nous donne à chacun un bonbon ou un petit gâteau. Je suis très fort à ce genre de jeux et nous avons bientôt une belle récolte. Puis, les joues gonflées de friandises et de joie, nous courons hors du bourg par la Porte du Sud.

Une foule de spectateurs endimanchés y grouille déjà, sur la route de terre battue qu'éclaire la pleine lune. J'aperçois Camélia. Je lui adresse un sourire mais elle ne m'a pas vu. Ses yeux rêveurs sont rivés sur quelqu'un qui est un peu à l'écart de la foule. Papa. Pourquoi le regarde-t-elle ainsi ?… Ou c'est moi qui me trompe ? Peut-être regarde-t-elle le jeune homme de grande taille qui se trouve juste derrière papa. Peut-être ne regarde-t-elle personne. Quand on rêve, on est emporté dans un autre monde, on peut fixer les yeux sur quiconque ou sur quoi que ce soit sans rien voir que les images de son propre songe.

Une tempête d'acclamations me fait tourner la tête. J'ai déjà oublié Camélia et papa. Les gens avancent vers le milieu de la route, se bousculent pour se mettre devant les autres. En me faufilant dans la foule je perds mes cousins et une chaussure mais réussis à me placer sur le passage du cortège qui approche. La danse au brasero ! C'est un mime comique de la cérémonie du mariage. Deux hommes déguisés en parents du nouveau marié dirigent la procession, portant le *feu du bonheur* dans un brasero fixé sur un support de bambou. Le visage peint, et vêtus l'un de satin violet et l'autre de satin bleu foncé, ils dansent, chantent, agitent leurs grands éventails en feuille de palmier, distribuent çà et là des clins d'œil, taquinent les spectateurs qui rient de toutes leurs dents. Derrière eux vient la nouvelle mariée, ou plus exactement, un autre homme dans le costume de la nouvelle mariée. Tête cachée sous un morceau de soie rouge, veste et pantalon de soie rouge, chaussures brodées de fleurs, aussi en soie rouge. Tout en roulant exagérément ses hanches, l'acteur fait une mimique de chagrin et de désespoir qui ne cesse de susciter des éclats de rire. Il y a encore l'entremetteuse du mariage, qui, se tortillant et chantonnant, jette de temps en temps une poignée de gros sel et de son dans le brasero. Crépitement joyeux, fumée blanche, mêlés de quolibets qui jaillissent de toutes parts comme des pétards.

Lorsque le bûcher ambulant passe devant moi, j'y allume mon bâton de sapin. Puis, en tenant très haut ma torche pour montrer à tout le monde que j'ai réussi à voler une part du feu porte-bonheur, je retourne dans le bourg que je parcours en tous sens, un pied nu. Quand j'arrive près de l'étang, un grand garçon que je n'ai jamais vu surgit de derrière le bloc de marbre noir. Il s'empare de mon flambeau, le jette par terre, le piétine.

Pétrifié de surprise et de terreur, je le regarde faire sans voix.

Longtemps après, en rêve, je revois encore le pied grotesque qui piétine, ma torche éteinte couchée sur les dalles froides, et une main d'enfant qui se tend vers la torche, frêle et tremblante.

Quelques mois plus tard, un matin, tous les habitants du bourg sont réveillés par un grand vacarme inhabituel. Ce sont les pas des réfugiés. Ils déferlent par centaines, en vagues successives. À toute vitesse, mes parents ferment toutes les fenêtres et verrouillent la porte d'entrée contre laquelle ils entassent quelques meubles lourds. Tandis que moi, je colle l'œil sur la fente entre les battants de la fenêtre dans ma chambre à l'étage, et regarde le spectacle de l'exode. Je suis à la fois fasciné et horrifié.

Du lever au coucher du soleil, les réfugiés fuyant vers l'ouest défilent sans interruption devant notre maison. La tête cachée sous un chapeau de feuilles de bambou et les pieds dans des chaussures agonisantes, un homme pousse une brouette chargée de tous les biens de sa famille : une marmite en fer, quelques bols empilés dans un panier, un sac de chanvre ficelé, deux balluchons enveloppés dans des draps rapiécés, une vieille pendule en bois – le temps ! il emporte même le temps avec lui. Près de lui marche sa femme aux lèvres sèches et craquelées, un bébé attaché sur le dos. Elle soutient une mémé trottinant avec peine sur ses petits pieds bandés, suivie d'un adolescent qui traîne derrière lui ses quatre jeunes frères et sœurs. Sur le perron de l'épicerie fermée de Hong le Cadet, de l'autre côté de la rue, est assis un vieillard cassé en deux. Il paraît avoir des difficultés à respirer. Plus loin, sous l'avant-toit de la boutique close d'herbes médicinales de Liu le Bossu, deux fillettes pleurent en secouant les bras de leur mère étendue dans la poussière. Est-elle morte ? Des gens les dépassent, absorbés et muets, sans même lever les yeux…

Le lendemain avant l'aube, maman me réveille. Elle étend un grand drap sur le lit et pêle-mêle, y amoncelle linge, vêtements, son coffret à bijoux enveloppé dans une écharpe. Elle retire ensuite une bourse du fond de l'armoire, la vide sur la table et, une à une, glisse les pièces d'argent à l'intérieur d'une ceinture de toile qu'elle attache ensuite à ma taille, contre ma peau. Puis elle bourre mon sac d'écolier de galettes qu'elle a préparées dans la nuit et me dit de le porter en bandoulière. Je m'inquiète de ne pas voir papa et passe dans sa salle de travail. Il est là, mon instinct ne m'a pas trompé, debout devant ses coffres ouverts. Il lui est impossible d'emporter tous ses trésors noirs, mais ça lui déchire le cœur de s'en séparer ne serait-ce que d'un seul. Je n'ai jamais vu quelqu'un dans une détresse pareille, et je me mets à sangloter. Papa se retourne, prend mon visage dans ses mains. Allons, jeune homme, tu viens m'aider n'est-ce pas ? Voilà. Mets ça sur la table. Celui-ci aussi… Ses gestes sont nerveux, saccadés. Il prend une encre, réfléchit un instant, la remet dans le coffre avec un soupir, prend une autre, la caresse, la remet dans le coffre puis la reprend encore… Finalement, il noue les quatre coins d'un fichu sur sa pierre à encre couleur foie de bœuf, son pot à pinceau en jade brun pâle, son pose-pinceau en émail cloisonné, cinq vieux livres brochés à la ficelle de coton, trois pinceaux et une cinquantaine de bâtonnets d'encre, dont le petit bout cassé. Il roule ensuite le paquet dans une couverture qu'il ficelle avec une corde, puis attache le tout sur son dos. Les coffres refermés à clef, repoussés dans un coin de la salle et dissimulés sous un drap usé, nous rejoignons maman dans le salon. Nous brûlons encore de l'encens sur l'autel des ancêtres, sollicitant leur protection durant notre exil, avant de franchir et refranchir trois fois le seuil de la maison, geste symbolique qui signifie que nous reviendrons bientôt. Puis, un gros cadenas de bronze accroché sur la porte, nous nous mêlons à la cohue des réfugiés.

Au bout de deux ou trois jours de marche, il ne reste plus que des miettes au fond de notre sac à vivres. Dans les villages jalonnant la route, nous frappons à toutes les portes que nous rencontrons, en vain. Barricadés derrière leurs battants fermés et leur peur, les habitants se tiennent sourds à nos supplications. Autour de nous, des gens affamés commencent à bouffer des herbes. Une femme fourre des feuilles d'épinards sauvages dans sa bouche, mastique longuement, puis essaie de faire avaler la mâchée verte à son bébé qui la recrache aussitôt, secouant la tête, pleurant et toussant.

Je suis épuisé. La faim me tenaille sans relâche. J'ai mal partout. À la tête, aux épaules, au dos, aux jambes, aux pieds. Des ampoules aux plantes de mes pieds ont crevé et chaque pas devient un supplice. Sur la route, près de moi, un vieillard s'affaisse subitement. Il est mort.

Je n'en peux plus, pleuré-je en me laissant tomber dans la poussière. Je n'ai plus de force.

Papa pose son balluchon par terre, s'accroupit devant moi.

Viens, dit-il d'une voix tendre mais ferme. Un grand garçon ne pleure jamais.

Docilement, j'essuie mes larmes d'un revers de la main, jette mes bras autour de son cou et grimpe sur son dos. Il se relève, sort de la colonne des réfugiés qui poursuit toujours son lent cheminement vers l'ouest, et s'engage dans un sentier qui se tord comme un gros serpent à travers les hautes herbes.

Maman ramasse le balluchon et nous suit en boitillant.

Le sentier longe un petit cours d'eau pour se dérouler vers une chaîne de montagnes qui se dressent à l'horizon lointain. Il contourne une colline rayée de rangs serrés de théiers, puis quitte le cours d'eau pour s'enfoncer sous l'ombre humide des bambous géants. Nous nous arrêtons un moment pour reprendre souffle. Papa brise une nouvelle pousse, enlève avec son canif les couches superposées et duveteuses de la carapace, en croque le cœur.

Pas mal, dit-il en me tendant le reste.

J'en mange une grande bouchée. Ce n'est pas délicieux je l'avoue, mais quand on n'a rien eu à se mettre sous la dent depuis la veille, on ne peut pas être difficile.

Après avoir englouti deux pousses de bambou, je retrouve mes jambes et nous nous remettons en route. Plus le sentier s'enfonce dans la profondeur verte, plus il devient glissant. De temps en temps, agitées par un souffle léger, les énormes tiges des bambous se frottent les unes contre les autres, produisant un continuel craquement plaintif qui me fait tressaillir. Je me demande quel concert terrifiant ces orgues pourraient donner dans une nuit d'hiver ou au milieu d'une tempête. Au bout d'une longue marche nous ressortons enfin au soleil pour découvrir un champ de lantanas à la floraison magnifique et un groupe de maisons paysannes entourées de bananiers et d'orangers. Des potagers et de petits étangs s'étendent en contre-bas, jusqu'au bord d'une rivière claire et peu profonde qui roule au fond de la vallée, sur un lit de sable, d'algues et de cailloux. De l'autre côté du courant rapide, on aperçoit des rizières verdoyantes en terrasses, des champs de patates douces, de maïs et de soja, une pente recouverte de fougères parmi lesquelles émerge ici et là l'échine noire d'une grosse pierre, et plus loin, une haute montagne coiffée d'une épaisse forêt de sapins.

Je pense qu'on peut rester ici quelque temps, suggère papa en posant son ballot sur le sol. Nous pouvons acheter de quoi manger aux paysans et dresser une cabane là-bas, au pied de la montagne. Si jamais les Japonais s'aventurent jusqu'ici, cette forêt de sapins sera notre meilleur abri.

Nous y restons donc.

Le hameau a un joli nom, Jinggu, *Riz d'Or*. La rivière s'appelle Zhuxi, *Ruisseau aux Bambous*, et la montagne, Fengming, *Chant du Phénix*.

Quelques jours plus tard, nous nous voyons rejoints par des familles entières du bourg : Hong le Cadet, Ma le Sixième, Wang le Sans-nez, grand-papa Zhang, oncle Jing, Liu le Bossu… et Camélia !

Les paysans du Riz d'Or nous prêtent des outils pour débroussailler une partie de la pente étendue à la base du Chant du Phénix. Ils nous apportent aussi des perches de bambou, des bottes de roseaux, et nous aident à échafauder nos huttes. Mais malgré leur hospitalité et leur générosité, la vie au camp des réfugiés est loin d'être facile. Le riz coûte les yeux de la tête. Pas question de se permettre ce luxe tous les jours. Puis, très vite, dans la soupe qui mijote sur le feu, il n'y a plus que des petits cubes de patates douces de l'année précédente. Plus tard, lorsque les patates douces commencent à se faire rares, nous devons aller dans le bois chercher des plantes sauvages comestibles dont nous faisons un potage, mélangées avec de la farine de maïs. Celles qui apparaissent le plus souvent dans le bol sont celles qu'on appelle *dents-de-cheval*. Racines blanches, tige pourpre, petites feuilles charnues vert foncé, goût de terre acide. Si tu en goûtes une fois par an pour changer, c'est très mangeable. Mais quand tu dois en bouffer deux fois par jour et sept jours par semaine, seule l'odeur suffit pour te mettre la tête et l'estomac à l'envers.

Combien de temps l'exil va-t-il durer ? s'interrogent les réfugiés. Ma le Sixième et Wang le Sans-nez pensent que tout devrait redevenir normal après l'hiver prochain, s'appuyant sur la prédiction rassurante d'un diseur de bonne aventure qu'ils ont croisé dans la colonne de l'exode. Mais Hong le Cadet, oncle Jing et Liu le Bossu donnent un pronostic moins rose. Pour eux, ça pourrait durer bien plus longtemps, deux voire trois années. Un jour, une discussion un peu vive éclate entre les deux camps. À la fin on doit séparer oncle Jing de Wang le Sans-nez pour éviter une bagarre imminente. Comme grand-papa Zhang est le plus âgé de tous, on le prend comme arbitre. Il me demande alors d'enlever une chaussure et de la jeter le plus loin possible. Les optimistes parient sur l'empeigne et les pessimistes, sur la semelle. Conscient de l'importance suprême de mon geste, j'ôte solennellement ma chaussure gauche qui me paraît moins usée et plus propre que l'autre. Puis, en la tenant de façon qu'elle ait le plus de chance de retomber le dessus en l'air, je la lance de toutes mes forces. Suivie du regard anxieux de tout le monde, ma chaussure de toile noire dessine une élégante courbe sous le soleil radieux, avant d'atterrir lourdement sur le sentier en contre-bas. Nous y accourons. Elle a atterri sur un énorme tas de bouse fraîche. Le dessous tourné vers le ciel.

Tous les fronts se plissent.

Notre infortune ne va pas se terminer bientôt, alors, soupire grand-papa Zhang.

Je ressens une profonde culpabilité.

Le soleil décline. Arrosé de ses lumières, la petite rivière du Ruisseau aux Bambous n'est plus qu'un large ruban de scintillements rouge orangé.

Au lieu de retourner au camp des réfugiés que doit imprégner à cette heure-ci l'odeur nauséabonde du potage aux dents-de-cheval, je descends à la berge. J'y brise des touffes de roseaux avec lesquelles je me fabrique une couchette douillette et m'y allonge.

Les mains croisées sous le crâne et les paupières fermées, je tente de capter un peu de réconfort dans le tendre silence du crépuscule, murmures de la rivière, chants des insectes, appels des oies sauvages qui traversent le ciel, froissements d'ailes des poules d'eau qui retournent à leurs nids, frôlements de la brise dans les branches. De temps en temps je passe la langue sur mes lèvres comme je le faisais si souvent avant l'exil, en quittant le Jardin Parfumé, pour retrouver un brin du goût du riz fermenté… Soudain, je sens quelque chose pénétrer dans ma narine. Aaaa… tchoum ! J'ouvre les yeux et vois à travers l'entrelacs des feuilles oscillantes des roseaux un sourire familier penché sur moi.

Viens, j'ai une surprise pour toi, me dit Camélia sur un ton mystérieux.

Elle m'emmène dans sa hutte. Il y a près du fourneau de fortune un gros galet rond et plat, et au centre du galet, un bol couvert d'un panier de bambou.

Ôte-le, dit-elle en désignant le panier.

Je l'enlève. Le bol est rempli de coquilles spiralées, grosses comme un doigt, d'une couleur vert sombre.

Tianluos !

Je les ai ramassées dans un étang de lotus en amont de la rivière. Elles ne sont pas énormes, mais c'est de la bonne viande. Tiens, j'ai taillé des cure-dents pour les manger, prends-en un. Dommage que je n'aie pas trouvé de pérille pourpre et de piment rouge pour la sauce, ce serait bien meilleur…

Ces escargots de rizières, cuits dans l'eau puisée au Ruisseau aux Bambous, sans sel, sans pérille pourpre, sans piment rouge, sont pourtant, avec un insaisissable arôme de vasière, les plus appétissants que j'aie jamais goûtés de ma vie.

Quand la dernière tianluo a glissé dans ma gorge, je demande à Camélia si je pourrai l'accompagner dans ses futures pêches.

Bien sûr, sourit-elle.

À partir de ce jour-là, je la suis partout où elle va, ramassant des coquillages, attrapant des grenouilles, dénichant des oiseaux, cherchant les *herbes des immortels* pour faire de la gelée noire ou déterrant des tubercules d'ignames sauvages qui peuvent rivaliser de goût avec les patates douces. Nous enfumons aussi des guêpiers avec des branches sèches de sapin. Après que les guêpes adultes ont été chassées par la fumée, nous emportons leurs nids. Nous les vidons ensuite de leurs larves succulentes que nous croquons crues, une à une…

Un jour, Camélia me demande si je veux manger du poulet.

Quoi ? Du poulet ? Tu rêves ?

Eh bien, ce n'est pas exactement du poulet, sourit-elle, mais une sorte d'oiseau qu'on appelle *poule de montagne*. Sa viande est plus fine et a plus de goût que le poulet. Si tu la recouvres d'une couche de vase puis la rôtis au feu, mmmm… tu ne peux pas imaginer !

Allons-y, alors !

Nous nous engageons dans un vallon, marchons longtemps le long de la course chantante d'un ruisseau, puis escaladons une pente raide, descendons dans une sorte de ravin où ne poussent que des buissons. Nous rampons ensuite à quatre pattes sous le filet de rameaux entremêlés vers un gros rocher tapissé de lierre. Une tribu de poules de montagne perche sur le dos du rocher, clignant des yeux, battant des ailes, lissant leurs plumes, s'aiguisant le bec, bavardant, tournant et retournant la tête… Camélia rassemble un tas de cailloux.

Quand je lance, me dit-elle, tu cries le plus fort possible.

Camélia se dresse, jette une poignée de cailloux sur le versant sud du ravin, tandis que je crie à tue-tête. Les oiseaux s'envolent vers le versant nord dans un bruit de battements d'ailes affolés. Mais à peine se sont-ils posés qu'une averse de galets s'abat sur eux, toujours accompagnée de mes cris épouvantables. Effrayés, les oiseaux s'enfuient de nouveau vers le versant opposé, mais ils sont tout de suite forcés de reprendre le vol par une autre pluie de pierres… Le rabattage dure assez longtemps et ma voix commence à s'enrouer. Finalement, trois poules de montagne, les plus grasses sans doute, tombent d'épuisement au fond du ravin. Camélia m'en donne deux.

Apporte ça à tes parents, dit-elle. J'ai vu ton papa hier. Il n'avait pas bonne mine. Un peu de viande lui fera du bien. Mais surtout ne leur dis pas que tu les as attrapées avec moi.

Pourquoi ?

Ta maman n'aimerait pas que tu sois souvent avec moi.

Pourquoi ?

Camélia s'impatiente :

Mais pourquoi as-tu tant de pourquoi ?

Je plante mes yeux dans les siens :

Tu aimes papa ?

Elle plaque sa paume sur ma bouche.

Faut pas dire ça, souffle-t-elle à mon oreille. Gare à Dieu du Ciel ! Il voit tout, il entend tout. Comment oserais-je rêver d'un tel amour ? Je ne le mériterais pas.

J'écarte sa main. J'étouffais là-dedans. Mais effrayé par la soudaine pâleur de son visage, je n'ose pas demander pourquoi cette fois-ci.

C'est un beau matin de fin d'été. Camélia et moi nous suivons une piste sinueuse qui gravit le flanc abrupt de la montagne. La piste débouche plus tard sur une petite clairière hérissée de myrtes roses hauts de un à deux mètres. Ces arbustes aux feuilles ovales à triples veines saillantes et aux tendrons emmitouflés de duvet blanc sont alors chargés de grappes de petits fruits savoureux. On dirait de minuscules vases ventrus rouge sombre. Nous ne cueillons que les presque noirs, et nous nous en bouffons jusqu'à ce que nous ne puissions plus marcher. Camélia part d'un fou rire en pointant du doigt mes lèvres.

Comme tes lèvres sont laides !

Mais les tiennes aussi ! lui dis-je, elles sont toutes violettes, affreuses.

Et nous nous regardons, et nous rions jusqu'aux larmes, et nous nous écroulons dans l'herbe, en nous tenant les côtes. Puis, un peu calmés, nous nous allongeons sur le dos.

T'as vécu dans les montagnes ? lui demande-je.

Oui, quand j'étais petite…

Sa mère est morte quand elle avait six ans. Son père s'est remarié peu après mais sa nouvelle épouse n'aimait pas les enfants du premier lit. Son père les a donc envoyées, sa petite sœur et elle, chez leurs grands-parents maternels. Ses grands-parents vivaient dans les montagnes. Ils étaient petits propriétaires terriens et ils adoraient leurs petites-filles. Camélia était bien chez eux. N'ayant pas la patience nécessaire pour les travaux de broderie et de couture, elle préférait courir dans les bois et les champs avec les garçons. Cette période de grand air et de liberté a été la plus heureuse de sa vie. Mais l'année où Camélia atteignit quatorze ans, son père l'a fait revenir à la maison pour qu'elle s'occupe de ses trois jeunes demi-frères, de la lessive, de la cuisine, du ménage, et de sa belle-mère qui était de nouveau enceinte. Elle a été fiancée au second fils du voisin à l'âge de quinze ans ; mais juste avant la noce celui-ci a succombé à une fièvre violente, et un an plus tard elle a été mariée au patron de la boutique du riz fermenté au bourg de la Paix Éternelle. Un après-midi, son mari et elle revenaient de la foire du bourg des Cent Fils. Surpris à mi-chemin par un orage, ils se sont réfugiés dans la gueule béante d'un temple en ruine. Six ou sept personnes s'y abritaient déjà. Camélia n'avait jamais vu une tempête pareille. Le vent vociférait comme un démon. La pluie giflait le temple avec rage. Les éclairs étincelants déchiraient le ciel sombre tels des fouets de feu. Le tonnerre roulait en vibrant, à ras de terre. Des tuiles couraient sur le toit. Trois eucalyptus dont la cime trouait les nuages bas et lourds faisaient la faux dans les bourrasques. Une boule de feu a surgi de nulle part, dévalé le tronc d'argent de l'eucalyptus du milieu. Orange et légère, la boule roulait, voltigeait, courait en ricochant, sautillait autour d'une branche cassée, s'immobilisait, puis reprenait sa danse infernale… On dirait qu'elle était maniée par une baguette de magicien invisible. Les gens se serraient au fond du temple, transis d'une terreur sans nom.

Qui parmi nous a commis une faute ? a interrogé tout à coup une voix tremblante. Dieu du Ciel veut régler son compte au méchant. Il envoie la foudre.

Faut que le coupable sorte, a commandé une autre voix, péremptoire. Sinon nous serons tous morts !

Camélia a senti un froid fulgurant monter de la plante de ses pieds pour se tapir dans le creux de son ventre, comme une boule de glace. Elle entendait ses dents claquer. Elle se serrait plus fort contre son mari, mais un bras puissant l'a poussée violemment dans le dos. Elle est tombée à genoux, face à la porte. Je n'ai rien fait ! Mais son cri s'est noyé dans un grondement de tonnerre qui explosait en même temps. Elle a essayé de se relever, mais un terrible coup de pied au cul l'a envoyée au dehors. Elle a vu la boule de feu bondir vers elle comme un gros ballon orange. Elle a poussé un cri et s'est évanouie. Quand elle a repris conscience, trempée jusqu'aux os, du vieux temple il ne restait plus qu'un amoncellement de briques et de poutres calcinées. Elle s'est jetée dessus et s'est mise à creuser en hurlant le nom de son mari, jusqu'à ce que ses doigts se recouvrent de boue et de sang. Elle ne comprenait pas pourquoi son mari ne l'avait pas défendue. Ni pourquoi il n'était pas sorti pour lui porter secours. Sinon il n'aurait pas été enseveli vivant sous la bâtisse foudroyée.

Camélia a découvert peu après qu'elle était enceinte. Cela la ressuscitait : au moins elle n'était plus toute seule. Grâce à cette nouvelle vie qui se développait en elle, elle retrouva sa joie de vivre à l'ombre de la mort de son mari. Le sourire ensoleillait à nouveau son visage, surtout depuis que le bébé commençait à bouger dans son ventre de plus en plus arrondi. La nuit, à la lueur jaunâtre de la lampe à pétrole, elle passait des heures à dialoguer avec lui, par les mains. Battements d'ailes de papillon. Mouvements plus distincts qui ressemblaient à des gestes du bras qui se lève. Coups de pied. Bosses vivantes qui se gonflaient sous la peau lisse et tendue, disparaissaient pour réapparaître à d'autres endroits. Elle sortait de vieux draps et rassemblait des habits usés, y découpait des langes qu'elle empilait soigneusement dans un grand panier de bambou. Elle qui avait tant détesté les aiguilles dans son adolescence se mit soudain à confectionner de petits pantalons, vestes, chaussures et bérets. Elle se découvrait avec surprise un talent de couturière. Bientôt, ce serait le printemps. L'avenir brillait, plein de projets et de promesses. Le soleil, la naissance, le bébé qui téterait son lait et son amour, pleurerait, rirait, gazouillerait. Tout allait être merveilleux. Dans quelque temps, elle serait mère. Elle regarderait son enfant apprendre à marcher, à parler, grandir.

Mais quelques mois plus tard, au bout d'un accouchement interminable qui faillit la tuer, Camélia a mis au monde un petit garçon mort. Son rêve et son cœur ont été brisés en mille morceaux. Elle avait alors dix-neuf ans. Elle a brûlé les langes, les petits vêtements et les petites chaussures brodées. Elle ne toucherait plus jamais une aiguille. Pour lui prendre la maison et la boutique que lui avait laissées feu son mari, les frères de celui-ci ont tenté de vendre la veuve. Cinq fois ! Mais tous les acheteurs potentiels ont reculé devant sa réputation de traîner la malédiction à son pied et de l'éclabousser sur ses proches comme un météore noir.

Ils m'auraient donnée, conclut Camélia avec un petit sourire amer, personne n'aurait osé me prendre.

Je me tourne alors vers elle, et d'une voix nouée d'émotion, je lui déclare que je l'épouserai quand j'aurai vingt ans.

M'épouser ? Toi ?

Elle reste un instant bouche bée, puis laisse échapper un fou rire.

Frustré, je lui crie :

Mais je suis sérieux !

Elle s'arrête de rire et me demande en s'essuyant les yeux avec sa manche :

Tu as quel âge, mon jeune homme ?

Dix ans !

Tu pourrais être mon fils.

Mais dans dix ans…

Elle m'a coupé par une autre crise de rire :

… moi j'en aurai trente-huit, déjà une vieille femme pour toi !

Je me sens blessé. Plus âgé j'aurais compris. J'aurais vu toute la dureté de sa vie, tout ce que cachait son rire. Je pourrais être son fils. Elle n'a plus de fils. Elle n'a plus de mari. Elle n'a plus personne. Mais je suis un gamin. Je suis bien trop jeune pour comprendre tout ça. Pour punir Camélia, je me lève d'un bond et repars en courant. Elle m'appelle. Elle m'implore de revenir. Mais je ne regarde pas en arrière. Je cours encore plus vite. Et je me jure de ne plus jamais aller à sa hutte ni lui adresser la parole.

L'hiver arrive. Les journées deviennent plus courtes et le matin, la rosée gelée perle à la pointe de l'herbe.

La nouvelle nous parvient qu'il y a eu des combats violents près du bourg de la Paix Éternelle. L'armée nationaliste s'est battue jusqu'au dernier soldat. Les Japonais, eux aussi, ont subi de très lourdes pertes et se sont vengés sur les populations civiles piégées par les conflits. Des villages entiers ont été rasés. Notre bourg incendié. Le feu y a duré quatre jours et quatre nuits. Nos maisons, nos boutiques, nos temples, nos halls des Ancêtres et notre théâtre, tout n'était plus que cendres et pans de murs calcinés. Et par conséquent, a été anéantie la collection sans prix de papa. Je n'ai pas vu papa pleurer, mais ses yeux sombres et son mutisme prolongé révèlent un deuil inconsolable.

Longtemps avant l'arrivé des troupes japonaises, les officiels du gouvernement local et leurs familles ont pris la fuite. Le chaos aidant, les vieilles sociétés secrètes n'ont plus peur de se montrer au grand jour, et de nouveaux gangs se sont organisés sous l'étendard anti-japonais. Nous avons d'abord entendu parler des *Turbans Noirs*, *Fleurs Rouges*, *Couperets Magiques*, *Vieux Fusils, Tigres Blancs*… puis, très récemment, des *Aigles Bleus*.

Aux dires des autres, le chef des Aigles Bleus est un homme surnommé Grand Bonze. Âgé de quarante ans et célibataire, il aurait passé deux tiers de sa vie à se perfectionner en arts martiaux auprès d'un des plus grands maîtres du pays, dans un temple connu. Chassé de son temple pour avoir engrossé une bonzesse d'un autre temple, il aurait vagabondé de village en village et de ville en ville, travaillant comme garde du corps pour des gens riches, escortant des convois de marchandises suspectes, donnant des spectacles sur les champs de foire… Il est capable, affirme-t-on, de casser net une pile de briques avec le tranchant de la main, de briser d'un coup de poing un pilier du théâtre, et de franchir d'un bond un mur de trois mètres de haut. Il est si habile au sabre que, quand il le manie, sa silhouette disparaît complètement derrière les ombres blanches de l'arme qui dessinent ses mouvements. Quiconque ose approcher de lui à moins de dix pas est un homme mort. Il peut également courir pieds nus sur un tapis de braises enflammées sans se brûler, traverser à la nage une rivière sans se mouiller, faire tomber l'avion des Japonais avec le cri qui tue… Il ne craint personne, même pas Yanwang, *Roi de l'Enfer*. Il ne craint rien, même pas les armes à feu. Il est invulnérable. Increvable.

La première fois que j'ai eu la chance de voir ce demidieu, c'était par un jour de grand froid. Je me rendais avec oncle Jing et grand-papa Zhang au bourg du Buffle, qui se situe à une douzaine de lis en amont du Ruisseau aux Bambous. Maman a cousu la veille une pièce d'argent à l'intérieur de ma veste ouatinée.

Rapporte-moi un paquet de sel, m'a-t-elle recommandé, une boîte d'allumettes, une bouteille d'huile de graines de camélia et un petit sac de soja.

Dès l'entrée du bourg du Buffle, un vacarme fracassant nous parvient du côté du Pont des Moines. Qu'est-ce que c'est que ça ? Une fête ? Un spectacle ? En cette période de guerre ? Nous pressons le pas. Le bruit du gong a déjà attiré une foule de curieux qui forment un cercle autour d'un groupe d'hommes d'aspect étrange. Vestes et pantalons indigo, le front ceint d'un turban, également indigo. Debout ils tiennent chacun une lance, un sabre ou un fusil de chasse. Le plus âgé d'entre eux, un quadragénaire petit et maigre, le visage taillé à coups de serpe, les yeux légèrement exorbités, s'écarte du groupe pour saluer la foule, les mains jointes sur sa poitrine.

Une voix chuchote derrière mon dos que l'homme est bien Grand Bonze et que celui qui a un sabre au poing, une taille de géant, les joues et le menton hérissés de barbe raide, est son cousin Petit Bonze, le n° 2 de la bande. Je suis très déçu. Il n'y a rien en Grand Bonze qui suggère les allures de l'invincibilité. Je m'attendais à quelqu'un de gigantesque, de jeune, de beau et de costaud, un héros, quoi.

Grand Bonze avance de trois pas de notre côté. Il respire profondément. Puis, pieds écartés et jambes pliées, il tend sa nuque décharnée. Petit Bonze sort du rang pour se planter près de lui. Lentement, très lentement, il lève des deux mains son sabre qui brille dans le soleil blanc d'un éclat à me glacer le sang. La foule recule et retient son souffle. Je plaque mes mains sur les yeux. Je n'ose plus regarder… J'entends un beuglement épouvantable, suivi d'exclamations de surprise et d'admiration. Je regarde entre mes doigts… Miracle ! la lame de Petit Bonze s'est ébréchée, mais le crâne de Grand Bonze demeure sur son cou comme soudé sur un roc ! Un sourire de triomphe se dessine sur sa bouche. Il empoigne les revers de sa chemise et l'écarte toute grande, révélant une poitrine osseuse traversée d'une cicatrice pourpre. Il respire profondément, gonfle ses biceps, comme s'il s'apprêtait à soulever un poids. Et il attend ainsi, tandis que Petit Bonze fait un tour pour montrer aux spectateurs que son sabre est un vrai de bout en bout. Puis Petit Bonze pose le sabre sur le sol pour prendre un fusil de chasse dont il braque le canon presque à bout portant sur l'estomac de son chef. Mes yeux s'écarquillent... L'index de Petit Bonze presse la détente. Pan ! Grand Bonze recule de deux pas, les doigts crispés sur son ventre, les traits déformés par une grimace de douleur. Bousculade. Cris de terreur. Mais Grand Bonze soudain éclate de rire en retirant brusquement ses mains. Les spectateurs s'immobilisent, muets d'étonnement : il n'y a qu'une trace noire de fumée sur sa cicatrice pourpre !

Si je ne l'avais pas vu de mes propres yeux, je n'y aurais jamais cru.

Quand l'excitation générale s'est un peu apaisée, Grand Bonze reboutonne sa veste et embrasse la foule d'un long regard grave.

Comme tout le monde le sait, déclare-t-il en pesant lourdement sur chaque mot, c'est nous les Aigles Bleus qui protégeons le canton contre pillards et bandits depuis la fuite des officiels de l'administration. Et ce sera nous – il se frappe la poitrine – qui allons chasser de notre campagne les diables japonais.

Il s'arrête un instant pour laisser sa parole faire son effet, puis poursuit d'un ton moins solennel.

Depuis sa création, notre troupe ne cesse de grandir. Aujourd'hui, elle compte déjà plus de cinq cents volontaires. Or, il faut les nourrir, les habiller et les armer.

Il s'interrompt à nouveau, et, après un silence calculé, conclut avec un grand geste.

Donc, tous ceux qui vivent en paix dans le canton grâce aux Aigles Bleus, ont désormais le devoir de contribuer à leur ravitaillement.

Un murmure parcourt l'audience.

Mais nous avons tout perdu, nos affaires et notre maison, hasarde oncle Jing. Où pourrions-nous trouver de l'argent ?

La foule hoche la tête, marquant son approbation.

Grand-Bonze examine oncle Jing des pieds à la tête puis répond en faisant un sort à chaque mot :

Ceux qui ont des sous donnent des sous, ceux qui ont des céréales et des vêtements fournissent céréales et vêtements, ceux qui n'ont rien à offrir se font soldats.

Même les femmes ? interroge une voix narquoise.

Camélia !

Grand Bonze se tourne vers la jeune femme. Ses pupilles s'illuminent comme s'il découvrait un trésor caché.

Je veux pas de femme soldat, mais j'ai besoin de quelqu'un pour me réchauffer les pieds la nuit.

L'audience est parcourue de rires étouffés.

Camélia rougit jusqu'aux oreilles. Elle fait volte-face et, tenant haut la tête, quitte les lieux sans un mot.

Avec un sourire insondable, Grand Bonze la regarde s'éloigner.

Au milieu de la nuit, je suis réveillé par une quinte de toux déchirante. La bronchite de papa semble s'éterniser. Cela nous inquiète, maman et moi. Il y a un petit trou dans le toit de roseaux, et au milieu du trou une étoile clignote silencieusement. Je reste longtemps les yeux braqués sur elle sans pouvoir retrouver le sommeil. Tout tourne dans ma tête, sabre, fusil, soleil blanc, cris, bruit de gong, yeux arrondis, rires étouffés, les pommettes rougies de Camélia, les joues et le menton hérissés de barbe raide de Petit Bonze, le cou maigre et le torse osseux de Grand Bonze, son allusion grossière, son sourire énigmatique…

J'ai dû redormir un peu, car je n'ai pas vu l'étoile pâlir et disparaître, et l'horizon oriental rosit déjà quand j'émerge de la cabane. Ça fait un bon bout de temps déjà que j'évite de rencontrer Camélia, mais je ne cesse de penser à elle. En fait, je pense plus à elle à force de ne pas la voir. Ça ne peut pas durer comme ça. J'en ai marre de mon orgueil. Il faut que j'aille la voir. Tout de suite. Il faut que je lui parle. Je veux qu'elle sache que je l'aime. J'ai besoin de l'entendre me dire, de mes propres oreilles, qu'elle m'aime elle aussi. Et je dois la persuader de m'attendre jusqu'à mes vingt ans ; je serai alors assez grand pour l'épouser.

Je cours vers la hutte de Camélia qui se trouve à l'autre extrémité du camp. En m'approchant, j'aperçois plusieurs femmes agglutinées devant la porte grande ouverte. Qu'est-ce qui se passe ? Pourquoi sont-elles là ? Pourquoi Camélia ne sort pas ? Est-elle malade ?

Vous vous rendez compte, raconte la première femme de Wang le Sans-nez, visiblement très ébranlée, je les ai vus comme je vous vois maintenant ! Je dois avoir un peu trop mangé hier et j'ai eu mal au ventre dans la nuit. J'ai enfilé ma veste ouatinée et me suis précipitée au dehors. Je me suis accroupie là, derrière cette pierre, lorsque j'ai entendu un craquement de brindilles sèches. L'idée qu'un fantôme…

Les fantômes ne font pas de bruit en marchant, corrige la mère ratatinée de Hong le Cadet.

Mais justement ! reprend la première femme de Wang le Sans-nez en lui jetant un regard mécontent. Je me suis redressée en tremblant et j'ai vu, devinez ? trois silhouettes sombres glisser hors de cette cabane. Trois hommes ! Ils portaient un long paquet blanc. Qui l'aurait cru, un paquet qui se débattait et qui poussait des râles étouffés !

Tu n'as pas crié au voleur ? intervient l'épouse de oncle Jing.

Tu aurais osé crier, toi ?

Un enlèvement… ici ? balbutie la mère rabougrie de Hong le Cadet.

Les femmes se regardent, terrifiées.

Oh non ! Mon cœur coule à pic. Je bouscule brutalement la première femme de Wang le Sans-nez et l'épouse de oncle Jing pour pénétrer dans la cabane de roseaux.

Mais qu'est-ce qu'il a, ce gosse ! glapissent-elles.

Je n'y prête aucune attention. Je me fous de leur remarque. Ce qu'elles pensent de mon geste m'est totalement indifférent. Je n'ai alors qu'une seule envie : entrer. Car il me semble qu'il suffit que je franchisse le seuil pour retrouver Camélia souriante, qui pose sur le gros galet rond et plat un bol plein de tianluos spiralées : je les ai ramassées dans un étang de lotus. Elles ne sont pas énormes, mais c'est de la bonne viande. Tiens, j'ai taillé des cure-dents pour les manger, prends-en un…

La hutte est vide. La couche défaite. Le seau de bois renversé. Le bol en mille morceaux. Je m'approche du paillasson, m'accroupis, enfonce ma main dans le pli de la couverture, mes doigts fiévreux guettant un reste de chaleur. Sa chaleur. Mais la couverture est froide. Désespérément froide. Les larmes se précipitent sur mes joues. Je fourre mon visage dans la couverture pour étouffer mes sanglots. C'est mon premier chagrin d'amour.

Je ne sais pas combien de temps je pleure ainsi, le nez dans la couverture froide et froissée, les entrailles tordues par l'inquiétude, le regret, la colère, la jalousie, la tristesse impuissante. Soudain, je sens qu'une main forte me tenaille le bras, et avant même que je n'aie eu le temps de pousser un cri, je suis jeté hors de la cabane. Maman ! Elle me colle une gifle retentissante qui enflamme tout de suite ma joue.

Rentre avec moi ! gronde-t-elle en m'entraînant sans façon vers notre hutte.

Mes larmes ont été refoulées par la gifle. Mais l'étreinte de la main maternelle sur mon bras et les chuchotements des gens sur notre passage me font me sentir plus seul encore dans ma solitude.

Aux souffles tièdes du printemps, les lantaniers se recouvrent à nouveau de multiples petits soleils à rayons roses et jaunes. À l'ombre verte des bambous, les nouvelles pousses pointues percent le sol comme de grosses flèches empennées de duvet noir. Les pluies têtues mitraillent sans trêve les rameaux entrelacés des arbres et la carapace pourrie de nos cahutes, dévalent les pentes en petits torrents rapides, transforment les pistes en rigoles boueuses. La terre, saturée, jute sous les pieds nus des paysans. Au fond de la vallée, des rizières remplies d'eau scintillent comme des fragments de miroir cassé. Le Ruisseau aux Bamboux subitement gonflé mord ses berges à tort et à travers.

Au début de l'année, les troupes japonaises ont visité à deux reprises le canton. Et chaque fois, ils n'ont laissé derrière eux que flammes, cendres, odeur de chair brûlée. Les paysans qui ont fui leurs villages anéantis et qui sont dévorés de désir de vengeance ne cessent d'affluer ici. Les rangs des Aigles Bleues ont grossi comme un fleuve à la fonte des neiges. Fin mars, papa a été réquisitionné par Grand Bonze. Avant son départ il m'a confié les rescapés de ses trésors de travail. Depuis, tous les quinze jours environ, Grand Bonze envoie un de ses hommes au camp des réfugiés pour remettre à maman un sac de céréales : riz, maïs, sojas ou farine de blé. À cela s'ajoutent de temps en temps une bougie, un paquet de sel, une boîte d'allumettes, un morceau de tissu ou même, une fois, deux plaquettes de sucre brun. D'après ce que nous dit le commissaire, papa a été nommé par Grand Bonze son conseiller, chargé de tenir les comptes de la troupe, de rédiger des affichettes de propagande, et d'écrire des lettres de demande de rançon aux familles des commerçants de passage que les Aigles Bleus ont capturés.

Ce jour-là, je m'en souviendrai toujours, nous sommes à l'équinoxe du printemps. Il ne pleut pas. Les trois mille Aigles Bleus sont assemblés au pied du Chant du Phénix. Nous y accourons pour les regarder.

Ils sont là, veste, pantalon et turban indigo, armés de sabres, lances et fusils de chasse, en rangs serrés comme un immense bloc monolithique. Leurs visages hâlés sont tendus vers leur chef qui se cambre entre deux canons rustiques bricolés avec les moyens du bord et ornés chacun d'un ruban rouge. Derrière lui est installé un autel surmonté d'une plaquette de bois et d'un brûle-parfum de bronze.

Qu'est-ce qui est écrit sur la plaquette ? me demande Liu le Bossu.

Taishang Laojun, *Maître Suprême*.

Les poings sur les hanches et la poitrine bombée, Grand Bonze parcourt ses soldats d'un regard grave.

Êtes-vous des hommes ? leur demande-t-il.

Oui ! crient les trois mille Aigles Bleus d'une seule voix.

Les diables japonais vont revenir. Les laisserez-vous piller vos villages ?

Non !

Les laisserez-vous violer vos femmes, vos sœurs et vos filles ?

Non et non !

Les laisserez-vous égorger vos parents et vos enfants ?

Non et non et non !

Que ferez-vous pour défendre vos maisons ?

Nous leur couperons les pattes !

Que ferez-vous pour venger vos morts ?

Nous leur briserons l'échine !

Je cherche des yeux papa mais n'arrive pas à le retrouver. Habillés tous de la même façon, leurs joues embrasées par leurs cris de vengeance qui font bouillonner le sang à nous aussi les spectateurs, les Aigles Bleus se ressemblent tous.

Grand Bonze fait un signe de la main. Petit Bonze surgit de nulle part, lui passe un faisceau de bâtonnets d'encens et une large feuille de papier jaune noircie de signes mystérieux. Grand Bonze allume les bâtonnets d'encens qu'il plante dans le brûle-parfum, s'agenouille devant l'autel du Maître Suprême, frappe trois fois le sol du front. Ses hommes se prosternent de même. Grand Bonze se relève et, en tournant autour de l'autel et en brandissant la feuille de papier jaune, récite de longues incantations incompréhensibles. Il allume ensuite la feuille et la laisse brûler dans l'assiette que Petit Bonze tient des deux mains. Quand le feu s'est éteint, Petit Bonze verse les cendres dans une jarre remplie d'eau, remue avec un bâton.

Puis, d'un air solennel, les Aigles Bleus passent à la queue leu leu devant la jarre pour recevoir chacun une gorgée d'eau. Après avoir avalé ce liquide magique, leur promet Grand Bonze, ils seront protégés des armes blanches et des armes à feu.

Pourront-ils gagner la bataille ? j'interroge grand-papa Zhang.

Mais bien sûr ! répond-il d'un ton fâché comme si j'avais tort d'en douter.

Lorsque tous ses hommes ont regagné leur place, Grand Bonze reprend la parole sur un ton jovial :

Il vous faut éviter, vous m'entendez ? de coucher avec vos femmes avant le combat, sinon l'eau magique perdra son pouvoir protecteur. Quelques jours de jeûne, vous ne mourrez pas de faim !

Une tempête de rires se déchaîne dans les colonnes et parmi les spectateurs. L'assemblée se termine dans l'hilarité générale.

Depuis trois jours déjà nous nous cachons dans la montagne, attendant avec une grande excitation l'éclatement de la bataille. Nous sommes tous convaincus que la victoire est déjà dans la poche des Aigles Bleus. Ils sont nombreux. Ils sont forts. Ils sont bien nourris et bien armés. Ils ont bu de l'eau magique. Ils sont invulnérables, increvables.

Mais les ennemis, eux, tardent à se montrer.

Pourquoi ne viennent-ils toujours pas ? Ont-ils changé leur plan ? Ou les renseignements que les Aigles Bleus ont obtenus ne sont-ils pas aussi fiables qu'on le croit ?

Adossé contre le tronc d'un sapin près de maman, je tends les oreilles à tout bruit ressemblant au hennissement d'un cheval. La journée s'annonce longue et calme. Le soleil est haut dans un ciel bleu pâle qui paraît frappé d'une immobilité de pierre. Un silence minéral règne sur la vallée. Pas un aboi de chien. Pas un cri d'enfant. Pas de pépiement d'oiseaux. Pas de frémissement des branches. L'air lui-même semble figé et le cours du temps, suspendu.

L'attente devient de plus en plus insoutenable. Mon impatience monte d'instant en instant. Puis, ne pouvant plus tenir en place, j'entreprends de me hisser sur un sapin. C'est alors que j'entends une voix grincer dans le feuillage d'un arbre voisin.

Venez, espèces de bâtards de chien. Venez que nous vous donnions une bonne leçon !

En effet, du haut de l'enfourchure où je perche, je les aperçois, moi aussi.

Uniformes kaki, chevaux bruns, un groupe de cavaliers japonais émerge du bois de bambous, suivi d'une colonne de soldats à pied. Ils remontent le même sentier, celui que nous avons suivi pour venir à Riz-d'Or un an plus tôt, et avancent au petit trot, l'air détendu, comme s'ils se promenaient chez eux.

Je ne respire plus. Le sang me monte au cœur. Je parcours rapidement du regard les broussailles épaisses qui couvrent le pied de la montagne. Mais où est Grand Bonze ? Où se trouvent ses hommes ? Pourquoi ne les attaquent-ils pas ? Qu'attendent-ils encore ?

Soudain un cri de femme, un cri de terreur éperdue, brise le calme. Je vois une silhouette surgir du camp des réfugiés, dévaler la pente comme une déchirure rouge, traverser un champ de patates douces, courant, hurlant, comme si elle était poursuivie par un démon. Jade !

Je l'ai vue ce matin. Elle mangeait sa soupe derrière un rocher avec Wang le Sans-nez et ses trois autres femmes, sa fille cadette qui n'est pas encore mariée, ses deux fils et ses quatre petits-enfants. Elle était tranquille, Jade, très tranquille. Mais maintenant… Elle monte sur une levée de terre entre deux rizières. Elle court le long de la levée. Sa veste rouge ressemble à une flamme volante. Sa voix aiguë éclate dans le silence de la vallée avec des échos effrayants :

Sauvons-nous ! Le Roi de l'Enfer vient prendre les âmes !…

Un frisson de peur superstitieuse me fait dresser les poils sur le corps. La prédiction d'un possédé se révélera toujours juste, dit-on, car c'est le prophète du malheur qui parle par sa bouche.

Les uniformes kaki saisissent la bride de leurs chevaux. Ils semblent être cloués par la surprise. Puis, plusieurs d'entre eux épaulent leur fusil, le doigt sur la détente, le canon braqué sur la femme en rouge.

L'angoisse me noue la gorge, m'étrangle.

Mais Jade continue de courir et son hurlement, de planer par-dessus nos têtes comme un vautour funeste.

Le Roi de l'Enfer vient prendre les âmes ! Fuyons !…

Il y a tant de détresse dans sa voix. Je l'entends encore dans ma tête, dans mes oreilles, et je l'entendrai sans doute toujours, jusqu'à la fin, cette voix déchirée et déchirante, où éclate une peur immense, contagieuse.

Coups de feu secs.

À ce moment-là, un homme en bleu surgit à côté de Jade. Il la renverse dans la boue de la rizière et se jette sur elle.

J'ai reconnu papa.

Les soldats japonais ne tirent plus. Ils commencent à traverser le Ruisseau aux Bambous. Ils avancent lentement, avec prudence.

Mais où est Grand Bonze ? Où se trouvent ses hommes ? Pourquoi ne les attaquent-ils pas ? Oh Dieu du Ciel ! Qu'attendent-ils encore ?

Les premiers cavaliers sortent de l'eau, entrent dans les rizières.

À ce moment-là, deux détonations sourdes. Suivies par une musique, bruyante et gaie, qui mêle gongs, tambours, trompettes, cymbales et orgues à bouche. Ne sachant jouer que pour les fêtes et les funérailles, les musiciens paysans enrôlés par Grand Bonze ont choisi, comme signal de la charge, cet air traditionnel de la cérémonie du mariage.

Presqu'en même temps, des centaines et des centaines d'hommes, la lance, le sabre ou le fusil de chasse à la main, surgissent de partout, hurlant et se ruant vers les envahisseurs par vagues successives.

À la tête de ce vaste troupeau tumultueux court Grand Bonze.

Surpris par l'étrange fanfare guerrière et l'apparition soudaine de la marée bleue qui pousse des cris sauvages, les chevaux des ennemis s'agitent nerveusement. Un animal se dresse sur ses pattes de derrière, hennit à plein naseaux en remuant dans le vide ses sabots de devant. Je vois Grand Bonze enfoncer son sabre dans le flanc de la bête. Elle tombe sur les genoux, puis bascule dans la vase. Le cavalier renversé n'a pas eu le temps de retirer ses pieds de l'étrier que déjà la lance d'un autre Aigle Bleu perce sa poitrine.

La marche nuptiale des paysans s'exaspère, le grondement sourd des tambours et les stridences des trompettes redoublent d'intensité. Les flots compacts de l'armée bleue déferlent, impétueux et grondants, vers les uniformes kaki qui battent en retraite.

Au flanc de la montagne, les réfugiés trépignent du pied, battent des mains, brandissent les poings, crient victoire.

Les fantassins kaki se déploient rapidement sur la berge du Ruisseau aux Bamboux en position de combat, mais cela ne nous inquiète guère, ni les spectateurs, ni les Aigles Bleus eux-mêmes. Ils continuent de se ruer vers les ennemis, hurlant et brandissant leurs lances, sabres et fusils de chasse. Ils ne craignent pas les balles ! Ils sont invulnérables ! Increvables !

Crépitement de mitrailleuses.

Les fouets de feu s'abattent avec une fureur diabolique sur les rangs des assaillants dont les premiers, foudroyés, s'écroulent comme des poteaux brisés.

La musique sonore se tait d'un seul coup.

Sifflement de balles. Éclatement d'obus. Cris de panique. Torrents de fumée noire qui montent en obscurcissant le soleil.

C'est la déroute des Aigles Bleus, un sauve-qui-peut général.

C'est le massacre, les mitrailleuses ennemies poursuivent impitoyablement les fugitifs, les fauchant comme les blés.

Au flanc de la montagne, nous sommes pétrifiés. Des larmes silencieuses glissent sur nos visages décomposés, tombent goutte à goutte sur les feuilles pourries qui tapissent le sol.

Quand les soldats japonais, après avoir achevé tout ce qui bouge à coups d'épée et mis le feu à toutes les maisons du Riz-d'Or, se retirent enfin en emportant leurs morts et blessés, nous dégringolons le flanc de la montagne.

Les rizières, jonchées de cadavres et d'armes abandonnés, fument le sang… Trente ans plus tard, j'ai toujours cette odeur de boucherie dans les narines, cette odeur du sang chaud. Et je revois encore, dans mes cauchemars, les trous noirs des canons, les membres humains déchiquetés, les lances barbouillées, les fusils épars, et couché dans une mare rouge sombre, les doigts crispés sur le manche de son sabre, Grand Bonze criblé de balles comme une passoire.

Pataugeant dans la boue à la recherche de papa, j'entends les mères héler leurs fils, les femmes crier le nom de leurs maris, les sœurs appeler leurs frères… C'est terrible. C'est atroce. Des sanglots éclatent de tous côtés. Sous un soleil rouge qui semble suinter le sang, la vallée entière est devenue une immense sépulture.

Papa a été touché au ventre. Jade l'a traîné dans les broussailles. Lorsque nous les retrouvons tous les deux, la jeune femme est à genoux près de papa évanoui, les mains tremblantes pressées sur sa blessure pour ralentir le flux du sang. Oncle Jing enlève sa veste et l'utilise pour serrer le ventre de papa. Il le met ensuite sur son dos et le porte dans notre hutte. Maman ravale ses larmes, enlève les vêtements souillés de papa à l'aide des ciseaux, fait bouillir une touffe de chrysanthèmes sauvages et lave sa blessure avec la tisane tiédie. Papa se réveille au milieu de la nuit, marmonne quelques mots incompréhensibles, replonge dans le coma.

Maman essuie ses larmes muettes au chevet de papa. Je viens me blottir contre elle.

Elle m'étreint en silence.

Papa ne va pas mourir, n'est-ce pas maman ?

Non, il ne peut pas nous faire ça, non.

Cet accent de conviction me rassure. Papa ne va pas mourir, bien sûr que non. Il ne nous abandonnera pas comme ça, maman et moi. Demain, quand le soleil se lèvera, il va rouvrir les yeux et me dire : Salut, mon petit bonhomme ! puis, dirigeant son regard rieur vers sa femme : Qu'est-ce que tu nous donneras comme petit déjeuner ? Nouilles de riz sautées ou brioches à la vapeur ?

Les funérailles de Grand Bonze ont lieu trois jours après le carnage. Les rescapés de son armée et les réfugiés se réunissent pour escorter son cercueil à sa dernière demeure. Maman reste près de papa qui n'est pas ressorti de son sommeil depuis, et je suis envoyé comme représentant de la famille pour assister à la cérémonie.

Précédé de la caisse noire laquée et de Petit Bonze endeuillé de blanc, le long cortège serpente lentement le long d'un sentier de la montagne avec la forêt de sapins dessus et dessous. Les musiciens paysans étant tous tués, il n'y a plus de trompettes ni de tambours pour accompagner le mort. Rien n'est plus triste, plus sombre, plus oppressant qu'un convoi funèbre muet sous un ciel morose. Après une ou deux heures d'escalade, la colonne haletante parvient au pied d'un massif rocheux. Je suis envahi par une soudaine angoisse. Il y a du malheur dans l'air. Un instinct infaillible m'en a averti.

Les porteurs posent le cercueil devant la fosse. Petit Bonze allume une poignée de paille, promène le feu le long des parois de la fosse. On appelle ça *nettoyer la fosse*. Un homme passe un coq à Petit Bonze. Il tranche d'un coup de couteau la gorge du coq, le jette dans la fosse. L'animal a quelques sursauts en battant ses ailes, retombe au fond de la fosse secoué de convulsions spasmodiques. Sa tête est tournée vers la montagne : signe que la sépulture se trouve sur un bon terrain, un terrain aux influences favorables. Petit Bonze fait un signe. Les porteurs descendent lentement le cercueil au fond de la fosse. La foule, toujours silencieuse, les regarde faire. Puis, brusquement, Petit Bonze tourne vers nous sa taille de géant. Un grand coup de vent soulève les pans de sa longue blouse de lin blanc.

L'avez-vous tous entendu ? demande-t-il d'une voix caverneuse.

Tout le monde demeure bouche bée.

L'avez-vous tous entendu ? insiste-t-il en promenant son regard glacial d'un visage à l'autre.

Quelques personnes hochent la tête, mécaniquement.

Je n'ai rien entendu, mais je n'ose pas le dire.

L'esprit du chef a parlé, reprend Petit Bonze. Il a désigné le coupable. Il a désigné le responsable de la défaite de son armée et de sa mort.

Je tressaille. L'éclair d'une seconde, je revois ma torche piétinée, la semelle de ma chaussure tournée vers le ciel, et l'éclat lugubre du sabre dans le soleil blanc… Tout prend sens. Tout devient signe. Tout présage le grand malheur qui a frappé notre bourg et la vallée du Ruisseau aux Bambous. Ce grand malheur qui semble planer encore au-dessus de nos têtes, comme un rapace cherchant sa prochaine victime. Je jette un coup d'œil furtif sur le visage de grand-papa Zhang et je vois ses lèvres blanches trembler.

Le coupable, poursuit Petit Bonze en pointant du doigt quelque chose derrière nous, c'est cette femme maléfique qui a trompé mon cousin, séduit son conseiller, et détruit par sa conduite malsaine les vertus de l'eau magique. Elle devra payer son crime de son propre sang !

Nous nous tournons, sidérés.

Titubante sur la piste que nous avons suivie, et poussée par deux Aigles Bleus, voilà Camélia.

Ses yeux sont fixes et hagards comme ceux d'un ivrogne. Ses longs cheveux dénoués flottent en nappe noire autour de son visage frappé d'une pâleur mortelle. Sa robe en lin blanc déchirée au col découvre son épaule droite où s'ouvrent les lèvres pourpres d'une longue plaie.

Mon cœur cesse de battre. Je m'accroche à un bras de grand-papa Zhang pour ne pas m'affaisser.

En passant devant la foule, Camélia me voit. Nos regards se croisent. L'événement qui suit est si rapide qu'il nous glace tous de surprise et de terreur : Camélia pousse un hurlement à déchirer la voûte céleste, et d'un violent coup de reins, elle se dégage de ses gardiens, repousse violemment Petit Bonze qui tente de lui barrer la voie, oblique vers une avancée de terrain qui surplombe un à-pic, et saute dans le vide.

Nonnnn !… Une gerbe d'étoiles rouges éclate devant mes yeux.

Il me semble entendre une voix. La voix flotte, lointaine et floue, insaisissable comme une plume légère qui voltige aux souffles de l'hiver, comme une feuille de bambou verte qui danse sur les vagues de la rivière. Petit à petit, la voix s'approche, devient de plus en plus distincte. Elle effleure mon oreille. Elle m'appelle.

Reviens, mon enfant, reviens à la maison !

Je veux voir mais mes paupières sont lourdes comme des montagnes. L'effort que je fais pour les soulever m'épuise. Je sombre à nouveau dans les ténèbres.

Reviens, mon fils, reviens ! N'écoute pas les oiseaux dans les bois. Ne regarde pas les poissons dans les étangs. Ne réponds pas aux autres qui t'appellent. Reviens vite à moi. Tu as soif, j'ai de l'eau. Tu as faim, j'ai du riz. Tu as froid, j'ai des vêtements. Tu es fatigué, je te fais un lit chaud. Reviens, mon enfant, reviens vite. Quand tu as peur, ne pleure pas, les rois des quatre directions te protègent, les esprits des ancêtres de la famille t'accompagnent. Reviens, mon garçon, reviens vite, ne t'attarde pas trop en chemin…

La voix suppliante et insistante pénètre dans mon sommeil profond, tel un fil de soie brillant. Je m'y accroche. Je m'y cramponne. Je veux sortir du puits noir. Toute ma vie se concentre maintenant dans mes muscles palpébraux. Encore un effort. Encore…

En ouvrant les yeux, je vois d'abord le profil de maman agenouillée. Puis je remarque qu'un bol recouvert d'une serviette est posé sur une pierre devant elle. Dans mon pays natal, quand un enfant est malade, on croit que son âme est sortie de son corps et se perd quelque part dans la vaste campagne. On remplit alors un bol de riz qu'on recouvre d'un morceau de tissu et on appelle l'âme égarée. Si celle-ci entend l'appel, elle rentrera dans son logement d'origine et l'enfant guérira.

Reviens, mon enfant, supplie encore la voix de maman, reviens à la maison.

Mes yeux s'embuent.

Maman, murmuré-je, j'ai soif.

Elle frémit et se tourne vivement. Une lueur de joie passe dans ses yeux rougis et cernés.

Oh merci, Dieu du Ciel, merci !

Elle soulève ma tête de sa main gauche et me fait boire un bouillon de riz léger de sa main droite. Après que j'ai avalé la dernière cuillerée, elle essuie ma bouche avec sa manche et pousse un léger soupir de soulagement. Elle passe un long moment à mon chevet à me regarder puis se lève pour aller s'accroupir devant une matrice de fer installée sur un billot. Elle prend une feuille de papier de paille, l'étale sur la plaque métallique et tape dessus avec un bâton de bois. De longues minutes durant, je la regarde tapoter avec frénésie et en silence, sans comprendre son mutisme ni le sens de ses gestes. Puis, je vois un bout de tissu blanc attaché autour de son chignon, le panier débordant d'estampes de monnaie funéraire et les animaux faits de papier pour être brûlés sur les tombes.

Pour qui tout ça, maman ?

Son bâton de bois lui échappe de la main. Elle s'effondre par terre, son visage caché dans ses paumes, ses épaules secouées de sanglots.

C'est alors que, brusquement, je réalise que papa n'est plus de ce monde. Que ce tissu blanc de deuil autour du chignon de maman, c'est pour lui. Que toutes ces estampes de monnaie funéraires, c'est pour lui. Que tous ces animaux en papier, compagnons des morts dans leur nouveau voyage à l'au-delà, c'est pour lui. Que toutes ces larmes inconsolables de maman, c'est pour lui. Je me dresse sur mon séant. Je cherche du regard… Le voilà ! Je tire vers moi le paquet que papa m'a confié avant son départ avec les gens de Grand Bonze. Je pose le paquet sur mes jambes. Je dénoue le nœud. J'ouvre le paquet. J'effleure du regard ses trésors de travail rescapés… pot à pinceau en jade brun pâle, pierre à encre couleur foie de bœuf, pose-pinceau en émail cloisonné, livres de poésie brochés à la ficelle de coton, pinceaux, bâtonnets d'encre… Mon regard s'arrête sur le petit bout cassé. Je le prends et le serre très fort dans ma main. Je revois alors les yeux de papa. Ils me sourient : Tu vois ces traces, là ? C'est Lin Yu qui a croqué dedans… Je rouvre ma main, je regarde les traces de dents d'enfant sur le petit bout cassé, et je comprends que papa ne m'a pas quitté. Il n'a pas disparu. Il est avec moi. Il est en moi. Comme je suis encore, il est encore. Il sera là aussi longtemps que je serai.

Plus tard, quand je pense à Camélia, je sais qu'elle n'a pas disparu elle non plus, car elle a toujours une place dans mon cœur, elle existe toujours dans mes pensées, et je vis encore, et je peux encore penser.

Les morts ne seront vraiment morts que quand personne en ce monde ne se souviendra plus d'eux. En d'autres termes, les morts ne sont jamais vraiment morts tant qu'il y a encore en ce monde une personne qui pense à eux.

Lotus

Oui, c'est moi qui fournis des scorpions au Jardin de la Lumière. Vous en avez goûté ? Comment vous les trouvez, alors ? Pas mal ? Ha ha ha… Non non, ça fait seulement sept années que j'élève ces petits animaux. Je viens d'un village du Shanxi, des plateaux de loess. Chez nous il y a beaucoup de scorpions, on en trouve partout, dans les champs, sous les pierres, dans les fentes des vieux murs mangés par les vents et les pluies, au fond des anciens fours à briques abandonnées aux herbes… Mais personne ne savait qu'ils étaient des trésors jusqu'à ce jour où… Je ne veux pas vous ennuyer avec mon histoire… Non ? Ça vous intéresse au contraire ?… Alors, laisse-moi commencer par le début…

Je me suis mariée deux fois.

La première fois, j'avais dix-neuf ans. Mon mari s'appelait Heiniu, *Bœuf-Noir*. Son nom décrivait sa personne : il avait un teint très foncé, et il était costaud et travailleur comme un bœuf. Non, je ne l'avais pas choisi. Mes parents l'avaient choisi pour moi. Oui, c'est toujours comme ça chez nous, les mariages sont arrangés… Alors là, ça dépend… Il y en a qui sont réussis, il y en a qui sont des désastres… Moi j'ai eu de la veine. Heiniu était un garçon très bien. Je ne me plaignais pas… Je sais que l'idée des mariages arrangés vous choque, vous les cidatins, mais dans les campagnes perdues les filles n'ont pas beaucoup d'occasions de rencontrer des garçons en dehors de leur village… Oui, bien sûr, ça a ses avantages aussi. Si mon mariage ne marche pas, par exemple, je peux dire que c'est pas de ma faute, que c'est de la faute de mes parents. Mais si le vôtre s'écroule, vous ne pouvez vous en prendre qu'à vous-même !…

Mon fils aîné avait déjà deux ans et j'attendais mon second bébé lorsque quelque chose de terrible nous est tombé dessus comme un coup de tonnerre.

Une des cousines de Heiniu allait se marier. Heiniu était invité à la noce. Quelques commerçants au cœur noir avaient vendu à la famille du nouveau marié du faux alcool de riz qu'ils avaient bricolé eux-mêmes. C'était un mélange d'eau et d'alcool méthylique. Et pour que ça ait le goût de Maotai[1], pouvez-vous imaginer ce qu'ils avaient fait ?… Ils avaient ajouté du dichlorvos, un pesticide extrêmement dangereux ! Le poison a été servi au banquet, et la fête s'est terminée en tragédie. Une cinquantaine de convives intoxiqués, tous des hommes. Quelle horreur ! Vingt-quatre personnes ont perdu la vue, et treize autres, leur vie. Heiniu, le nouveau marié et ses deux frères sont parmi les morts…

Non, je ne pourrai jamais oublier. Je pourrai jamais pardonner. Si ces cœurs noirs n'avaient pas été jugés et fusillés plus tard, moi je les aurais tués de mes propres mains, je vous le jure…

Après la naissance de ma fille, mes parents et mes beaux-parents ont arrangé mon second mariage. Mon nouveau mari c'est Shuqing, *Arbre-Vert*, le frère cadet de

1. L'eau-de-vie la plus réputée de Chine, produite dans la province de Guizhou.

Heiniu. Oui, comme vous vous en doutez, cet arrangement arrange tout le monde. Pour mes parents, ça leur a enlevé un énorme souci en me voyant de nouveau installée. Quant à mes beaux-parents, ils ont été très contents eux aussi. D'abord, ça ne leur a rien coûté – ils auraient dû dépenser une fortune si Shuqing avait pris une autre femme. Ensuite, ils ont pu garder près d'eux leurs petits-enfants – je les aurais emmenés ailleurs si j'avais épousé quelqu'un d'autre. En ce qui me concerne, je connaissais déjà Shuqing, je connaissais sa famille, c'était plus rassurant que d'aller vivre avec un étranger.

Bien que né des mêmes parents, Shuqing est très différent de son frère, physiquement comme de caractère. Un peu pâle, taille moyenne et mince, il a une apparence plutôt fragile. Vivre avec Heiniu, c'était comme être adossée à un roc solide, je me sentais protégée et je n'avais à me soucier de rien. Il savait ce qu'il faisait et je le suivais, c'est tout. Mais avec Shuqing, c'est tout le contraire. Dès le premier jour de notre mariage, je me retrouve être celle qui tient les rênes et prends les décisions. Le fait d'être plus âgée de trois ans que lui a sans doute contribué à cette situation. Non, ça ne me dérange pas. Le défi m'éveille, me stimule, me permet de m'épanouir.

J'ai eu deux enfants avec Heiniu. J'en ai eu deux autres avec Shuqing. Quatre en tout, deux garçons et deux filles. La politique d'un enfant par couple ?... C'est arrivé juste après. Oui, je le sais. Je me considère comme une veinarde. Et j'aurais continué de vivre ma vie de petite paysanne sur les plateaux de loess comme nos parents et les parents de nos parents, s'il n'y avait pas eu chez nous ces trois grands bouleversements...

Le premier arrive au printemps 1980. Le gouvernement se résout à dissoudre les communes populaires et à redistribuer les terres aux paysans. Quelle révolution ! Avant, les villageois travaillaient collectivement et partageaient les récoltes. C'était l'époque de la grande marmite. Que vous travailliez bien, travailliez mal, travailliez plus, travailliez moins, ça ne faisait pas de différence, vous aviez la même chose dans votre bol. Désormais, la grande marmite cassée, chacun dispose de son lopin, peut décider quoi cultiver, et vendre le surplus de sa production sur le marché libre.

Mon mari et mes beaux-parents sont inquiets. Mais moi je suis excitée. Eux sont inquiets, parce qu'à force de faire toujours ce qu'on leur disait de faire depuis des décennies, ils ont perdu l'habitude de l'initiative et le sens de la compétition. Maintenant, soudain laissés à eux-mêmes, devant l'incertitude et l'inconnu, sans le soutien de la collectivité, sans aide de l'État, ils sont désorientés, ils paniquent. Comme beaucoup d'autres d'ailleurs. Et moi je suis excitée, parce que j'étais toujours pauvre et que je ne voulais plus le rester. De quoi avez-vous peur ? leur dis-je, nous n'avons rien à perdre, sauf la pauvreté.

On nous a attribué cinq parcelles de terres. Deux sont plutôt fertiles, nous y cultivons des piments rouges et du tabac : ça demande plus de travail c'est vrai, mais ça rapporte bien plus que les céréales. Sur les autres parcelles, nous mettons millet, maïs, pommes de terre, patates douces et soja. Ces derniers, c'est pour notre propre usage. Pour nous nourrir nous-mêmes et nos animaux.

En hiver, quand il n'y a plus de travail aux champs, Shuqing va vendre ses bras à la mine avec le fils d'un voisin, à plus de mille lis[1]. La première fois ils ont rapporté chacun mille deux cents yuans au bout de trois

1. 2 lis = 1 km.

mois. C'était un événement dans le village. On n'avait jamais vu tant d'argent chez nous. Shuqing était si fier ! Comme un héros. Je me souviens encore du moment où il est rentré à la maison. Il avait passé trois jours dans le train et le car, il n'avait pu ni se laver ni changer de vêtements, il avait les cheveux crasseux et en broussaille, le visage enduit de poussière noire de charbon, de poussière jaune de loess et de sueur, mais il souriait d'une oreille à l'autre. Les doigts tremblant d'émotion il a déboutonné sa veste ouatinée, délié sa ceinture et, de la poche qu'il avait cousue à l'intérieur de sa culotte, a sorti une liasse de billets de banque, tous sales, froissés, humides de transpiration, et puants à vous donner des haut-le-cœur…

La seconde fois Shuqing est rentré au village tout seul. Il y avait eu une explosion de gaz dans la mine, et ce jour-là Shuqing n'y était pas descendu à cause de la grippe. Mais le fils du voisin n'avait pas eu autant de chance. Il avait été enseveli sous des tonnes d'éboulis. Après cet accident terrifiant je ne veux plus que Shuqing retourne à la mine. J'ai survécu à la mort de Heiniu, je ne crois pas que je pourrais survivre à un autre drame comme ça. Nous avons déjà deux mille sept cent dix yuans d'économies, dis-je à mon mari, nous pourrons les utiliser comme capital pour entreprendre quelque chose…

Mais quoi ?

Nous n'avons pas encore pris la décision lorsqu'un autre séisme arrive. C'est l'hiver 1984. Le village possède une vingtaine de mous de pommiers. Les arbres sont vieux et malades, et ne donnent plus que quelques paniers de fruits chaque année. Pour sauver le verger, le comité du village tient une réunion. Et lors de cette réunion le secrétaire du Parti du village annonce une grande nouvelle : la gestion du verger sera confiée aux entrepreneurs individuels pour quinze ans ; tout villageois qui a l'intention de l'exploiter pourra soumissionner.

Les jours suivant cette annonce, on ne parle plus que de ça dans tous les foyers. Est-ce une bonne affaire ? Combien d'argent faudra-t-il y mettre ? Quinze ans seront-ils assez longs pour récupérer les investissements ? Combien de profits pourra-t-on en tirer ?

À la maison nous parlons, discutons, calculons… autour de la table, dans les champs, sur le kang… Shuqing et mes beaux-parents pensent que ça pourrait être une bonne affaire mais que l'échec serait possible, et ils hésitent à prendre le risque. Je tâche de les convaincre. On n'aura rien si on risque rien, leur dis-je. Faut tenter notre chance. Nous avons quatre enfants. On fera ça pour eux, si ce n'est pas pour nous-mêmes, et pour nos petits-enfants… Afin d'obtenir davantage de soutien moral et financier, je retourne dans mon village natal voir mes parents et mes trois frères. Ils sont très compréhensifs. Ils me promettent tous de nous aider.

J'avoue que je suis ambitieuse. Les choses que les autres n'osent pas faire, moi je les fais. Peut-être ai-je hérité ça de mes parents ?

Je suis née dans le Shanxi, mais eux, ils viennent du nord du Sha'anxi. Ils ont fui très jeunes leur province natale parce que les parents de maman voulaient la marier à un autre garçon que papa. Ils n'avaient jamais quitté leur canton avant, mais ils ont traversé le Fleuve Jaune un beau matin de printemps à bord d'un radeau en sacs de peau de mouton que papa avait improvisé. Ils voulaient sortir des plateaux de loess et aller s'installer dans la plaine. Ils ont marché des jours et des jours. Mais ce qu'ils voyaient devant eux, c'était des collines, encore des collines, toujours des collines. Les plateaux de terre jaune sont trop grands. Bien plus grands qu'ils n'imaginaient. Et comme maman était déjà enceinte, ils ne pouvaient avancer que lentement. Un après-midi maman a eu soudain très mal au ventre et au dos. C'était un tiraillement violent qui ne s'en allait que pour revenir, à chaque fois plus fort, plus insistant, plus long. Maman se tordait sur la mule en tenant son ventre durci : Oh je n'en peux plus… Ohhh… Ça arrive !… Ohhh… Papa a été affolé. Non, pas encore, non ! répétait-il à lui-même. Il a descendu maman de la mule et l'a portée dans un petit temple de Guanyin qu'il a aperçu sur une colline à l'abord d'un hameau. Il a couché maman par terre. Attends-moi ici, je reviens tout de suite. Il a jeté la couverture sur elle puis a couru au hameau pour chercher de l'aide. Lorsqu'il est revenu au temple avec deux villageoises, devinez ce qu'il a entendu… le vagissement du bébé ! C'était moi. J'étais arrivée au monde comme ça, plus vite et plus facilement qu'il ne pensait. Mes parents ont attribué ce miracle à la bienveillance de Guanyin, déesse de la Miséricorde, et m'ont donné le nom de Lianhua, *Lotus*, fleur sur laquelle Guanyin était représentée assise. Après ma naissance, il n'a plus été question pour mes parents de continuer leur voyage. Un vieil homme du village nous a accueillis tous les trois dans sa maison troglodytique. Plus tard maman y a donné le jour à un autre enfant, puis à un autre, puis à un autre… Le vieil homme a vécu jusqu'à quatre-vingt-six ans. Je n'ai connu d'autre grand-père que lui.

Où en étions-nous déjà ? Le comité du village envisage de confier la gestion du verger à des entrepreneurs individuels ?… Alors, sur une réunion qui rassemble le village entier, chacun propose son offre. Le prix que nous donnons est le plus élevé de tous, et nous obtenons le contrat. Shuqing et le secrétaire du Parti du village apposent tour à tour leur signature sur l'accord qui est ensuite passé devant notaire au chef-lieu du district. Selon l'accord, le comité du village nous laisse exploiter le verger pour quinze ans ; en échange de quoi nous nous engageons à lui payer mille yuans par mou et par an.

Après la signature du contrat, je fais des raviolis à l'agneau et aux navets pour fêter l'événement. Je n'ai pas l'habitude de boire mais ce jour-là je suis si heureuse que j'avale un demi-bol d'alcool de sorgho ! Je crois détenir déjà les clefs de mes ambitions.

Mais lorsque la nuit arrive, lorsque j'éteins la lumière et que je m'allonge près de Shuqing, une grande angoisse m'envahit. Le verger est à nous maintenant. Pour les quinze ans à venir. Parviendrons-nous à le ramener à la vie ? Réussirons-nous à faire que les pommiers portent des fruits à nouveau ? La décision que nous avons prise est-elle la bonne ? Pourrons-nous jamais faire des bénéfices ? Si nous y échouons, que ferons-nous pour payer le village ? Vingt-deux mille yuans par an, c'est pas rien, ça… Je pense à tellement de choses cette nuit-là que je n'arrive pas à m'endormir.

Le jour commence à poindre. À côté de moi, Shuqing ronfle légèrement, les lèvres entrouvertes. Je m'assois sur le kang, les reins appuyés à la paroi froide de la yaodong, et demeure longtemps à regarder grandir la clarté sur le papier crémeux de la fenêtre. Insensiblement, la lumière coule dans la grotte, découvrant les thermos, la théière et les tasses sur le dessus en pierre de la cage à poules, les bouteilles, le gobelet et les poêles sur la cuisinière, les tabourets, la cuvette, les citrouilles empilées près de la jarre, le panier dans lequel sont rangés bols, assiettes, cuillères et baguettes. Puis, comme dans un film, une autre image vient se superposer à ces objets familiers, les recouvrir, les effacer : l'image du verger ! Je descends du kang, enfile veste et pantalon, ouvre la porte, sors du yaodong.

Dehors, à l'orient, les nuages sont déjà en feu, allumés par le soleil levant qu'on devine derrière les collines. Je me lisse les cheveux et murmure à moi-même : Nous devons réussir, nous pouvons réussir.

L'instituteur de l'école du village nous aide à écrire une lettre à l'université agronomique du Nord-Ouest pour solliciter de l'aide. Ils sont très gentils. Ils nous envoient un professeur d'arboriculture pour inspecter le verger. À la fin de sa visite, le professeur nous propose son plan de sauvetage : remplacer les vieilles variétés par les nouvelles qui sont plus résistantes aux maladies, qui ont un meilleur rendement, et qui donnent des fruits plus savoureux. Mais il faut des sous pour ça. Beaucoup de sous. Nous rassemblons toutes nos économies, et ça ne suffit pas. Nous empruntons alors trente mille yuans à la banque, vingt mille yuans aux parents et aux amis. Puis, sur les instructions du professeur, nous nous mettons à l'œuvre. En tout nous régénérons par la greffe quatre cents pommiers des variétés *jade-rouge*, *indienne* et *banane-verte*, replantons mille deux cent cinquante *Fuji*, *Pékin 26* et *couronnes des Qin*.

Pendant les quatre années suivantes, nous suivons des cours du soir pour nous initier aux nouvelles méthodes de culture, et nous soignons le verger comme une mère son enfant. Du printemps à l'été, de l'automne à l'hiver, chaque centimètre carré du sol est recouvert des empreintes de nos pieds, chaque arbre se nourrit de notre sueur et de notre énergie. Pour tenir les pommiers hors de portée des mains indiscrètes, nous élevons une clôture de torchis et de branchages tout autour du verger et une hutte de gardien à l'entrée. Shuqing et mon fils aîné y passent souvent la nuit avec notre chien, surtout avant et durant les saisons de cueillette. On travaille tellement dur ! Mais quand les arbres commencent à porter des fruits, des fruits gros, croquants, juteux et sucrés, on oublie ces longs mois de peine, de fatigue, d'anxiété…

L'automne 1989, la cueillette est particulièrement abondante. Les quelque trente tonnes de pommes forment six petites montagnes dans le verger. Mais au lieu d'être comblés de joie, nous sommes rongés par un souci de taille : où trouver les acheteurs ? Auparavant ça n'avait jamais posé de problème. Les clients nous couraient après avec des commandes avant même que les fruits ne soient encore mûrs. Maintenant que la culture des pommes s'est répandue dans notre région et dans les provinces voisines, c'est nous les cultivateurs qui courons après les clients. Restaurants, cadeaux, pourcentages… et quand finalement ils sont d'accord pour acheter nos fruits pour un prix nul, c'est une faveur qu'ils nous font !

Un voyageur venu du Sud me dit que les pommes se vendent bien à Shenzen.

J'en parle à Shuqing. Peut-être pourrait-on y tenter notre chance ?…

Shuqing hésite. Mais Shenzen, c'est très très loin. C'est à l'autre bout de la Chine ! Personne du village n'a jamais été là-bas…

Tu ne veux quand même pas voir les pommes pourrir dans le verger ! Si tu n'oses pas y aller, moi j'irai !

Shuqing se gratte le dessus du crâne. Bon, j'irai avec toi.

Nous sélectionnons vingt tonnes de couronnes des Qin et les faisons transporter à Shenzen par train.

Quand nous sortons de la gare de Shenzen, Shuqing et moi, nous croyons débarquer sur une autre planète. Ces gros immeubles, ces flots de voitures, ces enseignes au néon, ces affiches publicitaires, ces jeunes filles se déhanchant sur des talons aiguilles le long des trottoirs, ces vitrines de boutiques remplies de choses que nous n'avons jamais vues… Quel contraste avec nos collines de terre jaune, nos sentiers poussiéreux, nos valons escarpés, nos maisons-grottes, nos chaussures de coton noir ! Nous n'avons plus assez d'yeux pour regarder. Nous sommes éblouis, bouleversés : comment la vie peut-elle être aussi différente hors de nos plateaux de loess !…

Mais à la fin de la journée, nous retombons sur nos pieds : nous ne sommes pas venus pour faire du tourisme, nous devons vendre nos pommes !

Nous allons d'abord regarder dans les boutiques et sur les étalages des marchés. Les pommes se vendent très cher ici, ça nous donne confiance. Nous pensons que nos couronnes des Qin pourront être vendues à un très bon prix. Nous retournons au dépôt de la gare, choisissons quelques pommes bien rouges, bien grosses, que je range avec précaution dans mon sac. Puis nous nous rendons à la plus grande compagnie fruitière de la ville, Parfums des Quatre Saisons. Une jeune fille nous conduit dans le bureau du manager.

Couronnes des Qin ? Connais pas, dit-il en tirant sur sa cigarette.

C'est une nouvelle variété ; Shuqing lui explique à la hâte, ça fait seulement quatre ans que nous l'avons dans notre verger…

J'ouvre le sac, sors deux pommes que je mets sur le bureau du manager. Voilà nos couronnes des Qin, goûtez-les, je vous en prie.

Le manager éteint sa cigarette dans le cendrier, prend une pomme. Il la tourne et retourne dans sa main, l'examinant avec l'air d'un fin connaisseur. Il tire ensuite un mouchoir de sa poche, essuie la pomme avec. Puis il porte le fruit à sa bouche, croque et mâche bruyamment…

Shuqing et moi nous suivons d'un regard anxieux chacun de ses gestes, en retenant notre respiration…

Pas mal, déclare-t-il enfin, pas mal du tout, votre couronne des Qin.

Nous poussons tous les deux un gros soupir de soulagement.

Combien de fruits avez-vous ?

Vingt tonnes.

Je les prends. Je prends tout. Je vous donne un yuan six maos le kilo.

C'est bien moins élevé que le prix sur le marché ici, mais deux fois meilleur que sur le marché de chez nous. Nous n'avons pas l'intention de traîner et nous hochons la tête.

D'accord, on vous les donne.

Très bien. Où se trouvent vos fruits ? Il faut que je les voie.

Mais quand il les voit au dépôt de la gare, le manager fronce ses sourcils :

L'emballage est trop médiocre, je ne peux vous donner qu'un yuan trois maos le kilo.

Com… comment ça ? Vous avez dit que…

Un yuan trois maos le kilo, c'est à prendre ou à laisser.

Shuqing échange un long regard avec moi puis se retourne vers le manager.

Bon, d'accord, on vous les laisse.

Le lendemain, deux camions des Parfums des Quatre Saisons viennent au dépôt de la gare. Ils emportent dix tonnes de fruits.

L'autre moitié, nous dit le comptable de la compagnie, nous ne la voulons plus.

Quoi ? Vous n'en voulez plus ?…

Les pommettes de Shuqing ont rougi de colère. Je lui donne un petit coup de coude.

Ce n'est pas grave, dis-je au comptable, nous pourrons vendre aux autres le reste de nos pommes. Mais il faut que vous nous payiez les dix tonnes que vous avez déjà prises.

Je ne peux pas vous payer tout de suite, voyons, avant que nous ne vérifiions…

Là, Shuqing explose :

Vous ne pouvez pas nous écorcher comme ça, nous les paysans ! Où est votre manager ? Il est sorti ? Alors, nous allons voir le maire ! Il nous dira si c'est normal cette manière de faire des affaires…

OK, OK, dit le comptable sur un ton conciliant, si vous acceptez un yuan deux maos le kilo, je vous paie immédiatement…

Ils sont vraiment incroyables, ces gens-là. Ils peuvent ravaler leur parole comme ça, sans aucune gêne, aussi naturellement qu'ils respirent. Oui oui, ils nous ont finalement payés à un yuan deux maos le kilo. Faut admettre aussi que notre emballage mérite d'être amélioré…

Que faisons-nous des dix tonnes de pommes qui nous restent ?… Nous les vendons à des marchands ambulants, à deux yuans cinq maos le kilo. Oui, c'est un très bon prix. Nous le devons à un journaliste de *Shenzen Soir*. Ces couronnes des Qin, écrit-il à la page *Économie de marché*, sont grosses, rouges, sucrées, et exhalent les arômes de leur terre natale, les plateaux de loess. Une belle publicité pour nous, quoi.

Après la récolte et la vente de 1990, nous remboursons toutes nos dettes. Plus tard nous faisons bâtir une nouvelle maison, non pas de type troglodytique comme celles de nos ancêtres, mais en briques et tuiles sur une plate-forme aménagée près de la grotte de mes beaux-parents. Nous achetons aussi un poste de télévision en couleur, le premier dans le village. Le soir, après le dîner, les voisins viennent avec leur tabouret et s'installent devant le petit écran allumé.

Notre salon est devenu un micro-cinéma. Puis nous marions ma fille aînée au fils d'un ami. Le garçon possède un camion. Il transporte pour les locaux les produits de leurs terres à la ville et gagne très bien sa vie ainsi. Puis c'est la noce de mon fils aîné. Nous faisons un grand mariage. Opéra Qin pour tout le village. Banquet à vingt-huit tables, presque trois cents invités.

Mais comme l'arbre haut attire le vent, notre succès attire la jalousie et la convoitise. C'est un bel après-midi de novembre. Le soleil brille dans un ciel très bleu, très profond. Il y a un peu de vent. Une brise plutôt. Mes fils, mon mari et moi nous sommes en train d'enduire de chaux les branches des pommiers lorsque notre chien se met à aboyer furieusement. Je lève la tête et vois, à ma plus grande terreur, qu'une cinquantaine ou soixantaine de villageois ont fait irruption dans le verger, en brandissant des bêches et des houes. Shuqing réprimande le chien, va à leur rencontre.

Qu'est-ce qu'il y a ? leur demande-t-il.

Nous venons partager le verger, répond un villageois.

Le verger appartient au village, ajoute un autre, c'est-à-dire à tout le monde.

Votre famille a déjà ramassé assez de fric, dit un autre encore, laissez les autres avoir leur part.

Nous avons le contrat avec le comité du village, réplique Shuqing. Il nous donne le droit d'exploitation pour quinze ans…

Ce n'est qu'un bout de papier, votre contrat, l'interrompt un autre villageois, il ne vous sert plus à rien !

Attendez un instant ! crie Shuqing. Il jette son petit balai de paille par terre, pénètre dans la hutte du gardien, en ressort avec une feuille de papier.

Regardez ! Regardez ! dit-il en la brandissant vers les intrus. Voilà la signature du secrétaire du Parti du village ! Voilà le tampon du notaire du chef-lieu du district ! C'est protégé par la loi, ça !

Flanquée de mes fils, je viens me placer à côté de Shuqing.

Si vous pensez qu'il y a eu une erreur, dis-je aux intrus, vous pouvez aller voir le secrétaire du Parti du village. Nous avons du travail à finir…

Les intrus se consultent à voix basse puis un vieillard sort du groupe. C'est le frère aîné de mon beau-père, l'oncle de Shuqing !

Votre canal d'irrigation, dit-il, a coupé l'artère du dragon…

Comment ça ? lui demande Shuqing, surpris.

Cette chaîne de collines, vous la voyez tous ? représente le dragon. Le verger se trouve sur la tête du dragon. C'est un terrain porteur d'influences fastes. Vous avez creusé ce canal, là, juste en travers du cou du dragon. Vous vous êtes enrichis, mais vous avez anéanti toutes les chances de prospérité des autres familles du village.

Les villageois derrière lui hochent la tête pour marquer leur approbation :

Oui, c'est ça ! Vous avez coupé l'artère du dragon !

C'est vous qui nous avez enlevé nos chances !

C'est à cause de vous que nous restons toujours pauvres !

Faut le reboucher, ce canal !

Shuqing avance d'un pas vers son oncle et la foule, ses doigts crispés sur le contrat.

C'est pas vrai ! crie-t-il.

C'est pas vrai ! crient mes fils.

C'est pas vrai ! crié-je aussi.

L'événement qui se produit ensuite est si rapide que je suis tétanisée par le choc. C'est comme dans un cauchemar. C'est de la folie. Je ne vois autour de moi que des visages tordus, des yeux flambants, des bêches et des houes furieuses qui s'abattent… Nonnnn !… hurlé-je comme une bête qu'on écorche.

La nuit commence à tomber. Les saboteurs sont repartis. À la lueur du crépuscule je constate les dégâts, la mort dans l'âme.

Mon fils aîné s'est blessé au bras gauche dans la bagarre. La plaie est longue de deux pouces. Le cadet a un œil au beurre noir et une bosse au front. Shuqing s'est fait un tour de reins, il ne peut plus se pencher et il marche avec difficulté. Quant au verger, la porte d'entrée est cassée. Quatre cents mètres de clôture sont démolis, onze bornes déplacées, trente-trois arbres abattus, quinze autres mutilés…

Le cœur me saigne. Je savais les voisins jaloux de notre succès. Je les savais mécontents de nous voir nous enrichir. Je savais également qu'ils convoitaient le verger. Mais je n'aurais jamais imaginé que ça pourrait aller si loin.

Le soir même je vais voir le secrétaire du Parti du village. Il condamne, vaguement, le sabotage. Mais il laisse entendre qu'il a de la sympathie pour les saboteurs. Qu'il comprend leur mécontentement. Qu'il est lui-même très préoccupé par l'écart qui se creuse entre les nouveaux riches et les pauvres. Et que compte tenu du bénéfice que nous faisons, l'argent que nous remettons chaque année au village n'est plus suffisant… Puis il me suggère de faire quelques *petites* modifications dans le contrat forfaitaire : écourter la durée du droit d'exploitation de quinze ans à dix ans, augmenter la somme payée au village de mille yuans par mou et par an à deux mille yuans par mou et par an…

Tu appelles ça des PETITES modifications ! crié-je scandalisée.

Je les refuse catégoriquement. Les paroles et l'attitude du secrétaire du Parti du village sont louches. Je crois que c'est lui qui tire les ficelles de tout ça.

Le lendemain matin je me rends au bureau du gouverneur du canton. Il me réaffirme que le contrat est légal et protégé par la loi. Il me promet d'en parler avec le secrétaire du Parti du village le plus tôt possible et de tout faire pour que ce genre d'incident ne se reproduise plus.

Il faut que les saboteurs nous présentent des excuses, lui dis-je, qu'ils nous paient aussi la réparation des dégâts et les frais médicaux.

Alors ça, me répond le gouverneur, je te conseille de laisser tomber. On vit dans le même village, on se rencontre tous les jours, la bonne entente vaut mieux que la guerre.

Pas même un mot d'excuses après ce qu'ils nous ont fait ? Non, je pense pas que ce soit juste. Le surlendemain je me rends au chef-lieu du district à bord du camion de mon gendre.

Au bureau de la Réception des Plaintes, un jeune fonctionnaire me reçoit. Il lit le contrat signé entre nous et le comité du village, me pose quelques questions, note ce que je lui ai raconté.

Rentrez attendre à la maison, me dit-il, je communiquerai votre plainte au bureau de l'agriculture. Quand le comité agricole l'aura examinée, il vous donnera une réponse.

Je rentre au village. J'attends quatre semaines. Je n'ai pas de réponse. Je vais donc une deuxième fois au bureau de la Réception des Plaintes. Un autre fonctionnaire me reçoit. Il est plus âgé que le précédent et me paraît plus sympa. Je pense qu'il est le chef du service. Il m'écoute avec attention en prenant des notes, puis me dit de rentrer et d'attendre.

Oui oui, ce sera très vite fait cette fois, m'assure-t-il en me raccompagnant à la porte, je vous le promets.

En effet, quinze jours plus tard, un groupe de médiateurs est envoyé au village par le comité agricole du district. Après les discussions avec le secrétaire du Parti du village, les médiateurs viennent nous voir à la maison. Ils nous proposent un compromis : d'un côté le comité du village fera tout pour que le sabotage ne se répète plus, de l'autre la durée du contrat sera réduite à douze ans et la somme que nous payons au village augmentée à mille cinq cents yuans par mou et par an. Quant à notre demande – excuses et frais médicaux de la part des saboteurs –, les médiateurs ont la même attitude que le gouverneur du canton : laissez tomber.

Mes beaux-parents veulent accepter la médiation. Ils sont très inquiets. Ils ne supportent pas la jalousie des autres. Ils ont peur d'être rejetés par la communauté.

Mais Shuqing et moi nous décidons de ne pas céder. Nous avons fait une petite fortune, et alors ? Nous n'avons volé personne. Nous n'avons rien fait de mal. Chaque sou de ce pactole, nous l'avons gagné à la sueur de notre front. En ayant ressuscité le verger, il ne faut pas l'oublier non plus, nous assurons au village un revenu annuel non négligeable, vingt-deux mille yuans par an. Mais au lieu de nous en remercier, qu'est-ce qu'ils nous font ? Chantage ! Intimidation !... Comment voudriez-vous que nous l'acceptions ? hein ? C'est si injuste, ça.

Non, je ne me rends pas au chef-lieu de la province pour porter plainte. Je ne fais plus confiance aux autorités locales. Je vais cette fois à Pékin. Oui, à Pékin, la capitale. J'ai entendu dire que Deng Xiaoping est un dirigeant intègre et éclairé. Je crois que mon problème sera résolu une fois que je l'aurai vu.

Je monte seule dans le train. Parce que Shuqing a encore mal au dos et que mes fils doivent aider mon beau-père à s'occuper des champs et du verger. Après avoir été à Shenzen deux fois, il n'y aurait plus d'endroit où je n'ose aller. Même seule.

À la sortie de la gare de Pékin, je demande à des passants où je pourrai trouver Deng Xiaoping. Certains rigolent. D'autres me regardent comme si j'étais une dérangée. Un conducteur de tricycle bâché me dit que Deng Xiaoping est au Conseil des Affaires d'État. Je lui demande alors où se trouve le Conseil des Affaires d'État. Il me dit de monter sur son tricycle : Je vous y emmène. J'y monte. Le tricycle parcourt je ne sais plus combien de rues avant de s'arrêter devant l'entrée d'un bâtiment. Voilà, on arrive, me dit le conducteur. Oui oui, c'est ici qu'on reçoit les plaignants. Vous n'êtes pas venue déposer une plainte ? Si ? Alors, c'est ici. Trente yuans s'il vous plaît. Je pense que son tarif est trop élevé mais je me garde de le dire, car il m'a aidée, lui.

Il y a foule à la Réception des Plaintes. Beaucoup ont l'air de paysans provinciaux comme moi. Quelques-uns sont venus plus d'une fois. Je me place à la fin de l'interminable file d'attente. L'homme qui se trouve devant moi marmonne que la queue est trop longue, que tout le monde ne pourra pas être reçu, qu'il vaudrait peut-être mieux revenir demain matin très très tôt… De peur que les plaignants venus après moi ne prennent ma place, je n'ose même pas sortir pour m'acheter un petit pain à l'heure du déjeuner. Je n'ai rien bouffé de toute la journée, mais je ne suis toujours pas reçue à la fermeture du bureau.

Je passe la nuit dans un des petits hôtels familiaux du coin et je reviens à la Réception avant l'ouverture. Trop tard ! Beaucoup de plaignants se pressent déjà devant la porte fermée…

Le surlendemain, j'y retourne plus tôt, à l'aube. Mais c'est encore trop tard ! À voir la longueur de la queue qui patiente devant le bureau, je sais que j'aurai peu de chance de voir un officiel…

Le jour se lève lentement dans la brume froide, comme une jeune fille timide. La rue commence à s'animer. Mes yeux suivent les vélos et les voitures qui passent, mais mes pensées sont ailleurs. Je revois la route poussiéreuse qui mène de mon village à la gare, les champs accrochés comme des lambeaux de drap aux versants abrupts de collines, les parois verticales perforées de maisons troglodytiques, les branches d'arbres dépouillées par les vents d'hiver… Comment faire ? Je ne peux pas traîner ici comme ça, éternellement. L'hôtel, la nourriture, le transport, tout coûte les yeux de la tête. Je ne peux pas me permettre le luxe d'un long séjour dans la capitale. J'ai pas de moyens. De plus, le printemps sera là bientôt, on doit commencer déjà à préparer les champs pour les semailles. Je pense à Shuqing, à mes enfants et à mes beaux-parents. Ils attendent mon retour. Ils sont anxieux de savoir si j'ai réussi, cette fois, à obtenir justice… Un homme passe près de moi. Mon regard errant tombe par hasard sur le journal qu'il tient dans la main. *Quotidien du Peuple* ! Comment n'y ai-je pas pensé plus tôt ? Je quitte la file d'attente. Taxi ! Taxi ! Je crie en faisant signe du bras à une voiture grise. Le véhicule fait demi-tour pour s'arrêter devant moi. Je m'y engouffre. Au siège du *Quotidien du Peuple*, dis-je au conducteur en claquant la portière.

Pourquoi le *Quotidien du Peuple ?* Eh bien, parce que c'est le plus grand journal officiel du pays. C'est la voix du gouvernement et du Parti comme on dit. Si on y parle de notre histoire, ça fera du bruit. Les autorités locales ne pourront pas l'ignorer… L'influence des médias… Mon expérience à Shenzen m'a appris la leçon.

Oui oui, au siège du *Quotidien du Peuple* ils sont très intéressés par ce que je leur raconte. Car, me disent-ils, ce qui vous est arrivé n'est pas un cas isolé. De nombreux incidents similaires se sont produits dans votre région et dans d'autres provinces. Ils veulent mettre fin à cela. Ils publient alors notre histoire sous la forme d'un *Courrier d'un lecteur*, suivi de commentaires de la rédaction. Et ça accroche l'œil du préfet de notre province. Il n'aime pas l'idée que ça pourrait ternir la réputation de son administration, et il demande que le problème soit résolu le plus vite possible. Grâce à son intervention, le tribunal provincial tranche sur l'affaire en moins de deux mois. Nous avons gain de cause. Le contrat initial signé par Shuqing et le comité du village est jugé valide. Les saboteurs sont condamnés à nous verser six mille sept cent quatre-vingt yuans de dommages et intérêts.

Après avoir reçu le verdict, je vais voir le secrétaire du Parti du village. Je lui dis que Shuqing et moi ne voulons pas d'argent en dédommagement, mais la réconciliation. Il a l'air surpris. Pour cacher son embarras, il appelle sa femme et lui dit de me verser une tasse de thé. Puis il me promet, avec un sourire un peu crispé, de transmettre le message.

Ainsi avons-nous renoncé à ces six mille sept cent quatre-vingt yuans, une grosse somme pour nous, mais je me sens tellement soulagée ! Ce que nous avions demandé d'abord, dès le début, c'était la justice. Le tribunal a jugé et nous a donné raison, ça nous suffit. Nous savons que certains villageois concernés sont très pauvres. Ils auraient dû emprunter de l'argent pour nous payer. Non, nous ne voulons pas ça. Nous préférons pardonner, oublier, et désormais vivre en paix avec tout le monde. J'ai cru vraiment à ce moment-là que nous avions gagné la paix. J'avais tort.

Fin 1991, un autre grand bouleversement arrive. Le troisième en moins de douze ans ! Cette fois le gouvernement décide de vendre aux enchères les droits d'exploitation des terres. De toutes les terres agricoles.

Après que Shuqing m'a apporté la nouvelle, je vais voir l'affiche de mes propres yeux. Écrite au pinceau et à l'encre noire sur une grande feuille de papier rouge vif. Collée dans la cour de l'école du village, près de l'entrée de la grotte qui fait souvent office de salle de réunion. Je ne connais pas tous les mots sur l'affiche. L'instituteur me la lit et m'explique de quoi il s'agit. D'après ce qui est écrit là-dessus, c'est pour inciter les paysans à prendre des initiatives et à investir davantage que les autorités se sont résolues à vendre aux enchères les droits d'exploitation de tous les champs. Le bail sera de cinquante ans. Personne n'aura aucun droit de préemption, même sur les terrains qu'on cultive déjà : si un autre paie davantage, c'est lui qui les aura. Voilà ce qu'on appelle *la compétition libre et équitable*.

Je comprends immédiatement que nous aurons de sérieux ennuis et je rentre à la hâte. Je trouve toute la famille réunie dans la maison troglodytique de mes beaux-parents.

Alors ? demande mon beau-père dès que je soulève le rideau de la porte.

Les droits d'exploitation de notre verger seront aussi mis en vente, dis-je en allant m'asseoir sur le bord du kang, entre ma belle-fille et ma fille cadette. Le contrat forfaitaire qu'on détient sera bientôt un bout de papier à fourrer dans le fourneau.

Aurons-nous priorité pour les racheter ? s'enquiert mon fils aîné.

J'ai peur que non. S'il y a un acheteur qui paie plus que nous, il les aura, avec les pommiers.

Les investissements qu'on a faits seront donc fichus ? demande sa femme.

J'ai peur que oui.

D'après ce que j'ai compris, soupire Shuqing, le verger sera divisé en plusieurs parcelles et vendu morceau par morceau.

Si c'est comme ça, on pourra acheter toutes les terres qui seront en vente, suggère mon fils cadet avec enthousiasme. Non seulement le verger, mais aussi les autres terrains qu'on désire. Personne au village n'aura assez de sous pour nous concurrencer. Je raconte pas n'importe quoi. On pourra se payer tout ce qu'on veut. Puis on fera venir l'eau. On pourra développer une grosse affaire…

Ma fille, qui était restée silencieuse jusque-là, coupe brusquement son frère :

Mais on ne pourra pas prendre aux plus pauvres leurs lopins comme ça. Ils ont déjà à peine de quoi se nourrir. S'ils n'ont plus de terre, comment pourront-ils vivre ?

Je sais pourquoi tu dis ça, réplique celui-ci sur un ton ironique. Tu te fais du souci pour Zhaokang ; ses parents sont trop pauvres pour acheter quoi que ce soit. Pas la peine de le nier, tout le monde sait que tu es amoureuse de lui…

Ma fille rougit : Que je l'aime ou non, ça ne te regarde pas !… On parle ici de la redistribution des terres, pas de mes sentiments !

Voilà qui est curieux…

Assez ! crie Shuqing.

Mon fils cadet se tait et baisse la tête comme un enfant boudeur.

Mon beau-père écarte la pipe de ses lèvres, se racle la gorge, et tranche :

Elle a raison, ma grande. Faut penser aux autres aussi. Nous ne sommes pas la seule famille qui vive dans ce village. Quand tout va bien, il ne faut pas oublier qu'il y a eu et qu'il y aura des moments où on a besoin de l'aide de ses voisins.

Oui, c'est ça, répète ma belle-mère en hochant la tête, faut penser aux autres aussi.

Un silence lourd s'installe dans la grotte.

Je promène mon regard d'un visage à l'autre, puis le pose sur celui de ma fille. Elle a seize ans, mais paraît plus âgée que son âge à cause de ses yeux songeurs. On dirait une jeune fille de vingt-cinq ans. Elle va au collège. Elle est sérieuse et travaille bien. Elle a l'intention de continuer ses études au-delà. Elle m'a demandé une fois deux cents yuans et une autre fois trois cents yuans pour aider Zhaokang, son camarade de classe dont les parents n'ont plus les moyens de payer la scolarité. Il est si brillant, m'expliquait-elle, ce serait vraiment dommage qu'il arrête à cause de ça. J'ai soupçonné alors qu'il y avait dans son geste quelque chose de plus que de la simple compassion. Maintenant, en regardant son visage tourmenté, je n'ai plus de doute. Elle est amoureuse, ma fille. Elle aime ce garçon. Elle ne veut pas voir les parents du garçon perdre leurs champs et sombrer plus encore dans la misère. Elle s'en sentirait personnellement coupable. À vrai dire, je suis contre la nouvelle directive des autorités. Je la trouve stupide, injuste et inutile. D'abord elle pénalisera les paysans qui ont beaucoup investi dans leurs terres comme nous, elle les fera se saigner aux quatre veines pour préserver leurs investissements. Ensuite elle n'aidera pas les plus pauvres à rattraper leur retard, puisque ces gens-là n'auront pas assez de sous pour se payer quoi que ce soit, pas même les parcelles qu'ils cultivent actuellement. Les conséquences ? Écart plus large encore entre ces derniers et les autres. Dissensions plus vives dans la communauté. Amertumes, rancunes, colères, conflits… Si le gouvernement est sincère, s'il veut vraiment aider les plus démunis à sortir de la pauvreté, pourquoi ne pas leur donner pour cinquante ans les terres qu'ils cultivent déjà, tout simplement ? Je n'arrive pas à comprendre. D'ailleurs, on n'a plus confiance dans la parole des officiels. C'est toujours pareil, la veille ils vous disent que rien ne doit changer pendant les dix ou quinze ans à venir, mais le lendemain ils changent d'avis. Comment pourrait-on croire que cette fois ils sont sérieux et tiendront leur promesse ? Que ça ne changera vraiment pas pendant cinquante ans ?… Et encore, l'argent des ventes, qui l'empochera à la fin ? Les autorités locales ? Le gouvernement central ? Le Parti ? Ses cadres ? Ils sont censés aider les paysans, mais pas les presser comme des citrons jusqu'à la dernière goutte de jus… Protester ? Non, ça ne sert à rien quand ça vient d'en-haut. Que faire, alors ? J'ai d'abord pensé comme mon fils cadet, je l'avoue. Pour protéger nos propres intérêts, je voulais tout faire pour garder le verger entier et acheter les droits d'exploitation de quelques autres terrains fertiles. Nous en avons les moyens… Seulement, les inquiétudes de ma fille et les avertissements de mes beaux-parents ont provoqué quelques remous en moi, comme des cailloux jetés dans un bassin. Je ne suis plus aussi sûre de moi. Ma détermination commence à vaciller. Le souvenir de la scène de violence au verger ressurgit, me donne froid dans le dos…

C'est l'heure de préparer le dîner, dis-je en me levant, on en reparlera plus tard.

Deux semaines plus tard, un matin maussade. Le ciel est gris et bas. Il fait un froid de canard. Le vent glacial cisaille le visage comme mille lames de rasoir. Les flocons de neige descendent, voltigent, poudrent arbres, pistes, champs, murets de terre, sourcils et barbes des hommes qui marchent lentement vers l'école. Les femmes suivent leurs maris, la tête enveloppée d'un foulard, accompagnées de vieillards et de gamins. Quelques sourires de politesse échangés entre amis et voisins ne décontractent pas les visages tendus.

Lorsque nous arrivons tous à l'école, Shuqing, mes beaux-parents, mes enfants et moi, il a cessé de neiger. Les nuages se fendent en plusieurs endroits, laissant tomber quelques rayons lumineux. Dans la cour rectangulaire de l'école, une longue table est installée devant la grotte qui sert souvent de salle de réunion. Le secrétaire du Parti du village se tient debout derrière la table, flanqué de deux assistants. Les hommes font un demi-cercle en face d'eux, les mains croisées dans les manches des manteaux. Les femmes, à un ou deux pas derrière leurs maris, chuchotent entre elles. Parmi les badauds on voit aussi des uniformes de policiers. Oui oui, on en a fait venir quelques-uns, parce qu'il y a des rumeurs et qu'on a peur des débordements.

Ça y est, tout le monde est là ? demande à haute voix le secrétaire du Parti en embrassant la foule d'un long regard grave. Alors, la vente commence par les huit parcelles du verger. Les cinq autres suivront dans l'ordre. Les enchères portent sur les droits d'exploitation pour une année. Comme ces terres sont concédées pour cinquante ans, le prix à payer à l'issue de la vente sera cinquante fois celui de la lancée. C'est clair ? Oui ? Bien. J'espère que vous avez bien réfléchi et que vous êtes sérieux. Maintenant on commence par la parcelle N° 1 du verger.

Qui la veut ? interpelle l'un des assistants.

Moi, je donne 100 yuans, avance immédiatement un villageois.

110, dit un autre.
120, je prends, propose un troisième.
130 ! donne un quatrième.
140.
150 !
160.
170 ! c'est mon prix.
180 ! maintenant.
190 ! j'achète.
Je prends à 200.
Il y a un moment de silence. Les gens se regardent. Mais personne n'avance un autre prix plus élevé.
Shuqing s'approche de la table :
C'est combien le prix le plus haut ?
200 yuans, répond l'assistant.
Shuqing recule d'un pas puis dit :
Je donne 210, alors.
Qui veut acheter ? l'assistant s'adresse à la foule. Tu le veux ? Donne un chiffre alors.
220 !
Shuqing gratte le dessus de son crâne puis dit :
230, je prends.
240 !
Shuqing hésite un instant puis dit :
250.
Qui veut donner un autre prix ? l'assistant interroge la foule. Personne ? Alors, à 250, la parcelle est vendue à Liu Shuqing.
…
La vente continue. Après avoir acquis deux parcelles du verger, Shuqing s'efface du devant de la scène, comme nous en avons décidé la veille. Une vingtaine de familles, le secrétaire du Parti à leur tête, se cotisent pour nous arracher le verger ; ça pourrait être la guerre si nous ne leur cédions pas un grand morceau du lard. D'ailleurs, nous avons d'autres champs à défendre,

ceux que nous cultivons déjà. Il nous faudra des sous pour ça aussi.

…

La vente se poursuit. On est déjà arrivé au dernier lopin de terrre du jour, lopin qui appartient aux parents de Zhaokang. C'est un champ fertile et facile d'accès ; pas mal de nos concitoyens le convoitent. Debout à côté de moi, ma fille suit le déroulement du spectacle avec une anxiété qui augmente de minute en minute.

…

Je donne 40 yuans, dit le père de Zhaokang.

Si tu donnes 40, dit un autre acheteur sur un ton de défi, je donne 42.

43 ! Je te le laisse pas.

45.

46 !

47.

Tu te moques de moi ou quoi ?

Si t'achètes pas, j'achèterai.

48 !

49.

50, c'est déjà le prix ! crie le père de Zhaokang d'une voix désespérée. Il se tourne vers son concurrent : Je te la laisse pas, tu m'entends ? C'est à moi, cette terre. Je la cultive depuis des années. Je te la laisse pas. Je vendrai des vivres, des aliments, je ferai des travaux saisonniers pour les autres, j'emprunterai à des parents, mais je ne la donne à personne, ma terre. N'importe comment. C'es décidé. Je ne la lâche pas. T'as ma parole.

51, je prends, dit l'autre sur un ton railleur.

52 !

Je donne 53.

54 !

55, voilà mon prix.

56 !

57.

58 !

L'autre semble hésiter.

59, dit-il, d'une voix déjà moins assurée.

60 ! dit le père de Zhaokang, avec l'air d'un soldat qui se prépare à mourir plutôt que de baisser les armes.

Bon, bon, d'accord, cède enfin son rival. Je ne la veux plus. Je te la laisse.

Le père de Zhaokang se dirige alors vers la table pour apposer son empreinte digitale sur le contrat de la concession. Visage pathétique. Pas de sourire de triomphe. Pas de soupir de soulagement. Il est parvenu à garder sa parcelle, mais à quel prix ! 50 fois 60, c'est 3 000 yuans, à savoir cinq fois plus que son revenu annuel. Que dira-t-il à sa femme ? Que dira-t-il à ses enfants ? Comment pourra-t-il payer cette somme, colossale pour sa famille ?

Je jette un regard furtif à ma fille. Ses yeux brillent de larmes.

Les ventes des terres ne sont complètement terminées qu'à l'arrivée du printemps. Nous avons réussi à préserver les champs que nous cultivions et un quart du verger.

Mon fils cadet est parti cette même année pour le Sud. C'est la première fois qu'il nous quitte. Il me manque. La maison paraît tout à coup très vaste et très silencieuse sans lui. Mais que voulez-vous ? Les enfants sont comme des oiseaux. Quand leurs ailes sont devenues assez fortes pour les porter, ils s'envolent ailleurs.

Zhaokang est parti avec lui. Il a abandonné ses études. Les dettes que son père a faites pour sauvegarder la parcelle familiale doivent être remboursées, d'une façon ou d'une autre. En tant que fils aîné Zhaokang a le devoir de l'aider. Au Sud l'économie est en plein boom, on a besoin de main-d'œuvre sur les chantiers du bâtiment et de la construction des routes. Comme mon fils, Zhaokang pense que c'est plus facile de trouver du boulot et des sous là-bas.

Oui, comme vous devez vous en douter, ma fille est très affectée par le départ de Zhaokang. Elle n'en parle pas, mais le cerne gris-bleu autour de ses yeux en dit long. Elle qui a toujours été bonne élève, bosse encore plus depuis que Zhaokang a quitté l'école. Elle travaille pour deux. C'est là sa façon à elle de surmonter son chagrin.

À la maison mon mari, mon fils aîné et moi nous continuons de soigner nos lopins et le reste de nos pommiers. Je sais qu'il nous faut trouver d'autres sources de revenus. Quelque chose qui rapporte bien et qui dépende moins de la terre. Si cet été ma fille arrive à décrocher une place au lycée qui se trouve au chef-lieu du district, nous devrons, outre sa pension, faire un don de deux mille yuans à l'établissement.

Un après-midi mon gendre a une affaire à régler au chef-lieu du district ; je vais avec lui. C'est pour chercher des médicaments pour Shuqing. Il souffre toujours de douleurs au dos depuis la bagarre dans le verger, trois ans plus tôt. Mon beau-fils me laisse descendre du camion devant la pharmacie.

Tu pourras te balader un peu dans la ville après tes achats, me dit-il. Je reviendrai te chercher ici dans environ deux heures.

Je pénètre dans la boutique. Il n'y a pas beaucoup de monde. Au rayon des médicaments à l'occidentale, à gauche, une femme parle avec deux clients. Je me dirige vers le rayon des médicaments traditionnels chinois, à droite. Un vieux monsieur à lunettes lit un journal derrière le comptoir.

Bonjour, monsieur, j'étale sur le comptoir l'ordonnance qu'un herboriste du coin a prescrit à Shuqing.

Le vieux monsieur se lève. Il plie son journal qu'il pose sur la chaise, puis se penche pour lire l'ordonnance.

Hmmm, ça on a, ça aussi, et ça aussi… murmure-t-il en pointant l'ongle jaune de son index sur chaque nom tracé sur la feuille. Mais ça, on n'en a plus.

C'est quoi ?

Scorpions.

Scorpions ?

Oui, c'est écrit ici.

Combien il en faut, alors ?

Deux pour un paquet, six pour trois paquets, mais nous n'en avons plus.

C'est pas grave, on en trouvera chez nous.

Le vieux monsieur paraît surpris. Il soulève ses yeux sur moi, par-dessus ses lunettes.

Ah bon ! Pourriez-vous nous vendre le surplus ? Nous les prendrions à un yuan par tête.

Cette fois c'est moi qui suis étonnée :

Vous achetez des scorpions ? Un yuan par tête ? Combien vous en voulez ? Tout ce que nous avons ? Je ne savais pas que ces petits animaux méchants pourraient être…

Utilisés pour soigner des maladies ? sourit le vieux monsieur. À ce que je sais, ça entre dans au moins une centaine de recettes de médicaments traditionnels. Combattre le mal par le mal…

Le vieux monsieur se lance dans un discours interminable sur les principes et les méthodes de la médecine chinoise mais je ne l'écoute plus. Mon cerveau est envahi par les bestioles articulées, dos brun-gris, longues pinces jaune-orangé, pattes poilues de la même couleur, queue aussi jaune-orangé remontant en aiguillon redoutable. Scorpions ! Un yuan par tête !

Qui l'aurait cru ! Je leur dirai à Shuqing, à mes beaux-parents et à mes enfants. Ils vont rire, je le sais. Ils ne me croiront pas. Mais j'insiste. Je leur dirai que c'est vrai, absolument vrai, que ces petits animaux hideux sont des trésors, que si nous ne sommes pas bêtes nous pourrons faire de l'argent… Ils cesseront de rigoler. Ils m'écouteront. Ils prendront au sérieux mon idée. Puis, tous déterminés à réussir, nous partirons à la chasse. Nous arpenterons les champs, retournerons les pierres, scruterons les fentes des vieux murs, fouillerons les anciens fours à briques à demi écroulés… Nous rapporterons ensuite notre gibier vivant à la maison. Nous ne les vendrons pas, ces bestioles venimeuses, mais les élèverons. Oui, nous les élèverons. Et elles grandiront. Et elles se multiplieront. Par dizaines, par centaines, par milliers…

Voilà, le vieux monsieur me rend l'ordonnance. Il entasse les trois paquets d'herbes séchées l'un sur l'autre, ficelle le tout, le pousse vers moi.

Merci beaucoup. Je paie le vieux monsieur, prends les paquets, ressors de la pharmacie, mon rêve de scorpions plein les yeux.

Mon beau-fils n'est pas encore revenu. D'habitude j'aime faire les vitrines et les étalages, mais ce jour-là je n'en ai pas envie. Je veux rentrer tout de suite à la maison. Je ne peux pas attendre pour leur parler de mon projet…

Coup de klaxon. Le voilà enfin. Je monte dans la cabine et m'installe près de mon gendre.

J'ai une grande nouvelle pour toi, fils, lui dis-je d'une voix excitée. Figure-toi…

Mais aux premiers mots le jeune homme éclate de rire. Il pense que je lui raconte des salades. Il rit si fort qu'il a du mal à tenir le volant, et le véhicule cale au bord de la route.

Mais arrête de rire comme ça, lui dis-je, je ne plaisante pas, je suis sérieuse.

Et il rit de plus belle. Il s'écroule sur son siège en se tenant les côtes. Je fais semblant de me fâcher.

Allons maman, ne te fâche pas, s'excuse-t-il enfin en essuyant ses larmes, c'est plus fort que moi. Tu veux élever des scorpions à la maison, d'accord. Mais où pourras-tu les enfermer en sécurité, ces bestioles dangereuses ? Dans des cages en fil de fer ? des boîtes en bois ? ou des jarres de grès ? Pourras-tu dormir tranquillement en les sachant si nombreux et si près de toi ? Moi j'arriverais pas à m'endormir si je savais qu'il y en a ne serait-ce qu'un seul chez moi, hahaha... Que mangent-ils ? des céréales ? des fourmis ? de l'herbe ? ou de la terre ? Tu le sais pas. Que boivent-ils ? de la rosée ? du vinaigre ? de la sauce de soja ? ou de l'alcool de sorgho ? Tu le sais pas non plus. Comment se reproduisent-ils ? Sais-tu distinguer les femelles des mâles ? As-tu jamais vu qu'ils fassent l'amour, hahaha... Peuvent-ils tomber malades comme des hommes, as-tu une idée ? Comment les soigner s'ils le sont ? Pose la question aux vétérinaires... Je peux imaginer leur tête ! Hahaha... Sais-tu comment on les achète, ces petits animaux ? Vivants ou morts ? Supposons qu'on les achète vivants, que faut-il faire alors pour les transporter au point de livraison ? Supposons qu'on les achète morts, comment faut-il les traiter pour qu'ils ne pourrissent pas ?... Non, tu le sais pas. Tu y as même pas pensé. Alors, penses-y maintenant, maman. Élever des scorpions à la maison, c'est pas un jeu d'enfant, ça... Quoi ? Tu veux qu'on retourne au centre-ville ?

Oui.

Tu as oublié quelque chose ?

Non, mais je dois aller à la librairie.

Maintenant ?

Oui, tout de suite.

Une employée me conduit au rayon *Agriculture*. Elle parcourt du regard les titres sur le rayon, sort un livre très mince.

Voilà, c'est le seul qu'on a sur l'élevage des scorpions.

Oh merci !

Je feuillette le petit bouquin. Quarante-trois pages, une quinzaine de dessins, un yuan neuf maos. Je paie au comptoir. L'employée appose le tampon de la librairie sur la couverture du bouquin et me le donne. Je l'enveloppe avec mon écharpe comme une perle rare, puis je ressors. Je rejoins mon gendre dans la cabine de son camion.

Ça y est, tu as trouvé ce que tu veux ? me demande-t-il d'un ton amusé.

Oui. Je soulève un bout de l'écharpe et lui montre un coin du livre.

Quand tu deviendras la Reine des scorpions, maman,... dit-il en jetant un regard rapide dessus.

Je lui donne un coup de coude :

Je me souviendrai de ce que t'as fait pour moi aujourd'hui, fils.

Hahaha !...

Le soir même, tous les membres de la famille sont réunis après le dîner dans la grotte de mes beaux-parents, pour écouter ma fille lire les premières pages du manuel. On écoute, on pose des questions, on rigole, on discute, on écoute à nouveau, on discute encore... jusqu'à une heure avancée de la nuit.

Nous passons les jours suivants à préparer un nid douillet pour nos futurs hôtes. Nous commençons par vider une petite maison troglodytique qui nous sert de remise. Lorsque tout le bric-à-brac est sorti, toutes les toiles d'araignée enlevées, le plafond et les parois nettoyés, nous creusons au milieu de la grotte un bassin rectangulaire d'une profondeur d'un mètre. Selon les instructions données dans le livre, nous tassons bien le fond du bassin à l'aide d'un rondin de bois, avant de le tapisser d'une épaisse couche de terre prise dans un champ fertile où on n'a jamais utilisé ni pesticide ni engrais chimiques. Puis nous revêtons les parois d'une mince couche d'un badigeon fait de sable, d'argile et de ciment. Quand le badigeon a séché, nous entassons contre les parois morceaux de pierres, fragments de tuiles, briques de terre percées de trous. Ainsi nos hôtes pourront-ils se déplacer sans être vus dans des couloirs discrets et se reposer tranquillement dans les fentes obscures quand ils seront fatigués. Une « cour de récréation » est laissée au centre du bassin, elle pourra leur servir aussi de « salle à manger ». Pour décourager toute tentative d'évasion, nous recouvrons le haut des parois du bassin de carreaux de céramique, dont la surface lisse ne laisse aucune prise aux petites pattes trop aventurières. Puis, un mince fossé creusé tout autour du bassin, un sac de poudre anti-fourmis versé dans le fossé, et ça y est, la « prison cinq étoiles » est prête pour accueillir les premiers arrivants…

Non non, les scorpions de chez nous ne sont pas du genre comment dire… mortel. Il nous arrive d'être piqués quand nous travaillons ou marchons dans les champs, ça fait mal, c'est vrai, comme une brûlure, mais la douleur disparaît toute seule au bout d'une heure environ. Si vous trempez la blessure dans une solution froide de savon ou de lessive pendant cinq minutes, la douleur diminuera sensiblement. Un autre moyen pour calmer la douleur : broyer un escargot ou une araignée, puis mettre la purée sur la piqûre, c'est encore plus efficace.

Notre première chasse est plutôt fructueuse. Armés de longues baguettes de bambou, nous réussissons à capturer seize scorpions. Ils sont rapportés à la maison dans un pot de grès. Deux d'entre eux sont tout de suite lavés et jetés dans le caquelon avec de l'eau et des herbes médicinales pour préparer une décoction pour Shuqing. Je porte le pot contenant le reste des prisonniers dans la petite grotte, baptisée *parc des Scorpions* par ma fille. Je place le pot au milieu du bassin dans la cour de récréation, puis le renverse doucement avec des baguettes. Aussitôt les bestioles courent hors du pot pour disparaître sous les amas de briques, de tuiles et de pierres.

Quelques jours plus tard, le nombre de nos hôtes a quadruplé et continue encore d'augmenter. Pour les nourrir nous jetons dans le bassin grillons, criquets, charançons, cloportes, mille-pattes, araignées et chenilles de pyrales que nous avons attrapés. Les scorpions adorent chasser ces insectes, ils leur fournissent de la viande vivante mais ne polluent pas leur territoire. Que boivent les scorpions ? De l'eau. Nous utilisons un système très simple mais très efficace : remplir un bocal d'eau du puits, prendre une bande de tissu, mettre un bout de la bande dans le bocal et laisser l'autre bout traîner dehors. Tant qu'il reste de l'eau dans le bocal, le tissu est toujours humide, et les scorpions viennent le sucer quand ils ont soif. Parfois nous leur donnons aussi des morceaux de peau de pastèque, des tranches de pommes et de tomates, boisson de luxe pour eux. Comme les scorpions aiment l'humidité, nous aspergeons d'eau les briques, pierres et tuiles dans le bassin tous les trois ou quatre jours, un peu plus souvent quand il fait chaud. Les scorpions préfèrent l'obscurité à la lumière. Ils passent la plupart de la journée à dormir, et ne sortent de leurs trous que quand le soleil se couche. Ils sont le plus actifs de 7 heures du soir à 2 heures du matin. Voilà pourquoi nous ne mettons de la nourriture dans le bassin que vers 6 heures de l'après-midi.

C'est un jour de la fin mai, je me souviens encore, il fait d'un seul coup une chaleur d'été. J'entre dans le parc des Scorpions pour vérifier s'il y a encore assez d'eau dans le bocal. Quand je m'approche du bassin, chose étrange ! Je vois deux scorpions danser dans la cour de récréation centrale. L'animal qui a le corps le moins large, un mâle sans doute selon la description du manuel, serre fermement de ses pinces celles d'un autre scorpion qui paraît plus gros et plus lourd, une femelle. Le mâle marche en rond et à reculons, entraînant sa compagne qui semble se laisser faire. En même temps leur aiguillon brasse l'air sans arrêt au-dessus de leur dos, plus comme un drapeau que comme une arme. La danse dure une dizaine de minutes. Puis, le mâle s'arrête et, son corps secoué de frémissements, il tire plus fort sa compagne vers lui, jusqu'à ce qu'ils se trouvent tous les deux front contre front. Son corps toujours secoué de frémissements et son aiguillon remuant maintenant de haut en bas, le mâle lève ses deux pattes de devant et se met à caresser la poitrine de la femelle. Il approche ensuite son propre ventre du sol et, recommençant à reculer lentement, laisse sortir quelque chose qui ressemble à un long grain de riz et qui reste debout sur le sol comme ça, obliquement. Il continue de marcher à reculons en tirant sa compagne avec lui, jusqu'à ce que la poitrine de celle-ci touche la graine… Les deux bestioles restent immobiles un moment, puis c'est la femelle qui commence à reculer pour se débarrasser de son compagnon. Ce dernier ouvre ses pinces, et le couple se sépare aussitôt.

Le lendemain je surprends encore plusieurs danses comme ça. Les scorpions aussi, me dis-je, font l'amour au printemps.

Mon beau-fils passe quelques jours plus tard. Je lui dis de m'acheter cinq petites jarres au chef-lieu du district quand il s'y rendra.

Pourquoi faire ? me demande-t-il.

Pour garder séparément les femelles qui vont donner des bébés.

Déjà !

Son air étonné me fait rire.

Le soir même il me rapporte huit jarrons.

Le chiffre faste te portera chance, m'explique-t-il en descendant les jarrons du camion. Je les mets où ?

Là-bas, à l'entrée du parc des Scorpions. Je te dois combien ?

Rien. Il remonte dans sa cabine. Tu te souviendras de ce que j'ai fait pour toi, maman, quand tu seras riche. Hahaha… Il claque la portière et redémarre.

Après son départ, je nettoie les jarrons avec un bout de chiffon. Je les porte ensuite dans la grotte et les aligne sous la fenêtre. J'entasse encore quelques morceaux de tuiles cassées dans chaque jarron et ça y est, les salles d'accouchement sont prêtes.

Au bout de trois ou quatre semaines, je remarque que le corps de certaines bestioles commence à s'alourdir visiblement. Quand elles sortent pour boire, je les prends avec des baguettes et les mets dans les jarrons. Je ne vais plus ni aux champs ni au verger, mon fils et mon beau-père s'en occupent. Je ne fais plus ni ménage ni cuisine, je laisse ma belle-fille et ma belle-mère partager ces besognes. Chaque jour je me rends au parc des Scorpions et reste là-bas des heures entières à regarder dans les jarrons. Ces futures mamans me semblent très paresseuses. Elles ne bougent guère, boivent et mangent très peu.

J'attends… Rien ne se passe.

Puis, un matin très tôt, ma fille aînée vient me voir. Elle me dit qu'elle est enceinte. Je suis très heureuse pour elle mais elle est angoissée. Elle a peur que ce ne soit pas un garçon. Je lui dis alors que ça ne sert à rien de s'inquiéter comme ça, de toute façon. Que le sexe du bébé ne dépend ni de sa volonté, ni de celle de son mari, ni de celle de ses parents, ni de celle de ses beaux-parents. Que personne n'y pourrait rien si Dieu du Ciel voulait que ce soit une fille. Qu'avec les récentes réformes elle aura droit à un second bébé dans cinq ans si le premier est une fille… Mes paroles ne suffisent pas à calmer ses angoisses, mais le fait de pouvoir en parler lui fait beaucoup de bien. Elle paraît déjà moins nerveuse que quand elle a franchi le seuil de ma porte.

Avant de repartir elle veut visiter le parc des Scorpions. Nous entrons dans la petite grotte. Nous faisons un tour du bassin. Elle me pose des tas de questions. Elle me dit que si ça gagne bien, elle essayera, elle aussi.

Alors là, lui dis-je, ton mari ne pourra plus dormir, hahaha…

Qu'est-ce qu'il y a là-dedans, maman ? demande-t-elle en s'approchant de l'un des jarrons sous la fenêtre. Hé ! Regarde ! Qu'est-ce que c'est que ça ?

Je me penche sur le jarron et, devinez ce que je vois… un scorpion portant un groupe de bébés sur son dos ! Un, deux, trois… quinze en tout ! Couleur de lait, pas plus gros qu'un grain de riz, ils s'alignent sagement en deux rangs sur le dos de leur maman, la tête tournée vers l'extérieur.

Je regarde dans un autre jarron, rien. Je regarde dans un autre jarron encore, rien non plus. C'est dans le quatrième jarron que je vois la même scène. Mais… cette maman-là a mis au monde vingt-six bébés !

Ta visite m'a porté bonheur, dis-je à ma fille.

En tout mes vingt-quatre mères scorpions ont donné presque cinq cents jeunes animaux. Je suis stupéfiée par leur capacité de reproduction. Si ça continue comme ça, me dis-je, nous aurons plus de dix mille bestioles l'an prochain, et quelques centaines de milliers l'année suivante… Incroyable.

Comment les nourrir maintenant qu'ils sont si nombreux ?

Bonne question. Quand ça se multiplie comme ça, la quantité des insectes qu'on peut attraper dans la nature ne suffit plus. Nous commençons donc à élever des vers de farine et des vers de terre. Ces derniers en particulier sont très faciles à élever. On creuse un trou, on y met du fumier, de la terre meuble et des vers de terre qu'on a trouvés dans les champs, on arrose souvent pour que ce soit toujours humide dans le trou. Au bout d'un certain temps, on tourne le fumier, on prend les vers les plus gros, on les passe dans l'eau bouillante, on les coupe en petits tronçons, et on les donne aux scorpions dans une assiette en bois avec du son sauté, des feuilles fraîches de sophora ou des tranches de tomates. D'après le livre les scorpions mangent du porc aussi, mais c'est un peu trop cher, ça.

Nous sommes le 20 janvier 1994, deux jours avant le Nouvel An. Shuqing, ma belle-mère, mon fils aîné et sa femme sont allés au chef-lieu du district faire des courses pour la fête. Ma fille cadette révise ses leçons dans sa chambre. Moi je me livre au grand nettoyage de l'année : dépoussiérer les meubles, balayer le sol, enlever des fenêtres les vieux dessins décolorés de l'an passé, y coller les images neuves que j'ai découpées la veille dans du papier rouge…

Les battants de la porte s'ouvrent tout à coup. Mon fils cadet franchit le seuil, un gros sac à l'épaule.

C'est toi ! ma surprise et mon émotion sont telles que je chancelle.

Mon fils dépose le sac et me saisit dans ses bras : Ça va, maman ?

Oui oui, ça va. Viens, laisse-moi te regarder. Je le dévore des yeux. Tu as grandi, minci, bronzé. T'es un jeune homme maintenant.

À entendre la voix de son frère, ma fille s'est précipitée hors de sa chambre. Elle le regarde aussi, un grand sourire s'épanouit sur son visage comme une fleur de pêcher.

Zhaokang est rentré lui aussi ? demande-t-elle à la hâte.

Non, il reste là-bas. Il remplace le gardien d'un entrepôt qui est parti en congé. Il m'a donné deux mille yuans pour que je les remette à son père…

Le sourire disparaît du visage de ma fille. Elle baisse les paupières et retourne dans sa chambre.

Tu dois avoir faim, dis-je à mon fils, va te laver le visage et les mains, le temps que je te fasse cuire des nouilles…

Je montre à mon fils cadet la petite grotte transformée en maison des scorpions. Il est très impressionné par ce que nous avons fait.

Les gens de la ville mangent des scorpions, dit-il, ils croient que ça élimine des éléments toxiques du corps et aide à prévenir le cancer.

Cette information m'enthousiasme. Car les besoins des pharmacies locales sont très limités, et le prix offert par la compagnie d'État des médicaments bruts n'est pas assez attirant : deux cents yuans seulement le kilo, environ mille bestioles séchées. Le marché gastronomique, me dis-je, ça serait peut-être une issue.

Après la Fête du Printemps, j'ai confié le parc des Scorpions à mon mari, laissé mon fils aîné s'occuper des champs et de la maison, et je suis partie pour le Sud avec mon fils cadet.

À Vieux Banian les patrons des restaurants savent que les plats aux scorpions sont très populaires, mais ils ne les offrent pas sur leurs cartes. Pourquoi ? Parce qu'ils n'ont pas de fournisseurs pour cette matière première. Alors je leur dis que je pourrais leur en fournir, des scorpions, des vrais, des vivants, à un prix très compétitif, tout le long de l'année, et autant qu'ils en voudront. Ils sourient en secouant légèrement la tête. Je sais qu'ils ne me croient pas. Ils doivent penser que moi, une paysanne du Nord, je leur promets la lune.

Heureusement Vieux Huang, le cuisinier en chef du Jardin de la Lumière, me croit, lui. Après que j'ai parlé avec le propriétaire de son restaurant il me reconduit à la porte. Sur les marches du perron il me dit qu'il voudrait vraiment tenter le coup, si je peux lui assurer un ravitaillement continu. Il me redonne confiance en mon projet.

À ce moment-là, une ferme d'État située à une dizaine de kilomètres de Vieux Banian vend aux enchères une partie de ses terres à des entrepreneurs privés. J'achète un petit terrain, fais bâtir deux cabanes dessus, et ma micro-ferme des scorpions est née. Avec la bénédiction de mon mari et de mes enfants, elle est nommée *Ferme du Lotus*.

Oui, les scorpions reproducteurs viennent de chez nous. C'est mon beau-fils qui les transporte jusqu'ici avec son camion. Shuqing et mon fils cadet l'accompagnent. Le voyage dure neuf jours. Ici au Sud il fait chaud en été et doux en hiver. Il ne neige pas. Il ne gèle pas. La température ne tombe jamais au-dessous de zéro. Les scorpions grandissent plus vite, et se multiplient plus vite.

Non, ça n'a pas pris beaucoup de temps pour que ma ferme du Lotus se taille un petit nom dans la région. Maintenant je fournis des scorpions vivants à tous les grands restaurants de Vieux Banian. Une distillerie locale achète aussi mes bestioles pour produire son *Eau-de-vie aux scorpions*, une marque qui se vend jusqu'à Pékin, Shanghai, Guangzhou, Hong Kong…

Shuqing et mon fils cadet m'aident à gérer les affaires de la ferme. Nos champs et nos pommiers sur les plateaux de loess ?… Nous les avons laissés à mon fils aîné et sa femme. Ils s'en occupent bien. Ma fille aînée a eu une fille. La petite aura cinq ans dans un mois. Sa maman est enceinte à nouveau. Son papa espère que cette fois ce sera un garçon. Mais ça ne dépend pas de notre volonté, n'est-ce pas ? D'après moi, ce sera très bien aussi si c'est encore une fille. Bien élevée et bien éduquée, elle pourra accomplir également quelque chose dans sa vie… Ma fille cadette est venue vivre avec nous. Elle vient de terminer le lycée. Elle va faire des études à l'École normale de Vieux Banian. Quant à Zhaokang, il travaille à temps partiel sur la ferme, ça lui permet de suivre des cours du soir à l'École des communications électroniques. Grâce à l'argent qu'il a envoyé à la maison, son père a remboursé ses dettes, quel soulagement !…

Mes parents ont rêvé jeunes de sortir des plateaux de loess. Ils ont essayé mais ont dû y renoncer à cause des circonstances du moment.

À mon tour j'ai essayé. J'ai réussi. J'ai eu plus de chance qu'eux.

On dit que déplacé, un arbre mourra mais un homme vivra. Je le crois. Pas vous ?

Oui c'est ça, maman s'appelle Xiangtao, *Pêche Parfumée*. Mais… mais comment vous le savez ?… Quoi ? Vous avez rencontré ma tante ?… Où ? Ici ? À Vieux Banian ?… Oh c'est incroyable, ça. Oui oui, maman m'a dit qu'elle avait une petite sœur qui porte le nom d'une fleur… Oui oui, c'est ça, Mulan, *Magnolia*. Elles étaient très proches toutes les deux. Quand maman et papa préparèrent en secret leur fuite, seule Magnolia était au courant. Elle les a aidés. Elle leur a servi de messagère. Comme elle était petite fille, personne ne la soupçonnait. Maman me parlait souvent d'elle quand j'étais jeune. Elle me disait que je lui ressemblais beaucoup, physiquement et de caractère… Alors, c'est bien elle que vous avez rencontrée ?… Oh c'est formidable, ça. Je n'en reviens pas… Elle est photographe ? Elle a publié un album sur nos plateaux de loess ? Elle nous recherche toujours ?… Quand l'avez-vous vue ? L'année dernière ?… Elle est ensuite partie pour la Montagne Noire ? Où c'est, la Montagne Noire ? Au Yunnan ?… Elle ne vous a pas dit combien de temps elle y resterait ? non ?… Elle ne vous a pas dit si elle repasserait encore par Vieux Banian ? non ?… Vous a-t-elle laissé son adresse ? son numéro de téléphone ? non ?… Comment pourra-t-on la joindre, alors ?… La perdre à nouveau comme ça après l'avoir retrouvée ? Impossible !… Vous avez raison. On pourrait essayer la maison d'édition. Quelle maison d'édition a publié ma tante ? Le *New World Press* ? Vous en êtes sûre ? Ils doivent avoir son adresse, alors… Voulez-vous m'excuser ? Mais je veux appeler mon fils aîné. Il pourra porter la nouvelle à maman, aujourd'hui même. Non, il n'y a pas encore de téléphone dans le village de mes parents, malheureusement… Attendez ! Peut-être vaudrait-il mieux que je contacte d'abord la maison d'édition, que je parle d'abord à ma tante… Maman fêtera bientôt ses soixante-six ans. Si je peux retrouver ma tante avant, et arranger leurs retrouvailles le jour de la fête… Quelle surprise pour maman ! Quelle joie ! Quel bonheur ! Oh je n'en reviens pas…

Ketmie

Tu t'arrêtes au seuil de la boutique.

C'est une pièce allongée. Trois mètres sur sept environ. La porte de derrière, grande ouverte, laisse voir un coin de la petite cour ensoleillée, un grenadier en pot, une chaise longue de bambou, et assise sur un tabouret de bois, une fillette en robe fleurie baratinant les poissons rouges qui voguent dans un aquarium.

Les murs de la boutique, de gauche comme de droite, sont envahis par une collection étonnante de cerfs-volants. Grenouille verte roulant des pupilles orange. Cigale émeraude à ailes dorées. Libellule d'un jaune éclatant rayé de brun sombre. Hibou violet à gros yeux ronds et fixes. Hirondelle à double tête moitié rose vif et moitié bleu ciel. Papillon déployant ses larges ailes indigo tachetées de rouge et de blanc. Chauve-souris écarlate. Aigle brun et noir au regard féroce. Phénix gracieux remuant sa longue queue ocellée. Éternels idéogrammes *bonheur* et *longue-vie*, rouge flamboyant. Huit trigrammes taoïstes, bleu marine sur fond blanc. Symbole du *yin-yang*, deux poissons enfermés dans un cercle, l'un noir à l'œil blanc et l'autre, blanc à l'œil noir. Héros mythologiques. Visages peints de l'opéra. Pagodes. Lanternes. Calligraphies à l'encre noire. Et, accroché au plafond, un dragon de cinq ou six mètres de long, rouge et vert, dont la bouche ouverte se fige dans un grand cri muet. À l'intérieur de la bouche de l'animal, tu aperçois les fines cordes d'une mini-harpe éolienne.

Une longue table rectangulaire, recouverte d'une nappe de toile écrue, occupe le centre de la boutique. Tout un bric-à-brac traîne sur la table, pinceaux, gobelet, petites bouteilles à demi remplies de couleurs, porte-pinceau de bois laqué, rouleaux de papier, charpentes de bambou et cordons, panier oblong où sont rangés bâtonnets de bambou de longueur et de grosseur variées, panier rond où s'entassent crayons, ciseaux, poinçon, canif, cordon, sifflets, pinces coupantes, bobines de fil, tubes de colle…

Assis sur une chaise de bois derrière la table, un homme d'une soixantaine d'années s'absorbe dans sa contemplation. Cheveux gris. T-shirt blanc. Yeux plissés fixant une ossature de cerf-volant fraîchement recouverte de papier, étendue au milieu de la table comme l'ombre blanche d'une grande hirondelle.

Tu regardes l'homme. Tu as l'impression de l'avoir déjà vu quelque part… Oui, c'est bien lui, l'homme long et voûté que tu as rencontré l'an dernier, à la gare de Cinq Pics ! Tu lui as même posé quelques questions sur Vieux Banian que tu ne connaissais pas encore…

Il est 3 heures de l'après-midi. La rue du Nouveau Puits n'est plus qu'une énorme rigole béante à piétons, vélos, tricycles, motos, voitures, camions, tracteurs-remorques, lumière, chaleur, poussière. Mais de cet écoulement bruyant, l'homme ne voit rien, n'entend rien. Il regarde, immobile, l'ombre blanche qui s'étale devant lui. Il rêve. Tout à coup, comme arraché à sa songerie par un appel, il attrape un pinceau, le trempe dans une bouteille de couleur, le retire, et, sans faire d'ébauche, le fait courir sur le cerf-volant vierge… Yeux ronds pétillants d'une lueur malicieuse, bouche moqueuse fendue jusqu'aux oreilles, chapeau rouge encerclé d'or, écharpe verte nouée autour du cou, blouse orange, jupe courte en peau de tigre… Roi des singes !

L'homme semble satisfait. Il lave son pinceau dans le gobelet, le retire et le suspend la tête en bas au porte-pinceau. Il se penche ensuite pour sortir de sous la table une bouteille de liqueur dans laquelle baigne un petit serpent vert, enlève la capsule, boit une gorgée à même le goulot.

Tu franchis le seuil. L'homme tourne vers toi sa tête auréolée de cheveux gris.

Tu lui tends une main :

Je suis Ketmie. Je vous ai appelé hier.

L'homme pose précipitamment la bouteille de liqueur au serpent pour serrer ta main :

Vieux Lin. Bonjour.

J'ai lu *Camélia*, dis-tu en t'asseyant sur la chaise en face de lui.

Et alors ? demande-t-il en rangeant la bouteille sous la table.

J'ai été très touchée par ce récit.

Ce sont des bribes de souvenirs d'enfance, dit Vieux Lin en se frottant les mains. Je n'avais jamais pensé à en faire une nouvelle. J'enseignais à l'école des Beaux-Arts de Vieux Banian. J'étais toujours très occupé. À l'automne 66, je me suis enfui à Hong Kong pour échapper à la persécution des gardes rouges. Là-bas je n'avais ni parent ni ami. C'était très difficile. J'étais très seul. J'ai alors commencé à écrire. J'ai écrit *Camélia*, *Les Bâtonnets d'encre de mon père*, *Feuille de Saule*, et quelques autres.

Je ne sais pas si je me trompe – mais je trouve que Camélia ressemble beaucoup à une femme que j'ai connue.

Ah bon !

La femme que j'ai connue s'appelle Armoise et avait une cinquantaine d'années à l'époque. C'était dans les dernières années de la Révolution culturelle. J'étais en exil à Longue Pente, dans la Montagne Noire, et je logeais chez elle.

Qu'est-ce qui vous fait penser alors que Camélia et Armoise sont une seule et même personne ?

L'année dernière je suis retournée à Longue Pente pour brûler de l'encens sur la tombe de mes parents. Je voulais aussi revoir Armoise. J'avais envie de parler avec elle. Mais je suis arrivée trop tard, elle n'était plus de ce monde. Oncle le Deuxième m'a raconté son histoire. Selon lui, elle n'était pas du canton, et Armoise n'était pas son vrai nom. Oncle le Deuxième et son frère aîné l'avaient trouvée un jour de printemps, en 1943, à mi-hauteur d'un à-pic, plus morte que vive. Ils l'ont sauvée. Ils l'ont portée dans leur village. Elle était en deuil. Elle était jeune. Elle était belle. Elle était enceinte. Elle ne se souvenait plus, (ou préférait oublier ?) de son nom. Ni d'où elle venait. Ni pour qui elle portait deuil. Ni comment et pourquoi elle se trouvait au flanc de la falaise. À leurs questions elle répondait qu'elle ne se rappelait plus rien. Elle leur disait de l'appeler Armoise, parce que cette herbe est très tenace et peut vivre là où il y a une poignée de terre et quelques gouttes d'eau…

Alors, Camélia n'était pas morte. Elle avait survécu à sa chute…

Et elle a épousé l'homme qui l'aimait, le grand frère de oncle le Deuxième. Et ils ont eu des enfants…

Je n'aurais jamais pu imaginer une suite pareille à mon histoire. Comme c'est surprenant parfois, le destin !

Vieux Lin paraît très ému. Sa voix tremble. Ses yeux s'embuent. Il ressort sa liqueur de serpent de sous la table et boit une grande lampée.

Il y a de quoi vider toute la bouteille, n'est-ce pas ? dit-il.

Je fais oui de la tête.

Grand-père ! grand-père ! appelle la fillette en robe fleurie qui vient se blottir contre Vieux Lin. T'as promis de faire un cerf-volant pour moi…

Vieux Lin remet la liqueur sous la table, prend l'enfant qu'il pose sur ses genoux.

Regarde ça, Fen Fen, tu l'aimes ?

Roi des singes ! Chouette ! Je peux le prendre ?

Un peu plus tard, il n'est pas tout à fait terminé.

La fillette glisse des genoux de Vieux Lin.

Où vas-tu ?

Je vais chercher mon cahier et mes crayons. Je veux dessiner Roi des singes, moi aussi.

Elle court à la porte de derrière, monte l'escalier. On entend ses pas précipités à l'étage.

Quel âge a-t-elle ? demandes-tu à Vieux Lin.

Sept ans. Elle va à l'école depuis six semaines déjà. Sa maîtresse me dit qu'elle s'y intègre très bien.

À ce moment-là, un homme entre dans la boutique avec son fils. Tu te lèves pour dire au revoir à Vieux Lin.

Demain ce sera la fête de mi-automne, te dit-il, nous irons faire voler le dragon. Si vous voulez venir, vous serez la bienvenue. On partira à 9 heures du soir.

À 9 heures du soir ?

Oui. Vous n'avez jamais fait voler un cerf-volant la nuit ? Il faut que vous veniez, alors.

D'accord, à demain soir.

Lorsque tu arrives à la boutique de Vieux Lin, quelques minutes avant 9 heures, il est en train de ranger le bric-à-brac sur sa table. Fen Fen, en pantalon et trainings, une lampe de poche accrochée en bandoulière à son épaule, attend le départ.

J'espère que je ne suis pas venue trop tôt, tu t'excuses en entrant.

Non non, vous êtes arrivée juste à temps, dit Vieux Lin en repoussant pinceaux, gobelet, bouteilles de couleurs. J'ai besoin de vous pour descendre le dragon.

Vieux Lin place la chaise au centre de la table, se hisse sur la table, grimpe sur la chaise. Il délivre d'abord la queue du dragon, qu'il te demande de soutenir de tes mains. Il dénoue ensuite les ficelles qui retiennent le corps de l'animal au plafond, puis détache les cordons qui emprisonnent sa tête…

Tu couches doucement le dragon sur le sol : Il est magnifique.

Vieux Lin sourit. Il descend de la chaise, puis de la table.

C'est le meilleur cerf-volant que j'ai jamais fait, te confie-t-il en caressant amoureusement sa longue échine de bambou. Plus d'un client est venu pour lui. Mais je ne l'ai jamais vendu. Je ne voulais pas m'en séparer.

Puis, en tournant la tête vers Fen Fen, il dit d'une voix joviale : On va laisser le dragon partir aujourd'hui, il va emporter toutes nos maladies, tous nos malheurs.

Reviendra-t-il plus tard ? demande la fillette.

Non, mais je pourrai nous en faire un autre, plus long et plus beau encore.

C'est promis ?

Oui, c'est promis.

Avec mille précautions, Vieux Lin plie le dragon et le glisse à l'intérieur d'un grand sac en plastique. Alors que tu ficelles le sac sur le porte-bagages de ta bicyclette, Vieux Lin prend encore un moulinet de fil, un canif, un paquet de gâteaux de lune, une bouteille d'eau, quelques coupes en plastique, et sa bouteille de liqueur de serpent qu'il enveloppe dans une feuille de journal. Il met le tout dans une sacoche et l'accroche au guidon de son vélo. Puis il ferme la boutique.

Viens, Fen Fen.

La fillette grimpe sur son porte-bagages, et vous partez tous les trois.

Vous laissez vos bicyclettes à la maison d'un paysan à qui Vieux Lin a acheté des bambous. Vous prenez seulement le dragon et la sacoche, puis vous repartez à pied.

Il fait beau et frais. La lune pleine flotte dans le ciel bleu foncé comme une énorme perle. Sa clarté limpide se déverse sur la campagne, anime les ombres autour de vous. La route de terre, tel un ruban sinueux et ondulé, se déroule jusqu'à l'horizon. Sans voiture, sans lumière artificielle, sans charivari urbain, tes sens endormis par les couleurs et les bruits de l'existence moderne se réveillent subitement. Tu entends tout. Murmure de l'eau, chant des insectes, frottement des feuilles, battement des ailes, plainte des bambous, saut des grenouilles dans les rizières. Tu sens tout. Petits cailloux qui roulent sous tes pieds, vent léger qui effleure ton visage et tes bras, haleine humide de la terre qui mêle les parfums des plantes et l'odeur du fumier… Rien ne t'échappe. Tu t'imprègnes de tout.

On va où ? demande Fen Fen.

À l'île de sable, répond Vieux Lin.

C'est encore loin ?

Non, on arrive.

En tenant la main de Fen Fen, Vieux Lin quitte la route pour s'engager sur un sentier creusé d'ornières sèches. Tu les suis avec le dragon accroché à l'épaule. Le sentier file en pente douce vers un ruban chatoyant au clair de la lune, à une centaine de mètres en contrebas. Vous vous approchez du ruban. C'est une rivière.

Il y avait un pont de bois ici, dit Vieux Lin en pointant quelques blocs de pierre sombres qui doivent être le reste des piles ; la crue l'a emporté l'été dernier.

Comment peut-on traverser la rivière, alors ? demande Fen Fen.

On ne traverse pas la rivière, on va à l'île de sable.

Où ça ?

Là, en aval.

En effet, une cinquantaine de mètres plus bas, la rivière est divisée en deux courses chantantes par une langue de sable bordée d'une plage de galets.

Cet îlot disparaît au printemps et en été, dit Vieux Lin en retroussant son pantalon, mais il réapparaît toujours en automne et en hiver, quand les eaux sont basses.

Vous venez ici souvent ? lui demandes-tu.

À chaque fête de mi-automne, quand le temps le permet. Comme vous voyez, perdu dans les flots, loin des arbres et des fils électriques, l'endroit est vraiment idéal pour faire voler les cerfs-volants.

Tu poses le dragon par terre et, suivant l'exemple de Vieux Lin, remontes ton pantalon, enlèves tes baskets que tu relies ensemble et pends à ton cou.

Viens Fen Fen, dit Vieux Lin en accroupissant devant l'enfant, je te porte sur l'île.

Sagement, Fen Fen grimpe sur son dos.

Donnez-moi ça, tu prends la sacoche de la main de Vieux Lin, ramasses le dragon, et entres à tâtons dans la rivière.

La rivière est peu profonde et ne coule pas vite. Arrivant seulement aux genoux l'eau est d'une fraîcheur délicieuse. Le lit de sable, parsemé de petits cailloux glissants, est par endroits tapissé d'algues qui te chatouillent les mollets comme mille doigts sans os. Une vingtaine de mètres seulement. La traversée est si agréable qu'elle te paraît trop courte. Tu pourrais patauger ainsi jusqu'au matin.

Parvenu sur l'autre rive, Vieux Lin installe Fen Fen sur une pierre plate, puis enlève de son cou ses chaussures qu'il pose par terre. Il prends ensuite la sacoche de ta main, s'assied près de la fillette. Il ouvre la sacoche, sort la bouteille d'eau, les coupes en plastique, les gâteaux, et sa liqueur de serpent. Tu déposes le dragon, ôtes les baskets de ton cou, prends place à côté de lui.

Vieux Lin tire le canif et découpe chaque gâteau en trois morceaux. J'en ai acheté de différentes sortes, explique-t-il en offrant une tranche à Fen Fen, et une autre à toi. Il y a purée de haricots mongo, purée de graines de lotus, œufs de canard salés et mélange de graines de divers fruits. On peut goûter un peu de tout comme ça.

Tout en sentant le gâteau fondre voluptueusement entre ta langue et ton palais, tu savoures l'air pur de la campagne, le reflet de la lune qui tremblote à la surface de la rivière, les silhouettes de quelques arbres lointains qui se découpent en ombre chinoise sur le ciel, le frôlement agréable du vent frais contre ton visage, tes bras, tes jambes…

Une, deux, trois, quatre, cinq… Fen Fen se met à compter consciencieusement les étoiles, son front rejeté en arrière, son index pointé sur le ciel. Elle s'embrouille très vite, mais refuse de renoncer. Elle recommence, s'embrouille à nouveau, recommence encore, s'embrouille encore…

Grand-père ! appelle-t-elle d'une voix impatiente.

Oui, répond Vieux Lin, entre deux petites lampées d'alcool.

Sais-tu combien d'étoiles il y a dans le ciel ?

Attends… Vieux Lin remue ses lèvres, feignant de compter et de s'étonner… Dis donc ! elles sont aussi nombreuses que les poils sur les buffles.

Combien de poils y a alors sur les buffles ?

Hmmm… aussi nombreux que les herbes folles sur les collines.

Tricheur !

Si tu ne me crois pas, tu n'as qu'à les compter toi-même. Hahaha !…

Tu souris. Éternelle question des enfants ! Tu te souviens du même dialogue… enfin presque le même à quelques détails près… entre ton papa et toi petite fille, des années plus tôt.

Tu aides Vieux Lin à ranger le reste du pique-nique dans la sacoche. Tu remets tes chaussures, ramasses le dragon, et vous allez tous les trois vers le centre de l'île. Elle paraît bien plus longue et bien plus large que quand tu la regardais du bord de la rivière. Elle est plate et ne porte d'autre végétation que quelques touffes de roseaux. Vieux Lin s'arrête, sort le moulinet de fil. Tu tires précautionneusement le dragon hors du grand sac en plastique et tu le déploies sur le sable. Fen Fen s'accroupit près de l'animal et caresse sa tête.

Peut-il voler aussi haut qu'un avion ? demande-t-elle.

Mais bien sûr ! C'est un dragon, lui, répond Vieux Lin en nouant le bout du fil à un crochet fixé sur la poitrine de l'animal.

Je peux le faire voler ?

Tu es encore un peu trop jeune pour lui.

Et, en se tournant vers toi :

Voulez-vous essayer ?

Volontiers !

Vieux Lin te donne le moulinet, prend la main de Fen Fen et s'écarte.

Tu te dresses toute droite, tiens le museau du dragon haut contre le vent. Le dragon soupire. Son long corps se met à trembler. Sa queue ondule et claque, nerveusement, comme s'il était impatient de s'envoler.

Mais tu attends.

Le vent devient plus fort.

Mais tu attends encore.

Le vent redouble d'intensité. Tu le sens maintenant couler sur toi non pas par rafales, mais à jets continus, comme un fleuve. L'heure est venue.

Tu aspires une grosse bouffée d'air, te mets à courir. Le vent te fouette le visage. Tu as son sifflement plein les oreilles. Le vent soulève l'échine souple du dragon et la secoue avec une fureur diabolique. Tu cours de plus en plus vite. Le dragon devient de plus en plus lourd. Tout à coup, le vent te l'arrache des mains. Le dragon darde vers le haut comme une flèche. Il manque te soulever du sol. Ainsi qu'un monstre indomptable, le dragon plonge, remonte, redescend, tourne sur lui-même, remonte à nouveau… en exécutant des voltes et des bonds frénétiques. Tu cours au-dessous de lui, avec lui. Ta gorge brûle. Tes poumons te font mal. Mais toujours tu cours, cours, agrippant le moulinet de toutes tes forces.

Soudain le dragon se met à grimper en mugissant. Tu t'arrêtes, à bout de souffle, au bord de l'eau. Le moulinet tourne et tourne fébrilement dans tes mains, tandis que le dragon s'élève de plus en plus haut. Tu te cramponnes au moulinet contre la terrible force de l'animal qui, furieux d'être retenu, tire le fil par saccades brutales.

Tu lèves la tête et regardes. Arrosé de la lueur prodigieuse de la lune et voguant entre les étoiles, voilà le dragon, triomphant, impérial, épanoui dans toute sa gloire. Tu es bouleversée. Jamais tu n'as rien vu de plus beau.

Fen Fen et Vieux Lin viennent s'arrêter près de toi, haletants, excités.

Vieux Lin sort le canif de sa sacoche, et, d'un coup sec, coupe le fil.

Va ! dit-il d'une voix pleine de tendresse.

Le dragon s'élance. Il vole contre le vent, il danse, il secoue sa tête orgueilleuse.

Suffoquant d'émotion, tu le suis du regard. Dans un instant, le dragon sera hors de vue. Non. Il ralentit. Il amorce un demi-tour. Il reprend de la vitesse et, braquant vers la terre, fonce droit sur toi.

Tu ne respires plus. Tu entends ton cœur galoper comme un cheval débridé.

Une seconde plus tard, le dragon passe à quelques centimètres au-dessus de ta tête, effleurant tes cheveux de sa longue queue. Un gros rire qui s'échappe en même temps de sa gueule béante, te fait tressaillir. De longues minutes durant, le dragon riant plane au-dessus de ton visage tendu, puis, tout à coup, il secoue ses reins et darde à nouveau vers le firmament.

Emporte toutes nos maladies ! crie Vieux Lin. Emporte tous nos malheurs !

Emporte toutes nos maladies ! répètez Fen Fen et toi. Emporte tous nos malheurs !

Le dragon vole vers le zénith. Il s'éloigne avec une telle rapidité qu'il devient bientôt un petit point sombre. C'est alors qu'un formidable grondement de tonnerre se fait entendre. La voûte profonde semble remuer. On dirait un tremblement de ciel.

Table

COMPOSITION : NORD COMPO À VILLENEUVE-D'ASCQ

GROUPE CPI

Achevé d'imprimer en octobre 2007
par **BUSSIÈRE**
à Saint-Amand-Montrond (Cher)
N° d'édition : 94537. - N° d'impression : 71695.
Dépôt légal : novembre 2007.
Imprimé en France

Collection Points

DERNIERS TITRES PARUS

P1691. Flic à Bangkok, *Patrick Delachaux*
P1692. L'Empreinte du renard, *Moussa Konaté*
P1693. Les fleurs meurent aussi, *Lawrence Block*
P1694. L'Ultime Sacrilège, *Jérôme Bellay*
P1695. Engrenages, *Christopher Wakling*
P1696. La Sœur de Mozart, *Rita Charbonnier*
P1697. La Science du baiser, *Patrick Besson*
P1698. La Domination du monde, *Denis Robert*
P1699. Minnie, une affaire classée, *Hans Werner Kettenbach*
P1700. Dans l'ombre du Condor, *Jean-Paul Delfino*
P1701. Le Nœud sans fin. Le Chant d'Albion III
Stephen Lawhead
P1702. Le Feu primordial, *Martha Wells*
P1703. Le Très Corruptible Mandarin, *Qiu Xiaolong*
P1704. Dexter revient !, *Jeff Lindsay*
P1705. Vous plaisantez, monsieur Tanner, *Jean-Paul Dubois*
P1706. À Garonne, *Philippe Delerm*
P1707. Pieux mensonges, *Maile Meloy*
P1708. Chercher le vent, *Guillaume Vigneault*
P1709. Les Pierres du temps et autres poèmes, *Tahar Ben Jelloun*
P1710. René Char, *Éric Marty*
P1711. Les Dépossédés, *Robert McLiam Wilson et Donovan Wylie*
P1712. Bob Dylan à la croisée des chemins. Like a Rolling Stone
Greil Marcus
P1713. Comme une chanson dans la nuit
suivi de Je marche au bras du temps, *Alain Rémond*
P1714. Où les borgnes sont rois, *Jess Walter*
P1715. Un homme dans la poche, *Aurélie Filippetti*
P1716. Prenez soin du chien, *J.M. Erre*
P1717. La Photo, *Marie Desplechin*
P1718. À ta place, *Karine Reysset*
P1719. Je pense à toi tous les jours, *Hélèna Villovitch*
P1720. Si petites devant ta face, *Anne Brochet*
P1721. Ils s'en allaient faire des enfants ailleurs
Marie-Ange Guillaume
P1722. Le Jugement de Léa, *Laurence Tardieu*
P1723. Tibet or not Tibet, *Péma Dordjé*
P1724. La Malédiction des ancêtres, *Kirk Mitchell*
P1725. Le Tableau de l'apothicaire, *Adrian Mathews*
P1726. Out, *Natsuo Kirino*
P1727. La Faille de Kaïber. Le Cycle des Ombres I
Mathieu Gaborit

P1728. Griffin. Les Descendants de Merlin III, *Irene Radford*
P1729. Le Peuple de la mer. Le Cycle du Latium II
Thomas B. Swann
P1730. Sexe, mensonges et Hollywood, *Peter Biskind*
P1731. Qu'avez-vous fait de la révolution sexuelle ?
Marcela Iacub
P1732. Persée, prince de la lumière. Le Châtiment des dieux III
François Rachline
P1733. Bleu de Sèvres, *Jean-Paul Desprat*
P1734. Julius et Isaac, *Patrick Besson*
P1735. Une petite légende dorée, *Adrien Goetz*
P1736. Le Silence de Loreleï, *Carolyn Parkhurst*
P1737. Déposition, *Leon Werth*
P1738. La Vie comme à Lausanne, *Erik Orsenna*
P1739. L'Amour, toujours !, *Abbé Pierre*
P1740. Henri ou Henry, *Didier Decoin*
P1741. Mangez-moi, *Agnès Desarthe*
P1742. Mémoires de porc-épic, *Alain Mabanckou*
P1743. Charles, *Jean-Michel Béquié*
P1744. Air conditionné, *Marc Vilrouge*
P1745. L'Homme qui apprenait lentement, *Thomas Pynchon*
P1746. Extrêmement fort et incroyablement près
Jonathan Safran Foer
P1747. La Vie rêvée de Sukhanov, *Olga Grushin*
P1748. Le Retour du Hooligan, *Norman Manea*
P1749. L'Apartheid scolaire, *G. Fellouzis & Cie*
P1750. La Montagne de l'âme, *Gao Xingjian*
P1751. Les Grands Mots du professeur Rollin
Panacée, ribouldingue et autres mots à sauver
Le Professeur Rollin
P1752. Dans les bras de Morphée
Histoire des expressions nées de la mythologie
Isabelle Korda
P1753. Parlez-vous la langue de bois ?
Petit traité de manipulation à l'usage des innocents
Martine Chosson
P1754. Je te retrouverai, *John Irving*
P1755. L'Amant en culottes courtes, *Alain Fleischer*
P1756. Billy the Kid, *Michael Ondaatje*
P1757. Le Fou de Printzberg, *Stéphane Héaume*
P1758. La Paresseuse, *Patrick Besson*
P1759. Bleu blanc vert, *Maïssa Bey*
P1760. L'Eté du sureau, *Marie Chaix*
P1761. Chroniques du crime, *Michael Connelly*
P1762. Le croque-mort enfonce le clou, *Tim Cockey*
P1763. La Ligne de flottaison, *Jean Hatzfeld*

P1764. Le Mas des alouettes, Il était une fois en Arménie
Antonia Arslan
P1765. L'Œuvre des mers, *Eugène Nicole*
P1766. Les Cendres de la colère. Le Cycle des Ombres II
Mathieu Gaborit
P1767. La Dame des abeilles. Le Cycle du latium III
Thomas B. Swann
P1768. L'Ennemi intime, *Patrick Rotman*
P1769. Nos enfants nous haïront
Denis Jeambar & Jacqueline Remy
P1770. Ma guerre contre la guerre au terrorisme
Terry Jones
P1771. Quand Al-Quaïda parle, *Farhad Khosrokhavar*
P1772. Les Armes secrètes de la C.I.A., *Gordon Thomas*
P1773. Asphodèle, *suivi de* Tableaux d'après Bruegel
William Carlos Williams
P1774. Poésie espagnole 1945-1990 (anthologie)
Claude de Frayssinet
P1775. Mensonges sur le divan, *Irvin D. Yalom*
P1776. Le Cycle de Deverry. Le Sortilège de la dague I
Katharine Kerr
P1777. La Tour de guet suivi des Danseurs d'Arun.
Les Chroniques de Tornor I, *Elisabeth Lynn*
P1778. La Fille du Nord, Les Chroniques de Tornor II
Elisabeth Lynn
P1779. L'Amour humain, *Andreï Makine*
P1780. Viol, une histoire d'amour, *Joyce Carol Oates*
P1781. La Vengeance de David, *Hans Werner Kettenbach*
P1782. Le Club des conspirateurs, *Jonathan Kellerman*
P1783. Sanglants trophées, *C.J. Box*
P1784. Une ordure, *Irvine Welsh*
P1785. Owen Noone et Marauder, *Douglas Cowie*
P1786. L'Autre Vie de Brian, *Graham Parker*
P1787. Triksta, *Nick Cohn*
P1788. Une histoire politique du journalisme
Géraldine Muhlmann
P1789. Les Faiseurs de pluie.
L'histoire et l'impact futur du changement climatique
Tim Flannery
P1790. La Plus Belle Histoire de l'amour, *Dominique Simonnet*
P1791. Poèmes et proses, *Gerard Manley Hopkins*
P1792. Lieu-dit l'éternité, poèmes choisis, *Emily Dickinson*
P1793. La Couleur bleue, *Jörg Kastner*
P1794. Le Secret de l'imam bleu, *Bernard Besson*
P1795. Tant que les arbres s'enracineront
dans la terre et autres poèmes, *Alain Mabanckou*

P1796. Cité de Dieu, *E.L. Doctorow*
P1797. Le Script, *Rick Moody*
P1798. Raga, approche du continent invisible, *J.M.G. Le Clézio*
P1799. Katerina, *Aharon Appefeld*
P1800. Une opérette à Ravensbrück, *Germaine Tillion*
P1801. Une presse sans Gutenberg,
Pourquoi Internet a révolutionné le journalisme
Bruno Patino et Jean-François Fogel
P1802. Arabesques. L'aventure de la langue en Occident
Henriette Walter et Bassam Baraké
P1803. L'Art de la ponctuation. Le point, la virgule
et autres signes fort utiles
Olivier Houdart et Sylvie Prioul
P1804. À mots découverts. Chroniques au fil de l'actualité
Alain Rey
P1805. L'Amante du pharaon, *Naguib Mahfouz*
P1806. Contes de la rose pourpre, *Michel Faber*
P1807. La Lucidité, *José Sarramago*
P1808. Fleurs de Chine, *Wei-Wei*
P1809. L'Homme ralenti, *J.M. Coetzee*
P1810. Rêveurs et nageurs, *Denis Grozdanovitch*
P1811. - 30°, *Donald Harstad*
P1812. Le Second Empire. Les Monarchies divines IV
Paul Kearney
P1813. Été machine, *John Crowley*
P1814. Ils sont votre épouvante, et vous êtes leur crainte
Thierry Jonquet
P1815. Paperboy, *Pete Dexter*
P1816. Bad city blues, *Tim Willocks*
P1817. Le Vautour, *Gil Scott Heron*
P1818. La Peur des bêtes, *Enrique Serna*
P1819. Accessible à certaine mélancolie, *Patrick Besson*
P1820. Le Diable de Milan, *Martin Suter*
P1821. Funny Monney, *James Swain*
P1822. J'ai tué Kennedy ou les mémoires d'un garde du corps
Manuel Vázquez Montalbán
P1823. Assassinat à Prado del Rey et autres histoires sordides
Manuel Vázquez Montalbán
P1824. Laissez entrer les idiots. Témoignage d'un autiste
Kamran Nazeer
P1825. Patients si vous saviez, *Christian Lehmann*
P1826. La Société cancérigène
Geneviève Barbier et Armand Farrachi
P1827. La Mort dans le sang, *Joshua Spanogle*
P1828. Une âme de trop, *Brigitte Aubert*

15/2